吕正惠 著

写在人间

生活·讀書·新知 三联书店

Simplified Chinese Copyright © 2020 by SDX Joint Publishing Company.
All Rights Reserved.
本作品简体中文版权由生活·读书·新知三联书店所有。
未经许可,不得翻印。

图书在版编目(CIP)数据

写在人间/吕正惠著.—北京:生活·读书·新知三联书店,2020.8
ISBN 978-7-108-06849-1

Ⅰ.①写…　Ⅱ.①吕…　Ⅲ.①序跋-作品集-中国-当代
Ⅳ.① I267

中国版本图书馆 CIP 数据核字(2020)第 078311 号

责任编辑	曾　诚
装帧设计	薛　宇
责任校对	张国荣
责任印制	宋　家
出版发行	生活·讀書·新知 三联书店
	(北京市东城区美术馆东街22号 100010)
网　　址	www.sdxjpc.com
图　　字	01-2020-4117
经　　销	新华书店
印　　刷	北京隆昌伟业印刷有限公司
版　　次	2020年8月北京第1版
	2020年8月北京第1次印刷
开　　本	635毫米×965毫米　1/16　印张 35.5
字　　数	443千字
印　　数	0,001-8,000册
定　　价	68.00元

(印装查询:01064002715;邮购查询:01084010542)

献给我太太

目 录

代 序 如何做一个"人民中国"的知识分子?
　　　　　江　湄　张志强　11
代前言 三十年后反思"乡土文学"运动
　　　　——我的"接近中国"之路　　吕正惠　18

第一辑
《无悔:陈明忠回忆录》序　37
新中国的寻常老百姓
　　——幺书仪《历史缝隙中的寻常百姓》序　51
中国社会主义的危机,还是中国特色的社会主义?
　　——贺照田《当社会主义遭遇危机》序　68
杉山正明教授的中华文明观
　　——《疾驰的草原征服者》《游牧民的世界史》读后感　85
西方的太阳花,东方的红太阳
　　——《我们需要什么样的"中国"理念》序　110

从反传统到反思传统
    ——江湄《创造"传统":晚清民初中国学术思想史典范的确立》序 _____ 125
台湾乡下人与中国古典
    ——颜昆阳古典文学论集序 _____ 152
艰难的探索:孙歌的学问之路
    ——孙歌《把握进入历史的瞬间》序 _____ 161
横站,但还是有支点
    ——王晓明《横站》序 _____ 168
我们需要这样的异质思考
    ——蔡翔《神圣回忆》序 _____ 176
关心现实与关心历史
    ——王中忱《作为事件的文学与历史叙述》序 _____ 185
沈从文的爱欲书写?
    ——解志熙《欲望的文学风旗》序 _____ 196

第二辑

洪子诚《阅读经验》序 _____ 211
赵园《中国现代小说家论集》序 _____ 217
陈建华《革命与形式》序 _____ 223
倪伟《民族想象与国家统制》序 _____ 228
江弱水《中西诗学的交融》序 _____ 232
周良沛《中国现代诗人评传》序 _____ 237
赵稀方《后殖民理论与台湾文学》序 _____ 240

刘小新《阐释台湾的焦虑》序 _____ 243

一个奇女子的历史见证
  ——王安娜《嫁给革命的中国》序 _____ 251

牛汉《我仍在苦苦跋涉》序 _____ 258

醉里风情敌少年
  ——唐翼明《宁作我》序 _____ 263

艰难的历程
  ——我所知道的施淑教授 _____ 271

《朱晓海教授六五华诞暨荣退庆祝论文集》序 _____ 276

为赵刚喝彩
  ——赵刚《求索：陈映真的文学之路》序 _____ 280

评赵刚两本陈映真研究 _____ 284

第三辑

一生心系祖国的叶荣钟
  ——《叶荣钟选集·文学卷》序 _____ 295

被殖民者的创伤及其救赎
  ——台湾作家龙瑛宗后半生的历程 _____ 318

一个台湾青年的心路历程
  ——从"皇民化"教育的反思开始 _____ 339

陈明忠访谈后记 _____ 345

林书扬的信念 _____ 356

难忘的老同学
  ——龙绍瑞《绿岛老同学档案》序 _____ 363

历史的重负
　　——《白色档案》序 _____ 369
送高信疆先生，一个纯真、善良的爱国者 _____ 375
怀念颜元叔教授 _____ 380
颜元叔的现实关怀与民族情感 _____ 386
叶嘉莹先生的两首诗 _____ 394
莫那能《一个台湾原住民的经历》序 _____ 399
莫那能《美丽的稻穗》重版序 _____ 402

第四辑

为人类的苦难作见证
　　——阿赫玛托娃《安魂曲》序 _____ 409
难以战胜的女皇
　　——《我会爱：阿赫玛托娃抒情诗选》序 _____ 418
阿赫玛托娃《回忆与随笔》校读后记 _____ 430
并非偶然，查良铮选择了丘特切夫
　　——《海浪与思想：丘特切夫诗选》序 _____ 433
《在星空之间：费特诗选》序 _____ 442
终于找到柯罗连科了 _____ 447
小森阳一《村上春树论》序 _____ 453
苏敏逸《"社会整体性"观念与中国现代长篇小说的
　　发生和形成》序 _____ 457
徐秀慧《战后初期（1945—1949）台湾的文化场域与
　　文学思潮》序 _____ 460

黄文倩《在巨流中摆渡》序 _____ 463

为何要出版这一套选集

　　——2015年台湾小说、散文选序 _____ 467

第五辑

新民主主义革命在台湾

　　——蓝博洲《幌马车之歌续曲》序 _____ 475

20世纪60年代陈映真统左思想的形成 _____ 489

出版《陈映真全集》的意义

　　（上篇）重新思考20世纪七八十年代的陈映真 _____ 509

　　（下篇）陈映真如何面对中国大陆的改革开放 _____ 519

附录一　中华文化的再生与全球化 _____ 548

附录二　中国文化是我的精神家园 _____ 558

编后记　为"人间"出书，为"人间"写序 _____ 吕正惠 563

代 序

如何做一个"人民中国"的知识分子?

江 湄 张志强

这两天,我们一直在想,与吕先生相交八年,他给予我们的最重要的东西是什么?吕先生在什么意义上是我们人生中一位重要的"老师"?想来想去,我们认为,吕先生教育着、启示着我们如何去做一个"人民中国"的知识分子。

初次见到吕先生,是在 2005 年初秋的北京。那时,据他自己说,已经走出绝望愤懑的低谷,心情逐渐转为晴朗。当时,我已事先知道他是极少数的台湾"左统派",在岛内备受孤立,说实话,对于他的立场我也很不理解,若是因为怀抱左翼思想而对"社会主义中国"抱有幻想,确实很是奇怪。当时,我只拜读过大陆版的《CD 流浪记》,对吕先生的文字风格有着很深的印象,语淡而味深,三言两语就能毕现一部作品或一个作家的精神内里,有一种直击人心的淳朴的力量。他总是偏爱农家子弟出身的音乐家,充满了强烈的阶级偏见,但对于莫扎特这个宫廷乐师的儿子,却又忍不住还是很喜欢,他的阶级偏见能这么坦率又这么公正,实在是很可爱。

慢慢和吕先生熟悉起来,很爱和他天南海北地聊天,他书读得多读得杂,对中国文史尤其熟悉,常能一段一段、一首一首背诵古文辞,考虑到他的闽南腔可能会让我们听岔,还不时地笔之于书。到了晚上,他喝着酒但还没醉,思维活跃,情感充沛,议论风发,颇可观采。吕先生是台南的农家子弟,有着很强烈的省籍意识,但他从小爱读中国历史、文学、地理，手按中国地图熟悉了那些河流、山岳、城市的名字，从此情根深种，不可移转。我们常觉得，吕先生的中国情怀其实首先是一种至性至情，腔子里的一股热诚情感，用佛教的话说是"痴"。当乡土文学派出现内部论争并诡异地转向"台独"论述之时，吕先生先是懵然，感到"焦灼与不解"，然后是"异常的愤怒和痛苦"，这种反应正说明他实在"痴"得可以，他不能相信，人的情感可以这么"轻"，思想可以这么"快"，可以随着形势的转变说变就变。他索性"一不做，二不休"，上了梁山，加入中国统一联盟，成了无论在台湾还是在大陆都极为稀罕的"左统派"，这又是因"痴"而"顽"了，正是吕老英雄风范！

吕先生的中国情怀，对于我们有很深的教育意义，这一点怎么估计都不过分。我们这一代人出生于"文革"后期，成长于改革开放的80年代，从上大学起，就习惯于用想象中的西方先进标准批评中国与中国人之种种，深受后革命时代普遍的幻灭虚无情绪的影响，自感生活于革命以至"文革"后的文化废墟，其中似乎只有残破传统的蛮性遗留，难免自惭形秽。在我们的周围，从批判现实走向蔑弃现实，靠着蔑弃现有中国的一切以保持优越感和孤愤感的，不乏其人。而吕先生这个来自台湾的"左统派"，让我们对于自己的"惭愧"感到"惭愧"，如果我们因为无法承担自己、承担历史种种不良后果而将之转嫁为对祖国、祖先和传统的蔑弃，那就失去了做人的根本，还谈什么生命的充实和成长？一个人固然不应以他所从出的环境自限，但首先应该尊重和爱护自己的根本，像一棵树那样踏踏实实地在一片土地上长高长大。吕先生责问他的一些"台独"派朋友："我们怎能为了'中国'不能带给你'光彩和荣耀'而拒绝承认自己和中国有过千丝万缕的关系？……他应该算是势利眼吧，我们也不想跟他交朋友。"说得真是痛快！对于我们来说，中国无论带给你光彩和荣耀，还是失望和耻辱，并不重要，甚至中国的复兴是从此一帆风顺还是要再经坎坷，也并不重要，它都是我们必须热爱并承担的自己的命运，都是我们自己精神生命的根源命脉所在。这样的"中国情怀"，更进一步要求我们把自己的人生和这个更大的历史命运结合起来，以一种深切的道德情感，去理性地反求历史，以求启示和指点，以求自我理解、自我承担和自新的能力。

基本上，吕先生是在成了"左统派"之后，才开始在痛苦中反省自己的人生经历，又将个人的经历联系到自己当身所处的时代与社会脉络，自觉地进行历史整理并形成历史论述。首先是"所见世"，即他所亲身经历的战后台湾历史和知识分子的心路历程，他想从中了解的是，同在五六十年代受到自由主义影响，又在70年代乡土文学运动中站在左翼立场的同志、朋友们为何令他"大惑不解"地不乐于承认自己是中国人，乃至于弃绝、敌视中国；然后是"所闻世"，即五四以来乃至晚清以来中国近现代革命历史。他说："只有当你相信，共产党领导下的革命是不得不然的，中华人民共和国是现代中国命运的不得不然的归趋时，你才会承认你是中国人。"乍一看这句话，很像从小教科书就一直要灌输给我们的那一套历史哲学。但是，我发现，他对中国革命史确实有他自己的理解，和我自小所读的教科书理路甚为不同。他完全是从中国历史自身源流动态来看这件事，受到黄仁宇的启发，他将中国革命这个有史以来最大规模的财产重新分配和集体化，看作彻底打破了明清以来中国社会固有的结构和秩序，弭平固有的社会鸿沟，赋予中国一个全新的"下层结构"，从此解决了"国将不国"的问题，"革命让中国产生了某种新力量和新个性"，如今，"下层结构还在原型阶段，显然未来需要修正"。"社会主义"被他解释为儒家式的均平互助，其最高原则就是"人人有饭吃"，这个"饭"是个隐喻，如果它指的是"教育"，那就是政府起码要让人民的子弟都有起码的"受教育权"；如果它是指"饭碗"，那就是底层工农有个"温饱"的生活，感到过得

"还可以"。从这一点来说,现在与以往历朝历代相比,不能不说也是得了"天命"的。对于我自己来说,中国共产党领导的革命以及社会改造是不是中国历史之不得不然,我并不能像吕先生那样给出确定的答案,但是,作为跟着共产党打进城的农民的后代,我必须承认,革命确实打破了原本深固的社会区隔,重新打造了中国社会的"基层结构",重新形成了中国社会的"中坚",而三十年的改革开放经济发展,又再一次从社会下层激发出了洪流一般的力量,重新形塑着这个社会的"基层"和"中坚"。从这个意义上,我能认可他一再所说的,中国革命和国家重建也是中国文明再生能力的表现,是中国的"浴火重生",那么,正如他所强调的,如何将革命史与中国文明传统重新连接起来,既是理解革命史的关键,也是理解中国文明传统的关键。

吕先生以为最能代表中国现代革命精神的知识分子是鲁迅:"鲁迅表面强烈的自我批判精神,其实正是对西方文明最坚强的抵抗,他的拿来主义最终证明,中国可以找到一条特异的自救之道。"在三联书店2010年出版的《战后台湾文学经验》中收入了他2009年所写的《陈映真与鲁迅》,他指出,陈映真小说中的意象与鲁迅的小说有密切关系,《凄惨的无言的嘴》结尾处那个梦境中的"黑房子"和那句"打开窗子,让阳光进来吧!"很容易让人联想到《呐喊·自序》中的"铁屋":"后来有一个罗马的勇士,一剑划破了黑暗,阳光像一股金黄的箭射进来。"而这一句,又突然让他想起鲁迅《故乡》中极为著名的一段:"深蓝的天空中挂着一轮金黄的圆月,下面是海边的沙地,都种着一望无际的碧绿的西瓜,其间有一个十一二岁的少年,项带银圈,手捏一柄钢叉,向一匹猹尽力的刺去……"接着,他说:"而,那个手捏钢叉的少年是否也可以化身为一个拿着剑的罗马的勇士呢?希望我不至于太敏感。"我认为,吕先生在这里之所以会过于"敏感",是来自他多年来萦绕于心的一大问题:体现和实践了鲁迅的否定精神的中国革命,彻底摧毁了传统士绅阶级及其以之为主导的社会结构,从工农民众中兴起了现代化社会的新的中坚力量,这个快速走向现代化的"人民中国"不能只有信奉开明自利的小市民阶级,而要能产生和形成自己的知识阶层,这个知识阶层来自寻常田陌间巷,而能自觉形成新的具有时代有效性的整全历史视野,以严肃和沉重的历史责任意识,一方面能承接主要由士大夫阶级创造积累的文化传统,一方面能响应当代世界思潮,提出适于时而合于势的价值论述,让"传统"和"革命"发出持久的感动和鼓舞的力量,在中国历史的新时期创造中国文化的新时期,使"中国"成为充实而有光辉的文化理想,让"阳光像一股金黄的箭射进来"。2007年,我写了一篇论梁启超五四后儒学思想的文章,我认为,梁启超是要在新文化运动之后将儒学这个传统的"士君子"之学转化为养成现代公民的"道术",以对治他所看到的中国文化现代转型中的困境和难题。我把这篇文章拿给吕先生看,他认为其中的问题意识很好,他说:"中国现在实在是需要像样的知识分子,也需要一套新的意识形态来说明现实、安顿人心了。"

吕先生在 2005 年以后连续写作了几篇研究唐宋文学和思想的论文,我们认为写得都很精彩。中唐至两宋是中国历史上的一个大时代,门阀士族退出历史舞台,庶族地主阶级取而代之,社会结构、文化形态也随之而变。吕先生的这几篇论文都关注于那个时代学术和文艺的新思潮,从而反映那个新兴"书生"阶级的意态和气象,从中揭示他们努力开创一个新的历史时代、一种新的世界观和人格典范的用心与努力。其中一篇论《韩愈〈师说〉在文化史上的意义》认为,《原道》《师说》以及"文以明道"说构成了一整套的世界观,成为新兴庶族地主阶级安身立命的依据。这一思想体系,在中唐时代由韩愈初步综合完成,然后,在庶族地主阶级全面崛起的北宋时代,在文化上达到了最辉煌的表现,涌现出像欧阳修、苏轼等这样一批堪称典范的士大夫知识分子，他们对于自己信奉的政治方针、是非原则，决然行之，绝不退缩，在挫败之后仍然坚持己见，生死以之，淡然面对穷愁甚至死亡，尽显"果敢之气，刚正之节"。在文章结尾处，他指出："我个人更为关心的是，自中唐庶族地主阶级崛起后，他们如何逐步地建立有别于门阀士族的另一套世界观，这个问题对我们来讲具有急迫的现实意义。我觉得，中国自鸦片战争以后，一直处于变革与革命的长期挣扎中，要到20世纪末，一个新型的现代中国才真正形成，而这个国家的现代知识阶层也日渐成形。在此之前的一百多年，只能算过渡期，这时所出现的各种思潮，也只是摸索阶段的产物；在此之后，正如北宋初建时，急需一套全新的、稳定时代的世界观。现在越来越多的人意识到，中国需要一套中心思想，才足以维系人心，只是大家都在苦思探索之中，还找不到头绪。"在另一篇论文《闭锁的生命形态和狭隘的个人主义——从阅读古典诗词所得到的一点感想》中，吕先生分析了中国古典诗歌中一种悠久的象喻传统，即以淑女之无人赏爱比喻士人之不遇赏识，又以男女关系比喻君臣遇合，认为："长期的专制可以使知识分子的生命完全被闭锁住，处境类似深闺中的女性，在自怨自怜中盼望别人的提拔与赏识，完全不寻求主动的表现。"接着，他又以自己在台湾民主化进程中的亲身经历和感受，指出："一旦这种专制突然解除，自由已在手中，则又用来发展'狭隘的自我'，形成一种'独我主义'，不了解真正的自由是：在公共利益之中大家一起来发挥各自的能力。"最后，他再次提出那个他由衷关切的大问题："未来的中国的知识分子是否能够寻找出更健康的第三条路，这个问题，是很值得关心'现代化'问题的人加以深思的。"钱穆在《国史大纲》中这样描写宋代士人阶级之自觉精神的产生："正是那辈读书人渐渐自己从内心深处涌现出一种感觉，觉到他们应该起来担负着天下的重任。"若是将眼前的时代比作中唐元和之际，那么，出身于工农阶级的"人民中国"的知识阶层也应该在内心深处涌动出自觉精神的需要了。

吕先生在近年来和我们谈论的另一大主题,是有关中国通史的新的论述,他长年来关注两岸史学界的进展和讨论,以此为知识基础,尝试摆脱那种以西方历史演进为标准的观点模式,以重新审视中国历史的进程。为此,他又努力研读世界史,我发现,他对大陆有关欧洲史的翻译和研究也相当熟悉,尤其关注殖民史、黑奴贩卖史。他曾和我们谈及他阅读《伯罗奔尼撒战争史》而深受震动,发现自己以往头脑中的希腊城邦原来是19世纪欧洲史家塑造出的"黄金时代",其实远不是那么一回事,相比较而言,中国文化倒是在很早的时候,就更加看重人道的价值,看重让多数人都能生存和生活的原则。吕先生告诉我们,他很想以纵谈的方式写一系列史论,比较中西不同的历史阶段及其文化,来打破国人头脑中仍然强固的对于那个直线进步的西方历史进程及其价值原则的盲目崇拜。

记得,吕先生在六十岁时曾引刘禹锡的诗句自赋一联:"眼前功名如春梦,醉里风情敌少年",我们觉得,吕先生越活越能放得下,一派天真舒展,春意盎然,确有返璞归真、返老还童的趋势,已达乐天知命之境。他很欣赏孔子所说:"其为人也,发愤忘食,乐以忘忧,不知老之将至云尔。"我们相信,这是他当前心境的写照,也是他的自白和自许。愿他退休之日,即迎来人生中又一个创造的春天,至少写出以下两部大作:一是唐宋士人文化论,一是中西历史文化比较谈。

2008 年 10 月

代前言

三十年后反思"乡土文学"运动[1]
——我的"接近中国"之路

吕正惠

1977年乡土文学论战爆发,到第二年才结束。当时还掌握台湾地区政治权力的国民党,虽然运用了它手中所有的报纸、杂志全力攻击乡土文学,但乡土文学并未被击垮。表面上看,乡土文学是胜利了。进入20世纪80年代以后,台湾社会气氛却在默默地转化,等我突然看清局势以后,才发现,"台独"派的台湾文学论已经弥漫于台湾文化界,而且,原来支持乡土文学的人(其中有一些是我的好朋友)大多变成"台独"派。这种形势的转移成为90年代我精神苦闷的根源,其痛苦困扰了我十年之久。

在世纪之交,我慢慢厘清了一些问题。最重要的是,我似乎比以前更了解五四运动以后新文学、新文化的发展与现代中国之命运的关系。从这个角度出发,也许更可能说明,20世纪70年代乡土文学的暴起暴落,以及最终被"台独"文学论取代的原因。因此我底下的分析似乎绕得太远,却不得不如此。想读这篇文章的人,也许需要一点耐性。如果觉得我这个"出发点"太离谱,不想看,我也不能强求于人。

---

[1] 本文原载于《思想》第6期,台北:联经出版事业公司,2007年8月。

一

中国新文学原本是新文化启蒙运动的一环，这一点大家的看法是一致的。新文化运动当然是为了改造旧中国，也就是以"启蒙"来"救亡"。这样的启蒙运动后来分裂了，变成两派：以胡适为代表的改良派，和以陈独秀、李大钊为代表的革命派。

革命派在孙中山"联俄容共"的政策下，全力支持国民党北伐，终于打倒了北洋政府。但北伐即将成功时，蒋介石却以他的军事力量开始清党，大肆逮捕、屠杀左翼革命派（主要是共产党员，也有部分左翼国民党人）。就在这个阶段，原来采取观望态度的胡适改良派才转而支持国民党。这样，国民党保守派就和胡适派（以下我们改称自由主义派，或简称自由派）合流，而残余的革命派则开始进行长期的、艰苦的武装斗争。

抗战后期，形势有了转变，大量的自由派（其最重要的力量组织了中国民主同盟）开始倾向共产党。到了内战阶段，知识分子倒向共产党的情况越来越明显，最后，当胜负分晓时，逃到台湾的只剩最保守的国民党员（很多国民党员投向共产党），以及一小群自由派（连跟胡适渊源深厚的顾颉刚、俞平伯等人都选择留在大陆）。

新中国建立，不管大陆自由派和共产党有什么矛盾，但有一点看法应该是他们共同具有的，他们都知道：新中国的重建之路并不是循着五四时代"向西方学习"的方向在走的。虽然在50年代初期学过"苏联模式"，但为时不久，这个政策也大部分放弃了。台湾很少有人注意50年代大陆在政治、经济、文化各方面的工作模式，我们也很难为这一政策"命名"，但可以说，它绝对不是"西方模式"。

现在我们已经知道，共产党内部有关各种政治、经济、文化现实问题的辩论一直没有间断过。这也是历史现实的合理现象，一个古老的中国不是可以轻易改造过来的。撤守台湾的蒋介石集团，这时候也在台湾实行另一种很难命名的"改革"。纯粹从政治层面来看，朝鲜战争爆发以后靠着美国的保护终于生存下来的国民党，在50年代进行了一项最重要的社会变革，即土地改革。国民党把台湾地主大量的土地分给农民，从而改变了台湾的社会结构。台湾许多地主阶级的子弟跟农民阶级的子弟此后循着国民党的教育体制，逐渐转变成新一代的资产阶级和小资产阶级。在美国的协助下，台湾社会第一次大规模的"现代化"。"台独"派一直在说，日本殖民统治促使台湾现代化，但不要忘记，如果没有土地改革，就不可能出现大规模的现代化运动。坦白讲，不论国民党的性质如何，必须承认，土地改革是它在台湾所进行的最重要的大事，这是国民党对台湾的"大贡献"之一（但也是台湾地主阶级永远的隐痛——他们的子弟也就成为"台独"派的主干）。

国民党统治格局的基本矛盾表现在教育、文化体制上。官方意识形态是三民主义和中国文化，但它讲的三民主义和它的政治现实的矛盾是很明显的，特别是在民主主义上。它讲的中国文化是孔、孟、朱、王道统，这是五四新文化运动批判的对象，也就是中国"封建文化"的糟粕（这里是指国民党教育体制的讲授方式，而不是指这些思想本身）。国民党官方意识形态的主要对手是美国暗中支持的胡适派自由主义，他们讲的是五四时代的民主与科学。经由《自由中国》和《文星》的推扬，再加上教育体制中自由派的影响，他们的讲法更深入人心，成为台湾现代化运动的意识形态基础。它的性质接近李敖所说的"全盘西化"，轻视（甚或藐视）中国文化，亲西方，尤其亲美。因此，它完全抵消了国民党的中国文化教育，并让三民主义中的西方因素特别凸显出来。这也是我三十五岁以前的"思想"，在李敖与胡秋原的中、西文化论战上，年轻人很少不站在李敖这一边。

五六十年代台湾正在成长起来的年轻知识分子的特质可以用"反传统"跟"现代化"这两个术语来概括。"传统"包括中国文化、国民党的反民主作风，以及每一个年轻人家里父母的陈旧观念。现代化表现在知识上就是追寻西方知识，而且越新的越好。意识、潜意识、超现实主义、存在主义、荒谬剧，这些名词很新、很迷人。老实讲，这些东西很少有人真正理解，但只要有人写文章介绍、"论述"，大家就捧着读、热烈争辩。当然，真正求得新知的途径是到美国留学、取经。取经回来以后，就成为大家崇拜、追逐的对象。

当然，新知有个尽人皆知的禁忌。中国近现代史最好不要碰。至于马克思、社会主义、阶级这些字眼，没有人敢用（反共理论家除外），苏联、共产党则只能用在贬义上。所有可能涉及政治现实和社会现实的知识，最好也别摸。我母亲没受过任何学校教育，但我上高中以后，她一再警告我，"在外面什么事情都不要去碰"，我知道，"什么事情"说的是什么。因此，我们的新知涉及现实的只是，现代化社会是怎样的社会，应该如何现代化（都只从社会生活角度讲，不能在政治上讲），以及民主、自由、个人主义是什么意思（心理上则知道只能在口头上讲）。当然，年轻人（尤其是求知欲强的人）都很苦闷，所以李敖会成为我们的偶像，因为他敢在文化上表现出一种非常叛逆的姿态。

二

台湾知识分子对国民党的大反叛，是从1970年保卫钓鱼岛运动开始的，钓鱼岛事件，让许多台湾知识分子深切体会到，国民党政权是不可能护卫中国人的民族尊严的。于是他们之中有不少人转而支持中国大陆，思想上也开始左倾。

不久之前，也正是西方知识分子的大反叛时期（1968），左翼思想在长期冷战的禁忌下开始复活。这个新的思潮，一般称为"新左派"，以别于以前的旧左派，新左的思想其实是很庞杂的，派别众多，其中有些人特别推崇中国大陆正在进行的政治运动，并按自己的想法把运动理想化。

　　现在我已经可以判断，1970年从海外开始，并在整个70年代影响遍及全台湾的知识分子左倾运动，根本就是西方新左运动的一个支脉。西方新左运动的迅速失败，其实也预示了70年代台湾左翼运动的失败。它是"纯粹的"知识分子运动，没有工农运动的配合。因此，新左一般不谈工农运动一点也不令人讶异。

　　当然，70年代台湾知识分子的左翼运动也有它自己的特点，因为同一个时段，全台湾各阶层人士越来越热烈地投入了台湾的民主化运动（当时叫作"党外政治运动"），左翼运动和民主化运动是两相呼应的。

　　1977、1978年的乡土文学论战，1979年的高雄"美丽岛事件"，分别表现了国民党政权对两大运动加以镇压的企图，但结果是一样的，国民党都失败了。此后，"台独"运动逐渐成形，民主化运动的主要力量被"台独"派所把持，而支持乡土文学的左翼知识分子大半也在思想上或行动上转向"台独"。

　　我想，一般都会同意，70年代的政治运动，是台湾新兴的资产阶级想在政治上取代国民党的老式政权，它真正有实力的支持者其实是台籍的中小企业家，以及三师（医师、律师、会计师）集团中的人。只要国民党还掌握政权，他们就不可能进入权力核心。随着他们社会、经济影响力的日渐强大，他们理所当然地也想得到政治权力。

　　在文化战场上，支持乡土文学的，也以台籍的知识分子居多数（他们当然也支持党外运动）。他们的左翼思想其实并不深刻（包括当时的我自己），"左"是一种反叛的姿态，是"同情"父老辈或兄弟姊妹辈的台湾农民与工人，在有些人，可能还是一种"赶流行"（当时对乡土事物的迷恋，让我这个乡下出身的人很不习惯，心里认为这些人太做作）。乡土文学，正像60年代的现代主义，是台湾的一种"风潮"，它能席卷一代，也可以随着下一波"风潮"的兴起而突然消失。当政治反对力量在80年代中期明显壮大，并且组织了民主进步党以后，支持乡土文学的知识分子开始转向"台独"思想，其实也不过转向下一个"风潮"而已。

但是，70年代以降，台湾本土势力对国民党政权的挑战，只是台湾面临的两个重大问题的其中一个而已。另一个则是，台湾必须面对它与大陆的关系问题。

1949年以后，由于西方对新中国的敌视，居然让台湾地区在联合国占据中国代表席位达二十一年之久。1971年10月，中华人民共和国终于取得早就应该属于它的这一席位，这样，从国际法来讲，台湾就是中国的一省，因此，不论在现实上谁领导台湾，他们都必将面临回归的问题。

1971年以后，台湾知识分子应该思考这样的问题，但是，他们却不能思考。在1987年解除戒严令之前，谁要公开主张"复归"（也就是统一），或公开反对"复归"（也就是独立），都是"叛乱犯"，是可以判死刑的。

70年代的形势可说极为诡异。"乡土文学"，哪个"乡土"？"中国"，还是仅指"台湾"？谁也无法说，谁也说不清。"同情下层人民"，大家都有这种倾向，"应该关怀自己的土地"，大家都同意，只是谁都不能确切知道"自己的土地"是什么意思。

这个问题到了80年代中期，终于由"台独"派正面提了出来，向大家"摊牌"了。他们那时只敢在"文学"上动手脚。他们说，"台湾文学应该正名"，用以取代"现代文学"，而且，"台湾文学"具有"主体性"，这当然是"台独"派的台湾文学论了。这样，"乡土"对他们来讲，就是只指"台湾"，既然明说是"台湾"，他们越来越少用"乡土"这个词。这样，70年代的乡土文学就被他们改造成台湾文学了。

他们的另一个策略就是攻击陈映真的中国情结，因为陈映真是公认的乡土文学的领袖，为他的左翼思想坐过牢，是大家都知道的"统派"。陈映真受到"台独"派的攻击，国民党当然乐于见到，因为从它的角度来看，这代表"乡土文学阵营分裂了"。当陈映真被孤立起来以后，"台独"派的"台湾文学论"的招牌也就巩固下来了。应该说，80年代"台独"派借文学以鼓吹"台独"思想的策略是相当成功的。

三

到90年代末期，"台独"论已经弥漫于全台湾，"台独"论的某些说法已不知不觉地渗透到很多人（包括反民进党的人）的言辞和思想中。那时候，我曾经想过，为什么70年代盛极一时的左翼思潮会突然消失？那时候，我曾怀疑陈映真派（主要是《夏潮》杂志那一批人，我自己在70年代时并未与他们交往）是否在哪些地方出了问题。坦白讲，在"乡土文学阵营"分裂时，我对整个形势完全不能掌握。我只是对于"内部争执"感到焦灼与不解。因此，我事后相信，陈映真派也许比我稍微清楚，但他们大概也未能了解全局。

当攻击陈映真的声音此起彼落时，我还并未完全相信，攻击的一方是真正的"台独"派。身为南部出生的台湾人，我当然先天就具有省籍情结，因此，我觉得，那些攻击陈映真的人，只是把他们的省籍情结做了"不恰当"的表达而已。后来我发现，他们藐视中国的言论越来越激烈，让我越来越气愤，我才真正相信他们是"台独"派，而我当然是"中国人"，只好被他们归为"统派"了。既然如此，一不做，二不休，我干脆就加入中国统一联盟，成为名副其实的统派。从那个时候开始，我才跟陈映真熟悉起来，其时应该是1993年。

应该说，我加入统联以后，因为比较有机会接触陈映真和年龄更大的50年代老政治犯（如林书扬、陈明忠两位先生），对我之后的思考问题颇有助益。我逐渐发现，我和他们"接近中国"的道路是不太一样的。

据陈明忠先生所说，他在中学时代备受在台日本人歧视与欺凌，才意识到自己是中国人，因此走上反抗之路。后来国民党来了，发现国民党不行，考虑了中国的前途，才选择革命。我也曾读过一些被国民党枪毙的台湾革命志士的传记资料（如钟浩东、郭琇琮等），基本上和陈先生所讲是一致的。因此，他们这些老左派可以说是在四五十年代中国革命洪流之下形成他们的中国信念和社会主义信念的，他们是为中国人被歧视的人格尊严而奋斗的。

陈映真是在50年代大整肃之后的恐怖气氛之下长大的。他居然可以在青年时期偷读毛泽东的著作，偷听大陆广播，只能说是60年代的一大异数。因此，他很早就向往社会主义中国，他的社会主义更具理想性。

我是国民党正统教育下的产物，理应和战后成长起来的台湾绝大多数知识分子一样思考，并走同样的道路。最终让我选择了另一条道路的，是我从小对历史的热爱。我读了不少中国史书，也读了不少中国现代史的各种资料，加上很意外地上了大学中文系，读了不少古代文史书籍，这样，自然就形成了我的中国意识和中国感情。因此，我绝对说不出"我不是中国人"这种话，也因此，我在90年代以后和许许多多的台湾朋友的关系都变得非常紧张，不太能平和地交谈。

70年代以后，因为受乡土文学和党外运动影响，我开始读左派（包括外国的和大陆的）写的各种历史书籍。经过长期的阅读，我逐渐形成自己的中国史观和中国现代史观，这大约在我参加统联时就已定型。后来，常常跑大陆，接触大陆现实，跟大陆朋友聊天。再后来，在世纪之交，看到大陆的社会转型基本趋于稳定，中国的再崛起已不容否认。这些对我的史观当然会有所修正和深化。

如不具备以上所说的中国感情和中国史观，我一定会和同世代的台湾朋友一样，不认为自己是中国人。而且，我还发现，我的同世代的外省朋友（在台湾出生、在台湾接受国民党教育），不论多么反对民进党和"台独"，也不乐于承认自己是"中国人"。也有一小部分人，认为自己是"文化"上的中国人，但不愿意说，自己是现在中国的一分子。他们认为，现在的中国已经不是他们心目中的中国了。根本的关键在于：跟我同世代的人（当然也包括所有比我们年龄小的），或者瞧不起中国，或者不承认现在的中国，那么，他们当然也就不是"中国人"。

我只能说，只有当你相信，共产党领导下的革命是不得不然的，中华人民共和国是现代中国命运的不得不然的归趋时，你才会承认你是中国人。一直到现在为止，跟我同世代的台湾人（不论省籍），很少有人是这样想的。

20世纪70年代的陈映真派，有很多人不知道这才是问题的关键。即使有人知道了，他们也不能公开说明这一点，而且也不知道如何说明这一点。我现在认为，这是盛极一时的左翼思潮在不到十年间烟消云散的基本原因。关键不在于"左"，关键在于，他们不了解"中国之命运"，尤其是"现代中国之命运"。而国民党在台湾的教育，告诉我们的是刚好相反的说法。

四

为说明这个问题，以下我想以已去世的历史学家黄仁宇为例子来加以论证。黄仁宇的父亲黄震白曾担任过国民党重要将领许崇智（蒋介石之前的国民党军总司令）的参谋长，黄仁宇本人毕业于黄埔军校，曾担任过郑洞国将军（在东北战场被共产党俘虏）的幕僚。

战后他到美国留学，最后选择学历史。黄仁宇在他的自传《黄河青山》里说：

> 我如果宣称自己天生注定成为当代中国史学家，未免太过狂妄自大。不妨换一种说法：命运独惠我许多机会，可以站在中间阶层，从不同角度观察内战的进展。命运同时让我重述内战的前奏与后续。在有所领悟之前，我已经得天独厚，能成为观察者，而不是实行者，我应该心存感激。我自然而然会扩大自己的视野，以更深刻的思考，来完成身份的转换，从国民党军官的小角色，到不受拘束的记者，最后到历史学家。

从这段话就可以体会到，中国的内战对黄仁宇的深刻影响。由于家世的关系，他一直支持国民党，虽然他结交了一些令他佩服的共产党友人（如田汉、廖沫沙、范长江），但他不能接受共产党的路线。最后，共产党打赢了，他只好漂泊到异国。他无法理解国民党为什么会失败，选择历史这一行，其实就是为自己寻找答案，整本自传的核心，其实就是对中国独特的历史命运的解读，特别是对现代中国史、内战以及共产党所领导的道路的解读。

黄仁宇是从研究明代财政入手，来了解中国历史的。经过漫长的思索，他终于承认，毛泽东所选择的道路，是中国唯一可走的道路。他说：

> 党派的争吵实际上反映历史的僵局，内战势必不可免，多年后的我们才了解这一点，但交战当时却看不清楚。关键问题在于土地改革，其他不过是其次。问题在于要不要进行改革，如果将这棘手的问题搁置一旁，我们就永不可能从上而下来重建中国。国民党军队虽然被西方标准视为落伍，却已经超越中

国村落所能充分支援的最大限度，因此必须重整后者。但这样的提议说来容易，做起来难，因为一旦启动后，就没有办法在中间任何时点制止，必须从头到尾整顿，依人头为基准，重新分配所有农地给耕种者……

毛泽东的革命在本书称为"劳力密集"，一度显得迂回曲折、异想天开，甚至连他的党人也轻视这位未来的党主席。因此，我们当时忽略其功效，也许不能算是太离谱。内战爆发后才完全看到他的手法更直接，更有重点，更务实，因此在解决中国问题时比其他所能想象出的方法更完备，更自足。一旦付出代价，就不能否认计划中的优点……如果不同意上述的话，至少我们可以接受这个明白的事实：透过土地改革，毛泽东和共产党赋予中国一个全新的下层结构。从此税可以征收，国家资源比较容易管理，国家行政的中间阶层比较容易和被管理者沟通，不像以前从清朝宫廷派来的大官。在这方面，革命让中国产生某种新力量和新个性，这是蒋介石政府无法做到的。下层结构还在原型阶段，显然未来需要修正。与此同时，这个惊天动地的事件所激起的狂热——人类有史以来规模最大的财产重分配和集体化——似乎一直持续，直到"文化大革命"为止。这时历史学家提及上述事件时，可以持肯定的态度，不至于有情绪上的不确定。

按黄仁宇的看法，共产党所进行的这一场有史以来最大规模的革命，是要到1976年才真正结束的（这一点我完全同意）。我跟黄仁宇不同的是，由于我是佃农子弟，因此，在感情上很容易认同这一场以农民为主体的革命。我相信，国民党之所以在台湾实行土地改革，也是为了抵消共产党的威胁。事实上，为了这一改革，它得罪了台湾所有的地主阶级，让它的统治更加艰难。前面已提到，台湾地主阶级出身的中小企业主及三师集团是目前"台独"势力的核心。

对于共产党重建新中国的作为，黄仁宇是这样评论的：

> 我们必须承认，在毛泽东的时代，中国出现一些破天荒的大事，其中之一就是消除私人拥有农地的现象。这项措施将中华人民共和国清楚地定成共产国家，因为这正是《共产党宣言》中建议行动名单上的第一项。但这件事可以从不同角度加以探讨。首先，马克思和恩格斯提出这些建议时，是针对"先进国家"。他假设这些国家累积许多资本，因此工业和商业都专注剥削工厂内的劳工。从土地征收的租金对国家的经济发展贡献不大，只不过是不劳而获的另一种形式，很容易消失。毛泽东时代的中国仍然在累积资本的原始阶段，一点也不符合马克思和恩格斯所设想的状况。其次，毛的运动显然提倡平等精神和同情心等传统价值，比较接近孟子，不太像《共产党宣言》，公社的结构也遵循国家机构的传统设计。因为其基础是便于行政的数学原则，其单纯简朴有利于官僚管理。但从历史上来看，这样的安排只会导致没有分化的最底层农业经济，无法实施现代化。这个缺点已被发现，因此最近也重新进行调适。第三，中国的土地私有制已废除三十年，我们必须接受这个历史的既定事实。我自己从来不曾崇拜毛泽东。但我在美国住了数年后，终于从历史角度了解这个运动的真实意义。考虑到中国人口过剩、土地稀少、农地不断分割、过去的农民负债累累等诸多因素后，我实在无法找出更好的解决之道。如果说我还有任何疑虑，我的明代税制专书和对宋朝的研究就可以让疑虑烟消云散。管理庞大的大陆型国家牵涉一些特定要素，并不能完全以西方经验发展出的标准加以衡量。如果没有这场改革，也许绝对无

> 法从数字上管理中国。就是因为无法在数字上进行管理，中国一百多年来才会一错再错，连在大陆时期的国民党也不例外。我已经提过，毛泽东是历史的工具。即使接受土地改革已实施三分之一个世纪的事实，也并非向毛泽东低头，而是接受地理和历史的判决。

黄仁宇还对这一时期共产党对城市企业的管理模式做了一些分析，并且从全球资本主义的发展趋势来对中国的前途做了一些推测和建议，在此就不转述了。

在前面的分析里，黄仁宇指出了一个非常重要的事实，即"毛泽东时代的中国仍然在累积资本的原始阶段"。我认为，新中国的重建，首先要解决的就是，中国现代化原始累积的资金与技术来源问题。由于西方帝国主义对中国革命的敌视和所采取的围困策略，中国不得不一切靠自己。刚开始还有苏联援助，等到中苏闹翻，就真是孤军奋斗了。

应该说，从1949年到1976年，路线虽然几度翻覆，但最主要的现代化"奠基"工作从来没有间断过。要不然，实在无法解释，改革开放以后，中国的经济为什么发展得这么快。不管我们怎么看待共产党，它在1949至1976年之间为中国重建所做的正面贡献，是无论怎么评价都不为过的。[1]

黄仁宇的自传初稿写于20世纪80年代初，当时大陆已处于改革开放初期。如果他能活到现在，一定会更高兴，并且一定会继续发表他的看法。就我个人而言，到进入21世纪初，特别最近这两三

---

[1] 这里所说的"奠基"工作，我原先只想到重建社会组织、建立基础科学、规划经济发展，以及一些基础建设，等等。后来在最近一期的《读书》杂志（2007年6月）读到甘阳的《中国道路：三十年与六十年》，发现他有更深入的分析。关心这个问题的人，应该读这篇文章。

年，我已完全确认，"中国道路"确实是走出来了。中国社会当然还有很多问题尚待解决，但可以断言，"中国崩溃论"基本上已经没有人相信了。而且，我还敢断言，中国以后也不会完全循着西方的道路走，即使在政治体制上也是如此。[1]

以上大致可以说明，当20世纪80年代"台独"论日渐抬头时，我思考中国问题的一些基本看法。之所以引黄仁宇为证，是因为我的看法和黄仁宇类似。我们的不同是，黄仁宇是一辈子研究中国历史又亲历内战的人，而我只是一个关心自己国家命运，因而不得不一面阅读、一面思考的一个小知识分子，我肯定看得不如他深入。但另一方面，我比他更认同革命道路，他是接受"事实"，我则欣喜中国终于从千辛万苦的革命中走出自己的道路。应该说，当20世纪80年代以后台湾知识分子完全置大陆于度外时，我花了近二十年时间完成了对自己的改造——成为一个全中国的小知识分子。这一点我有点自豪，并为此感到幸福。

反过来说，跟我同世代或比我年轻的台湾知识分子完全接受了国民党统治下的思想观念。他们盲目相信胡适自由主义的"科学"与"民主"，盲目相信自由经济。我认为，他们不只是"自由派"而已，许多人在美国"软性殖民"（相对于日本的"硬式殖民"）的影响下，纷纷表示自己不是中国人，无怪乎陈映真称之为"二度皇民化"。

50年代以降台湾和大陆所走的不同的历史道路，使台湾知识分子走上了这一条道路，不但无法思考中国之命运，甚至最后还想弃绝中国。这正是美国"软性"统治台湾的后果。

---

[1] 台湾现在所谓的"民主选举"，一直在利用族群矛盾，把原有的伤痕不断地重复扩大。如果大陆也实行同样的制度，以大陆复杂的民情（包括民族杂居、不同方言区的犬牙交错等），将只会造成不断的分裂、内斗，我们应该对所谓的"民主制"有更深入的思考。

最近几年我曾经跟一些比较谈得来的台湾朋友讲，除非你选择移民，只要你住在台湾，你就不可能不面对你最终是中国人的这一事实。这样，你不但非常痛苦，而且还会错失一生中（甚至历史中）的大好机缘。

远的不说，就说跟我同一世代的大陆朋友，他们基本上属于老三届，在"文革"中都吃过苦头，当我们正在按部就班地读大学时，他们许多人在乡下落户。我们比他们幸运多了（在他们之前几代的知识分子的命运就更不用说了）[1]。现在时来运转，中国出头了，而我们的台湾朋友却固执地不想面对中国历史，固执地相信国民党和美国教给他们的各种观念，把中国完全排拒在他们的视野之外，完全不考虑自己也可以是其中的一分子，可以重新思考自己的另一种前景，我实在很难形容他们这样的一种心态。

三年前我开始产生另一个想法：五四以后大家都反封建、反传统，当时这样做是合情合理的。但九十年之后，中国突然浴火重生了，你又觉得中国的再生能力简直不可思议，显然五四时代的人对此有所低估。不过，也没有关系，正因为反得厉害才可能重新奋起，让中国重生。如果有人一路反下去，最后连自己的"中国身份"都要反掉，那只能说是他自己的悲哀。改革开放以后，也有一些大陆知识分子走上这条路，我知道其中有些人是后悔了。我也希望，台湾的知识分子迟早能看出自己的错误。

台湾的乡土文学论战已过了三十年。这三十年是我一生中最艰苦但也最宝贵的三十年。最艰苦，因为台湾像我这样想的人太

---

[1] 黄仁宇说，他"得天独厚，能成观察者，而不是实行者，我应该心存感激"。相对于他的留在大陆、支持革命的友人（实行者）的历经千辛万苦、牺牲奉献，黄仁宇的"感激"其实暗含了"惭愧"的意思，这种感受我完全能体会。海外以及台湾地区的某些人，常会议论说，某人支持共产党，在"文革"中被斗、自杀，谁叫他选错了路。这种说法，完全不了解中国人的命运，只会隔岸观火，幸灾乐祸，可谓全无心肝。

少了；最宝贵，因为我摸索出自己的历史观（中国历史观必然蕴含了一种更大的历史观）。如果要在论战三十周年时谈一些自己的看法，我大概只能说这些。如果有人认为离题太远，太离谱，那就随他去吧。

2007 年 6 月 12 日完稿

写在人间

第一辑

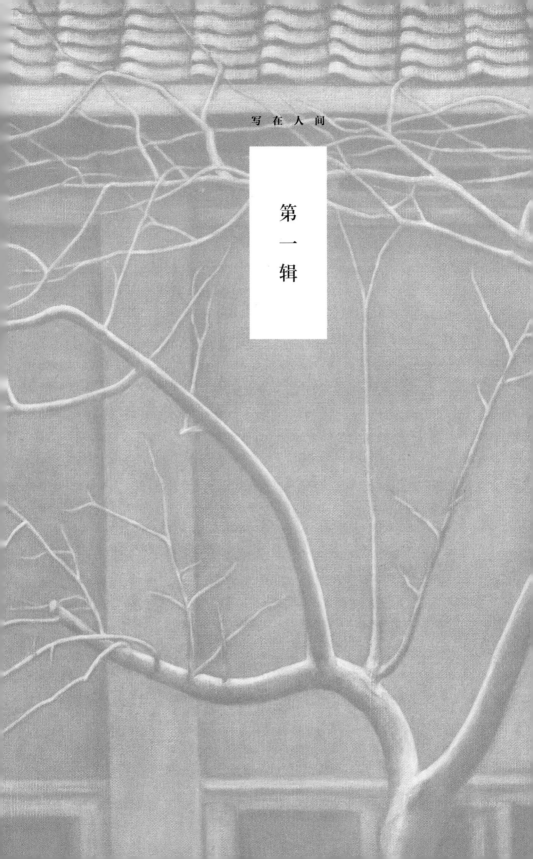

《无悔：陈明忠回忆录》序

一

20世纪90年代，台湾"统派"的一些年轻人，很希望50年代的老政治犯（我们习称"老同学"）写回忆录。那时候全台湾已经充斥着"台独"派的历史观，我们希望老同学的回忆录可以产生一些平衡作用。但老同学对我们的建议不予理会，他们认为，重要的是要做事，回忆过去没有什么用。况且，那时候台湾解除戒严令才不久，老同学也不知道过去的事能讲到什么程度，心里有很多顾忌，当然更不愿意讲述以前的事。

当时我们着重说服的两个对象，是林书扬先生和陈明忠先生。林先生尤其排斥写回忆录的想法，因此，直到他过世我们都不太了解他的一生。陈先生虽然比较愿意谈过去的事，但也只是在不同的场合偶然谈上一段，他也没有想写回忆录的念头，

2008年，《思想》的主编钱永祥，要我和陈宜中联合访问陈先生。这篇访问稿《一个台湾人的"左统"之路》登出来以后，很意外地被大陆很多网站转载，大陆读者反映说，他们对台湾历史增加了另一种了解。

由于这个缘故，陈先生终于同意由他口述，让我们整理出一部回忆录。中国社会科学院文学研究所的李娜，知道这件事以后，自

告奋勇，表示愿意承担访谈录音和整理录音的工作，不拿任何报酬。李娜和蓝博洲、张俊杰，还有我，多有来往，比较了解台湾的"统派"，对台湾历史也比较熟悉，为人热情，所以我们就同意由她来承担这一工作。应该说，这本书能够完成，李娜是最大的功臣。

李娜完成录音的逐字稿整理以后，我打印出来，交给陈先生修订增补，我再根据陈先生的校稿加以整理。李娜的逐字稿已经把陈先生所讲述的事实做了一些归并，而且划分了章节。在这方面陈先生和我只做了小幅度的调整。我的主要工作是修订文字，让陈先生的意思表达得更明确，并且跟陈先生随时联系，确认一些事实。

我跟李娜讲，陈先生普通话讲得不太好，讲话常有闽南话的习惯，造句、用词比较质朴，整理时不要太过修饰，尽可能保持他的语气，这样比较生动。李娜基本上按照这一原则整理，但她到底是北方人，又是女孩子，有时候总会不小心流露北方女子的口吻。我跟陈先生一样，讲的普通话含有浓厚的闽南话味道，因此，凡是我认为不太合乎陈先生口吻的句子和用词，我都改了。另外，陈先生个性比较急，讲得比较快，前后句子常常不太连贯，我就增加一些句子，让意思清楚。我的修改，陈先生至少看过三遍，他有时候也加以增改。应该说，全稿是在陈先生的仔细审订下通过的。

回顾起来，自从李娜把逐字稿交给我以后，又经过了两年多，因为我很忙，校订工作拖得太久，这是应该跟陈先生和李娜致歉的，另外，稿子在《犇报》连载期间，把我的校订稿打印出来，交由陈先生修订，这种工作都是陈福裕负责的，他还和陈先生密切联系，从陈先生处选用照片，编配在本书中。在最后的排印过程中，一切工作全部由人间出版社的蔡钰凌小姐和夏潮联合会的李中小姐负责统筹。最后，黄玛琍小姐听说是陈先生的书，立即允诺设计封面及版面，这都应该说明，并表示感谢。

二

　　陈先生生于1929年，经历了日本殖民统治的最后阶段，台湾光复时十六岁，高中已经毕业，因此他主要的知识语言是日语。十八岁时遭逢"二二八事件"，并身涉其中，事变后不久加入共产党地下组织。1950年被捕，1960年出狱。出狱后，经过艰苦的努力，成为台湾新兴企业的重要管理人员。但他不改其志，始终关心祖国的前途，花费大量金钱从日本搜购资料，并与岛内同志密切联系，导致他在1976年第二次被捕。国民党原本要借着他的案件，把当时岛内从事民主运动的重要人物一网打尽。陈先生备受各种苦刑，仍然坚贞不屈，让国民党找不到扩大逮捕的借口。国民党原本要判他死刑，由于海外人权组织和美国保钓运动参加者的倾力援救，改判十五年徒刑，1987年因病保释就医。陈先生出狱时，岛内"台独"势力已成气候，不久民进党组党，戒严令解除。为了对抗以民进党为代表的"台独"势力，陈先生又联络同志，组织台湾地区政治受难者互助会、中国统一联盟、劳动党等，是台湾公认的重要"统左"派领袖。

　　陈先生口述的一生经历，主要围绕着上述事件而展开，主要是以叙述为主。虽然偶有议论，但无法系统地呈现他的政治见解，因此他决定把《一个台湾人的"左统"之路》收入书中，以弥补这一缺憾。陈先生的一生，不但呈现了台湾近七十年历史的一个侧面，同时也曲折地反映了中国人的现代命运。因为现代的年轻人对这段历史大都不太熟悉，我想借着这个机会对本书中所涉及的历史问题加以重点分析。我希望这本书将来能够在大陆出版，因此，我把大陆的读者都预想在内，涉及面比较广，希望引起大陆读者的关注和讨论。

　　我的序言主要涉及三个问题：一、台湾人与日本殖民统治的关系；二、国民党与"台独"；三、中国1949年革命的后续发展问题。

　　大陆的一般人好像有一个倾向，认为台湾人对日本的殖民统治颇有好感,到现在还念念不忘,其实这是最近一二十年来台湾媒体给大陆读者造成的印象,完全不合乎历史实情。在一次简短的访谈中,陈先生一开始就说,改变他整个人生的思想和行为的,就是高雄中学的日本人对他的歧视。这并不是少见的个案。陈先生的前辈,"二二八事件"后台北地区地下党的领导人,后来被国民党处死的郭琇琮,是另一个著名的例子。他出身于台北大地主之家,跟陈先生一样,考上最好的高中,也因为饱受日本同学的欺压而成为民族主义者和社会主义者。只要熟悉日据末期的史料,以及当时台湾重要人物的传记,就可以知道,光复后加入共产党地下组织的台湾人普遍都有这种遭遇。

其次,台湾农民的处境,在日本殖民统治时期,远比清朝恶劣得多,陈先生在书中已经谈到了。只要稍微阅读日据时代的台湾新文学作品,或者了解一下日据时代的台湾经济发展,也会得到这样的印象,这就是为什么日据时期台湾最活跃的反日运动是由"农民组合"所发动的。而领导农民组合的知识分子,大半就是对日本人的歧视非常不满的、受过比较好的教育的台湾人。这一股力量,是台湾左翼运动的核心,也是台湾光复和"二二八事件"后,台湾主流知识圈倒向共产党,并且加入地下组织的主要推动力。

非左翼的民族主义者如林献堂等大地主阶级,也对日本的统治不满。因为他们极少参政的机会,他们的经济利益也严重受到日本企业的排挤。他们一心向往祖国,认为只要回到祖国怀抱,他们就可以成为台湾的主导力量,并且取得他们应有的经济利益。因此,台湾光复,国民党的接收官员和军队到达台湾时,受到极为热烈的欢迎,这从当时的报纸都可以清楚地看出来。

这种形势,在国民党来接收以后,逐渐地、完全地改变过来,国民党的接收,几乎一无是处,所以才会在不到两年之内就激发了蔓延全岛的"二二八事件"。"二二八事件"后,台湾内部的左翼力量认清了国民党的真面目，在来台的大陆进步知识分子的影响下，迅速倒向共产党。他们之中最勇敢的、最有见识的，基本上都加入共产党的地下组织。当时国共内战的局势对共产党越来越有利，他们认为台湾解放在即，不久的将来就可在共产党的领导下，建设一个全新的中国。没想到，不久朝鲜战争爆发，美国开始保护残存的国民党政权，国民党也在美国支持下，大力扫荡岛内的地下党和亲共人士，这就是所谓白色恐怖。国民党秉持"宁可错杀一百，不可放过一个"的原则，几乎肃清了岛内所有支持共产党的人。这样，最坚定的具有爱国主义思想的台湾人，不是被枪毙，就是被关押在绿岛，还有一部分逃亡到大陆或海外，日据时代以来最坚定的抗日和民族主义力量，在台湾几乎全部消失。

非左翼的地主阶级（左翼之中的地主阶级也不少，如郭琇琮、陈明忠都是）虽然对国民党还是很不满，但比起共产党，他们还是勉强跟国民党合作。但是，美国为了杜绝日本、韩国和中国台湾地区的左翼根源，强迫三个地区的政权进行土地改革。国民党当然愿意跟美国配合，因为这还可以借机削弱台湾地主阶级的势力。国民党表面上是用国家的资源跟台湾的地主阶级购买土地，但实际上付给地主的地价根本不及原有的三分之一。台湾的地主阶级从此对国民党更为痛恨，地主阶级的领袖林献堂外逃日本，而且还支持在日本从事独立运动的另一个地主廖文毅。所以陈先生才会说，"台独"运动的根源是土地改革，这是从未有人说过的、深刻的论断。

这样，台湾内部原有的最坚强的、爱国的左翼传统在台湾完全消失，而原来温和抗日或者跟日本合作的地主阶级，全部转过来仇恨国民党。前一种人的后代，在父亲一辈被捕、被杀或者逃亡之后，在反共的宣传体制下长大，无法了解历史真相，又因为上一代的仇恨，当然也只会仇恨国民党。而地主阶级的后代，不管他们的经济力量受到如何削弱，他们还是比较有机会受到教育，比较有机会到美国留学。他们上一代对国民党的仇恨都遗留在他们身上，他们在海外又受到美国的煽动和支持，他们的"台独"组织在20世纪70年代大大地发展起来，并且在80年代和岛内的"台独"势力相结合，就成为目前"台独"运动的主流。

在美国新兴的"台独"势力，开始美化日本人的统治。就台湾一般民众而言，他们亲身经历过日本和国民党的统治，他们认为日本官吏比较清廉而有能力，而国民党的官吏则是又贪污又无能，他们逐渐忘却日本统治的残暴和压榨，因为国民党的残酷绝不下于日本人，而国民党的压榨也和日本不相上下。所以，"台独"派对于日本殖民统治的美化，很容易得到一般台湾民众的呼应，这样，整个历史就被颠倒过来，积非成是。最重要的关键还在于，国民党把最坚强的抗日的、爱国的岛内势力根除无余，这也是1980年以后岛内的"统派"力量一直很微弱，难以发挥影响的原因。

三

国民党为了维护自己的政权，残酷地清除台湾最坚强的、抗日的爱国力量，这纯粹是自私。但国民党为了稳定台湾，发展台湾的经济，不得不实行土地改革，这件事无论如何不能说它做错了。没有土地改革，就不可能有后来的经济发展。台湾地主阶级的后代对此念念不忘，也应该加以批评。

坦白说，这十多年来我对国民党在台湾的功过比较能坦然地加以评价。国民党在土地改革后，实行低学费的义务教育，又实行非常公正的联考制度，让许许多多的贫困的台湾农家子弟逐渐出头，确实有很大的贡献。另外，由于教育的普及，受过教育的台湾人基本上都会讲普通话（台湾称为"国语"）。普通话不但让台湾的闽南人、客家人、外省人还有原住民可以相互沟通，而且，在两岸互通以后，还可以跟大陆一般民众沟通，客观上为统一立下了很好的基础。虽然在推行普通话的过程中，国民党曾短时期（五六十年代之交）施行过禁止方言的过当政策，但总是功大于过。现在的"台独"派，不管花多少力气想把闽南话文字化（他们称为"台湾话文"），都不能成功，反过来证明了国民党推行普通话的贡献。

20世纪70年代以后，尤其在1987年"解严"以后，过去三十余年台湾历史的真相逐渐被暴露出来。面对"台独"派及一般台湾民众对国民党罪行的控诉，国民党的统治阶层，以及他们的第二代很难反驳，再加上美国的暗中支持，国民党也无法以法律来压制"台独"言论。这样，政治上台湾就分成两大阵营，即现在一般所谓的"蓝"与"绿"。在国民党长期统治之下，还是有不少台湾人跟国民党合作，他们的利益和国民党密不可分，同时，由于民进党常常诉诸群众运动，过分偏激，不少中立者宁可支持国民党，现在蓝、绿两边大致势均力敌。

不过，蓝军也并不支持统一。国民党的核心统治集团，是当年战败逃到台湾来的最顽固的反共人物，他们有很深的仇共情绪，并且把这种情绪遗留给他们的第二代。他们认为，虽然国民党治台初期犯了重大错误，但台湾社会现代化的贡献还是要归功于国民党，在国民党统治之下，台湾民众才能过上富裕与民主的生活。因为仇共和自许的成就，即使面对"台独"派极大的压力，他们也不愿跟共产党合作，接受统一。就其实质而言，蓝营基本上和绿营一样，都很少具有民族主义的情怀。除了维持"中华民国"的正统性这一点之外，他们跟绿营的区别并不大。所以很吊诡的是，蓝营虽然表面不讲独立，他们真正的心愿是以"中华民国"这一块招牌，把台湾独立于中华人民共和国之外。所以现在的国民党也成为另一种意义的"台独"派。可以说，国民党长期和美国合作所进行的反共（后来还有"反中"）宣传，造成了今天岛内两党恶斗、面对大陆又两党一致的怪异局面。

　　其实，这一切都是美国长期导演出来的。美国在朝鲜战争之后，一方面用武力保护台湾，一方面支持台湾的经济改革，又利用极优厚的留学条件，把大部分的台湾精英都吸引到美国去。事实上，现在的台湾统治集团（不论蓝、绿），还有台湾大部分的企业家和高级知识分子，他们的后代（或其亲属）甚至他们本人，不是拥有美国公民权，就是持有绿卡（马英九的女儿就是美国籍）。这样的集团既控制了台湾，又和美国具有利益上的种种瓜葛。在这同时，又有美国的盟友日本助上一臂之力。因为，作为"台独"核心的地主阶级的后代，基本上都亲日，在他们的影响下，"哈日"之风盛行。"台独"派甚至把当年日本人斥骂台湾人的"支那"和"清国奴"，转而用到现在的大陆人身上，可谓荒谬绝伦。可以说台湾长期在美国和日本的影响下，已经自视为亚洲的"文明国家"。台湾人实际上抄袭了日本人的"脱亚入欧"论，不但瞧不起大陆人，也瞧不起东南亚国家。

　　现在大陆有少数人有一种想法，认为让台湾长期维持现状，对大陆的政治改革会产生积极的作用，这是不了解台湾问题的本质。因为，台湾问题是美国和日本采取联合行动，刻意干涉中国内政的最后残余。台湾问题不解决，就是中国百余年来被侵略的历史还没有结束。我们应该站在民族大义的立场来看待台湾问题，不应该对台湾的所谓民主抱有幻想。最近民进党煽动无知的学生包围"总统府"和"立法院"，表现出一种无可理喻的"反中"情绪，就是最鲜明的例子。

四

　　陈先生接受新民主主义革命、加入地下党时，只有十八岁。那时候的他，对社会主义的理论、社会主义的革命的认识都不是很深刻。1960年他第一次出狱时是三十一岁，此后十六年，他想尽办法偷读日文资料，以求了解新中国的局势。1976年第二次被捕，不久"文革"结束，这时，他也许才开始真正的"探索"。他说，"文革"结束之后台湾对"文革"的报道，让他非常痛苦，他不知道中国革命为什么会搞成这个样，他不得不为自己牺牲一辈子所追求的事业寻求一个合理的解释，不然他会觉得自己白活了。

1987年陈先生第二次出狱，他开始阅读大量的日本左派书籍，企图深入了解中国革命的历程、"文革"发生的背景，以及改革开放后中国如何发展的问题。他已经把他的探索过程和看法写成了《中国走向社会主义的革命》这本书，主要的观点在本书中也略有提起。

陈先生探索的结论大略如下。他认为，中国革命的第一步是"新民主主义"，集合全民（或者说四个阶级）的力量与意志，发展"资本主义生产方式"，全力现代化。这一阶段还不是社会主义，而是朝向社会主义的第一步。刘少奇是了解列宁的新经济政策的，"新民主主义"和新经济政策有类似之处，"新民主主义"的形成，刘少奇贡献很大。陈先生最后肯定了自己年轻时选择的"新民主主义"，而且，把这一主义思考得更加清晰。

陈先生认为，毛泽东本人思想则是一种"备战体制"，是在面对美国和资本主义帝国主义的随时威胁时的"应时之需"。陈先生又认为，中国现在还在朝着社会主义的方向前进。至于什么时候达到社会主义，他是无法知道的。他能够看到自己祖国的强大，看到统一有望，也看到中国有实力制衡西方，特别是美国，帝国主义的、资本主义的掠夺政策，他已经没有什么遗憾了。

我是一个"后生"的观察者，不像陈先生具有"参与者"的身份。我也像陈先生一样，认为"后进"的中国的所谓"革命"，第一个任务就是以"集体"的力量全力搞现代化，以完成"脱贫"和

"抵抗帝国主义"这个双重任务。但是,我比较相信毛泽东思想具有"复杂性",并不纯粹是"备战体制"。

不论我跟陈先生在这方面的想法有什么不同,但我们都了解到,革命的道路是非常艰难的、前无所承的。在50年代,主管经济的陈云、主管农业的邓子恢常和毛泽东"吵架",因为他们不能接受毛泽东在经济上和农业上的一些看法。梁漱溟之所以跟毛泽东大吵,也是为了农业政策。这些,都可以说明,1949年以后,路子应该怎么走,党内外有许多不同看法。应该说,中国的形势太复杂,内部问题很难理得清。经过"文革"的惨痛教训,执政者才能抓稳方向。我推想,改革开放的政策是一种"综合",正反合的"合",不是纯粹的刘少奇路线,但这只是"推论",目前还无法证实。

中国共产党和毛泽东都犯过错误,而且一些错误还不小,应该批评。但如果说,这一切错误都是可以避免的,那未免把中国这个庞大而古老的国家的"重建"之路看得太简单了。改革开放还不到四十年,大家都觉得好像走对了,不免松一口大气。我认为,这也是把问题看简单了。我觉得,大陆内部现在最大的问题是,很多知识分子不了解中国革命在"反西方资本主义帝国主义"或者"反资本主义全球体系"中的意义。在中国崛起之前,西欧、北美、日本这些"列强",都曾经侵略外国,强占殖民地,而中国从来就没有过。到目前为止,中国是唯一靠自己的力量站起来的现代化经济国家。

现在大家说,"中国是世界的工厂",俄罗斯的一份周刊说,"世界超过一半的照相机,30%的空调和电视,25%的洗衣机,20%的冰箱都是由中国生产的"。前几年大陆南方闹雪灾,交通瘫痪,物资不能输出,据说美国的日常用品因此涨了一两成。我说这话,不是在夸耀中国的成就,而是想说,中国的经济改变了"全球体系"。

在中国的经济还不能对"全球体系"造成明显影响时,西方、日本都已忧心忡忡，担心中国的崛起会"为祸世界"。即使到了现在，如果美国不是陷入一连串的泥淖之中，你能想象美国愿意坐视中国崛起吗？美国不是不想做，而是没有能力去做。

如果中国因素的加入，使得"全球体系"陷入不平衡状况，如第一次世界大战前，德国的崛起让英、法寝食难安，那"全球体系"就只有靠"先进国家"为了"遏阻"新因素的"侵入"而发起战争来解决了，两次世界大战都是这样发生的。事实上，20世纪90年代美国并不是不想"教训"中国，只是它没有能力罢了。美国和日本搞军事联盟，说如果"周边有事"，他们要如何如何，意思不是够明显了吗？

如果中国经济的崛起，能够让"全球体系"产生良性的调整，从而对"全人类"的发展有利，那就是全人类的大幸。如果因中国的崛起，而让全世界经济产生不平衡，从而引发另一波的"列强大战"，那人类大概就要完蛋了。现在美国经济不景气，情况似乎颇为严重；如果美国经济一下子崩溃，你能想象这个"全球体系"能不"暂时"瓦解吗？这样岂不也要"天下大乱"？应该说，中国一再宣称"不称霸"，倡导"和谐发展"，就是希望避免这样一次大震荡。我觉得，这个时候重新来思考马克思对于资本主义逻辑的分析，就更有意义了。我是一个中国民族主义者，但我从来就希望，中国崛起只是一种"自救"，而不是产生另一个"美国"或"英国"或"日本"或"德国"，或一种难以形容的"怪物"。我觉得这样的思考也可以算是一种让"全球体系""走向社会主义"的思考。

从马克思的原始立场来解释社会主义，这个社会主义只有资本主义生产方式在全球范围全面展开时，才可能实现。因为，只有全人类有丰裕的物质生产，才可能想象马克思所构想的那个人人富足、人人自由的物质与心灵双方面得到完满实现的社会。"一战"以后，西方资本主义体制第一次碰到全面危机时，许许多多的左派革命志士认为，全球革命的时代已经来临，最终证明是一种幻觉。

这一次"不合乎"马克思原始构想的"世界革命"，以苏共的革命开其端，以中共的革命达到高潮，以"二战"后许多"后进国"的革命延续下去。现在已经可以了解，这还不是"社会主义革命"，而是"后进国"以集体的力量来实现资本主义生产方式的现代化工程，这一工程可以把"后进国"绝大部分受苦受难的人从西方资本主义帝国主义的侵略与剥削之下解救出来。这一革命的牺牲相当惨重，但相对而言，"二战"后那些走"西方现代化"路线的"后进"国家，牺牲也一样惨重。姑且不论这两条路谁是谁非，"后进国"都被迫走进资本主义国家逼他们非走不可的道路。走第一条道路而唯一获得成功的是中国，走第二条道路很可能将要成功的，大家都看好印度。中国的成功对世界资本主义体系具有双重意义。第一，它的崛起好像还不至于导致德国、日本崛起以后的那种资本"帝国大战"。第二，到现在为止，中国经济还保留相当比例的公有制，因此可以希望它对其他"后进国"产生启示作用，让它们不必完全照"西方道路"走。

中国的崛起距离全球范围的现代化还很遥远。拉丁美洲、非洲、伊斯兰世界、东南亚，这些地区目前都还在发展。我们不知道西方（尤其是美国）和伊斯兰世界的冲突如何解决，也不知道拉丁美洲最终是否可以从美国资本主义的桎梏之下解放出来。但是，无疑地，现在可以用更清醒的眼光，用马克思的方法，好好地审视全球资本主义体系的未来。只是，我们很难期待，21世纪会出现另一个马克思。

在这种情形下，每个地区、每个民族都只能以自救、自保为先。达到第一步以后，如果能对周边地区产生影响，促使它们良性发展，而且不对周边地区产生明显的经济"剥削"，我相信，这样的国家就要比以前的英、法，"二战"后的美、日好太多了。并且，第三，如果它还能进一步制衡愈来愈黩武化的美国，让美国不敢太嚣张，那它对世界和平无疑是有贡献的。我认为，中国是现在世界上唯一有力量完成这三重任务的国家。

我跟一些大陆朋友谈过我的看法。有些人认为中国本身的问题多如牛毛，我这样想，未免太不切实际。我逐渐了解，这种人大多羡慕美国模式，认为中国距离美国模式还太遥远。但让我高兴的是，像我这种思想倾向的人越来越多，而且他们的影响也在逐渐增加。我相信，这种思想倾向在未来的一二十年之内，会成为大陆思想的主流。

五

我跟陈先生来往二十余年，用客观的眼光来看，他一辈子的经历让我非常感兴趣。他出身于大地主之家，从小不愁吃穿。生性聪明，居然从偏僻的乡下小学，考上台湾南部最优秀的高雄中学，然后又以第一名考上台中农业专门学校的农化系，最后还是以第一名毕业。以这样的背景，在台湾刚光复的历史条件下，他可以从政，就像他的好朋友林渊源那样，很容易成为地方派系领袖，甚至可以选上县长。他也可以从商，在台湾现代化的过程中，不难成为富裕的企业家。他也可以走学术道路，如果光复后他到日本留学，应该有机会成为名牌大学的教授，但是，这些路他都不走。在高雄中学的时候，因为日本人的歧视与欺压，走上反抗之途；光复后，因为国民党接收的劣政和"二二八事件"，走上革命的道路，因此历经艰险，九死一生，从不后悔。以我们光复后接受国民党教育的人的眼光来看，实在太不可思议了。

陈先生现在的生活非常简单，如果没事在家，一天就买两个便当，中餐和太太共吃一个，晚餐再吃另一个。他全心全力为他的工作奔忙，此外，没有其他的需求，我没有看过人生目标这么明确、行动这么果决、意志这么坚定的人。一个人，十八岁就决定加入革命组织，到现在已经八十六岁了，还不想休息。看到这样的陈先生，再想起 50 年代就已牺牲的郭琇琮、吴思汉、许强、钟浩东等人，就会觉得，他们那一代人真了不起。

我跟陈先生相处，最大的收获是：鲜明地意识到，小知识分子那种患得患失、怨天尤人的坏习气。有一次，在他面前，我对某件事情大发牢骚，他非常不解地看着我说，这有什么呢？让我很不好意思。应该说，这十年来，我的目标越来越单纯，行动越来越坚定，牢骚越来越少，他的无形的影响是很关键的。我很高兴，他的回忆录的出版我有机会稍尽绵薄之力，我也希望，借由这本回忆录可以让人们回想起 50 年代为了全中国和全人类的前途而牺牲的那一代台湾精英。

2014 年 3 月 23 日

（陈明忠口述、李娜整理编辑、吕正惠校订：《无悔：陈明忠回忆录》，台北：人间出版社，2014 年 5 月）

吕正惠和陈明忠谈台湾的情况，2018年在上海　林哲元摄

吕正惠在台北家中，2010年　黄文倩摄

在台湾苗栗县湾宝，2011年　黄文倩摄

在黑龙江"北大荒",2012年　黄文倩摄

在华东师范大学开会,2018年　陈晓煜摄

与夫人萧淑卿在淡江大学荣退酒会上,2014年　黄文倩摄

新中国的寻常老百姓
——么书仪《历史缝隙中的寻常百姓》序

么书仪教授这本书人间出版社已于2010年出过一次，印500册，卖出的不到200本，销路不好。但我一点都不气馁，决定重印一次，只出原书的上半部，这是原书最有价值的部分，我的序文就是要跟大家介绍它的价值何在。

么书仪教授是中国社会科学院文学研究所的研究员，是元代戏曲的专家，我在未认识她之前就买了她的两本专著。后来（新竹）清华大学专攻戏曲的博士生先后见到了么教授，跟么教授处得很好。有一天，其中一位跟我说，么老师有一本自传，想在台湾出，老师要不要看一下。我匆匆看了一遍，觉得非常好，就帮她出了。书名就叫《寻常百姓家》，封面上有一张么老师、她的先生洪子诚（北京大学教授、著名的当代文学专家）和她女儿的合影。那时候我跟么老师还不是很熟，不便反对她的封面构想，就这样出版了。一般人可能会以为书里讲的是他们全家三个人的故事，这些故事当然也吸引人，可是在台湾认识他们三个人的并不多，自然引发不起购买和阅读的兴趣。

么老师把这本书送给大陆的一些朋友，他们都熟知么老师和洪老师，所以都读了，读了以后都说好，应该在大陆出。大陆朋友的反应我完全可以预料到，因为确实是好书，特别好的是谈她父母的上半部，大陆朋友也都这样看。这一部分涉及大历史中的小人物，大历史是指新中国的前三十年，小人物就是么老师的父母。用么老师的话来说，她的父母只是寻常的老百姓，但他们却遇到了现代中国的一次极为重大的政治变动，那就是共产党打败了国民党，建立了新政权。这个新政权的性质和治国模式在中国历史上是极其独特的，它在建国初期的重大举措影响了中国几亿（大多书籍都认为当时中国人口在4亿左右）的老百姓，每一个老百姓都被卷入大变动之中，日常生活无不受到影响。么老师从自己的经验出发，只写她的父母和家中小孩从小生长的环境。描写的范围虽然只限于一个小家庭，但仍然可以看出中华人民共和国的建立过程对小老百姓日常生活所造成的震荡幅度之大。由小可以观大，从一个小家庭我们可以想象几亿中国人所受到的重大冲击。因此我认为，本书有两项重大的价值：首先，通过本书我们可以窥见新中国成立初期的一些具体细节；其次，我们可以看到，么老师的父母为了应付这个变局，使出所有的生命的力量，照顾他们的小孩，让他们都能受到最好的教育。么老师的父母只是普普通通的小老百姓，但借由他们的一生，我们仍然可以看到，中国的老百姓如何在历史的大变局中坚忍踏实地生活下去。他们的一生其实可以看作中国所有老百姓的缩影，由此我们可以理解中国人独特的生命力，也许就是这种生命力的累积，才有改革开放以后中国的迅猛发展。这是一本小书，但它所具有的历史意义却不可小看。

一

中华人民共和国成立时，基于共产党人所信仰的马克思主义，极为重视人民中的阶级成分。他们认为，这个政权首先要考虑占人口绝大多数的、长期受压迫和剥削的工人和农民的利益。当时的中国，工业化规模极有限，工人人口不多，农业人口占中国的绝大多数。所以,建国的第一要务是照顾农民,让他们可以稳定地生活。为此,发起了全国规模的土地改革运动,把农业人口分成雇农、贫农、中农、富农和地主,以贫、雇农为主力来斗争地主,口号是"打土豪,分土地"。这个运动从1950年进行到1952年,其结果是,3亿多无地或少地的农民分到了土地。

这一运动的政治效果非常明显,广大的中国的贫、雇农无不拥护中国共产党,使得刚刚建立的新政权完全稳固下来。除了阶级立场之外,中国共产党还有抵抗外国帝国主义侵略的理论。他们认为,绝大多数的中国人都因为帝国主义的侵略而受害,只有少数人(主要是买办和大地主)才会跟外国势力合作。所以,只要团结了大多数人,自然就能够全国一心,抵御外侮。既然占人口最大多数的农民都拥护新政权,新政权从根本上也就能够抵抗帝国主义侵略,这是中国近百年来所追求的目标。这也是土改的一大成就,有些人略过不提,事实上是不够公允的。

与工、农群众相对立的,是需要整肃或管制的五类分子,即地主、富农、反革命分子、坏分子和"右派",俗称"黑五类"。地主和富农在土改运动中受到冲击,反革命分子在1950年的镇压反革命分子运动(镇反)和1955年的肃清暗藏的反革命分子运动(肃反)中受到清除和管控,"右派"是在1957年的反右运动中被甄别出来的。在历次运动中先后被归入"黑五类"的人,除了在土改、镇反和肃反中被清除的人之外,其他人就一直处在"管控"使用中(他们都不具备充分的公民权,也就是被"专政"的对象)。共产党用种种方式把潜在的反对者、不满者区别出来,分别对待,以达到进一步巩固政权的目的。

我曾经把20世纪50年代国民党在台湾所进行的肃清运动(所谓白色恐怖,整肃岛内一切的左倾分子)讲给大陆朋友听。有的大陆朋友会说,我们也有肃清运动啊,而且规模更大,被整肃的人更多。从表面来看，两者的确很相似，但本质却是不同的。共产党的肃清运动，背后是广大的工农群众的支持，而国民党的肃清靠的只是军队和特务的力量，两个政权的性质是完全不同的。对于两地后来的发展，现在存在着许多议论，但我认为，再过一段更长的时间，历史的评价可能就更清楚了。

二

在这个历史大背景之下，我们就可以简单叙述么老师父母的一生了。么老师的祖父和叔祖父是河北省丰润韩城镇刘各庄的农民，只继承了三亩三分三厘的"坟地"。兄弟两人下定决心要发家致富，因此除了种田之外，还经营一个叫"双盛永"的小铺子，由于兄弟两人同心协力，一个在家种田和看铺子，一个跑外面进货，双盛永业务蒸蒸日上，让兄弟两人能够购置五十亩地。但就在他们事业的高峰期，先是么老师的叔祖父因长期在昏暗的烛光下记账而导致双目失明，接着祖父又因长期在外面奔走而劳累致死，双盛永不得不关门。

么老师的父亲是祖父与叔祖父两人唯一的继承人，而他却在二十岁至二十二岁之间在北京、唐山和天津的股票市场，把他继承的家产几乎全部败光，最后只留下六亩坟地和两座旧宅给叔祖父的大女儿（这个女儿因丈夫抽大烟，离开夫家，回到娘家）。

经过三四年躲债和到处寻找机会的历练之后，父亲终于东山再起，在1945年的三次股票买卖中赚了大钱，把所有债务还完，并在唐山买了房子，而且把叔祖父和叔祖母从农村接来奉养（祖母已在父亲到处躲债时过世）。这时候的父亲终于摆脱了败家子的恶名，成为人人赞扬的成功的股票商人。1947年，父亲又在股票市场中挣了大约一百两黄金，决定举家从唐山迁居北京，因为从北京到唐山、天津交通便利，又可以让儿女得到更好的教育环境。这是一次非常正确的选择，对儿女的将来影响非常深远。

1950年，新中国决定在北京开设股票市场，么老师的父亲再一次展现他敏锐的眼光，又挣了一百多两黄金，他因此买下了小茶叶胡同一座非常宽敞的房子。但这一次的成功却种下了失败的种子。1947年父亲刚迁居北京时，曾为一位商人朋友的儿子李济新开设的信义染织工厂投注资金，到了1950年，这家工厂的资本已经赔得精光。手中正有钱的父亲，已经了解了新社会的舆论，知道做股票是投机倒把的行为，他想转而投资工厂，把工厂办好，让自己进入民族资产阶级的行列，因此，再度投资信义工厂。

1951年年末开始"三反"运动，主要整肃党员干部的贪污行为。由于"三反"，又引发了"五反"运动，主要针对资本家和奸商的行贿和偷漏税。在"三反""五反"运动期间，工厂要停产，以便清查，但同时不许解雇工人，不许停发工资。这项运动历时将近一年，一些资本单薄的工厂厂主根本撑不住，信义工厂也就倒闭了。身为最大投资者的父亲，负责偿还所有债务，他只好把股票赚钱以后买来的小茶叶胡同的房子卖掉，再到兵马司胡同租房居住，从而结束了自1945年东山再起以后的黄金岁月，时为1953年春天。

从1953年春到1958年底，么老师的父亲以"行商"的身份养家活口，为此他跑过天津、山西、陕西、东北、广州等地，从价低的地方进货，再到价格高的地方卖出，他非常勤勉努力，维持一家人的生活不成问题。但是在1955年的肃反运动中，他却被牵扯进来了。年轻的时候他曾奉叔父的命令加入五台山普济佛教会，被推为理事，并为其募款。他很快就发现佛教会的许多大理事生活糜烂，就不再为佛教会募款，也不再参加活动。1950年镇反运动的时候，普济佛教会被列为"反动会道门"，其头目李俊杰被枪决，父亲心里还为共产党喝彩，觉得做得很对，他完全没想到他必须坦白交代这件事情。1955年肃反运动发动以后，他突然意识到，应该交代，所以就写了一份材料交给当地的派出所。从1955年到1958年，他前前后后写了三十份资料，共150多页。最后被定性为"一般历史问题"。

1958年12月，么老师的父亲接到派出所的通知，要他参加公安局组织的生产队去当装卸工，以便"通过劳动改造思想"。当时即将迎来新中国成立十周年，为了庆祝，首都要完成十大建筑作为献礼。当时被征调的多达五千余人，都是一些有轻微历史问题的人，他们所承担的都是重体力劳动。父亲虽然已经不是壮劳力，但做事认真，吃苦耐劳，一年之后就被任命为班长。这些装卸工都是有薪水的，工资每月八十多元，粮食定量每月四十五斤，要不是后来赶上三年困难时期，是足够维持全家七口人的开支的。

1962年下半年，么老师的父亲终于从生产队回家，结束了他的"通过劳动改造思想"的工作，却碰到了新的困难。在参加生产队期间，"行商"已经被取消，为行商重新安排工作的部门也已撤销，父亲错过了安排工作的机会，变成了无业游民，只好到街道办事处申请当临时工。临时工工作时间不固定，工种不一，报酬也不相同。父亲仍然以认真负责的态度，去面对派给他的任何一项工作。因为他一个人可以既推煤又烧锅炉，把医院手术室的温度烧到恒定，因此被人民医院指定留下来，成为长期的临时工，每天赚两块钱。这个时候他的长子已经就业，长女（么老师）已经考进北京大学中文系，全家勉强可以过日子。

1966年5月"文化大革命"开始，么老师的父亲受到极大的冲击，他被勒令扫大街，同时长期临时工被取消，他只好捡马粪，收集马缨花、槐树籽、马齿菜、蚯蚓和土鳖什么的，以维持生活，他知道哪里收购什么，收购价多少。1968年12月，突然开始了全国性的"城镇居民上山下乡"运动，父亲因为在城市已是无业状态，所以就被迫"自愿上山下乡",带着太太和两个小女儿到北京郊区昌平县的北流村下乡务农。这段时间几近十年,从父亲的五十岁到五十九岁。对于一个五十岁以前从来没有种过田的人来讲,那一种艰苦也就可以想象得到,但父亲最后还是学会了所有的农活。

1979年,政府允许1969年"上山下乡"、而今已经丧失劳动力的、城里有住处的居民回城,这样,么老师的父母又回到了北京城。虽然父亲已经六十岁,子女都已成家就业,可以奉养他,但他仍然继续工作。在征得原来聘用他的人民医院的同意后,他回去当临时工。这时候经济体制已经开始改革,所以父亲又开始想要经商了。1981年父亲辞掉临时工,申请当个体户,每天拉车摆摊卖水果、花生,每个月挣一两百元,一做就是十二年。股票市场重新开放后,1993年父亲决心回去做股票,他的三个小女儿都出资,他为每个女儿赚了十几万到二十余万元不等,这在当时是相当可观的财富。十一年后的2004年9月父亲骑自行车摔倒,大部分时间昏迷不醒,2005年6月去世,享年八十五岁。

三

从以上的简述可以看到,么老师的父亲1950年以后的生活,完全随着新中国的各种运动而起起落落。他虽然已经练就了做股票的种种技巧,但他知道股票生意在新社会终究要被取消,所以就用买股票赚来的钱转投资到工厂去,没想到来了"三反""五反"运动,让他的工厂破产。他只好登记做行商,做得也不错。但他也知道,最终行商这一行业也会被取消,所以,当他因为"一般历史问题"而被征调到生产队当装卸工时,他就认真学习、认真工作。三年半的装卸工结束,他因为在这期间失去了重新安排工作的机会,沦为临时工。不过因为他的优良表现,他被人民医院指定为长期临时工。

"文化大革命"发生以后,他的临时工被取消,在北京过了两年捡马粪、马缨花……以换取最微薄的收入,然后又下乡务农十年。在生命的最后二十一年,他终于又回到了他最熟悉的行业,卖货物和做股票。他的本领在经商,他只念到高小毕业,除了经商之外别无其他才能,所以只好随着各种状况从事各种体力劳动。他在旧社会所学习到的本领,在新政权下毫无发挥的余地。由此可以看到,新政权的建立对他的生命影响之重大,这是他所遭遇的"历史之命运"。而他只是千千万万中国老百姓中的一个例子,经历在历史大变动中的"命运"。

么老师的父亲,么霭光先生,最让人佩服的是,面对每一次生命的大变化,从不发牢骚,而只是老老实实地重新学习,努力工作。么老师谈到父亲在生产队当装卸工时这样说:

> 父亲从小不会劳动,在很长的时间里都过不了劳动关:铁锹不会使,钢锭扛不起,箩筐抬不动,抬一天筐肩膀肿得抬不起胳臂,干完一天活以后两条腿疼得走不动路,四十岁虽然是正当年,却自认了三等劳动力进了"老头班"……
>
> 三年半的装卸工让父亲在体质上有了很大的收益:吃得香、睡得着,以前的胃痛和失眠都已经不翼而飞,拿起铁锹来就像是使枪弄棒,这使他后来对于体力劳动无所畏惧……

关于他当临时工的经历,么老师是这样叙述的:

> 父亲的勤勉认真和"人前人后都一样"的品性,把"临时工"也干得勤劳刻苦:他做过给下水道和水暖工当下手的"管工",存留至今的在一叠元书纸上面画的"低水箱坐式粪恭桶做法规格""楼上高水箱蹲式恭桶做法规格""多连小便斗自动冲

水做法"……粗细水管、弯头、三通的连接走向和尺码都标示得清清楚楚……证明了父亲希望从外行到内行曾经的努力和用心;父亲做过给锅炉工打杂的"推煤工",到后来父亲可以一个人又推煤又烧锅炉,而且做到把医院手术室里的温度烧到恒定,以至于父亲被人民医院留下来烧暖气不再换人,据说那主要是手术室的要求……

五十岁的父亲不得不下乡种田,从未做过农活的他,刚开始非常地辛苦,什么活也干不了,但父亲

> 一如既往的勤勉和认真,对所有的农活从不敷衍了事,几年下来也就学会了锄地、薅草、耪地、铡草……而且也学会像农民一样养了猪,每天收工都带回家一捆猪草……

么老师所描绘的父亲的形象,一直萦绕在我的头脑中,让我突然想起么老师在另一地方对父亲所下的评论。父亲股票生意失败,因负债而远走他方,写了一封信给他的太太,表达他的忧心与痛苦,同时谈到对于未来他是如何考虑的。这是当时一个高小毕业生的文笔,读起来非常有意思。就在这个地方,么老师评论道:

> 这封保存到今的信,是把一个男人在事业上的成败,和自己对于家庭的责任心完全融合在一起的一种表述,在父亲二十三岁的年轻的心里,已经担当起了自己作为"丈夫",作为"儿子",作为"兼祧男",作为"女婿",对妻子、母亲、叔父、婶母、岳母所有的责任……

这一评论可谓精当。父亲是中国旧社会伦理培养出来的男人,

作为一个男人，他知道自己的责任，也一直在尽最大的努力做自己认为应该做的事。最有趣的，是他对太太的态度。他很意外地娶到了城里书香世家的女子，虽然他是农村财主的继承人，但还是高攀了。因此他一直认为赚钱养家是他的事，太太只需要在家中主持家务。按照新中国的政策，女性可以要求分配工作，但不论家庭经济如何困难，父亲总不让母亲到外面工作，而实际上母亲很有能力，也很想出去工作。这可以看出父亲的顽固与保守。他们到北流村落户种田时，虽然经济更是困窘，父亲仍然坚持不让母亲下田，这时母亲身体日趋衰弱，这又表现了父亲的体贴，而这一切都是中国传统教育培养出来的男人的性格。

这个传统婚姻中的传统家庭，在生活最困难的时候，把所有传统的美德都发挥出来了。三年困难时期（1959—1961），父亲在生产队当装卸工，是重体力劳动，全家生活就靠他一个人，他的身体绝对不能出问题，所以在母亲的主持下，家中的每一个人主动扣除自己的份额，以便让父亲能够吃饱肚子去干活。为了筹钱去黑市买粮票，父母都尽了最大的力。当父亲在生产队时，母亲整天不停地修改旧衣服，"把旧旗袍修改成为短褂、把衣服里子染成黑色，做成棉袄，把穿不出去的衣服面子（绸缎之类）用糨糊裱成袼褙，纳成鞋底……"父亲每月可以回家休息四天，一回到家的当天深夜，避开别人的耳目，用自行车驮着母亲所做的那一大包衣服上路，去京东郊县悄悄地卖给农民，买回高价粮食、豆子和全国粮票。第三天深夜从郊县骑一夜车，第四天凌晨到家，往返三百多里，第四天白天睡一天觉，傍晚回生产队报到。这是全书最动人的两段，可以看出主外的男人和主内的女人如何精诚合作，让全家度过新中国成立以来最艰困的三年。

看到么老师的父母不论面对怎样的艰难条件，都以最认真的态度去面对生活，解决困难，决不气馁，我不禁在想，他们的动力来自哪里？后来我看到，么老师的女儿，父亲的孙女在给"姥爷"的一封信中就问过这个问题：

> 上次我问姥爷："活着为了什么？"姥爷说："一为事业成功，二为抚养教育儿女，实际上第一条也是为第二条服务的，总而言之，就是要教育好子女。"听了这话我有些愕然了，真的，我还没听说过这种对于人生意义的解释。

孙女是在改革开放之后长大的，那时候已开始重视个人选择、发挥个人才性的教育理念，所以对姥爷的回答会觉得不可思议。我父母那一代所秉持的生活理念，和么老师的父母是完全一样的。因此，我恍然大悟，原来一向被新文化运动斥为"封建道德"的人生观，才是中国老百姓坚韧的生命力的来源。不管政治上如何搞运动，不管老百姓要面对多少生活上的变化，他们仍然按照祖祖辈辈的教训，为了养育子女，咬紧牙关，认真生活。原来，"封建道德"才是中国文化绵延不绝、生生不息的生命力的主要来源。应该说，这是我读么老师回忆父母这本书最大的体会，我终于看到了中国历史流变中的某一个症结点。

四

那么，很多人一定会问，在新中国成立后的三十年间，为什么要不断地发动各种政治运动呢？现在还有很多人对这三十年接连不断的政治运动不满。

我们先来看新中国成立后第一个全国性的政治运动，即土地改革运动。前面已经说过，土改结束以后，3亿左右的农民分到了土地。自从清末中国开始内忧外患以来，许多农民无地可种，无以为生，即使能租到土地，也要受到地主严重的盘剥。许多学者已经指出，在这种情况下，年轻力壮的农民只好投靠各种军阀，靠打仗为生。所以，重建社会秩序的第一步，就是让每个农民都有地种。农民生性保守，只要种地可以勉强养家，他们就会安定下来。在这种情况下，采取斗争地主的方式让农民能够无偿地分到土地，地主无法反抗，政府又可以得到农民的拥护，可以说是政治上的最佳选择。

其次谈到新政权与西方势力的关系。社会主义是以反对资本主义为目标的政治运动，它认为资本主义帝国主义在中国设厂投资，都是利用中国的廉价原料和劳工，来赚取巨额的利润，外资的剥削更甚于地主对农民的剥削。所以，新政权就毫不客气地没收外资工厂，冻结它的股票，而且拒付赔偿或利息，所以么老师的父亲所买的开滦煤矿的股票就形同废纸。这样，新的社会主义政权跟发达国家的资本主义政权必然形成对立，发达国家当然要撤人撤资，让新政权独自去面对没资金、没技术、没人才，以及难以发展的窘境。所有团结全国人民、以反帝国主义为目标的社会主义国家都必须面对这种困境。如果它们选择跟外资妥协，最终革命成果会被外资庞大的力量所吞噬；如果选择排斥所有外资，就会变得无钱、无人、无技术，最后寸步难行，经济反而会比革命前还糟糕，如非洲的莫桑比克和津巴布韦。

由于种种原因（这里不细谈），中国新政权选择与苏联合作，由苏联提供设备与技术人才帮中国发展经济，这样，中国跟西方资本主义国家就断绝了一切关系，而以美国为首的西方国家也对中国采取围堵政策，期望以此困死中国。20世纪50年代中期，中苏关系恶化，苏联把他们的设备和人才都撤走，中国只能"自力更生"。著名的美国历史学家斯塔夫里阿诺斯曾引述美国经济学家、1973年诺贝尔经济奖得主列昂季耶夫的话，说道：

这些国家（按，指发展中国家）必须积累起国民收入的30%到40%才能实现自力更生的发展。列昂季耶夫还强调说，要达到这种积累，必须采取"意义重大的社会和制度方面的变革"，其中包括"更平等的收入分配"。(《全球分裂》，商务印书馆，1995年，第875页）

　　也就是说，全国老百姓，不分阶级，每个人都要过苦日子。如果旧社会中的地主精英阶级、城市知识分子和各种技术人员都要过以前那种优渥的生活，即使全国农民都支持新政府的政策，政府也无法控制国民收入的30%—40%，这样，就无法集中全国的力量来自力更生。因此也就必须搞政治运动，让既有的富裕阶级一方面承认他们以前是过着剥削式的生活，另一方面激发他们的爱国热情，他们才会比较乐于接受低薪政策（实际上他们的生活水平虽然降低了，比分配到土地的农民还是好多了。有一个"右派"分子被下放到农村，只领半薪，当农民知道他的工资以后，开玩笑地说，你的工资给我领，我代你被斗争）。可以说，前三十年的许多政治运动之所以主要针对知识分子和城市中产阶级，就是要让他们甘于过苦日子，好让国家争取在三十年内搞好基础建设、工业建设和军工业，以保障国家的经济未来能独立发展，同时也保障国家安全，让资本主义国家不敢再入侵中国。50年代的口号，"不要裤子要核子"，就是这种精神的体现。

　　么老师的父亲在政治上背了两个包袱，"逃亡地主"和"一般历史问题"。其实父亲在早期股票生意失败时，已把祖父和叔祖辛苦赚来的五十亩地几乎败光，只剩下六亩地和两座旧宅留给叔祖的女儿，股票生意成功以后，他迁居唐山和北京，早就脱离农村。但是土改时当地农民仍然把他定性为"逃亡地主"，这样，根据政策他们就可以把叔祖的女儿扫地出门，把六亩地和旧宅分掉，而且以往所欠"双盛永"商号的一切债务都可以一笔勾销。那时候父亲在北京的股票市场赚了很多钱,他根本不会在意这一点损失,但"逃亡地主"的帽子一直戴在头上,让他每次在政治运动中都戒慎恐惧,深恐被递解回乡,接受农民的斗争。

父亲的历史问题其实一点都不严重,因为他早就看出普济佛教会有问题,早就不参与募款。但他前前后后还是写了不计其数的坦白交代,每一次的坦白交代都会提醒他自己是有历史问题的。他到生产队去进行三年半的"劳动改造思想"以后,恢复自由了,但也因此失去了重新分配工作的机会,不得不做临时工。好不容易成为长期临时工,在"文革"的时候又被取消,最后还下乡种了近十年的田。么老师对于这段过程有极详细的记载,而且还选载了好几段父亲非常长的坦白资料。么老师深深为父亲被列为革命对象感到不平。她觉得父亲也许还算不上被革命的对象,但他那么轻微的历史问题,却把他们全家折腾得够呛。在这个地方,任何人都会对父亲的遭遇和么老师的感受深表同情。书中所附父亲的坦白资料也许有人会觉得太多,阅读本书的时候也许可以先跳过不看,但我每一篇都细读了,也因此对当年的政治运动印象非常深刻。"文革"时,当地管区警察张玉佩对父亲的评论是,"么霭光胆儿小,他那点儿问题都交代了,又没有新问题",以此为理由,不让纪婆子抄家。这个评论同时也反映了,父亲是如何小心谨慎地过日子。

认真追究起来,这三十年中日子过得最苦的,其实还是分配到土地的农民。农业合作化,即所谓人民公社,后来改为生产队制,农民一起劳动,按工分分配所得,这种体制是为了把生产队和大队的收成最大比例地交给国家。反过来,国家又以比较高的价格把各种农具和日常用品卖到农村。当时国家收入的最大来源还是农业,只能从农业挤出更多的剩余,来从事国家的整体建设。所以,在

"文革"末期，农村是非常贫困的。改革开放初期，高晓声的两篇小说《李顺大造屋》和《漏斗户主》就非常生动地表现了当时农民的生活状态。

更有甚者，当全面性的经济危机发生时，农村就会成为泄洪的缓冲地。1960年大饥荒开始蔓延，即将冲击城市，国家决定把几千万（具体数字我不记得了）的城市居民迁到农村去，而那时候的农村并不比城市好到哪里去。1968年12月又有一次全国性的城镇居民上山下乡运动，么老师的父亲就是在这一次运动中"自愿"下乡种田的。按照温铁军在《八次危机：中国的真实经验》中的说法，新中国面临的前六次大危机，都是推给农民去承受的。还有，除了种田以外，农民还要承担额外的劳动，譬如兴修水利，而这一切都是无偿的。应该说，当新中国需要万众一心、忍饥挨饿从事建设时，农民的牺牲远超过一切阶级。

但奇怪的是，这一切农民都承受了下来，而且还一直拥护新中国，这实在是历史上的"奇迹"。这让我想起苏联在新经济政策之后开办集体农场以后，引发农民大反弹，苏联政府不得不出动军队镇压，还把许多农民流放到西伯利亚。从此以后，苏联的集体农场始终存在着问题，从而导致苏联时期生活用品一直处于匮乏状态。中、苏两个社会主义政权把农业集中生产、集中管理，都是出于同样的目的，以农业所得来发展工业，但两个政权和农民的关系却完全不同。我至今也不能理解，中国共产党是怎么跟农民打交道的，可以肯定的是，农民的拥护是他们一切政治运动可以发动的基础。从纯政治的角度来看，这是中国共产党最大的成就之一。

以上是要说明，在新中国成立之后前三十年以政治运动的形式来动员群众，发挥整体力量，集中所有资源，都是为了让中国能够"自力更生"。但群众运动的潜能也有它的极限，现在已能了解，"文革"后期群众的热情已大不如前。我们可以说，经过前三十年的刻苦奋斗之后，群众的耐力已经发挥到极点，再也不能持续下去了，这个时候就需要政策的大调整，所以就有了改革开放。改革开放让中国民众获得了相当的自由，可以朝着另外一个方向发展，可以发家致富了，然后他们在前三十年所锻炼出来的各种能力，也就完全爆发出来了，是"井喷式"的爆发，超出所有人的意料，包括中国人自己。但我们还必须强调，如果没有前三十年全体民众刻苦努力打下的基础，后三十年的发展根本就完全无法想象。

如果我们只是从一般的社会和历史知识来论证新中国前三十年的成就，那可能会流于抽象、空洞，正如司马迁引述孔子所说的，"我欲载之空言，不如见之于行事之深切著明也"，么霭光的一生就是新中国前三十年"见之于行事"的一个最好的例子。他从成功的股票商人，一路沦落，做过行商、临时工，还下乡务农，但在这么艰苦的条件下，他养育了五个子女，其中三个考上大学，而且五个子女都有很好的职业，最后还重回股票市场，帮三个女儿赚了十几万到二十几万元。虽然他只是新中国几亿民众的其中一人，虽然他这三十年的经历也只是中国三十年历史的极其微小的足迹，但从这里扩大想象，就可以窥见三十年历史的大概。

我以这样的方式来论述么书仪教授这本书的价值，肯定会让么老师大吃一惊。记得以前台湾的颜元叔教授曾经发表过一篇轰动一时的文章，《向建设中国的亿万同胞致敬》。他对新中国前三十年的认识，跟我的看法很相似，但那时我只想到共产党的领导，而颜教授却更进一步地想到生活在这三十年中的亿万中国民众，因为没有他们的忍饥挨饿和刻苦奋斗，就不可能有今天的中国，所以他要向所有的中国民众致敬。我读么老师这本回忆录的时候，么霭光先生的形象非常鲜明地出现在我眼前，他就是我应该向他致敬的中国民众的一员。我也希望现在已经生活在幸福中的中国人,不要忘记新中国前三十年许许多多像么霭光一样牺牲、奉献的善良的中国老百姓。

2016年7月11—15日

(么书仪:《历史缝隙中的寻常百姓》,台北:人间出版社,2016年9月)

中国社会主义的危机，
还是中国特色的社会主义？
——贺照田《当社会主义遭遇危机》序

孔子说，"四十而不惑"，似乎人到了这个年纪就会世事洞明，行动果决了。我刚好相反，接近四十的时候，开始进入人生的黑暗期，要通过长长的、狭窄的隧道，花费了近二十年的时光，才能重见天日，从此行走在青天朗月之下。

20世纪80年代的后半期，我的台湾同胞，不论本省籍还是外省籍，突然开始痛恨"中国人"，这带给我很大的痛苦，因为我是当时台湾极少数的、非常真诚地认为自己是中国人的人。1989年7月我第一次踏上海峡对岸大陆的土地，实现了"回归祖国"的梦想，但我却愕然发现，在这块大地上，知识分子似乎都向往美国的政治模式和社会生活，让我一时陷入"失语状态"，无法跟他们交谈。虽然此后我常到大陆去，但在知识分子中间好像找不到朋友，而我也没有主动交朋友的欲望。

帮我打破这种局面的是贺照田。在认识我之前，照田已经结交了许多台湾朋友，包括钱永祥和陈光兴。照田想要通过光兴和我见面，但我对他的态度相当冷淡，他好像有点受伤。但他锲而不舍，我最终接受了这个朋友。经由他，我先后认识了孙歌、张志强、江湄和冯金红。在和他们交往的过程中，我逐渐发现，小我十余岁的这些人好像是可以交谈的，也就是说，他们都不是我非常不喜欢的、崇拜美国的自由派。我发现我以前的顽固与错误，以更开放的心态来接触初次见面的大陆朋友，即使他们多多少少还保留了一些自由派的观点，我也不会那么生气了。我慢慢发现，随着时间的推移，自由派的信念已经很难说服许多善于思考的大陆知识分子，他们的思想都处于思索与变动的状态，我最感兴趣的就是这种状态。这是无法把握的，连他们自己都不是很清楚，当然，我也不知道我自己最终能找到什么答案。这就好像滚动的球碰上另一个滚动的球，这种对话有时候很痛苦，甚至令人生气，但有时候又相互激发，对我有很大的帮助。这样，在经过六七年的不断接触、不断扩大交游圈，我终于形成自己的看法，从长期的黑暗中逐渐走了出来。

我和我的大陆朋友共同面对一个问题：如何评价现在的中国？未来应该怎么办？是怎么样的过去导致了现在的状态，因此必须面对似乎无解的未来？换句话说，中国为什么会走上社会主义革命的道路？要解释目前为什么是这样，而将来又应该如何走？可以说，"拨乱反正"后的改革开放，让有心的中国知识分子都不得不问：中国要怎么办？

但，非常奇怪的是，在这十几年的探讨过程中，我和照田却很少有讨论或争论的机会。这可能是因为，在朋友聚会的场合，人人都想讲话的时候，照田往往保持沉默。如果只有我们两人，不是我讲他听，就是他讲我听，很少有对话。我不知道为什么会形成这种局面，但因此，长期以来我一直不太能理解，他到底在想什么。最近几年，他写了几篇文章，朋友都认为，很能表现他的思考方向，因此我建议，他把这些文章交给人间出版社来出，我承诺为他写一篇序。他很高兴就同意了，还为此花了一段时间，把长期未能完成的一篇文章赶写出来。我希望借着这个机会仔细阅读这些文章，理解他对中国问题的看法，顺便也谈谈我的一些意见，就算是我们两人交往十余年来的一次难得的交流机会。

读完了本书中的文章，再回忆以往他曾经说过的话，我终于能理解，照田是如何思考中国问题的。照田思考的起点是改革开放，他认为最主要的问题是，当前大陆的虚无主义是怎么产生的？应该如何克服？

跟大陆知识分子接触多了以后，我觉得他们大致可以分成四类，第一类是纯粹的专家，认真地搞自己的本行，此外的事都不管。第二类，表面上也是很好的专家，平常还是非常认真地从事自己的本行，只有在聊天时才会知道他们其实非常迷惘。第三类，每天发牢骚，课堂上也发牢骚，批评这个批评那个，这类人很多。第四类，脑筋很清楚，知道中国该做什么，他自己该做什么，这种人最少，通常都会成为知识界的领袖，如甘阳、刘小枫和汪晖。像照田这样的人好像是一种例外，他的"专业"就是要直接面对这一虚无与迷惘，非把这个问题解决不可。所以，我们可以说，他一直在思考当代中国的精神危机。从大陆之外的知识界来看，照田是当代中国"精神史"的专家，但从他本身来看，他本人就是当代中国精神危机的一个特殊的"案例"。因为他非常爱自己的国家和人民，他对于改革开放后的精神危机非常敏感，始终无法忘怀，总想找到问题的来源和解决的方案，"路漫漫其修远兮，吾将上下而求索"，这两句话是他最好的写照。他的求索历程可谓艰难无比，而这一切也反映在他极其独特的文体中。这一点，铃木将久先生在他的序文里，已有详尽的分析，我就不多说了。

照田和大陆许多知识分子最大的不同是，他肯定中国社会主义革命的贡献，而不像其他人那样根本否定革命。本书中的第一篇文章《启蒙与革命的双重变奏》就是谈论这一问题的，这篇文章完全针对李泽厚的名文《启蒙与救亡的双重变奏》。李泽厚的文章为"拨乱反正"以后的改革开放奠定了思想的主调，成为80年代新启蒙思想的"宣言"。他的论证可以简化为：五四时代的启蒙思想，在中国面对生存危机时，被"救亡"的急迫任务所压倒，在李泽厚看来：

中国共产革命长时间的艰苦军事斗争经历本已不利于现代价值在这革命中的扎根、生长,而这革命斗争不得不依赖农民,不得不在落后的农村环境生存,更使得这革命远离现代,越来越被农民深刻影响,从而使这个在起点上本是被现代前沿知识分子所发动的革命,最后被改造成了一个被农民身上的封建性和小生产者特性深刻浸染的革命。建国后的诸多弊病,特别是"文革"的爆发,正是以这革命中的现代性被封建性和小生产者特性深刻侵夺为前提的。

革命的目标原本是要让中国进入"现代",但为了救亡,为了长期的军事斗争,不得不依赖广大的农民,这样,农民的封建性和小生产者特性反过来"浸染"了革命,使得为了"现代"的革命完全变质了。也就是说,革命最后完全背离了现代化的原始目标,讽刺性地被小农的封建性所裹胁,原本应该成为革命对象的封建性,最后完全窒息了"现代化"革命。

照田非常尖锐地指出,李泽厚的观点完全是知识分子本位的观点,也是五四初期启蒙型知识分子的观点。五四运动以后更多的知识分子投向国民党,但经过几十年的国共斗争,证明知识分子高高在上指导革命的方式是无效的。共产党在长期斗争中,充分了解知识分子如果不能跟广大民众相结合,革命根本找不到真正的动力。共产党领导下的党员干部,在跟群众长期合作的过程中,终于掌握了结合最大多数群众的方法。刚开始他们诉诸工农群众在经济上的被压迫和被剥削,在阶级斗争和抗日救亡的实践中,他们找到了"既立足于阶级又能跳脱出阶级"的运动模式,把更广大的中国民众结合在一起,从而创造出"人民"这一概念,获得了广大中国人民的支持,取得反封建和反帝的双重胜利。照田对中国社会主义革命的群众运动性质的分析,无疑是全书最精彩的部分,他说:

> 中国共产革命最富思想、实践灵感时的阶级认识、阶级斗争实践，在充分虑及各社会阶级的社会经济状况的同时，还大量虑及历史、社会、政治、心理、文化、组织诸方面问题，从而把本来主要着眼社会经济不公问题的阶级斗争实践，同时变为对时代历史、社会、政治、心理、文化、组织情势的积极回应。

这样，在中国共产党的领导下，中国人民形成了一种新的"情感—意识—心理—价值感觉状态"，从而在民族危难的关头反而更积极、更昂扬、更舒畅，愿意为了民族的新生咬紧牙关，刻苦奋斗。孙中山说，"余致力国民革命凡四十年……深知欲达此目的，须唤起民众"，孙中山所期望的这一任务，其实是由共产党所完成的。

照田所说的这种共产党与群众的关系，不只在新中国政权的建立过程之中起到关键性的作用，在新中国成立以后的国家建设中，更发挥了无法估计的影响。

新政权最重要的目标，就是要让中国能够独立自主，也就是说，不但要让帝国主义不敢再侵略中国，而且还要让中国的经济摆脱帝国主义的侵略。资本主义帝国主义在中国投资设厂，都是利用中国的廉价原料和劳工，来赚取巨额的利润，所以，新政权就毫不客气地没收外资工厂，冻结它的股票，而且拒付赔偿或利息。这样，新的社会主义政权跟发达国家的资本主义政权必然形成对立，发达国家当然要撤人撤资，让新政权独自去面对没资金、没技术、没人才，以及难以发展的窘境。所有团结全国人民、以反帝国主义为目标的社会主义国家都必须面对这种困境。如果它们选择跟外资妥协，最终革命成果仍然会被外资庞大的力量所吞噬，如果选择排斥所有外资，就会变得无钱、无人、无技术，最后寸步难行，经济反而会比革命前还糟糕，如非洲的莫桑比克和津巴布韦。

由于种种原因（主要是美国对新政权的拒斥），中国的新政权不得不选择与苏联合作，由苏联提供设备与技术人才帮中国发展经济，而以美国为首的西方国家也对中国采取围堵政策，期望以此困死中国。50年代中期，中苏关系开始恶化，苏联把他们的设备和人才都撤走，中国只能"自力更生"。关于经济不发达国家如何自力更生，美国著名的历史学家斯塔夫里亚诺斯曾引述1973年诺贝尔经济奖得主列昂季耶夫的话，说道：

> 这些国家（按，指发展中国家）必须积累起国民收入的30%到40%才能实现自力更生的发展。列昂季耶夫还强调说，要达到这种积累，必须采取"意义重大的社会和制度方面的变革"，其中包括"更平等的收入分配"。（《全球分裂》，商务印书馆，1995年，第875页）

也就是说，全国老百姓，不分阶级，每个人都要过苦日子。如果旧社会中的地主精英阶级、城市知识分子和各种技术人员都还过着以前那种优渥的生活，即使全国农民都支持新政府的政策，政府也无法控制国民收入的30%—40%，这样，就无法集中全国的力量来自力更生。因此也就必须号召全国所有的群众一起来过苦日子。一方面要让全国农民都愿意把高比例的农业生产上缴政府，让政府凭借农业剩余（这是经济落后国家最大的收入）来搞工业和国防建设；另一方面，也要让城市知识分子和技术人员接受低薪政策（实际上他们的生活水平虽然降低了，比起分配到土地的农民还是好多了）。可以说，新中国前三十年全体民众都一方面为国家建设而卖力，另一方面还要过着恰好温饱的苦日子。而共产党之所以能够领导中国人民万众一心地往这个目标迈进，靠的就是照田所说的那一种中国人民全新的"情感—意识—心理—价值感觉状态"，在这种状态中，中国人民积极、昂扬、舒畅，根本不会在乎那一点点苦。可以说，中国共产党和中国人民所建立的生命共同体，不但让新中国能够建立起来，而且还让新中国在成立后的三十年之中，在"一穷二白"的条件下，奠定了足以自力更生的经济基础。如果没有这个基础，所谓的改革开放政策根本就无法推行。

然而，对新中国的建立发挥了那么大的历史作用的群众（特别是农民群众），在李泽厚《启蒙与救亡的双重变奏》的论述中，却因为他们的封建性和小生产者特性，而成了中国现代化的绊脚石。按照这种推理，改革开放就只能抛弃群众，换由深具启蒙精神的知识分子来领导，才能重新把中国带上现代化发展的正确道路。这种思想，以1957年"反右"的观点来看，只能定性为"极右"，现在却成为20世纪80年代知识界的主流思想。在这种情况下，深受社会主义理想主义影响的世代，思想上不感到迷惘、困惑甚至幻灭，那才奇怪呢！关于这些，照田在《当社会主义遭遇危机——"潘晓讨论"与当代中国大陆虚无主义的历史与观念构造》这一长文中，已经做了极为细致的分析，可以让我们深刻理解，理想主义已经逐渐崩解，其思想基础一直被主流知识界所质疑。这也就是照田"当社会主义遭遇危机"的真正含义。

就是在这个时刻，我才第一次踏入大陆的思想界。到那时为止，我关心台湾地区政治的发展和中国现代历史的进程，已将近二十年。在二十年的阅读和苦思之中，我得到一个极肤浅的结论：中国的社会主义革命，其实是中国人民在共产党的领导下，以集体的力量自力更生，从而建立一个独立自主的现代国家的第一步。下面要怎么走，现在还看不清楚，但无疑的，第一步的工作已经完成了，其成就可谓不同凡响。我偶然阅读黄仁宇的自传《黄河青山》，发现他的看法和我极为类似，我非常高兴。然而，当我进入大陆，接触了大陆知识界，我却非常震惊。因为当时的主流知识界普遍认为，大陆政治的第一要务就是进行体制改革。再下来的发展，就是"告别革命",并进一步否定过去的革命,认为中国走这一条道路是走错了。了解到这种情况,用一句古诗来形容,我真是"气结不能言"。也就是说,照田在本书中所论证的,正是我进入大陆思想界的起点。

因为我并未生活在大陆,没有被卷入群众运动的大潮中,我就不会像我同年龄的大陆同胞那样,对现实的变化反应强烈;又因为我一向以历史的眼光来看当代社会的发展(对于台湾问题我也是这样看的),所以,当时我只能得出下面几点看法。

首先,革命的群众运动时期不可能持续太久,总要在某个时间点结束。从"文化大革命"到改革开放,说明新中国的发展已经到了另一个阶段。我没有足够的知识来解释这一变化,但能理解历史上的革命都有类似的发展,譬如,法国大革命从雅各宾专政到热月政变。但中国的革命是社会主义革命,完全不同于法国的资产阶级革命,如果改革开放退回到西方资产阶级那一套,那么,中国革命所取得的成果就会付之东流,所以,坚持共产党的领导、坚持社会主义路线是绝对必要的。苏联政权的垮台,以及苏联政权垮台后俄罗斯的一片乱象就可以证明这一点。中国实在很幸运,因为"苏东剧变"惊心动魄的现象震醒了相当一部分的大陆知识分子,让他们清楚地看到,所谓体制改革其实是一种反方向的"革命",结果完全不可预期,反而会导致社会的大混乱。因此,不少知识分子从激进变为保守,这是一种历史发展的良好现象。

改革开放所追求的现代化,一方面以改善生活和"致富"来吸引群众,另一方面继续加强前三十年一直在努力的经济建设与国家建设,如果成功的话,中国将成为一个现代化的大国,那就是以前三十年的自力更生为基础的一次大跃升。大陆的部分知识分子和所有西方观察家都认为,以现有的政治体制,不可能实现现代化的目标,如果一定要这样做,只能导致现有体制的崩溃。这种推论我是完全不相信的,因为他们想象的道路只能是西方走过的道路,而中国已经按自己的方式走了三十年,怎么可能把这一切都抛弃而从头来过呢?我认为邓小平必然考虑过这些问题。所以,我们只能非常焦虑地看着大陆面对着接连而来的一个一个转型的困难,"相信"它可以一个一个地克服,最后赢得现代化的成功。一句话,我每天都很担心,但我相信中国一定会成功。

就是在得到这些体认的时刻,我开始和照田、张志强、江湄、冯金红等人密切来往。江湄和张志强在回顾他们那个世代的心境时,这样说:

> 我们这一代人出生于"文革"后期,成长于改革开放的80年代,从上大学起,就习惯于用想象中的西方先进标准批评中国与中国人之种种,深受后革命时代普遍幻灭虚无情绪的影响,自感生活于革命以至"文革"后的文化废墟,其中似乎只有残破传统的蛮性遗留,难免自惭形秽。在我们的周围,从批判现实走向蔑弃现实,靠着蔑弃现有中国的一切以保持优越感和孤愤感的,不乏其人。

这一段话可以和照田在《当社会主义遭遇危机》一文所分析的青年的虚无感相互印证。照田认为,如果国家和主流知识界(李泽厚等人)当时能够敏锐地察觉到青年的困境,而往正确的方向疏导,这种困惑和幻灭就不至于成为一种强大的虚无感。这实在是过度期望了。国家一心一意地扑在经济建设和社会稳定上,无力顾及思想建设,即使做了,也没人会接受和相信(如清污运动);而主流的知识界,又一面倒地想搞启蒙和西化,反而让青年更加厌弃"残破传统的蛮性遗留";国家和主流知识界对此完全无能为力,江湄所形容的那种状态我是很清楚的。

我当时唯一抱持的信念是,如果你不相信中国的文明传统,又不相信共产党过去及现在的领导，你将一无所有。你只能相信，而且必须相信，而且还相信再过一段时间中国就会成为现代化的大国。我就是靠着这种信念，才没有掉入虚无主义的深渊中。或者说，正是因为我的台湾同胞纷纷否弃自己的中国人身份，才更加坚定我的中国情怀，而这就成为我没有溺毙的唯一一根浮木。江湄和张志强曾经这样回忆我们多次长谈所得的感想：

> 对于我们来说，中国无论带给你光彩和荣耀，还是失望和耻辱，并不重要，甚至中国的复兴是从此一帆风顺还是要再经坎坷，也并不重要，它都是我们必须热爱并承担的自己的命运，都是我们自己精神生命的根源命脉所在。这样的"中国情怀"，更进一步要求我们把自己的人生和这个更大的历史命运结合起来，以一种深切的道德情感，去理性地反求历史，以求启示和指点，以求自我理解、自我承担和自新的能力。

他们说，这是我对他们影响的结果，我绝对愧不敢当。但和他们两人相处的经验，让我信心倍增，让我相信比我小十多岁的大陆年轻一代知识分子是可以寄予希望的。

我还想综合谈一下我跟大陆一些年轻朋友的谈话经验。他们总是跟我说，大陆有这个问题、那个问题，如果没有进行根本的改革，这些问题是无法解决的。我通常的回答是，按照你们的想法，中国问题真够严重的。可是你们想想看，从80年代到现在，中国经济不是一步一步往前迈进吗？如果这个国家真是大有问题，请问这些进步从何而来？其中有一个跟我多次交谈后，突然说，"甘阳每次来北京跟我们聊天，常常会很生气地说，我们在外面看中国（那时甘阳还在香港），越来越有信心，每次来北京，就只能听到你们不断地发牢骚，不知你们怎么搞的？"的确如此，很多知识分子看到的中国全部是缺点，对大陆的许多进步现象都视若无睹，相反的，他们所看到的美国，全部是光明的，美国那么多的社会问题，美国对伊斯兰国家的种种野蛮行径，他们一点感觉也没有。这样的知识分子，实在让我感到惊讶。跟他们相比，我所坚持的中国信念反而让我能够把问题看得更全面，而不会被弥漫于两岸的美国价值观所迷惑。

跟这些新交往的大陆朋友接触了一年以后，2006年的某一天，我好像大梦初醒，我告诉自己，中国的现代化工程好像已经站稳了脚跟，中国的复兴已经是明摆着的事实。我那时非常惊讶，连续想了好几天，觉得应该错不了。再过两年（2008），中国成功地举办了奥运会，而当年年底美国就发生了金融大海啸，完全证实了我的直觉。你想想看，1840年，西方帝国主义用大炮打开了中国的国门，1900年中国差一点被瓜分，1937年到1939年，半个中国被日本占领，1945年抗战"惨胜"后不久又开始打内战。1949年新中国终于成立，之后不到六十年，中国竟然能够全面现代化。从被许许多多的帝国主义国家侵略，到终于实现中华民族的复兴，竟然只用了170年左右的时间，这只能称为近代世界史的"奇迹"。对于这个世界上绵延最久的文明所具有的强韧的生命力，我深深被它吸引，在它浴火重生时，我感受到人类历史的奥秘。这个时候，我觉得我又可以重新回去探讨我比较熟悉的唐代历史和文化，因为唐代是汉帝国崩溃以后，经过四百年的混乱，中国再一次建立的大帝国，因此也可以说，唐代也是中华文明"重生"的大时代，它的历史经验值得我们不断地探讨，以便和新中国这一次的重生做比较。这样，作为一个中华文明的探索者与诠释者，我又进一步感到生命的充实。

相对于中国的崛起，我同时也强烈感受到西方的没落。2008年美国的金融大海啸让人印象极其深刻，虽然我不很能理解世界经济，但导致美国金融脱序的一系列做法，还是让人觉得荒谬至极，让我们对当代西方资本主义金融体系的运作方式产生怀疑。与此相关的是，从种种资料可以看到，美国最主要的财富竟然集中到只占美国人口1％的人身上。从国际形势看，美国与北约对南斯拉夫的轰炸，美国对阿富汗和伊拉克的攻击，还有后来欧盟国家对利比亚的轰炸，像这样的一连串赤裸裸的侵略行径（还伤及大批无辜平民），西方的媒体竟然可以大言不惭地为自己辩护，很难想象这是人类"文明"的表现。当这种局势演变成叙利亚和伊拉克境内的混战，"伊斯兰国"的兴起，大量难民涌进欧洲，以及恐怖攻击绵绵不断，这一切难道不是美国和欧盟强力输出他们的"文明"的成果吗？再说到美国近年来的所谓"重返亚太"，根本就是要威吓中国。美国觉得中国日渐强大，已经威胁到它在太平洋的势力，所以紧紧地拉住日本和菲律宾，摆出强大的军事同盟，警告中国就此止步，不要再往前了。明明是要维护它世界霸主的地位，却又要说出一番没有人相信的大道理，好像都是中国人错了，完全是强梁所为。以上种种，都让人感觉到西方文明已是强弩之末，图穷匕见了。

如果把中国的崛起和美国的胡作非为加以对比，那么，东方的复兴和西方的没落就构成了当今最重要的世界图景。美元现在已经成为世界上最没有信用的货币，但美国仍然利用残存的军事力量和经济力量，以大量印钞票的方式来"冲刷"它的国债，其他国家吃了大亏，仍然对它无可奈何。现在中国崛起了，人民币有国际信用了，一旦人民币成为国际货币，美元帝国就会崩溃，这只是时间问题而已。再就国际舆论而言，在所谓南海仲裁案后，美国立即宣布，仲裁具有法律效力，但最近召开的东盟外长会议对此根本不予理睬。东盟大部分国家越来越与中国靠近，因为他们理解，他们的经济发展需要与中国合作。根据长期的经验，他们跟美国、日本的经贸往来是得不到好处的，这种好处只能求之于中国。这也就是说，中国经济壮大，不只是自己国力增强而已，还可以帮助发展中国家发展经济，而不像西方资本主义国家那样，只会把这些国家搞得越来越贫困。这种情况，也不只限于东盟国家，许许多多的非洲国家也是如此。孙中山也讲过，中国强大以后，要"济弱扶倾"，应该说，现在的中国才有了践行这种理想的能力。

从这里，我们才能讨论现在的中国为什么还是"社会主义国家"。当西方在19世纪提出社会主义的理想时，主要是针对工业化国家（当时只限于英国和法国）城市工人非常恶劣的生活状态，社会主义的方案主要是为他们而设计的。当马克思提出世界革命的构想时，他思考的对象主要也是西欧国家，虽然他说的是"全世界无产者联合起来"，但他想象的全世界还是以西欧为中心。所以，当列宁领导的布尔什维克在俄国夺取政权，准备推行社会主义时，西方的理论家都认为，列宁搞错了，贫穷国家怎么有条件实行社会主义呢？

其实列宁并没有搞错，他已经意识到，在"一战"前后，世界最大的矛盾不是发达国家的资本家与工人的矛盾，而是发达国家和发展中国家的矛盾。当发达国家的工人生活日渐改善时，发展中国家的绝大部分人民却普遍贫穷，当发达国家可以从发展中国家"赚"到更多利益时，发达国家的资本家很聪明地把一小部分利益分给自己的工人，以求国内的稳定，这样他们就能用更多的力量去榨取发展中国家。当然，另一个大矛盾就是发达国家为争夺殖民地而起的大冲突，"一战"和"二战"都是这样产生的，因为发达国家彼此有了矛盾，才能让布尔什维克在俄国建立第一个对抗富裕国家的社会主义贫穷国家。

在这里我们不能分析苏联政权的兴衰史，但我们应该记得，在"二战"英法美集团和德意日集团打得不可开交时，是苏联最后起到了决定胜负的关键作用。在"二战"结束、冷战开始时，也只有苏联有力量跟以美国为首的西方集团对抗。苏联政权可能犯了不少错误，但它能够在相当长的一段时期和富裕的西方集团抗衡，使得

"二战"后许多贫穷国家有了某种模糊的希望,同时也得到一些喘息的空间,苏联政权的这种贡献,我们是不应该忘记的。

对中国来讲,最幸运的是,当中国建立社会主义政权时,苏联是对抗西方势力的主角,而中国只是配角。当然,中国参与了朝鲜战争,让美国极为痛恨,对其长期采取围堵政策。不过,美国的主要精力还是在跟苏联搞外交战、搞代理战争(支持国外的亲美与亲苏势力之间的战争)和军备竞赛。这就让中国有了默默地自力更生的机会。当美国在越南战争中耗费了大量的国力,不得不联中制苏时,中国才走向国际政治舞台,其时已是"文革"后期。再来就是毛泽东去世以后,中国逐渐走向改革开放,而苏联不久就被军备竞赛拖垮,美国成为世界唯一的强权。应该说,一直到20世纪90年代中期,美国从来没有预料到中国会成为强劲的对手。虽然我们无法知道,美国什么时候才意识到中国的威胁,但等到美国醒悟过来,中国已经无法摧毁,美国即使想要有所作为也已经不可能了。就像我(还有少部分的大陆知识分子)突然醒悟到中国已经足够强大,很多西方人也像做梦一样地发现,中国已经成为巨人,简直不能相信。也许我们只能说,中国人确实善于"韬光养晦",这种文化底蕴让人无法捉摸。

中国"韬光养晦"政策最典型的表现,就是默默地和非洲国家及东盟国家长期地、友善地交往,争取他们的信任,并且在中国经济逐渐壮大以后,让这些国家深深体会到,和中国的来往确实可以改善他们的经济。很少有大陆知识分子留意新中国的外交政策,这种外交政策完全是以长时期的努力为基础的,看起来似乎不计成本,但当它的效果显现出来的时候,就成为很难改变的事实。当美国和日本突然发现中国和东盟的关系非比寻常,急切想要改变,不惜向东盟国家开出种种诱人的条件时,东盟国家也只是虚与委蛇,他们更愿意相信中国。因为有了这种基础,所以当中国提出"一带一路"

的构想时，才能得到热烈的响应。

　　如果说中国有一种世界战略，那就是与发展中国家真心交朋友，在这些地方广结善缘，让西方势力逐步退出这些地方，而跟中国站在一起。同时，中国和苏联最大的不同是，苏联到处输出革命，在很多地方与美国对着干。中国就不这样，凡是美国利益最为紧要的所在，譬如中东，中国绝不插手，这样就可以减少美国的敌意。现在中东和北非已成为美国和欧盟最后的命脉，绝对不能丧失，他们一直在介入主导，所以整个地区才会炮火连天。美国和欧盟借着苏联崩溃的机会，往东扩展势力范围，到了乌克兰，就碰到俄罗斯的激烈抵抗。而且因为金融大海啸的影响，欧盟已经很难为东欧国家的经济发展提供什么助力，他们的力量也已到了极限。这样，就迫使俄罗斯和中亚五国更靠向中国。一边是俄罗斯和中亚，另一边是东盟国家，以中国为中心，逐渐形成了一种新的亚洲经济秩序，让美国及其忠实的附庸国日本和菲律宾极其紧张，但不管如何努力，他们是不可能阻挡这一新秩序的发展的。

　　随着中国经济实力的壮大，中国长期在发展中国家中默默发展所建立的关系开始有质的变化，让双方能够更密切地结合在一起。反过来说，这也就限制了美国和欧洲发展的空间。和苏联不同，中国是以"润物细无声"的方式来逐步抵消西方资本主义帝国主义对世界欠发达地区的压榨与剥削的。如果说，社会主义的对手是资本主义，那么，中国以它独特的方式自力更生，以它默默努力的方式和贫穷国家建立紧密的同盟，从而逐步削弱了资本主义帝国主义的势力，减少了它的有害的影响，这难道就不是一种社会主义吗？它的发展速度非常缓慢，功效在相当长的时间内似乎看不出来，但到了今天，就成了美国、日本和欧洲国家最大的劲敌，资本主义不得不逐步退却。中国这种成就，从现代世界史的角度来看，怎么估计都不为过，因为它已改变了世界历史的进程。

孟子说:"以力假仁者霸,霸必有大国;以德行仁者王,王不待大。汤以七十里,文王以百里。"西方资本主义大国都相信武力,想当世界霸主,推行所谓普世价值,不过是"假仁"而已;新中国在1949年成立时,若以国力论,只能算小国,国弱民贫,只能自我刻苦努力,并且真心诚意地交一些穷朋友,就像文王以百里起家,这也可以算是一种"王道"的变形吧。孟子的学生还问孟子说,既然文王那么了不起,为什么不能及身而"王天下",必须再经武王、周公的努力,然后其道大行。孟子的回答非常有意思,他说:

> 由汤至于武丁,贤圣之君六七作,天下归殷久矣,久则难变也。武丁朝诸侯,有天下,犹运之掌也。纣之去武丁未久也,其故家遗俗,流风善政,犹有存者……故久而后失之也……然而文王犹方百里起,是以难也。齐人有言曰:"虽有智慧,不如乘势;虽有镃基,不如待时。"

西方资本主义势力兴盛至少两百年,天下归之久矣,百足之虫,死而不僵,我们虽然强调西方没落了,当然不会是土崩瓦解。而中国百年积弱,也不是一朝一夕就能长得身强力壮。幸运的是,美、苏争霸,同时美国又自恃富强,穷兵黩武,中国才有了待时而动,乘势而起的机会。但另一方面,如果没有前期的自力更生,中国也就无法掌握这个机运。天助自助,何其幸哉。放大视野来看,这是中国人改变人类历史的大好时机,怎么可能悲观?但是,往前追溯三十年,那时候有谁是乐观的?历史就是这么奇妙。如果还有人跟不上时代,还要怀疑中国的一切作为,那就让他慢慢追赶吧。

照田花了十年的时间,长期探索当代中国的虚无主义问题,他对改革开放初期思想界的混乱和知识分子的迷惘与彷徨,一直忧心忡忡,这些我都曾经感同身受,完全能体会他为什么要这样做。我问过几个比照田还年轻的一代,他们都说照田的探索对他们很有启发作用。日本、韩国的学者也想把他的文章翻译出版,作为了解中国当代思想的起点,这些都足以证明照田的贡献,十年苦功没有白费。照田很谦虚地说,他已完成了他的学徒时期,我觉得还不如说,照田即将由此跳脱,进入到一个思想的新阶段。因此,我就借着他新书出版的机会,一口气说了一大堆我近年来的想法给他听。通常我在喝了半醉之后,就会像这样对着大陆朋友胡说八道一通,因为我比较年长,又是极其难得的台湾爱国同胞,所以再怎么冗长,他们也都会很"高兴地洗耳恭听",我也希望照田就把我这一篇序当作他的新书出版之际,我高兴地喝醉了忍不住说出来的一番醉话,总之,就是期望他能够在未来五年内再出一本新书。

2016年8月4日

(贺照田:《当社会主义遭遇危机》,台北:人间出版社,2016年8月)

杉山正明教授的中华文明观
——《疾驰的草原征服者》《游牧民的世界史》读后感

杉山教授恐怕很难忍受,自安史之乱以后,一直那么孱弱的中华本土,竟然借由契丹、蒙古、女真(包括金朝和清朝)三种塞外草原民族的力量,最终形成一个更广大的中国。那个似乎越来越弱的中华本土,到底何德何能而得到这么美妙的结果呢?

我们可以确定,杉山教授大概很难体会中国这个世界上最为广大、时间上延续了这么长久的农耕国家的文化心态和独特的统治方式,所以才会有那么多让我们觉得不可思议的"奇谈"吧。

两三年前台湾出版界推出了日本学者杉山正明教授两本著作的中译:《忽必烈的挑战》和《游牧民的世界史》,[1]引发了台湾媒体的注意,据说书还颇为畅销。我已经多年不关心台湾的出版信息,但我的一个学生告诉我这件事,还特意买了送给我。我随手一翻,就发现书中有许多强烈地抨击中国"正统王朝"史观的段落。从五四

---

[1] 杉山正明著,周俊宇译:《忽必烈的挑战——蒙古与世界史的大转向》,新北市:广场出版,远足文化发行,2012年。杉山正明著,黄美蓉译:《游牧民的世界史》(增补版),新北市:广场出版,远足文化发行,2013年。

以后，中国知识分子基本上已经不会随意盲从这种史观，但我还是因杉山教授所使用的强烈措辞而感到惊讶。我首先就判断，可能正因为杉山教授对中国正统史观的不满，导致这两本书在台湾受到欢迎，因为台湾一直弥漫着同样的情绪，因此我就摆开这两本书不再阅读了。

很意外地，去年我在大陆的时候，发现这两本书已经有了简体字版。[1]与此同时，广西师范大学出版社翻译了日本讲谈社的"中国的历史"系列，其中《疾驰的草原征服者——辽、西夏、金、元》也是杉山教授著述的。[2]这样，杉山教授的三本书几乎同时在大陆出现，这也让我有一些惊讶。我把《疾驰的草原征服者》（以下简称《征服者》）全书读完后，实在很难压抑内心的不满，很想写一篇文章大力批驳。我现在终于找到了这个机会。不过，为了慎重起见，我把《征服者》一书又细读了一遍，这时竟又发现，我好像没那么生气了。因此，我又把《忽必烈的挑战》和《游牧民的世界史》两本书从头到尾读了一遍，这个时候，我又开始佩服杉山教授了。坦白地讲，《游牧民的世界史》（以下简称《游牧民》）视野开阔，对了解游牧民的历史、了解游牧民在世界文明发展上的贡献，这本书写得简明清晰，胜于勒内·格鲁塞的《草原帝国史》。唯一的遗憾是中译水平实在不高，全书没有任何译注，也没有附任何地图，对一般读者而言实在很不方便。相对而言，《征服者》一书的中译水平要好一些（但也不是很理想），附图非常多，也非常有用。我觉得从《游牧民》可以看出杉山教授的学术水平和宏观能力，而《征服者》一书则比较明显地暴露了杉山教授的偏见。本文主要想对这两本书所

---

[1] 杉山正明：《忽必烈的挑战》，北京：社会科学文献出版社，2013年；杉山正明：《游牧民的世界史》，北京：中华工商联合出版社，2014年。

[2] 杉山正明著，乌兰、乌日娜译：《疾驰的草原征服者——辽、西夏、金、元》，桂林：广西师范大学出版社，2014年。

表现的对于中华文明的偏见，加以评论。但我要郑重声明，我对《征服者》一书是非常佩服的。之所以要讨论杉山教授的这些偏见，是因为我和杉山教授一样，都对"中国的存在感"这个问题极为关心，我借此可以说一说我的某些看法。我主要的关心点是，我们如何理解中华文明的性质，这恐怕也是现在许多中国知识分子都关心的一个问题。

一

《征服者》一书主要的观点可以简述如下：中国的历史不能从"正统王朝"的观点去认识，必须打破长城的界限，把北方草原地带和南方农耕地带连成一体，认清其互动关系，才能真正了解中国的长期发展。这一观点现在应该说已成一种常识，1949年之后新中国所大力倡导的"多民族史观"自然就蕴含着这样的看法。《征服者》的特色在于：极力强调草原游牧民族的贡献，好像中国的逐渐扩大主要归功于连续不断出现于北方的游牧民族；在唐代安史之乱后，游牧民族的作用尤其明显，经过六百年的发展（从安史之乱前后到元代），[1]中国从原来的"小中国"发展成"大中国"（在清朝乾隆年间定形，一直维持到现在）。本书着重叙述耶律阿保机所建立的契丹帝国在这方面的开创之功，并总结式地简述蒙古帝国的恢宏事业。作者认为，如果不是蒙古帝国完成了这项工作，就不可能有清王朝所确定下来的"大中国"。也就是说，本书着重说明，我们现在所熟悉的"大中国"，其实是在本书所叙述的六百年中发展出来的，在这之前，中国还只是"小中国"。应该补充说明，本书对蒙古帝国的成

---

〔1〕 从安史之乱（755）到南宋灭亡（1279）只有524年，但杉山正明在叙述这一段历史时，常常往前追溯，所以他统称600年。

就着墨不多，因为在前面所提到的另外两本书中，杉山教授已经做了更详尽的分析，所以本书的前三分之二篇幅都集中于跟契丹帝国有关的历史叙述之中。

在阅读本书之前，我已读过姚大力教授一篇非常精彩的长文，[1] 此文后半部分主要从制度层面分析元代和清代如何影响了现在这个"大中国"的形成。这篇文章非常有说服力，我完全接受他的看法。杉山教授的书，把中国历史的这一发展，以历史叙述的方式做了另一种呈现。当然，他的独特贡献是，把这一发展的前期准备工作追溯到安史之乱前后到契丹帝国建立的这一历史时期，应该说，这是相当不平凡的见识。所以姚大力教授在《征服者》的"推荐序"中，以非常肯定的口气说，"本书绝对称得上是一部好书"。如果杉山教授能够用一种更严肃的方式来分析，也许还可以写出一本更卓越的著作。

《征服者》一书最大的问题不在于它的正面论述，而在于它的反面论述。为了凸显北方游牧民族的贡献，特别是为了表彰耶律阿保机的功业，本书对唐朝、五代的沙陀集团，以及宋朝，都极力加以贬低，不时显露严厉批评、嘲讽与揶揄的语气，态度之轻率颇为出人意表。

先看杉山教授是怎么议论唐朝的。他说，唐朝对内陆亚洲突厥系政治势力的间接统治只不过维持了三十年左右（第10页），[2] 所以唐朝只能算是"瞬间大帝国"（第13页）。杉山教授没有具体说明这三十年是哪三十年，不过，他在《游牧民》中明确地说：

---

[1] 姚大力：《多民族背景下的中国边陲》，《全球史中的文化中国》，北京：北京大学出版社，2014年，第147—201页。
[2] 此下正文中凡引用《疾驰的草原征服者》，均在文中直接注明页数。

> 唐朝的"世界帝国"状态持续约25年，约相当于长达35年的高宗治世（649—683）之中、后期。这是继承持续30年"世界帝国"的突厥之后的短暂辉煌（唐朝的"世界帝国"是因为有突厥的"世界帝国"才能出现，这一点是相当明确）。（《游牧民》，第162页）[1]

这里，"瞬间帝国"只剩二十五年，而且还拿来跟突厥帝国做对比，好像唐朝比突厥不但矮了一些，而且还是突厥帝国催生出来的。中国历史学家大概很少有人会以"唐朝是否建立了一个世界帝国、这个帝国又维系多久"来衡量唐朝的成就。按一般的习惯，从唐太宗即位到唐玄宗天宝十四载（755）安禄山叛乱，都可以算是唐代的盛世，时间长达一百二十年以上。按杉山教授的计算方式，唐朝的辉煌也不过短短的二三十年，而且似乎还不及突厥帝国，两种看法的强烈对比，实在让人很不习惯。

杉山教授对安史之乱后的唐朝的形容，极富文学色彩，值得一引。他说，唐朝一边与众多的、独立的藩镇势力和解，一边又必须在名义上保持超越它们的形式：

> 总体上是外面穿着唐的外衣，而里面是在唐的"招牌"下已经形成多极的"杂居社会"或"杂居公寓"的状态，而且处处都在蠢蠢欲动。（第48页）

他不无揶揄地说："唐代后半期那个年代，真的就是'唐代'吗？"（第50页）他还说，名义上的唐"政权"及其名下独立集团的实体"国家"（指各藩镇），事实上已经转化为回鹘的庇护国（第

---

[1] 此下凡引用《游牧民的世界史》（简体版），均在文中标明《游牧民》，再注出页数。

49页)。按他的看法,这个还存在了一百五十年的所谓"唐朝",之所以还有存在的感觉,是因为中国的正史和文献都是从"中央"的角度和价值取向编写出来的(第50页)。看到这些说法,我心里一直在琢磨,杉山教授是真心相信唐朝后期一百五十年的"真相"是这样的吗?我们当然都知道,从政治上看,这一百五十年是在走下坡路,但这就是唐朝的"全部"了吗?难道历史是可以这样读的吗?我只能相信,杉山教授就是想"这么说"。

再来看杉山教授如何评述宋代。他说,刚建立时(960),北宋只不过是沙陀军阀系列的一个成员,一直到980年左右,才像个政权那样稳定下来。如果不是周世宗柴荣打下基础,又有赵普这个杰出的政权设计师,光凭赵匡胤和他属下那些粗暴的军人,是谈不上什么国家建设的。何况,赵普所进行的那些建设工作,不也是从契丹那边学到很多吗?(第188—189页)他批评宋真宗想要进行封禅仪式时,还请求契丹皇帝的允许,"真是个卑贱又可笑的人"(第190页)。而宋代的士大夫,在与契丹和平共处之后,就开始高谈阔论。即便在中华的中心地带,受统治的、不识字的人民是跟文化无缘的。宋代士大夫之所以成为文化的热心宣传者,强力"兜售""教化",大概是因为北宋和南宋都要开发"蛮地"江南乃至岭南,不得不热心于"汉化",而实际上这些南方之民变成"汉族",是更后来的事情(第191页)。长期以来一味推崇北宋的做法,有必要加以根本地修正。亚洲东方的10至12世纪是契丹所主导的时代(第192页),"契丹帝国没有受到来自任何方面的威胁,一百多年间一直享受着美梦般的生活"(第191页)。

安史军事集团的兴起,孤立来看,好像只是唐朝边疆将领的坐大,其实远非如此。陈寅恪在《唐代政治史述论稿》中很详细地论证了,作为安史余党的河北三镇不只在政治上半独立于唐王朝之外,而且在文化上也已经远离中华孔孟之道。杉山正明在叙述安禄山、史思明的故事时，基本上把这个集团视为唐朝、突厥、奚、契丹各势力在相互交往、对抗过程中所产生的一股"杂胡"势力。这两种论述方式，其实是可以互补的。作为唐朝东北边区最主要的草原势力，奚和契丹早在武则天时代就已经逐渐壮大。唐玄宗前期的边区政策是东北和西北并重的，到了后半期，表面上看似乎越来越向西北倾斜，因为吐蕃的势力逐渐崛起，为了和吐蕃交战，重兵逐渐移向西北。但如果仔细查看历史资料，再从安史之乱后的形势加以回顾，就会发现形势远非如此。自唐玄宗重用安禄山以后，东北边疆大致平静无事，这证明安禄山对奚和契丹的防守是相当有效的，因此玄宗越来越欣赏和信任安禄山。安史之乱表面上平定后，安禄山的余党转化为河北三镇，从此直至唐朝灭亡，河北三镇始终是东北地区最重要的势力。

黄巢攻进长安，中国北方的政治秩序陷入混乱，这个时候兴起了朱温集团和沙陀集团。在两大集团的斗争中，河北三镇成为配角。当沙陀集团最终消灭了朱温集团和河北三镇时，北方又变成了沙陀集团和耶律阿保机的契丹对抗的局面。而当宋朝作为沙陀集团的继承人的时候，又成了宋与契丹对峙的局面。从安禄山坐镇东北防备奚和契丹，一直到宋和契丹对峙，其实是一长串历史的自然发展。看起来奚和契丹集团的兴起是无法遏阻的，安史集团、河北三镇在一段时间内起了缓冲作用；当安史集团的力量消耗殆尽以后，以契丹为首的东北草原游牧民族的力量，在未来的一千多年内，就成为中华本土的主要敌对势力了。因为，继契丹兴起的金、蒙古、女真（满洲）全部来自亚洲草原的东北地区。反过来看西北，广义的突厥族（包括建立突厥帝国的突厥，还有回鹘，以及其他部族）兴起于西北天山地区及其以西之地，然后再称霸于蒙古高原。在突厥帝国衰亡的过程中，突厥一直往西迁徙。回鹘帝国崩溃后，回鹘余众主要也是往西迁徙。从回鹘帝国灭亡至契丹帝国兴起，这一段空当，蒙古高原是没有霸主的。从这个地方可以看出，中国北方草原地区的历史，在唐朝后期出现一个非常大的变化。日本学者和西方学者常常使用的"征服王朝"（辽、金、元）就是这个时候开始的。从中华本土的历史来看，这个变化的反映是，中国的政治中心从西北转向东北。作为中国前半期历史的重心——长安从此没落了，而东北的政治中心——北京，地位日渐提升，后来就成为金、元、明、清四朝的首都。所以，总结来说，安史集团的形成、回鹘帝国的崩溃、契丹帝国的建立，这一连串事件，确实是中国历史非常重要的大转折。

杉山教授在谈到沙陀与契丹的两次战争时，强烈抨击司马光和欧阳修偏袒沙陀。其实沙陀和契丹同样是"夷狄"，只不过因为沙陀所建立的后唐、后晋、后汉都被列入中华"正统"，他们就不辨是非。他对欧阳修的一段批评，非常有意思，虽然译文不是很好，为了避免曲解，我还是如实加以引用：

> 欧阳修显然试图宣扬"中华"，就想说北宋是最美好的。作为对内对外一种政治手段，可以说那是以这种文化政策为宣导的一次演出。由于连后世的人们都要"骗"，他们真是不得了的人物。（第138页）

在作者看来，作为北宋士大夫最优秀代表的欧阳修和司马光不过尔尔。作者还进一步批评"将北宋捧为文化国家"的传统说法，他以凌迟这一刑罚虽然产生于五代但在北宋时期很盛行为例，说明"北宋时期还是相当野蛮残酷的"（第138页）。可惜作者一时没有想到状况相同的女子缠足，不然宋代文化的不人道就可以进一步得到强化了。连一向被称道的文化都不过如此，宋代还有什么可观的呢！这大概就是杉山教授所要表达的意思吧。

二

看到中国历史上一向评价比较高的唐宋时代，被杉山教授讲成这个样子，老实讲，我觉得真是"又好气又好笑"。看到他说，安史之乱后的中华本土只不过是挂着"唐"的招牌的"杂居公寓"，我不觉笑了出来，有一点佩服他的文学表现力。杉山教授恐怕很难忍受，自安史之乱以后，一直那么孱弱的中华本土，竟然借由契丹、蒙古、女真（包括金朝和清朝）三种塞外草原民族的力量，最终形成一个更广大的中国。那个似乎越来越弱的中华本土，到底何德何能而得到这么美妙的结果呢？关于这个问题，大概是杉山教授一直存在于内心的困惑吧。其实，答案就暗藏在他对忽必烈功业的叙述中，只是他竟然轻轻忽略过去了。

忽必烈应该是杉山教授最为佩服的帝王，因为他是历史上第一个建立真正的世界帝国的人。以大都为中心，通过驿站这一交通网络，蒙古的军事力量和阿拉伯的商人可以畅通无阻地活动于欧亚大陆各地；从水路又可以通过中国内部的运河体系，连通中国南方往印度洋的航线，从而形成另一交通和商业网络。这两条网络相互为用，就是一个完整的世界体系了。[1] 但是，最重要的是，如果没有中华本土作为基础，忽必烈的事业是不可能完成的。

杉山教授也承认，在蒙哥去世后，阿里不哥才是蒙古大汗正统的继承者，就此而言，不服的"忽必烈一方就是叛军"（第284页）。忽必烈最终能战胜阿里不哥，就是因为他占据了更为富庶的汉地。忽必烈禁止往蒙古高原的中心哈拉和林运粮，导致阿里不哥的部队丧失斗志。阿里不哥迫不得已只好夺取原本属于察合台子孙封地的

---

[1] 参见《征服者》，第314—317页；又，《游牧民》，第210—238页。《忽必烈的挑战》一书的第三部对此有更加详细的论述。

伊犁河谷，从而引发察合台一系的反叛，再加上饥荒接着袭击伊犁河谷，阿里不哥的军队就这样溃散。[1] 不论是钦察草原、伊朗高原、中亚的河中地、伊犁河谷，还是蒙古高原，都不能提供足够的经济实力，长期和据有汉地的忽必烈争霸。从这里就可以看出，汉地是忽必烈建立帝国必不可少的根据地。杉山教授还说：

> 忽必烈政权建立后的大元兀鲁思将当时世界上最具经济实力的中华本土纳入进来，实行鼓励国际通商的自由经济政策，促成了横跨非欧、欧亚大陆东西的空前的大交流。（第328页）

这样，真相不是很清楚了吗？蒙古的军事力量、穆斯林的商业网络和世界上最具经济实力的中华本土，是忽必烈世界帝国的三大支柱，缺一不可。从这个角度看，当时的中华本土只是军事力量不足，绝对不是个弱者。

一般都承认，南宋在军事上打不过北方的金朝，但经济实力绝对超过金朝。蒙古灭金时，由于他们还没有统治汉地的经验，中国北方遭到极大的破坏，所以杉山教授所说的极具实力的中华本土，当然主要是指中国南方而言。那么，我们要问，安史之乱以后的五百年间，中华本土到底发生了什么事，使得它的南方最终成为当时世界最为可观的经济体？这个发展结果，当然不像蒙古征服全世界那么惊人，难道不也是一种了不起的成就吗？没有这一项成就，忽必烈还能建立他的世界帝国吗？所以，最终而言，中华本土并不是光享荣誉而无贡献的、不成器的"帝国成员"。

我一直使用《征服者》中译本"中华本土"这个概念，因为想不出其他表述方法，但我在使用时有我自己的理解方式。我指的是

---

[1] 参见《征服者》，第285—286页。

春秋时代以来逐渐形成的、以农耕生活方式为主体,并与"夷"作为对比的"夏"的这个区域。从中国的历史发展来看,这个区域并不是固定不变的。但不论中华本土如何移动,每一个时代的核心区,其经济必定是以农业为主体的。譬如在汉朝(包括西汉和东汉),从长城线往南一些,到洞庭湖、鄱阳湖、杭州湾以北,就是核心的农业区。这个核心区,会随着北方游牧民族压力的大小而上下移动。譬如,从安禄山叛乱到南宋亡国这一段时间,中华本土的农业区就一直往南移。等到明清时代,农业线又往北移动了,而南方的农业仍然保持着,这样,中国的农业区就得到空前的扩展。南宋只是偏居一隅,它的经济潜力就那么可观,我们怎么会想象不到,明清时期的经济力量要远远超过南宋也超过北宋。"中华本土"历史动力的秘密就在这里,从春秋以后,它的农业区一直在扩大。当它挡不住游牧民族的压力时,北方的农业区会缩小,但汉人会往南方发展。当它的力量足以把游牧民族往北赶时,它的范围又会往北伸展。这样,持续的一缩一伸,直至明清时代而达到顶点。

安史之乱以后,"中华本土"的范围一直被往南压缩,但同时农业定居者(我们一般称为汉人)也逐渐往南移;相反的,原来属于中华本土的北方,越靠近长城一线的地方越成为农、牧混合区。可以肯定的是,从755年(安禄山叛乱)到1279年(陆秀夫背着南宋小皇帝跳海),也就是中华本土最为积弱不振的时候,北方的汉人不断地往南迁徙,而中国的农业区也不断往南发展,同时也有越来越多的南方土著融入汉人群体。只要稍微读一下南宋文献,就可以发现,广东和福建的主体居民已经是南下的汉人和汉化的土著了。我们不能因为中华本土军事、政治力量的不足,就忽略了它的农业经济在范围上的扩展,以及它在技术上的进步。

元和八年(813),宰相李吉甫献上《元和郡县图志》时,已经跟宪宗皇帝报告说,当时所有的中央财政收入全部来自南方各州县。

这也就是说，唐朝最后的一百多年，是靠着南方的赋税维持下去的。我们应该思考的是，"唐"这一块招牌到底发挥了什么不可思议的作用，仅仅这样就能够维持一个皇权、宦官、藩镇和士大夫混合而成的统治秩序？我们同时也不能忘掉，唐朝之所以还能维持一百多年，主要还需归功于南方农业经济的日渐发达。

黄巢攻入长安以后，中国北方一片混乱，成为大大小小军阀的混战区，最后形成朱温、沙陀、契丹三大势力并立的局面，这就是我们习称的五代。这个时候的南方，虽然也有各种小军阀的割据，彼此之间有时也有小规模的战争，毕竟还是比较安定，农业经济在能力和范围上都在继续发展。赵匡胤篡立时，基础确实不是很稳固。但以当时形势来看，朱温系已被消灭，沙陀系老一辈的战将都已死去，新的军事体系靠着柴荣的整顿，重新恢复了秩序，也增强了战斗力；正好这个时候契丹内部有矛盾，无法南侵，[1]新建立的宋朝在太祖、太宗时代很机敏地掌握了时机，一举奠定大局。杉山教授说，宋朝只有赵普有国家建设的能力，而且有些还向耶律阿保机学习，我是完全不能同意的。耶律阿保机要解决的是，草原和农耕两种体制如何并存的问题，而宋朝则要解除武将干政的威胁，还要实现对南方的统一，工作性质是完全不一样的。

宋太祖、太宗两人，都不能算是一流皇帝，但也不算差。太祖能够不动声色地"杯酒释兵权"，这不是一般人能做得到的。另外，他决心放弃交趾，尽量不打没必要的战争，与民休息，不能说他没有见识，至少他认识到自己军事力量的局限，绝不轻举妄动。太宗即位之初，想要建立功业，想要收复燕云十六州，以证明他有当一流皇帝的能力（因为他深受弑兄篡位传言的困扰），但两次北伐都大败。他从此改弦更张，专力于文治，大量扩充进士名额，打开了庶

---

[1] 耶律德光撤军途中去世后，后三位契丹皇帝的继承问题都不是很顺利。

族地主的仕进之门,由此得到大批新进士的拥护,不能说他没有政治头脑。[1]南方既已统一,国家发展有了方向,地主阶级拥护新政权,农业继续发展,我们没有理由说,宋朝还是一个脆弱的国家。没有这些基础,真宗就不可能有力量在澶州逼和契丹。

宋朝重文治而轻武力的政策,当然要付出重大的代价,最后迫使它不得不以金钱来换取和平。根据1004年的澶渊之盟,每年要送给契丹丝绸二十万匹、白银十万两。四十年后(1044),宋朝与西夏议和,每年要给西夏银七万二千两,丝绸十五万三千匹,茶三万斤。稍前又受到契丹的威胁,也增加了岁币的额度。宋朝本身养兵甚多,至庆历年间超过一百万,因为它的养兵兼有救济失业之徒的目的。[2]宋朝对士大夫过于宽厚,官员的子弟又可以荫袭,冗员不少。这种种加起来,宋朝的财政负担不可谓不大。但整体而言,宋朝的农民好像也没有过得特别苦。原因就在于,北宋农业的整体发展远远超过唐朝,所以,宋朝的文治政策也有其可取之处。

宋朝经济的发达,学者早已有了定论。应该说,整个农业和经济,比起唐以前,有了飞跃性的进步。到了南宋,虽然退守到淮河和大散关一线,经济的发展仍然没有停滞。一、两代以前,南宋的经济潜力没有受到足够的重视,现在几乎也是世所公认的。杉山教授自己就说过:"中华所积累的各种各样的智慧、技术、手段,很多都在蒙古时代得到了进一步的提高。"(第340页)姑且不必细论蒙古时代提高的程度,至少他等于承认,宋朝在各方面是相当进步的。

从宋朝经济繁荣的程度,我们可以往上追溯中国农耕文明的发展,并由此得出中国农耕文明的特质。杉山教授在《游牧民》一书

---

[1] 参见陈振:《宋史》,上海:上海人民出版社,2003年,第647—648页。
[2] 参见邓广铭:《北宋的募兵制度及其与当时积弱积贫和农业生产的关系》,《邓广铭治史丛稿》,北京:北京大学出版社,1997年,第81—82页。

中曾经把大型国家及政权,按定居与否分为两大类,并以农业国家和游牧国家作为两种典型的例子。他说,在中亚、西亚及西北欧,仅有极少数者能够完全符合只有定居型或是农耕国家的形态。这也就是说,在中亚、西亚及西北欧,极少见到典型的农耕国家,这应该是合乎历史事实的。杉山教授同时也追溯了中国境内历史上曾经产生过的各政权,一一加以细数,得出的结论却有一点出乎我的意料。他说:

> 在历代中华王朝之中,几乎看不到完全符合我们"共通观念"的"汉族王朝"或"农耕帝国"了。(《游牧民》,第239页)

从这里就可以看出,杉山教授对中国历史认识的盲点了。远的不说,宋朝除了西南少数民族地区外,难道不可以算是一个典型的农业国家吗?在一般人的观念里,中国第一个长时期的、大一统的朝代汉朝(包括西汉和东汉),就已经是典型的农业国家了。而明朝,朱元璋建立政权的时候,很有意识地要把它建成一个纯农业国,尽可能减少其商业因素,规定田赋都要以实物上缴。可是在杉山教授的标准中,明朝也不能算是典型的农业国家,这真是不可思议。

杉山教授说,从最初的统一帝国秦朝开始,历经北魏、北周、北齐、隋、唐及五代之中的后唐、后晋及后汉等,统治集团的生计原本是以畜牧或游牧为主的,他们在将较多数的农民纳为被统治者后,其国家就变得具有农耕国家的色彩。因为统治者为游牧型,被统治者为农耕型,所以就不能算是共通观念下的汉族王朝或农耕帝国。我们就以这一长段历史来说吧。拓跋政权的代国及早期北魏时代,基本上还是个游牧政权,但北魏孝文帝南迁以后,这个政权就变成北边以游牧为主、南边以农业为主了。先不论北齐、北周,后来发展出来的隋、唐政权,一定要以他们所出身的统治集团的祖先为准，认定这两个政权还是游牧型——虽然他们的被统治者主要是农民，我们还是不能说，这两个政权不是典型的农业政权。我不知道这种逻辑到底能说服谁。就这样，杉山教授总是企图把前后有关、发展时间又长的一大群人固定在一个状态下，所以，不论是拓跋魏还是隋、唐，就都变成了具有混合的性质，这合乎历史实际吗？然后他又说，复兴"汉族中华"的明朝帝国"事实上也是具备浓厚蒙古时代遗产之多种族混合型社会的面相"（《游牧民》，第239页），所以当然也不是典型的汉族王朝的农耕帝国。在这一番细数中国历代各王朝时，不知道为什么他又忘掉了汉朝和宋朝，所以，他就找不到共通观念下汉族王朝的农业国家了。

在这里，我的目的不在于和杉山教授争辩"汉族王朝"的纯粹性；我主要想指出，当杉山教授这么细致地区分了中国历史上各政权的性质时，他就把中国历史上另一个更重要的事实遗漏了，那就是，中国始终维持了一个庞大的农耕区。只有认识到了中华本土始终存在着一个广大的核心农业区，我们才能解释，为什么冲破中华本土防线的各种游牧民族最后都消失在广大的"汉族"之中。没有任何受过教育的中国人会认为有一个"纯正的汉族"，但是"汉族"本来就是中国历史长期累积的产物，是北方游牧民族和南方农耕民族长期冲突、混融的最终结果。而其关键就在于，中国庞大的农耕区始终存在，界线虽然有移动，范围却越来越大，其最后结果，就是我们所熟悉的明清时代的那个无限广大的农业区。

从回顾的眼光来看，杉山正明所谓的"中华本土"，应该是在秦、汉两朝完成"大一统"工作以后才初步定型的。阅读《左传》就可以了解到，管仲辅佐齐桓公所进行的"尊王攘夷"政策里，所谓的"夷"，北面是指狄，南面是指楚，而齐桓公所要保护的是中原地区遵循周朝农业文化传统的各国，主要包括鲁、郑、宋、卫等国。当卫国被狄人攻破时，齐桓公帮助卫人从黄河北面迁到南岸，重新立国；当楚国的势力一直往北方发展时，齐桓公加以遏阻，迫使楚国订立召陵之盟。这都是齐桓公所进行的"攘夷"工作。孔子称赞管仲说："微管仲，吾其披发左衽矣。"这是说，没有齐桓公和管仲的功业，中原周文化各国可能就会在狄和楚的夹攻之下亡国，被迫改从"夷"的生活方式。这也可见，在春秋的某段时间内，中原各国的力量是非常衰弱的。在春秋时代的初、中期，狄人在北方的势力是相当大的，包括周王室、晋国、卫国、邢国的周围，到处都有狄人，主要由于晋国的努力，北方的狄不是被晋人所吞灭，就是一直往北迁徙，最终并入更北方即将形成的游牧政权之中。南方的楚国，也因为晋国的强大，最终形成南北对峙的局面。

如果从秦始皇统一六国以后的形势来看，大一统以后的中国，比起晋、楚争霸中原的局面，明显增加了秦和蜀两块地方。终春秋之世，秦国一直僻处西陲，与戎人杂处，中原各国一向以"夷狄"视之。没想到秦国并吞了所有西戎，又灭了蜀国，所以，当秦国最终统一天下时，就把秦、蜀和中原地区融合为一了。正当秦国在西方逐渐扩大时，楚国的势力也在南方极大地扩张起来。楚灭掉了越国，而在这之前越国已灭掉了吴国，所以战国时代的楚国已经统一了南方，其北边疆域已经到达现在的河南省南部和江苏、山东的交界处。当然，随着秦国的统一，楚国所有的疆域也都包括在大一统的秦朝之内。

我们一般都很容易忘掉一个非常重要的事实，即秦灭亡后，最后统一全国的是楚人刘邦及其集团，也就是说，大一统中国第一个稳定的王朝，是春秋时代还被视为"南蛮"的楚人建立的。刘邦作为汉朝的建立者，竟然把首都定在秦人的中心区长安，表现了深远的政治智慧。这样，整个汉朝就把春秋以来所有不同的因素融为一体了。回顾来看，这个大一统的汉朝，既包括一向被视为"蛮"的楚、吴、越，也包括秦和西戎，还包括被春秋时代的晋和战国时代的赵、燕所吞灭的狄。这所有的地区融汇在一起，就构成其后"中华本土"的基础，也成为现在所谓的"汉族"最原始的成分。这一切，是在汉朝确立的。由此可见，所谓"汉族"一开始就不是"纯正"的，它不但包括了春秋时代的中原地区（最早的"夏"），还包括了春秋时代所谓的"戎"（西方）、"狄"（北方）、"蛮"（南方）的因素——东方的"夷"早在商周时代就已并入中原地区了，齐、鲁两国就是建立在东夷之地上的。其后更多的北方草原民族和南方土著民族，不断地加入以农耕为主体的"汉族"之中。不断有"夷"的因素加入"夏"之中，反过来也就是说，加入"夏"的每一种"夷"，都对"夏"的形成具有贡献，就像春秋时代的秦国和楚国，都对大一统中国的形成贡献良多一样，而这就是中华文化最本质的因素。像杉山正明那样，费尽力气地想要证明，许多汉族因素根本不是来自汉族，实在是有一点小题大做，甚至可以说是无的放矢。

综观世界各文明史，找得到像中原一带这么广阔、人口这么众多、经济发展像滚雪球一样越来越大的农业区吗？美索不达米亚两河流域、埃及尼罗河流域都在外来势力的几次冲击下，变得面目全非，更不要说中亚的河中地、伊犁河谷地和新疆各绿洲了。唯一相似的也许只有印度，印度受到外来游牧民族入侵的次数恐怕远多于中国，其核心区还能维持印度教的信仰，确实不容易；但它的东、西端两大块（巴基斯坦和孟加拉，都是印度历史上非常重要的地区）还是失去了，未能保持住整体面貌，因此还是不能与中华世界相比。

三

正如前面所说的，广大的农耕地区是中国历史发展的基础，但是，这个农耕地区，当然不会只存在着经济领域，它还连带地产生了相关的社会习俗和文化心态，这一切，构成了我们现在所谓"中华文化"的基础。从文化方面来看，它又是由两大支柱所支撑，一个是在秦始皇手中完成的统一的汉字，一个是在汉武帝时代确立的儒家思想体系。再缩小范围来看，这个文化所形成的政治秩序，最后落实为"正统王朝史观"，而这一点正是杉山教授特别痛恨的，他曾咬牙切齿地说：

> 汉文献的可怕性，无可比拟……然而作为史料来看，程度如此"性质恶劣"的记载很稀少（世界少见之意）。对于用历史文献的人来说，（这种）记载实在是很难对付的。（第140页）

而这里，恰如前面所说的"农业帝国"一样，却刚好是"中华文化"最基本的内核。

杉山教授在《游牧民》一书中，特别以"被中华断代史观念遗漏"一节来攻击中国正史对于"五胡十六国时代"的记载方式。他认为，由《晋书》所诱导出来的"五胡十六国"这个名称，"会被误导为好像只有这个时期是周边蛮族们在中国横行的时代"。他又说，把《北齐书》《周书》及《隋书》分开编撰，就会让人忘记了从北魏经北齐、北周到隋、唐根本就是鲜卑"拓跋国家"的一线传承。总而言之，"中华正统王朝"这样的观念，正是中国的正史所编撰出来的，而实际上，纵观整个中国历史，纯粹的汉族王朝顶多也只有汉、宋、明这三个朝代。让杉山教授感到遗憾和意外的是，把晋朝以降至隋朝为止架构成正史系统的，竟然是"拓跋国家"出身的唐太宗李世民，而杉山教授一直坚持建立唐代的李氏是"出身拓跋鲜卑的地地道道的'夷'"（《征服者》，第52页）。[1] 也就是说，杉山教授

---

[1] 杉山正明毫无根据地断定建立唐代的李氏出身鲜卑族，对此姚大力教授已在《征服者》的"推荐序"中加以批评。

所特别不满的"王朝史观"的正统性,正是"蛮夷"出身的皇帝特别想争取的。这是"中华文化"所犯的错误吗?这难道不能算是中华文化的特长吗?杉山教授这样批评唐太宗:

> 不仅在中国史,就算是在世界史上也没有类似李世民般希望自己在后世留下完美姿态的人。杀死兄弟并拘禁父亲而掌握政权(玄武门之变)的李世民,确实是唐朝的实际创建者,虽然是这般具有能力的君主,但他在世时却持续地打造让自己成为明显地超越其实之明君形象。(《游牧民》,第137—138页)

其实,想当一个伟大的"中华式"皇帝的"蛮夷",岂止李世民一人,氐族的苻坚、鲜卑族的拓跋弘,甚至清朝的玄烨(圣祖康熙皇帝)、胤禛(世宗雍正皇帝)、弘历(高宗乾隆皇帝),不也都是如此吗?不论你如何厌恶造成这种现象的"中华文化",你都不能不承认,这正是这种文化内在所具有的某种本质特色。

由此我们也可以谈一下,杉山教授在比较沙陀与契丹时,特别偏袒契丹的那种特殊的态度。杉山教授认为沙陀军事集团是十分野蛮的,沙陀人的"职业"就是单纯的军事,战争是漂亮的买卖(第136页)。沙陀人以"养子"方式形成的集团,是粗野残暴、无法无天者的联盟(第137页)。沙陀只知一味搜刮百姓,作为统治者、管理者完全不合格(第142页)。相反的,耶律阿保机把燕地和山后的老百姓,从刘仁恭、刘守光父子以及沙陀李存矩的暴政下拯救出来,把他们带回契丹统治区,让他们教会契丹人纺织和制作工艺(第141页)。关于这些,史料我并不熟悉,无法分辨是非,但可以指出一个明显的事实。947年,耶律阿保机的继承人尧骨(耶律德光)攻入开封城,改国号为大辽,改年号为大同,显然想当中华世界的皇帝。然而,杉山教授称之为"单纯素朴、天生武者性格的尧骨"（第185页）却只能在开封待三个月，不得不匆匆撤军北返，最后自己在途中病死。而被杉山教授批评为残暴粗野的沙陀军人，从李存勖到石敬瑭，却至少统治了中国北方二十多年（923—946），连那个完全不会当皇帝的李存勖都可以在开封待到两年六个月（923年10月—926年3月），由此可见，沙陀人比契丹人更了解担任中华世界皇帝的方法。其秘密就在于，沙陀皇帝知道要把一般政务交给中华官僚管理（这也是冯道能当四朝宰相的原因），而耶律德光连这一点都不懂。事实上，沙陀人进入中华世界（虽然一直处在边缘地区）已经超过三代，而契丹则始终居于塞外。因此，我们能说，建立在大农业体系上的文化传统不重要吗？杉山教授似乎以"中华化"程度的深浅来决定他对沙陀与契丹的好恶。

杉山教授一直想要把中华世界的统治集团和被统治的人民加以割开，这也证明他对中华世界的了解不够透彻。只要稍微阅读《贞观政要》，就能看到唐太宗治国时的戒慎恐惧。他一再说"水能载舟，亦能覆舟"，因为从隋末到唐初河北、山东地区的农民在窦建德、刘黑闼等人的领导下一再起义的事件，让他印象非常深刻。古代的中国农民既不可能关心政治，也没有机会关心政治，但任何统治者都不能掉以轻心。他们人数众多，只要有较大范围的饥荒出现，任何统治者都会难以处理。在隋文帝统治下看起来坚固异常的隋朝，在隋炀帝统治不到十四年就冰消瓦解，这种教训让唐朝的建立者难以忘怀。

再说到宋朝，前面已经提到，宋太祖、太宗两代，非常重视与民休息，让长期处于战乱的中国农耕区恢复活力。因为自东汉以来逐渐形成的门阀士族在唐朝后半期的衰乱中已完全消失，宋太宗借此大量增加进士名额，对地主阶级大开仕进之门，这就巩固了统治基础。有人统计过，两宋时期考上进士而有家庭资料可查的，其中

66%来自平民阶层。[1]这也就是说，在公元11世纪的时候，中国基本上已经没有了贵族这个阶级，作为宋朝官僚体系基础的进士基本上来自平民阶层。只要稍微了解一下当时世界各大政权、国家的状态，就可以认识到宋代社会的绝对特殊性，因为，它主要从平民阶层中选拔文官，让文官成为国家的基础而让武将屈居其下，这样的体制基本上为明、清两朝所继承。

再说到被杉山教授极力嘲讽的宋代的教化，这绝不是如他所说的要开发南方的蛮地，而是因为科举所开启的大门让较富庶的地主对教养子弟产生极大的兴趣。同时我们知道，宋代的士大夫重新复兴了儒学，而儒学又非常重视"仁政"；不论进入仕途的士大夫在实践方面做到什么地步，他们对不识字的农民阶层至少不会那么穷凶极恶。这样，从皇帝到士大夫，再从士大夫到一般农民，那种统治与被统治的关系，和草原征服者与农耕的被统治者的关系是不能相提并论的。就从杉山教授一再强调的所谓"拓跋国家"来说，唐朝政权与广大的被统治的农民的关系，和北魏刚统一北方的时候也是不一样的。杉山教授似乎比较偏爱逻辑推理，而不考虑历史事实层面的千差万别。

关于蒙古帝国，特别是忽必烈帝国的政权性质，杉山教授已经分析得很清楚了，简单地说，这是由蒙古军事贵族维持政治秩序，由穆斯林商人理财，穆斯林商人再把他们用各种手段得来的财物，交给蒙古军事贵族，供他们使用和享用。这种维持国家机器的方式，很难适用于中国广大的农耕地区。蒙古军事贵族突然崛起于蒙古高原，在这之前，他们几乎没有接触过汉地。在把金朝赶往黄河之南以后，他们就进行了西征。他们以回鹘为师，以穆斯林商人进行管理，因为这是他们最早接触的其他文明。当他们灭掉金朝，开始管

---

[1] 王水照：《苏轼评传》，南京：南京大学出版社，2004年。

理北方汉地的时候，他们就把穆斯林的管理方式引进来，这种方式当然完全不能适用于中国北方，于是不得不调整。在他们灭掉南宋以后，他们对南方的管理又采取了新的方式。但整体而言，蒙古军事贵族主要还是借重于穆斯林，而中国式的士大夫只是作为一种辅助。这种统治方式很难管理中国，这就是他们统治中华世界无法超过一百年的真正原因。

建立明朝的朱元璋，出身于贫农家庭，完全了解蒙古统治的弊病。他企图取消蒙古人所带进来的商业因素，又厉行海禁，而且还规定农民以实物缴税，就是想要把中国倒退到纯农业社会。从这方面看，朱元璋的治国方式完全是根据广大的农耕区来设想的。而为了保卫政权，他又另外设计了独立于农业之外的军户制。他的军户制受到蒙古制度的影响，但我们还必须承认，明朝主要还是一个农业国家。杉山教授否认明朝的农业国家性质，实在令人不解。实际上，清朝的统治方式完全是一个改良版的明朝。

朱元璋的治国另一个特色，来自他可能非常熟悉的地方戏曲。[1] 他制定了严密的政策，管理全国的演戏活动，规定戏曲的内容一定要教忠教孝。从明朝以后，不识字的中国农民，也可以从无处不在的戏曲演出中学到被封建化的儒家伦理。这种风气自明朝传承到清朝，甚至传承到民国时代，影响极为深远（五四新知识分子对此非常熟悉，又非常痛恨）。从以上两点来看，把明清两朝视为古代农业中国的结束，是非常正确的。他们实际上都是宋朝从皇帝到士大夫，再从士大夫到农民那种政权形态的继承者。但是，中国的农业经济从宋朝至明朝，再从明朝到清朝，商品化的趋势日渐加强，不

---

[1] 戏曲在金、元统治的北方比同时南宋统治的南方发达，应和游牧民族占领中国北方有关系，此事论者已多。如果说朱元璋受到蒙元文化影响，他对戏曲的喜好也可算一例。

可能再去阻挡。如果没有西方势力的入侵，而清朝是以传统中国的历史逻辑寿终正寝，中国的下一个朝代会是什么样子，实在引人深思。根据以上所说，我们可以确定，杉山教授大概很难体会中国这个世界上最为广大、时间上延续了这么长久的农耕国家的文化心态和独特的统治方式，所以才会有那么多让我们觉得不可思议的"奇谈"吧。

杉山教授难以理解中华文明，可能还跟他的某些基本史观有关系。他说，西方近代国家都是军事政权，这一点我个人是同意的。但他之所以能看出西方近代国家的军事性质，主要还源于他独特的历史观，在《游牧民》一书中，他特别写了"被过低评价的军事·政治力量"一节，他认为，从经济层面进行历史解读，只能是一种当代现象，表面上好像非常有效，但并不等于对历史的理解。他说，"当然越接近近现代，作为人和时代转动的原因，经济所占的比重确实是越来越高。但甚至是在现代也相同，经济以外的重要因素特别是借由军事力量及政治力量而让世界转动这件事，也是毫无疑问的事实"（《游牧民》，第252页）。我个人阅读他三本著作的印象，感觉到他对草原游牧民族的英雄人物由衷的赞佩，这种态度在历史学家中并不少见，法国的格鲁塞也是如此。杉山教授喜爱契丹，厌恶沙陀，但他还是不能不佩服沙陀的战斗勇气，特别对于李存勖这样的爆发式的英雄人物，他还是相当喜欢的。反过来讲，中华式的农业的缓慢发展，以广大厚实来逐渐抵消草原游牧民族的进攻，甚至在失败之后还能把进入农业世界的游牧民族最终加以吸纳，这种生存方式，杉山教授当然不能欣赏，也无法理解。

杉山教授也知道，枪炮发明以后，草原游牧民族无敌于世界的时代已经过去了。欧亚大草原，其西面被俄罗斯帝国所包围和限制，其东面受制于清朝，这种历史发展当然是游牧民族的悲哀。从另一方面看，当西方国家能够把枪炮架在船舰上开往世界各地，从海岸炮轰任何文明世界的时候，世界也只好屈服于这种军事武力之下。对于西方世界的扩张，杉山教授曾慨乎言之：

> 镇压挫败各种美洲原住民的社会及文化，尽可能地进行扼杀、磨碎及无限杀戮，进而强迫征服。事实上，在人类史方面，最大的征服应该就是这个时期西欧对于南北美洲大陆的征服行动。这也同时是人类史上最为恶毒、残暴及野蛮的征服行动。这是个直接单纯的严肃事实。无论如何是无法用西欧风格之人道主义来掩饰的。包含欧美人在内，我们必须要更直接地正视这个事实。(《游牧民》，第 246 页)

对于西方国家在 19 世纪之后的征服全世界，他还说：

> 在产业革命及近代社会之外也以强力枪炮及海军力量进行军事化的西欧国家，将亚洲众多国家解体，并企图在地球上各区域残留的土地进行殖民化及扩张自己国家利益而展开大大小小的战争。虽然有许多说法，但总之近代西欧国家就是军事国家。(《游牧民》，第 246 页)

相比而言，草原游牧民族纵横于欧亚大草原，无意中沟通了东西方的各个文明，而其高明的骑射技术比起西方的枪炮和船舰来，不是更具有"人"的味道，而较少机械性质的遍及生灵的杀戮性吗？强调西方的文明性而谴责游牧民族的残暴，这样的人，很难理解他们是怎么看待人类历史的。像这一类的议论，是我佩服杉山教授《游牧民》一书的原因。

在当今世界，以其先进的军事科技肆无忌惮地从远方攻击不听话的国家，以其强大的金融体系干扰、破坏他国的自主的经济发展，像美国这样的世界少见的军事强权，恐怕杉山教授也是同样会加以谴责的。在这样的世界大势下，一个几乎遭到瓜分的、曾经陷入极度贫困的、人民几乎无以为生的古老的文明国家——中国，能够自力发展，先是保卫自己，让自己的人民可以吃饱穿暖，然后再成为世界工厂，进而以其雄厚的经济实力让周边亚洲国家也跟着发展自己的经济，因而也形成一种世界力量，平衡美国那一种"唯力是尊"的恶质帝国主义，对世界的和平发展来讲，不也是一种贡献吗？中国这个巨型国家，让杉山教授困惑不已的这个存在，应该也是人类文明史上的一个非常突出而巨大的现象。遗憾的是，杉山教授对这个文明的存在似乎一直感到不解，甚至有一种厌恶。我很希望，杉山教授能够重新思考这个问题。

2015 年 4 月 7—10 日

西方的太阳花,东方的红太阳
——《我们需要什么样的"中国"理念》序

2014年"太阳花运动"闹得如火如荼的时候,我在大陆,很幸运能够耳根清净,但是还是有人把赵刚写的批判文章传给我。我佩服赵刚孤军奋战的勇气,但还是惋惜他虚费光阴,跟那些只讲感情、不讲理性(而又自以为很讲理)的台派辩论大道理。我也曾当面劝过他,不如做自己的事,不要理他们。但赵刚如果肯听我的话,那就不是赵刚了,他坚持己见,一写再写,终于写出"问题"来了,因此才引发我编这本书的念头。

赵刚最具纲领性的批判文章《风雨台湾的未来:对"太阳花运动"的观察与反思》发表在2014年6月号的《台湾社会研究季刊》上(删节版同时发表于北京《文化纵横》2014年6月)。不久,网络上开始流传汪晖的另一篇长文《当代中国历史巨变中的台湾问题:从2014年的"太阳花运动"谈起》。汪晖自己在文内说明,本文是根据2014年6月底与台湾友人的谈话记录整理而成。我不能确定,汪晖写他的文章时,是否已看过赵刚的文章,但可以肯定的是,这两篇文章把"太阳花运动"所涉及的台湾内部问题及两岸问题,提升到当代世界问题甚至近代世界史问题的高度来认识,非常具有"理论"价值。这就证明,赵刚坚持己见、把自己对"台独"派的批判进行到底是正确的。

今年6月初,汪晖邀请赵刚到北京,在清华大学做两场演讲,其中一场"台派'乌托邦'"我也在场。这一次演讲主要是对台派社会运动的理论与实践进行心理分析，很多话鞭辟入里，把台派的精神状态描绘得活灵活现。6月底，我从重庆回台湾过暑假（我在重庆大学客座），学生告诉我，香港刊载了两篇批判赵刚清华演讲的文章，并且还引发了争论，颇为热闹。我的学生还说，批判赵刚的包括台湾交通大学的刘纪蕙教授，而赵刚后来的回应也只针对刘纪蕙教授。刘纪蕙我也很熟，印象中她好像很少参加论战，所以不免好奇，就请学生把他们的文章印给我看。这一阵子我真是忙，单单阅读赵刚的三篇文章、汪晖的一篇文章（重读）、刘纪蕙的两篇文章，就花掉我不少时间（我每次都很惊讶，为什么赵刚和汪晖的文章都写得那么长）。总而言之，我的结论是，把这些文章收集在一起，印成一本书，对台湾、对香港、对大陆读者思考当前的台湾处境、香港处境、大陆处境，以及目前全中国的问题，以及中国与世界（特别是美国）的关系问题，都非常具有启发性的意义。我分别写信给三位，希望他们同意把这些文章收集在一起出版，他们都很爽快地答应了。因为知道我要编这本书，所以就有相关的消息传到我这里，我又看上宁应斌（卡维波）、郑鸿生、瞿宛文的相关文章，他们当然也不会拒绝我的要求，所以这本书很轻松就编成了。这里要特别感谢他们六位的大力支持。以下我将从两个角度来说明这些文章的价值之所在。这些文章涉及两个大问题：一、当今世界经济形势下的台湾问题；二、"中国理念"在当今世界的意义。

一

"太阳花运动"，全称"太阳花学生运动"，这个名称本身就具有蛊惑性，因为究其实而言，这不是学生运动，而是借着学生来搞政治运动。民进党和台派知识分子，面对台湾的政治、经济困局，想要利用这种运动形式,来进行他们在正常的民主程序中无法完成的工作。2000年到2008年民进党的陈水扁执政,贪腐无能,经济严重下滑,所以2008年后才能换由国民党的马英九执政。马英九除了和大陆改善经贸关系外,也想不出其他办法,特别是在他执政的当年美国发生金融大海啸,台湾地区对美国的出口锐减,他更加只能走这条路。马英九严格遵守政经分离的原则,整体路线实在没有什么大错。但是台派看在眼里,心里非常焦急,因为热络的经济关系一定会改变两岸的政治关系。但是,国民党控制"总统府"和"立法院",按民主程序他们无法阻挡这种情势,他们不断地"诉诸舆论",攻击马英九的种种"劣政",马英九应对无方,民意支持度不断下滑。最后当马英九向"立法院"提出两岸服贸协议时,民进党既无法阻挡"立法院"通过协议,就只好出险招,组织学生攻进"立法院"。没想到这一奇招收到意料之外的大成功,因为青年学生刚好借机表达他们对自己前途无望的愤懑,而民进党又借这个形势扩大了"反中"情绪。这一事件导致国民党九合一选举大败,民进党似乎已经确定要再度执掌政权了。"太阳花运动"把民进党所擅长的街头运动发挥到极致,他们一定会食髓知味,一搞再搞的(最近的反课纲联盟就是明显的例子)。只要这种模式有效,岛内政局就永无宁日,台湾老百姓只好长期生活在焦虑不安之中。

  民进党和台派知识分子为什么要这样操作呢?这样操作有什么危险呢?瞿宛文的文章为我们做了扼要而清晰的分析。她先用一个图表证明台湾是外贸型经济,没有外贸出口,台湾经济就会有问题;其次,她用第二个图表说明,台湾外贸出口三个主要对象的变化趋势。远的不说,从20世纪50年代开始,五六十年代是台湾对美国输出的高峰期,70年代以后就逐渐下滑。这时,日本取代美国,成为台湾地区最主要的出口国家,这一趋势维持了二十年。80年代以后,对美、对日出口一直往下滑,如今两国都已分别降到10%以下。相反的，对大陆的出口从80年代以来一直在提升，1990年左右已超过美国，2000年左右已超过日本，现在占全部出口的四成左右（包含对香港的出口）。至于说到台湾的对外投资，1993年台湾对大陆的投资已占六成以上，2011年最高，已超过80%，此后稍有下降，但至今仍维持在六成上下。以早期台商对大陆一向的态度，这种形势一定是纯经济因素，而不是哪一种政治力量操纵的结果。应该说，大陆经济的崛起，日本、美国经济的先后衰疲，是台湾地区出口经济不得不转变发展方向的根本原因。这种趋势台派知识分子不可能不了解，但他们非硬挡不可。但是，除非大陆经济突然出现大问题，这一趋势是不可能阻挡的。

瞿宛文明确地说，"太阳花运动"真正的目的是"反中"，反对继续发展对大陆的贸易。但他们却不说"反中"，而说是"反全球化""反自由贸易""反新自由主义的自由贸易"。其实这些口号都来自欧洲的先进国家。欧洲先进国家目前经济日渐困难，产业与资金外移，外来移民不断，失业率增高，因此经济保护主义和种族主义（反移民）日渐兴起。在这一点上，左派和极右派几乎没有差别。两岸经济交流是挽救台湾经济最好的途径，台湾很幸运，可以把出口和投资转向大陆，但台派非反对不可，他们宁可不要大陆"让利"，尊严更重要（即使饿死也要面子）。所以他们就挪用了欧洲新左翼的"反全球化"和"反自由贸易"理论，这一切都足以证明，台派是以新左翼的名目来掩饰他们的极右翼面目。为了他们的政治理念，他们完全不顾台湾民众困苦的生活（台派知识分子和民进党领导人的日子是不会有问题的）。

对于"太阳花"的运动模式，赵刚做了非常生动的描述。台派知识分子从西方社会科学界，特别是自由左派或是具有新左倾向的学界袭用了关于公民、公共、社运、民主的各种概念，把这些概念全部收进他们理论的"武器库"里，使用时全部"祭"了出来。所以他们以为他们的理论绝对是最正确的、无可辩驳的；他们就是公民的标准，谁要反对他们，谁就没有资格成为公民。而公民最重要的行动，就是"反××"，被他们所反的××，就是不符合公民社会标准的坏事物，你要不反这些，你也就不是公民。赵刚在清华大学演讲的时候，引述了"太阳花运动"时流行于台派学生的一首歌，其中一段是：

> 当我走上了街头　世界就是我的　当我们怀抱信念
> 当我们亲身扮演　英雄　电影　情节
> 你就是一种信念　你就是一句誓言
> 世界正在等你出现

反对××的运动，成为不能应对社会现实之后唯一的实践模式。最近的反课纲联盟中，有一位学生对他的父母说，他反对政府没有咨询他的意见所订的课纲，作为学生，他反对这个课纲，就是革命，这是非常神圣的。虽然他还未成年，为了这个神圣的目标，他的父母没有权利阻挡他。有一个学生代表对教育部长说，你讲的话我们不一定要听，民众讲的话，你一定要听。他完全没有反省到他只是民众中的一个，没有经过合法的程序，他不能代表民众；即使经过选举，他有资格代表某一部分民众，他也不能号称代表所有的民众。轻易把自己无限膨胀，一方面把自己等同于民众，另一方面把自己从别人那里接受的概念等同于真理或普世价值，这就是"太阳花"所发展出来的运动逻辑，在这一次的反课纲联盟中又组织高中生做了一次生动的演示。赵刚把这样的模式称为"自由主义现代性神移甚至形变为法西斯"。实际上，这是以街头法西斯运动的形式来弥补民进党在合法的民主程序中力量的不足。我相信，在未来几年内，这种街头运动模式会不断地上演，会成为台湾社会不稳定因素的触媒。即使下一届是民进党执政，民进党也不可能解决台湾社会内在的困境与矛盾，只要有心人善加利用，这种充满法西斯精神的街头运动形式就会成为民进党或"台独"运动的侧翼。

以上只是就台湾内部分析"台独"势力以"太阳花运动"为代表的近期运作模式，如果扩大范围观察亚洲最近的整体形势，就不由得会怀疑"太阳花运动"并不是一个孤立的现象。除了台湾的"太阳花运动"，香港稍后也发生了"占中"行动。除此之外，还有日本、菲律宾、越南不断地抨击中国在南海的"扩张"，与此相呼应的是美国的所谓重返亚洲行动。从种种的迹象来看，台湾的"太阳花"和香港的"占中"，好像都不是"在地"的自发行为。赵刚和汪晖都意识到了这样的问题。赵刚说，"就美国而言，这次的'太阳花学运'是一场已经达到目的的颜色革命，因为学运结晶并巩固李登辉政权以来一直在经营的亲美与反中。这个趋势，继续走下去，将使台湾地区与韩国、日本、菲律宾、越南等国，在新的围堵政策中变成无问题性的一个亲美反中的'盟邦'"。汪晖也说，"美国重返亚洲与日本解禁自卫权都是以创造区域性的新冷战为指向的"，"如果台湾的新社会运动，包括这些学生运动，最终达到的结果就是加入美、日为中心的霸权结构的话，那等同于自我取消其合理性。果真如此，他们虽然年轻，却可能是过去时代的回光返照，而非代表真正的未来"。汪晖加上了一个"如果"，话讲得有保留，其实意思和赵刚是一样的。他们都担心，台湾年轻学生由于对现状强烈不满，反而可能被美、日的"盟友"的"台独"势力所利用，而成为美国旧霸权的马前卒，为日薄西山的美国帝国主义而做毫无意义的战斗。如果注意到蔡英文在最近访美时给《华尔街日报》的投书，以及她在战略与安全研究中心的演讲，就可以证明，赵刚与汪晖观察问题的敏锐。蔡英文投书的题目是"Taiwan Can Build on U.S. Ties"，意思就是台湾将和美国绑在一起，态度不是够明白了吗？而这很可能就是"太阳花运动"真正的动力来源。

二

根据上面所说，可以得出两个结论：一、美、日经济明显衰退，台湾地区的出口贸易很难再以美、日为对象，台湾经济与大陆越来越密切，这是客观形势，很难改变。二、美、日经济虽然衰退，但美国仍然不愿意放弃亚洲霸权，正在努力与日本、菲律宾等构筑新冷战防线，企图围堵中国；在这种形势下，美、日在中国香港制造麻烦，在台湾暗中支持"台独"势力，希望台湾成为新冷战下的亲密伙伴。现在台派非常着急，因为如果不行动，放任两岸经济自然进行，统一势不可挡。所以他们想要借着各种社会运动，孤注一掷地加入美、日的新同盟，他们认为只有这样才能避免"被并吞的命运"。

从这个观点来看，台湾将成为中、美在亚洲争夺话语权的焦点，这是我们考虑台湾未来前途最重要的出发点。1895年台湾遭到日本侵占，"二战"后虽然归还给中国，但中国不久发生内战，内战失败的国民党政权逃到台湾。由于朝鲜战争爆发，美国为了围堵新中国，开始保护国民党政权。这样，台湾先是直接受到日本五十年的统治，其后不久，又间接受到美国长达六十五年的重大影响，一般的台湾人以日本、美国的生活方式和价值体系来衡量中国大陆，可以说是很自然的。最近三十五年来，美国又蓄意操控台湾的政局和舆论，阻止台湾和大陆亲近，因此，在现在中、美大国博弈的局面下，台湾一面倒地倾向于美国，是能够被理解的（其中复杂的历史因素，郑鸿生以韩国和中国香港作为对比，做了极为精彩的分析）。

台湾同胞必须理解，我们面对的不只是亲美与亲中的问题，我们面对的是，美国为代表的西方近代文明所建立的霸权时代，已经到了日薄西山的地步,而绵延已有三千年以上的中华文明,虽然经历了上百年的没落,如今却又浴火重生了。所以我们所面对的,不是一时一地的中、美之争,而是世界史上难得一见的"东风压倒西风"的人类文明新旧阶段的转换关键。如果我们不能了解这个历史意义,我们台湾人必定像汪晖所说的,成为"过去时代的回光返照",而不是面对东方初升的朝阳。

台湾读者可能会以为我是痴人说梦,其实这种文明的起落,很多西方学者已经说过,只是我们台湾人故步自封,还在把美国梦想为屹立不摇的"永恒帝国"罢了。2010 年,我买到一本厚达 650 页的大书,里亚·格林菲尔德的《民族主义:走向现代的五条道路》(上海三联书店,2010 年)。格林菲尔德为其中译本写了前言,开头就说:

> 我们正面临着一场历史巨变。我们敢于如此断言,因为促成这一巨变的各种因素已经齐备,我们只须等待它们的意义充分显露出来。除非那个至少能够消灭人类三分之一的前所未有的浩劫(按,指核战争)降临人间,否则没有什么能够阻挡这一巨变的发生。这一巨变就是伟大的亚洲文明崛起,成为世界的主导,其中最重要的是中华文明崛起,从而结束了历史上的"欧洲时代"以及"西方"的政治经济霸权。
>
> 这一变化只是在新千年到来后的最近几年才开始变得明显……(着重号为本书所标)

格林菲尔德是一位专业的社会学家和社会人类学家,但同时具有深厚的经济学、政治学和历史学的素养。从 1987 年到 2001 年,十四年间写了两本大书,在前面提到的那本书之后,还出版了另一本《资本主义精神:民族主义与经济增长》(上海人民出版社,2009 年)。她是一个具有历史眼光的社会、经济学家,我们只要随意地读她的两本大作，就会发现她的学养非常深厚，不是随意讲话的人。比起华勒斯坦（世界体系的理论家）和德里克（中国学专家），她在台湾读者眼中只能算无名小卒，而她所讲过的意思，华勒斯坦和德里克已经说过好几次了。赵刚和汪晖都看到了这种世界史的大趋势。赵刚说：

> 台湾的问题从来不是台湾的问题而已，而"台独"的问题归根究底是中国的问题。中国在当代世界里，除了经济崛起、政治崛起之外，更要面对思想与文化的崛起。如果在将来，中国作为一个理念，含蕴了一套有召唤力的价值与实践，形成了一个能提供给人类新的安身立命，以及与万物相处共荣的道路，或至少能提供给区域人民以正义、和平与尊严，那将是"台湾问题"解决之道的根本所在。这是有希望的，因为西方的发展模式、霸权模式、欲望模式已经图穷匕见了。

这就是说，以西方价值观为核心的资本主义体系已经无法维持下去了，我们应该思考中国能不能发展出另外一套价值与实践，以便为人类提供一个安身立命、共荣相处的新道路。赵刚把这样的思考模式称为"中国作为一种理念"。汪晖说：

> 现在是全球性的政治危机的时代，跟1989年以后的情况非常不一样。1989年以后，社会主义失败，"历史终结"。然而，今天的现实是资本主义危机四伏，不仅边缘区域如此，中心区域也一样……我们需要在"历史终结论"的范畴之外，共同探讨新的道路。如果沿着这条道路尝试开启新的政治实践，新的空间、新的可能性、新的力量就有可能涌现。

面对资本主义的危机，汪晖也认为，以"中国作为一个政治范畴"来探求世界问题的全局性解决,是应该尝试的。他们能够在"太阳花运动"中,体认到历史的伟大契机,不能不说是"特识"。为什么这么说呢?因为即使在大陆知识界,也很少有人具有这种"为万世开太平"的气魄。随着中国经济的崛起,中国人的自信心日渐恢复,所以越来越重视自己的文化,越来越肯定中华文化的价值。但是,如何把中国文化的价值和中国的崛起,以及世界危机的解决联系在一起,仍然是一个困难重重的探索工作。甚至极为肯定中国文化价值的学者,都不敢轻易地认为:中国有责任也有能力为未来的世界找出一条新的道路。奥巴马说,美国还要领导世界两百年,但是到现在为止,还很少有中国政治家和学者毫无愧色地宣扬:中国将为世界开辟出新道路。当然,中国人比较谦抑,不好大言,但也不能不说,"底气"似乎还有些不足。我们从赵刚和汪晖的文章中,已经看到这种气魄了,从这个角度来讲,"太阳花运动"还是有贡献的——坏事可以变好事嘛!

当然,他们两人可以说是两岸思想的先驱。现在两岸的知识分子,许许多多的人还在相信西方的普世价值,而且坚持中国必须往这条路上走。刘纪蕙的文章,很清楚地表达了这种理念,她的贡献是,极为尖锐地质疑"中国作为一个理念"(当然这也同时指涉汪晖的"中国作为一个政治范畴")的思想价值。为了这个目的,她引述美国、日本的某些中国学者,从根本上怀疑是否真有一个"连续性"的中国。按照中国的历史叙述,中国有汉朝、有唐朝(其前身是北魏拓跋政权)、有宋朝、有元朝(由蒙古人建立)、有明朝、有清朝(满族人建立),这真的是具有同质性的中国吗?而且,她还说:

> 历代疆界发生过大大小小的变动,被南北不同族群以战争侵入,或是以战争扩张,每一个朝代更有高度发展的严刑峻法,凌迟、腰斩、车裂、剥皮,动辄上千人的诛九族,也都曾经因

为土地集中以及苛税暴政,而发生了数百次的人民起义。这是同一个中国或是同一个帝国吗?

刘纪蕙不仅怀疑是否有"一个"中国,还怀疑这个疆域不断变动、外族不断入侵、严刑峻法不断发展的所谓中国,具有最起码的"文明能力",怎么能够作为一种理念呢?

刘纪蕙的质疑是非常正常的,一点也不令人惊异,因为这是台湾以及大陆许多知识分子毫无保留地接受西方人的世界史观点的必然结果。这个地方我并不是要跟刘纪蕙"抬杠",我只简要提一下西方历史常被忽略的一些常识,以见西方观点的偏见入人之深。先说到刑罚。西方长期进行大规模的异端审判,被处刑者要焚烧至死,这种刑罚即使在同样是一神教信仰的伊斯兰世界也不容易见到(与一般人的印象相反,伊斯兰世界对不信教的人远比基督教宽容多了)。16世纪德国农民起义失败后,封建主把起义领袖闵采尔用铁链绑在一棵大树上,然后把旁边的土慢慢加热,让他受尽折磨,烘炙至死,这大概是世界文明史少见的例子吧。另外,中世纪还有所谓贞操带,用铁铐把女人的下体封住,钥匙由男人随身携带,以防女人出轨。即使最强调守贞的中国礼教社会,做梦也想不出这种方法。说到种族灭绝,总不能否认屠杀几百万的犹太人是西方人干的吧。这不是希特勒个人发疯了,而是整个西方世界不断地迫害犹太人的高峰。波兰人那么痛恨德国人,但他们还是很愿意配合德国人,把波兰境内的犹太人全部送到集中营去。钢琴家鲁宾斯坦的家族在波兰人数众多,"二战"后无一人存活下来,这让鲁宾斯坦非常难过,即使他非常想念他的家乡,"二战"后他还是长期不愿意到波兰去演奏。至于近代西方人在征服世界时,如何屠杀和迫害各地的土著,我们就让非常厌恶中华文明的杉山正明来说吧。

镇压挫败各种美洲原住民们（native American）的社会及文化，尽可能地进行扼杀、磨碎及无限杀戮，进而强迫征服。事实上，在人类史方面，最大的征服应该就是这个时期西欧对于南北美洲大陆的征服行动。这也同时是人类史上最为恶毒、残暴及野蛮的征服行动。这是个直接单纯的严肃事实。无论如何是无法用西欧风格之人道主义来掩饰的。包含欧美人在内，我们必须要更直接地正视这个事实。

这是对西方近代文明的残暴性质最义正词严的谴责，而且这只是讲到美洲，还不包括澳大利亚和夏威夷，也不包括非洲黑人的掠卖和奴隶。无论西方人多么善用人道主义来蛊惑人心，近代西方文明绝对可以称得上是人类历史上最残暴的文明，近代西方的繁荣其实是建立在对其他土地上的人进行灭绝和残酷奴隶与剥削之上的。想想美国对南斯拉夫、对阿富汗、对伊拉克不分军事目标和平民住宅的无限制轰炸，我们对西方人的所谓"人道"就可以"思过半矣"。

再说到战争。日耳曼人冲进罗马帝国境内的早期历史姑且不说，就从十二三世纪说起。先是神圣罗马帝国的皇帝声称对意大利的土地拥有主权，因此不断地进军意大利，和意大利的城市及教皇长期混战。然后是形成中的英、法两个民族国家进行了百年的战争。法国把英国赶出欧陆后，又和哈布斯堡王室为了意大利的土地发生多次战争（马基雅维利就是有感于意大利的孱弱，才写作《君主论》的）。接着，神圣罗马帝国和法国内部分别发生宗教战争。接着，德国的宗教战争引发瑞典和法国介入，著名的三十年战争把德国搞得残破不堪。再接着，法国称霸欧陆，路易十四梦想把法国的领土扩展到"天然国界"，与全欧洲为敌，争战不已，其身死而后已。到了18世纪，新兴强国普鲁士为了抢夺哈布斯堡王室的西利西亚，又把欧洲各国牵扯进战争中。再来就是法国大革命引发的欧洲各国对法国的入侵、法国的再度崛起，以及拿破仑时代不间断的战争。19世纪号称是欧洲少见的和平的世纪（从1815年滑铁卢之役到1870年普法战争，中间半世纪没有大战，欧洲人就说这是难得的和平，可见欧洲和平之不易），但也有意大利统一之战和德国统一之战。当德国成为强国后，欧洲剑拔弩张，终于导致欧洲最全面的、杀伤力最强的内战，就是所谓的"一战"，其实"一战"只是欧战，是欧洲自中世纪以来各国"竞逐富强"的最高峰。"一战"不能解决英、法和德国之间的霸业，所以又发生"二战"，把全世界都牵连进去，这才是真正的世界大战，而其起因就是欧洲各国之间的内战。欧洲战争史是全世界"最精彩"的战争史，他们在欧洲的内战中把自己的国家锻造成"军事国家"（这是杉山正明的评语），所以他们有足够丰富的经验去征服全世界，而全世界都没有这样的经验，所以谁也挡不住。说到战争之频繁，中国是远远不如欧洲的。

最后，我们再来检视一下西方文明的联系性与同一性的问题。按我们的常识，近代西方文化传承了古代的希腊罗马文明，其实这种讲法太过于简略，而且也非常不精确。罗马帝国统一了整个地中海地区，形成了希腊罗马文明。但是，在公元2世纪末罗马帝国陷入长期内战以后，这个文明就逐渐没落了。等到4世纪君士坦丁大帝重新统一帝国、尊基督教为国教以后，希腊罗马文明就变成了罗马基督教文明。我们记得，罗马皇帝朱利安曾经企图恢复希腊罗马文明，但很快就失败，因此他被称为"叛教者"，这就说明基督教已成为罗马帝国最重要的文明力量。等到日耳曼各部落冲进西罗马帝国境内，西罗马帝国崩溃，日耳曼各部落纷纷皈依基督教以后，至少有一千年时间，所谓西方文明其实就是基督教文明，不要说希腊文明，连罗马文明几乎也完全被忘记了。我们确实可以质疑，没有基督教以前的希腊罗马文明，以及只有基督教而希腊罗马文明消失殆尽的西方中世纪文明,是同一个文明吗?

就在西方完全笼罩在基督教的势力之下的时候,东罗马帝国(拜占庭帝国)还屹立了一千年之久。拜占庭帝国使用希腊语,继续传承古代的希腊文明,而且,还影响了后来兴起的大食帝国的伊斯兰文明。现在很少有人知道,伊斯兰文明不但传承了古希腊文明,同时还传承了古希伯来文明。大食帝国的全盛时代不但翻译了许多希腊经典、产生了不少诠译希腊文明的大师,而且,他们同时也推崇《旧约》《新约》。如果没有拜占庭帝国和大食帝国,古希腊文明有多少能保存下来是很值得怀疑的。近代的西方很少有人愿意承认这一点,好像希腊文明在西方一直绵延不断,这是被有意忽略的历史大谎言。一直要到薄伽丘和彼特拉克(Francesco Petrarca,14 世纪)的时代,古希腊罗马文明才在意大利复兴起来,并逐渐波及全西欧,这就是我们所谓的文艺复兴。文艺复兴以后,希腊罗马文明和基督教文明并存于西方,成为近代西方文明的基础。从这个角度来看,古代的希腊罗马文明,和近代西方所传承的希腊罗马文明,很难说是同一个文明,因为后者已经加入了基督教的因素,而前者丝毫没有基督教的影子。而且,我们不能说,传承拜占庭文明的俄罗斯文明,以及继承大食帝国遗产的伊斯兰文明都不是古希腊文明的继承人。古希腊文明的"后代"有好几个分支,西方人凭什么说,他们是古希腊文明唯一的继承人?

再从文明的发生地来看,古希腊文明最早繁荣于小亚细亚西岸的希腊城邦,再传到雅典、西西里和南意大利。罗马文明的重心是意大利半岛的中部。日耳曼民族灭掉西罗马帝国主导欧洲史以后,西方文明的中心开始往阿尔卑斯山以北转移,最后变成以法国、德国和英国为核心区。文明地点从小亚西岸不断地往西移,再往北移。民族从希腊人转到拉丁人,再从拉丁人转到日耳曼人。宗教从希腊罗马的自然性质的多神教变为基督教的一神教。而中华文明的核心区始终在黄河流域（后来扩展到长江流域），经济形态始终以农业为主，它的统治者好几次由塞外入侵的游牧民族来担当，但主要民众还是讲各种汉语、写同样汉字的汉族；思想以儒家为主导，兼容道、佛两教（佛教东汉末年传进中国）。如果中华文明不具有联系性和同一性，那么，各方面都比中华文明变动更大的所谓西方文明就更没有资格具有同一性了（宁应斌的文章从理论上对文明的同一性与发展性的关系做了详尽的分析）。我们有更多的理由怀疑，自古希腊到现在，真有所谓一线传承的西方文明吗？这种变动不居的、在近代对外征服全世界时又表现得极为残暴血腥的西方文明，他们真的拥有了普世价值吗？我们中国人，何其不思之甚也！

当然，以上只是对刘纪蕙的问题的粗略回应。"中国派"（我把本书中的其他作者都归为这一派）有责任更加详尽地回答她的疑问。我们必须坦白说，由于历史发展的趋势，"中国理念"应运而生，因此也正在探索与发展中。我们不只是要说服刘纪蕙，而且要说服肯面对历史、肯主动思考的两岸及港澳的知识分子。本书中收进来的郑鸿生、宁应斌、吕正惠的三篇文章，只是暂时作为刘纪蕙"有一个中国吗"这一问题的暂时的对照，并不是最后的答案。历史时机对我们提出了这么重大的问题，如果我们每个人立刻就能从口袋里拿出一个锦囊妙计，那也不可能是答案了。所以，最后我想说，"太阳花运动"能够逼迫我们写出这些文章，编成这本书，足以证明我们企图回应现实与历史，当然，这只是我们工作的开始。

2015 年 8 月 4 日 完稿
8 月 9 日 修订

（赵刚、汪晖等：《我们需要什么样的"中国"理念》，台北：人间出版社，2015 年 11 月）

从反传统到反思传统
——江湄《创造"传统":晚清民初中国学术思想史典范的确立》序

一

我们不妨把土耳其道路称为"自宫式现代化道路",就像金庸武侠小说里的明教教主,为了练一门至高武功要首先把自己的生殖器割掉,称为"本门心法首在自宫"。其实很多现代化理论都是这种"自宫式现代化"理论,认为要练现代化这武功,就得先割掉自己文化传统的根,土耳其无非是在这方面走得最彻底而已。但一个人割掉了自己的生殖器,即使练了武功,活着还有什么意思?我从前曾多次引用过伯林(Isaiah Berlin)强调个人自由与"族群归属"(belonging)同为最基本终极价值的看法,现在或许可以用来解释为什么土耳其的现代化道路不但没有给土耳其人带来欢乐,反而导致其"在灵魂深处抑郁而不欢畅"的。这个原因就在于土耳其这种"自宫式现代化道路"不但没有满足土耳其人的"族群归属感",反而割掉了这种归属,就像割掉了自己生命之源的生殖器,怎么可能快乐?

这是 2003 年甘阳面对记者访问时所讲的一段话,我到 2011 年才读到。2011 年我的心境已经非常开朗,深信中国前途一片光明,但看到甘阳这一段话仍然引起强烈的共鸣;一方面欣赏他幽默、生动的语言所蕴含的智慧，另一方面也勾引起我对 20 世纪 90 年代的回忆，因为那正是我最"抑郁而不欢畅"的时期。

从 80 年代进入 90 年代，我突然发现周围的朋友和学生竟然都开始倾向"台独"，而媒体上的"去中国化"和"反中国"言论一片喧嚣，我为之愤怒，为之气闷。为了逃避这种无法忍受的空气，我尽可能找机会到大陆去，可以因此稍微喘一口气。但到了大陆，我却又碰到了另一种尴尬的处境。我明显感觉到大陆知识分子的极端压抑，并且了解他们压抑的缘由。但我们之间却难以交谈，因为我的痛苦和他们的痛苦完全不一样。我看过《河殇》，简直目瞪口呆，竟然为了现代化可以放弃一切民族文化特质，我不知道这种思想倾向如何跟"台独"思想画出一条界线。我知道我和新交的大陆朋友绝对不能深谈，一深谈就会不欢而散。这样，我在两岸同时找不到可以纵谈而无所顾忌的人，我仿佛得了失语症，或者不知道怎么讲话，或者根本就无法讲话。

甘阳提到的伯林，是这样谈民族归属感的：

> 当人们抱怨孤独时，他们的意思就是说没有人理解他们在说什么，因为被理解意味着分享一种共同的历史，共同的情感，共同的语言，共同的想法，以及亲密交流的可能，简言之，分享共同的生活方式。这是人的一种基本需要，否认这种需要乃是危险的谬误。

我和两岸的知识分子虽然都使用共同的语言，却无法分享共同的历史、共同的想法和感情，我只能陷入彻底的孤独。为了摆脱这种孤独，我只能借着纵酒放肆来发泄苦闷。杜甫说李白"痛饮狂歌空度日"，这也是我过日子的一种方法，我成了朋友口中的"酒徒"。

就在甘阳接受访问的前后时段，我也感觉到大陆知识界的气氛好像在逐渐转变，就在这个时候，我交了一批大陆的新朋友，我跟他们的交流比以往要顺畅多了。不久，他们就成为我最密切来往的一个圈子，其中就包括张志强，以及张志强的爱人、本书的作者江湄。他们都比我年轻二十岁以上，但我们谈起话来毫无隔阂，因为我们的谈话有共同的方向和共同的关怀；用江湄书中的话来说，我们都关心中国文化的"现代化转换"，我们强烈希望中国文化仍然是未来中国的立国之本，因此，我们都必须面对五四以来的激进反传统问题，必须从理论上处理这个问题。我也可以跟其他朋友谈这些问题，但跟他们两人的交谈空间似乎还要大一些。因为他们两人都做中国近代思想史，由此势必熟悉中国古代思想史，而他们两人对中国古代的历史和思想的认识也确实相当深入。因此我们谈到中国文化时，就不只限于大方向的讨论，还可以涉及更为细节的问题，不至于完全流于空泛。

经过长期思考以后，我觉得，五四以后的激进反传统和各种革命论，应该已经完成它们的历史任务，现在已经到了反思传统、归传统的时候。一个大国不论军事、经济力量如何强大，如果文化上不足以自立，或者完全否定自己的传统，无论如何不能称之为大国。我知道，大陆已经有人在批判"激进主义"，认为中国当今的问题都是五四以来的激进传统造成的。我知道这种说法是意有所指，是在暗示激进主义导致革命，所以才有今天的问题。我不能同意这种论调，我认为，激进主义和革命是在历史情势之下不得不然的。我并不是要否定它们，我认为它们已经完成历史任务，我们应该开始进入另一个阶段的工作，即，现在应该如何重新回归传统。

当我谈到应该对五四反传统问题进行具体的检讨，而不能只用一个空泛的"激进主义"一笔抹杀时，张志强和江湄也会谈到他们自己的看法。在这个时候，张志强最喜欢用五四时代非主流的学术人物来对比主流人物，譬如，用钱穆、蒙文通来和胡适、傅斯年对照，我会大量购买蒙文通的著作就是受到张志强的影响。他两人更喜欢用晚清学者来对比五四的一代，其中章太炎是他们都非常熟悉的，他们的谈法让我既感到新奇，又引发强烈的兴趣。遗憾的是，我讲话的时间太多了，他们很难用完整的叙述来让我了解他们的想法。其实，我很想知道他们的思考方式和思考途径。

还好，经过长期的等待，他们终于各自出版了一本专著，这两本专著分别呈现了两人十年来研究和思考的成果。张志强的书我已经读了三分之二，但其中最重要的一部分涉及佛学，我非常外行，目前只好暂时放弃。江湄的书主要谈论晚清的梁启超和章太炎，以及五四的胡适。这个范围我比较容易掌握，所以花了三天时间，一口气就读完了，其中最难的一篇还读了两遍。对我来说，这不是单纯的阅读行为，而是一种寻找解决之道的努力。江湄思考的问题与方向基本上是和我一致的，但她有她的思考过程，也有她借以思考的对象（章、梁对比胡适），这些对我都有强烈的吸引力，以至于在阅读的过程脑筋始终发热，无法休息。

江湄整个探讨的出发点是，晚清学者面对西学的全面挑战时，如何思考中国传统学问在当前的位置与作用。在这方面，晚清学者表现了相当大的类似性，使他们不同于五四的一代，因而呈现为另一种典范。以往我们都受到五四一代的影响，用五四的看法来衡量晚清的人物。这样就有一个公式化的结论，当晚清思想家合乎五四的要求时，他们就是进步的，反过来说，当他们不合乎五四的标准时，他们就是落后的。于是，康有为、梁启超、严复、章太炎等人，都有一段极光辉的时期，然后他们就慢慢落伍了，不再值得我们关注。

按江湄的看法，在晚清那一代，中学和西学的地位还是对等的，晚清思想家还是能够以相当的自信谈论中学的长处，也有敏锐的眼光能够看出西学的短处。相反，到了五四那一代，在激烈的反传统的冲击之下，中学已经毫无地位，西学以"德先生"和"赛先生"之名独领风骚。在这种立场下，晚清一代对于中学有所保留的肯定，就被认为是和传统的割裂还不够彻底，正是他落伍的表征。他们对晚清思想家肆意评点，说他们哪一点是进步的，哪一点是落伍的。他们很少从每一位晚清思想家的立场，去整体考虑每一个人思想的复杂性，以及曲折的变化过程。实际上，只有通过对每一位晚清思想家的具体的、整全的理解，才能真正掌握他们思想的精华，并对我们目前思考中国文化前途产生深刻的启发。

江湄这样的研究取向，在最近十多年来的学界中并不难找到。但一般的学者，在做这种研究时，大都采取折中的态度，并没有对五四一代完全偏向西学的立场清晰地加以批判性的分辨，当然也就不可能完全对晚清一代在中学与西学之间徘徊挣扎的痛苦有足够的体会。这样，这种研究就不够彻底，不能让我们把问题看得更清楚，也不能对我们现在的思考产生明确的冲击。

江湄就不是这样，在方法论上，她对晚清、五四这两代始终严格区分，让他们拥有各自的、清晰的面目，两相对比，两者的差异就极为明显，从而更进一步促发我们的思考。譬如，谈到章太炎的评价时，她这样说：

> 他的思想即新即旧，不古不今，从"左"看则具有彻底的批判性，从"右"看则显出深刻的保守性。很难用"现代"与"传统"、"激进"或"保守"的现成框架来认知和解说。新文化运动以后，"整理国故"事业产生了新的"国学"典范，章太炎被摆入"先贤祠"。他的学术思想常常被一分为二，能为时代之前驱者，则倍受尊崇，与潮流对唱之反调，则被视为落伍者难免的局限。这种二分法过滤了其中既不能被其后"现代"思潮所容纳又不能为其前"传统"所范围的思想内容……而这些思

想内容是章太炎对其时代变局极具个性和思想深度的反应，往往能给我们习惯于某种思维定式的头脑带来冲击和启发。（着重号为引者所标）

仔细读完江湄那三篇对于章太炎的论述，我很意外地发现了一个我非常陌生的但又极为深刻的，甚至可以称之为"后现代"思想家的章太炎。同样的，她所描绘的梁启超的形象，也比我一向知道的梁启超更为丰满、更为动人。只有严格区分晚清、五四两代，辨别他们分析问题的方法，才能得到这样的结果。

这样的方法论，应用到五四一代自由派的代表人物胡适和傅斯年身上，也可以同样让人产生深刻的印象。全书中我最早读到的是讨论傅斯年的那一篇，我读后的印象是如此强烈，以至于时隔多年还记得主要的内容。据江湄的论述，傅斯年对中国传统社会的结构非常地悲观失望，因为根据这一结构，很难找到通往西方民主的具体道路。但他又难以忘情于政治，"于是在此门里门外跑来跑去，至于咆哮。出也出不远，进也住不久，此其所以一事无成也"。让我对他既感同情，又"怜悯"他不愿"迁就"中国现实的"蛮横"态度。

傅斯年从西洋政治史了解到，西方民主制主要来源于贵族阶级与君主争权力，但他清楚地知道中国自秦汉以后就没有封建贵族，自宋以后就没有门阀贵族，中国贵族制的消失已经超过一千年，而英、法两国的贵族在19世纪还有强大的影响力，日本的明治维新和君主立宪政体主要是由日本贵族自上而下推行的。但傅斯年从来不思考，中国在公元10世纪以后就没有贵族制这一明确的历史事实，是否为世界史中少有的进步现象？他反而因为中国贵族消失得太久，以至于很难建立西方式的民主制而苦恼不已。事实上，自梁启超以降，包括章太炎、梁漱溟、钱穆等人，都在思考中国很久之前就没有贵族对未来中国政治发展所可能产生的影响，但他们没有一个人会像傅斯年那样思考——中国社会本来就不像西洋社会，为什么一定要按近代西洋社会的发展方式来发展？从这一点，就可以看出，傅斯年"食洋不化"到什么地步。

江湄对胡适的分析比傅斯年详尽得多。读完她的分析，我非常惊讶，原来我曾经崇信了二十年的胡适，既比我想象的复杂，也比我想象的简单。江湄说：

> 在中国现代学术史上，尽管已经有不少先行者对中国固有学术思想传统进行"价值重估"，但真正给出一个新的"全面结构"和"全部系统"的，确乎是胡适。

江湄所勾勒出来的、胡适观点下的"中国思想史"，出乎我预料之外的有系统，而且"言之成理"，所以胡适模式的"中国思想史"恐怕是被太多人忽略了（因为轻视他）。胡适没有许多人想象得那么简单，他在中国思想史的梳理上确实花了不少功夫。但经过这样的整理，我们又可以发现，胡适据以梳理的根底却又非常简单，简单得令人"骇异"。

江湄归纳胡适思想的基础，得出这样的结论：

> 胡适说，"古典"中国的遗产，是人文主义、合理主义和自由精神。所谓"人文主义"，就是关注人生的精神，对死后世界并无沉思之兴趣；所谓"合理主义"，是指中国思想从未诉诸超自然或神秘的事物以作为思想和推理的基础；而人文主义的兴趣与合理主义的方法论结合起来，则给予古代中国思想以"自由精神"。这样的古典中国的遗产成为中国文化的一种强固传统，一种根本指向，用以估定一切域外输入的理念和制度，"一旦中国思想变得太迷信、太停滞、太不合乎人文精神时，这个

富有创造性的理智遗产,总会出来挽救"。

这种挽救,胡适名之曰"文艺复兴"。胡适认为,中国历史上出现了四次文艺复兴,第一次是先秦诸子,第二次是中唐至宋代,第三次是清代考据学,以戴震为高峰,第四次则是五四。胡适整理"国故"的出发点就是他所谓的人文主义、合理主义和自由精神,他总名之曰:科学的人生观。简单地讲,就是关怀人生,并以科学的理性精神来探讨解决人生问题(主要是自然的欲望,特别是温饱)的途径。凡是脱离这种道路的,他就加以批判,如各种宗教(他称之为迷信)和儒家的"成德""成圣""性理"之学。对于他所推崇的朱熹和戴震,他硬生生地"一分为二",指出他们哪些地方有科学精神,哪些地方则是与他们的"基本主张"不相容的玄理。

江湄以幽默的口吻对胡适的方法论如此评论:

> 胡适式的对"传统"的"创造性转换",意味着以现代思想观念为探测器在"传统"的废墟中探宝,"传统"成了各种各样现代思潮寻根的渊薮,里面充满了已知未知的现代思想"萌芽","传统"总是跟随着现代思潮的转换而变换着它的面目和价值。

胡适之所以敢于这样肆意割裂传统,是因为他认为中国传统里"好"的因素被"坏"的因素层层包裹,以至于不能得到充分发展,不能达到西方文明的高度。在他心里,相对于西方文明,中国文明的发展属于较低层次,所以江湄对胡适的文明史观毫不留情地加以揭露:

> 他基本上持一种生物决定论与环境决定论的文化观念,是一个简单粗糙的文化一元论者。把中西文化之别认定为不同文

化发展阶段的高低之差，认定被现代进程自然淘汰的东西都是
糟粕，去之而后快。（着重号为引者所标）

五四以后，中学全面废弃，西学取而代之，在这种趋势下，胡适立下了最坏的"典范"。不知道有多少人按胡适的样子，"以西量中"，务求中国照搬西方模式，遗患无穷，余毒至今尚未清除干净。

我一直怀疑，胡适对西方历史的认识到底有多大的深度。他难道不知道，西方除了科学、民主，还有一个基督教维系人心，但因此酿成一次又一次的异端迫害，也酿成不知多少次的宗教战争？难道这就不是宗教迷信？他怎么也不会不知道西方一直有强大的唯心论传统，如柏拉图、康德和黑格尔，难道这些不是玄想？这些都合乎科学的理智精神？胡适实在是极为素朴的功利论和实用论者，把人心和社会看得太简单了。看了江湄的分析，真觉得痛快淋漓。

在江湄的分析下，我们非常清楚地看得出来，胡、傅两人对社会改革的看法，实在太一厢情愿了，无怪乎他们的主张在中国全无实现的可能。不过，他们两人到底还是在旧中国生长的，同时也读了许多中国古书，还知道中国社会原本是什么样子，也知道他们的西化道路要面对怎样的困难。而他们的信徒们连这一点都不了解，对中国与西方社会不同的历史形成过程全无知觉，只一味地相信，西方的制度是可以移植到中国来的，那就真是"自郐以下"，不足论也。甚至还有人说，只有让外国人来中国殖民，才能让中国彻底现代化。其实他们连这一点都错了。19世纪以后，西方殖民多少国家民族，有哪一个国家民族被他们彻底西化了？

二

和胡适、傅斯年的思考模式相对比，就很容易看出来，梁启超

和章太炎两人的思想保留了太多的传统因素，我们甚至可以说"封建余毒"太深。不过，从今天重新反思传统的角度来看，反而更值得我们参考和深思。我们先看梁启超，江湄从两方面谈论梁启超的思想和五四一代人的差异，即他的"学术"概念和他的史学观念。

梁启超在1902年撰写《新民说》时，同时写成长文《论中国学术思想变迁之大势》，胡适称赞此文为"这是第一次用历史的眼光整理中国旧学术思想，第一次给我们一个学术史的见解"。梁启超在1918年12月游历欧洲之前，决定退出政治活动，在20世纪20年代撰写了一系列的中国学术思想史论著，其中最为风行一时的是《清代学术概论》，是他投入新文化运动后的第一部论著。在此书中，他多处呼应胡适，如表彰清代汉学的科学精神和科学方法，是以复古为解放的中国"文艺复兴"；还特别主张"为学问而学问，断不以学问供学问以外之手段"，强调治学一定要分业而专精；最后，他还提出要继续清儒未竟之业，用最新科学方法，以现代的学科分类标准，整理传统学术的材料，这几乎是在与胡适"整理国故"的说法相唱和。章士钊因此忍不住嘲讽他，"献媚小生，从风而靡"。

江湄认为，这是没有细读《清代学术概论》全书所产生的误解。梁启超在全书"结语"中对"我国学术界之前途"进行展望时，除了要求发展科学精神之外，还提出以儒家哲学、佛教哲学建设"优美健全"的人生观，同时还要阐发先秦诸大哲之理想，取鉴两千年崇尚"均平"之经验，建设"均平健实"的社会经济组织。所以，他在《清代学术概论》中只是发挥其一端而已。钱基博就看得比较全面，他认为梁启超"出其所学，亦时有不跟着少年跑而思调节其横流者"。最明显的例子是，1923年1月胡适发表"整理国故"宣言时，梁启超随即在"治国学的两条大路"的演讲中，明白指出，除了用"科学方法整理国故"外，还必须用"内省的和躬行的方法"建设儒家式的"人生哲学"。

江湄仔细爬梳梁启超自受教于康有为直到晚年的有关议论，举证历历地说，梁启超始终坚持儒学所主张的"全人格"教育，要求今日的"第一等人物"，除了在有限的职业范围内做"专家"之外，还要在其中融贯社会责任意识，承担以身为教、移风易俗的责任，成为一个"士君子"。这就充分证明，梁启超的学术观念明显不同于五四的主流看法。所以江湄说：

> 他（梁启超）对"学术"的理解始终自觉不自觉地具有浓重的儒学性格。在晚清维新运动中，传承阳明学血脉的梁启超特别重视阐发儒学作为人格养成之学的意义和作用，并考虑如何将之与科学相结合，以造就担负救国大任的志士人格与政党组织；在新文化运动之后，他对于中国现代学术发展的设想，与"整理国故"运动所代表的主流形成显著分歧。

其次谈到史学。一般的看法是，梁启超的史学思想可分为前后两个阶段：第一个阶段是他东渡日本写作《新史学》与《中国史叙论》的时期，笃信进化论、讲历史因果律、强调史学的科学性质；第二个阶段则是在1918年欧洲游历之后，思想丕变，怀疑进化论、否定历史中的因果规律、否定历史的科学性质、强调历史文化的特殊性、重视人的自由意志。江湄认为，这种看法太过简化。所谓梁启超晚年史学思想的变化，其实早已内蕴于他早期的思想中。从一开始梁启超就没有完全接受西方的"社会""进化""因果关系"等概念，毋宁说，他是从中国传统历史意识的视域出发，去接受这些概念，从而与西方的概念产生了分歧。

在写作《新史学》（1902）的同一年，梁启超还写了《论佛教与群治之关系》，两年后，又撰写《余之生死观》。这两篇文章以佛教"因果业报"的世界观解说"人群进化之因果"及其"定律"。梁启超认为，人虽然只存在于此时此刻，但所有的活动却并没有消失，而是以"精神""意识"的形式留存下来，内含于我们现今所具、正在发用的"精神力""心智"之中，从而贻功于未来。整个人类历史甚至宇宙都是一个大生命，在其中，我们的过去、现在、未来结合在一起。1923 年，在"治国学的两条大路"的演讲中，他把这种人群进化的佛教因果观，用儒家的"仁"的理想重新加以发挥。他认为，人是不能单独存在的，人格专靠各个自己是不能完成的，因此，"想自己的人格向上，唯一的方法，是要社会的人格向上，然而社会的人格，本是各个自己化合而成，想社会的人格向上，唯一的方法又是要自己的人格向上"。这"社会的人格"与"自己的人格"相互提携而向上，就是人类进化之大道了。

由此可知，梁启超从未真正接受西方的进化观，他反而以他所能领会的佛教与儒家的观念，用理想主义的方式，阐释他所寄望的"人群的进化论"。这种进化论的本质与西方的进化论其实是南辕北辙的。所以江湄分析说，在这种理论下，梁启超的"社会"与社会演变的"因果关系"的意义，就和西方的原意完全不同了。

最后，我们来看，梁启超在《欧游心影录》里是如何诠释柏格森的学说的，他说：

> 拿科学上进化原则做个立脚点，说宇宙一切现象都是意识流转所构成，方生已灭，方灭已生，生灭相衍便成进化。这些生灭都是人类自由意志发动的结果，所以人类日日创造日日进化。这"意识流转"就唤做"精神生活"，是要从反省直觉得来的。我们既知道变化流转就是世界实相，又知道变化流转的权操之在我，自然就可以得个大无畏，一味努力前进便了。

这一段与其说是柏格森的学说，不如说是梁启超借用柏格森的术语再一次阐发他的人群进化论。这种学说,自早期一直贯彻到晚期,始终不变。江湄把梁启超的这种想法称为:"科学"的"进化"的"儒家"的"大乘佛教"的人生观,是非常有意思的。前两个术语来自西方,后两个术语是中国本土原有的,本质上是中国的,不过"科学"与"进化"这两个舶来品确实引发了梁启超的想象空间,把他原有的、本质性的东西发挥得更有活力而已。我觉得,这就是梁启超的"中体西用",这恐怕是梁启超为人与为学的一贯风格。

从以上对江湄两篇文章的撮述,已经可以清楚地看出,梁启超的学术,和我们现在的观念相距有多远。基本上梁启超学术的底子还是传统儒家的士君子之学,不过再加上西方科学以增进其实践功夫而已。对于这样的"学者",我们当然不能以现代意义的学者视之,而应该把他看作经过现代转换的"儒者"。事实上,兼有古代儒者和现代学者性格的人,也才是梁启超理想中的"学者"。

对于这种意义的"学者"的梁启超,江湄以一篇极精彩的长文来论述他的"事上磨炼"的"新道学"。看了我的序的人,如果想读江湄笔下的梁启超,我建议先读这一篇。如果不怕江湄骂的话,我甚至想说,即使只读这一篇也就够你满足了。

江湄指出,梁启超退出政坛、开始从事学术活动以后,重点是在重新整理、诠释中国学术思想史,特别重视先秦和近三百年这两个阶段。但这并不是现代意义的纯粹的学术研究,实际上蕴含了一个目的,即想在胡适所提倡的、以科学整理国故的新文化运动和传统儒学之间求取一种平衡。由于经历过晚清的维新运动和革命运动,亲眼看到辛亥革命以后的社会动乱和人心解体,梁启超深切了解,一个社会公认的信条,是历史文化长期累积的产物,一旦突然崩溃,就会造成"纲绝纽解,人营自私"的局面。所以实际上,梁启超在重新架构学术思想时,是想把传统儒家的义理体系承接到现代,他想把传统士君子修身淑世的儒学转化为养成现代公民人格的人文主义"人生哲学"。用江湄的话讲,他想发展出一套适用于当今的"新道学",以对治中国问题乃至现代文化之弊病。他清楚地看到,像胡适所提倡的那种"科学的人生观"完全不足以维系人心。

江湄按照梁启超的生活历程,以及他从事学术活动后各种著述的先后次序,仔细梳理了梁启超对这个问题的思考过程,包括他从宋明理学向孔子学说的回归、以王阳明的学说为起点重新诠释近三百年学术史,以及对戴震和颜李学派的重视。这样,他以自己的一生经历为基础,经过长期思考,终于得出了一种极有特色的人生观。江湄对这种人生观的综述极为精彩,虽然篇幅较长,仍然值得全段引述:

> 孔子之学乃是"知行合一""事上磨炼"的人生实践之学……重要的是"一面活动一面体验"……所谓"一面活动一面体验"就是指在"仁"的实践中,体会到"我"与全社会、全宇宙的共同生命相结合相融贯;体会到文明、历史进化的极致其实就是生命与生命的感通无碍,各得其所;体会到人生的天职就是实践"仁",投入于古往今来、生生不息的生命洪流之中,以促进这一"大我"的向上;但,最重要的是,我们要同时知道,宇宙、人生永远不能完满,因此,贡献于"仁"的实践的人生事业,并没有大小成败之分。唯克尽天职、倾尽全力而已矣。

很明显,这是前面已提到"人群进化论"从孔子的"仁"的角度出发的进一步发挥,这里面还融摄了阳明的力行哲学和佛家的因果论,同时也是梁启超活泼坦荡的性格、乐观进取的人生态度的思想结晶,读来令人无限向往。既有坚强的道德信念,又能在生活的具体进程中不断地磨炼自己,永远兴味不衰,元气淋漓,并让生命"常含春意",这就是梁启超的一生留给后代的最有价值的人格典范。在现代物质过分充裕而精神又相对空虚的时代,梁启超所追求的"新道学",对我们来讲,具有无穷的启示意义。

三

比起梁启超来,章太炎的思想更为复杂,用现代的话语来说,他是晚清最早否认儒学的崇高地位,同时也是最早提倡学术的独立价值的人。但这么简单的一个论断,核之于他自己所写的各种文字,诠释起来却充满了矛盾,即使想以思想发展的分期方式来加以解决,也并不容易。我细读江湄的三篇文章,又参考了张志强论章太炎"齐物"哲学的那一篇论文,多少有一点领会。以下我就试着稍加整理。

按照一般的说法,章太炎的思想有两次大变化,第一次是"转俗成真",他由传统的经学家变成激烈的排满的革命家;第二次是"回真向俗",他经历了和同盟会主流(包括孙中山和黄兴)的分裂,以及辛亥革命的失败,深受刺激。

要了解章太炎的"转俗成真",我觉得应该体会他从经学家转为革命者的心理"裂变"。章太炎身为清代皖学的传人,受过严格的经学训练,相信经学的神圣价值,也知道经学是维系传统社会最重要的思想支柱。这样一个正统人物,要抛弃自小就接受的"教义",不但要有极大的勇气,而且在认知上一定要相信自己是站在真理的这一边(在参加革命的队伍中,他肯定是旧社会最知名的也最博学的经学家)。他说:

精神之动,心术之流,有时犯众人所公綦。诚志悃款,欲制而不已者，虽骞于大古，违于礼俗，诛绝于《春秋》者，行之无悔焉！

他反叛的是"大古""礼俗""春秋"，都是儒家最为重视的，他参加革命，从儒家的角度来看，就是大逆不道，这需要绝大的勇气和担当，所以他又说：

然所谓我见者，是自信，而非利己，犹有厚自尊贵之风，尼采所谓超人，庶几相近。

这是他坚持真理重于一切，学问高于实用的原因，我认为，这不能解释为争取学术的独立性。这是革命者的道德观，所以引尼采以自比，我觉得，早期鲁迅的人格特质完全来自于此。

跟革命的真理相比，他自小所受的儒学教义又算得了什么？他反对通经致用，认为"道在六经"的说法，纯属夸诞之谈；所谓"六艺"，原本不过是上古史官记录、典藏的官书而已。他这些说法，被后来的疑古派捧为先驱，认为他是大力破除经学思维的人。从其所造成的影响而言，这是合乎真实的，但就其产生的心理源头来说，为了肯定革命，其势也不得不尽破旧学。这就是章太炎坚持真理、贬斥儒学，"转俗成真"的背景。

章太炎倾向革命后，影响他一生最为深远的就是"苏报案"，他因此和邹容一起被关在狱中。邹容不能忍受狱卒的欺侮，愤激难以自持，暴卒，"炳麟往抚其尸，目不瞑"，年仅二十一。这件事对章太炎刺激甚大。章太炎本人个性与邹容相近，为了怕自己也像邹容一样横死狱中，不得不读佛经以自我调摄。就是这一次的学佛经验，在章太炎的身上留下极深的印记，成为其后来思想发展密不可分的一个因素。

章太炎出狱到达东京以后，成为《民报》的总主笔，这一阶段他思想最重要的特质是极端的愤激，不相信世界上有任何真理，并且赞扬革命党人搞暗杀。江湄说，这时的章太炎，基于"法相之理"的"华严之行"，在破除"神明""天道"的旧迷信时，也以"公理""进化""唯物""自然"为新迷信。章太炎有一段说得很生动：

> 呜呼！昔之愚者，责人以不安命；今之妄者，责人以不求进化。二者行藏虽异，乃其根据则同。以命为当安者，谓命为自然规则，背之则非义故；以进化为当求者，亦谓进化方自然规则，背之则非义故……世有大雄无畏者，必不与竖子聚谈微贱之事已！

这里可以充分看出章太炎的性格，因为他把"安命"和"进化"等同视之，认为都是"微贱之事"，而他这个"大雄无畏者"则不屑与其计较。当然，把一切人世间的看法都当作"幻有"，这是来自佛学。

虽然人间的一切看法都是相对的，但章太炎还是痛切地感到，人类之间的弱肉强食就如生物界一样，都是非常真实的。章太炎说：

> 芸芸万类，本一心耳。因以张其抵力，则始凝成个体以生。是故杀机在前，生理在后，若究竟无杀心者，即无能生之道。此义云何？证以有形之物，皆自卫而御他，同一方分，不占两物，微尘野马，互不相容。

这种愤激感当然来自列强对中国的虎视眈眈，中国既然劣败，举世谁有同情之心？革命成功既然遥遥无期，暗杀亦足以鼓舞人心，至少可以逞一时之快，有何不可？这种激切的复仇情结，显然也深刻地影响了鲁迅。

这种独持革命的真理甚至不惜以暗杀来激励人心的思想，在辛亥革命前后，在社会现实之前受到很大的挑战。首先，章太炎逐渐认识到，尼采式的超人的革命志士，其一往直前的勇气虽然可嘉，但一旦面临具体的建国工作时，却毫无能力，甚至人人自以为是，争执不休。这反而让他怀念起孔子所批评的"乡愿"，至少这些乡愿们是愿意遵守现成的社会规范的。革命之后的大破坏，制度的崩溃，人心的解体，旧社会眼看着无法维持，而新社会的建立遥遥无期，这样的现象让章太炎深受刺激。我们可以说，章太炎因为无法忍受革命之后的乱象，因此思想开始趋向保守，最后如鲁迅所讽刺的、以国学大师的崇高地位度其余生。章太炎确实有这种保守性。

但是，也正是在重新思考革命的问题性时，章太炎的思想竟然进入最具创造性的时期。前面说过，为了参加革命，章太炎把追求真理放在第一位，而宁可唾弃他长期从事的神圣的经学。章太炎本质上具有思辨的才能，这种才能让他可以欣赏魏晋的玄学，因为玄学的名理之辨远超过儒学。他在狱中学佛时，又熟读唯识学，唯识学对人类知识的辨析，恐怕要超过西方的知识论。其实西方的知识论推至极致，不得不承认知识的最后基础是无法证明的，所以休谟干脆承认自己是个怀疑论者，而康德只能用无法证明的"先验综合"这样的说法，来保证知识的客观性。说到底，这种知识论远不如唯识彻底，因为唯识可以很有力地证明，人类的一切知识都是幻象。章太炎既然熟知唯识，当然知道西方的理论，从唯识的观点来说，也只是相对的而不是绝对的真理。所以在前面我们就看到，他把进化论和安命论等同视之。中国之所以不得不放弃安命论而改从进化论，是因为面临亡国灭种的危机，是被时势所迫，而绝不是在逻辑上或文明形态上安命论就一定不如进化论。

由于革命之后所面临的无法收拾的乱局，章太炎因此领悟，在长期的历史时间里形成的社会生活习俗，既已为这一社会的人所共同持有、共同信任，就一定有它自身的价值。从佛学的唯识观点来看，不管哪一个社会的既成习俗，都是幻象，都不是最后真理。但从已经习惯于社会习俗的每一个社会的成员来说，社会既有的一切都是对的，这个时候，我们就不能从唯识的观点来说，所有社会都是错的。这就是"出世法"和"世法"的区别。所以江湄说：

> "出世法"把"世法"相对化，令人破除迷信，精神超越，思想解放，有"超人"之智慧和气魄。然而，人从来都是具体的社会的人、文化的人，必须遵守特定文化、社会环境中的道德规范，尤其是对于社会群体来说，更是需要有"世法"的规范和教育。对于"此土"来说，"世法"就是历代相传的儒家人伦礼教。从"齐物"的境界来看，并无理性的"此土"之"世法"乃是民族文化的特殊规定性所在，是该民族社会、政治及其法律系统的观念基础，是必须刻意加以保守的。

这就是章太炎的"回真向俗"。这种"文化保守主义"，是从唯识观点出发，糅合庄子的"齐物"思想而形成的，这就是章太炎晚年最具创意的"齐物论"。这种思想之所以是"齐物"的，因为它没有在"出世法"和"世法"之间分出高下。"出世法"是独见的超人的智慧，但不能因此否认了人间的"世法"的价值。从这个角度看，知识分子绝对不能因为自己识见高远，就从而否定民众所共同认可的世俗价值。

当我还在阅读江湄所分析的"出世法"和"世法"的区隔的过程中，我感到非常惊讶，因为我觉得这种说法与刘小枫和甘阳一再推介的列奥·施特劳斯的理论几乎是一模一样。再往下读的时候，竟然发现，江湄在最后也提到了章太炎和列奥·施特劳斯的相近之处,而她所引述的也正是我所读过的甘阳的同一篇文章,这让我感到非常欣喜。我突然想到,三十多年前读到一本香港散文家思果所翻译的《西泰子来华记》,西泰子即利玛窦。书中提到,利玛窦问一个中国士大夫,你们不信神吗?士大夫回答,孔夫子说:"未能事人,焉能事鬼?"又说:"未知生,焉知死?"我们只关心人世间。利玛窦又问,可是你们的老百姓都拜神?士大夫回答,他们当然要拜神,这有什么关系,利玛窦大为不解。我觉得,这位士大夫并不是一位"愚民论"者,他认为,士大夫和平民可以有两种信仰、两种生活方式,两者并不冲突。他其实和章太炎一样,也是一个"齐物论"者,只是他不自觉而已。我又想起我高中的时候,由于接受学校的现代教育,相信的是科学,认为拜神是迷信,因此在拜拜的时候常跟父母吵架。我用学校教我的那一套来衡量父母的行为和观念,觉得他们真是无法形容的落伍。进入三十岁以后,我才逐渐感觉到,父母以前批评我"书白读了"真是一点也没错。不管我的看法对不对,我怎么能要求父母改变他们从小在农村所接受的一些习俗和观念。以前所累积的生活经验,让我立刻就能接受章太炎的"齐物论"。列奥·施特劳斯也说,几乎任何政治社会的"意见"都不可能是"真理",而现在的政治哲学家却从他们所谓理性的角度来衡量一切历史传承的道德、宗教与习俗,这只能称之为"意识形态化的政治",现代政治学和社会学的弊病都导源于这一根本的认识上的错误,这种说法跟章太炎的理论真是不谋而合。

  这只是就"出世法"和"世法"的关系而言。如果只论人世间各种社会的"世法",那么,更可以肯定,所有的"世法"都是相对的,因此也都是平等的。如果有一个"世法"竟然敢宣称它自己是"普世价值",那只能证明它的无知,而那些信从的人当然也就是无知之徒。西方自启蒙运动以来,好称人生来都是平等的,但这只是从启蒙的价值观而言,人都是平等的。人如果没有经过启蒙,那就不是完全意义上的人，直白地讲，那是野蛮人。野蛮人要经过文明人（经历启蒙的人）的教育，才是完整意义上的人。所以当西方人远涉重洋而殖民的时候，西方人就必须承担起教化那些远方土著的责任，而这据说就是所谓"白种人的负担"。这样，西方的启蒙的价值观就上升为"普世价值"了。从章太炎的"齐物论"来看，再没有比这种自以为是更可笑的了。

现在我们再来回想一下1792年的《乾隆皇帝谕英吉利国王敕书》。按一般的说法，这一封敕书最能表现自居于文明中心的中国人的傲慢，但很少有人留心到，其中有这么一段话：

> 若云仰慕天朝，欲其观习教化，则天朝自有天朝礼法，与尔国各不相同。尔国所留之人即能习学，尔国自有风俗制度，亦断不能效法中国，即学会亦属无用。

我们必须承认，中国皇帝视英吉利为番邦，文明比不上中国。但中国皇帝也告诉英吉利国王，"尔国自有风俗制度，亦断不能效法中国"，中国皇帝并不希望英吉利"从风向俗"，这对英吉利没有好处，因为英吉利自有风俗习惯，不可以随意地效法中国，即使效法也是没有用的。我们还要再一次强调，那时候的中国人自高自大，是俯视英吉利的，但他不希望英吉利学中国，不是因为不想让英吉利学，而是中国皇帝很清楚，派人来中国学习，再回去教英吉利人，这种做法对英吉利人是没有好处的。这也就是说，中国人并不急于向番邦推销自己的文明价值，跟西方人急于教化各种土著，这两种态度之中，以今天的眼光来看，请问是谁比较文明？

其实自古以来，中国虽然以文明中心自许，却一直对周边的少数民族采取这种态度：可以接受朝贡，但不急于同化别人，所以孔子说，"远人不服，则修文德以来之"。意思是，不要强迫别人来服从自己，要让他们心甘情愿地学。中国历代王朝对边疆地区，凡是愿服"王化"的，就设官治理，凡是不服"王化"的，就由他去，他不犯我，我不犯他。所以清朝末年，台湾牡丹社的原住民杀了漂流到台湾南部的琉球人，日本政府要求赔偿，清朝政府最早是这样回答的：牡丹社属于化外（清朝在台湾划分蕃、汉界线，蕃界内不设官，蕃人自理）。实际上，这就是按照中国的文明观来回答，而不是按照近代民族国家的逻辑来回答。如果中国的国势始终比西方民族国家强大，这种文明观有什么落伍的地方呢？中国一点也不必屈服于别人的逻辑。

以上举了利玛窦和乾隆皇帝的例子，就是要证明，不论就"出世法"与"世法"的关系而言，还是就各种"世法"的关系而言，章太炎的"齐物论"深深植根于中国的文明传统，是对中国文明特质的简明的理论化。这种理论，远比西方"后现代"的多元价值论要高明得多，因为正如甘阳所指出的，现代西方的多元价值论充满了西方中心的偏见，像我们前面所分析的西方人的启蒙价值观一样。

与此相关的是章太炎"六经皆史"论所涉及的深刻意义问题。"六经皆史"论由章学诚提出，由章太炎所继承，五四以后成为疑古学派的主要思想资源之一，章太炎因此被推崇为五四以后科学整理国故一派学者（以下简称"国故派"）的重要先驱之一。但是，国故派都知道，章太炎与传统经学从未彻底划清界限，他们责备章太炎没有将"六经皆史"说推至极致，即六经只能作为古史研究的一种资料，而且其可靠性还需加以质疑。国故派其实是企图以自己的想法去衡量章太炎，而章太炎根本从来就没有这样解释过"六经皆史"说（如果有的话，也只限于清末参加革命的一小段时期）。应该说，很少有人真正地从章太炎的思想发展过程去厘清他的"六经皆史"论的真相。

按照江湄的分析，章太炎对《春秋》与《左传》性质的看法虽然经历了一些变化,但他始终认为孔子是个伟大的历史家。当章太炎在早年还相信《春秋》与《左传》确实寄托了孔子的微言大义时,他相信孔子创制立法的精义就是尊重历史传承而渐变,绝不像康有为所说的"托古改制",这是蔑弃"近古"取法"太古"的"骤变"。章太炎相信,孔子始终相信历史传统,他的学说是在继承与尊重历史传统之下发展出来的。到了晚年,他更加确信,孔子不是以"王道"绳"乱世"的理论家和理想主义者,而是一个历史家和现实主义的政治家。他善于对时势做出准确判断,把握一定的时势下的人心向背,明察可能的历史走向,然后因势利导,依据现实提供的条件求得治理的方略。这个时候,章太炎认为孔子删定六经绝非简单的"存古",而是在其中贯穿着他的卓越史识与史意,我们必须从这个角度去探求孔子的"删定大义"。

　　章太炎对孔子与六经的关系也许显得太过尊重传统,但他说孔子是个尊重传统的人,这是绝对正确的。孔子就说过,"吾述而不作,信而好古",如果章太炎不把孔子删定六经讲得太玄妙,他的说法基本上是可以接受的,所以他的"六经皆史"说绝不像国故派所说的那么简单。

　　我在读张志强的书时,发现张志强也对章学诚的"六经皆史"说非常重视。张志强认为,通过黄宗羲,章学诚把作为一种独立的义理学的心学,逐渐化入以史学为代表的专家之学,从而成就一种性命与经史合一的新学问。在章学诚看来,这种学问还是"儒学"的,是因为可以从"三代损益"的历史中推想而得"可推百世"的经义。也就是说:

> 　　由于历史是有起源的,因而历史是有主体的,而儒学则正是从这样的历史中"推"而得之的。

这等于说，儒学是一种尊重历史的学说，它所要追求的"理"是从历史的、长远的传承中体会而来的。孔子自己就说，"殷因于夏礼，所损益可知也；周因于殷礼，所损益可知也；其或继周者，虽百世可知也"。由此可见，章学诚的"六经皆史"论绝对不是只想把六经作为史料，因此可以知道，章太炎更能够体会章学诚的深意。

张志强还讨论了蒙文通的"儒学"观。他认为，蒙文通对儒学的最后见解可以归纳如下：

> 作为思想系统的儒学，本身即是中国文明史展开的动力及其成果，因此儒学是对中国文明史的系统表达，而中国文明史其实就是儒学在历史中的展开。

我觉得，从章学诚到章太炎，从章太炎到蒙文通，他们对儒学的看法有相通之处，即儒学的基本认识方法是"历史性的"，"理"只能从历史过程加以认识，同时也只能在历史过程之中展现。这样的思想其实和黑格尔及马克思是有类似之处（但早于黑格尔和马克思两千年），但它并不包含明显的目的性。章学诚的"六经皆史"论，让晚清至现代笃信儒学的人，在面对中国有史以来最大的"世变"的时机，深切地了解孔子如何在世变中考虑历史的变化和文化的继承问题，同时也能深刻地体会到，不论历史如何变化，文化传承是不可以也不可能"骤然"断绝的。在中国悠久的历史传承中，以及儒家长期影响中国人心的文化传统中，你不可能相信也不可能接受历史是"断裂"的（这是西方后现代最喜欢使用的术语之一）。从这个角度讲，章太炎是把章学诚的"六经皆史"论第一个进行"现代转换"，并想以此把儒学传统继续传承下去的人。我认为，江湄的文章已经把章太炎这种用心揭露出来了，虽然在表达上好像还不够简明、完美，但非常富于启发性。按照江湄的诠释，章太炎确实是晚清思想家中努力想进行中国传统的"现代转换"最具创意的人，值得我们想要反思传统、重建传统的人好好研究。

再进一步而论，章太炎这种"六经皆史"说，和"齐物论"是彼此相关的。"六经皆史"说表明，孔子是个深明历史变化的思想家，他的思想模式是儒家思想的基础，只有在这个基础上才能理解，每一族群的文化和习俗都是历史的产物，除非用暴力毁灭它，要不然是不可能以外力骤然加以改变的。就是因为有这种深刻的认识，所以儒家和中国皇帝虽然觉得自己文明较高，却从来没有想以自己的力量强迫蛮夷改变他们的生活习俗。我觉得，这种对待蛮夷的态度，应该是受孔子的历史认识方式所影响的，因此章太炎称赞孔子是一个伟大的历史家，是恰如其分的。也因此，章太炎才能同时提出他的独特的"齐物论"和"六经皆史"说，因为这两者的基础都是孔子所开发出来的、对人类历史发展有深刻理解的历史认识论。（写到这里，我不禁回想起，司马迁早就把孔子诠释为伟大的历史家。"究天人之际，通古今之变，成一家之言"，这是司马迁的自我期许，也是他对孔子的最高赞美。）

为什么在那么早的时候，孔子就会从历史的角度考虑文明问题？如果再把这个问题列入考虑，那就只能说，中国文明发展到孔子的时代，已经过了非常长远的时间，只有在这种长远的历史经验底下，才可能产生一个站在历史角度思考文明问题的人。孔子在那么早的时候就出现，这就能够证明中国文明的成熟。以希腊的苏格拉底来说，当他在希腊城邦面临危机时，他最为关心的、最常跟人家讨论的，就是什么是最后的真理。这是西方人的思考模式，他们要求马上得到最后的解决，想一下子就要找到"普世价值"。孔子所开创的儒家就不是这样思考文明问题，这两种思考模式的对比是很有意思的，值得我们深思。（孔子虽然说，"虽百世可知也"，他说的是一代一代会知道"如何损益"，而不是说，历史就在周朝达到尽善尽美了。只有"普世价值"论者,才敢于宣称历史已经"终结"了。)

四

五四激进的反传统倾向,后来分裂为两大路线,即西欧式的自由、民主,和苏联式的社会主义革命。社会主义革命在1949年获得成功。从20世纪80年代开始,自由主义在大陆重获生机,相反的,社会革命路线备受质疑。90年代以后自由主义的声势逐渐减弱,同时批判激进主义、要求回归传统文化的呼声日渐兴起。一般而言,主张回归传统文化的人,不太会以挑战的口吻全面否定社会革命以后所建立的秩序,相反的,自由主义者在理论上是无法接受现行体制的;从这个角度讲,你可以说,想要回归传统的人比自由主义者"保守"。但江湄说得好:

> 今天的这个"大共同体",并非是中国历史的简单恶性遗传,而是晚清以来经过血与火的斗争历史而重新凝聚的"政治重心",这个"重心"丧失,并不能展开一片"社会"和"个人"健康成长的沃土,而是回到"国将不国"的晚清局面。
>
> 当代自由主义在否定革命史这一点上,不但犯了"激进主义"的错误,还明显具有他们力图避免的整体论的思想模式和"借思想、文化以解决问题"的思维方式。

这两个基本前提我都是非常赞成的。不过我觉得,回归传统论者可能要面对的最大问题,并不在自由主义这边,而是在社会主义革命的具体过程及其所造成的既有现实。

就像江湄所说的,现在这个国家,这个"大共同体",是晚清以来无数中国人经过血与火的斗争重新凝聚而成的。如果我们不能理解这个凝聚过程何以会成功，何以会造成目前的问题，我们将不可能把目前这个"大共同体"与中国传统文明重新联结起来。我和江湄、张志强都相信，晚清以来这个"大共同体"之所以能够重新凝聚起来，除了要归功于共产党的领导作用之外，这也是中国文明再生能力的一种表现。我们如果不能理解这一段革命史，同时也不能理解中华文明，当然更不用谈到传统的重建了。这其实才是更加艰巨的工作，但也是值得我们全力以赴的工作。孔子说："其为人也，发愤忘食，乐以忘忧，不知老之将至云尔。"张志强曾告诉我，在他们这个年龄层，有同样想法的人还不少，这么说来，我这个老头子，只要能够随时看看他们思考和研究的成果，也就够快乐的了。

2013 年 8 月 8 日

（江湄：《创造"传统"：晚清民初中国学术思想史典范的确立》，
台北：人间出版社，2014 年 3 月）

台湾乡下人与中国古典
——颜昆阳古典文学论集序

去年（2015）9月我还在重庆大学客座的时候，突然接到昆阳的一封信，说他正在编辑两本自己的论文集，希望我为其中一本写序。他还说，关于古典文学他还可以编出五本，预定在他七十岁退休前完成。看到这封信，我非常惊讶。我只记得，自从1991年的《李商隐诗笺释方法论》之后，我好像就没有看到过他的学术专著了。我当然知道，他常常在各种学术研讨会或学术期刊发表论文，他的论文一直很受重视，但是我对于他的古典文学研究一直没有总体的印象。接到他的信，我突然有一种愧对老朋友的感觉。

昆阳和我同一年进大学中文系，他读师大，我读台大，我们大概在博士阶段就彼此知道，但一直没有机会交往。后来我认识了蔡英俊，而英俊原来是读师大的，硕士班转读台大，他在师大时和昆阳，还有龚鹏程、陈文华都很有交情，我是通过英俊才认识这几位同辈朋友的，因为我们都研究诗词，交往起来比较没有隔阂。1982年我到台湾清华大学任教，和英俊成为同事，我跟昆阳等人的交往也就更密切了。说起因缘，还要谈到20世纪80年代中期英俊和我在台湾清华大学月涵堂按月举办的中国文学批评讨论会。经常参与的，除了我、英俊、昆阳，还有黄景进、柯庆明、龚鹏程、郑毓瑜、廖栋梁等人。人数虽然不多，但确实可说是盛会。尤其是会后的聚餐，六品小馆的红烧黄鱼和狮子头，至今仍让我怀念。可惜好景不长,英俊到英国读书了,老龚当官去了,我的兴趣逐渐转移到台湾文学,这个会也就散了。当年我们曾经想要编写一套中国文学批评术语丛书,也只有老大黄景进完成了,其他人都黄牛了。

后来昆阳从"中央大学"转到东华大学,在台北出现的机会不多,而我在清华被政治立场问题搞得心力交瘁,我们就只能"相忘于江湖"。2004年我终于能够退休,离开清华,转到淡江大学。没想到再过一年,昆阳竟然也从东华退休,跟在我后面来到淡江了。不过,他每周只在淡水两天,我们见面机会不少,但只能打打招呼,开开玩笑。如果说,我们两人在淡江建立了一点功业,那就是我们先后主编《淡江中文学报》,终于把这份学报搞进"国科会"人文核心期刊中了。这件事从来没有人表扬过,所以应该提一下,因为昆阳办事的认真负责,我终于认识到了。

2014年我从淡江再度退休,昆阳特别出席,还主持了我的退休茶会,并做专题演讲,让我深为感动,你说,我能够不为他的论文集写序吗?不过,也就在那一阵子,我们比年龄大小,原来他生于1948年11月1日,八天后我才出生。我们早就知道我们两人都是流氓气很重的嘉义人,虽然他只大我八天,毕竟比我年长,我尊他为老大,也不算过分。老大有事交办,我当然奉命唯谨,花了很多工夫准备。这篇序不一定写得很长,但确实很用心构思,不是随便写的。

我同意写序后,昆阳立即把收入本书中的所有文章分批传给我,我打算一有空就开始逐篇阅读。读了两篇以后,我发现必须尽可能地全面理解昆阳的著述,才能为本书找到定位,因此我要求昆阳提供完整的著作目录。这份目录我很仔细地阅读了,读了好几遍。此前昆阳出了十本散文集,一本短篇小说集,一本古典诗集,可谓多矣。如果扣除他所写的通俗性的古典文学著作(诗词赏析之类),以及他的硕、博士论文,严格的学术论著只有《杜牧》(1978)、《古典诗文论丛》(1983)、《李商隐诗笺释方法论》(1991)和《六朝文学观念丛论》(1993)四本。那么,我们是否可以认为昆阳主要是个作家,其次才是学者?我想昆阳是绝对不会同意的,而且,学界基本上也认定他主要是个学者。如果加上今年要出的这两本,以及未来三年内预定出版的五本(已有大量稿件,只有少部分需要补写),昆阳至少也有十二本古典文学及美学的论著,再加上他写过的大量的通俗性的作品,我们可以说,昆阳绝对是我们这一辈,甚至我们这一辈以后所有比我们年轻的学者,关于中国古典文学及美学著作量最大的一位(著作量唯一能超过他的是龚鹏程,但老龚的著作种类繁多,不好把他限定在古典文学及美学上)。为什么在台湾政局多变、思想混乱、本土意识兴起、中国文化备受歧视的这三十年,昆阳还坚持当一个古典学者,著述量一直在增加,越老学术越臻成熟呢?我从来没有意识到这一点,等到看了昆阳的著作目录,以及他信中所述及的未来的出版计划,我才完全了解到这个现象。老实说,我很好奇,也有一点不能理解,为什么昆阳可以无视时代的纷杂扰人,默然自主,傲然独立,成为三十年来台湾学界古典文学研究的"鲁殿灵光"呢,为什么?

别人不好说,就拿我自己来作为对比好了。我跟昆阳一样,选择进大学中文系,就立志要搞古典研究。但到了七八十年代,却被当代台湾政治所吸引,对于现实问题过度关切,终于搞起台湾现代文学研究,其后又为了跟"台独"派赌气,坚持跟他们唱对台戏,这样一搞就是十年。等到我离开清华,才幡然悔悟,终于决定回到古典文学。综计我前后写的古典文学学术文章(通俗著作不算),全部编辑起来,也不过三四本,比起昆阳来,实在是差多了。

不过,这十年的时间也并没有白白浪费掉。因为"台独"派极端藐视中国文化,我反而意识到中国文化是我的立身之本,我必须以一种全新的方式来审视中国文化,并重新肯定中国文化的价值。

为了这个目的，我不断地购买大陆所翻译的西方历史书籍，特别是被视为西方文明之起源的希腊和罗马方面的书籍。经过长期地阅读和思考，我终于能够看出西方文明的弱点，从而也就理解中国文明的长处。其次，当重新回来阅读我一向熟悉的中国诗词时，我又有了另一层的体会，十年前我觉得中国诗词太过闭锁于个人失意之余的内心世界，由于我自己非常可笑的参与政治的经历，我终于能体会到古代的中国文人完全不是我想象得那么浅薄与狭隘，反而应该说，我进入壮年期时人生经验还嫌不足，是我看错了他们。错的是我，而不是他们。因为这样的反省，我比较能够更深层次地理解古代中国文明所培养出来的那种文人的完整的生命世界。到现在为止，我重新出发而写的古典文学论文虽然篇数还不多，但我自以为跟以前的相比，多少还是有一点进步的。

我这种重新阅读与思考，是以亚里士多德的《诗学》开其端的。我发现亚里士多德所说的诗学理念，跟中国《诗大序》《诗品序》和《文心雕龙》一脉相承的诗学理念根本是两码事，如果要比较，只能说这是从两种完全不同的社会形态所产生的两种诗学。从这一点出发，再去读希腊史，我又发现了修昔底德《伯罗奔尼撒战争史》所描写的希腊城邦内战和《左传》所叙述的春秋列国争霸，差异实在是太大了。因此我只能得出这样的结论：每一个社会自有其系统，有其产生的因缘，有其演变的模式，如果要比较，只能从其差异入手，而不能以某一社会的体系为价值标准去衡量另一社会体系。我们所习惯的、以西方衡量东方的方法一开始就错了，我们必须在西方的对照下了解中国独特的模式，再进一步了解这一模式下的文学，这样才能看到中国文学真正的特质。阅读西方历史和文学作品，最好从古希腊开始，相对而言，阅读中国也要从先秦重新出发。这就是甘阳所说的，"拉开距离，两端深入"，一个是西方的古代，一个是中国的古代，从这两端深入阅读，你会觉得，你看历史和人类社会的眼光会完全不一样。

自从 2004 年我离开清华，逐步放弃台湾文学研究，重新开始调整自己以后，我就决定：不再申请"国科会"计划，不主动发表论文，尽可能不参加学术会议，让自己在半封闭状态中自由发展。基本上我也不关心台湾的学界动态，虽然我跟昆阳同处于淡江，但老实讲，我并不知道他的研究状态。有一次昆阳在台大的一场研讨会上发表《从混融、交涉、衍变到别用、分流、布体——"抒情文学史"的反思与"完境文学史"的构想》这一长篇论文，并指定我讲评。文章的题目实在太长了，而且包含太多名词，很难理清彼此的关系。不过，我大致能体会，当时王德威借用了沉寂多年的"中国抒情传统说"（这跟高友工、蔡英俊、陈国球和我都有关系），创造了中国抒情文学史一整套的理论，正受学界瞩目，昆阳因此有感而发。我已经忘记如何回应了，我只觉得，为了反思抒情文学史，似乎也没必要把论述的方方面面铺展得这么大，这种企图心似乎超过了他想批判的对象，以至于我都不知道怎么说才好。昆阳做学问是有气势的，但这一次似乎想要笼山罩海，准备通吃了。我有这种疑惑，但不敢说出来。

还好在写这篇序之前，我跟昆阳要了他的著作目录，他同时也寄来了他的学生郑柏彦对他的专访文章《开拓中国古典文学研究的新视域——颜昆阳教授的学思历程》。两相对照，我终于恍然大悟，原来昆阳正走向一条很奇怪的道路，而其目标竟然和我的有点接近，至少同处于一座山头上——只在此山中，是不是同一座庙还不能肯定，同一座山肯定是无疑的。这实在太奇怪了，昆阳怎么会跟我走在一起呢？不，不，我怎么竟然跟昆阳走在一起呢？

我这样讲，并不是往自己脸上贴金，也不是厚诬昆阳，是有充分根据的。我们且来看昆阳 2003 至 2014 年所申请的"国科会"研究计划：

1．论"文体"的"艺术性向"与"社会性向"及"双向共体"的关系

2．从历代文章分类析释"类体互涉"关系及其在文体学上的意义

3．文体规范与文学历史、文学创作的"经纬图式"关系

4．从反思中国文学"抒情传统"的建构论"诗美典"的多面向变迁与丛聚状结构

5．重构中国古代"原生性"的文学史观

6．中国古代"诗式社会文化行为"的类型

7．"诗比兴"的言语伦理功能及其效用

这些研究计划执行完成之后，大多已写成论文在学术会议或期刊发表。我个人认为，从这些题目可以看出，昆阳已经构造出一套完整的中国文学论述体系。因为这一套体系是他长期思索出来的，既有的术语与批评架构无法表达，所以他创造了很多名词。这些名词可能会让人难以捉摸，但现在我已经可以"看题识货"了。

首先，我相信这里所说的"原生性"的文学史观，应该就是前面已提及的、他的另一篇文章所谓的"完境文学史"，其意为：我们应该在完整的中国文明的系统下认识中国文学，不应该以后来传入中国的近代西方文学概念与系统来论述中国文学。譬如（以下是按我的意思发挥昆阳想法，不一定对），在中国传统中，一个文人所能获得的最高成就，就是能够帮皇帝撰写"制诰"（知制诰），或者进入皇家历史档案馆整理国史（直史馆）。文学之士在中国传统社会具有多方面的地位与功能，不是我们现在的文学观念所能笼罩的。我们如果不能掌握中国文学在古代中国社会中的"原生性"（或者完境），我们对中国古典文学的理解很难做到恰如其分。

再说到"诗式社会文化行为"，昆阳后来在发表文章时更常用

"诗用学"这一概念,其意是:作诗在中国古代社会是一种常见的社会行为,宴会要写诗,送别要写诗,同游(譬如同登慈恩寺塔)要写诗,皇帝作有一首诗,你也必须奉命唱和。当然,你被贬官,心情郁卒,也要写诗。前者是一种社会行为,后者好像是个人行为,但也必须在中国士大夫的仕宦环境底下去了解这种个人行为,这绝对不是西方近代才出现的浪漫主义的个人行为。

从这两个例子,就可以理解昆阳为什么不能接受中国抒情文学史观这样的讲法,因为这跟中国古代文学"原生性"的社会环境距离太远了,譬如好像视力不济的人用手随便摸摸大象,偶然摸到鼻子,就说大象是鼻子,这未免太可笑了。而这,基本上就是我们目前用西方概念看待中国古典文学的方式。

除了抒情文学史观之外,昆阳对现在流行的论述,还有一点很不以为然。从鲁迅开始,大家流行说,魏晋以后是中国文学"自觉"的时代,好像文学从此开始就有了"独立性"。我曾经几次听昆阳说,这种讲法根本不通。我很赞成他的看法,很希望他早日写文章谈论一下,现在看他的著作目录,才发现他在2011年已经写了一篇《"文学自觉说"与"文学独立说"之批判刍论》。正如前面已经说过的,作诗在中国传统社会是社会活动的一环,在这种情况下,文学如何能够"独立"?再举例来说,从东汉以后,墓志铭这种文体开始产生,至唐宋而达到高峰。墓志铭的产生有其社会原因,墓志铭受到重视,自然就成为文人必须熟稔的文体,唐代的韩愈和宋代的欧阳修都因为擅长墓志铭而在文坛享大名,并且有着丰厚的润笔。从墓志铭,还有诗文中的许多次文类,都可以看出,中国文人的写作行为和中国古代的社会价值体系密切关联,请问文学如何独立法?文学独立的观念是西方浪漫主义以后的产物,现在流行的文学的定义"想象的、虚构的作品"是19世纪以后才开始形成的。以这个定义来书写中国文学史,传统所认定的文学作品至少有一半以上不能列入，这样的文学史真是中国古代的文学史吗？昆阳有一篇论文是《论"文体"的"艺术性向"与"社会性向"及"双向共体"的关系》(2005)，我没看过他这一篇论文，但可以想象，他对于中国文体的"社会性向"是非常了解的，他当然无法同意"文学独立"这种难以成立的荒唐概念。

再进一步说，文学的美学功能和伦理功能难道是可以分割得很清楚的吗？从昆阳的另一篇论文《"诗比兴"的言语伦理功能及其效用》(2016)又可以看出，他早就意识到这个问题了。中国的儒家和道家都有各自的人生观和伦理观，这种人生观和伦理观自然就孕育了美学观，本书中的前两篇就在说明这个问题，他是无法接受所谓的"独立的"美学价值这种说法的。按我个人的看法，西方近代的美学观不过是个人主义的价值观的反映而已，这种美学观不但不足以衡量以儒、道为思想核心的传统的中国美学，恐怕也不能据以否定西方所产生的基督教的美学观。独立的美学、独立的文学，都是近代资本主义独立的个人主义价值观的投射，并不是可以放诸四海的真理。

以上都是我以自己的想法去诠释昆阳的研究计划及论文所蕴含的深意，昆阳未必如此论述，但我敢肯定，方向是差不多的。我的感觉是，昆阳对目前学界论述中国古典文学的许多模式越来越不满意，长期累积之余，终于"忍无可忍"地想要创造一种新的体系，以便把他对中国古典文学真实的感受呈现出来，不是好立新说，是不得已也。可能有些人会对他"喜立新名"表示困惑，但我是深知其意的，因为他一时也只能这样表达。

在构思和写作的过程中，我总有一种异样的感觉，这种感觉逐渐由模糊变得清晰。我终于想通了，原来昆阳已经成为中国古典文学——扩大来讲就是中国古典文明——的传承者与诠释者。他信中跟我说，"这个年纪，学术正臻成熟"，我认为这种话不只是自负，还蕴藏了一种使命感与成就感，他的生命跟中国古典文学研究息息相关，而古典文学也将因他而得到"孤明独发"。原来昆阳到底还是中国传统文化培养出来的正统的知识分子，诠释与发扬中国传统文化最终还是成就了他生命最重大的意义——在目前的台湾，我们是要赞许他，还是要嘲笑他？所以我才说，我没想到昆阳所要达到的目标跟我是在同一座山头上。

说来也真奇怪，昆阳和我都是台湾南部偏僻农村出身的乡下人，我们共同的特色就是自小喜爱中国古典，而最终研究中国古典也就成为我们一生最重视的一件事。昆阳要我写这篇序，我花了时间准备，没想到得出这样的结论，姑且提出来供大家参考。

昆阳说，在七十岁退休时，他将整理出版五本书，《诗比兴系论》《中国古代文体学系论》《中国古代文学史观系论》《中国诗用学系论》《文心雕龙学系论》，你看看，这是什么样的气魄？我期待着，我相信大家也都会期待着。

2016 年 2 月 18 日

（颜昆阳：《诠释的多向视域：中国古典美学与文学批评系论》，台北：台湾学生书局，2016 年 3 月）

艰难的探索：孙歌的学问之路
——孙歌《把握进入历史的瞬间》序

这是孙歌在台湾出版的第二本书。2001年在陈光兴的安排下，巨流出版社出版了《亚洲意味着什么？》，再加上前后几年之间，孙歌来台湾好几趟，这让她在台湾知识界有了一些知名度。孙歌先是在日本成为知名学者，然后逐渐为中国大陆、韩国所知，最后才被介绍到台湾。我最近五六年才认识孙歌，对她的为人与学养极为佩服，承蒙她的信任，让我放手编这本选集，并允许我撰写这篇序言。我也有责任谈一下我对孙歌的理解，以说明我们为什么要出这本书，以及这本书可以对台湾读者产生什么参照作用。

孙歌于20世纪80年代初毕业于吉林大学中文系，因为成绩优异，毕业后分配到中国社会科学院文学研究所。到文学所不久，她的才华即引起注意，有某一位研究员想收她为硕士生，她却婉拒了。其后，她被派到日本进修，日本的中国现代文学教授劝她留下读博士课程，她又婉拒了。我们可以说，孙歌一开始就为自己选择了一条注定坎坷的学术道路。她不想按现有学科规范走，这就注定她在现有学术升迁道路上不可能平顺，然而，她并不怎么在乎。她讲这一段经历时，讲得平心静气，让我这种"功名心重"的男人听得有点目瞪口呆。

20世纪80年代中期，中国大陆和日本的中国现代文学研究，旧有的规范非常稳固，孙歌心里并不认同。同时，新的理论、新的风潮开始席卷大陆，孙歌也无法接受。这个时期的大陆，由于改革开放，思想界生气蓬勃，宛如万花筒一般，而孙歌对这些热闹景象似乎也没有什么共鸣。事实上，这就把她推上了一条自己也不是很清楚的探索之路。她无法走现成道路，无法轻易接受流行风尚。孙歌说过，她在吉林大学的同学、在社科院文学所的同事，不少人到80年代末已成为全国知名的知识分子，而她还不太清楚自己想干什么。

就在这个时候，当她第一次在日本进修的时候，她"遭遇"了日本的近代思想家，特别是竹内好和丸山真男。竹内和丸山那一代日本思想家，年轻的时候碰上了日本侵华战争和太平洋战争，其后又面对日本战败和美国"统治"日本，他们的内心充满了挣扎和痛苦，急着为近代化的日本找到一条出路。是他们求索的艰难的足迹触动了孙歌。因此，可以说，是竹内、丸山那一代人的遭遇和孙歌内心的需求产生了共鸣。就这样，她走入了日本近代思想史。

据朋友跟我说，孙歌的竹内好研究"复活"了这一位思想家。当日本逐渐成为经济上的资本主义大国后，许许多多的日本人忘记了他们过去的痛苦，因此，作为这一痛苦印记最深的竹内好的思想也逐渐被淡忘了。孙歌重新爬梳了竹内好的资料，从这些尘封的文字中重新建构出竹内好苦心焦虑的思想痕迹。她的重构打动了日本的知识界，赢得日本知识界对她的尊重。

孙歌成为"知名学者"以后，也许有些人会想从她的著作中学得某种"理论"，或者某种"知识架构"，我以为这是枉然的。孙歌喜欢说，"与思想史人物遭遇"，又说，要"把握进入历史的瞬间"。与其说，孙歌是在进行学术研究，不如说她是借着与思想史人物的遭遇，寻找一种进入自己生活于其中的历史的真切的方法。每一个知识分子如果诚实地面对他的时代、面对他自己，就不可能不经思索地循着既有的思路（不管是哪一种思路）前进。在我们的一生中，总会产生困惑，发现既有的思路不能解决问题，在不安和焦虑中我们总要探索。孙歌最可贵之处在于,在她进入学术单位以后,她就没有安于任何一套成规。事实上,在做所谓学术研究时,这就恰如走入荆棘丛林中,从无路中走出一条路来。我相信,很少有学者在学术生命一开始就敢于这样走(我自己在过了55岁以后,才下定决心这样走)。

那么,我们要如何阅读孙歌的著作呢?当然,可以从她的成名作《竹内好的悖论》开始,这是她"与思想史人物遭遇"的代表作。以大陆标准来说,这只是十八万字的薄薄的"小书",但我却读得满头大汗。由于孙歌紧紧跟踪着竹内好思索的历程,密切注视着他的每一个阶段的矛盾,整本书似乎成为一个活生生的灵魂的拷问,阅读起来,就像被裹胁进入竹内好的精神纠葛,一直在长长的黑暗的甬道中爬行,真是异常地艰辛。为了不至于对孙歌望而却步,最好不要从这里开始。

不过,由于孙歌是在与思想史人物的遭遇中开始她的学术探索,她由此养成一种习惯:任何问题,她都会努力把它"历史化"——任何问题,她都会把它摆在问题之所以发生的历史时刻,追问在什么情况下他这样看问题并且他为什么这样理解这一问题、这样解决这一问题。当她做完竹内好研究以后,"历史化"已成为孙歌的一种学术探索的习惯。当她面对一个既成问题时,她就用"历史化"加以解构,并且追问:我们为什么要谈论这一问题。

最明显的例子是所谓的"亚洲问题"或"东亚问题"。这一问题最明显的特色在于:自明治维新以来,日本学者一直锲而不舍地探问"亚洲是什么?",相反的,中国却几乎不关心这个问题,为什么?为了解决这一问题,孙歌写了《亚洲意味着什么?》这一长文,文章一发表,立即引起了注意。后来她把这篇文章扩大,篇幅增加了将近一倍,这就是收入本书的《历史中的亚洲论述与当下的困难》。在这篇更长的文章里,她追溯了自冈仓天心和福泽谕吉以来,一百年来日本学者对这一问题的思索。这一问题关系到对西方文明的看法,也关系到亚洲近代化的前途,同时还关系到日本近代化以后的自我定位问题,内容非常丰富。在阅读这一篇超级长文时,我无形中随时以中国的现代化问题作为参照,真是获益不少。

表面上看,孙歌似乎像一般学者一样,通过梳理史料,描述了近代日本亚洲论述的演变历程。其实,远远不是如此。由于她时时刻刻留意每一个阶段亚洲论述的时代性,从不把日本的亚洲论述当作既成理论加以接受,而是把它问题化、把它当成历史问题来看待,因此最终把握了日本近代亚洲论述的核心,她说:

> 至少在浏览了从福泽谕吉开始的亚细亚主义心路历程之后,可以理解近代日本人亚洲情结中所暗含着的一个矛盾。这就是相对于与中国自古以来的不对等关系,日本希图在近代的"华夷变态"过程中取代中国而成为与西方抗衡的主体。

这种亚洲论述的最大困难在于如何面对中国,因此,孙歌又说:

> 日本的近代化和脱亚的过程其实一直是围绕着从中国的支配下独立出来的方向进行的。当日本确立了它的近代国民国家性格的时候,当日本在近代以来对中国一次次侵略的过程中,日本的自我认同始终是围绕它与中国的紧张关系深化的。

逼到最后,孙歌终于提出致命的质疑:

> 如果把思想史中确定不移的"亚洲"前提与其他几种关注历史和地域多样性的研究类型中对于亚洲这个前提的质疑和忽略放在一起,一个潜隐着的问题便会浮出水面——亚洲,假如

它无法构成一个先在的前提,那么,它如何进入学术和思想生产才是有效的?

这样,孙歌就把日本近代的亚洲论述"历史化"了,从而瓦解了它的知识体系。

作为这一长文的补充,我们还可以阅读她的《东亚视角的认识论意义》。在这篇文章里,孙歌从现在比较流行的各种"东亚"或"亚洲"概念开始,分析它们是否成立。接着,作为对照,她又分析了苏联与美国的"远东"和"亚太地区"概念,也提到中国很少使用"亚洲"概念,更喜欢使用"亚非""亚非拉"或"第三世界"这些概念。这样的对比,立即把现在日本、韩国和中国台湾地区部分学者流行的"东亚"或"亚洲"概念相对化、历史化了,从而对这些概念的认识论意义提出疑问。

孙歌之所以这样做,并不是出于学术上的"好战"姿态,而是出自她天生的无法接受学术成规的性格。20世纪80年代,就是由于直觉上她不能和大陆的主流思想气氛产生共鸣,她才转向日本近代思想史,想从这里入手,寻找更好的途径,以求认识这个世界。现在她似乎又到了一个临界点,她已经看出了日本近代思想的"问题"和"界限",恐怕不得不再次选择另一次探索的突破口。

就在这个时候,沟口雄三先生突然去世了,给孙歌带来很大的冲击。他们曾在"亚洲共同体"这个论坛上合作过几年,彼此有深厚的交谊。沟口作为前辈学者,几乎像平辈一样尊重孙歌。竹内好借由鲁迅来探讨近代日本的命运,丸山真男直接面对日本近代思想史,而沟口主要是一个中国思想史专家,想借由中国思想来探索,在西方近代之外,是否还有另一种近代化的可能。孙歌并不研究中国思想史,但以她和沟口的交情,她于情于理都不能不写文章悼念沟口,这就产生了本书中另一篇重要文章《送别沟口先生》。我个人认为，这可视为孙歌另一个探索的开端。

如果说，日本的亚洲论述，是以日本为中心，去面对西方的近代化，那么，沟口就是以中国为中心，想去解构西方的近代化。日本的亚洲论者，有的也想挑战西方的近代化，却找不到使力的途径。沟口由于长期研究中国思想史，对中国历史非常熟悉（二十四史读了一遍半），终于能够把"西方"从"绝对真理"拉平到"相对真理"的位置，并且把一向被视为"落后"与"不发展"的中国抬高到可能高于"西方"的历史位置，这样，最终摆脱了以西方为中心的世界史观。孙歌在写这篇文章前，通读了沟口的重要著作，为我们描述了沟口的思想轨迹。如果说，孙歌与竹内好相遇，呈现了她艰难求索的一面，那么，她这一次意外地系统性地重读沟口，就有可能让她找到一条更宽广的道路。毕竟在21世纪的世界里，很少有人可以不面对中国，以孙歌敏锐的历史感，她不可能不意识到这一点。这样，孙歌从中国走向日本，最后又可以走回中国了——当然，孙歌绝对不可能是一个狭隘的民族主义者，如果她走回中国，也只是再度从中国出发，去进行另一次新的探索。

何以见得呢？这只要读她两篇有关冲绳的文章，就可以充分意识到。《从那霸到上海》，可以看到第一次的冲绳经验对她的强烈冲击；《内在于冲绳的东亚战后史》，是她在初步了解冲绳之后，对于东亚近代史的反思。应该说，"西方的近代"把冲绳逼迫到任何亚洲地区都难以想象的历史位置。由于它被迫纳入日本帝国，作为日本帝国的门户，在"二战"结束前一刻，它经历了前所未有的牺牲，而这场战事，根本与它无关。从冷战以后，它又成为美国在亚洲最重要的军事基地，成为美国控制亚洲最重要的据点，而冲绳从根本上就反对扮演这一角色，却一点也不能自主。冲绳的命运充分显示了历史的无情。孙歌对冲绳人民的同情是毫无保留的，这证明，她具有最广阔的人道主义的精神。也就是由于这种精神，她很难接受

"机制化"(不论是民族主义,还是所谓的"自由、民主",还是其他)的集体感情。也就因此,她很难接受学术成规,而不得不走上艰难的探索之路。我希望读者可以在本书的一些短文中读出这种精神,我认为这是孙歌作为一个人、作为一个学者,最为可贵之处。

2010 年 12 月 9 日

(孙歌:《把握进入历史的瞬间》,台北:人间出版社,2010 年 12 月)

横站，但还是有支点
——王晓明《横站》序

　　王晓明教授生于1955年，属于标准的"文革"世代。"文革"发生时，他正读小学四年级。1972年中学毕业，但中间几年其实很少有机会在教室好好学习，正如他自己所说的，是在"街道、车间和农田里""读书"的。中学毕业后，他下工厂当钳工，一直到"文革"结束。1977年恢复高考，考进华东师范大学中文系，第二年招收研究生，随即转读中国现代文学硕士，1981年毕业后留校任教。

　　由于"文革"的影响，大陆已经有十年时间没有培养研究人才，因此，1978年之后招收的前几届研究生，毕业后不久就成为大陆学术界的中坚，然后也顺理成章地成为各学科的带头人。因此，很久以前我就知道王晓明教授是上海中国现代文学研究的"重镇"之一。

　　我之所以把王晓明教授这个年龄层的人称为"标准"的"文革"世代，是因为1978年以后招收的研究生年龄极为参差，有的人生于30年代末期，已经年届四十，有的人生于40年代中后期，已经超过三十岁了。如果是生于50年代中期，那么，"文革"结束时也不过二十出头，差不多等于大学毕业的年龄，在这个时候念研究生，可谓适逢其时，时间上没有受到耽搁，王晓明教授就是这一类型的人。

　　改革开放的80年代，由于对"文革"极左思潮的反弹，知识界普遍倾向于美国式的自由、民主，"文革"世代也不例外。譬如，比王晓明大两岁的蔡翔就曾坦诚说过：

> 我们把现代化，包括把市场经济理解为一种解放的力量，理解为自由、平等和公正的实现保证。

90年代当我能大量购买大陆图书时，我常常看到类似的议论，不免为大陆知识分子的"天真"而感到惊讶，最后感到不耐烦，以至于完全不看他们讨论中国现状的著作。那时候我不知怎么搞的，也把王晓明列为上海自由派的代表，虽然买了他的两三本著作，却很少读。后来有一天，跟陈光兴谈起王晓明，因陈光兴跟王晓明已有多次交往，他跟我说，王晓明绝对不是一个自由派，你不应该有这种偏见。后来，我跟王晓明的学生薛毅有较多的交往，发现薛毅最少也可以算是新左派，再跟他问起王晓明，他跟我说，王老师的思想已经有了转变，现在已经不是自由派了。有一次我见到他本人，跟他谈起思想改变的事，他说，我怎么能不变呢？我不变，我的学生也要逼我变。我没想到他这么坦率，从此对他有了好感。

我请王晓明教授编一本选集，在台湾出版，他最后决定只选近十年的文章。这样的选集虽然不能看出他思想转变的历程，却能更清楚地看到他在最近几年集中思考的问题。我一篇一篇地读着这些文章，常常为他的真诚而感动。他毫不逃避地面对当今中国其乱如麻的诸多问题，他不相信美国式的自由经济和民主制度能解决这些问题，他也拒绝回到50年代至70年代的"左"倾路线。这样，他就只好彻底摆脱既有的主义与思想，从没有立足之地重新探索。他把自己的这种立场，借用鲁迅的说法，形容为"横站"。这就是说，不采取单执一面的思想来批判，如社会主义或自由主义，这样的思考方式非常无力。有些人为了回避这种困境，只好把言说弄得非常复杂，其实是闪烁其词，不着边际，没有直面问题。这还不如"干脆跳出泥潭,直截了当,怎么想就怎么说,虽然粗暴、简单,却能够拨开迷雾,击中要害"。这样的结果,就会惹来秉持各种"主义"来自不同方向的攻击,于是,你只好"横站",以便随时面对四面八方的敌人。

这样的探索既需要勇气,还要把持着不掉入虚无之中,其实是非常痛苦的。读过鲁迅的人都知道,这是鲁迅的作战方法,这需要坚强的毅力,和对无法预知的理想的坚持。这只能在茫茫的黑暗中,努力护持着一盏向往着"善"的微弱的灯火。这也是鲁迅给予人的最大的支持与抚慰。

但我们也知道,鲁迅的时代距离现在至少七十年以上,现在的中国毕竟已经不是鲁迅时代的中国。虽然现在的中国让我们大惑不解,却没有哪一个国家敢再派军队入侵;而且,中国再怎么贫富不均,大概也没有人会饿死;即使发生天大的灾害,如汶川大地震,中国至少有一个强有力的中央政府,以最大的人力、物力迅速抢救,这都是20世纪30年代的中国梦想不到的。我们也知道,这是经过七十多年的磨难,以千千万万人的牺牲与奉献换得的。虽然代价极为惨重,但也不能不说是一种成就,这恐怕是很难否认的。

其次,我们大致也可以肯定地说,中国目前所面临的种种问题,是不能用西方式的自由市场和民主体制来加以解决的。譬如,要是把土地私有化,可以自由买卖,不但沿海城市的房子很少有人买得起,而且,广大的西北地区和农村地区会越来越少人居住。难以想象,百分之八九十以上的中国人口全部集中在沿海的城市,中国会变成什么样子。又譬如,像大陆这样各民族聚居的情况,如果按台湾的方法举行各种地方选举,也按台湾的选举那样诉诸族群矛盾,能够想象大陆会不闹乱子?中国不能亦步亦趋地走西方道路,除了越来越少的僵硬的自由派之外,大概也可以算是大多数人的

"共识"了吧？

最后一点，最近二十年的经验，也很难不让人对西方资本主义国家的价值体系大起怀疑。如果他们真的是讲究人权，难道他们就可以为了几个"流氓"，进而肆无忌惮地轰炸阿富汗、伊拉克、南斯拉夫、利比亚，炸死许许多多无辜的平民，这也是为了维护人权，谁相信呢？美国金融出了问题，负债累累，既无力改善，也无力还债，就不负责任地大印钞票，把问题丢到别人身上，这叫自由经济，谁服气呢？

再说远一点，凭仗着优势的航海技术与武器，走遍世界各地，到任何地方，杀人抢土地，掠夺物资，还把千千万万的人掠卖为奴隶，并声称这是西方文明的伟大成就，那么，所谓文明也不过是赤裸裸的"恃强凌弱"的代名词。所谓个人主义的成就，不就是有能力的个人的集合到处杀人越货所获得的大批的战利品吗？在人类史上，以战争决胜负确实是人的生存法则之一，但像西方文明这样强调"唯强为尊"的，恐怕当数文明史上的特例。

再说，当西方还远远落后于伊斯兰国家、印度和中国时，他们可以随意地学习、吸收这些地区先进的技术，而这些地区从来就没有知识产权的观念，从来就没有想到跟西方人要版权收益；现在反过来，当西方人统治全世界时，他们的每一种新发明、新技术都严加保护，并且要付上极大的代价，才能用上这些技术，买到这些产品。人类文明的成就本来是互相流通的，而西方人却以为真正的文明只有他们才能创造出来，你要这种文明，就需要跟它"购买"，这大概就是自由主义和个人主义的伟大成就吧。这样的文明理念，我们可以再相信吗？

再进一层推论：假如我们相信这种文明理念，并且假如中国已经成为世界的一等强国，我们可以像美国人那样，享用全世界最大的财富吗？美国只有两亿多的人口，而中国却有十三亿，如果将来中国的每一个人,都要像现在的美国人那样地消费,你能想象中国人要耗费多少世界资源?二十多年前,不怀好意的西方人还常常说,中国人要吃光世界的粮食,就是按照他们消费的逻辑推论出来的,因为两三百年来他们就是这样"啃光"世界资源的最大部分的。这种资本主义的逻辑,不能在中国强大后由中国继续推行下去,是谁都一眼看得清楚的。因此,西方这种建立在尽可能满足人的欲望之上的经济逻辑,绝对不是人类文明的持盈保泰之道。

所以中国现在的发展问题,不只是中国本身的问题,而是人类的文明能否继续维持得下去的问题。王晓明教授说,中国人现在还感受到,"那种难以把握国家和个人命运的茫然的神态,甚至那种不远处正有巨大的动荡向我们逼来的不祥的预感",我觉得正是中国被卷进全球资本主义体系以后中国人所感受到的笼罩全人类的危机感。因为,中国如果也按照这个逻辑发展下去,那就不只是中国毁灭,人类文明也会跟着毁灭。中国的崛起正碰上世界资本主义体系发展的歧路口,更正确地说,中国的崛起也许可以改变西方资本主义那种霸道文明横行全世界的局面,从而将人类引向另一种文明方向,这就是中国发展问题的复杂性。

王晓明教授是深切了解这些的,这从本书第二部分"中国革命的思想遗产"中的各篇文章可以清楚地看出来。这些文章谈论的是中国现代早期的思想家,如康有为、梁启超、章太炎等人,在面对西方列强的侵逼时,如何思考中国以及人类的前途问题。这些人在思考中国人如何面对"三千年未有之变局"时,出人意料地视野开阔,让我们感到惊讶,似乎预见式地为我们提供了现在应该思考的方向。以下我想引述王教授从中得出的最核心的看法:

  1. 眼睛是这样地望着世界,当规划未来中国的强盛蓝图的时候，现代早期的中国思想，就特别警惕霸权式的"强国"欲望和侵略性的"民族主义"……几乎每次展开这一类的论述，这些思想家都要提到"被压迫者"的身份和记忆，要大家躬身自问，过去和现在，我们中国/汉族人是怎么被压迫的！正是这样的"己所不欲勿施于人"的常人心理，成了他们举出的最大理由。确实，一个始终记着自己如何因为力弱而遭遇欺凌的人，不大可能理直气壮地想象将来挥着粗大的胳膊去欺负别人。

2. 在这样的视野里，"解放"不会凝固在某一个层面，总是会往更为宏观和微观的方向扩展，压迫和被压迫的角色，也因此可能甚至必然互换，或者一身兼二任，一面承受强者的压迫，一面也压迫更弱者，借用章太炎的话来说，是一面为真，一面为幻。不用说，这样的总是从变动和辩证的角度来理解革命目标的思路，是比后起的那些单向尊奉被压迫者的理论，更能表现这一时期中国思想的被压迫者立场的强固。它不但具备譬如佛学式的世界无边、众生平等的宽阔情怀，更有一种从切身感悟中生长出来的反省之心：昔日傲然自居为天下中心，现在却整体上居于劣势，被洋夷倭寇压迫得抬不起头，从这样的经验起点走出来的思想，怎么可能止步于"彼可取而代之"式的健忘与狂妄？

看到这样的话，我不禁为晚清思想家的博大与深微而叹服，并且佩服王教授从他们那里找到了克服西方资本主义逻辑的最大支点。

除了孙中山的"济弱扶倾"之外，我以前很少注意到中国早期现代思想家在这方面的看法。当我考虑中国强大以后会如何面对世界时，我总是想起古代的汉族和周边的少数民族是如何由冲突而和平相处而相融为一的过程，我也常想起古人所说的"远人不服，则修文德以来之"。既然古代的中国都知道不要强迫"蛮夷"服从你，那么近代沦为弱势者、如今再成为强者的中国人，更不应该以强者的姿态让别人屈服。看来，这样的想法，中国早期现代思想家不但已经想到，而且已经想得很周到很深刻了。

令人感慨的是，中华民国建立以后，由于国势日危，中国知识分子已经丧失了传统文化培养出来的胸襟，变得一无所有，甚至自鄙自贱，认为只有跟着人家亦步亦趋，才能自我解救。自由主义的西化派不用说了，甚至社会主义革命派都有这种倾向，和中国一向的文化并不是同质的。譬如说，中国传统的"大同"思想，如"货恶其弃于地也，不必藏于己；力恶其不出于身也，不必为己"，说的是一种天下为公的精神，而并没有诉诸严密的制度设计，因而显得更富于人性。

王教授把中国的现代分成三个阶段：一、19 世纪 80—90 年代到 20 世纪 40—50 年代；二、20 世纪 40—50 年代到 80 年代；三、20 世纪 90 年代以后，我觉得有相当的道理。90 年代以后，中国不但从综合国力的增长上得到自信，而且在思想上终于逐渐摆脱五四以后唯西方是尚的倾向，开始回归中华文化，并且想要从中华文化之中寻找克服西方资本主义文明的途径。回归的方法之一，就是像王教授这样，从中国早期现代的思想家中去寻找灵感——因为他们还有传统文化的底子，还没有丧失对传统文化的信心，在面对西方文明的挑战时，还有"对峙"的雄心。现在我终于了解，最近二十年来大陆学界的晚清热是有道理的，因为，经由这一条途径，最容易反思传统。

再度回到传统来寻找未来中国甚至全人类的出路，这样的思想倾向，在大陆已经相当普遍，而且，遍及各个世代的知识分子。从40 年代中后期出生的那一代算起，以后每十年算一个世代，至少在我认识的人中，一直到70年代出生的人。所以我认为，现在这种探索虽然还十分艰难，虽然还是"横站"，虽然还不能说有一堵墙做后盾，但至少总还有两三个可以凭靠的支点，这是不用怀疑的。我看了王晓明教授这本书的许多文章以后，越发有这个信心。

2013年2月2日

（王晓明：《横站：王晓明选集》，台北：人间出版社，2013年2月）

我们需要这样的异质思考
——蔡翔《神圣回忆》序

我所交往的大陆朋友，年纪与我相近的，大都小我两三岁，少数比我大一点，他们可以说都是跟着新中国一起长大的。他们都有完整的"文革"经历，也就是说，他们都下乡种过田，其中有的离开农村后，还当过工人。非常奇怪的是，除了一位之外，他们很少全面批判"文革"。后来我曾加以归纳，发现他们都不是出身于知识分子家庭，而例外的一位恰好出身于知识分子家庭。

"文革"结束前后，他们先后进入大学，读了研究所，有的还读了博士班，现在全部是教授兼博士生导师了，在社会上有稳固的地位。一般来说，他们很少谈政治，但并不表示他们对政治没兴趣，如果你跟他们谈，他们也乐于跟你谈，而且很坦白，不会有任何保留。

我发现，他们对当前大陆政治、社会的看法并非一成不变。毕竟最近三十多年大陆的变化实在太大了，真是令人目不暇接，思想没有任何改变是不可能的。如果要在其中选择一位，从他过去的文章中追寻他思想变化的痕迹，并且寻找他变化的原因，我以为蔡翔是可以考虑的。我们之所以选择出蔡翔的选集，正是想让台湾读者通过这本书，大致窥探一下思想变化之后所隐藏的社会变化，从而对当代大陆社会有比较具体而深入的理解。

蔡翔出身于上海工人家庭，也就是他所说的中国"底层"社会。

蔡翔自己说：

> 对我这一代人来说，本没有什么"两个三十年"，有的只是"六十年"，共和国六十年。后来发生的一切，可能都已隐藏在一种共和国的记忆之中。而这一记忆，被反复唤醒，并被形式化。(《代序：流水三十年》)

对于一个工人子弟来说，这是很自然的，毕竟共和国诞生在对社会主义理想的追求上，而这种理想正是底层社会的人所共同向往的。但是，社会主义理想的追求最后却导致"文革"。蔡翔又说：

> 对十年"文革"的记忆，这种记忆推动我们投入到80年代的思想解放运动中，追求人的自由和解放，追求一种个人的权利，直到今天，我还觉得这种记忆是一笔宝贵的财富。(《底层问题与知识分子的使命》)

但是，这一次的思想解放运动却又造成了另一个想象不到的后果，就是：

> 我们把现代化，包括把市场经济理解为一种解放的力量，理解为自由、平等和公正的实现保证。但到了90年代之后，我们才突然发觉，这样一种社会的发展模式，实际使我们的理想和追求化为梦想。(同上书)

这样，蔡翔又重新想到社会主义理想：

> "阶级"这个概念，在80年代一度少有人提及，我们当时

很天真,以为阶级是可以被现代化,甚至被市场经济消灭的。但是,在90年代,我们重新看到了阶级。阶级这个概念的复活,实际上也使我们许多的记忆,包括某些理论,也复活了。比如马克思主义,直到今天,它也仍然是值得敬仰、值得重视、值得研究、值得继承的思想遗产。(《底层问题与知识分子的使命》)

但这并不表示,蔡翔想走过去革命的老路,他很清醒地意识到:

> 对于底层问题,我们既要考虑底层的生存现状,又不能走极端。因为这是有教训的。(同上书)

所谓"有教训的"就是指十年"文革",革命的纯洁性异化成蔑视个人尊严的专制主义,这种错误是绝对不可以再犯的。

以上我用最简单的方式,很粗略地勾勒了蔡翔思想的轨迹,循着这样的轨迹,就可掌握蔡翔大部分文章的思路。

也许有人会问,难道我们需要读这样的文章吗?大陆的经验跟我们如此不同,我们有必要去了解他们这三十年的社会是怎么变化、人们的思想是怎么改变的吗?其实,人类的整体反省,不只包括不同时间的历史,还包括不同空间的社会,如果没有对人类整体行为的好奇心,实际上也就说不上关心人类社会了。

退一步说,即使从最功利的立场看,蔡翔的书也是值得我们阅读的。现在台湾社会日渐贫困化,很多人的中产阶级梦想已经破灭,正是在这样的时期,蔡翔的思考历程,以及他作为一个知识分子的责任感,尤其值得我们深思与反省。

蔡翔有一段话,让我特别感慨,引述如下:

> 整个的底层都进入了一个梦想。他们认为通过占有文化资

源,也就是读书,就能改变自己的生存状况。这种梦想同时意味着,底层已经接受了来自统治阶级所给予的全部的意识形态和道德形态。就是说,他们不仅要改变自己的经济状况,还要改变自己的生活方式和社会地位。他有一个明确的目标,就是进入上流社会,起码是中产阶级。这无可厚非,但是如果把它意识形态化,就会造成这一个后果:底层永远不会再拥有自己的代言人。这是目前中国最大的一个隐患。一旦知识分子进入这样一个利益集团之后,一切就都与底层划清了界限。(《底层问题与知识分子的使命》)

这一段话让我想起台湾的教改。台湾的教改就是让每一位想读大学的人都有大学可以读,而底层的老百姓也认为,只要他的儿女读了大学,就可以改变社会地位和生活方式,至少使自己的子女进入中产阶级。事实是,从底层能够进入中产阶级的,到底是少数。因此,大量的大学毕业生失业了,教育投资的浪费姑且不说,社会还累积了一大堆无事可做、游手好闲的人。所谓的教改,实际上是台湾的统治阶层对底层所进行的大规模的欺骗行为,而底层对此浑然不觉。

更糟糕的是,台湾的知识阶层完全呼应统治阶层的做法,没有独立的思考能力,看不出真相。他们的利益其实是和统治阶层暗中相连的,而他们连这一点自觉都没有。台湾的底层老百姓早就没有自己的代言人了,没有人告诉他们,他们的利益如何受到忽视。即使台湾经济已经萎缩到目前的状态,近40%的家庭月收入达不到三万五千元新台币,而中间的公务员薪水阶层背了沉重的税负,还是很少有人从整体上批评台湾社会的不公正。台湾的媒体常常喜欢谈论大陆严重的贫富不均,好像台湾就不是这样。其实就台湾社会来说,其贫富悬殊的严重程度也已经够令人惊心的,却很少有知识分子意识到这个问题。与其说台湾社会比大陆公正得多,倒不如说,台湾的知识分子严重地缺乏底层思考。

蔡翔出身于底层,从来没有忘记底层人民的生活,同时也时刻提醒自己,作为一个知识分子,一定要防止自己成为和政治权力、经济权力三位一体的利益共同者。这是他的文章特别动人之处。因此我建议,对本书有兴趣的读者,一定要先读收在书中的前四篇文章,即《底层》《神圣回忆》《1970:末代回忆》和《底层问题与知识分子的使命》。我想从中举一段例子让大家看一看。

1977年大陆恢复高考,正在工厂当工人的蔡翔毫不知情,是他的工人朋友告诉他的。他不太想考,不少工人朋友催促他去考,他终于"吊车尾"考上了,成为知识分子。后来,他那个厂倒闭了,工人失业了,还住在陈旧的工人住宅区。他这样描述工人的生活状况:

> 工友们都失业了,拿着低保,曾经都出去找过工作,但又都回来了。有的,就在家里的水表、电表和煤气表上动了点手脚,表走得很慢,钱省了不少。他们说,交不起啊,物价涨得太快,这点钱不够用。又说,我们这些人现在是真正不要脸了。说他们生活得很凄惨,也不尽然,看怎么过,女工都是很会过日子的,一口家常饭总还是有的吃。都早早地盼着快老,可以拿国家的退休工资。现在,许多人到了年龄,拿到退休工资了,日子也比以前好过一点,他们说,这是毛主席给的。(《1970:末代回忆》)

这就引发蔡翔的思考,难道社会的发展需要以一个阶级的尊严做代价吗?难道,这就是改革的宿命吗?他说,"想到我那些工友,总还是心有不甘"。如果一个社会的发展,虽然生活普遍好转,但是，还有78%的产业工人、农业劳动者、城乡无业失业半失业者，以及商业服务业员工都属于这种没有尊严、没有社会地位的"底层"，难道这样的发展不需要反省吗？这样，蔡翔就从80年代的思想解放运动中跳脱出来，重新思考"社会主义社会"到底应该如何完成的问题。

以我个人的接触，目前像蔡翔这种类型的知识分子，在大陆占有相当的比例。他们并不认为，80年代的思想解放运动错了，他们只是觉得，走到目前这种状态，思想必须调整，不然，整个社会的发展结果必然和他们当初的理想背道而驰。90年代中期的时候，我还对大陆知识分子过分迷信现代化和自由化不以为然，我没想到他们调整得这么快。许多大陆知识分子毕竟是看到"现实"的，在冷酷的现实面前，他们不得不调整自己。坦白地说，我觉得他们在这方面的能力要比台湾知识分子强多了。

即使就这一方面而言，蔡翔的思考也比别人更具"辩证性"。现在还有一些大陆知识分子将共和国的六十年，分为前三十年和后三十年，其中的自由派说，前三十年是不好的，后三十年是好的，而极左派则反过来说，前三十年是好的，后三十年是不好的。正如本文在前头所引述的蔡翔的话，他认为，共和国的六十年是个整体。他一直从这个整体感出发，从革命后的"社会主义社会"在面对现实问题时，不断产生危机，又不断克服危机这一"动态过程"来加以观察和反省。这样的反省方式，是实事求是和面对现实的，而不是一厢情愿地想象"假如没有五四运动、没有发生革命"，中国会比现在还好。历史是一个复杂的辩证过程，我们必须力求清醒地认识这个过程，并且吸取以前的教训，以便以后更少犯错误。蔡翔的这种历史认识论很精彩地表现在《社会主义的危机以及克服危机的努力》这一篇长文中。如果对大陆近六十年的历史和文学有比较多的知识，就可以体会到这一篇文章有多深刻。如果还比较缺乏这种背景,我建议放在后面阅读。

跟这篇文章思想方法相类似,但涉及的论题比较小,因此也就比较好阅读的,是《何谓文学本身》。这篇文章分析了"纯文学"的概念如何在80年代建立起来,如何在当时对现有体制产生强大的颠覆作用,又如何逐渐狭窄化,成为逃避现实的借口,并为现有体制所接受。这一篇文章很清晰地论证了,一个概念,包括这个概念所包含的意识形态,都是具有历史性的,必须把它放在一个历史过程中加以观察,它可以是最具革命性的,但也不过二十年,它又成为最具保守性的。这篇文章充分显现,蔡翔的现实关怀让他能够很敏锐地看到文学的政治性。所以,他不止一次地说,"在文学性的背后,总是隐藏着政治性,或者说政治性本身就构成了文学性"。

蔡翔就是从这样的敏锐认识来评论文学,因此他的分析常常既出人意表,但又非常深刻,这一点尤其值得台湾的文学研究者仔细体会。在这方面,我建议优先阅读两篇文章,《酒店、高度美学或者现代性》和《旧时王谢堂前燕——关于王朔及王朔现象》。后一篇文章把王朔的"痞子文学"和改革开放后失势的干部子弟联系起来,然后再说明这种现象如何被商品化大潮后的大众所接受,分析得极其精彩。前一篇涉及台湾研究者非常有兴趣的"城市空间美学",只要稍一阅读,就可以发现,蔡翔和那些套用西方现代性美学的人是多么不同。他既了解西方的现代性理论,又深刻意识到这种理论移用到中国来所产生的变形作用,并且也充分意识到这种理论所遮蔽的一些更严重的社会现实问题。也许有人会说,蔡翔不算是一个文学评论家,只能算是一个社会评论家。读了这两篇文章,就可以了解,一个关怀现实、密切注意现实变化的人可以成为多么深刻的文学评论者。这一种特点,特别值得台湾的研究者学习学习。

蔡翔的书,在现在台湾的许多读者看来,也许是相当"异质"的。但是,这是对台湾的文化气候非常有针对性的异质,可以救治我们一向的思想偏枯。在台湾社会走到最低潮的现在，他的文章尤其值得思考台湾前途的人参考。所以我不嫌辞费，写了这么多。我最终还是希望，这本书能够在台湾找到一些知音。

2012 年 4 月 4 日

补记：蔡翔的文章在大陆语境下容易理解，反过来说，在台湾语境下就比较不容易理解。以上的序文主要是为台湾读者而写，希望为台湾读者找到一条接近蔡翔的道路，因此有些意思并没有完全发挥，希望在这里补充一下。

新中国的前三十年，是为建设一个社会主义的理想社会而进行实验，在"文化大革命"之后，有了80年代的思想大解放。经过后三十年的另一种实践，知识分子又发现，整个经济虽然发展得很快，但距离他们心目中的社会理想好像越来越远。这样，就产生了两种截然不同的思考模式。第一种认为，中国之所以还存在那么多问题，就是因为中国文化的传统包袱太重，现代化还不够彻底，也就是还没有像西方那样的市场化和民主化，这也是很多西方人，还有很多台湾人对大陆的批评方式。第二种却完全不一样。基于前三十年的社会主义理想，他们发现，像后三十年这样是有问题的，最终他们质疑的是西方资本主义的文明模式，他们认为这种模式必须重新反省。当然他们并没有想要回到前三十年的做法，但他们也不认为后三十年的实践应该继续走下去。第二种想法的人现在在大陆越来越多，一般笼统地把他们命名为"新左派"。其实他们内部思想的差异很大，不过可以说，他们都在进行现实与思想的探索，看看能不能走出一条新路，蔡翔就属于这种人。

如果我们重视法兰克福学派以降西方各种"反现代性"的理论，如果从 19 世纪末以来西方就不断有人质疑启蒙思想，为什么我们就不能重视大陆方兴未艾的各种新左派思想？基于新中国六十年来的历史经验，他们也许可以提出另一种"反现代性"的思考。如果我们这样看问题，我们就不能漠视大陆现在已经具有强大力量，而在台湾还很少有人注意的这一股所谓的新左派潮流。因为他们反省的绝对不只是中国经验，而是整个资本主义的文明模式。说不定他们的想法将来可能超越西方现存的许多"反现代性"思潮，而为人类社会的发展提供一种新的想法。

2012 年 4 月 5 日

（蔡翔：《神圣回忆：蔡翔选集》，台北：人间出版社，2012 年 4 月）

关心现实与关心历史
——王中忱《作为事件的文学与历史叙述》序

花了整整四天的时间把本书所有的文章从头到尾仔细读了一遍，阅读每一篇文章都带给我许多的乐趣，这四天过得很充实。每一篇文章涉及的题材，我都知道非常少的一点点，在阅读的过程之中，我了解了很多我不知道的事，这是一种获得新知的乐趣。我更感好奇的是，对于我自认为已经熟悉的题材，作者除了让我知道我其实了解得很少，他到底还想说什么？——他写这篇文章的目的何在？这让我产生侦探式的乐趣。

其实在阅读本书之前，我已经把目录看了好几遍，几乎可以背诵了。我不知道作者为什么要把表面上毫不相关的、相距非常遥远的题材收集在一起。这里面谈到晚清文化生产场域的新变化，谈到中国现代作家被日本所接受的一些特殊现象，还包括20世纪50年代的亚非作家会议，80年代丁玲复出文坛不为人知的一些背景；最奇怪的是，还谈到佐尔格、尾崎秀实的间谍案，以及现代两个著名的历史学家傅斯年和顾颉刚对中国边疆问题的强烈关怀。我们可以说，作者的兴趣非常广泛，而且对每一个兴趣都有独到的看法，但我最为好奇的是，作为一个专业的中国现代文学和中日比较文学的研究者，他为什么会有这么复杂的兴趣？为什么要写这么多表面上彼此不相关的文章？

我真正的困难是，必须为这本书写一篇序，而本书的作者是我交往十多年的老朋友，交情非同一般，这篇序需要好好写，要言之有物，不能虚应故事。那么，我应该如何写呢？我在阅读本书之前，早就了解这个困难，在读完本书之后，我还是没有找到解决困难的方法。最后我想到了作者为本书所拟的书名《作为事件的文学与历史叙述》。说实在的，开始我觉得这个题目太长，而且拗口，我很想建议作者改个名字。但后来转念想到，作者取这个名字一定有他的用意，不如从这里推测一下本书的用心之所在。就这样，我好像找到了解开谜题的钥匙。

按照这一书名，作者似乎认为，文学叙述和历史叙述不只是"叙述"而已，这些叙述还会形成"事件"，也就是说，譬如，当台湾的"台独"派构建一种关于"二二八事件"的叙述时，他们那一种独特的叙述本身就是一种政治事件，为他们企图达到的政治目标而服务。按照马克思理论，每一种叙述都暗藏了作者潜在的意识形态，即他的阶级属性所自然形成的偏见，可以是不自觉的。可是，若是一位作者不只是无意识地流露他的偏见，而是按照他的偏见有意识地形成一种叙述，并且想要借此叙述来影响他人，以达到他设定的目的（这种目的通常具有政治性），那就不是意识形态，而是"事件"了。因为表面只是一种言辞，其实是蕴含了一种行动，这不是"事件"又是什么呢？

最能够说明这一问题的是佐尔格和尾崎秀实的间谍案。这两人组成的间谍网1941年10月14日被日本特高侦破，但一直要到1942年6月16日才由日本司法省对外正式公布。司法省把这个间谍网定位为"接受共产国际总部"指挥的赤色谍报组织中的一个环节。但实际状况并不是这样，因为佐尔格供称，自从1929年夏末以后，他和共产国际的关系就中断了，他现在的直属上级是苏联红军。当时《苏日中立条约》还在有效期内，如果佐尔格只是苏联红军的间谍，以当时苏、日并非敌对关系而言，涉及这个间谍案的人不可能被判死刑。因此司法省的公告，完全没有提到苏联，只强调"共产国际"。"只有强调其'共产国际'身份，并把'共产国际'解释为危及日本'国体'的组织，才可能援用《治安维持法》延长对佐尔格、尾崎秀实等人的拘留审讯时间，并以'颠覆国体'罪定以重刑乃至极刑"。其实早在1935年共产国际已在第七次代表大会上声明，为了建立广泛的反法西斯统一战线，共产国际已经不再号召在各国推翻现有政权、实现"无产阶级革命"，佐尔格小组的活动重点主要放在阻止日本发动对苏战争，跟"危及日本国体"没有关系。日本司法省对此完全清楚，但仍悍然不顾，将佐尔格和尾崎秀实处以极刑，并于1944年11月7日俄国共产革命二十七周年的纪念日当天凌晨执行绞刑。我们可以说，日本司法省站在右翼军国主义立场，深文周纳，"枉法"审判，以达到消灭异己的目的。司法省公告的那一种叙述方式，已预先决定两人的死刑判决。

谁也没想到的是，日本司法省处心积虑地把佐尔格定位成"共产国际间谍"，到了战后美、苏冷战局势逐渐形成以后，却又被麦克阿瑟重新界定为"苏联间谍"，佐尔格、尾崎秀实等人又变成企图颠覆西方民主世界的帮凶。这时候，谁都不愿想起，当年佐尔格等人曾经窃取了日本军方偷袭珍珠港的情报，并将此一情报通过苏联告知美国罗斯福总统，只是罗斯福不知什么缘故并未采取对策，以致让日本"奇袭"成功。说起来，佐尔格跟尾崎本来就是反法西斯的英雄，但在战后由于美国为了围堵苏联，反过来跟日本右派合作，佐尔格和尾崎不但未在战后恢复名誉，反而经由美国《威洛比报告》的公告，变成了民主世界的潜在破坏者。我们只要对比一下战争时期日本司法省的公告和战后美国的《威洛比报告》，就会觉得，这两种官方叙述好像是对真实历史的讽刺。

其次谈到关于傅斯年和顾颉刚那两篇文章。傅、顾两人都是中国现代学术史上的大人物，影响很大，一生的行事也常常充满争议。但出乎意外的是，作者谈论两人的出发点，却是他们两人的学术和他们强烈的民族意识之间的看似矛盾的复杂关系。傅斯年的史学信念深受德国学者兰克的影响，相信史料考辨就是史学研究的核心，他认为"历史学不是著史"，"近代的历史是史料学"。但"九·一八"事变以后日本窃据了东北，而且还声称"满洲"（日本对东北的称呼）从来不是中国的土地。傅斯年深受刺激，花了一年的时间写成《东北史纲》，在书中反复强调，东北各部族与中国关系密切，受中国文化濡染至深，以至其礼俗习惯皆类同或近似汉人。谁也无法否认，《东北史纲》是傅斯年民族义愤喷涌而发的作品。顾颉刚也有类似的状况。他的史学出发点也是考据，他以考据的方法提出中国古史"层累造成说"，认为这些古史是后代逐层累积造成的，不可靠。他疑古的信条是，"打破民族出于一元的观念"，"打破地域向来一统的观念"。有人批评他，这种讲法会破坏中国人的团结，但他坚信他的疑古精神和通过学术研究激扬民族主义并不矛盾。但"九·一八"事变以后他也同样受到刺激，怀疑他在《禹贡》杂志上所提倡的那一种考证性的史地研究是否有价值。其后，他花了很多时间帮助谭惕吾进行边疆考察（主要针对蒙古），对这一过程，作者通过顾颉刚的日记及其他资料进行了详尽的梳理，以此证明这是顾颉刚在国难当头时的一种心理需求，而不是因为他跟谭惕吾有儿女私情。

这两篇文章都是有针对性的，作者对某些学者以过于简化甚至扭曲的方式谈论傅斯年和顾颉刚并不满意，因此有感而发，这种针对性我就不一一挑明了（作者的用意其实就是针对这些"有意识"的论述）。我觉得作者所提出的另外一种对比，更值得我们注意。白鸟库吉和内藤湖南被公认是研究中国很有成就的日本学者，白鸟库吉也跟顾颉刚一样，以最严格的考证精神来批评中国的古史传说"荒唐无稽难以置信"，但他对日本的古史传说却全部相信，可见他的疑古态度是内外有别的。内藤湖南就更有意思了，在辛亥革命爆发后，他建议未来的中华民国放弃满蒙地区，1914年他在《支那论》里又说，"无论蒙古、西藏、满洲成为谁的领土，都无碍汉人的和平发展……支那的领土问题，从政治实力上考虑，现今是应该缩小的"。这真是太有意思了，他"善意"劝导中国，既然实力不足，就应该放弃满、蒙和西藏，这样中国就可以"和平发展"。我们只有在中、日两国学者的仔细对比之下，才能对中国现代学术人物的学术与人生进行公正的评价。事实上，傅斯年《夷夏东西说》《周东封与殷遗民》等古史文章，顾颉刚古史"层累造成说"，都对后来中国古史观的重建产生极大的影响。没有他们，以及其他许许多多学者的努力，也就不可能形成现在大家已普遍认同的、中国文化"多元一体论"了。作者这两篇文章让我们充分理解，中国现代的历史研究是和近代中国的苦难史及中国现代国家的形成息息相关的。回顾来看，我们应该以感同身受的态度来理解傅斯年、顾颉刚等人不平凡的一生，而不应该以自己既定的立场，把他们的某一面向夸大，以此论定他们。

在中国现在的环境里，所谓的学术，如果仔细辨析，常常会发现，其实只是在宣示某种立场。譬如，所谓的陈寅恪研究，几乎都在诠释陈寅恪所坚持的"独立之精神，自由之思想"，三联书店出版的《陈寅恪集》就把这一句话印在每一册书的封面上。更加奇怪的是，不论哪一家出版社，只要印行陈寅恪的作品，都一定采取繁体竖排的方式，似乎暗示陈寅恪本人的立场就是如此。我不知道这是家属的要求，还是无意形成的"传统"，实际上这非常不利于陈寅恪著作的流传。陈寅恪是比傅斯年、顾颉刚更为重要的历史学家，他的复杂性远远超过傅、顾两人，他的民族主义情怀和传统文化倾向可能也要超过钱穆，其实是很值得研究的，但他一直被简化成自由主义学术的代言人，真是太可惜了。因为王老师这两篇很有启发性的文章，我忍不住就多讲了几句。

在中国现代文学的研究上，也有一个很奇特的例子，值得一谈，那就是丁玲，不过，这是从反面立场来加以否定的。一般都只是以简单的方式论定，丁玲在"文革"结束以后还坚持"左"派立场，所以是落伍的，不值得注意的。王老师是著名的丁玲专家，本书收了有关丁玲的五篇文章，其中两篇是为丁玲"辩诬"的。说是辩诬，也许并不精确，其实只是陈述一些大家都不知道，或假装不知道的"事实"。譬如，1975年，丁玲以前的死对头周扬、林默涵都已被解除监禁，"四人帮"被逮捕之后不久，他们即恢复工作，"当时文学界'拨乱反正'的'正'，标准主要是1957年反右斗争之后到'文化大革命'之前的体制。在这样的体制建构中，一些被后来的文学史家们称为'地下文学'或'民间写作'的群体，如围绕《今天》杂志形成的青年诗人和作家，首先被坚决排除。五六十年代遭受批判的作家，特别是'胡风集团'和右派作家，也被阻拦在门外。阻挡的方法，是把这些当年被批判者和'四人帮'扯上关系"。老实讲，这种分辨，要不是王老师指出，我到现在还不清楚。一直要到1978年4月5日中共中央批准了《关于全部摘掉右派帽子的请示报告》以后，"右派"分子才开始被改正。即使如此，丁玲平反的历程还是比一般"右派"分子来得艰困，7月间她的"右派"问题解决了，但由于她还有一些"污点"，所以还必须留在太原，也不能分配工作。丁玲为自己身份的清白奔走奋斗的过程，这里就不详细叙述了，总之，一直到1979年7月以后，她才开始发表作品（《杜晚香》《在严寒的日子里》《牛棚小品》），10月她才恢复党籍和组织生活，1984年8月，也就是她逝世前一年多，她的历史问题才彻底解决。"丁玲是一个被迫的迟到者，是被'新时期'重新组织化的文坛放置到边缘或后卫的人物。"我觉得，讨论复出后的丁玲的人，都应该记住这个结论，才能客观地讨论丁玲新时期的创作和她的文艺立场。我个人不一定赞同王老师为丁玲"'左'的文艺立场"辩护的方式，我只想指出，在80年代急速右翼化的中国文坛，丁玲坚持她30年代"左"倾以后的文艺立场，毋宁说是坚持她一辈子的写作理想，至于是否"落伍"，那也就不必由别人说三道四了。就以周扬来说吧，延安整风的时候，他紧跟着党走，或许可以说是"忠于党的事业"；但80年代以后，他的思想解放却一发不可收拾，几乎跟当时的自由派同一口径，以至于连胡乔木和林默涵都不以为然，这到底是进步还是跟风，不免让人困惑。比起来，丁玲的固执不知变通，也许更可爱一些。在50年代，她是"右派"，在80年代，她是"左"派，每一次都"不合时宜"。把周扬和丁玲两人加以对比，不是判然有别吗？

读了王老师有关丁玲的几篇文章，我更加感觉到，当代的主流论述的确是一种鲜明的"事件"，虽然它表现为客观的"叙述"，其实它是时代潮流的产物，是呼应时代变化的，而且也是推动时代变化的。王老师本书中所有的文章，并没有举起鲜明的旗帜，来反对这种潮流，但隐隐然是以这个潮流作为质疑的对象的。这在本书的第一篇文章中就表现出来了。在文章的开头，他就提到美国新批评家所大力抨击的作者"意图谬见"，同时也提到罗兰·巴特的《作者之死》，这两派都极力要把文学从历史语境中脱离出来，进行"纯粹"的文学研究。王老师在讨论晚清文学和文化的几篇文章中，清楚地告诉我们，这种纯粹性的研究根本无法掌握到晚清文学一些本质的问题。

王老师提到，梁启超在戊戌变法失败、流亡日本后，首先受到日本华侨冯镜如（冯自由之父）、冯紫珊（冯乃超祖父）兄弟的帮助。冯氏兄弟接触到现代欧美的印刷业，自己也经营印刷业务，因此，他们有能力也有资金协助梁启超创办杂志，进行政治宣传。后来发挥极大作用的《清议报》和《新民丛报》，都受到冯氏兄弟热情的支持，梁启超由此也了解到现代印刷术和现代报业的重要性，这虽然可以证明他善于掌握时代潮流，但是冯氏兄弟的媒介作用仍然是功不可没的。无独有偶的是，商务印书馆的首批创办人，也是出身于现代西洋印刷业的印刷工人。这些人由于无法忍受英国经理的歧视和辱慢，决心自己经营印刷所。当然，商务印书馆后来由于高级知识分子张元济等人的投资和接办，一跃而成为近代中国最重要的出版社。我从王老师的这些文章中，第一次充分了解到，在西洋商社中学习到现代印刷技术的工人，由于他们知识的提升，由于他们深切感受到西洋人的歧视，他们深深感到新知识的重要性，他们对晚清以后的启蒙运动有其不可磨灭的启导之功。我以前所阅读的著作大多只就高级知识分子立论，基本上忽视了晚清首先接触到现代西洋印刷业的中国工人的贡献，这个历史画面是极不完整的。王老师这一组文章，让我更具体地意识到，晚清逐渐形成的新型"文化生产场域"远未得到充分探究。同时，从这种新型文化场域的生成过程中，我们也可以清楚地看到，以纯粹的文学性来研究晚清文学会是多么地苍白无力。

　　说到晚清以来中国新型文化场域的形成，我们必须承认，日本对我们的影响极其深远，因为日本在1894年打败了我们，又在1905年打败了沙皇帝国，被我们的新知识分子引为现代化的模范，大批留学生到日本去取经。我们一向重视的是，为什么日本的现代化那么成功，而我们的现代化却受尽挫折？日本研究中国思想史的学者沟口雄三曾经说过，这是以短时段来衡量中、日两国现代化的得失，而中国的历史常常要以更长的时段来衡量，譬如，拿1840年来对照1949年，或者拿1900年来对照2000年，这样一对比，中、日之间孰得孰失，恐怕是难以下定论的。我读本书中的第三组文章，就有类似的感觉。当1945年日本战败，举国残破不堪，人民生活无着，再看看1949年中国重新统一，未来希望无穷，两相对照，能不让有心的日本知识分子徘徊不已？最近二十年，我从大陆所翻译的日本鲁迅专家的论著，才稍微了解鲁迅几乎已成为日本现代文学不可或缺的一位外国作家。第三组文章中论堀田善卫的一篇，尤其让我感动，因为，堀田善卫所得之于鲁迅的，跟我的几乎一模一样，都是来自"绝望之为虚妄，正与希望相同"这当头棒喝的一句话。同样一个鲁迅，竟可以让历史境遇相差如此之大的中、日两国的某些知识分子得到相同的启示。如果再拿中、日两国的现状来加以对比，同时思考当今日本右派政客对待中国的态度，我们就会更加感慨系之。对此，王老师在《〈改造〉杂志与鲁迅的跨语际写作》一文做了非常曲折而又深意无限的表达。1933 年至 1936 年间，鲁迅受邀在日本的《改造》杂志上发表了四篇文章，其中一篇的中文标题是《我要骗人》。当时日本正在加紧侵略中国，鲁迅文章的标题实际上是暗示性地宣告，他不可能对日本人说出真心话。但其中有一段，今天我们中国人读起来恐怕真要感慨万千：

> 要彼此看见和了解真实的人，倘能用了笔，舌，或者如宗教家之所谓眼泪洗明了眼睛那样的便当的方法，那固然是非常之好的，然而这样便宜事，恐怕世界上也很少有。这是可以悲哀的。

中国在日本军国主义的长期侵略下，真是受尽苦难，今天我们稍微可以过一点舒心的日子，但在日本右派的眼中，我们竟然成为潜在的侵略者，需要他们日本联合美国来加以扼制，这真不知道要让我们说什么。王老师这篇文章是作为演讲稿在日本宣读的，在文末他就以上面所引的鲁迅的那一段话作结，而且还引用竹内好的话，"鲁迅晚年曾用日语写作。那些文章全都具有向日本民众发出呼唤的形式和内容"。接着，王老师以下面一句话结束全文——"其中，《我要骗人》里'用血写添几句个人的豫感',无疑是最为令人震撼的呼唤"。然而,这种呼唤真的能发生作用吗?当然,任何中国人都希望中、日两国人民和睦相处,不要再有战争,对于曾经留学日本、在日本有许多好友的王老师来说,他的期望比我们更热切。我在这里读出了一个中国学者的善良愿望,为之低回不已。最近我在台湾电视上看到一则报道,说日本人最不喜欢的国家是中国,真不知道要说些什么。日本人常以西化的优等生自许,高谈"脱亚入欧",相对于中国牛步式的现代国家建设,到底孰优孰劣,值得我们做中、日比较研究的人好好思索。

  我已经说过,本书中的每一篇文章都能引发我极大的阅读兴趣,以上所说的几点,不过是我读后想到的部分。其他我想不用再一一缕述下去,免得变成本书各篇文章的提要。不过,即使只就以上所说的,就可以看出王老师文章的两大特色。首先,他是有极强烈的现实感和历史感的人,他所谈论的每一个话题,都是他在现实中所关心的,而他对他所关心的每一点,都尽力地去了解其所形成的历史过程。对他来说,现实是历史形成的,而历史的发展就成为我们今天必须面对的现实问题。这样一来,他就不是一个书斋型的学者,他是从他深切关心的现实出发,去找寻"学术问题",并从这一问题的历史形成过程去思考更完满的解决之道,或者至少了解问题的复杂的关键点,并让我们思考,这些问题并不是可以用简单的方法加以解决的。

  这样,就可以联系到王老师文章的第二个特点,他从来没有接受简单的教条,譬如说,只要接受了某种普世价值,问题就可以迎刃而解。从教育背景来说,王老师可以说是属于20世纪80年代的人,但他从来没有响应80年代以来各种流行的论述,他从来不相信,根据这些论述中国就可以轻易走上阳关大道,更不相信,如果不遵行这些论述中国就将崩溃。他只是默默地按照他的经验、他的阅读、他的历史意识，尽他的能力把问题搞清楚。他之所以取了这么奇怪的书名，似乎也在表明他对一些流行论述的不同意见吧。

但是，他也不是一个插旗帜、登高而呼，鲜明主张这个而反对那个，要人随后景从的人。但他也有他的信念，他始终遵循这个信念去找问题，去做学问，去做事。我相信，他也不在乎他是不是一个中国现代文学研究专家，或中日比较文学专家，还是一个杂家。作为一个当代中国知识分子，他只是尽他的本分，从他的关怀点出发，实实在在地去思考，去写文章，如此而已。

我不由得想起，他以前跟我提过的一件往事。1989年时，他正在日本读书。他和一些同学感到很茫然，就去请教一位他们很尊敬的日本老左派。这位前辈语重心长地告诉他们，现在的形势扑朔迷离，你们又能判断什么？你们现在是到日本读书，你们的责任就是读书，读好书才有能力做事，到了某一段时间，你就会知道应该怎么做事了。王老师跟我讲了很多过去的事，这一件让我印象极其深刻。我认为，王老师就是按照这一原则做事、做学问的人。

每一个历史时机，大概都会有一个更紧迫的任务，等待热情的人投身其中。我觉得在现在的中国，最缺乏的就是不盲动、有热情、肯努力、愿意长期默默工作的人。我觉得王老师就是这种人，他的这本书也充分印证了他的个性，所以我才能满怀欣喜地一一读完，并且得到极大的收获，不只在为学方面，还在整体的人生思考方面。

2016年3月12日

（王中忱：《作为事件的文学与历史叙述》，
台北：人间出版社，2016年6月）

沈从文的爱欲书写？
——解志熙《欲望的文学风旗》序

将近十年前，我在台湾的大陆书专卖店看到一套新出的《沈从文全集》（太原：北岳文艺出版社，2002年），其中的文学编共二十七册，我立刻整套搬回家。当天晚上大致翻了一遍，非常满意，觉得可能是目前中国现代作家全集编得最好、印刷和装帧最精美的一套。后面还有五卷《物质文化史》，收的是沈从文文物研究的成果，每卷的定价几乎都将近前面二十七册的总定价，但第二天我还是全部买了下来，以表示对全集的策划者张兆和女士和收集整理未刊稿（约440万字）的沈龙朱、沈虎雏两位先生的感谢和钦佩之意。

在翻阅二十七册的文学编时，我发现，张兆和女士似乎努力将沈从文所遗留下来的一切作品，包括所有能找到的书信、日记和未刊稿全部收集在内。事实上，这种做法对沈从文是不利的。将来如果有人仔细地阅读这一套文集，一定会发现，一些既有的对沈从文的诠释是值得怀疑的。譬如说，沈从文在1949年以后受到严重迫害，以致不得不停止文学创作。可是，从全集的一些资料就可发现，这种讲法是说不通的；当时沈从文的心态实际上很不健全，可能需要另外解释。这些张兆和女士其实是很了解的，但她还是决定把这些资料收进去。显然，她心里一定认为，沈从文是什么样的人，就应该如实呈现，以便后人研究，这是她的责任。她的这种心胸真是令人佩服。

我对沈从文并没有特殊的偏见,我所反感的,是那些毫无保留的吹嘘者。如果按照他们的讲法,沈从文几乎就是圣人了,而他的文学成就或者可以和鲁迅并驾齐驱,或者还要超过鲁迅。这实在很难让人接受。其实,沈从文的人格是有一些值得探索的地方,远比一般人想象的复杂,绝非完美无缺;沈从文的作品写得最好的时候,确实很迷人,但也有严重的缺点,他在中国现代文学史上的地位恐怕还有争论的余地。因为这一套全集的出版,我一直期待恰如其分的沈从文研究能够出现。但我等了将近十年,情况好像没有什么变化。没想到就在此期间,我偶然认识了清华大学的解志熙教授,在跟他一起抽烟、喝酒聊天之余,竟然发现,他对沈从文的看法不但和我相近,而且还比我深入得多,我非常高兴。解教授跟我说,他原来是崇拜沈从文的,后来越读越发现问题。他可以说是入乎其中,深知底细的,不像我只是浮面的感觉。

我们就从沈从文作品中最成问题的"性"开始谈吧。我读他的《阿黑小史》《柏子》和《从文自传》中关于性与女人部分时,总不由得感觉沈从文态度轻浮,趣味低级。对这一点我还不太敢自信,后来发现,非常推崇沈从文的赵园教授也有类似感受。她说:

> (沈从文的)男主人公所以被认为"洒脱",只因了他们渔色猎艳的那份本领。在这样的一种"人性观察"中,女性作为现代意义上的"人"的命运,甚至完全不在作者的兴趣范围之内。(《中国现代小说家论集》,台北:人间出版社,2008年,第152页)

赵教授说,"我应当承认,我读这些作品(按,赵教授提到的作品,和我前文所说的不完全相同)时不能不怀着厌恶"(《中国现代小说家论集》,第152页)。解志熙当然也注意到这个方面。他花了大力气去探索这个问题,最后发现,这是沈从文的人格和艺术的根本问题。他以最谨慎的态度,花了两年多的时间,写成了《爱欲抒写的"诗与真"》这一长达170页的论文,几乎就是一本小书了。我敢以最肯定的态度说,自开始有沈从文评论与研究以来,这是最有分量的一篇文章。

解志熙首先谈到沈从文的"文学标准像",他说:

> 一个有点保守而又非常可爱的"乡下人"进城后用文学守望人性、收获事业与爱情双重成功的故事,已成了学界以至世人津津乐道的美好传奇……经过许许多多文学史论著的反复论述,这样一个"乡下人"沈从文的"文学标准像",已成为深入人心的存在和无可置疑的定论了。

解教授出身西北农民家庭,本来也是这个"文学标准像"的崇拜者,大学本科毕业论文写的就是沈从文。但是,随着阅读的深入,他终于发现,沈从文并不是这个样子:

> 直到上世纪80年代末,读到沈从文的一些重要自述文字如《水云》《从现实学习》等,我才多少意识到这个流行的沈从文"文学标准像"或许只是一个表象。进入新世纪以来,不时地拜读新出版的《沈从文全集》,并且不断地有缘接触到沈从文的一些佚文废邮,把它们与《沈从文全集》中的相关文本反复校读,使我越来越深切地感觉到,在"乡下人"沈从文的"文学标准像"背后,其实还存在着另一个更多苦恼的现代文人沈从文。

从这个地方就可以看出《沈从文全集》的贡献,如果没有这一套全集可以随时供研究者前后对照着查考,有些问题并不那么容易显现出来。同时，因为有了这一套全集，解教授和他的学生才能据以发掘尚未收入全集的佚文（共三十余篇），并从中看出更多的问题。

解教授《爱欲抒写的"诗与真"》这一篇长文，是文本细读（包括沈从文所有的作品）、作者传记（沈从文的生平经历与文学发展）与文学史背景（现代文学流派及思潮）的综合研究成果，功夫细密，考证精详，文笔生动，很难撮述要点。我这篇序文主要是想吸引大家阅读这篇文章，因此，我大量摘取原文，将它们串联起来，以便大家更方便地掌握其要点。为了使文章通畅易读，我就不注出每一小段的出处了。

一、沈从文在文学的学步阶段感受最为深切的问题，也正是当时一般文学"新青年"的典型问题——"生的苦闷"与"性的苦闷"，尤其是后者。不难理解，怀抱着备受压抑的爱欲，新文学青年沈从文深受吸引的文学理论，便不能不是当时因鲁迅等人的介绍而成为文学青年"圣经"的厨川白村的文学理论——那种"生命力受到压抑而生的苦闷之象征"的文艺主张，只是以当时沈从文的才力，他还无法把自己"受压抑无可安排的乡下人对于爱情的憧憬"以象征的形式表现之，而只能采取直抒胸臆的主观抒情方式来表达。也因此，年轻的沈从文从生活上到创作上都愿意模仿的资深作家，便不是以冷静客观地描写乡村社会见长的鲁迅，而是以自叙传的形式表现时代青年"生的苦闷"尤其是"性的苦闷"的郁达夫了。诸如此类以"郁达夫式悲哀扩张"表现自己"受压抑无可安排的乡下人对于爱情的憧憬"的自叙传作品，沈从文在20年代中后期实在是写了许多许多。这些作品大多很粗糙，后来研究者大半不予重视，因此几乎无人注意到早年的沈从文从创作到生活其实都"郁达夫化"了。

二、在新月派的徐志摩以至胡适眼中，沈从文那些"郁达夫式悲哀扩张"之作，其实不过是照猫画虎的模拟，主张文学的节制与健康的他们，并不赞赏沈从文亦步亦趋地模拟"郁达夫式悲哀扩张"的感伤与衰飒作风，比较而言他们更欣赏的乃是沈从文对乡土生活、军中生活的浪漫描写，他们敏锐地发现这类作品才会让沈从文的创作更有个人特色，而聪敏的沈从文不久也发现，他其实同样可以在这类作品中寄寓其浪漫的爱欲想象。于是，青春的"爱欲"就这样在乡土浪漫传奇叙事里得以转喻，这对沈从文来说真是柳暗花明、峰回路转的新开端。沈从文这种象征性抒情的"爱欲传奇"，这种另类的浪漫抒情，无疑投合了北平学院知识分子亦风亦雅的美学趣味，所以受到了学院文人学者的普遍赞赏。

三、30年代的沈从文还从周作人以及鲁迅那里，领会到了节制的抒写和低调的抒情之好处，尤其是周作人散文之平和冲淡的抒情格调，实在潜移默化了沈从文的写作风格，使他的小说不再倾情宣泄、一览无余，而逐渐变为含蓄隐秀且略带忧郁和涩味了。沈从文还从周作人所介绍的蔼理斯（哈夫洛克·霭理士）的文艺理论，了解了文学艺术乃是"爱欲"借以"排泄与弥补"的象征表达形式。此时沈从文所谓的"人性"实际上仍以他先前念兹在兹的"爱欲"为根底，只是如今经由周作人的影响，而吸取了蔼理斯理欲调和的人生观和艺术观，并以朴野而又优美的乡土叙事来加以寄托，由此产生了30年代的一批杰作，特别是《边城》。沈从文说，他的作品都在"为人类'爱'字作一度恰如其分的说明"，这就是他的"人性"观，其实，这里的"爱"在很大程度上还是集中于人类在"爱欲"上的矛盾、纠结与挣扎。至于乡土题材还是都市题材，则都不过是寄托爱欲的背景、借喻风情的风景而已。

沈从文从初次发表作品到出版《边城》总共花了十年的时间（1924—1934）。解志熙对沈从文这十年文学历程的分析就如以上所简述的：从鲁迅译的厨川白村加上郁达夫，到胡适和徐志摩，再到周作人和周作人介绍的蔼理斯。可以看出沈从文确实既认真又善于学习，他能够在写作上出人头地，绝不是侥幸的。不过，虽然写作上不断地精进，但基本核心始终不脱"乡下人在城市受压抑的爱欲"这个焦点。应该说，对沈从文发展的阶段性构图，没有比这个更清晰、更具说服性的。解教授谈到的郁达夫和蔼理斯对沈从文创作的影响，尤其发人之所未发。解教授还借此厘清了沈从文所谓"人性"论的秘密，让人眼光为之清朗。我终于了解，为什么沈从文的作品老是弥漫着令我为之不耐的"性"问题。

当然，这样的节要只见其骨架，遗失了很多细节，但也无可奈何。作为弥补，我想再举一个简单的例子，说明解教授这篇长文值得细读：

> 沈从文20年代后期一度到上海借自曝苦闷的自叙和都会情色书写来获得市场销路以换取生活之资的行为，也与海派作家的作风如出一辙。就此而言，20年代的沈从文毋宁更像个海派作家。也因此，沈从文30年代对海派文学的批评，在派别对立的表象之下，其实暗含着自我扬弃的意味。

这一分析透露了沈从文早期作品水平低下而又能卖得出去的秘密；同时，也指出了沈从文地位稳固以后，为什么蓄意攻击海派作家。解教授说，沈从文这样做是为了"自我扬弃"，真是厚道之言；换个角度，不妨也可以说，沈从文借攻击别人来"自我漂白"，以便让别人忘了，他也曾是个海派。像这样的分析，忠心耿耿的沈从文迷是说不出来的。

1931年8月，沈从文经徐志摩推荐，到青岛大学任教；1932年暑假，沈从文到张兆和家求婚，得到张家应允。就在这段时间，沈从文的写作艺术日趋成熟，可谓事业、爱情均有所成，此后应该是一帆风顺了。但恰恰就在这个时候，"性的苦闷"却以料想不到的方式又跟他碰了头。这一次却是都市知识女性高青子扰乱了他的心。解志熙说得好：

> 尽管沈从文创造了翠翠、萧萧、三三等美丽善良的乡村少女形象，但进城后的文艺青年沈从文其实也难免"见异思迁"，他真正心爱的恐怕并非翠翠、萧萧和三三那样的乡村少女，而是女学生张兆和、女职员高青子、高校校花俞珊等现代的都市知识女性。自然了，这后一类女性同时也就成了沈从文的烦恼之所在。

这就更加说明，关键是沈从文无法抵抗现代知识女性的诱惑，善良的乡村少女只不过是他借以排遣的"乡土寓言"而已。

一般都误读了沈从文著名的城市情爱小说《八骏图》，以为是在讽刺都市男女知识分子之间混乱的爱情关系，很少有人想得到，这根本是在影射高青子一类的知识女青年如何吸引了沈从文的注意，最后导致沈从文终于"上钩"。应该说，这篇小说的客观化处理非常成功，没有人会往这方面怀疑，要不是沈从文自己泄了底，恐怕就要莫白于天下了。解教授这篇长文一开头就提到，1934年的某一天，沈从文如何找到林徽因，跟她倾诉他正深陷于情感危机而备受煎熬。应该说，如果这件事在当时的文坛有所流传，也是由于沈从文自己沉不住气。但这到底并未留下文字记录，不足为凭。有趣的是，后来沈从文自己把这件事行之于文，这就是于1943年首次发表的《水云》。《水云》以一种极为缥缈的、充满梦幻似的抒情笔法综合描述了他的几次婚外恋情，将《水云》与《八骏图》对照着读，就完全能体会，《八骏图》其实是夫子自道。我第一次跟解教授见面，他跟我谈到这一点，我回台湾后仔细阅读了《水云》，真是大大地吃了一惊。不管我以前如何想象沈从文，我都不可能想到，沈从文竟然会在订婚与结婚的这一空当期发生这样的事情，只能用"不可思议"去形容。

更不可思议的是，《边城》就是沈从文在新婚不久的妻子与他极为迷恋的情人高青子之间纠缠痛苦时候的艺术产品，我们不能不佩服，这时候的沈从文真是把蔼理斯的文艺理论实践到极致了。解教授长文的第一节就是要证明这一点，我就不再做摘要了，有兴趣的读者请自行阅读。

现在大家都会承认，沈从文的创作生涯是以《从文自传》（1932）、《边城》（1934）和《湘行散记》（1936）为最高潮的。但是很少有人意识到，也就是在抗战前夕，他的创作力开始走下坡，当然是缓缓地走下坡，所以很少引起注意。解志熙说：

> 事实上，到30年代后期沈从文的乡土抒写已陷于进退两难的困境：继续优美愉快的理想人性加理想乡土之抒情吧，那差不多已是写无可写，所以写了也是重复——原拟写十个《边城》的计划不能不搁浅，就是为此；进而按照"文学的求真标准"来开展对乡土社会的批判性写实么，那又面临着主观上的不忍心及不善于驾驭长篇和客观上的出版检查之困难（这个困难是存在的，但显然被沈从文及一些沈从文研究者夸大了，其实发表和出版总是"有机可乘"的，否则就无法解释在40年代的国统区何以出版了那么多比《长河》更严厉批判农村社会现实的中长篇小说了），于是他只好放弃——《长河》创作的半途而废，就是缘于这主观和客观的原因。

我完全同意解教授的看法。1937年沈从文写《小砦》（计划中的十个《边城》的第一部），写了"小引"和第一章，就因抗战爆发而停笔。抗战初期（1938）写《长河》，受到检察官的删削，勉强写完第一部，第二部就不写了。抗战后期，写《芸庐纪事》（1942—1943），由于第三章只准刊登一半，也就不再续写了。诚如解教授所说，出版检查确实妨碍沈从文写作，但也没有那么绝对。主要还是，湘西那一块乡土，再也激发不出沈从文创作的新动力了，所以只要客观条件一出现困难，就轻易放弃。解教授在他的长文的第四节谈到沈从文30年代乡土抒写的得与失，就明白点出，就在沈从文的创作高潮，人们已能清楚看出他的缺陷——人物个性太善良单纯，缺乏变化，不深刻，多读几篇就有重复感，这一点，连一向推崇他的李健吾（刘西渭）也终于发现了问题，忍不住要委婉地流露不满之意。

30年代中期沈从文和高青子的婚外恋，沈从文终于靠着他旺盛的创作力（《边城》《湘行散记》以及同时期一些精彩的短篇）而勉强克服了。三四十年代之交，沈从文又碰到一次更严重的婚外恋，而这时他正处于创作低潮，因此这个危机就一直延续到1949年新政权的建立，然后才被迫面对客观现实，从而有了他的完全不同的后半生。这就是解教授这篇长文最后两节所要挖掘和探索的、到目前还极少人知道的沈从文一生中最隐秘的一段历程。

沈从文的这个秘密，在学术界一直被另一个焦点问题所蒙盖住。1948年3月，郭沫若在香港的《大众文艺丛刊》第一期发表《斥反动文艺》一文，其中严厉批判沈从文的《摘星录》和《看云录》（按，当作《看虹录》）是"桃红色"文艺的代表作。如今的学者大多批评郭沫若以政治力压迫沈从文，从而导致沈从文在1949年承受不了而自杀。只有少数研究者，努力追踪沈从文据说在1944—1945年出版的小说集《看虹摘星录》，想要通过文本追求真相。应该说，这个问题最后是由解教授和他的学生裴春芳共同解决的。关于这个问题纷乱到什么程度，以及解教授和他的学生如何找到真正的《摘星录》，请参看本书第115至124页解教授细密的分析。解教授长文的第五节，就好像侦探查案一样，经过层层地抽丝剥茧，终于揭开谜底，真相原来是，沈从文迷恋上了他的小姨张充和，而那篇一直被隐藏起来的真正的《摘星录》才是破案的关键文本。

应该说沈从文对张充和的爱欲纠葛终于导致他一生迷恋爱欲危机的总爆发，并且影响到他的艺术创作——他的纯朴的乡土故事写不下去了，他的"新爱欲传奇"（《摘星录》和《看虹录》）受到当时人许多的批评。正是在这样的时刻，1949年的政治巨变发生了，这个客观的历史改变了他的后半生。大家都认为他主要是受到政治压迫而放弃写作，非常同情他，殊不知沈从文却因此摆脱了他在感情和写作上的困境，一方面别人完全忽略了那一段非常严重的婚外情，而另一方面沈从文又在文物研究上取得了另一种成果。他的迷情大家没看到，他的另外一种努力的成果，大家都看到了，而且事过境迁，他的早期的文学成就也受到极大的吹捧，实在是"幸运"极了。我这样的说法好像是在讲风凉话，但请大家仔细参阅解教授长文的最后一节，再想想我的说法是不是有道理。

解教授这篇长文从开始准备，到撰写完成，总共花了两年多，态度极其慎重。他以极严谨的考证和文本分析来论证沈从文三四十年代之交开始的精神危机——这个精神危机一直延续到1949年沈从文自杀时——其根本就在这一段非常严重的婚外恋。他以学术研究的态度证明了沈从文一生中最不为人了解的一段秘辛，我个人觉得，这是解志熙和裴春芳在沈从文研究上的重大贡献。对于这个问题的探索，绝对不是揭发隐私之举。所以务必请读者仔细地考察解教授的论证过程。

解教授这篇长文我很仔细地从头到尾看了两遍，关键处还反复看了几次。解教授希望我提出一些批评，因此最后我想谈一点看法，希望将来解教授有机会能够解决这个问题。这个看法来源于我读完全文后的感慨：为什么当时看过《摘星录》与《看虹录》的人，包括许杰、孙陵和吴组缃（他们都可以说是开明派）都对这两部作品不以为然，吴组缃甚至批评说："他自己（指沈从文）更差劲，就写些《看虹》《摘星》之类乌七八糟的小说，什么'看虹''摘星'啊，就是写他跟他小姨子扯不清的事！"语气非常不屑，而沈从文却坚持认为自己写的是艺术作品。如果说，沈从文在写《边城》时，从正面把蔼理斯的理论发挥到极致，那么，他在写《摘星录》和《看虹录》时，就完全误用了蔼理斯的理论，他已经分不清艺术和暴露个人（性）隐私的界限了。从五四时代提倡个人解放（包括性解放），推崇个人真情的抒发，最后怎么会导致很有艺术才华的沈从文"滑入"性暴露、并且还坚称这是艺术呢？如果现在有人据此而推崇沈从文是中国现代"情欲文学"的鼻祖，那就是沈从文后期艺术理论的必然归趋。这一点值得维护文艺的最后道德底线的人好好思考——从五四的个人解放怎么会导致沈从文的艺术迷失呢？这就好像，从个人主义立场，怎么会推导出"民族大义"是统治者的道德观，个人可以不用在意，如抗日战争时期的周作人所认为的那样？解教授已经对周作人问题有了极精彩的论述，我很希望他能为这篇极具重量的沈从文研究，补上一个更具理论性的结尾，让全文趋于完美。

本书还收入了解教授辑录、考订沈从文佚文的七篇文章，可以看出他丰富的历史知识和严密的考订。就因为有了这种扎实的功夫，他才能据以写出我们一直在讨论的那一篇长文。在这七篇之中，《"乡下人"的经验与"自由派"的立场之窘困》尤其重要，因为他说明了表面上坚持艺术自主性的沈从文其实是有鲜明的政治立场的。

关于张爱玲的一篇长文，其重要性完全不下于论沈从文的那一篇，我想多讲两句，解教授对张爱玲最核心的看法，我以为是下面这段话：

她1944年前的创作饱含同情地描写乱世——末世凡夫俗子的命运与心性……可是进入1944年以后,张爱玲的心态急转直下,她觉得破坏连着破坏的乱世没有尽头,个人即使等得及,时代是仓促的,所以孤独无助的个人,与其在不可抗拒的乱世中无望地守望和等待,还不如本其生物性的求生意志、尽可能地追求个人的生存与发展,而且要"快,快,迟了就来不及了,来不及了"。于是,在乱世里但求个人现世之"自由,真实而安稳的人生"的人性—人生观和文学—美学,便成了张爱玲1944年之后为人与为文的主导思想。

解教授围绕这一点展开讨论,先追溯张爱玲的家世、遭遇,再探讨她早期成名作的艺术特质,最后分析她与胡兰成的交往,以及此后他们在日伪时期的行为,这样就看出了张爱玲从她一开始的艺术高峰迅速往下滑落的根本原因。我想接着讲一句,20世纪50年代,张爱玲接受美国人的资助,写了《秧歌》和《赤地之恋》这两本"反共"小说,就证明了她作为艺术家的彻底堕落(张爱玲在1949年后还留在上海一段时间,因此她很清楚,她在这两本小说中是违背事实说话的)。所以可以说,张爱玲的"现世主义",正如沈从文的"迷恋个人爱欲",都太过于在意自己,从某种意义来讲,也就是太过"自私",才造成了他们艺术生命的致命伤。

综合解教授对张爱玲和沈从文的评论,就可以看出他作为一个学者和批评家的特质。他相信作家的人格特质和世界观会影响他的人性论和美学观,从最宽泛的意义上来讲,他相信艺术上的"美"最后还是要跟道德上的"善"统一的。现在很少有人敢坚持这一点,这正是他不可及的地方。尽管本书中的沈从文论文已经足够单独出书,他仍然希望在这本书中同时收入沈从文和张爱玲的评论,因为他不是要写作家论,也不只是要对一个作家进行褒贬,他真正想表现的是一种批评家的态度。这一点我完全能体会，所以也就不在乎这本书远远超过页数。我想告诉读者的是，你是花一本书的钱买了两本书，这不是从经济上来讲，这是从价值上来看。

2012 年 9 月 14 日

（解志熙：《欲望的文学风旗：沈从文与张爱玲文学行为考论》，台北：人间出版社，2012 年 10 月）

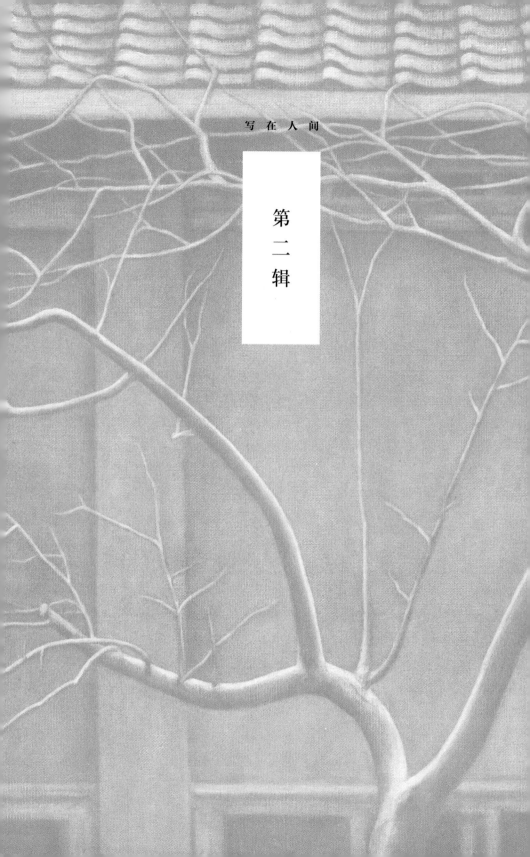

写 在 人 间

第二辑

洪子诚《阅读经验》序

从现代社会重视实用与利益的观点而言，以文学为对象的工作者是非常奇怪的人。在这一类别的人物里面，文学评论者和研究者的角色，比起文学作品的生产者还更显得怪异。文学作品的生产者，我们称之为作家，起码还是一个创造者，他创造了可供阅读的作品；一个文学评论者却只谈论作品，而不事生产，这种人何以能够存在呢？他对社会有什么可能的贡献吗？

这个问题好像有两个答案。一种说，文学可以改造人的心灵，所以文学家是人类灵魂的工程师，文学评论者作为工程师的助手或指导者，重要性自不待言。不过这种看法目前已不流行。另一种回答是，文学具有独立的艺术价值，这一价值不因政治社会的变化而有任何改变，这种精神性的价值代表了人类心灵的最高创造。按照这一讲法，从事相关工作的人当然是人类社会不可或缺的。其实，这两种看法有其相通之处，因为都相信文学在人类精神上的作用绝对不容忽视。

我自己也是属于这一工作范围的末流，从业已超过四十年。刚开始受流行观念的影响，认为自己的价值根本不用怀疑。可是，随着工作经验的累积，我越来越怀疑世俗的看法。其实，一般人也只是接受前人的既有观念，他们对此也未必深思熟虑过，说坦白话，他们对文学工作者恐怕是一边尊敬、一边怀疑，两者兼而有之吧。

就我自己而言，既然工作已经习惯，而且在大学教书又有了生活保障，何必自寻烦恼，费尽心思去论证自己的存在价值呢？

说实在的，这个问题之所以会成为问题，是因为我们内部两派的论争而引起的。灵魂工程师派强调文学的社会影响，文学自主派强调文学的独立价值。这样的论争其实自古就已存在，但自近代资本主义兴起以后，两派的论争趋于白热化，彼此互相攻讦，彼此否定对方的价值，因此看起来，好像双方都没有价值了。

我跟本书的作者洪子诚教授交往好像有十年左右，他比我大九岁，是长辈。但他为人谦和，从不以长辈自居，所以我在他面前也就常常没大没小。我们彼此喜欢开玩笑，而争论的焦点就是文学的本质问题。他是文学独立派，我是工程师派，我们彼此嘲讽，而交情却越来越深厚，这让我的学生颇感奇怪。其实我认为，这种理论上的对立对别人而言可能是根本性的，但对我们两人而言，似乎就变得不那么重要。我没有仔细考虑过我们两人的观点和我们两人的交情的关系，因为我模糊地觉得，交情好像比观点还重要。也许我们两个都不是理论上的极端分子吧。

洪老师是一个生性严谨的人，不论教学，还是指导学生写论文，都非常认真。他曾经帮我三个博士生写过评审意见，我看了以后，大为叹服，深深感觉到我作为一个博士生导师，跟洪老师比起来，真是差得太远了。洪老师退休后，心情稍微放松，写起文章也比较不重视学术规范，这本书就是他最近几年所写的有关阅读经验的文章。作为学者，洪老师认为，论文不能有太多主观成分，至少也要把主观成分客观化，所以他的论著比较不具个人感情色彩。相比之下，这些阅读经验的文章，就流露了较多个人生活的轨迹，反而有一种异彩，非常迷人。我读这些文章的时候，突然领悟到，其实我们两人都是真正的文学爱好者，我们的观点让我们对某些作家和作品的评价有了差距，但我们都不否定文学，我们心里都承认文学有其不可或缺的价值,这大概就是我们可以谈得来的原因吧。

我想先推荐大家读《"怀疑"的智慧和文体:契诃夫》这篇文章。在这篇文章里,洪老师谈到了他年轻的时候如何喜欢上契诃夫这个作家,同时他也知道,他对契诃夫的喜爱和当时组织上对契诃夫的推崇方式并不合拍。那时,他只能按照官方标准选讲契诃夫,而把他真正喜欢的契诃夫隐藏起来。他读了很多契诃夫的作品,也读了很多契诃夫的评论,其实已经可以算是契诃夫专家了。七八年前,他参加了一篇博士论文的答辩,对其中某些看法,凭着自己以前的阅读经验,说出自己不同的印象。事后,为了印证自己的印象是否正确,他又一次重读了契诃夫。这样,他不但再度肯定自己的印象,同时也承认学生的看法并非全无道理。

在这篇文章中,我们看到洪老师严谨的为学风格,他几乎把他能看到的契诃夫作品及相关评论都读了,而且还不止读一遍,而契诃夫并不是他的专业。但我最佩服的是,他先是知道左派如何评价契诃夫,这种评价和他的喜爱又是如何不同;在新时期以后,年轻的博士生以另一种角度评价契诃夫,他虽然也不很认同,但再度阅读以后,还是觉得学生未必没有道理。我觉得这篇文章充分证明了,生活的复杂性和伟大作家的复杂性是同时并存的,不同时代、不同生长背景、不同年龄层的人都可以喜欢契诃夫,只是喜欢的方式不一样而已。这不就证明了伟大文学作品的永恒价值吗?但这也同时证明,对这个永恒价值的看法,也是可以存在差异的。这不同时证明文学的独立性和文学的社会性是可以同时存在的吗?我们又何必在两者之间强分轩轾呢?在感人的具体作品之前,理论问题好像已经不那么重要了。

对洪老师而言,契诃夫在他心中好像具有举足轻重的地位。他说:

> 在契诃夫留给我们的遗产中,值得关注的是一种适度的、

温和的"怀疑的智慧":怀疑他打算首肯,打算揭露、批判的对象,但也从对象那里受到启示,而怀疑这种"怀疑"和"怀疑者"自身。这种"怀疑"并不是简单的对立、否定,因而不可能采取激烈的形态。它不是指向一种终结性的论述,给出明确答案,规定某坚硬的情感、思维路线。

接下去的文字也都很精彩,我就不再引述了,请读者自己阅读。我在读这段文字的时候,就仿佛进入了洪老师的心灵世界,我能够理解他为什么这么喜欢契诃夫,因为契诃夫的作品完全契合他对生活世界的看法,以及他的处世态度。契诃夫的艺术世界,成了洪老师生命的支点,他为自己的存在找到了最雄厚的基础。

洪老师的另一篇文章《一部小说的延伸阅读:日瓦戈医生》,也让我感到既惊讶又佩服。《日瓦戈医生》是西方非常推崇的小说,西方以此证明苏联的美学判断是多么政治化,多么扼杀文学的纯艺术价值。我根本没想到,有自由主义倾向的洪老师,会对这本书展开细致的阅读与复杂的反思。对这篇文章的种种优点,我不可能讲得比李云雷更深入,下面就直接引述他的描述:

> 在这里,值得关注的不仅是您在不同时期认识的变化,更值得关注的是在这些变奏中不变的因素。我想有以下几个方面:一、对"革命"的理解与态度的主题;二、对(自由主义)知识分子在历史中的价值与作用的思考;三、对文学的"独立性"或"非政治化"的关注;四、对当代中国精神语境变化的自觉,以及将之与作品相联加以考察的思考方式。在这里,我们可以大体辨识出您的自我认同及问题意识,即您更认同于(自由主义)知识分子的"定位",更强调文学(相对于政治)的"独立性"传统,但这一认同却又是开放的、复杂的、"相对化"的,有着暧

昧的边界与微妙的变化。在这篇文章中,您以核心问题的关切为中心,在渐次递进中呈现出了问题的不同层次与不同侧面。

从左派的观点来说(李云雷和我都算左派),洪老师的论述无疑为阅读经验的历史特殊性做了一次非常精彩的"历史唯物论"式的解析,让我们完全首肯。这同时也说明了,洪老师完全不是一般意义上的自由主义者。

洪老师对历史的宏大叙事保持极大的警惕性,认为它压抑了个体经验的"小历史"的价值,粗糙的左派评论家确实常犯这种毛病。不过,自由主义其实也是一种有关历史发展的宏大叙事,同样也会忽略不合此一标准的其他"小历史"。我们应该说,洪老师对于这种自由主义也是非常警惕的。

这样,会不会掉入一种历史主义的相对化之中,从而形成无是无非的多元主义呢?我不知道洪老师会不会有这种担心,但我认为洪老师的"阅读史"恰恰相反,由此肯定了一种独特的人生态度和美学态度。在这方面,吴晓东也讲得很好,我也想引述他的话:

> 我从您的新著《我的阅读史》中其实也可以感受到您对文学的某种信心。这种信心既来自您对历史的洞察,也来自于您的个人的生活经验,但我也多少感觉到文学对您也是信仰之类的存在。而对我来说,文学研究的动力也应该说是基于某种对"文学"的与您相类似的"信仰"。对我这种不信神的人来说,如果想信点什么,那可能就是文学了。

文学成为生命中不可或缺的部分,其价值已经和信仰相近,我前面说,契诃夫已经进入了洪老师的心灵,构成他心灵中的有机成分,其实也就是这个意思。

洪老师知道，我并不很喜欢契诃夫。我最欣赏的西方小说家是巴尔扎克和托尔斯泰，这是标准左派的评价，但我喜爱的原因倒也未必是他们两人的作品合乎左派的理论。最近十多年来，我更喜欢中国的诗人陶渊明、杜甫和苏轼，我也很喜欢《论语》和《庄子》这两本书，我越来越觉得中国的智慧远超过西方。但这也只是我近二十年寻求精神寄托的一种结论，以前我也许更喜欢西方。这也就是说，对生命的追求，常常伴随着对文学的追求；反过来说，当我们真正喜欢某种文学，其实也就是我们对生命已经有了特定的看法。文学的品位可能随着时代而转变，个人对文学的喜爱，也必然千差万别，但是，每个人如果真心实意地寻找自我生命的价值，常常就需要某些特定的文学作品来作为这种价值的依托，这一点应该大家都是一样的。不然，我们无法解释，为什么人类文明开始发展以来，这种貌似无用的文学一直没有间断过。

就此而论，虽然洪老师喜爱的文学和我的未必一致，但我们仍然有相同之处，我们都把我们的人生体验和某种伟大的艺术世界结合在一起，从而为我们的生命找到一种寄托。这就是文学和艺术的伟大之处，这是我们共同肯定的东西。有了这种肯定，其他差异就显得不怎么重要了。

从学术上来讲，洪老师是大陆重要的当代文学研究者，他的《中国当代文学史》已经成了研究中国当代文学的必备参考书。这本书已翻译成英文和日文，还即将翻译成韩文和俄文。但是我觉得，如果要更深入了解洪老师的研究，特别是他深厚的文学素养，以及他那种充满怀疑精神的思考模式，那就绝对不能错过目前这本书。

2015 年 1 月 15 日

（洪子诚：《阅读经验》，台北：人间出版社，2015 年 2 月）

赵园《中国现代小说家论集》序

本书作者赵园教授，为中国社会科学院文学研究所研究员。赵教授先攻中国现代文学，著有《艰难的选择》(1986)、《论小说十家》(1987)、《北京：城与人》(1991)、《地之子》(1993)。最近十余年，转而研究明、清之际思想史，已出版《明清之际士大夫研究》(1999)、《易堂寻踪》(2001)、《制度·言论·心态》(2006)。另有散文集《独语》(1996)、《窗下》(1997)、《红之羽》(2001)等。赵教授两个专业范围的著作，在台湾均有不少读者，为台湾学术界所熟知。

本书为《论小说十家》的修订、改编本，关于修订、改编的说明，请参阅赵教授为本书所写的后记。为了让台湾读者更具体地了解赵教授的治学历程，本书另附有《赵园自选集》(1999)自序。

在赵教授所著四本现代文学论著中，本书是较为特殊的一本。其他三本书均为宏观的专题研究，本书则为作家论的合集。在文学研究中，作家论是基础，最容易看出一个学者的功力。如果一个学者对某一个作家没有敏锐的感受，没有独特的诠释，没有深入作家生命精神的体会，那就很难期望，他的宏观研究不会建筑在抽象的沙滩上。

读过赵教授著作的人，均会对她独特的视角印象深刻，譬如论明、清之际的士大夫，她谈到当时士大夫的"戾气"，谈到他们的

"生死观",也谈到他们对"失节"的忧惧,以及在"故国"与"新朝"之间的复杂矛盾心态。这些论文的题目既不是按照传统学术习惯拟定的,也不是模仿某一种流行理论得来的;她大量阅读原始文献,从其中理解明、清之际士大夫的"生命"问题,从线装书发黄的纸面中,她触摸到了四百年前许多读书人的生命处境,由此产生"悸动",而论文的题目也就自然地浮现。很多人读了赵教授的著作,常会既佩服而又不知如何学习。可以说,如果没有赵教授那种在书本中与历史人物真诚互动的奇异"交往",就不可能产生这些研究。因此,可以说,赵教授的"研究"其实是她自我生命历程不可分割的一部分。

赵教授独特的研究气质,实际上是源自她的历史遭遇。她把自己之成为学者,称之为"遭遇学术",说明她深切明白,自己是在一种特殊的历史情境中走进学术领域的。她的第一本书叫作《艰难的选择》,"选择"表面上是个人自主的行为,但这行为却必须在自己无法选择的"历史条件"下进行。赵教授从自己的历史处境出发,去体会中国现代作家如何艰难地在历史的道路上找寻自己的生命,她就这样因自己而关怀中国现代知识分子,因而走进学术之中。她现在已把视野扩展到四百年前的明、清之际,但其原始出发点却是"现代中国",因此,我以为,她的现代文学研究更应该受到重视。

1978年,赵教授和许许多多的知识青年一样,从全国各处的农村和偏僻地区重新进入学术殿堂。如果不是"文化大革命"结束、历史起了另一种天翻地覆的大变化,他们原本可能以一个农民或地区小知识分子的身份度过一生。"文化大革命"之初,让他们经历了一种历史上从未有过的"集体沦落",十年后,他们回到原本早该属于他们的位置上。由于体验了相同的大起大落,这些"新研究生"们(也是目前大陆学术界的中坚),理所当然地具有相似的时代关怀和精神追求。这里面,凡是从事现当代文学研究的,由于必须面对与自己相关的最近期的历史,更容易表现出近似的精神面貌。一般似乎以"回归五四"和"新启蒙"来加以称呼。这样的现当代文学研究，在80年代，也就成为大陆知识分子思想解放的极重要的一环，成为时代潮流中极明显的一个大浪潮。

这样的文学研究，由于与时代密切结合，有它的优点，自然也就有它的缺点。一个读者，从遥远的位置，自己并未身处其中，仔细阅读这些著作，虽然可以感受其热情，但由于"事不关己"，有时也会感觉到，这些热情所关注的问题太具有一致性，太急于把一些具体的时代问题"理论化"，反而显得有一些单一化了。

从这个角度来看，我个人觉得，赵教授的现代文学研究是颇为突出的。虽然她跟许许多多的现当代文学研究者一样，具有强烈的时代关怀，但她较不偏重"一般倾向"的论述，而更重视一般倾向中的"具体个案"。譬如，在讨论五四时期的作品时，除了综论"五四精神"外，她还讨论这一时期各种知识分子的面貌，讨论他们的婚姻爱情问题，他们和宗法封建家庭的关系，等等。她并不只是把"五四精神"和自己的时代关怀"打成一片"，她还想分析"五四精神"在当时的小说中表现出多少复杂性和问题性。也就是说，她最终能够把自己的时代和五四时期区别开来，并且以一种历史学家的眼光去审视五四知识分子的许多生命个体。

一个学者，既能从自己的时代关怀出发，把热情投注到另一个时代；又能够及时抽离自身，比较客观地去看待另一个时代许多具体的生命，我认为，这才是真正地理解个人生命的"主体性"，理解个人即使淹没在强大的历史潮流中，仍然还是一个"具体的个人"。如果强调的是个人主体性，结果仍然把一个时代论述成只是一个"重视个人主体性的时代精神"，而看不到许许多多的一个一个的特殊人物，这样，所谓个人主体性归根到底还是不存在的。

反过来说，为了强调个人主体性，因此选择了一个只是时代潮流边缘的人物，论述了他的"特殊"，我相信，这也不是完全合适的途径。当时代潮流席卷了几乎所有的人时,这个"特殊"的个人居然几乎不被时代潮流所"冲击",这样的生命就不能说具备了"主体性"——有"主体性"的人,怎么会不知道世界发生了什么变化呢?

我们在看待一个时代时,既看到了时代对几乎所有人表现出的残酷的命运,但同时也看到了每一个面孔在剧烈挣扎时表现出的具体不同的表情,我觉得这样比较接近"研究"。如果只是把自己在这时代中的想望投射到另一个时代,把另一个时代"现代化"了,说它具有某种精神,那只能说是一种特殊的"表达自我"的方式而已。当我读赵教授的论文时,我突然领悟到,她的"研究"和许多现代文学的宏观论述的区别在哪里(当然我不是说,在所有大陆现代文学研究中只有赵教授是这样的)。

我觉得,赵教授在讨论个别的作家时,最能表现这种研究气质。以赵教授的学养,她当然深切了解每一个作家所生活的时代氛围。即使大部分的作家都会"呼应"这个氛围,但每一个具有个性的作家自然会有不同的"呼应"方式;即使是想抗拒这一氛围的少数派作家,只要他们是有成就的,一定也会有不同的"抗拒"方式。这样,她既能进入一个大时代,同时也能够尽力去体会这大时代中每一具体作家的特殊性。她不只重视"一般",也重视"一般中的特殊",而这"特殊"又不会因其"特殊",而抹去了大时代中的"一般"。因此,对于她的现代文学研究中的四本论著,这本作家论的合集是我较为偏爱的。

我想举本书中也许是最短的、论张爱玲的一篇作为例证,以说明赵教授对个别作家的敏锐感受。张爱玲是很难讨论的作家,厌恶的和崇拜的各走极端,除了傅雷在张爱玲初出道时所写的一篇书评,我很少看到令我佩服的评论。夏志清在《中国现代小说史》中所写的那个专章,只能说非常努力地尽到介绍者的责任,还说不上深入的分析。长期以来,由于"张迷"的疯狂吹捧,我反而不愿再读她的作品。赵教授这篇相当简短的文章让我大开眼界,让我第一次真正了解，张爱玲是一个怎样的作家。

赵教授开篇就说，张爱玲的小说描写的是上海、香港那个俨然封闭的"洋场社会"，生活在其中的人，似乎被时代忘却了，自己也忘却了时代，但是这种生活，仍然是近现代中国史重要的侧面。短短的一段话就让我豁然开朗，突然意识到，我基本上忘记了：在中国现代化的过程中，令我厌恶的"洋场社会"确实是近现代中国史不可分割的一部分，忽略了这部分，就不能说已了解近现代的中国。同时，我也突然了解，厌恶和崇拜张爱玲两派，基本上就源于他们对"洋场"文化的截然不同的态度。中国香港、台湾和海外的"张迷"特别多，因为这是1949年以后中国"洋场"文化的基本地盘（相对于"革命后"的中国大陆）。赵教授一针见血地点明了张爱玲作为一个现代中国作家的"特殊性"，这样的论断，我似乎是第一次看到。

但赵教授并不只是对张爱玲的小说加以"定性"，她还从这一基点出发，进一步对张爱玲小说的艺术特质及其限制做了更详尽的分析：

> 在擅写沪、港上流社会、洋场人物的小说家中，张爱玲确属矫然不群，更深刻也更完整。构成张爱玲小说的基本矛盾的，并非准确意义上的"新"与"旧"（因为其中并无所谓"新"），而是资本主义性与封建性。矛盾，渗透在小说创造的整个艺术世界，由人物的生活情调，趣味，以至服饰，到精神生活，到婚姻关系。

在综述了这些要点以后，她以大量的小说引文为据展开论证。她的"社会定性"与"艺术判断"是从她对张爱玲小说文本的细致感受中得来的，而不是直接从粗糙的社会阶级分析中推想出来的，这样，就使她有别于左、右两派批评家。从历史、社会观点出发的批评，常忽略了作家个人的艺术特质，而重视作家个性的学者，又常会说出一些异想天开、难以令人苟同的主观判断。作为一个批评家，赵教授能够把一个作家的世界观和他作品中的人物、社会关系，以及作品的文字风格，三者紧密地配合在一起分析，这是一般学者难以达到的境界。

　　本书中其他文章的特点，这里就不再一一详述。我只想特别跟读者推荐论老舍、沈从文、萧红的三篇。在这三篇里，赵教授以完全不同的论述方式呈现了三位小说家的人生遭遇与艺术特质，可以看出她的论文写作方式是由被论述的作家所"决定"，而不是事先想定一种结构方式再来进行写作的。可以说，当我们还没有完全熟悉一个作家，还没有对他的作品有特殊的体会时，我们是不可能事先知道要写什么的。当我们先接受了一种理论或方法，再用这种理论或方法来阅读一位作家，我们是不可能读出这个作家的特质的。我们先要了解一个时代，才能真正了解一个作家，但了解一个时代，并不意味着抹杀这个作家的个性，应该说，只有充分了解一个时代，才能知道这位作家的个性表现在什么地方。所有这些，我觉得，都可以在赵教授的具体论述中看得到。

　　赵教授愿意让这本书出台湾版，让我们非常感激。我个人觉得，台湾这几年的现代文学、台湾文学研究简直陷入了一种人云亦云、不知所云的困境，一种不知道流行理论与自己社会到底具有何种关系的痴人说梦，许多论文实在让人无法阅读。我们出这本书，意在提供另一种"样本"，以供台湾的青年学者参考。因此，我个人不惜佛头着粪，写了这么一篇累赘的序言，希望对读者有所帮助。同时也感谢赵教授的宽容，允许我说了这么多原本不需要说的话。

2008 年 4 月 20 日

（赵园：《中国现代小说家论集》，台北：人间出版社，
2008 年 10 月）

陈建华《革命与形式》序

我和陈建华兄独特的交往经历，建华在台湾版后记略有叙述，这里就不再重复。我们失联的那几年，我一直注意他的著作的出版，先后买到《革命的现代性》《帝制末与世纪末》《从革命到共和》，对他的多产与多才备感惊讶与钦佩。今年4月终于在香港重逢，又承他赠送《革命与形式》，更为惊喜。首次见面时，我之所以对建华感到亲近，是因为他个性直爽、经历坎坷，也因为他做学问的喜好与我有些相近，《革命与形式》这个书名就完全表现了我们共同的兴趣。

20世纪八九十年代以后，由于时代的重大改变，现代文学研究的趋势也大为改观。有人高喊"告别革命"，有人不屑于研究与革命有关的一切现代文学。"告别革命"，我并不反对，如果从鸦片战争和太平天国算起，中国已经过百年以上的骚动，应该从此进入和平发展的时期，谁也不想再搞革命。但要说以前的一切革命都不对，一遇到革命作家或赞成革命的作家就加以讥讽，而凡是对革命冷淡的作家就大力赞扬，也实在令人起反感。这就好像，以前红的都是好的，现在白的都是好的，我很难接受这样的"研究"。建华就不是这样。他对革命和不革命的文学都很熟悉，谈起来头头是道，他的立场和我并不完全一样，但他谈的话题我总是有兴趣，我不太常碰到，对中国现代文学这么兼容并包的人。

在我成长的阶段，台湾还处在戒严时期，绝大部分的现代文学作品都属于禁书。能自由地购买和阅读这些作品时，我已经过了四十岁，所以不敢再跨行研究中国现代文学。不过，在将近三十岁时，我对卢卡奇的小说理论产生了强烈的兴趣。我买了所有卢卡奇著作的英译本，以我勉强能阅读的英文能力，花了许多工夫读了其中一些。当我开始评论台湾小说时，我暗中使用了卢卡奇理论。后来开始指导研究生写论文，我希望我的学生能够研究中国现代文学，以便为台湾培养几个人才。很幸运的，我碰到非常用功又肯听话的苏敏逸。她的硕士论文写老舍，到博士阶段，我就希望她能够应用卢卡奇的理论研究中国现代长篇小说形成的过程。她用了极大的力气，完成了这篇博士论文。以她当时的程度，我对这个成果是相当满意的。但由于当时台湾的学风极为排斥这种做法，敏逸的论文没有得到应有的评价，为此我颇感不平。

最近几年，我常有机会想起卢卡奇的理论和中国现代长篇小说的关系，慢慢意识到，不能把卢卡奇的理论套用到中国小说上。两年前我把一些零碎的想法，写成一篇随感式的文章。这篇文章，有几个朋友表示赞许，这就对我起了鼓舞作用。我很想累积更多的阅读，以便将来写出一篇更正式的论文。就在这个时候，我惊喜地拿到了建华的《革命与形式》。他的思考方向，正是我要摸索的。我们的共同问题是，中国独特的现代经验，如何在长篇小说中找到适当的表达形式。建华以茅盾为例，论证茅盾从《蚀》到《子夜》长期的摸索过程。建华的论述对我启发很大，我不由得将《蚀》从头到尾再仔细阅读一遍，希望能对我正在形成的论述产生更大的促进作用。

卢卡奇讨论长篇小说最重"整体性"，他认为，小说家对他所描写的社会"整体性"的掌握与描绘的能力，是小说成败的关键；而"整体性"的核心则是"阶级矛盾"，越是能够呈现社会的"阶级矛盾"也就越伟大。在这个基准下，他特别推崇巴尔扎克与托尔斯泰。苏敏逸在写博士论文时，我们曾讨论过"整体性"这个观念如何应用在中国现代长篇小说上。我们都认为，"阶级矛盾"这个观念不能看得太死，因为像老舍、茅盾、巴金的作品，就不可能全用这个观念加以分析。所以，当时我们就把"整体性"加以软化、扩大化，用以指作家对当时社会的"整体性"看法。譬如，老舍是从市民阶层的弱点来看中国问题，而巴金则把大家庭制度所反映的"封建礼教"视为中国的大病，他们的视点不同，由此而形成的小说写作形式也就截然有别。

但是，这样还是把问题看得太浅了。譬如，苏敏逸这几年研究丁玲，她最感兴趣的是，丁玲怎么会从《莎菲女士的日记》这么重视年轻女性的个人情绪，最后转而写出《太阳照在桑干河上》这种集体性的土改小说。扩大来讲，五四时期比较看重个人的倾向，越到后来越被民族、社会的问题淹没了。这个大问题，看来才是中国现代长篇小说真正的"整体性"问题。也就是说，中国现代长篇小说关心的，最主要的还是国家、民族的大问题，以及在这个大问题下的个人处境问题，而不只是个人在社会的阶级矛盾中所面对的问题。譬如老舍的《骆驼祥子》，写一个出身下层的青年奋力要往上爬升。从西方小说的传统来看，这是阶级小说，是中产阶级兴起的产物。但老舍却不这样写。老舍最后让这个好强的、体力好、私德好的祥子彻底堕落，因为他要以祥子的堕落为例，说明任何一种主张个人好、国家就好的看法完全不适于现代中国。小说隐含的主题是很明显的：中国必须彻底改造。这样，《骆驼祥子》成了一本寄寓国家前途的寓言式小说，完全不同于西方的阶级小说。他对祥子的心理描述，和巴尔扎克对拉斯蒂涅和司汤达对于连的描写截然异趣。

现在有不少学者认为，中国现代小说这种发展是不自然、不正常的，这种看法并不公平。中国新文学从一开始，就与中国人对现代中国的梦想和期望密不可分地结合在一起。当一个古老的文明国家面对亡国的危机，很少有新文学家只想描写个人的希望和挫折、梦想和情绪。每一个重要的小说家，都想借着小说这一更宽泛、更自由的形式，表达自己对于中国现状的种种批评。相反的，西方近代小说兴起时，国家已经产生向外扩展的动力，而个人则在国家与社会中力求发展，个人的欲望也就成为小说描述的重点。而且，根据萨义德的看法，这种欲望还跟西方近代向海外殖民拓展大有关系（很多西方近代小说都有其例证，我在两年前的随笔中曾举巴尔扎克为例）。西方小说对个人欲望的重视，最后发展成极复杂的个人心理分析（意识流是其极致）。相反的，在现代中国，这种状况根本不可能出现，连国家都可能会不存在了，个人的焦虑就逐渐随着亡国危机的扩大而被吸纳进去了。中国现代小说中的个人，往往在民族的危亡与个人的前途之中纠缠不清，小说家不可能把焦点全部集中在个人身上。这是中国的历史现实的自然表现，不是几个"革命派"作家蓄意扭曲而形成的，也不是政治现实的产物。因此可以说，中、西近代小说的发展走着完全不同的道路。

　　从这个观点来看，茅盾的小说就非常值得探究。跟后来的革命社会小说来比较，《蚀》显得非常异类，因为它对年轻女性的描述显然充满了欲望。你可以说，茅盾从男性的角度"窥视"着女性，但也可以说，女性在解放后完全发散着以往被束缚的生命力。五四运动所释放出来的个人力量，在女性身上表现得最明显。但这样的女性，却被大革命的时代潮流所卷袭，不由自主地投身其中。像孙舞阳、章秋柳这样的女性，他们身体的解放和社会革命紧密相连，就完全不同于《娜娜》和《嘉莉妹妹》那样凭女性身体而追求个人享受或个人前途。现在一般的批评意见可能会认为，如果从个别的女性角度来看，每一个女性都没有得到充分发展；如果从社会小说的角度来看，女性的个人面又写得太多了。这似乎是一种矛盾。建华的《革命与形式》以充分的资料告诉我们，我们正是以不同时代的眼光来看待茅盾，才会得出这样的批评。如果从当时的社会情境去看，毋宁说，茅盾的写法是极具时代感的。茅盾在大革命后,之所以对大革命的失败感到困惑,正因为他充分感受到,五四运动和五卅运动后释放出来的各种社会力量是很难加以掌控的,这在《动摇》里表现得尤其明显。因此可以说,大革命是谁也不了解的一种混沌状态。大革命失败后,由瞿秋白领导的激进路线茅盾是不赞成的,但他也不知道要怎么办,这才产生他的"矛盾"和《蚀》。相对于《子夜》明确的社会见解,《蚀》可以说是从五四的个人解放过渡到未来的社会革命小说的中间作品。《子夜》的出现,证明中国的社会形势在革命派那边已逐渐得到澄清。据我看来,《子夜》的思想逻辑和毛泽东的《新民主主义论》已经相距不远了。如果再进一步思考,《子夜》和老舍的《骆驼祥子》在精神上也有其相通之处,它们都强调社会(或者说国内、外的诸种矛盾)大于个人,个人的命运绝对无法摆脱国内的阶级矛盾和国外帝国主义的侵略。不久后抗战爆发,这种形势有增无减。所以,可以说,《蚀》是过渡作品,《子夜》是开展新型社会革命小说的第一部作品。自此以后,中国小说的社会性日渐加强,个人性日渐减弱,直至改革开放,这种形势才逐渐改观。建华这本书掌握了这一关键,对理解中国现代小说(甚至全部现代文学)做出了重大的贡献。

建华的《革命与形式》让我更清楚地意识到我的思路应如何发展,他也许不同意我对他的论著的诠释,但这正是我读完他的书最重要的感想。因为时间比较匆促,我没有从头到尾仔细阅读他的著作,而我个人对中国现代小说的阅读也还很有限,就只能讲这些,实在很抱歉。

2011 年 11 月 8 日

(陈建华:《革命与形式:茅盾早期小说的现代性展开 1927—1930》,台北:人间出版社,2012 年 1 月)

倪伟《民族想象与国家统制》序

倪伟的《民族想象与国家统制》有两项非常明显的优点，任何人只要稍加翻阅，马上就可以看得出来。长期以来，国民党的文艺政策及其实践，以及文学作品，很少受到严肃学者的重视。坦白讲，绝大部分的现代文学专家都认为，在讲述中国现代文学时，这是可有可无的一个部分，没有也无所谓。但是，客观地看，国民党毕竟当政二十多年（1927—1949），要说它的文艺政策完全不值得重视，也是不对的。问题是，谁愿意耗费极大的时间，去从事这一项也许价值不大的研究工作？

倪伟在他的初版后记中说："当我日复一日地面对那些枯燥乏味的作品，重温前人光华暗淡的思想言论时，我常常绝望地想：这一切是否值得？"我非常同情，因为我绝对不肯去干这种工作。同时我也非常感激，因为他已经做了，我只要读他的书就可以了。他把这个工作做得极为出色，以至于别人也许不用再做了。他又说，"记得在南京图书馆查阅旧报刊的那些寒冷而漫长的日子里，每天面对那些半个多世纪没人翻过的发黄变脆的纸页，常常会感到一丝伤感。那些凝结着作者心血的文字，倘若不是遇见我，也许还会在图书馆的某个阴暗角落里继续沉睡下去"。事实确实如此，没有倪伟竭泽而渔式地认真阅读资料，别人就必须再做一次。倪伟帮所有现代文学研究者做了一项非常了不起的服务工作，每一个人都应该感激他。

倪伟书的第二项特点是，分析深入，文字流畅易读。这本书并不缺乏理论辨析，但倪伟并不刻意假作高深，引用许多别人看不懂的理论来加以装潢，而只是平平实实地分析。事实上这是很难做到的，因为难以做到，所以许多学者更愿意把文章写得让人看不懂。下了大功夫，又把全书写得这么清晰，这本书的价值很容易让人认定，不需要我再多费言辞。

我想借此说一些好像题外又好像题内的话，是我一直想说而没有机会说的。倪伟在书中谈到，文学史研究首先应是历史的研究，必须把文学作为整个社会系统不可分割的一部分，要探讨特定的社会历史语境里，文学是以何种方式实现其生产和再生产的，又是哪些因素决定了这种生产和再生产的方式。我完全赞成这种说法。不过，倪伟又似乎假定了文学要有一种主体性，所以他对党派性的文艺政策有一种先天的反感。对于他的这种倾向，薛毅已经提出他的批评，倪伟也把薛毅的批评附在他的书中。不同思想倾向的人可以借此澄清自己的立场，并以更清醒的态度来阅读这本书，关于这方面，我也就不再多说了。

我想提出来的问题是，为什么左翼的文艺理论和倾向表现了那么鲜明的党派性，却还吸引了许多支持者，而国民党却做不到？这个问题，似乎很少有人从历史语境中来加以探讨。

首先要澄清一点的是，有不少知名的文艺界人士是（或曾经是）支持国民党的，如胡适、闻一多、梁实秋、朱光潜、沈从文等，但在意识形态上他们属于自由派，并不支持国民党的文化政策和文艺理论。知名的文艺界人士，认同国民党的文艺理论的人，似乎一个也找不到。对于一个统治全中国的政党来讲，这实在是一件很尴尬的事。

我以为这要从民国时期的社会形态和知识分子群体这两方面来加以讨论。从晚清以来，知识分子认识到，教育是救国的重要工作之一。此后中国的教育就日渐普及化,以至于原来无力接受教育的社会阶层的子弟,也可以想尽办法让自己得到教育。但是由于家庭经济的限制,他们的教育不可能很完整;同时由于他们的社会地位,他们在受完教育后,也很难找到好的职业(可以想象一下民国时期的混乱)。于是,中国就出现一大批上不着天、下不着地的贫困家庭出身的小知识分子。由于他们的家庭出身,也由于他们自己的遭遇,他们对于社会的不平等和农民的苦难,有深切的感受。对他们来讲,只有大革命才能解决普遍贫穷的问题,也只有大革命才能达到普遍的平等。这就是他们宁愿选择共产党,而不愿意选择国民党的原因(国民党在当权后连孙中山的"平均地权"都做不到)。如果我们以量化的方式去探讨支持共产党的小资产阶级知识分子的家庭出身,我相信,一定可以印证我这种出于直觉的想法。

当然也有许多出身较好的知识分子选择共产党,因为他们认为,只有共产党才能救中国。这样,就有各种不同出身的人支持共产党,出身贫困家庭的小知识分子绝对是共产党中不可忽视的一股力量。

薛毅说,"假如我们把文艺政策、意识形态都综合在文学生产方式中来观察,那么我们确实有必要重新想象'文学',重新定义'文学'"。这话我完全赞成。我们只要回顾一下18世纪法国资产阶级革命准备阶段的启蒙主义文学,或者俄国大革命之前的俄罗斯文学,就可以了解,在现代世界史中,文学如何变成意识形态战场的主要角色。资产阶级在取得政权前,以及在取得政权后,对文学的态度是截然不同的,这一点也值得我们深思。

我想说的只是,文学在现代社会具有非常不同于传统的角色,至于如何判断每一部作品在文学上的终极价值,那是另一个问题,这里就不便多谈了。从这个角度来看,倪伟的书是一个开放的文本,可以让任何立场的人重新思考他自己的问题。譬如我自己到现在还不能解决文学的意识形态角色和文学本身的价值之间的矛盾。倪伟也在繁体字版后记里谈到他思想的转变，但这一点也不影响本书的价值。一本书如果写得好，它本身就具有开放性，这也是薛毅和我愿意坦诚讲出我们意见的原因，倪伟是能理解的。

2011 年 7 月 20 日

（倪伟：《民族想象与国家统制：1928—1949 年国民党的文艺政策及文学运动》，台北：人间出版社，2011 年 8 月）

江弱水《中西诗学的交融》序

中国现代文学受西方文学影响，至少需要读有关西方作品，才可能对中国现代文学的得失、成败有中肯的评论。很多人研究中国现代诗，却不读19世纪以降的西洋诗，实在很难理解，他们如何点评中国现代诗。现代文学之所以难于研究，就因为，先天上这必须是一种比较文学的研究，而台湾的中文系多倾向于保守，不读西洋书，这就如跛足走路，实际上是不良于行。

再进一层而言，中国本身具有深厚的历史、文化传统，五四作家虽号称反传统，实际上他们自小就读古书，古典涵养极深，这不可能不影响其创作。五四以降的新文学，是近代中国文化接受西方文化强大冲击、不断调适、寻找出路的产物。从中国现代文学曲折复杂的发展道路，可以看出中国文化再生的艰难历程，这是文化史上的大事，没有这种历史眼光，研究不可能深邃。

两年前我在一篇短文里写下了上面这两段话，那时，我刚好进入孔子所说的"耳顺之年"（虚岁六十），不免有一点感慨，知道自己有心而无力，因此稍稍装做老大，把希望寄托给"后辈"。没想到，一年多以后，我认识了浙江大学的江弱水教授，承他送我这本书。我很快读了一遍，非常兴奋，因为我发现，我所设定的理想，江教授早就"提前"完成了一部分。我立即建议他出繁体字版。

现在我把本书序论的要点撮述于下，以证明所言非虚。

中国新诗发展的核心问题，始终是中西诗学的融合。本书所论列的七位诗人，徐志摩、闻一多、戴望舒、卞之琳、何其芳、冯至与穆旦，正是通过中西艺术的"结婚"，成就了中国新诗首批最出色的产儿。由于西方诗歌的强有力的催化，短短三十年中，中国现代诗就从幼稚的初期白话诗，走进了这样一片令人"瞠目而视的天地"。

　　若论现代性（modernity）的深刻与精微，在中国新文学的所有文类中，要数新诗的表现最为突出，尽管其总体的成就也许比不上小说。仅仅在两代人中就完成了与西方诗潮的接轨与同步，这本身就表明中国文化具有了不起的转化与再生能力。

　　从19世纪80年代开始，西方现代诗人致力于取消雄辩与宣传（法国象征主义），取消语言的叙述性与分析性（意象派），取消客观逻辑而代之以不连贯的内在心理逻辑（超现实主义），这一切构成了西方现代诗歌发展的大致方向。而与此相应的特征，我们完全可以从中国古典诗歌传统的某些组成部分里找到。中国古典诗歌已经部分地具有某种历久弥新的现代性特质，而且这些特质已经内化为我们自身固有的诗学传统，它们与西方现代诗形成了合力，从而对现代诗歌的写作产生了影响，并使之实现创造性的转换。

　　以上这些话说得大气磅礴，有理有据，让我为之动容。坦白讲，我对中国新诗的整体成就一直颇为怀疑，对新诗彷徨于西方现代诗与中国传统之间的窘境，又一直以为难以克服。江教授的书让我相信，从正面看，中国新诗既有的成就已相当可喜，再往前看，坦途也许就会出现，他的乐观态度正代表了比我小一两辈的人对中国文化未来发展的自信，让我这个"老人"也不免为之振奋。

　　江教授今年在台湾待了两个月，我们见过好几次，中间两三次还把酒长谈，真是非常愉快。我知道他大学时代即已开始写诗，还把一些诗作寄给他一向景仰的卞之琳，深得卞先生赏识，特别为文加以推介。我读过卞先生极为称许的《原道行》，这是江教授二十二岁时写的，那种成熟的诗艺真是令人"骇异"。我可以想象，为了写诗，他已把一些代表性的前辈诗人读得滚瓜烂熟，同时，也努力揣摩这些前辈诗人所学习的西方诗人。请看看本书中论卞之琳和穆旦的两篇，江教授几乎是一行行、一段段地把卞、穆两人有得于艾略特、瓦雷里（又译"梵乐希"）和奥登之处一一寻找出来，这不是一般的苦功所能做得到的，这里面还可以看出江教授超乎常人的悟性和感受性。

尤其难得的是，江教授对中国古典诗的独到的理解。作为一个现代诗的创作者，他不会像一般古典学者那样尊重传统——墨守成规。他这方面的论文，我读过四篇。我自己在古典诗上少说也花了二十年工夫，但我必须承认，像他这种文章，我是写不出来的。为了让读者了解他在这方面的深厚素养，我说服他把其中两篇收入书中作为附录。

我还问他，读不读西方小说，他说，读过不少，不过，读得比诗快得多。我们又聊起读过的西方小说，他又给我看他所写的一篇随笔——他读苏联犹太小说家巴别尔的感想。这篇笔墨酣畅，挥洒自如，充分表现了他的才情，也收进附录中。

我个人以为，一个真正的文学研究者，起码要是一个文学艺术的爱好者，要全面地爱好，不能有偏食症。20世纪三四十年代朱自清、闻一多等人在思考理想的中文系课程时，就主张中、西、古、今并重。很可惜，六七十年过去了，中文系学者还是固守传统的多，像江教授这种具有拉伯雷笔下巨人式惊人胃口的，似乎还不多见。因此，我认为，他是我理想中的比较文学式的中国现代文学研究者。为了这个目标，我甚至觉得，他即使为此扼杀了他的创作灵感都不足为惜。

以上说的都是称赞的话，但江教授希望我不只是赞美，还要抬杠，因此下面就发出一些杂音，以便让场面热闹一些，就像我们两人当面喝酒长谈一样。

我想提出的问题是这样：一个现代中国诗人，怎么样才能既是"中国"的又是"现代"的？如果只是"现代"，而缺乏"中国"，那就像关杰明批评台湾现代诗人所说的：他们所写的，像翻译成汉语的西洋现代诗，那我们已有了汉译的艾略特、里尔克、瓦雷里，又何必需要他们？反过来说，如果只是"中国"，而缺乏"现代"，那又像"古典中国"的白话翻译版，我们已经有了许多唐诗、许多宋词，又何必多此一举？我认为在这方面，江教授还可以多一点发挥。

为了集中论点，我们就以本书中的卞之琳、穆旦为例。江教授对穆旦颇有意见，他的标题下得很重：伪奥登风与非中国性。言下之意是，穆旦的诗只不过是奥登的仿制品，缺少"中国"味。但在论卞之琳时，他处处证明卞之琳如何受到艾略特和瓦雷里影响，却并不说他"伪……"与"非……"。同样的论述逻辑，却得出相反的结论，让我大惑不解。当然我必须承认，他论证了穆旦的意象与语法如何欧化，而卞之琳则是"婉约词与玄学诗的美妙融合"（江教授引用赵毅衡语），但我认为这似乎不是关键。

我的看法刚好相反，我认为，卞之琳的根子骨是"婉约词"，他从艾略特和瓦雷里所学来的"玄学诗风"是一种表面化的现代形式，他是古典的，不是现代的。当然，他的古典是"中国"的，却不是"现代"中国的。反过来说，穆旦表面上非常欧化（江教授说他有意避免古典中国式的修辞和句法，是很精到的分析），但他袭用奥登不少成句所转化而成的感情却是地地道道"现代中国"的。我完全理解江教授这篇文章的苦心，正如解志熙教授说的，"大概是出于近些年跟风哄抬穆旦的浮躁学风的不满，该文对穆旦的批评不免言重了些"，同时江教授也想警告，只有横的移植、没有纵的继承，这种中国现代诗的道路是走不通的；但是，我还认为，江教授也许看错了穆旦，穆旦可能是表面不具"中国"性，而其实是最具"中国"性的"现代"诗人。我跟江教授一样,非常不喜欢文学上的纯西化派、"横的移植"派,但我认为,穆旦绝对是需要仔细分析的一个特殊的例子——也因此,我认为他是少数值得重视的中国现代诗人,他跟艾青刚好是中国现代诗的两个极端。

当然,我的看法不一定对,不过,我说的确实是我阅读卞之琳和穆旦后的真正的感受。这也就证明,如何看待中国现代诗既要在中国土壤上生长,又要吸收外来养分,这确实不是一件容易的工作。江教授已经做了一次很好的开端的示范,因此我也就愿意扮演一个魔鬼的辩护士,希望他再接再厉,为中国文化的转化与再生多尽一份心力。

2009 年 9 月 18 日凌晨

(江弱水:《中西诗学的交融:七位现代诗人及其文学因缘》,台北:人间出版社,2009 年 10 月)

周良沛《中国现代诗人评传》序

本书的作者周良沛先生（1933年生），可算是大陆文学界的一个小小的"奇人"，他所做的最大的"奇事"，就是编了一套大得不得了的《中国新诗库》，共十巨册，每册从九百页到一千四百页不等，总页数超过一万。可以肯定地说，是目前为止最大规模的新诗选集，共选101位诗人，所选诗人限定于1949年之前即已成名者。

这一大套选集，前五册1993年出版，后五册2000年出版（长江文艺出版社），我先后得到编者的赠送。据我所知，获得这种意外丰收的，还有吴晟和施善继两位诗人。

我对现代诗早已丧失兴趣，但心血来潮时，也偶尔把这十巨册拿来摩挲、翻阅，有时为了教学之助，也特地找出来参考。次数一多，终于认识了这一套书的价值。

这套书所选的101位诗人，每一人所选的诗，足以构成一个小册子。事实上，原先它就是以小册子形式出版的，如果换成台湾的直排，每个诗人肯定超过两百页，已经不能算小书了。

因此，它可以让你轻易地了解中国新诗风格的巨大差异。譬如，从最口语化、最平民化的左派诗歌，到最欧化、最知识化的西方现代主义诗歌；从最散漫、最散文化的自由诗，到最严格、最拘谨的格律诗；从最含蓄、最简洁的中国古典风到最艰涩、最难以下咽的西洋前卫诗，应有尽有。直到有一天，我终于醒悟，任何一个中国现代诗的研究者,都还没有对这一巨大的反差进行过真正的、全面的反省。

这一套书的另一特色是,编者为每一位诗人都写了两万字左右的"卷首",实际上是关于这位诗人的生平经历及创作历程的深入的评述。单单这一部分,就已超过两百万字。我曾经对周先生说,不论你写了多少诗、多少散文(周先生出了许多诗集和散文集),将来人家还记得你的,也许就是这一部两百万字的《中国现代诗人评传》(假如它能单独出版)。周先生说,那还用你说,在你之前,不知有多少人说过了,也不知有多少人尝试为我找出版社,但谁也不敢冒险,两百万字的书,不是开玩笑的。

有一天晚上,我连续读了五篇,才更深入地了解这些评传的特色。周先生运用了许多资料,包括诗人的回忆录、诗集的序言,朋友的回忆录与评论,当时人及之后文人、学者的评述,把这些都融汇在一块儿,为每人裁制了一篇小传。裁制者似乎躲在衣服之后,但又仿佛有他的影子。最奇妙的是,诗人可以从最没有受过完整教育的流浪者,到家世极其显赫的留洋博士。读着读着,我仿佛看到中国现代史上最斑驳陆离的一队人物。如果能够让他们按其最常见的衣着排成一列,肯定会让你大笑不止,但又会让你跌入深思之中。也许这之中就隐含了中国现代史的某种奥秘。

我曾经问周先生,你一个写诗的人对新诗史料怎么那么熟,老实讲,很多研究新诗的博士都没有你熟?他回答,"文革"期间,他们怕我捣乱(我这种无用的诗人,还能捣乱?),把我关起来,偏偏找不到地方,就把我和抄来的书(属于"四旧"范围)关在一起,我就睡在书堆上,你想,我还能干什么?就这样,周先生成了新诗研究史上的"奇人",这也是中国现代史的一个不知道怎么说的部分。

周先生终于找到了一个敢于力行的知音,2006年海天出版社把这些"卷首"集合起来，印成两巨册的《中国现代新诗序集》，大开本，共1146页，可惜只印了2000套。周先生授权给我，要我按自己的意思选，出一本小规模的《中国现代诗人评传》。我左斟右酌，选定二十四位，没想到一排出来，竟然厚达518页。这书要在台湾出版，肯定没有几个人买，因此再删八位，就成了现在的三百来页。这书绝对有价值，看了就知道。如果卖得还可以，台湾读者如果认为有助于了解中国现代诗的发展，我们可以考虑赔本再印第二册。当然，不可能再印第三册了，再印下去，书店恐怕就要关门了。

2009年5月21日

（周良沛：《中国现代诗人评传》，台北：人间出版社，
2009年6月）

赵稀方《后殖民理论与台湾文学》序

大约十年前，在北京的一次台湾文学会议上，我初次见到赵稀方。他的发言清晰而简洁，论点鲜明，引人注意。之后我发现，凡是和他初次见面的台湾学者，对他留下深刻印象的都是听他的发言。

在数次交往之后，我买到一本德国文化哲学家狄尔泰著作的中译本。凡是有关狄尔泰，不论是他自己的著作，还是关于他的论著，我是必买的。但是这本书，吸引我的首先是它的译者"赵稀方"。我知道大陆一些中文系出身的学者，外文能力极佳，但不能确认，这个"赵稀方"是否即是我所认识的赵稀方。下一次见面，我问了他，他说，他在英国待过一段时间，英文"还可以"。我就知道他的英文能力相当好，因为狄尔泰并不好译。

他告诉我，他对当时在台湾红极一时的某学者的困惑。某学者以熟知后殖民理论著称，而赵稀方却认为，他的某些议论显然不合某理论家的原意。我说，台湾学者常有"故意误用理论"以达到某种目的的企图，未必不了解原著。他说，不是这样。因为他终于可以确认，某学者并没有读过原著，他读的是一个著名的学者对某理论家所写的一段颇长的导言，而某学者可能读得太快，把导言的意思读错了。我知道赵稀方说的是实情。因为我也知道，台湾另一著名学者常常在论文中引用各种理论，但实际上他很少读原著，读的都是外国学者对这些理论的评论，甚至是入门性的评介。赵稀方跟我说，为了研究香港小说，他基本上把后殖民理论的重要原著都精读过了。我相信他的话，要不然他不可能把一些关键问题都讲得清楚。

我曾经花了大约十年的时间，刻苦地读英文本（著或译）的理论著作，最后终于知道，自己只能读懂卢卡奇和巴赫金。我"决定"，理论对我不再有用，此后我就读得很少。但我的功夫没有白费，我能比较容易地认出，别人是否读过原著，他的引用是否正确，他是否以艰涩掩饰他的一知半解。

要把一种理论引到中国（大陆或者台湾），是非常艰难的。首先，如果我们不能理解，西方为什么要讲这种理论，就会迷失在文字的丛林中。西方流行这种理论，一定有他们自己的关怀点。理解了他们的"用心"，就比较能理解他们为什么要这样看问题。其次，西方理论一定有它的"逻辑性"，有它的推理方式。任何推理，一定有它的不足之处。人文学的推理，绝对不可能像数学的推理，达到十分严密的地步。所有的理论辩难，一定是攻击对方的推论弱点，再提出自己的解决之道。第三个再攻击第二个，如此不断地递换。不能掌握每一种理论的逻辑，最后你会完全"不知所读"，如迷失在乱山丛中，连"出路"都找不到。

赵稀方为我们做了一个极好的"服务"。他读过后殖民理论的重要著作，在他的评述中说明他们为什么要这样看问题，留下什么不足，下一个理论家如何攻击上一个，又留下什么问题。从总体上看，整个后殖民理论又有什么问题。人间出版社一个较资深的编辑跟我说，他把赵稀方的稿子从头到尾看了一遍，终于知道，每个理论家在讲什么。我也把整本书看了一遍，也终于了解，为什么我自己不怎么喜欢后殖民理论。因为，如赵稀方所分析出来的，后殖民理论家所关怀的，我很少想要关怀。我的关怀点跟他们不一样，当然对他们兴趣缺缺。

后殖民理论近年在台湾红极一时，但我绝对相信，很少有人知道它在讲什么。如果你想知道，它到底讲的是什么，我认为，在两岸的有关著作中，这一本是最好的。它讲得很清楚，只要你肯用心读，一定看得懂。如果你想"享受"一次看懂理论的乐趣，那就不妨试试看。

2009 年 5 月 14 日

（赵稀方：《后殖民理论与台湾文学》，台北：人间出版社，
2009 年 5 月）

刘小新《阐释台湾的焦虑》序

1976年下半年我服完两年兵役，从军中回到台北，愕然发现台湾社会变得快不认识了。左翼乡土文学潮流盛极一时，党外运动的声势一天胜似一天，国民党应付惟艰。第二年，国民党对乡土文学发起总攻击，余光中发表耸人听闻的《狼来了！》，一时风声鹤唳。到了1978年，却平安无事地落幕。1979年"美丽岛事件"爆发，几乎所有党外政治运动的领导人都被逮捕。但下一次选举，所有被捕领导人的家属，凡参选的全部高票当选。这两件事证明，国民党已经丧失了掌控全局的能力。

正是在这个充满期待的时候，我逐渐感受到两种令人隐忧的思潮正在逐步茁壮。首先是后现代，它先以后设小说及后结构之名出现，提倡文学的后设性及愉悦性，用以解构乡土文学的使命感。其后，后现代之名堂堂出现，大言不惭地声称，台湾社会已超越现代而进入后现代，除了歌颂台湾的进步，还推出多元的价值观，用以分散乡土文学的声音。另一个更令人不安的因素是，具有"台独"倾向的本土化思潮日渐崛起，并以抨击陈映真的大中国主义情结来壮大自己。到了20世纪80年代末，左翼乡土文学的势力已极度萎缩，后现代与本土化思潮各据半边天下。

多年后我慢慢了解到，这两个思潮都有人在背后指导，实际上是更大的政治势力运作的成果（详情不必细说了）。再经过一段时间，我又体会到，台湾70年代左翼势力的没落并不取决于台湾的政治势力，而是国际局势演变的结果。80年代末、90年代初的东欧剧变，导致了世界左翼力量的大消解，注定了90年代是资本主义大复辟的时代。说实在的，当时台湾的左翼表现得也不好，但即使再好，也不能阻挡这种世界的大潮流。

整个90年代，台湾的政局全由李登辉主导，应该说，本土化的思潮是在他主政下壮大，然后才可能导致2000年陈水扁当选台湾地区领导人。如果要回顾90年代的文学思潮，那就是台湾文学本土论笼罩一切，而后现代思潮及其各种变体努力寻求对抗之道，至于统左派的声音几乎无人理会，这种情形到了陈水扁第二任的后半期，即2006—2007年，才开始有了松动的迹象。

这也就是说，从1987年"解严"到2007年的二十年间，本土化思潮及"台独"的声浪由日渐成长而如日中天，最后开始出现颓势。现代化思潮，以及相关的对抗本土化思潮的各种探索可谓五花八门，力求在"台独"势力之外另寻出路，而统左派的声音始终不绝如缕。这大概就是这二十年间台湾文学思潮的大势。

刘小新这本《阐释台湾的焦虑》就是对这二十年间台湾文学思潮的剖析。他主要采取横剖面的分析方式，按照他的思考逻辑，从后现代、后殖民、殖民现代性讨论到新左翼和宽容论述。他把"解严"前就已出现的左翼乡土文学和本土化思潮也放在这二十年的语境中加以剖析，因此并没有着重追溯这两种思潮产生的历史与时代背景。这一点请读者务必记得。

除了第七章所论的"宽容论述"我当时并没有注意到，其他关于后现代、后殖民、殖民现代性，以及脱胎于后现代的新左翼，当时确实是极为流行的思潮，并为一般知识分子所熟知。但我还是想说，我读完了相关的各章，还是感到非常惊讶，因为刘小新把每一种思潮的来龙去脉都梳理得非常清楚，许多我原来不够注意的地方，现在才有了进一步认知的机会。应该说,刘小新对资料的整理与分析,都是将来研究这些思潮的人一定要参考的。

但是,我之所以要为这本书写一篇序,并不是要推介这本书,因为根本没有这个必要,任何人只要读完了本书的第一章,自然就认识到这本书的价值。这篇序的主要目的,是要表达我对这二十年台湾文学思潮的看法,并从现在的时间点进一步说明其问题性。

刘小新在本书的"结语"中说:

> 当代台湾知识界引入(当代西方)各种理论资源对"何谓台湾"和"如何阐释台湾"这两个重要问题提出了充满歧义的观点和看法,这形成了一种极其复杂的理论格局,也带来了理论的紧张和焦虑。

在当时的我看来,这些所谓的思潮,不过是借着台湾问题就他们所接纳的当代西方思潮做一种理论上的"演练",虽然他们自己认为与台湾大有关系,我却觉得根本就是摸不着台湾的边的无的放矢。我前面说,看了刘小新的书,我对当时的现象才有更多的认知,这是我要坦白承认的事实,因为很多文章当时就懒得看,觉得它们一点用处也没有。1988年5月我曾在复刊的《文星》杂志上发表一篇长文,题目是《"现代"启示录——现代性的一则故事》,内容是对于20世纪80年代以后流行于西方的"现代性"理论和后现代思潮表示怀疑,认为这代表了西方思想的危机。而当时的台湾知识分子却大量使用这些值得怀疑的西方思想,企图解决台湾的定位问题,这不是痴人说梦吗?应该说,那时候我确实是"闭关自守",把充斥于刊物上的一切新理论排拒在外(当然,这并不是说,我一点也不读西方著作)。

但我对西方后现代思潮的怀疑,也并非一时心血来潮的胡思乱想。当时我先看了一些西方马克思主义的书，发现他们都认为西方工人阶级已经不革命了，因此，他们主张社会"异类分子"的反叛，主要是学生的反叛。这个反叛失败了，然后开始流行后现代思潮。我的直接感想是这样：西方社会已经非常发达，连工人生活都不错（甚至好过落后国家的知识分子），而西方的思想家却连这一点都没想过，他们一点也没考虑到除了欧美社会之外的广大落后国家的贫困状态。这不免让我觉得，西方思想家怎么一点都没有从全球的立场考虑整体人类的前途，怎么一点"民胞物与"的精神也没有？这不证明，他们的思想已经不具有前瞻性，而陷入"富极而无聊"的思想泥淖中了吗？因此，我就大胆判断，西方思想界已经进入了一个整体性的、无能思考的危机时代。

我当时的想法当然没有人会相信，我的那一篇文章没有任何回应，但我一直相信自己的想法是对的。此后，我一直通过大陆的翻译，注意西方学者的思想动态。我主要的注意对象不是思想著作，而是历史著作，因为历史学者比思想人物对时代的变化更具敏感度。在历史著作中，谈到西方未来发展困难的并不少见。最让我感到意外的是，2010 年我买到一本厚达 650 页的大书，里亚·格林菲尔德的《民族主义：走向现代的五条道路》，书的开头她为本书中译本所写的前言就让我欣喜莫名，她说：

> 我们正面临着一场历史巨变。我们敢于如此断言，因为促成这一巨变的各种因素已经齐备，我们只需等待它们的意义充分显露出来。除非那个至少能够消灭人类三分之一的前所未有的浩劫（按，指核战争）降临人间，否则没有什么能够阻挡这一巨变的发生。这一巨变就是伟大的亚洲文明崛起，成为世界的主导，其中最重要的是中华文明崛起，从而结束了历史上的"欧洲时代"以及"西方"的政治经济霸权。

这一变化只是在新千年到来后的最近几年才开始变得明显……

这也就是说，世界史上的"欧洲时代"（从16世纪开始）即将结束，"亚洲时代"坦白说即是"中国时代"即将来临。格林菲尔德是一个专业的社会学家和社会人类学家，但同时具有深厚的经济学、政治学和历史学的素养。从1987年到2001年，十四年间写了两本大书，在前面提到的那本书之后，还出版了另一本《资本主义精神——民族主义与经济增长》。她是一个具有历史眼光的社会、经济学家，不像我只是一个爱读书的外行人，这证明我在二十多年前的灵感，并不纯粹是爱国心的表现。

我猜测，里亚·格林菲尔德一定也像我一样，被2008年美国的金融大海啸所震撼。任何人都不可能猜想得到，就在苏联崩溃、美国独霸全世界之后，以美国为首的西方经济会隐藏着这么重大的危机。这个危机接着引爆了欧洲的经济危机，到现在为止，没有任何经济学家敢于断言，西方经济可以恢复到以前的状态。回顾起来，我们难道不是可以说，西方的后现代思潮正是对于这一危机的非常敏锐的、有预见性的思想上的回应吗？

再说到台湾。20世纪80年代的台湾，经济上似乎生气勃勃，"台湾钱淹脚目"，大家得意扬扬，认为自己已经从现代进入后现代了。相比之下，大陆还非常落后，几乎还停留在前现代，因此也无怪乎新潮思想满天飞。大家没有想到的是，台湾经济是标准的依附型经济，没有美、日就没有台湾经济的腾飞，谁能保证后台老板永远发达呢？当然台湾的知识分子当时都相信，世界永远是美国的世界。

如果我们稍微敏感一点，就能体会到，台湾经济在李登辉的最后一任（1996—2000）已经出现了颓势。陈水扁的第一任（2000—2004）大家并不满意，要不是"两颗子弹"事件，他不可能连任。

关键就在经济，因为陈水扁在任四年，只有一次幅度极小的加薪，加上李登辉的最后几年也没加薪，大家都感到收入在减少。现在则非常明显，失业率一直在上升，收入一直在减少，台湾的中产阶级很少有人敢再做梦，台湾的年轻人前途茫茫，这是大家普遍感受到的，根本不需要论证。如果把现在的心情，对比二十年前后现代思潮流行时的欢腾气氛，能不令人黯然？因此我相信刘小新这本书，我们现在读起来，一定很不是滋味。这就仿佛我们已经破落了，却在反顾我们的辉煌时代。不过这种反顾还是必要的，这能够让我们体会到，在历史的长流中不可以太短视，不然受到伤害的还是自己。这是我读刘小新的书所想到的第一点。

我想说的第二点，是本书中第六章关于后现代与新左翼思潮的讨论。刘小新对从后现代产生的新左翼思潮特别有兴趣，这一章长达122页，是全书中最长的一章。其中涉及南方朔、杭之和《南方》杂志的"民间社会论"、《岛屿边缘》的"人民民主论"，以及《台湾社会研究季刊》的"民主左翼论"。"民间社会论"的一些主要参与者，大都有本土论倾向，恐怕跟后现代思潮无关。《岛屿边缘》和《台社》具有后现代倾向的人我大都认识，我要谈的主要是后面这一群人，尤其是跟我有深交的陈光兴和赵刚。

不管是"人民民主论"，还是"民主左翼论"，都被迫面对一个无法克服的现实问题：台湾最大多数的人口是闽南族群，占台湾人口的四分之三以上，可以说是"人民"中的绝大多数。然而这些"人民"却被本土论及民进党所裹胁，成为"民粹威权主义"下的群众，成为90年代台湾新霸权论述的基础。我自己身为南部闽南族群的一分子，深切了解这本来是南北差距和城乡差距的结合体，本质上是区域差距和阶级问题，但由于国民党长期的不良统治，却形成省籍问题，最后上升为统独问题。但我对此无能为力。也因此，我一方面希望让"人民民主论"的人了解，如果不能理解台湾南部的民众，他们的人民民主也就落空了；但同时，我也非常同情"人民民主论"者，因为他们也是"人民"，然而却在占据四分之三人口的主要人民的无形压迫之下，艰难地寻找生存空间。从这方面讲，虽然我不赞成《岛屿边缘》和《台社》主要的思想倾向，却不得不佩服他们探索的勇气。在"台独"派的"民粹威权主义"和右翼的后现代思潮（一味地颂扬台湾的经济和政治成就）之间，实际上只剩下极狭窄的空间，然而，他们坚持不懈地想要杀开一条血路。

我完全没有想到的是，这里面最勇敢的两个人，陈光兴和赵刚，竟然逐渐接近陈映真了，而且终于把陈映真的第三世界论作为他们重新出发的起点，这真是大大地出乎我的意料。这说明，具有左翼精神、想要探求真正的多元价值观（相对于和稀泥的多元观）的人，只要真心实意，确实可以走出一条独立思考的道路。

陈光兴、赵刚，还有郑鸿生（他跟我一样，也是出身南部的闽南人），为了表达他们对陈映真的敬意，决定接受人间出版社的邀请，共同合作出版《人间·思想》杂志，作为他们长期探索的另一个阶段的出发点。这对台湾思想界来说，是一个莫大的好消息。他们在"发刊词"中说：

> 西方各种流派的名词概念不停地被翻译成中文，组装为各派反抗行动的套件，再贴上台湾主体性的商标，于是就成为各派所标榜的进步知识品牌。凭依着它们，某种"代理人战争"一直在这个岛屿上乐此不疲地持续着。

这真是慨乎言之。如果我们仔细阅读刘小新这本书所讨论的许许多多的所谓新思潮，差不多就是在印证这段话。

正如我在前文已经提到的，里亚·格林菲尔德所说的，新千年可能预示了西方统治世界五百年霸权（如果从19世纪中叶西方真正征服全世界算起，其实不足两百年）的终结，那么，新千年也是旧的知识结构开始失去功能、新的知识结构开始形成的时期。我们应该从这样的起点来读刘小新这本书，来认识我们不久前还在套用西方没落时期的理论来为台湾的未来寻找答案，而且说得煞有介事，以此来对比我们现在的处境、我们现在的彷徨。这样，我们就更应该鼓起勇气，重新出发去探索新的认知方式，以及新的未来。

2012年9月4日

（刘小新：《阐释台湾的焦虑》，台北：人间出版社，2012年9月）

一个奇女子的历史见证
——王安娜《嫁给革命的中国》序

本书的作者王安娜是一位德国女性,1935年和在德国从事革命活动的中国共产党党员王炳南结婚,1936年随王炳南到中国,抗战胜利后与王炳南协议分居,1956年回德国,前后在中国度过了二十年的岁月。(王炳南是周恩来的重要秘书,后来在外交部工作。)

王安娜虽然最后回到德国,死在德国,但她热爱中国。抗战期间她在大后方辛勤地工作,跑遍了半个中国,和中国人民一起度过极为艰困的日子。本书就是她对抗战生活的回顾,她说:"我这本书并不是充满异国情调、眯起好奇的眼睛去观察'土人'的不可思议的记录。我对这个国家的描述,也并非像娱乐读物那样处理。但我对可称为我的第二故乡的土地上的人们所怀有的深情眷恋和尊敬的心情,想必读者是可以理解并产生共鸣的。"她又说:"在中国,年老的一代还知道那可怕的过去,记得苦难、压迫和剥削的刻度表,同时也记得中国共产党和人民大众所进行的使中国革命取得胜利、人民得到解放的英勇斗争,而中国的青年人则没有经过那些岁月。所以,应当让青年人也了解过去,只有这样,他们才能更好地认识今天,更加努力地为明天而工作。"这样一本充满感情的书,我拿起来就不忍释手,一口气读了十一个半小时,中间只吃了一个晚餐,直到半夜读完为止。关于抗战的书我读了一些,在我印象中,这是最为生动的一本。要了解中国的抗战,了解中国人在抗战期间所经受的苦难,以及在苦难中所表现的坚韧不拔的意志,很难再找到比本书的描写更细致入微、比本书的作者对中国人民更深具同情心的了。这是本书的重要价值之一。

本书还可以让我们看到一位令人景仰的、伟大的女性。作为一个近代西方文明教养下的深具人文精神的女性,作者对于异质文化的中国人的理解和同情,真是让人既感动又佩服。举例来说,她的丈夫王炳南出身于陕西的世家,她住到王家以后,发现丈夫的大哥娶了两个太太,一个是父母要他娶的,一个是他出社会以后费力追求得到的。为了追到第二个太太,他撒谎了,没有告诉她,他已结婚。他把第二个太太带回家,她才发现他已有太太,她只不过是侍妾的身份。她很痛苦,几乎想自杀,但作者同时还发现,第一个太太也很痛苦,又不得不识大体地容忍丈夫真正喜欢的女人,她说:

> 当我还是一个孩子的时候,父母就把我许配给大哥了。要是说我没文化,没教养,笨,那是真的,但这难道是我的过错吗?我的丈夫有合意的女人,我还要把妻子的位置让给她,谁能够体谅我是什么心情啊?

在叙述了这些事以后,作者评论道:

> 她和玉英一样(大哥喜欢的太太),说话时眼泪盈眶。对她的话,我实在无法回答。玉英她们的命运,在当时的中国,正是千千万万妇女命运的写照。

这就表现了她对中国从传统社会过渡到现代社会广大女性的同情,不论她是明媒正娶的还是自由恋爱的,她们同时都要忍受时代加给她们的命运。而对那些娶了两个太太的男人,她又评论说:

中国的青年们努力建立新的社会形态，但是儒家的家庭制度抵制他们的攻击。因此，年轻男子反抗强迫婚姻的方式仅限于和自己选择的第二个妻子结婚。只有极少数能有勇气和家庭决裂，不顾社会习惯势力的反对，而与第一个妻子离婚。

同样的，这些想要改造社会的青年，也无法自拔于社会之外，不得不委曲求全。这样，作者表现了她对这一具有悠久历史的中国之命运的深刻理解，同时也表现了她对不同处境的人们的深切的同情。这种见识和心胸，真是让人钦服。

除了同情心之外，作者还具有鲜明的正义感。抗战爆发不久，日本就对中国进行狂轰滥炸，完全不分军事目标和一般居民区，作者对此深为痛恨。她在南昌看到：

> 空袭后的南昌市，满目疮痍。这种情景，是任何一个受轰炸的城市都一样的。每当看到这种惨状，我都非常难受，不忍正视。孩子在被炸得血肉横飞的母亲的尸体旁号哭；老婆婆在冒着黑烟的断壁残垣和家人的尸体边蹲着，茫然无语；奄奄一息的负伤者在呻吟，这种呻吟声，即使多年以后，在睡梦中还会在我的耳边回响……

在另一个地方，她对日本的这种行为评论道：

> 从军事的观点来看，日军的轰炸并未取得成效。如果日本人认为这样做可以使一般市民的士气低落的话，那么他们是打错了算盘，这种情况后来在重庆也可以得到证明。重庆在1939年到1941年，特别是在夏季，每天都受到猛烈的轰炸，但市民的士气却毫不受挫。

她又引述了美国史迪威上校(当时)的话:

> 不管是哪一个中国人,看到被炸得血肉横飞的尸体和被炸坏的房子,即使是还没有见过日军,也对他们怀有强烈无比的敌意。

作者又从更广阔的历史背景批评了欧美国家不但对日军暴行无动于衷,还变相地支持日本:

> 当时还没有人预料到,不久之后,欧洲也遭到同样的空袭,城市夷为废墟,难民和死者每天接连不断地出现。1937年以来,在中国发生的这些事情——在欧洲简直是无法想象的惨剧,还没有引起全世界的关注。也正因为这样,美国和英国直到太平洋战争爆发前,仍然不断向日本提供钢铁和石油,可以这样说,正是由于他们这样做,导致了可怕的破坏,使千百万人死亡或成为难民。

综合来看,作者完全认识到,"二战"的双方,不论是日本、德国,还是英、美、法诸强,都是帝国主义的侵略者。当他们进行战争时,是完全不考虑一般人的苦难的,她对"二战"的本质有非常清楚的理解,不像现在一般的教科书,只会在两者之间强分正、邪。其实所谓的正方,也不过是五十步笑百步而已。(在欧洲战场,当法国投降后,德国也对英国狂轰滥炸。到了战争末期,美国又对德国、日本狂轰滥炸。战争结束后,许多城市成为一片废墟。整个"二战"期间,死于轰炸的平民,绝不下于战死的士兵。)

此外,作者还具有无与伦比的勇气。西安事变前,王炳南和她到了上海,她就在上海生下了儿子。不久,西安事变发生,王炳南是杨虎城信任的人，匆忙赶了回去，把她留在上海。她为此深感不安，认为自己不该袖手旁观，无论如何要赶回去。于是，她不听任何人的劝阻，带着初生的婴儿，千辛万苦地闯过中央军和西北军还处于对峙状态的潼关一带。下面是她所描写的渡过最后一道难关的经历：

> 作为无人区的分界线的是一条河，河水很浅，河床却很深。河上有一座桥，不过只剩下了一道道的横梁。剩下的旅客，几个来自甘肃的农民和张夫人，都下了车，小心翼翼地爬过横梁。我又冷又累，了无神气，实在难以下决心下车。
>
> 我曾多次乘各种汽车做长途旅行，对中国司机的驾驶技术之高，不能不深深叹服。他们驾驶的样子看起来很鲁莽，但反应极为迅速，因而很少发生事故。大部分司机对机械方面全无知识，对自己驾驶的汽车的内部构造，只知道是一种以奇妙的方式转动的外国机器。但从他们驾驶时临机应变和灵活运用的驾驶技术来看，的确是专家。尽管是看来根本不能行驶的道路，他们也能巧妙地通过，实在令人惊叹。
>
> 我们的司机，看来并不是第一次驱车通过只剩横梁的破桥吧，他这一次也圆满地成功了。就这样，最后的一道障碍被克服，通往西安之路打开了！

这一段充分显示她的非凡的勇气和睿智的判断。她的清明的理智是她敢于冒险的基础，她绝非只是血气之勇。

就凭了这种个性，她取得了宋庆龄和周恩来的信任，几次顺利地完成了交付给她的任务。在这过程中，"冒险犯难"这样的成语用在她身上不但不夸张，可能还显得太平实了。看了这几段，你只能由衷地叹服，真是个奇女子。

作为中国人全面抗日战争的历史记录，同时又表现了记录者令人钦佩的女性人格，这就保证了这本书的价值。但是，还不仅如此而已，这还是一本描写细腻、叙述生动的文学书籍。作为例证，我想举出书中较为突出的一个段落。

从武汉撤退时，作者和部分共产党人租用了一艘汽船，准备上溯到重庆，船上挤满了人。因为还在武汉附近，为了防备日本飞机的空袭，决定白天将船停靠岸边，大家到岸上暂躲，过了下午三点才开船（日本的轰炸很少晚于这个时间）。到了下午，不少人逐渐回到船上，希望早上船、早出发。三点钟刚过，最后一批人往堤上走，准备上船，接着马上就听到轰炸声了：

> 正走到堤上，突然听见巨大的爆炸声响。不久，三架大飞机便在空中出现。
>
> "糟糕！"李克农嘟哝着说，"全体隐蔽！"
>
> 在这块没有一棵树的平地上，怎么隐蔽呢？附近连一个土坑也看不到。要走到棉田那边，又太远了。飞机以令人惊恐的速度向我们俯冲过来。
>
> "散开！"李克农叫道，"不要聚在一起，分散！"
>
> 只要对这种情况有过一次实际体验的人就会明白，执行这样的命令是多么困难啊！不管是谁，遭遇危险的时候，如果身旁有人，不安之感多少会减轻一些，若此时只身一人，恐惧则会大大增加。我们设法至少在堤边的草丛中隐蔽。这时候，李克农喝道："安静地躺着，不要动！"我躺在地上，仰望着天，眼看着恐怖向我们袭来。
>
> 炸弹投下了，飞机飞得很低，因为地面上没有任何东西可以威胁它们。几颗炸弹准是落在了我们的船上。数分钟后，船上炎炎大火。"他们又来了！"不知是谁嚷道……

飞机的轰炸持续了30分钟。飞机把全部炸弹投下以后，就以四处奔逃的人、从燃烧着的船上跳到江里的人为目标，用机枪猛烈扫射。等到爆炸的声响完全远去以后，我们默默地走到堤上，看着我们那只燃烧着的汽船。然而谁也没想到，我们的财物正在那里被烧成灰烬，那些无可代替的贵重的东西，可爱的纪念品……

我们的船长因为这场轰炸，失去了夫人和四个孩子。

读到最后一段，看到投完炸弹的日本飞机，还用机枪对着四处奔逃的人扫射。（他们到底是不是军人啊！）我们简直不知道要说什么才好（最后全船的人只剩三分之一）。看完这一整段，我停了几分钟没法再读下去，心中充满了愤怒和哀痛。这一段让我们看到本书所有优点的融合：中国人民在抗战中所经历的苦难，作者王安娜的同情心与正义感，以及她那无与伦比的叙述才能。应该说，这种才能就植根于她那难以言说的伟大人格之中。

我于是敢于向大家郑重推荐这本书。

2010年5月

（王安娜：《嫁给革命的中国》，台北：人间出版社，2010年6月）

牛汉《我仍在苦苦跋涉》序

牛汉这个名字，既有乡土气，又让人感到亲切，我在一长串的"胡风集团"作家名单中首次看到，从此再也没有忘记过。然而，这个历史人名逐渐成为一个具体的作家，对他的作品与为人逐渐加深认识，却又经过一段漫长的时间。有一天，我想从周良沛的一百位中国现代诗人评传中选出十六位，编成一本书在台湾出版，选来选去，竟然发现自己把牛汉列入其中。如果是现在，我还会把牛汉的名字往前提升，列入中国现代诗人的前十名。三十年前，这完全是不可想象的。对现在许许多多台湾读者来说，这仍然是不可想象的，因为他们恐怕连牛汉的名字都没听说过。

牛汉，本名史成汉，1923年生于山西北部的定襄县。祖先是蒙古人，元朝时镇守河南，蒙古人被朱元璋赶回漠北后，他们家改姓史，定居在中国本部。牛汉身材高大、体格强壮，极能负重耐劳，这一切无疑来自他的蒙古血统。单看外表，你绝对想象不到牛汉是个诗人；看到了牛汉你也才能了解，诗人可以是多种多样的。

牛汉的诗是非同寻常的，多读了几首以后，你会怀疑："诗可以这样写？"接着你会进一步思考："那么，诗是什么？"突然，你会发现，文学教科书对于诗的定义似乎摇摇欲坠了。本书最后附录了牛汉的三篇名作，建议读者先加阅读，以便了解我的惊讶。为了加深印象，这里再举三个例子：

北方，
落雪的夜里，
一个伙伴，给我送来一包木炭。

他知道我寒冷，我贫穷，
我没有火。

北方呵，
你是不是也寒冷？

我可以为你的温暖，
将自己当作一束木炭，
燃烧起来。……（《落雪的夜》）

这是一首口语化的自由诗，没有韵脚，没有考虑到每行、每节的韵律感，好像随口说出；但谁能否认落雪、寒冷、木炭、火、燃烧这一系列意象所表达的极端穷困与火热的心灵的强烈对照呢？

啊，谁见过，
鹰怎样诞生？

在高山峡谷，
鹰的窠，
筑在最险峻的悬崖峭壁，
它深深地隐藏在云雾里。（下略）

风暴来临的时刻，

> 让我们打开门窗,
> 向茫茫天地之间谛听,
> 在雷鸣电闪的交响乐中,
> 可以听见雏鹰激越而悠长的歌声。
>
> 鹰群在云层上面飞翔,
> 当人间沉在昏黑之中,
> 它们那黑亮的翅膀上,
> 镀着金色的阳光。(《鹰的诞生》)

本诗后两节那种高远的意象让人沉醉、向往,但这是写于作者在"五七干校"天天做苦力、肉体备受折磨时。

> 我是根,
> 一生一世在地下
> 默默地生长,
> 向下,向下……
> 我相信地心有一个太阳。
>
> 听不见枝头鸟鸣,
> 感觉不到柔软的微风,
> 但是我坦然
> 并不觉得委屈烦闷。
>
> 开花的季节,
> 我跟枝叶同样幸福。
> 沉甸甸的果实,

注满了我的全部心血。(《根》)

跟前一首的精神昂扬相反,这一首写一种踏踏实实往下扎根因而体会到生活幸福的充盈感。这三首诗所综合表达的那种人生"境界",既是那么简单、朴实,却又那么深沉,超乎任何理论,直扣人心。比起深奥难解的艾略特、里尔克等人,这种诗不是更能深深感动许许多多平凡的读者吗?难道这些不是极为优秀的诗吗?

去年年底,《牛汉诗文集》(五册,北京:人民文学出版社)出版,牛汉的朋友为他举办了新书发表会。原本只能容纳60人左右的会场,却挤了近百人。发表会持续两个多小时,发言不断,没有冷场,大部分发言者都可以随口引述牛汉的诗作。其中,九叶派老诗人郑敏(九十岁)的发言让我印象最为深刻。郑敏20世纪40年代毕业于西南联大哲学系,她的诗学习西方现代主义。她说,在西方,诗人是高高在上的,备受社会尊崇,因此离群众就比较远。她很少看到像牛汉这样的诗人,在中国各阶层都拥有广大的读者群,这让她对诗人在社会中的角色重新开始反省。这话讲得很好。中国古代的著名诗人,都曾写出雅俗共赏的名作,在人民中间口口相传。在中国现代文学中,也有许多诗人继承了这个传统。由于中国现代历史的特殊历程,他们更进一步地成为人民的诗人,牛汉就是其中的佼佼者。

牛汉成长于抗战时期,由于故乡受到日本军队的侵占,不得不流亡他乡,过着流浪的学生生活。他的青年时代,是和许许多多颠沛流离的中国老百姓共命运的。为了战胜这种命运,他加入了共产党,参加了革命。革命成功后,他成为"胡风反革命集团"的一分子,此后二十年吃尽了苦头。牛汉的一生,其实是许许多多现代中国人的缩影;牛汉的诗歌,唱出了历尽千辛万苦的中国人的心声。这个生命,也许背负着常人所难以忍受的苦难,然而却咬着牙关,终于熬过了最艰难的时刻。说是终于苦尽甘来,却也未必见得。当然,这不是就个人的得失而言，因为全民族的未来仍然有许多让人忧虑之处。牛汉把他的自传命名为《我仍在苦苦跋涉》，不但说明了他（还有全体中国人）的过去，也表达了他对现在及未来的关切之情。牛汉的自传从一个侧面反映了现代中国曲折的命运，牛汉的诗歌表现了几代中国人在坚忍中求生存、在生存中求发展的那种既沉潜又高昂的精神。

前年（2009）五六月间，我买到这本自传，一口气读了大半本。后来要到北京，舍不得放手，就带着走，一路读到北京，终于读完了。到北京后，住一对年轻朋友家，我跟他们介绍这本书。后来我又到东北去，把书放在他们家，一星期后回来，他们说，书已看完，真好看。确实如此，这是一本让人看了就舍不得放下的书。我尤其推荐第一章和第十二章。第一章讲童年，主要根据牛汉的散文编成，很少看到回忆童年这么感人的，其中每一个人物都让人难以忘怀。第十二章讲牛汉在"五七干校"时，如何在极端困苦的工作条件下，重新萌生了写诗的冲动，这是了解牛汉第二次创作高潮的关键。一个人在极端困苦中，怎么会产生一种精神的需求，这种经验接近神秘，牛汉却能够讲得那么生动，我觉得，从这里最能够看出牛汉不平凡的个性与人生。说到这里，突然又想起牛汉的一首短诗，就抄在下面，以结束这篇简短的序：

> 是的，火焰可以泼灭
> 但仍然捕捉不住火焰
> 看到的只是焦黑的
> 被火焰烧过的痕迹

2011年8月19日

（牛汉：《我仍在苦苦跋涉》，台北：人间出版社，2011年9月）

醉里风情敌少年
——唐翼明《宁作我》序

本书作者唐翼明教授在台湾中国文化大学和政治大学中文系前后任教十八年，之前十年在美国读书，到美国前的四十年生活在大陆，小时候在湖南乡下长大，进高中以后一直生活在武汉。2008年他决定从政治大学退休，回到武汉定居。这简短的履历，足以透露他的一生的不平凡或者坎坷或者充满了戏剧性。但看了这本书以后，你会觉得所有的形容词都难以描述他的一生。

唐教授1990年来到台湾，任教于文化大学。根据当时台湾不久前订立的法令，大陆人要来台湾居住，最少要长居美国十年，并取得美国绿卡，而且有亲人在台湾，唐教授大概是按照这个法令最早来到台湾定居并任职的人之一。来台不久，我们可能就在学术会议上见过面，而且我已听闻他来台的背景。说实在话，有这种背景的人，以我的主观判断，他的亲人应该有不错的党政关系，而对这种人我是会保持距离的。但唐教授为人直爽，讲话不拐弯抹角，很合我的个性。更重要的是，虽然可以想象唐教授因为他的家庭关系在大陆吃了不少苦，但他从不讲大陆人的坏话，也不像一般留美学人，随意地鄙薄中国文化，这让我很敬重。他也知道我是个统派，不排斥大陆人，愿意跟我交往，所以谈得还蛮愉快的。

唐教授转到政大任教，不久升了教授，指导的研究生日渐增多。承蒙他不弃，常常向系里推荐我担任口试委员，见面次数增加。可能在2007年的某次口试中,我又见到他,距离上次见面至少一年多,我突然发现他的表情跟往日不一样,就脱口说:"唐老师,你是不是很想家(指大陆)?"他非常惊讶地说:"你怎么知道?我明年就要退休,回武汉长住了,有空来找我。"第二年暑假我又去考他的一个学生,他说,他马上要回大陆了。不久,我去参加他的退休欢送会。我从旁人口中知道,如果晚一年退休,唐教授可以领一笔钱,但他显然急着要走,连钱都不要了。

两年后,他从大陆寄了两本书给一些台湾朋友,一本是他的书法集,另一本就是《宁作我》,这是以五十篇散文的方式构成的回忆录。我收到书后,当天晚上读了大半本,一直到深夜。原来唐教授有这样的过去,真是一言难尽啊!我记得毕业四十年后的一次大学同学聚会里,其中年纪较大的一位同学,他的朋友也在场,朋友提起我的同学几十年前在大火中冒险救人,全身皮肤烧坏大半,又因为身子在地上滚动,全身肌肉粘满了大小石块,他的朋友详细描述他的手术过程。这些事我们以前都不知道,大家听了既感动又难过。这时我的同学说,"每个人都有自己的过去"。当晚我看唐教授的书,心中一直在想,"每个人有多么不同的过去啊!"平常跟唐教授相处,只看他意气风发,谈笑自信,哪里想得到他的过去是这个样子。

这本书的魅力很难形容,最好能够读几段书中的文字。国民党从大陆败退的时候,唐教授的父母跟着国民党走,把三个子女留给唐教授大伯照看,他们再按月寄钱回去。大伯主要是贪这笔钱,对三个侄子根本不关心,也不照顾。土改时,农民想分大伯的土地,就把三个小孩独立成一户,划为贫农,这样大伯一家四口占有八十多亩地,就可以构成地主的条件,农民可以分他们的土地。三个小孩无法独立生活,最小的弟弟由人领养,妹妹在一次痢疾中因为没有得到适当的照顾,竟然拉肚子拉到死。大伯对唐教授冷酷无情,从初中起唐教授就脱离大伯独自生活。为了考初中,唐教授清晨五点半从乡下出发,走三十里路,中午考完,再走三十里路回家,四点半到家,中间"没有吃过一口饭,喝过一滴水",最后全村只有他一个人考上。要上初中时,他不知道如何走到城里的学校,只好跟在一个挑担子入城的人的屁股后面走。请看下面这一段文字:

> 你很快就发现,走还不行,得跑,因为挑担子的人迈的步子比走路的人大,他又是大人,他就是不挑担子,你也很难跟得上他。现在他被担子压得不能不迈大步,你为了不被丢下就只好小跑了。你知道万万不能被丢下,因为不跟着他你就走不到学校。八月的太阳像火一样,你汗流浃背。这还不打紧,麻烦的是,你很快就流起鼻血来了。你小时候火气大,鼻子经常流血,所以你倒也并不害怕。先是一边流血,后来两个鼻孔都流血,连呼吸也困难起来,那挑担子的人也发现了,他可怜你,把担子放下来,带你到一口井边,用井水浇你的后颈脖,血才慢慢停下来。他问你为什么要跟着他跑,你这个时候才有机会把原委讲给他听。那汉子竟然露出一脸佩服的样子,说你将来要中状元。他请你吃了一顿中饭。吃饭后休息了一会儿又跟着他跑,太阳快下山的时候来到一个岔路口,他把担子放下来,指着那条岔路对你说,奶仔(读奶吉,你们乡下的土话,指男孩),你从这条路往前走十多里,就到呆鹰岭了,我还要继续走那条路到城里。分别的时候他好像有些依依不舍,说,不要怕,你这个奶仔有出息,将来中了状元不要忘了我啊。

唐教授自小聪明、活泼而有独立性,读书一直很顺利,高中考上武汉实验中学,这是湖北省最好的高中。高中也一直名列前茅,做过得诺贝尔奖的梦,看似前程似锦。此后,家庭背景开始发生作用，高考（约略等于台湾的大学联考）全武汉市第二名，却落榜了，因为没有一个学校愿意收他。请看唐教授这一段经历的回顾：

> 但是那一年你竟然名落孙山，不仅科技大没有取，北大、清华也没有取，连武大都没有取，全国重点大学没有一个要你，地区性的大学，如华师、武师也没有你的份儿，最后，连专科学校也没有你的份儿。你这样说，不是为了营造文章"层层递进"的语气，而是照实描述，因为录取的名单当时就是这样一批一批先后公布的。总而言之，几乎你所有的同学都榜上有名，连经你辅导的最差的一个印尼侨生（你是班上的课代表，有责任辅导成绩差的同学），数学期末考只考了九分的李××，都被录取了。但你终于没有听到宣读自己的名字。那个时候，省实验中学的高考升学率几乎是百分之百，考不上任何大学（包括专科）的简直就是异数中的异数，而偏偏就被你碰上了。
>
> 你在床上躺了三天三夜，不吃不睡，总算没有发疯。上大学的梦破灭了，诺贝尔奖的梦自然也跟着醒了。你从来不服输，这一次服输了。
>
> 你这一辈子注定跟诺贝尔奖无缘，去他的！

还好，武昌实验中学的何校长非常爱才，留他在学校当老师，这样，一个高中毕业生，居然成了初中教师，只有十八岁，而学生们十三四岁，两个侨生二十岁，他还是成为学校最受欢迎的老师，直到"文化大革命"爆发。这一段经历唐教授写得虎虎有神，异常精彩，很多段落都想引给大家看。但想引述的段落又都很长，建议大家自己看，从"一夕成名"直到"乌龟孙"，共六篇，特别是前三篇。

"文革"结束，恢复高考，唐教授理所当然考上武汉大学中文系研究所，而且是第一名考上。不久，在台的父母终于找到他，想把他弄到美国读书，所以他以最快速度毕业，成为大陆改革开放后第一个获得硕士学位的人。

我本以为，唐教授在美国一定过得幸福又快乐，哪里想得到，在美国是他一辈子所遇到的最大难关。他虽然进了哥伦比亚大学，但必须重新从硕士读起，而且必须在不到一年的时间内通过本校美语进修班的第十级，才能进研究所就读，而他当时的能力只在第四级。他父母显然都是清官，在经济上不能给他多大的助力，他只能住肮脏破烂的贫民窟。"一棵四十岁的大树连根拔起，栽进一片陌生的异乡土地，一切都不一样，一切都重新开始，举目皆是异类，开口几同白痴"，"顿顿三明治，天天ABC，也让我精疲力竭，胃口倒尽"，在重重的压力下，他得了抑郁症。下面要引的这段文字很长，但我认为这是表现唐教授的个性与毅力最重要的一段，是绝对需要的：

> 那天正深秋，下了地铁，在哈德逊河边萧瑟的秋风和枯黄的落叶中走回寓所，满身是疲惫，满心是凄凉。上得四楼，发现静悄悄的，原来我是第一个回来的租客。从过道里走向我自己的房间，好像穿过一间空荡荡的鬼屋，只听见自己的脚步声在背后踏踏地响，心里涌出一股莫名的恐惧与悲凉。推开门，把书包放下，脱掉外衣，抽出一层五屉柜，准备换一件衣服。突然，一件奇怪的事情发生了，我发现自己已经不能动弹，我取出了衣服，却没办法把抽屉再关上，甚至连把衣服套在身上的力气都没有了。我并没有感冒，没有发烧，头也不痛，四肢都健全，但就是不能动，身体仿佛只剩下了一个躯壳，所有的肌肉、血液和精气神，都从这个躯壳抽干了。这个躯壳现在仿佛是一个蚕蜕，意识倒还在，但这意识无法指挥自己的手脚。

我没法判断到底发生了什么事,一滴眼泪从眼睛里流了下来,然后是第二滴,第三滴,然后就不停地流,流得满脸都是泪。一个空壳子就这样留在了地板上,一分钟,两分钟,五分钟,十分钟,半个小时,一个小时,一个半小时。窗外暗下来了,夜色落了下来,这个壳子还在地板上。我想,我大概永远起不来了,我大概会这样死去。

这样的唐翼明竟然能活过来,并且在四十九岁(1991)时拿到哥伦比亚大学博士学位(我比他小六岁,得到博士——1983年——比他还早八年),真是令人惊异。在我身旁,我曾看到一些朋友、亲人、学生得抑郁症,有一段时间我的一些同事也怀疑我得了抑郁症。一个人在情绪最低潮的时候,不靠坚强的意志力和旺盛的生命力是很难重新活过来的。许多抑郁症患者以自杀了结一生,就是因为不能克服内心的软弱。唐教授写抑郁症的那三篇,值得一读再读。

就是因为有了这样的经历,唐教授终于顿悟,并且在六十多岁时终于看开一切,毅然退休,回到自己念兹在兹的武汉,过起自己喜欢的生活。他退休后写过一首诗:

> 退休岁月自悠长,日上三竿懒起床。
> 最是平生惬心处,读书不再为人忙。

看得真是令人羡慕。本书自序的最后一段话我也很喜欢,抄录如下:

> 我爱武汉,我爱长江。长江曾经激起我青春时代对美好未来的展望,磨砺我中年时节百折不回的斗志。现在到了晚年,我居然拥有一段长江,"子在川上曰:逝者如斯夫",她时时警

醒我加倍珍惜不多的余年，鼓勇前行，继续赶我的路。是的，我知道，远方还有更神奇更壮阔的大海。

说到底，我最佩服唐教授的还是他决定选择自己的喜好，走自己的路，迎接人生最后的一段辉煌。这正是我目前的理想，我已决定在不久之后也跟着他的路子走。

在我看来，这本书有两种读法。一种是，把它当1949年到1980年的大陆社会史来读，因为它虽然以唐教授自己为中心，却也写了不少当时湖南乡下及武汉的生活状况。唐教授虽然吃了很多苦，但他要写的是过程，而不是像伤痕文学那样的只是揭露。譬如写"文革"那一段，就好像是写一个客观的社会现象，只不过被斗的主角刚好是他。这一点是很了不起的，他没有把自己经历的痛苦，当作多大的冤屈来控诉。

这得归之于唐教授独特的人生观。他说，把笋子切成两半，可以看到一层一层的笋节，这些笋节就决定了竹子会长成多少节，这是竹子天生的本质。但笋长在哪一种地面，是好的还是坏的，就会决定竹子长得高大还是矮小。每个人的一生就像这样，长在哪一种地面自己是不能选择的，这是客观环境，你只能认了。我觉得唐教授还有言外之意，人跟竹子到底不一样，竹子长的地面决定了它的高大或矮小，但人却可以凭自己后天的意志和努力从不良的环境中把自我发展得更充实，更全面，要不然，贫穷之家怎么能够出现这么多杰出的人才？但人也不要太自负，毕竟人还是受了环境的限制，努力是要努力，但同时也要"知其不可奈何之处"，承认自己不是无所不能，这就是孔子所说的"命"。我觉得这是这本书另一项价值所在，唐教授以自己具体的一生，表现了中国传统儒家最健康的人生观。这样的人生观既有其能动的积极性，又有其收放自如的弹性，最后接受了"天命"，安心地选择了"自己"，不随大溜，不准备随时修改自己,以便向"成功者"靠拢。这样的人生观我完全认同,所以读起这本书来,好像拿自己的经历在做验证,并因为唐教授常常说出我心里的话而备感亲切与感慨。

  我五十五岁退休的时候,喜欢读刘禹锡的诗。刘禹锡是个大才子,二十二岁(虚岁)就考上进士,三十四岁就当上屯田员外郎,标准的少年得志。但须臾之间从天上掉落,从此在巴山楚水的西南偏僻地区过了二十三年的贬谪生活,让他的好朋友白居易为之感到不平,说他"诗称国手徒为尔,命压人头不奈何"。但刘禹锡以五十三岁的高龄离开谪居地,却说,"沧洲有奇趣,浩然吾将行",好像少年人初次游历天下。他还说,"莫道桑榆晚,为霞尚满天",这比只活了四十几岁的李商隐"夕阳无限好,只是近黄昏"的衰飒,更让人感到鼓舞。我最喜欢的是这两句,"眼前名利同春梦,醉里风情敌少年",一切都已经看开了,但豪气仍在,不输少年人,就像唐教授所说的,"远方还有更神奇更壮阔的大海"等待我们去欣赏。这样的人生,实在太有意思了。

2012 年 3 月 6 日

(唐翼明:《宁作我》,台北:人间出版社,2012 年 3 月)

艰难的历程
——我所知道的施淑教授

施淑教授是我在台湾大学中文系读书时的学长，1967年我进本科，1968年她硕士毕业，随即考上博士班，次年休学，再过一年到美国留学。我们两人同在台大的时间只有两年，而且届次相差太大，根本没有机会见面。

施老师离开台大后，我逐渐听别人谈起她。据说叶嘉莹先生决定赴美研究，不再回来，施老师因此不想再念下去，要到美国跟叶先生读书。后来叶先生转到加拿大教书，施老师也到同一个学校读博士。别人又跟我说，施老师的硕士论文很出色，已由文学院遴选为优秀论文出版。那时我进入硕士班，可以免费领取。为了学习写论文，我翻阅过一些学长们的硕士论文，但通篇读完的只有三本，施老师的即为其中之一。

施老师的硕士论文是从人类学、民俗学的角度讨论《楚辞》中的《九歌》和二《招》，论证《九歌》、二《招》和楚国的祭祀仪式及招魂习俗的密切关系。我至今记得论文的要点，到现在我对《楚辞》的理解还一直受到她的论述的影响。

叶先生和施老师先后离开台大，是因为当时台湾严酷的政治气氛。叶先生的丈夫莫名其妙被关押数年，出狱后找不到工作，后来有机会到了美国，无论如何也不想回台湾。为了家庭，叶先生当然也只好出国。施老师大学时代是个文艺青年，到台北之后，很快就读到陈映真的小说，对他非常佩服，两人早就认识。1968年施老师正在撰写硕士论文时，陈映真因思想问题被捕，这对施老师是极严重的打击。当时台湾的大学毕业生，只要家庭条件许可，都想到美国读书。对施老师来讲，这尤其重要。由于受到叶先生、陈映真，还有许世瑛先生、台静农先生的影响，她再也不能忍受台湾当局的思想禁锢。

后来，我又听说了一件事。叶先生有一年从加拿大回到她魂牵梦萦的"北平"，又到处看了看，写了一首长篇的《祖国行》发表。这下子她进了台湾当局的"黑名单"，回不了台湾。凡是上过叶先生课的人都很想念她，而这，一直要等1987年台湾"解严"以后才能实现，我们足足等了二十年。在这期间，施老师曾经自己出资，把她手边收藏的叶先生的旧诗稿付印成册，分赠给一些人。这当然需要一点勇气，也需要一点侠气。

大概在20世纪70年代末或80年代初，我在刊物上看到施老师讨论汉代诗学的一篇文章，粗略一读，就知道暗中应用了马克思的文艺理论。那时候我也正通过英文"偷读"马克思一类的著作（那时还是禁书），很容易辨认出来。我稍加探问，知道施老师已从加拿大回台湾，在淡江大学任教。

那时候的台湾正热闹得很，党外运动如火如荼，左翼乡土文学的思潮铺天盖地，搞得我们一些中文系的博士生和年轻学者无心读书，每天热血沸腾地看选举、看各种杂志，古典文学的世界离我们越来越远。就在这种气氛下，施老师和我不约而同地把越来越多的精力投注在现当代台湾文学上。这样，我们终于有机会在一些场合见面了。

应该说，我们当时的心境是有些类似的，我们都向往民主、开放的社会，对国民党长期的禁锢与封闭深恶痛绝；同时，作为台籍知识分子，我们也希望台籍人士早日获得参政权。正是在这种"热爱台湾",希望台湾明天会更好的期盼下,我们宁愿放弃古典文学,走向台湾文学。就是在这段时间内,施老师写了一批非常精彩的、有关日据时代台湾文学的论文,在日据时代台湾文学的研究上起了非常好的引导作用。

1990年左右施老师出版了两本论文集,其中一本讨论早期中国社会主义文艺理论的发展,同时还论述了胡风、路翎和端木蕻良三位作家。我非常意外,不知道她在中国现代文学方面下了这么大的功夫。后来才了解,在加拿大读书时,这是她研究的论题。1977年回台湾后,在当时的戒严体制下,她当然不可能继续研究三四十年代的左翼文学,所以,这个工作实际上只进行了一半。

这样,我们就看到,作为一个学者,施老师已经从古典文学转到中国左翼文学,再转到日据时期的台湾文学。她在每一方面的论著都不是很多,但其成就却是为台湾学术界所公认的。

万万没想到的是,就在新、旧千年之交,施老师竟然决定抛弃她花了十年心血的台湾文学研究。但我完全能够理解。当我们决定在学术上改变方向时,我们是为了拥抱台湾的现实,希望为此稍尽绵薄之力。哪里想得到,这种热爱台湾的心情竟被外国势力和少数有心人所利用,形成了一种排斥异己的台湾民粹主义,而且还反过来仇视大陆。在这种气氛下,我们的研究根本无人重视,因为所谓台湾文学研究已经成为一种立场的宣示,毫无客观性可言。十年的光阴就这样过去了,想起来就难过。不但施老师想找个新方向透透气,连我都想躲回到古典诗的世界中了。

但施老师到底不能忘情于台湾,因此她转向了伪满的文学,想从这里入手,再回过头来全面探讨所谓的"大东亚文学"。作为日本帝国主义时代的产物,确实有必要对这种现代东方的殖民主义思想展开批判性的研究。施老师这一选择无疑是非常具有前瞻性的,同时,也可以有力地驳斥"台独"派对日本殖民统治的美化。

然而，就在施老师发表了令人瞩目的三篇论文以后，她却似乎想要停笔了。学生（我们有许多共同的学生）跟我说，老师，你应该让施老师再积极一些。我也不知如何回答才好。

说实在的，一个人的精力是有限的，一个人随着环境的变迁，或主动，或被迫地改变研究对象达四次之多，谁能不感到疲倦呢？2000年陈水扁当选的时候，我也同样感到非常泄气，不知道自己以后还能干什么。有一阵子只能天天读东坡诗集或刘禹锡诗集，几乎什么文章都不想写。况且，每一次面对大环境的变化而不得不自我调整时，其实都意味着生命的转型。当你对前途感到困惑，不知何以自处时，是很难提出什么见解的，只能静待另一种生机的出现。我是这样理解施老师最近这几年的心情的。

我之所以写了这样一篇似乎有些伤感的序，是想让大陆读者理解，每个人都有自己的不幸，不可能一辈子生活在幸福之中，而一个学者也是一个人，如果能从这本书中读到一个真诚的台湾学者的心情，大概同时也就能体会六十年来的台湾并不像许多大陆同胞所想象得那么美好。

写到这里我又想起陈映真。有很长的时间，他同时不被两岸知识分子所理解，现在他长期躺在病床上，大概也无法知道世界是如何变化的。想起来，施老师，还有我，都是比较幸运的，我们都看到世界似乎越来越不一样了。因此我相信，以施老师坚韧的生命力，一定还能找到另一种新的生活样态。刘禹锡有句诗说，"莫道桑榆晚，为霞尚满天"，我常常以此自我激励。有一位年轻的大陆学者安慰我说，现在四十岁只能算半成品，五十岁才算成品，六十可以成神品，七十、八十就进入圣品了。这话让人听了高兴，但倒也未必不合乎时势。想到许多大陆学者一辈子历尽沧桑，现在都八十多岁了，还读书、写作不辍，自己哪能算老？施老师也不过比我大几岁而已,她愿意整理旧作出版,应该是一种"推陈出新"的行为,至少她许许多多的学生都如此期望,这,施老师应该是知道的吧。

2012 年 10 月 3 日

(施淑:《两岸:现当代文学论集》,北京:清华大学出版社,2014 年 1 月)

《朱晓海教授六五华诞暨荣退庆祝论文集》序

朱晓海教授即将于2016年1月从台湾清华大学中文系退休,众多受教于或受益于朱教授的后辈,筹印这部朱教授退休纪念文集,希望我写一篇序,我是义不容辞的。

我跟朱晓海教授在清华大学同事十九年,最后几年交往极为密切,本文集中参与撰稿的诸多年轻学者常与我们二人欢聚谈笑,几乎无月无之。回想当年情景,至今仍然怀念。朱晓海教授在台湾大学中文系就读时,只低我两届,在他进入大三、大四而我已为硕士生的前两年,我们曾经一起上过课(好像至少两次),我很早就知道他。清华大学的其他老师,都比我们两人年轻五六岁以上,只有我们两人属于同一世代,我们有比较多的相同记忆,聊起来可以有一些共同的话题。

促使我们两人交往比较密切的,还有一个原因,我们两人后来都没有考上台大中文系的博士班。朱教授早就引起一些老师的注意,认为他古籍读得很熟,读书有自己的见解,他没有考上博士班,曾经引发议论。我在台大的表现没有朱教授出色,没有考上博士班相对来讲就平常多了,我本人并无怨言。但我们两个居然都同样受阻于同一位教授,却让我感到有些意外。我必须坦白承认,我们后来之所以较容易亲近,是因为我很早就很同情他的遭遇,我认为那种遭遇,对他来讲是很不公正的。

我后来主动接近朱教授，是在读了他升正教授的论文集之后。在此之前，我对朱教授的学问并不太了然，因为他早期关注的是先秦典籍，而我先秦典籍的修养并不好，无法了解他的研究。他的升等论文集，主要论及汉赋及魏晋时期的文学，我拜读了其中一些篇章以后，非常佩服。他读书非常仔细，常常提出一些别人没有想过的问题，而他解决问题的方式也让我颇感惊讶，我想要了解他为什么会这样做学问，所以有时就主动找他聊天。就我的记忆，这是我们来往越来越密切的原因。

　　那个时候我在系里的处境已经相当孤立，而朱教授一向独来独往，所以我们不但一起聊天还一起喝酒，我喜欢跟学生聚会，他也喜欢跟学生聚会，两人的聚会常常合二为一，我们的聚会圈也就越来越大。我的学生他都很熟，他的学生我也逐渐熟悉，不属于我们两人的学生有些也来参加聚会，以我们两人为核心，形成了一个很奇特的交游圈。应该说，系里的老师对这样的现象虽然有点侧目，但他们还是容忍了，他们的学生参加我们两人的聚会，并没有受到自己老师的冷眼相待，当时清华中文系开放的学风还是很值得称赞的。这种情形，一直维持到2003年我从清华大学退休。当然，在这之后也时有聚会，但每年也不过几次而已，不像我退休前，常常每周都有。

　　当时清华中文系的老师比较年轻，认为中文系的毕业生出路有限，在本科阶段应该让他们多接触外系课程和实用课程，以便将来就业可以有更多的选择，所以并不特别鼓励学生考研究所，走学术路线。这样，在硕士、博士阶段，就形成一种独特的现象：从清华本科到硕士再到博士的学生非常地少，我们所收的学生常常要从硕士甚至博士阶段才开始指导，这样的指导其实是比较辛苦的。我的情况可能比较单纯，来找我指导的学生都是要研究中国现代文学的，找朱教授的学生来源相当多，从经学到汉代学术，再到魏晋南北朝文学都有，而朱教授都尽心地一一指导，每一本论文都非常认真地修改。他曾几次邀请我参加他的学生的论文答辩，我看得出，有些文字是他添加的，我坦白问他，他说确实是他加的。可以说，他的学生的每一本论文都倾注了他不少的心血，我告诉他，如果这样，不论硕、博士，我一年顶多只能让一个学生毕业。他的完美主义、他对学术论著的执着让我自叹不如，也让我一直在思索：怎么样的指导才算尽到责任？

这又引发我另外一种感慨，我觉得，虽然朱教授的学生都非常佩服他的学问，但似乎没有人学到他的博通与精深。因为一种不好明说的原因，我不收古代诗词的学生，我常跟我的学生讲，我的专长在诗词，中国现代文学连半路出家都算不上，我只能把他们引导入门，入门后要多读当代大陆学者的论著，最好能够亲自接触这些学者，我的学生大都听我的话，我因此非常高兴。可以说，我花最大精力的诗词，并没有机会传授给我的学生，但环境逼人，也是无可奈何的。朱教授就不同了，从先秦古籍，到古文字学，到汉晋学术，再到汉魏晋南北朝文学，他精通的东西太多了，而他的每一个学生都只能学到一小部分。他的学生也都知道，但没有人有能力达到这么通博的地步，这也只能理解，最后也是无可奈何。

就说魏晋南北朝文学吧。我知道他写了许多篇西晋文学的文章，其中尤其关心陆机、陆云兄弟。我问他，陆机的重要性在什么地方，为什么我始终不能体会？他跟我说，你们从唐宋文学起家的，基本上都从唐宋、明清、民国的角度评价魏晋文学，当然无法理解陆机的重要性。经过他一点破，我终于知道我们这种唐宋派学者的盲点。譬如说，后代的人常常批评，陆机对于吴国的灭亡好像一点兴亡之感都没有。现在我已经了解这种批评完全忘记了魏晋是一个门阀士族的时代，而陆氏是东吴有数的大世家，陆家对于东吴的灭亡的感受，和唐宋以后的朝代兴亡是有很大差别的。关键是我们是从后代来看魏晋，忘记了首先要从魏晋来看魏晋。我跟他的这一次谈话虽然并不是很深入，但我由此体悟到了唐宋、明清、民国以来，评价魏晋南朝文学的方式应该重新反省。

朱教授还有一篇文章，论及西晋诗人张协的《杂诗》六首，我印象也很深刻。张协在《诗品》中被列为上品，《杂诗》六首是他的代表作，但我对这组诗并没有特别的印象，钟嵘对张协的评语我不知读过多少遍，但并没有特殊的体会。朱教授仔细分析了这六首诗所描写的题材及其遣词造句，以此说明钟嵘评张协"又巧构形似之言"的确切意义。我对鲍照的作品比较熟悉，也记得钟嵘评鲍照，说他"善制形状写物之词，得景阳（张协）之诡诡"，"贵尚巧似，不避危仄"。读了朱教授的文章，我终于体会到钟嵘对张协和鲍照的关系掌握得非常好。这个例子可以说明，朱教授对于一般人熟悉的诗文读得非常仔细，常有出人意表的解读。朱教授关于魏晋南北朝文学的论文非常多，可惜我读得太少了。由此可以推想，他在其他范围所写的论文，一定也有很多精彩的论点。看过朱教授的一些文章，浏览过一遍他的著作目录，很少有人不佩服朱教授的学问的，但遗憾的是，全面拜读他的学术论文的人可能不多，他的整体成就还有待于我们去认识。

最近几年朱教授的身体好像有点问题，不过，经过一阵子的治疗和调养，恢复得相当好，今年我跟他见了至少两次以上，发觉状况确实不错。以这样的身体和精神状况来说，六十五岁退休，只是人生另一阶段的开始。我相信他一定会善自调摄，迎接更辉煌的未来。祝福他。

2015 年 9 月 29 日

（《朱晓海教授六五华诞暨荣退庆祝论文集》，台北：台湾学生书局，2015 年 11 月）

为赵刚喝彩
——赵刚《求索：陈映真的文学之路》序

2009年10月中旬，我为了撰写陈映真的一篇论文苦恼不已，我始终在两三个模糊的主题间徘徊、动摇，无法敲定一个中心点，这时候距离11月21日预定于台湾交通大学召开的陈映真研讨会只剩一个月的期限了，突然我收到赵刚发来的一篇文章，分析陈映真第一篇小说《面摊》。

这篇文章让我大吃一惊。我对《面摊》一直抱着成见，认为不是好小说，因为里面似乎同时存在两个情感重心，模糊了小说的主题。赵刚也意识到这个问题，并且对此有极精彩的分析，他让我终于了解，陈映真为什么会写成这个样子。同时，他对小说中一个隐微的意象做了出人意表的诠释，我认为完全切合陈映真的用心。《面摊》是不是好小说姑且不论，至少赵刚解开了我长期的迷惑。我立刻给赵刚回了一封信，热烈地赞扬一番。

隔了几天，赵刚寄来一篇五六万字的长稿，说，这才是他要在研讨会发表的论文（此文删削、修改后成为本书第一篇）。我在电脑上速读了一遍，又印下来细读了一遍，真是叹服不已。我回了一封长信，其中这样说：

你的文章对陈映真某些小说的解读极让人激赏，特别是《永恒的大地》关于台湾妓女的部分（我不能肯定你的解释是否过度诠释，但仍然极有价值），以及《祖父与伞》的寓意。《祖父与伞》我一直很喜欢，但没想过陈映真为什么要写这一篇，你讲的很有道理。我认为，你对这一篇和《面摊》的解读是你的陈映真评论最有贡献的部分。《猎人之死》《哦！苏珊娜》《苹果树》也很好，这三篇（还有《永恒的大地》）我读过好几遍，有一些地方我没看出来……你的陈映真评论几乎是火山喷发式的，真是让人惊叹。向你致敬。

赵刚对早期陈映真几篇小说的细读，我只能用"真了不起"这样的字眼来形容。像《祖父与伞》那样的诠释，恐怕是任何人都不会想到的。像《永恒的大地》那样的"破译"，让自以为猜对了一半的我恍然大悟，那才是"正解"。我跟赵刚戏称，他天才地创造了陈映真三大诠释（还包括《面摊》）。后来赵刚又陆续寄来几篇，其中他对《一绿色之候鸟》《兀自照耀着的太阳》《最后的夏日》和《云》的解读，虽然都跟我原来的想法不一样，但我也立刻完全认同。

我可以十分有把握地说，关于陈映真许多具体作品的"破解"，赵刚远远超过所有以往的陈映真评论。

我写过一些小说分析，知道要这样细评小说，又不流于胡猜，非把小说读个五六遍不可，而且，凡遇到疑惑处，非反复思索不可。现在许许多多的文学论文，说实在的，根本没有好好读一次作品，就按照某种理论编出来了。我自认为是肯努力读小说的，但要跟赵刚比，只能说差得远了。赵刚在"自序"第三节谈到他如何苦心阅读陈映真，其实那才是研究文学的基本方法，值得台湾自以为研究文学的人好好读一遍。

不过，细读陈映真的每一篇小说，只是赵刚研究陈映真的出发点，赵刚的主要目标，是要勾勒出陈映真思想的发展历程，并且思索陈映真思想对当代台湾知识分子所可能具有的启示作用。就我目前所阅读到的文章而言（还包括本书之外的许多单篇），我认为，赵刚对陈映真的整体研究，为我们做了一个作家研究的示范，让我们知道：在战后这一个极端扭曲的台湾社会里，像陈映真这样一个知识分子，如何在青春的乌托邦幻想与政治整肃的巨大恐惧下，曲折地发展出他的小说写作的独特方式，以及借由小说所折射出来的他个人的思想轨迹；随后，在越战之后，他又如何发展出一套第三世界想象，并借着另一种小说，思考台湾知识分子的位置及其潜在问题。虽然赵刚对陈映真的研究，还伴随着他个人作为一个知识分子的自我反省，但把赵刚的主观成分加以过滤，我们仍然可以看到陈映真五十年来创作与思考的完整的历程。在战后台湾文学的研究中，我以为赵刚所做的工作是独一无二的，因为只有对陈映真加以完整了解，只有在这了解的对照下，我们才能真正领悟战后台湾文学（甚至台湾社会）的根本问题。就此而言，赵刚的研究应该得到所有台湾文学研究者的重视。

　　以上谈的是我对赵刚文章内容的看法，但我的感想并不只限于这些。我一面读这些文章，一面想起陈映真。二十年前我写过两篇陈映真的评论，那时我还没认识陈映真。1992年我加入中国统一联盟，跟陈映真才有比较多的交往，曾经有几次跟着他办事。我跟他的关系，接近于左派意义上的"同志"，虽然我对他怀有深厚的感情，但我们的气质并不相投。那个时候他非常地孤独，这是任何人都看得出来的，而我也非常地孤独，但我们却无法相濡以沫。那时候我常常觉得，作为台湾统派的领袖，陈映真可以做得更好。在一篇篇读着赵刚的评论时，我有时候会很想念在北京养病的陈映真。我曾跟赵刚说，如果陈映真现在能读你的文章，那该多好。如果赵刚这些评论写在90年代，我相信陈映真会受到很大的感染，也许他的作为会是另一个样子。但历史就只能是目前这个样子，这才是真正的历史。

那一阵子我也常常想起赵刚这一两年来这种沉迷读陈映真、执着想陈映真、热衷写陈映真的"非理性"行为。我相信我了解这种行为，这叫作"造次必于是，颠沛必于是"，这是一种十足的投入。这种投入是一种精神需求。我很了解，赵刚借由阅读陈映真所想探求的、所企图建立的、那一种模糊的说不出的东西，和我心中所向往、所寄托的，并不一致；但那种"路漫漫其修远兮，吾将上下而求索"的锲而不舍，我也很了解。一个人意识到认识上有了困境，不惜以拼搏的精神去寻求，似乎模模糊糊看到了答案，但也不敢肯定是一条康庄大道，这样的人是非常勇敢的。世上多的是自以为智珠在握的人，究其实，不过人云亦云而已。赵刚在"自序"中坦然承认，昨非而今是，这也是勇敢的。我以为，不论赵刚在陈映真评论上得到了多少睿见，事实上还因为他背后的这种精神引发了我热切阅读的情绪。

这篇序是我主动要求的，很感谢赵刚给我这个机会。

2010 年 9 月 19 日

补记：赵刚的陈映真评论还要出第二本，我想提请读者记得，一定要继续读第二本，不然只算读了一半。

（赵刚：《求索：陈映真的文学之路》，台北：联经出版事业公司，2011 年 9 月）

评赵刚两本陈映真研究

在《求索》之后,赵刚即将出版他的第二本论陈映真的专著《橙红的早星》。将这两本书合读,就可以看出赵刚对陈映真研究的巨大贡献。可以毫不夸张地说,以后任何人想研究陈映真,都必须以这两本书为基础,没有细读过这两本书,就不要想进一步探讨陈映真。这是肺腑之言,不是为自己的朋友乱喝彩。

在为《求索》写序时,我是以随感的方式简略地谈谈赵刚细读陈映真所得到的某些"洞见",以及他阅读陈映真的极为少见的热情。现在再加上这本书,我认为就可以谈论赵刚陈映真研究的具体贡献,以及可能存在的不足,以便为将来的进一步研究做参考。

首先要提出的一点是,赵刚对陈映真每一篇小说的细读功夫远远超出以前的任何一个陈映真评论者。我自认为是台湾读陈映真比较认真的人,前后也写过三篇专论,但比起赵刚来,我的细读程度就远远不如他。很多细节,经他一指出,并稍作分析,我才恍然大悟。以下举三个例子。赵刚在评论《苹果树》时,特别提到三个穿海军大衣的人,坦白说,这篇小说我读了至少三遍以上,完全没有留意到这个细节。接着,他分析了穿海军大衣的人在当时的阶级成分,以及这三个人在小说中所可能蕴含的作用,这是任何评论者都不可能料想得到的。另外,他谈到《一绿色之候鸟》里的赵公,说他中风以后,别人发现他房间的墙壁上贴了许多裸体画,中间还混杂着"几张极好的字画"。墙上的裸体画这个细节我记得极清楚，但我一直看漏了"几张极好的字画"这一句，而这一句对分析赵公的人格却是极为关键的。

第三个例子涉及陈映真早期极少人注意的一篇小说《死者》。《死者》我一直读不懂，不知道陈映真为什么要写这一篇，而且小说读起来颇为枯燥。我们看赵刚如何指出一个非常有意义的细节：小说的主角林钟雄看到右边墙壁上二舅的照片是"穿着日本国防服"，旁边炭画所画的阿公却穿着儒服，而且手里还握着一本《史记》，而左边的墙壁上则挂着一帧抗战期间的委员长的画像，下面却是一张笑着的日本影星若尾文子的日历。这个细节实在太有趣了，它也许未必是解开这篇小说之秘密的钥匙，至少可以看到陈映真对光复初期的台湾社会所感觉到的历史的荒谬感。

以上只是提到我印象最深的三个例子，如果要全部罗列，还可以举出很多。我觉得，现在如果要进行陈映真研究，最好能够先把陈映真的每一篇小说至少细读两三遍，再来看赵刚的解读，以及他在解读过程中所提出的而你却没有注意到的细节，这对解读陈映真以及理解赵刚的陈映真诠释，恐怕都是非常重要的基础工作。

赵刚细读陈映真的第二项贡献，是企图全面地指出陈映真小说中的政治影射。由于50年代恐怖、肃杀的气氛，政治上早熟的陈映真不能直接说出他真正的看法，只好以极隐晦的方式来隐藏他的真意。譬如，在《将军族》一篇中，他以外省籍老兵和本省籍下层女子的落难、相濡以沫、最后一起自杀来暗示两边的被凌辱与被损害的无产者先天上的感情联系。小说中有这样一句话"鸽子们停在相对峙的三个屋顶上，恁那个养鸽的怎么样摇撼着红旗，都不起飞了"。这是老兵在多年后与台湾少女重逢，远远望着她时，所看到的空中景象。大约在70年代末或80年代初，大陆有个评论家指出了这篇小说的阶级色彩，并特别点出"红旗"这个意象。这篇小说台湾不知道有多少人读过,但是从未有人注意到文中的"红旗"。经大陆评论者指出后,远景版的小说集《将军族》(1975)就被台湾禁掉了。应该说,没有人想到陈映真会以这种"夹带"的方式来满足他对另一种政治理想的向往。而且,在大陆评论者之后,台湾也没有人按此方式继续追寻下去。

就我所知,到目前为止,赵刚是唯一系统寻找陈映真小说中的政治暗示的人。他第一次尝试分析陈映真的小说时就注意到这一点,因为他在陈映真的第一篇小说《面摊》中就看到了几次出现的"橙红的早星",也就是说,从第一篇小说开始,陈映真就一直想要在他的作品中"塞进"一些政治内涵。赵刚在诠释《祖父与伞》时,说这篇小说的"两个春天过去了,尤加里树林开始有砍伐的人。我们,全村的人,都彼此知道自己有些难过"这几句,是暗示了50年代国民党对台湾左翼分子的大肃清,我非常赞叹,认为是天才的发现,但似乎有人不以为然(贺照田好像就如此),但我觉得不会错,赵刚的敏感是不会有问题的。

关于《永恒的大地》,赵刚认为里面的父子两人是影射蒋介石和蒋经国,我完全赞成,因为在赵刚之前我就是这样阅读这篇小说的,不过赵刚的诠释明显比我想的还要周到而详尽(我的设想还不及赵刚的一半)。还有,《一绿色之候鸟》里的候鸟,"这种只产于北地冰寒的候鸟,是绝不惯于像此地这样的气候的,它之将萎枯以至于死,是定然罢"。他认为这是影射60年代台湾知识分子所向往的美国的自由主义,这个我虽然完全没想过,但经他一指出,也觉得很有道理。我认为,凡是赵刚认为陈映真小说中有政治影射的部分,都不能随便否定,都值得我们仔细想一想。

以上所提的这两点,当然都跟赵刚所关怀的大主题密切相关,即陈映真在饱受政治压抑下的战后台湾社会经历了怎样复杂的思想历程;这一历程涉及日本的殖民,光复后国民党的接收,国共内战,国民党败退后一大批外省人流亡到台湾，美国势力强力介入台湾地区，两岸隔绝，美国文化主导台湾地区，越战及越战所涉及的第三世界问题，当然接着就是70年代以后台湾社会的巨变（国民党威权体制解体、"台独"势力兴起、两岸恢复交流等）。因为陈映真长期以来都必须隐藏他的思想倾向，在小说中只能以极扭曲的方式来表达，所以赵刚这种极为细致的、有时甚至有点"想得太多、太深"的阅读方式完全是必需的。也许有人并不完全同意，但在衡量赵刚的解读是否有效时，一定要考虑到赵刚所勾勒出来的陈映真思想经历的那一条大线索，要把这些不同寻常的解读放在这条大线索下仔细检视，才能加以判断，不能只看某一篇小说，或某一个局部，就马上认为赵刚走得太偏了。

当然，整体地看，我们可以对赵刚所勾勒出来的陈映真的思想轨迹加以评论，指出他的贡献，同时也可以批评他的不足或过度诠释。但是，首先我们必须承认，赵刚是充分考虑到陈映真思想的多面性的。关于这方面，我觉得至少有必要提出两点，即陈映真小说中的两性关系问题，以及外省人在台湾的处境问题；赵刚对这两个问题的重视，远远超出以往的陈映真评论，绝对值得肯定。

像我们这一代在60年代后半期的大学时代就开始读陈映真的人，凭直觉都感受到小说中到处弥漫着青春期的异性问题，而且陈映真的处理方式似乎特别迷人。但是，大家在公开讨论时，不知道什么原因，总是轻轻略过。其实，不论在陈映真的思想中，还是在他的艺术中，女性，特别是女性的肉体及其诱惑力，都是关键，不处理是不行的。赵刚《求索》的第一篇长文的副标题是《左翼青年陈映真对理想主义与性/两性问题的反思》，就鲜明地表达了他对这个问题的重视，并且认为，这是陈映真的"左翼男性主体"的核心部分。我们或许不同意他的解读，但他把问题提到这个高度上，绝对是正确的。

陈映真对流落在台湾的外省人的重视，以他的台籍身份，在60年代的台湾文坛可谓异数。我以前曾经提过，陈映真是"大陆人在台湾"这一题材的开拓者，并且还怀疑白先勇有没有可能受到陈映真影响（《小说与社会》，联经出版事业公司，1988年，第60页），但这只是简单的几句话。赵刚却始终把陈映真这种题材的作品放置于核心地位，并且从这个角度来谈论陈映真的思想深度。我怀疑，陈映真对外省人问题的深刻理解，是他特别吸引赵刚的一个重要原因，因此反过来，赵刚就能明确地指出陈映真这个面向的重要意义。从这个角度来肯定陈映真的思想，这也是赵刚的重大贡献。

赵刚对陈映真思想中的另一个比较受到重视的问题，也有他独特的看法。首先，一般比较注意陈映真为什么早在60年代中期就开始批判台湾文坛流行的现代主义。对于这个问题，赵刚的视野更为广阔，因为他发现了陈映真在很早的时候就对美式文明对台湾的影响采取一种反省与批判的态度，本书中论《一绿色之候鸟》的最后一节就是讨论这个问题。另外，在《求索》一书中的第二篇论《六月里的玫瑰花》又更集中地加以论述。如果我们结合《唐倩的喜剧》以及陈映真入狱前所写的几篇杂文，就能够把这个问题看得更清楚。

分析《六月里的玫瑰花》的那一篇文章之所以重要，是因为它让我们看到陈映真对美式文明的警惕终于发展为对美国帝国主义的批判，与对第三世界问题的关心。这证明陈映真在入狱以前已因为越战而清楚地认识了这个问题。因此，陈映真在出狱后接着就写出了《贺大哥》及《华盛顿大楼》那一系列小说。赵刚这篇文章清楚地分析了入狱前和出狱后陈映真思想的承续性以及随后的发展。这篇文章和紧接着的论《云》的那一篇，对了解陈映真的思想发展是非常重要的。

以上我就用三个问题来表明赵刚一方面注意到陈映真思想的多面性，但另一方面又始终掌握住陈映真从台湾出发所发展出来的政治关怀，并随时把这些多面性和政治关怀的主线密切联系在一起。看了赵刚这些评论，我们就会觉得以前我们把陈映真看得太简单了，至少我个人就没有很留意地把陈映真的各个面向努力结合在一起，而往往只看成他个人某种个性上的矛盾的产物（我论陈映真往往比较强调他的矛盾及艺术上的不足之处）。

当然，任何研究都不可能十全十美，要不然，在赵刚之后，似乎就可以不用在陈映真身上花任何工夫，只要好好研读他的文章就可以了。当然不是这样，我之所以综合谈论赵刚的一些重要看法，实际上是想说一说，在赵刚之后，如何循着赵刚所开拓的路子，把一些问题探讨得更彻底。

首先，赵刚的陈映真研究是一篇一篇写成的，他的原始的出发点是想要逐篇分析陈映真的小说，但在这过程中，自然要把许多思想上的问题比较集中地在某几篇小说的分析中加以论述，这就形成了《求索》那一本书，而似乎比较单纯的逐篇分析就构成了目前的这本书。但实际上，很多问题是纵贯两本书的。读完了赵刚这两本书，我们也许会觉得，可以循着陈映真的写作阶段和思想发展阶段把一些问题更集中地讨论。当然，这就是写另外一本或几本专论了，这种工作赵刚应该不会再考虑的，这是后来者的事。

如果要继续做这个工作，也许可以消除赵刚这两本书可能存在的一些问题。我觉得其中最重要的就是，如何恰当地把陈映真的思想发展加以定位。我个人觉得，赵刚可能把陈映真的思想状况想象得过于完美了。譬如，在论述《一绿色之候鸟》时，他说，绿色候鸟可能影射美国式的自由、民主，这一点我是同意的。接着在谈到当时陈映真如何面对中国传统时，他又说：

> 因为陈映真在"自由派"一心要在他乡生活，要成为他者的"希望"中，看到了绝望。反而，吊诡地，他有时反而在有

文化本源的人们的身上，看到了任何未来的希望所不可或缺的基底：对主体历史构成的自尊自重，以及一种强野之气。

当时陈映真对中国传统的态度是否如此，我是有一点怀疑。我觉得陈映真虽然明显反对当时知识界的全盘西化，但对传统应该如何，他恐怕还没有认真加以考虑，与其说他已经考虑到文化本源的问题（当时他已经想得这么深了吗？），不如说他从现实社会中清楚体会到美式文明在台湾的无根性。当然我的感觉不一定正确，但赵刚在做这些判断时，"准头"是否恰到好处，我觉得是可以讨论的。

全书中关于每一个阶段陈映真思想状况的理解，我常常想跟赵刚好好讨论，主要就是很难拿捏那个"准头"。我也知道这是很艰难的工作，因为我们所能面对的陈映真的客观资料并不很丰富，而我们又没有跟陈映真同时生活在同一个圈子，很难体会当时知识界的气氛。这也不是赵刚独有的问题，现在许多论述60年代的书，在我看来，常常是讲过头了，至少我曾生活在60年代后期的大学知识圈，我的感觉就常常不是那个样子。因此，如果我们能把赵刚的工作做得更完美、更精细，而且有更多的资料可以佐证，那么，也许我们就可以为战后台湾社会的知识分子心态史奠定一个比较扎实的基础。

还有，我觉得在涉及陈映真小说中的异性问题时，赵刚可能把陈映真在小说中的描写诠释得过于理想了。这是否能完全称之为"左翼男性主体"的自我反省呢？这个问题赵刚在《求索》的第一篇中有极详尽的发挥，但我总是不能首肯。如果要说明我们两人看法的异同，恐怕不得不进行详尽的分析。我这里只想指出，在这个地方，赵刚也许有一点说过头了。

另外一个重大问题是，赵刚重视陈映真思想线索的解读，通过小说中的很多细节去揣测陈映真当时难以宣之于口的思想秘密，这些我大部分都很惊叹；但是，作为一个小说家，他作品中的许多独特的影射和类似寓言的情节架构，就其最后表现出来的形态来讲，在艺术上是否成功，成功到什么程度、失败在什么地方，赵刚是不太加以考虑的。不过陈映真终究是个小说家，完整的陈映真研究是应该包括这一部分的。像《面摊》和《我的弟弟康雄》这些小说，不论如何表现出陈映真的思想状态，我总觉得不是成功的小说，即使赵刚敏锐地指出了《面摊》中的"橙红的早星"，但仍然不能改变我从艺术上对这篇小说的判断。

在那个禁忌重重的年代，像陈映真这样思想上处在绝对不安全的情况下，"如何写小说"对他来讲是非常重大的艺术问题，同时也是生活问题，因为不能在艺术上真诚，生活不可能不出问题。陈映真作为一个小说家的困难处境，其实是戒严时代台湾社会的重大问题的极端表现，因为这可以看出，这个充满敌意的社会如何严重地扼杀了艺术的发展：真诚的艺术家甚至比在夹缝中生存还困难，就像小草挣扎着要从乱石堆中生长出来一样。通过这个问题的彻底分析，我们才能真正清楚地看到战后台湾社会的严重问题。赵刚不太讨论这个问题，因为他有他的工作目标，但我仍然觉得，这个工作也很重要，应该有人借着赵刚开拓的基础好好做下去。

我写过一些书评和序言，总要把好处讲多一点，也要把批评的意见尽量减少，并且尽量委婉。我这篇序不论赞美还是提意见，都毫无虚词，我想以此来表达我对赵刚的敬意。

2013 年 4 月 8 日

（赵刚：《橙红的早星：随着陈映真重访台湾 1960 年代》，台北：人间出版社，2013 年 4 月）

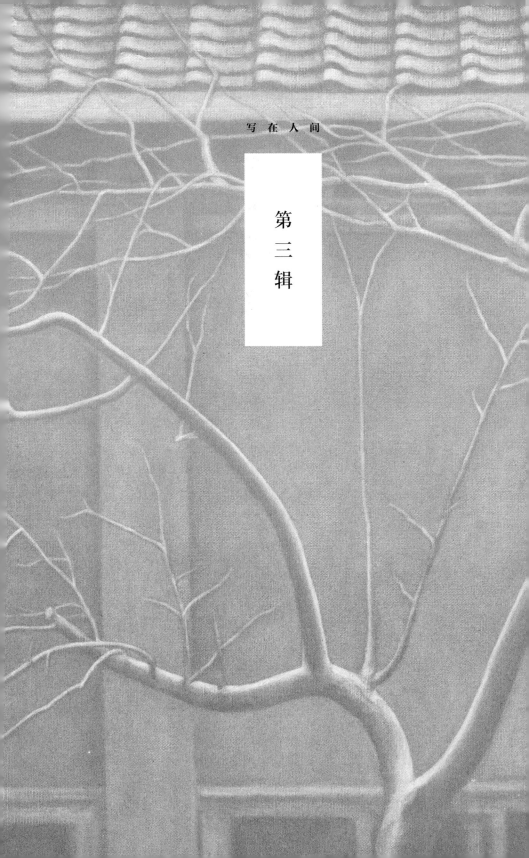

写 在 人 间

第三辑

一生心系祖国的叶荣钟
——《叶荣钟选集·文学卷》序

一

叶荣钟生于1900年，其时日本据台已有五年；1945年台湾光复，他四十五岁，1978年去世，七十八岁。前半生生活在日本殖民统治下的台湾，后半生生活在国民党戒严体制下的台湾，可说是生不逢时的台湾知识分子。像这样的台湾知识分子，人数可谓众多，但叶荣钟却有极其独特之处。他没有机会接受完整的汉语教育，台湾光复前从未去过大陆，也没有机会学习普通话，但他却能够写出非常流畅而有味道的白话文，在整个日据时代，在同样的条件下，应该只有他一个人做得到。另外还有两位出生于1900年的台湾文人，其中他的好朋友洪炎秋白话文也写得很好，但洪炎秋在北京大学读书，长期居住在北平，他能写出这样的白话文一点也不令人惊讶；另外一位，吴浊流，就只能用汉文写旧诗，一般的文章和小说只能用日文写。叶荣钟的白话文完全是自修的结果，是经过长期努力才得到的，在日本殖民统治那么艰困的条件下，他最终能够把汉语白话文修炼好，我认为，这一件事最能反映他作为台湾知识分子的特质；后来在国民党的严酷统治下，这一特质也决定了他所要走的道路。

在白话文尚未通行之前，学习汉语的古文写作是一件很不容易的事情。因为，古文是一种书面语，跟汉语的各种口语没有直接的关系。学习古文写作的唯一方法，就是背诵许多古文，让自己熟悉这种文章的句法和构词，才能写出适宜的句子。除了句子之外，还要揣摩古文的谋篇和布局，才能写出像样的文章。古人常常要耗费极大的精力，才能成为一位古文名家。

白话文盛行后，很多人以为写文章就是把嘴里讲的写出来就可以了，其实这是极大的误解。有很多人口才极好，讲起话来滔滔不绝，写起文章来却不知所云，就是最好的证明。写白话文也要有谋篇和布局的功夫，意思才能清楚；同时还要从古文里面学习如何让文字简练，读起来才不会让人觉得啰唆，这都不是可以轻易习得的。白话文的造句以口语为主，和古文相比，这是唯一的长处。只有这个长处，还是很难写出好文章的。

如果一个人在成长时期，既没有时间和机会熟读古文，又只能讲汉语的方言，而没有机会学习普通话（这是白话文的基础），这样要能写出通顺的白话文已经非常困难了，要想写出好文章，那就好比想要登天一样。正如前面已经说过的，一直生活在台湾日据时代的文化人，只有叶荣钟一个人做到了，这实在是长期的、坚毅的努力的成果，没有聪明才智、没有非常好的记忆力，尤其没有坚强的意志，是不可能做到的。

二

叶荣钟虽然出生于地主之家，但由于父亲早逝，家道随即没落，只有在八九岁时正式学过中文，只读了《三字经》和《论语》两部书，以后的中文都是零零星星学来的。十七岁的时候，鹿港的举人庄士勋在文庙开夜学，叶荣钟跟他选读《大学》和《春秋左传》，对《左传》的文字感觉津津有味。他说，他头一次对读中文感兴趣。对一般人来讲，《左传》是中国古籍中比较简奥难读的，但如果读懂了，就会觉得《左传》的文字有一种独特的味道。叶荣钟读中文不久，就喜欢上了《左传》，而且一生都是如此，证明他对中文有独到的领悟能力。十八岁的时候，叶荣钟与几个朋友合办《晨钟》杂志，只在朋友圈中互传，他在杂志上写了一首七绝：

　　伤心莫问旧山河，奴隶生涯涕泪多。
　　惆怅同胞三百万，几人望月起悲歌。

　　据叶荣钟自己说，这首诗在同仁间传诵一时，这证明了，他有写旧诗的才情。以上两件事，可以看出，叶荣钟具有中文的文学才华。

　　才华引起别人注意，受到称赞，就会更激发学习的兴趣。我们对叶荣钟学习中文的过程不是很清楚，但从他的《我的读书经验》一文中可以略知一二。他从施家本和林幼春那里听说，阅读旧小说，乃是国文进修的有效方法。施家本推荐他读《东周列国演义》，但他说，这本书头绪纷繁，实在弄不清楚，而且文字呆板乏味，读来全无兴趣。他认为旧小说中对进修国文最有用的是《三国演义》，因为《三国演义》文字简明通顺，如果能够善于阅读，一定受益不少。我个人相信，这是他的亲身阅历，旧小说中的《三国演义》和古籍中的《左传》是他学习中文的过程中受益最大的两部书。

　　叶荣钟又说，没有国文基础的人，最苦的就是词汇的贫乏。所以查阅字典和词典，也是独学自修的好办法。假使能够把《辞海》或《辞源》常常带在身边，有余暇的时候随便翻阅一下，多少也是会有收获的。辞书的内容虽然彼此没有联系，但你可以随时记它三五句，总是有用的。叶荣钟说，他做事不能持之以恒，记性也不够好，在这方面努力不够，不论这是否为谦辞，但我也相信，这是他学习中文的方法之一。

叶荣钟还说,林幼春曾经告诉他:"你腹中如果有十篇八篇的古文能够朗朗上口,落笔时就不致眼高手疏,想说的话有说不出来的困难了。"对此,叶荣钟评论道,即使你把四书五经整套都背了下来,执笔行文,也未必就能得心应手,因为写文章是需要一番布置和剪裁功夫的。这就说明,叶荣钟是理解林幼春的话的,背诵古文是为了理解古文的谋篇技巧,而不是死背文字而已。

叶荣钟成长时期,鹿港文风犹盛,他虽然家境不好,但仍然有许多前辈可以随时请教。他理解《左传》的文字魅力,也能体会古文的剪裁功夫,说明他的领悟力确实高人一等。在零碎的学习过程中,努力寻找对自己最有用的书籍,还随时查辞书,增加自己的词汇能力,他的长期摸索恐怕也很少有人做得到。这就是他的中文能力不断进步的主要原因。

三

少年时代对中文的特殊体会,自己所写的旧诗受到前辈和朋友的欣赏,这些都进一步促发了叶荣钟学习汉语的兴趣。但我以为,叶荣钟之所以长期不懈地学习中文,最主要的因素,恐怕是他强烈的民族意识。

叶荣钟在他的回忆录《我的青少年生活》中,有一段谈到他和日本雇主的关系,非常动人。由于家境没落,公学校毕业后,他就不得不到外面工作。其中有一段经历是这样的:他到台中一家日本人经营的撞球场做记点员,主人浜田有个姊姊对叶荣钟很好,他所来往的日本人,即使跟他有过争论,也没有特别厌恶他,但他总是觉得很痛苦。有一天恩师施家本来看他,叶荣钟不禁眼泪双流,泣不成声。叶荣钟说:

其实令我痛苦的并不是个人的问题而是台人对日人的问题,不过当时的我也还没有明确的意识,只有漠然感觉被日人差使是很可悲的,为日人做工而得报酬是很可耻的,浜田一家待我不错,我个人对他们并无恶感,但是以台湾人的立场而言则他们也是我所厌恶的对象。

十五岁的叶荣钟对日本人有这么强烈的内外之别,好像会让人感到意外,但如果我们参考叶荣钟的另一段回忆,也就可以了然了。

叶荣钟谈到,日本人设立台湾银行,发行台银券,每张台银券可兑换银元一圆,但台人一拿到银元券,宁可立即兑换银元八角半,即使吃亏一角半,也不肯持有台银的银元券。叶荣钟认为,其中虽然表现了台人对银元的偏好,其实更重要的是,台人根本不信任日本人。我们可以说,日人"治台"之初,确实需要一段时间来取得台人对他们的信任,这是任何外来统治者必经的历程,叶荣钟是很明白这一点的,在他的回忆录中分辨得很清楚。因为他还提到另一件事:他在辜显荣所经营的盐务总馆属下的运输机构工作,有两个日本人(佐藤和吉田)感受到叶荣钟对他们并不特别低下的态度,对他很不满,有一天借故生事,用柔道的手法把他拉倒,并揣他一下。叶荣钟说:

这是我有生以来头一次被人用暴力侮辱的记录。这事情并不加强我对佐藤等的仇恨。因为我认为这是整个台人对日人的问题而不是个人的问题,台人要如何来掣止日人暴虐这一问题使我加强关心,着意去思索。

这就更加显示,叶荣钟的民族意识比起台人在日人"治台"初期对日人的不信任感还要来得深,那确实是对于他者暴力的反抗,他自己了解得很清楚。他认为，除了台人自立自强之外，别无他法，这是他决心到日本念书的原因。从这种态度也可以理解，这反过来加深了他对于中文的认同感，这就是他长期阅读中文书籍、加强他的中文写作能力的主要原因。他在这方面的表现，比起他的好朋友、同样非常坚持民族立场的庄垂胜，有过之而无不及，确实是非常独特的例子，因为在他的文人气质底下还埋藏了一种"火烈"的性格。

1925年叶荣钟二十五岁的时候，在诗友们的读诗会的"课题"中，他写了一组《暴风雨》的七绝（四首），后两首如下：

> 烈风乱吼满天秋，猛雨如驱万火牛。
> 顷刻江山翻故态，沧桑变幻使人愁。

> 无情风雨猖狂甚，大地飘摇似片舟。
> 劫后月华依旧白，谁怜补屋细民忧。

这很明显是把日本的据台比喻为暴风雨对台湾的侵袭，这种侵袭当然是年轻而性烈的叶荣钟所不能忍受的，后来他投身于林献堂所领导的抗日民族运动可以说势所必至。三十四年后，他写了四首《六十感怀》，其中第二首如下：

> 往事追怀独怆神，风流倜傥早无伦。
> 曾因抗敌推先觉，自分忧时敢后人。
> 词藻公卿劳击节，丰姿邻女枉窥臣。
> 比来狂态都收敛，岂为年衰白发新。

这诗的前六句就是描写他参加抗日活动的情景。"抗敌推先觉"，表明他不只是一个追随者。他的中文是同侪中最被推许的，所以说他的辞藻被"公卿"（指林献堂、杨肇嘉等抗日大地主）所叹赏，成为他们的文胆。他年少风流，曾经引发"邻女"的偷窥。据说，"放胆文章拼命酒"是他早年的名句。这些诗句也许有一点夸张，却能形象地综括他日据时代的抗日文人形象。

四

台湾光复后，叶荣钟追随林献堂，积极从事政治活动，这一段经历，他在《台湾省光复前后的回忆》一文中有详尽的叙述。1946年春，叶荣钟的好友庄遂性出任省立台中图书馆馆长，他受邀担任图书馆的编译组长。1947年"二二八事件"发生，庄遂性被推举为台中地区处理委员会主任委员，事件结束后庄遂性被捕，经多人营救，始无事释放。当然，他们两人所担任的图书馆馆长和编译组长的职务也就被撤销了。庄遂性不再接受任何安排，回万斗山庄经营农场，叶荣钟到彰化银行任职，两人都脱离政坛。1949年秋，林献堂赴日养病，从此不再回台。叶荣钟和庄遂性自日据以来即追随林献堂，林献堂的隐退更坚定了他们两人不再参与公共活动的决心。

叶荣钟此后即"退隐"于彰化银行，默默地过着自己的日子，虽然有机会出任公职，但他一概拒绝。1956年9月林献堂在日本逝世后，他受命编辑《林献堂先生纪念集》（1960年出版），这项工作包括为林献堂编遗著，编写林献堂年谱，编辑《追思录》，其中包括他的怀念文《杖履追随四十年》，这可能是他"退隐"后第一次公开发表文章。这项长期的工作可能引发他对过去追随林献堂从事政治运动的回忆，同时触动他对光复后台湾人处境的深刻感怀。《林献堂先生纪念集》编辑校对工作即将完成的时候，叶荣钟刚好六十岁，他写了一组（四首）七言律诗记述他的心情，题目就叫《六十感怀》。当年9月2日的日记上，他提到准备写《六十年之回忆》。这份自传自12月6日开始动笔,第二年的8月14日、15日、30日,9月26日,12月8日的日记,都有写自传的记载。日记最后一次提到写自传是1962年4月4日,此后可能就中断写作了。这一份自传在叶荣钟生前从未发表。[1]林献堂的去世,纪念集的编辑,叶荣钟的六十岁生日和自传的写作是一连串相关的事件,促发了叶荣钟回忆过去、感叹自己坎坷一生的冲动。1962年4月4日最后一次写自传,4月9日的日记上有这样一条记载,"在枕上筹思写台湾民族运动先烈传事",可见他在回顾了自己的一生后,随即想到应该把一些从事台湾民族运动的"先烈"们的事迹记录下来。在这之前,他已写过《杖履追随四十年》(林献堂)和《矢内原先生与我》,写下这则日记后,至当年年底,他连续写了记辜耀翁、蔡惠如、施家本、梁任公与台湾、庄遂性,共五篇。这些文章,庄遂性的长子林庄生全部读过,非常欣赏。1963年5月8日,林庄生致信叶荣钟,希望他能写一部台湾政治文化史。到7月时,叶荣钟突然又想写自传了,本来的题目只是《半壁书斋由来记》,后来越写越长,就变成了长达两万多字的《一段暴风雨时期的生活记录》,一直到11月才定稿。1964年,彰化银行创行六十周年,叶荣钟受命写《彰化银行史》,这项工作到年底才完成。就在他忙于编写银行史时,林庄生又再度于7月9日来信,希望叶荣钟能将台湾文化运动的前后状况先行录音,以后再根据录音整理成书。但就在前几天(7月2日),叶荣钟已经动笔写光复时期的回忆。《台湾省光复前后的回忆》持续写作到9月才定稿。1965年初,叶荣钟的第一部随笔集《半路出家集》出版。1966年叶荣钟从彰化银行退休,第二年受到蔡培火、吴三连等人的敦促,开始写《台湾民族运动史》,历时

---

[1] 叶荣钟去世后,自传发表于《文季》一卷三期(1983年9月),题为《叶荣钟先生回忆录》,收入全集时改题《我的青少年生活》。

三年，到1970年3月始完成初稿。[1]

从以上所整理的著述经历来看，叶荣钟是在对故友的追思和自己年满一甲子的感怀中，开始了具有个人色彩的历史写作。可能由于有这样的写作经历，才引发别人要求他写《彰化银行史》和《台湾民族运动史》。因为有了1960年至1970年这十年间的持续不断的写作，叶荣钟才能为日据时代和光复时期的台湾留下许多令人印象深刻的回忆和记录。作为日据时期汉语修养最好的一名文人，叶荣钟终于在历史的长流中留下了他的足迹。

五

作为日据时期和国民党统治时期的观察者与记录者，叶荣钟具有一些无人可及的条件。首先，他全程参与林献堂所领导的台湾民族运动，对其全部过程非常熟悉；其次，他是矢内原忠雄的学生，熟读《帝国主义下的台湾》，了解日本帝国主义资本主义对台湾经济的剥削，当然也深知作为被剥削底层的台湾农民的沉重负担。在日本帝国主义的压迫下，台湾地主阶级的利益受到损害，这很容易了解；但台湾农民阶级所受到的沉重的剥削，就不是一般地主阶级出身的知识分子所能体会和认同的了。叶荣钟虽然出身地主阶级，但由于家道早就没落，早期生活非常困苦，因此也就容易同情农民。即使他一直跟随地主阶级从事政治运动，但他还是能够客观地看待左翼的农民组合运动。所以他对日据台湾社会的记述，一直能够保持平衡，让后人有更多判断的余地（只要阅读《叶荣钟选集·政治经济卷》中的《制糖会社之剥削与蔗农之觉醒》与《台湾农民组合》

---

[1] 黄琪椿根据叶荣钟未发表的日记，排列了叶荣钟1957至1964年间的写作记录与构想，我才能完成以上一段文字，所以这一段文字的初步构想应该归功于她。

二文即可体会此点）。

　　做一个时代的见证者，叶荣钟还有一项令人难以企及的长处：他具有人道主义的胸怀。在《矢内原先生与我》一文中，他表达了对矢内原基督教博爱精神的敬意，虽然他未能如矢内原所愿，最终信仰基督教，但他的仁爱之心却始终存在。他具有强烈的民族意识，但这并不能蒙蔽他的眼光，他知道有些日本人是很善良的，譬如，他曾经工作过的弹子房老板的姊姊，以及到他家祭拜他父亲的那个日本警察。但他了解，日本殖民者对台湾人的歧视是整体性的，个别善良的现象终究不能改变大局，反过来说，那些特别凶恶的侮辱他的日本人，也不是他痛恨的对象，他痛恨的是一群人对另一群人所表现出来的那种非人道的行为，也就是我们现在所说的种族歧视，这是我们阅读叶荣钟的著作，必须谨记在心的一点。

　　日本投降以后，叶荣钟写了一首诗：

　　　　忍辱包羞五十年，今朝光复转凄然。
　　　　三军解甲悲刀折，万众开颜庆瓦全。
　　　　合浦还珠新气象，同床异梦旧因缘。
　　　　莫言积怨终须报，余地留人与改悛。（《八月十五日》）

　　这首诗当然不是提倡"以德报怨"，但对战败的日本所表达的怜悯之情仍然让人动心。我相信，叶荣钟可能看到许许多多的在台日人在等待被遣回日本之前的种种惨象，才会有这样的"不忍人"之言。这首诗充分体现了中国儒家的仁者之心，表达了叶荣钟的人道主义精神。

　　这首诗的第二句"今朝光复转凄然"，读起来有点奇怪。叶荣钟后来在《台湾省光复前后的回忆》中有详尽的解释，文字虽长，但绝对值得一引：

随陈仪长官莅台的一群新闻记者于十月末由张邦杰少将向导，到台中来考察。我记得是中央社特派员叶明勋先生，下车后见到台中站广场的欢迎牌楼大书"欢迎国民政府"字样，私下对我们几位同志说，这些文字不合文法，应该写"拥护国民政府"，"欢迎陈仪长官莅台主政"。我们对他的好意自是感谢不置，不过我们终没有改掉，而且也不想改。因为这不是文法的问题，而是观念有所不同。我们衷心的喜悦是脱离日本的桎梏而复归祖国的怀抱，也就是欢迎祖国来统治，若写欢迎祖国又觉空洞不切实际。国民政府是中华民国的合法政府，所以我们欢迎国民政府就是欢迎整个祖国的意思。也唯有欢迎整个祖国，重入祖国版图，我们才能够摸到由光复得来的欢喜的实体。我们出生于割台以后，足未踏祖国的土地，眼未见祖国的山川，大陆上既无血族，亦无姻亲。除文字历史和传统文化以外，找不出一点联系，祖国只是观念的产物而没有经验的实感。但是我们有一股热烈强韧的向心力，这股力量大约就是所谓"民族精神"。有人说陈仪长官在法理上代表国民政府，而国府又是祖国的代表，那么欢迎陈仪长官不就是等于欢迎祖国吗？这样的三段论法当然可以成立。但这并不是逻辑的问题，这一股热情所祈求的是血的归流，是五千年的历史和文化的归宗，陈仪不配做我们倾注情感的对象。

笔者在光复当初，曾以"八月十五日"为题作一首七言律诗……其第二句的"凄然"两字，并不是随便说说，而是有真实的感觉。我们五十年间受尽欺凌压迫，好不容易一旦光复，这是我们梦寝不能忘怀的问题。但是五十年间是这样地过去了。投入祖国怀抱以后又是一番怎样的景况？我们观念上的祖国到底是怎样的国家，我们对祖国的观念，由历史文字而构成的，当然占有相当的分量，但还不及由日本人的言动逼迫出来的切实。当我们抵抗日人的压迫时,日人一句共通的恫喝就是"你们若不愿意做日本国民,返回支那去好了"。缘此日人的压迫力愈大,台人孺慕祖国的感情也就愈切,假使日人在这五十年的统治期间,能够切切实实施行所谓"一视同仁"的政策,不歧视,不欺凌,那么台人的民族意识,或者不致如此强烈。因为言语、文字、风俗、习惯以至于历史文化,虽然也是民族的纽带。但是最要紧的仍是要看是否利害一致、机会均等。日人最会唱"同文同种"的高调,但除非天真得出奇,或脑筋有问题的人,是不会欣赏那一套的。

刚回到祖国怀抱的台湾同胞对国民党高层人士对待台人的态度是非常敏感的,他们非常希望代表国民政府的重要人物能够像对待远方归来的亲人那样对待他们,但实际上情况刚好相反,他们似乎是以胜利者的姿态来对待台湾同胞。叶荣钟提到,行政长官陈仪莅台不久,就无缘无故地逮捕了十数名台湾士绅,不久又把他们释放,事前事后都没有任何解释。对此,叶荣钟评论道:

现在回想起来,陈仪这一手,可能就是所谓"新官上任三把火"的手法。先来一个下马威,给台人一点颜色看看。台人用怎样的心情在孺慕祖国,怀念同胞,陈仪似乎不屑理会,他不但不能用"视民如伤"的态度来慰抚这些被祖国遗弃了半世纪,在异族的铁蹄蹂躏下,无依无靠,过着包羞忍辱的生活,好不容易邀天之幸,能够重见天日,复归祖国怀抱的同胞,而竟用征服者的狰狞面目,玩弄那一套已经过时泄气的"权谋术数"来修理台人,时代错误,莫此为甚。

遗憾的是,来台接收的官员,大多具有陈仪这一类"征服者"

的嘴脸，让欢欣鼓舞迎接祖国同胞的台湾人的心灵受到严重的挫伤。在受了日本统治者几十年的藐视之后，竟然还要受到祖国政府的欺凌，真是情何以堪啊。也因此，叶荣钟才会深深怀念具有庶民性格、把台湾同胞当成真正的同胞的"监察院"院长于右任，并在于右任去世时主动地写了怀念的文章。文章提到，在南京时于右任宴请他们，叶荣钟刚好坐在他旁边，于右任喜欢喝白干，在座的台人只有叶荣钟还能喝，可以勉强奉陪。以后于右任每次举杯，都会叫一声"白干的朋友再来一杯"。实际上于右任根本不知道这位"白干的朋友"的名字，但叶荣钟仍然感觉到他"老人家，一片真诚，只是对暌违了五十星霜的台湾同胞，表示慰抚的热忱"。叶荣钟还说，"于院长并没有灌我们迷汤，给我戴高帽子，甚至连一句'辛苦'的客套话都没说。但是他那一片真诚，在不声不响之间，竟能使我们五体投地，感激莫名"。如果国民党来台的接收大员，人人都表现出于右任的那一种赤诚，就不可能有"二二八"的悲剧了。

"二二八事件"后，被"免官"的叶荣钟和他的好友庄遂性，退出公共活动，躲在自己的天地之中，默默地品尝"光复"这个"苦果"。他们当时的心境，后来跟他们建立深交的徐复观在庄遂性去世后，曾经做了相当生动而且感人的描述。[1]他们都读过中国古籍、了解中国历史，对祖国文化充满了感情。他们虽然痛恨国民党，但从来没有怀疑中国文化的价值，也从未断绝过对中国前途的关心，这在叶荣钟所写的旧体诗中仍然可以找到蛛丝马迹。这些作品常常受到忽视，因此有必要在这里特别指出。1931年9月22日，叶荣钟写了《闻燕北战事》（二首），第二首云：

---

[1] 徐复观：《一个伟大地中国地台湾人之死——悼念庄垂胜先生》，原载《民主评论》13卷24期，收入《徐复观杂文集——忆往事》，台北：时报出版公司，1980年。

> 谁遣生涯作楚囚，教人啼笑两无由。
> 高楼袖手浑难已，热泪盈眸未敢流。

祖国被自己的统治者所侵略，而自己只能袖手旁观，难过之情自可想见。

> 忧患中年百念灰，夜深何事独徘徊。
> 党牛袒李皆儿戏，浑水摸鱼是祸胎。
> 风气已随旗色改，危机重挟报声催。
> 天心民意谁当谅，失措晴空一响雷。（《忧患》）

这首诗写于1950年，我觉得应该是有感于国共内战国民党全面溃退。第五句"风气已随旗色改"是指新中国成立，七、八两句叶荣钟表达了他对时局的困惑与惊慌。第三、四句我怀疑是指国民党已经开始枪杀岛内的"匪谍"。这可以从下面《霪雨兼旬小园花草狼藉不堪》（四首）的诗句中体会出来：

> 连宵雨打又风吹，满目疮痍亦可悲。
> 犹有宿根摧未了，春来还可竟芳菲。
>
> 飘红堕紫遍东篱，憔悴庭花惨不支。
> 剩得劫余三两朵，墙根遥托可怜姿。
>
> 索居苦雨闷生时，却为残红赋小诗。
> 便即化泥香不减，流风余韵系人思。
>
> 芜秽宁甘冷眼窥，得时蔓草正蕃滋。

栽培毕竟非容易，缺叶残支慎保持。

这组诗的暗喻结构是非常明显的，"连宵雨打又风吹"指的是外来的暴力，这些暴力摧残了园中花草，到处"飘红堕紫"，只有劫余的两三朵还存在。那些被摧残的花，即便是化作泥土，仍然"香不减"，它们的"流风余韵"令人怀思。配合这组诗的写作时间来看，只能是指1950年国民党大开杀戒，枪杀了许许多多的共产党地下党人。地下党人的主要领导都是二三十岁的青年，风华正茂，是当时台籍青年中的精英（譬如同一天被枪杀的郭琇琮、许强、吴思汉），而他们在临刑前都正义凛然、慷慨赴义，当天押着他们前往刑场的人都极为惊讶。我想，叶荣钟每天从报纸上阅读枪决名单，一定感慨万千。从这组诗来看，叶荣钟对时局的看法比上首稳定多了，上一首有些惊慌失措，而这一首，也许有感于牺牲者的壮烈，似乎让他对国共内战的是非得失有了更明确的判断。我这样讲并非空穴来风。1957年叶荣钟曾经南游，沿途写了《过浊水溪》、《仙草路上》、《关岭路上猩猩红》、《孔园口占》（园在关仔岭）、《游珊瑚潭》、《望海》等诗。在这一组南游诗中，我发现了隐身于其中的极其独特的《望海》：

车窗探首望西南，近处青青远处蓝。
举世关心衣带水，波光荡漾正秋酣。

第三句"衣带水"一语告诉我们，叶荣钟所关心的正是对岸的大陆，而"波光荡漾正秋酣"的景象不正暗示他对他所遥望的远方大陆有所期盼吗？这并不是孤例，因为还有下面这首诗：

忽闻海上涨新潮，声震寒窗破寂寥。

老马心情思寄语，云天无奈路迢迢。(《忽闻》)

叶荣钟大概是听到大陆发生什么大事，感到非常振奋，因此写了这首诗。我曾经听过刘知甫谈到他父亲龙瑛宗，因为在银行做事，可以看到日文报纸，龙瑛宗常常把报纸上登载的大陆消息剪下来，贴在剪贴簿上。我把这件事转告给叶芸芸，叶芸芸说，叶荣钟在彰化银行也可以看到日文报纸，他也是这样做的。这可以证明，叶荣钟一直关心大陆的发展。叶荣钟在日本人欺压下所培养起来的强烈的民族意识，让他能够在国民党政权和祖国意识之间做出明确的区隔。这一点是非常重要的，有必要再做进一步的证明。就在写了《忽闻》的同一年（1961），叶荣钟还作了《长夜》（二首），第一首云：

漫漫长夜苦难晨，往事追思独怆神。
忍辱包羞成凤昔，同床异梦又翻新。
莫因秦政豺狼险，便说姬周骨肉亲。
大错铸来谁与救，解铃端赖系铃人。

这首诗的三、四句明显改写日本刚投降时叶荣钟所写的那首《八月十五日》（前已引述）的第一句"忍辱包羞五十年"和第六句"同床异梦旧因缘"，所以这两句是说，日本的统治虽然已经过去了，可是现在竟然有人想把与日本"同床异梦"的关系翻新处理。第五、六句把豺狼式的"秦政"和"姬周"作为对比，这个"秦政"应该是指国民党，反过来"姬周"就是指日本人。那么意思就很明显了：有人因为痛恨国民党，就美化日本的统治，想要和日本拥抱在一起了。当然从写作年份来看，那只能指廖文毅在日本的卵翼之下成立的"台湾共和国"。这件事让叶荣钟"漫漫长夜苦难晨"，他虽然理解这些人这样做的因缘，但仍然认为这是"大错"，要系铃人自己解铃，及早改正错误，这不正好反映了叶荣钟强烈的民族意识吗？十一年后，1972年的台湾光复纪念日，叶荣钟又写了两首诗，如下：

> 迎狼送虎一番新，浪说同胞骨肉亲。
> 软骗强横虽有异，后先媲美是愚民。
>
> 铸成大错岂无因，毕竟权宜误我民。
> 天意悔祸犹未晚，解铃赖端系铃人。(《十月廿五日》)

在第一首里，叶荣钟将日本的殖民统治与国民党的戒严体制相提并论，一虎一狼，有的强横（日本），有的软骗（"浪说同胞骨肉亲"），但其根本都以"愚民"为主。第二首显然是呼应十一年前的《长夜》，"铸成大错"就是指廖文毅等人成立所谓的"台湾共和国"，这个错误虽然有其历史因缘（"岂无因"），但是大错就是大错，现在悔过犹未晚也，自己系铃还要自己解铃。最后一句完全重复《长夜》第一首的末句，可见叶荣钟对"台独"运动的批评是始终一贯的。

六

以上只是根据叶荣钟的旧体诗来推测他在国民党统治下的心境，很多话他是不可能在文字上明言的。1974年5月他有机会到美国探望儿子和女儿两家，6月还特别到加拿大探访庄遂性的长子林庄生。林庄生是最关心叶荣钟的著作的人，最早鼓励叶荣钟写作《台湾民族运动史》的就是林庄生。叶荣钟在加拿大与林庄生畅谈三日，其中最重要的可能涉及台湾前途问题。林庄生在他的著作《怀树又怀人》(1992)一书中,有专章回忆叶荣钟,书中并未谈到他们的谈话涉及台湾问题,这是可以理解的,因为当时还有很多禁忌。可喜的是,叶荣钟事后从美国给林庄生写了两封长信,信的内容主要还是涉及这一问题,这两封信保存下来了,因此我们可以了解他晚年的一些想法。

在第一封信(1974年7月17日从波士顿寄出,用中文写)中,叶荣钟认为,台湾问题之解决,可以想象有三种方式:国际管理、向中国大陆认同、独立。经过一些说明和推论,叶荣钟说,"然则台湾之将来除向中共认同以外似已无路可走"。林庄生收到信后,回了两封信。林庄生很同情他父亲庄遂性和叶荣钟的中国情怀,但他本人的立场偏向于"台湾人的前途由台湾人自己决定",他不愿意无条件地接受统一的看法,当然他也不是教条式的"台独"派。他在这两封信里一定跟叶荣钟坦陈了他的看法,因此,8月12日叶荣钟又从华盛顿发出一信,这封信是用日文写的。其中有一段,《叶荣钟全集》的译文如下:

> 问题是,客观地说,即超越中共的意图与台湾人的愿望来看时,台湾到底能守住独立与否不无疑问。最近美国记者 Alsop 的《总结中国之行》读了更增强此感。如依其所言,中共的农业生产能力,不出一九八〇年即赶上日本单位面积生产量,工业生产能力十年后即可获得国际竞争能力。台湾在农业生产固可自给自足,但经济命脉与日本同样,是依工业制品的输出来维持外别无方法。但是一旦中共的工业制品登上国际竞争的场合,不必说台湾,连日本也受绝大的威胁。日本可转换往高度精密方向求活路,或输出丰厚的资本以吸收利润,台湾却全然无此可能性(台湾的农工业生产品现已发生输出不振的问题),

就是中共无恶意,以现在台湾贫弱的工业基础,应该完全无法与之对抗。据此观点来说,对中共的认同问题,不管台湾的喜、恶,我想这是必然的趋势。

在前一封信中,从国际环境讨论台湾前途问题,叶荣钟是这样说的:

> 关于(台湾由)国际管理可能为日美所欢迎,但照目下之国际情势似无可能,纵能实现亦必如周恩来所指摘,靠日本则受日本之控制靠美国则受美国之操纵,至于苏联则更不堪想象矣。然则独立是否可能?因中共之强盛与中美之和解,独立运动渐趋衰落乃有目共睹之事实……

首先要提请大家注意,这两段话是1974年写的,那时候叶荣钟已经确信大陆国力的强盛(这让美国必须和中国和解)和农业、工业生产能力的增强(这使叶荣钟相信,大陆不久可赶上日本),这一半归功于叶荣钟长期借由日本报纸阅读大陆信息,另一半可能要归之于他强烈的中国意识。现在看起来,他的预言也许过于乐观(中国的GDP在2000年才超越日本),但也不过晚了十年左右而已,他的预测基本上是正确的。同时还要指出,这两封信想以理说服林庄生,所以用第三者的口吻来写,但对大陆所寄予的信心仍溢于言表。

这两封信让我最感惊讶的,是第一封信中的一段话:

> 愚对于社会主义以至共产主义向无研究可谓一无所知,但对贫富之悬隔与夫特权阶级作威作福之可恨则虑之再三。因知此一问题若不能解决,则世界永远不得和平,社会永远不得安

> 宁可断言也。是故此一问题亦即解决台湾问题之前提，无论采用何种方法，此一前提若不能解决，则台湾问题之议论只是空论而已……台湾人包括本人在内有种种不可救药之弱点，无耻、自私、卑怯、嫉妒、软弱等，此种缺点与中国大陆解放前民众所有之缺点完全相同，除经一番血之洗礼而外在任何自由主义的政治暨社会体制都无法改变。尤有进者台湾人之劣根性更因日本五十年之奴化教育与国民党二十八年之压制奴役民族性之堕落达于极点，以寻常之手段无法救药。无论共管与独立皆可信其无补于事，然则台湾之将来除向中共认同以外似已无路可走……

叶荣钟写这段话时，大陆还处于"文化大革命"期间，他对"文化大革命"有相当的好感，这是无可否认的时代的印记。但这些话仍然反映了他非常向往社会公正，如果不能实现正义性的社会改革，那么任何政治体制都不能一劳永逸地解决人类社会的问题。因此我们可以说，民族文化感虽然能够给予他感情的归宿，但如果能够进一步实现社会正义，那就更是他所衷心期盼的了。

自从日据时代追随林献堂进行政治活动，叶荣钟就一向被台湾的左翼视为台湾地主阶级的代言人，他在20世纪30年代的言论基本上也确实如此。前面也已经说过，由于他从小就过着困苦的生活，他对农民阶级容易感到同情，但整体上他还是从具有民族意识的地主阶级的眼光来看待台湾问题的。上引的这一段感想，可能是他长期观察台湾地主阶级在光复后和国民党的"合作"关系而得出的。在林献堂之外，他长期合作的台湾地主阶级还包括陈炘、杨肇嘉、蔡培火、罗万俥、张聘三等人。林、陈二人去世得早，此外诸人，他在书信中都有相当不客气的批评，最后，为了《台湾民族运动史》的署名问题，他甚至和蔡培火绝交。我们只要读一下林庄生

《怀树又怀人》一书中写蔡培火的那一章,就能了解他在署名问题上所受的委屈。说得坦白一点,蔡培火根本就认为叶荣钟是受雇于他的文人,没有资格独立署名,叶荣钟在这个地方一定强烈感受到文人如何受制于中国的封建意识。前面也说过,叶荣钟性格火烈,长期追随台湾的大地主,很难保证不受气,我觉得叶荣钟跟他的许多"雇主"的关系很值得玩味,可惜不能在这里详加分析,我直觉地认为,这种关系,以及他小时候的困苦经验,使他对社会正义有相当强烈的向往,他对社会主义的肯定,同时具有满足民族感情和实现人间正义两种因素。

1977年6月,叶荣钟发现自己得了食道癌,到医院进行切除手术,四个多月后才出院,出院后写了《斗癌记》,其中一段说:

> 但是我的求生欲望并不怎样强烈,若说我不怕死,那是欺人之语,不过对此生命并不十分执着却是事实,这可能也有年龄的关系,因为我已经是七十八岁的高龄了。我平时对"死"看得很清楚,这一条路任何人都无法逃避,年龄超过七十的人,多活十年八年和少活十年八年,实在差不了多少。到了这样的年龄,生活的机能应该是情绪而不是意志的问题。高兴就多活几年,不高兴就少活几年……
>
> 我对"死"的问题看得很淡,原因很简单,第一是知道"死"这一关是无人能够逃避的。第二是自己年事已高,多活几年与少活几年,其间相去无几,不足计较。还有一点是多年来对世事一直站在旁观的立场,知道这个世界已经不是从前的世界,没有自己出头的余地,自然而然对事物就觉得冷漠不关心,对生活缺少积极的意欲。我这个人,生来就没有大志气,更没有创造事业的野心,所以对事物没有"志在必得"的执着。不过这样的生活态度也有其好处,不必奴颜婢膝去求人,也无须

蝇营狗苟去钻营,缘此万事比较地看得开。

我很喜欢这两段话,自己觉得很能体会叶荣钟的心情。前半辈子生活在日本的殖民统治下,后半辈子生活在国民党的高压统治下,心境很难平和,因此,他的好朋友庄遂性在十五年前就死于癌症。就在这十五年间,叶荣钟把自己想写的,差不多都写了,还去了一趟美国,并认为自己看清了中国未来的发展,到了这个地步,实在没有什么再想争取的了,所以他的求生意志并不坚强。写完此文后一年,他于1978年10月病逝。再过一年,国民党借党外民主人士在高雄游行的时候制造出所谓的"高雄美丽岛事件",几乎把台湾岛内争取民主的重要人物都逮捕了,还把其中一些人进行军事审判,说他们犯了叛国罪,很可能判处死刑。这个事件影响非常深远,绝大部分支持民主运动的台籍人士一夕之间都变成了"台独"派。如果这个时候叶荣钟还在,他一定会被"台湾意识"和"(中国)民族意识"撕裂得痛苦不堪。我相信他不会选择"台独",但还是非常痛苦(我自己就是如此感觉的)。就像他说的,如果不高兴就少活几年。我其实很想说,我为他感到庆幸,死得"很及时"。

我有时候突发奇想:叶荣钟如果活到现在(那他就115岁了),他会有什么感受?1974年他对中国前景所做的充满信心的预言,可以说是一种心理的宣泄——他在日本殖民统治下所感受到的、作为一个中国人的屈辱感,在他给林庄生的信中得到了宣泄。他很清楚,过去一百多年台湾人所经历的坎坷历史,其实是近代中国人所经历的全部痛苦的一个组成部分,这个组成部分将因全中国的解放与复兴而得到纾解。他的预言虽然有一些认知上的基础,其实更多的是一种梦想。如果他能活到现在,他一定能体会到他的梦想已经得到实践了,他一定会感到很幸福。虽然如他所说的,他没有创造出什么大事业，但后生如我，读他的诗文，仍然会受到感动。他的全部著作表达了他复杂的心路历程，同时也表达了他曲折的思考与探索，为这段历史留下见证，他是没有虚度他这一生的，所以他在癌症开刀后才会把生死看得那么淡薄。

2015 年 9 月 21 日

（《叶荣钟选集·文学卷》，台北：人间出版社，2015 年 11 月。原题"历尽沧桑一文人"）

被殖民者的创伤及其救赎[1]
——台湾作家龙瑛宗后半生的历程

龙瑛宗于1911年生于现在的新竹县北埔乡,本名刘荣宗,是道道地地的客家人。1937年,他的处女作《植有木瓜树的小镇》,获得日本《改造》杂志第九届悬赏佳作奖,一举成名,并一跃而成为当时台湾的重要小说家之一。从1937年到1945年日本战败投降,龙瑛宗共发表了二十多篇小说。这些小说大多描写一个失意落寞的知识分子,充满了感伤颓废的色彩。[2]从小说的基本情调来看,容易让人误以为,龙瑛宗是一个游离于社会之外,不关心政治社会现实的作家。龙瑛宗又因为小说风格与当时在台湾的日本作家西川满相近,受到西川满激赏,成为西川满集团的重要作家,因而被怀疑倾向日本人。其实,这都是因为没有细读龙瑛宗所有作品产生的误解。本文将以龙瑛宗后半生的历程证明,龙瑛宗是一个强烈的中国民族主义者,在日本统治下,他只能隐忍,在国民党的戒严体制下,他有意封笔。"解严"后,他重新写作,逐渐敞开长期受压抑的内心,终于让我们看清楚了他的完整面貌。

叶石涛曾回忆,他在1944年和龙瑛宗、吴浊流的一次谈话,他说:

---

[1] 本文原载于《澳门理工学报(人文社会科学版)》17卷1期,2014年1月。
[2] 本人已有《龙瑛宗小说中的小知识分子形象》一文,论述其战前作品,见《殖民地的伤痕》,台北:人间出版社,2002年。

他们俩是客人,起初用客家话叽里咕噜地说了一阵,后来看我这傻青年一句话也听不懂也就特发慈悲改用日语。

那中午的一席话的确给我带来了震惊:这多少和我饿着肚子有关,他们讨论,日军在南洋打仗节节败退的惨况到预测台湾将被解放后走向哪里去的问题。受日本军国主义教育长达十多年的我,满脑子都是日本人的神话,我相信日本是神国,绝不会有战败的一天的。……

"日本真的会战败吗?"我用怀疑的口吻问道。

"必败无疑!"两位先辈作家异口同声坚决地回答。

"战败后,我们台湾会变成哪一国人?"

"这还搞不清楚。这要看看(米)美国军队会不会占领台湾而定。"吴浊流先生沉吟了一会儿回答。

"《马关条约》的结果台湾割让给日本。日本战败,中国战胜,《马关条约》会失效。台湾可能回到祖国的怀抱。"龙先生说。

"我们的祖先本来是汉人,来自一衣带水的大陆。战后变成中国人是顺理成章的事吧!不过,对于中国人和中国是什么一回事,我倒有些心得。我到过大陆。我正在写一本小说《胡志明》,写的正是中国人与台湾人互相认同的危机。"(按,此段为吴浊流所言)[1]

从这一段话可以清楚看到,龙瑛宗和吴浊流一样,平日就非常注意时局,并努力客观分析台湾的前途。反过来说,他的小说,是在日本殖民当局高压统治下,对台湾知识分子无可奈何处境的一种曲折的反应。龙瑛宗正是以这种方式表达了他在战争时期的忧郁心情。龙瑛宗不是一个反抗型的作家,但也不是一个头脑不清楚、没

---

[1] 叶石涛:《府城琐忆》,台北:派色文化,1996年,第41—42页。

有定见的人。他这种写作和处世的态度,也充分表现在光复后的生涯中。

本文即打算分析龙瑛宗后半生的活动历程,借以呈现他在艰困的历史条件下,如何坚忍地生活下去,并不失其一贯的立场。龙瑛宗的这一特殊经历,从现在来看,具有独特的历史意义,值得我们思索。

一

从 1945 年 11 月到 1946 年 10 月,将近一年的时间可以说是龙瑛宗一生最活跃的时期。我们可以从他在这一时期的活动和所写作的文章,来揣测他在光复初期的心情、想法,以及横亘其中的复杂的转折。

在 1945 年的 11、12 月间,台湾刚光复不久,龙瑛宗连续发表了两篇小说、两篇杂论。从这些文字,可以看到龙瑛宗对"光复"的某些看法。在 11 月 10 日刊出的《民族主义的烽火》(《新青年》一卷三号)一文里,他认为,中国民族主义的源头是洪秀全的太平天国军,孙文的革命运动继承了这一精神,并传到蒋介石手中。看起来,龙瑛宗是把抗战胜利、台湾光复看作中国民族主义胜利的一环。

也就是从这种民族主义的立场,他以两篇小说来表达他对光复的喜悦。在第一篇小说《青天白日旗》(11 月 15 日刊于《新风》创刊号)里,农夫阿炳看到:

> 白色阳光之下,旗子以青红色翻过来。定神一看,于左边隅角青天里象征着白日而光芒四射。
>
> 阿炳于霎时间又想起了。
>
> "呀!木顺仔。那青天白日旗啦,咱们的新国旗呢。"

当阿炳和儿子木顺挥舞着国旗向前进时，迎面来了一个日本警察。刹那间，阿炳想躲避，但，

> 阿炳又想回来，现在，是不是堂堂正正的中国人民么？害怕什么呢？阿炳牵着木顺仔和旗子，抛弃了别扭心理，毫不介意地挺胸昂首，摇摇摆摆走过去。警察呆着看他一眼，倒也让他们走过去。
> 木顺仔陡陡阿爸问了一声说：
> "阿爸，咱们从今以后不做日本人，而做支那人么？"
> "儿子呀！不要叫支那人，应该叫中国人，知道么？咱们是中国人。"[1]

在这里，终于摆脱了殖民统治下屈辱的身份，胜利与光复所产生的民族自豪感明显可见。

第二篇小说《从汕头来的男子》（12月20日刊于《新新》创刊号），龙瑛宗写了一个热情爱国而又鲁莽率直的台湾青年周福山。他愤慨日本对台湾的差别待遇，到大陆跟着叔父做生意。但又看到大陆的台湾商人借着日本帝国主义的优势，占尽大陆的便宜。他知道只有武装力量才能解救全中国。抗战爆发，他被迫回到台湾，却又整天担心中国能不能打胜。可惜的是，他在光复前夕得急病而死。在小说结尾，叙述者想着：

> 现在，台湾已归还中国，正洋溢在光复的喜悦中，台湾正需要一个纯情又热爱中国的人才，然而，在这样的时候，失掉

---

[1] 原为日文，此处所引为龙瑛宗自己的中译，见《杜甫在长安》，台北：联经出版事业公司，1987年，第124—125页。

了像周福山一样的值得敬爱的青年，太令人惋惜……他一直相信中国的光明，却无法恭逢光复这个人类史上难得的盛典，这使我相当落寞。[1]

结尾虽然有点哀伤，但全篇的重点还是在描绘周福山热情、直率的爱国形象，以及对中国胜利的渴望。

也就是在这种昂扬的民族主义气氛下，龙瑛宗写了一篇短文《文学》（同样刊于《新新》创刊号），对日据时期的文学做了深切的检讨，并表达了在新的时期再出发的决心：

> 回头看看台湾的情况吧！台湾曾为殖民地；在世界史上，未曾有过作为殖民地而又文学发达的地方，殖民地与文学的因缘是很远的；即便如此，台湾不是有过文学吗？是的，曾经有过看似文学的文学，但，那并不是文学，知道了吗？有谎言的地方就没有文学，如果有也只是戴着假面具的伪文学。总之，我们非自我否定不可，我们一定要走上光明正大的道路。[2]

文章中自我批判的味道相当浓厚，似乎要否定自己以前的一切创作。但反过来讲，这也是在一种全新的、乐观的气氛中重新出发的决心，反而更能够衬托出他当时的心境。

1946年初，龙瑛宗主编《中华》杂志，这是一个文化性的刊物，只出两期就停刊了。不过，从创刊号（1月20日出刊）上的"卷头语"已可看出，这一份杂志的方向：

---

[1] 原文为日文，龙瑛宗中译亦见《杜甫在长安》，第124—125页。但龙瑛宗在中译时将此段缩短（应该是基于艺术上的考虑），此处所引为曾健民译文，见赵遐秋、吕正惠主编《台湾新文学思潮史纲》，台北：人间出版社，2002年，第157—158页。

[2] 曾健民译文，见前引书第165页。

> 首先要昂扬"中华"的意识。我人是中华民族，我们非以中华民族为荣不可，我们中华民族是历史的主人。但这非消灭我们的封建性和落伍性，建设近代的民主主义国家则不成。……在此光复之际，要紧急研究祖国之文化，认识今日之立场，向新中华民族的再建前进。[1]

在这篇文章里，积极乐观的气氛并未改变，但已经提出消灭封建性和落伍性，建立近代的民主主义国家的问题。看起来，龙瑛宗已经开始意识到，光复以后，台湾仍然需要面对许多问题。2月10日龙瑛宗在《新新》第二期上发表了杂文《两人共乘的脚踏车》，文章一开头就说：

> 最近有点忧郁。因为忧郁，为了消愁解闷，试着写些荒唐无稽的小说。例如《杨贵妃之恋》等。然而，忧郁仍然固执地缠绕着我，于是决定去充满光复景象的街上溜达。[2]

这样的忧郁心情，应该是和逐渐出现的光复乱象有关系，可以和"卷头语"上所提出的问题相呼应。

不过，龙瑛宗当时的心情好像没有很大的改变，他还是以积极的态度去迎接他的下一个工作，他于3月间从台北来到台南。开始担任《中华日报》文艺栏的主编。7月以后，文艺栏改为文化栏，不

---

[1] 转引自许维育《战后龙瑛宗及其文学研究》，第32页，台湾清华大学中文系硕士论文，1998年。《中华日报》文艺栏以中日对照的方式印行，此处所引为其中的中文。又，"卷头语"并未署名，但许维育、王惠珍（台湾清华大学台湾文学所副教授）、我的博士生黄琪椿（专研龙瑛宗）均认为日文版本应是龙瑛宗所作，中文版本可能是别人代译。此一"卷头语"并未收入《龙瑛宗全集》。

[2] 林至洁译，见陈万益编《龙瑛宗全集中文卷第六册 诗·剧本·随笔集（1）》，台南：台湾文学馆筹备处，2006年，第262页。

过，性质并没有很大的改变，这可以说是一个从头到尾兼顾文艺与文化的综合栏目。

从整体编辑方针与龙瑛宗个人的作品来看，有几个方面值得分析。首先，龙瑛宗在《个人主义的结束——老舍的〈骆驼祥子〉》一文中（3月15日刊出）写道：

> 个人主义的悲剧是中国的悲剧。……在中国只有不自觉的自我的原始性冲动，那是个人主义与吝啬。自我若能与社会结合，才会发生自我意识而觉醒。自我是与社会确实有密切的联系，自我的命运被包括在社会的大命运里，而且自我意识昂扬到社会性的意识的时候，就能看到近代意识的发生。
>
> 然而，中国个人主义的产生，无疑就是中国的封建性社会所致，除此以外没有可能。假若要克服个人主义，等于要克服封建社会。[1]

这里的社会认识显然要比《中华》杂志"卷头语"深刻得多。龙瑛宗把"原始底自我冲动"（本文中的"个人主义"）和中国的封建社会联系在一起，而把觉醒的自我意识作为近代意识的基础，这种自我意识又必须和巨大的社会变革紧密相连。龙瑛宗这种社会意识已和弥漫于当时整个中国的左翼知识分子的社会认识相当接近了。我们可以在龙瑛宗稍后的一篇杂文《给一位女人的书信》中更明显地看出这一倾向：

> 但现今的情势仍旧无法真正地发展出文化。它可是个大问题。台湾的命运受制于整个中国之政治。

---

[1] 陈千武译，见陈万益编《龙瑛宗全集中文卷第五册　评论集》，第210—211页。

现在的中国是落伍的文化。因此，台湾的文化也不得不受到落伍的文化牵制。但是，切断中国落伍文化之枷锁者，必须是中国人；而切断台湾落伍文化者，也必须是台湾人。不能够坐着等待所有的成果实现，它必须经过战斗才能获得。[1]

龙瑛宗已经清楚看出，光复后的乱象和整个中国的问题是无法分开的，而台湾的命运当然也就包容在中国问题的命运之中。现在他知道，应该怎么样去面对台湾的未来。所以他把文艺栏改成文化栏，并特别设立了"知性的窗"，以便更广泛地讨论文化、社会现实问题。

龙瑛宗对台湾的情况忧心，也认识到全中国的问题的严重性。但他对自己国家的热爱并没有因此减少。从5月20日到9月11日之间，他分七十八回把章陆所写的《锦绣河山》以中、日对照的方式刊载出来，就是一个证明。[2]

其次，从龙瑛宗自己在文艺栏所发表的文艺作品也可以看出他本人心态的改变。他仍然写了一些个人性的伤感的诗歌，如《海涅哟》（6月1日）：

海涅哟
在世界尽头的小岛
有一位想念你的
可怜的诗人

那位诗人

---

[1] 林至洁译，见陈万益编《龙瑛宗全集中文卷第八册　文献集》，第18—19页。
[2] 许维育怀疑，这可能是《中华日报》的决策在主导，见许维育《战后龙瑛宗及其文学研究》，第37页。

>   是无名的诗人
>   吃着稀饭的
>   不歌唱的诗人
>
>   海涅哟
>   在台湾的旧街镇里
>   有一位想念你的
>   可怜的诗人
>
>   那位诗人
>   是无名的诗人
>   在光复的荫翳下哭泣的
>   不歌唱的诗人[1]

在这首诗中,龙瑛宗表现了他在混乱时局中的无助与感伤。不过,他向海涅呼求,应该知道海涅是个关心政治的人。他把自己的彷徨摆放在客观现实之前,这和日据时代的作品企图逃避现实还是有所不同的。另外两首诗则更明显表现出了往新的方向发展的可能:

> 来到古都台南,我不禁想起阿尔及利亚。虽然我不曾去过阿尔及利亚,但记忆中映着电影《映乡》的情节。凶猛的太阳,乱舞的尘埃,燃烧的凤凰木,铃声响着的牛车,累积历史的古街。例如,这幅画中所出现的高砂町。该条街的附近是昔日郑

---

[1] 陈千武译,陈万益编《龙瑛宗全集中文卷第六册 诗·剧本·随笔集(1)》,第84—85页。

成功时代台南唯一最热闹的街道。现在则弥漫着孤寂的气息，曾经三次遭到轰炸，结果变成诸位所看到的废墟。街上众人正为生活艰难而喘不过气来。街上的小孩无法如昔日的小孩一样无牵无挂地玩耍。他们是卖着甘薯的生活小斗士。三月的季节风凉爽地拂过白色的废墟和孩子们的身上。(《与生活搏斗的小孩子》,3月21日)〔1〕

我
以异国的曲调
唱着歌

我是
真正的中国人
真正的中国人

我
在心里哭泣
为了老百姓
为了老百姓(《心情告白》,10月17日)〔2〕

第一首是初到台南时所作。他对台南的环境还感到陌生，多少掺杂了他学自西川满的异国风味（如阿尔及利亚、印度洋的3月季风），不过，他表现出了想要融入人群的心情。在第二首诗中，龙瑛

---

〔1〕 林至洁译，陈万益编《龙瑛宗全集中文卷第六册　诗·剧本·随笔集（1）》，第264页。
〔2〕 陈千武译，陈万益编《龙瑛宗全集中文卷第六册　诗·剧本·随笔集（1）》，第86页。

宗明确地表示，他虽然曾经用"异国的曲调唱着歌"，但他要做一个真正的中国人，为了老百姓而哭泣。把作家的责任和民族、人民联系在一起，这样的表白，在以前的龙瑛宗是不可想象的。

龙瑛宗受到台湾光复、民族复兴的鼓舞，虽然对于时局逐渐感到失望，但由于回到祖国的怀抱，仍然有一份为自己国家而努力的责任感。为此，10月23日，就在日文栏即将废刊的前两天，他发表了《停止内战吧》一诗，最后一节是：

> 停止内战吧
> 和平、奋斗、救中国
> 在自由和繁荣之上建立
> 我们的美丽新中国[1]

在失望之中，他仍然对自己的国家有着迫切的期许。

10月25日，光复一周年，台湾所有杂志和报纸的日文栏一律废刊，还没有学会中文的龙瑛宗无事可做，必须另找工作。时局更令人失望，山雨欲来，在这暗淡的日子里，他发表了杂文《台北的表情》(《新新》二卷一期，1947年1月5日)：

> 那天晚上，我独自在京町散步后，再由太平町走到大桥上，看看台北夜里的表情，台北的夜里，确有艳婉的美，但是我已经疲倦了。从前我时常抱着个希望来在这里徘徊着，但是，现在的我是很多的回想比希望更加多倍在我的怀里还生着，他更

---

[1] 陈千武译，陈万益编《龙瑛宗全集中文卷第六册　诗·剧本·随笔集（1）》，第87页。

使我感着疲倦。[1]

就这样，龙瑛宗告别了他在光复初期的向外活动，这可以说是他一生唯一一次站在时代的舞台之前的公开活动。

二

《中华日报》日文栏停刊后，龙瑛宗首先需面对谋职问题。他经《中华日报》社长卢冠群的介绍，到台湾省长官公署（不久之后改组为台湾省政府）民政厅（后改为处）任职，历时一年多，其后因所负责的工作裁撤而被免职。1949年6月，他因友人的介绍，得以进入合作金库。从此以后，一直在合库任职，直到1976年8月退休。

从前一节所述，可以知道，龙瑛宗在1947年下半年，由于对时局认识的加深，已逐步转向民众文学的道路。日文的废用，使他不得不暂时离开文坛。而且，不久即发生"二二八事件"。以他谨慎、内敛的个性，他是不可能如吕赫若去参加地下党的，也不可能如杨逵那样继续为台湾文学的前途奔走。此后，他即自甘沉默地、孜孜矻矻地在合库工作。以他认真的态度，他从办事员升为课长。而且，由于他不争不夺的个性最后竟然被委派为人事课长。据说，合作金库完整的人事制度，还是在他手中建立的。[2]

但他从来没有离开过文学。据他次子刘知甫所述，龙瑛宗下班回家后即进书房看书。当长子文甫上大学时，他亲自教文甫日文，并且教导他阅读文学，包括阿部知二、横光利一、小林多喜二（日

---

[1] 原文为中文，见陈万益编《龙瑛宗全集中文卷第六册 诗·剧本·随笔集（1）》，第271页。
[2] 关于龙瑛宗在合库的经历，参见许维育《战后龙瑛宗及其文学研究》，第60—61页。

本著名左翼小说家）、中日对照的《唐诗三百首》等。他曾想把刘文甫培养成文学评论家，又曾想让刘知甫的二女儿就读台大中文系。这一切都表明，他从未忘情于文学。[1]

据刘文甫所述，曾有国民党方面的人士知道龙瑛宗在国外（按，当指日本）小有名气，希望他写一些文章。他不愿意被利用，索性封笔。文甫又说，他父亲在50年代对大陆政权极为向往，常偷听对岸的广播，到"文化大革命"发生时才感到失望。[2]不过，他始终对国民党政权极为不满，每谈到时，会气得发抖。这一切可以说明，龙瑛宗虽未忘情于文学，但对台湾政局不满，因此不愿意写作。[3]

70年代以后，台湾社会发生大变化，要求民主化的呼声愈来愈大，乡土文学思潮兴起，党外政治运动不断蓬勃发展。这种情况，当然为龙瑛宗所乐见。这时，日据时代的作家也逐渐有人谈论，并重刊或翻译他们的作品，其中以杨逵最受瞩目。

龙瑛宗日据时代小说的中译本问世，比杨逵晚得多。1978年，张良泽所译的《植有木瓜树的小镇》和《一个女人的记录》刊出，1979年远景出版社出版《光复前台湾文学全集》，第七册收入龙瑛宗七篇小说。这时，龙瑛宗作为日据时代重要小说家的成就，才能稍为战后的台湾读者所认识。1985年，兰亭书店出版龙瑛宗的小说集《午前的悬崖》，收入十一篇，与前书合计，去其重复，共十七篇。至此，旧日龙瑛宗的面目才略为完整地呈现出来。

当时，主要翻译龙瑛宗旧作的是张良泽和钟肇政，他们都和龙

---

[1] 参见许维育《战后龙瑛宗及其文学研究》，第62、65页。
[2] 龙瑛宗的次子刘知甫跟我说，龙瑛宗存有许多剪报（现存放台湾文学馆），这些剪报很多是大陆的消息，特别是有关军事力量（包括试爆原子弹）的消息。我曾把这件事告诉叶荣钟的女儿叶芸芸，叶芸芸也说，她父亲也是这样做的。由此可见，他们两人（也许还有一些老文化人）一直在关心大陆的发展。
[3] 本段刘文甫讲的话均见许维育《战后龙瑛宗及其文学研究》，第66页。

瑛宗时有接触。特别是钟肇政,他和龙瑛宗同为客家人,常找龙瑛宗。1976年10月以后,钟肇政接编《台湾文艺》,1978年7月又接任《民众日报》副刊主编。龙瑛宗不满足于只让旧作重新问世,又拿起笔来持续写小说,应与钟肇政的鼓励和为他寻找发表园地有关。

不过,龙瑛宗本人显然也有重出江湖的愿望,事实上,从1976年8月退休以后,他已闭门在写小说。据许维育根据龙瑛宗手稿及自订年表排比,从1976年到1979年,他的新作如下:

《妈祖宫的姑娘们》(中篇)1977年6月脱稿
《夜流》1977年10月脱稿
《月黑风高》1977年11月脱稿
《红尘》(长篇)1978年11月脱稿、1979年2月修订完成[1]

这些作品都是用日文创作的。到1979年5月,《夜流》才发表于日本杂志,6月21日之后,钟肇政中译的《红尘》才开始在《民众日报》连载。因此,可以说,龙瑛宗在不为人知的情况下创作长达三年。这可以看出,他再出发的强烈心愿。

龙瑛宗复出文坛的奇异之处在于,写出四篇日文小说之后,他决心要开始用中文写作了。修订完《红尘》不久,他就在一篇用中文写的杂文上说:

> 我到了人生的暮年,仍未亲身以国文写小说,察觉是很遗憾的事,假如健康许可的话,我想写短篇小说。但愿有生之年,

---

[1] 许维育:《战后龙瑛宗及其文学研究》,第75页。

以国文来创作,这才有面子去看祖先们。[1]

这里面最值得注意的是"这才有面子去看祖先们"这句话。如果刻意深求的话,也许在这时他已有了"如果可能,要到大陆看看"的想法(此点详后)。根据他的自述,他于1979年以中文写出《断云》,1980年写出《杜甫在长安》。对于他这一次的经历,他还有两次回顾:

> 我便告诉坐在旁边的王诗琅兄:我想写杜甫的故事,您老兄也写小说吧!……我已经下定决心,趁此机会,不管写得是好是坏,一定以中文来创作。[2]

> 民六八年,我曾向王诗琅兄说:"我们从事创作吧!"终于得到一篇《沙基路上的永别》的名作。那年,我开始由日文写中文。[3]

就在他努力与中文搏斗的时期,张良泽刚编完《钟理和全集》,为了系统地整理、翻译龙瑛宗的著作,找上了门。对这件事,龙瑛宗如此回忆:

> 张良泽氏整理了钟理和作品后,有一次,偕同郑清文、赵

---

[1] 《身边杂记片片》,《民众日报》副刊,1979年3月23日。见陈万益编《龙瑛宗全集中文卷第六册 诗·剧本·随笔集(1)》,第329页。

[2] 《一个望乡族的告白》,《联合报》副刊,1982年12月16日。见陈万益编《龙瑛宗全集中文卷第七册 诗·剧本·随笔集(2)》,第33页。

[3] 《怀念杨逵兄》,《文讯》17期,1985年4月。见陈千武译,陈万益编《龙瑛宗全集中文卷第七册 诗·剧本·随笔集(2)》,第110页。

天仪两氏来我家。邀我把日文稿子整理后交付他。我虽然感谢他们的厚意,还是拒绝了。这是由于我的学习中文,迟迟难于进步之故。如果学习无望,则宁愿从此封笔,甚至废弃做一名作家。[1]

"宁愿从此封笔",这么强的决心,真是令人惊讶。我个人曾经听郑清文先生谈起一件事:龙瑛宗的中文作品有一次被《联合报》副刊退稿,他很生气,郑先生劝他,既然如此,何不用日文创作,再由他们翻译?龙瑛宗非常不以为然。这些都可以看出,龙瑛宗非常在意自己能不能成为一个中文小说家。

龙瑛宗的中文创作,最值得注意的是《杜甫在长安》。虽然在这之前,他已用中文写了《断云》,但他一直把《杜甫在长安》列为他的第一篇中文小说。据许维育所说,龙瑛宗日据时代通过日文读杜甫,并由此认识唐代。他写过一首日文诗《杜甫的夜》,其中有句云:

我是
悲哀的浪漫主义者
现在
静静地与您相对[2]

可见他对杜甫的认同感,他把两个儿子都命名为"甫"(文甫、

---

[1]《午前的悬崖》自序,台北:兰亭书店,1985年,第7—8页。
[2] 林至洁译文,见《联合文学》12卷12期,1996年10月。龙瑛宗的自译如下:"我是悲哀的浪漫主义者/在此/静静地相对着",发表于《自立晚报》,1979年3月20日。

知甫），也是这种心意的表现。[1]而他坚持要成为中文小说家的第一篇作品，就是《杜甫在长安》。对于他这篇小说所要表达的心意，他毫不讳言：

> 自从祖先来台湾，已经有一百五十年以上的历史了。祖父、父亲和我三代，未曾踩着大陆的故土去扫墓。偶尔幻想着大陆河山，而老迈与日俱增。望乡之情，令我写了短篇《杜甫在长安》。[2]

据别人转述，他还说过这样的话：

> 我出生时，台湾已割让给日本，我从小受日本教育，长大后爱看的文学作品，也都是日文的，但是我清清楚楚地知道自己是中国人，心中一直希望能为中国文化做点事，现在我努力用中文写成《杜甫在长安》，想透过作品告诉读者，中国在一千多年前已有世界最高度发展的文化。[3]

这段话最值得玩味的是："想透过作品告诉读者，中国在一千多年前已有世界最高度发展的文化。"如果对照80年代以后，"台独"言论逐渐出现，弃绝中国、藐视中国的言谈时时见之于文，那就更能了解龙瑛宗说这些话的用心与勇气。因此，连颇受"台独"思想

---

[1] 龙瑛宗与杜甫的关系，参看许维育《战后龙瑛宗及其文学研究》，第119页。又，刘知甫说，他父亲到苏州时，想起杜甫的姑姑住在苏州（许维育《战后龙瑛宗及其文学研究》，第119页），可见龙瑛宗对杜甫的一切极为熟悉。
[2] 《一个望乡族的告白》，见《杜甫在长安》，台北：联经出版事业公司，1987年。
[3] 陈白：《山河之爱》，见《联合报》编辑部《宝刀集——光复前台湾作家作品集》，台北：《联合报》，1981年，第62页。

迷惑的许维育都很肯定而且明白地说：

> 龙瑛宗将《杜甫在长安》与他自己对中国的孺慕之情加以联结；当龙瑛宗决定要以中文创作小说时，由中文牵引出的中国影像便浮现出来，而龙瑛宗脑海中最为向往的中国影像，则是古中国的唐朝盛世，以及那个时代中的杜甫。[1]

这是对《杜甫在长安》的写作用心所做的非常正确的评断。

龙瑛宗一生最令人惊讶也最令人佩服的一件事是：在1987年11月开放大陆探亲以后，他虽然已达高龄（77岁），而且，前列腺开过刀，引发十二指肠溃疡，大病一场，身体虚弱，无法久站，[2]仍立即于次年赴大陆旅游。他以前是"偶尔幻想着大陆河山"（见前引），现在则非亲眼看看不可。他一共去了三次：

1988　北京、南京、上海、桂林等之旅。
1990　初夏，新疆、西安等丝绸之路之旅。
1991　成都特访杜甫草堂及长江三峡、黄山之旅。[3]

1990年他游西安时，是由陪同旅游的刘知甫把他背上大雁塔的。[4]据刘知甫所述，龙瑛宗

> 游西安大雁塔时，刚到塔底便伫立许久，其他观光客都已

---

[1] 许维育：《战后龙瑛宗及其文学研究》，第118—119页。
[2] 龙瑛宗晚年身体状况，见许维育《战后龙瑛宗及其文学研究》，第137—138页。
[3] 1988、1990、1991三条文字，为龙瑛宗《自订年谱》之文字；见《红尘》，台北：远景，1997年6月，第305页。
[4] 本人多年前与刘知甫通电话时，听刘先生所说。

经上塔又下来了,他还站在塔底仰首凝望。[1]

看到79岁(传统算法是八十)的龙瑛宗的这种形象,真是令人既感慨,又感动。

龙瑛宗在自传性小说《暗流》里,这样写着:

> 杜南远天天在夜里看见了幻觉。那是叫人藐视的支那人的面貌,留着辫子的枯瘦长脸的人。苍白颜色诚然为了生活憔悴极了的面容,在一片黑暗里坐着朱红板圆凳椅子,苍白脸庞盯着杜南远一动也不动,一到了夜晚,总是出现了那个面貌,带稍忧愁的脸庞,好像要诉说什么伤心事,但好像又不是。[2]

这样的"支那人"的形象是龙瑛宗在日本殖民统治时代屈辱地背负起来的。他坚忍而畏缩的一生就是一直活在这阴影底下。在《月黑风高》这篇小说中,他写道:

> 究竟我是中国鬼,抑是日本鬼?如果,让我自由选择的话,我宁愿不做大日本帝国的三等国民,而甘心做个中国鬼。那个中国人到底是怎么样的人种呢?你们还记得吗?有一段时期,中国人被帝国主义者,看作狗类而不是人类。你们不会忘掉吧。咱们的神圣领土上,公园入口处立着告示牌:支那人及狗不准进来。一段时期的日本人,指汉民族是支那人,而不肯承认中国人的过去有辉煌文化历史。所以,我再说一次,我不愿做帝

---

〔1〕 刘知甫对许维育所说,见许维育《战后龙瑛宗及其文学研究》,第119页。
〔2〕 龙瑛宗:《杜甫在长安》,第29页。

国主义者的奴隶，甘愿做自己历史的主人翁。[1]

他要做"自己历史的主人翁"，所以，即使是八十岁了，他仍然要登上大雁塔，眺望祖国的山河。在《杜甫在长安》中，他曾经借着登上大雁塔的杜甫之眼，在幻想中望过一次，现在他真正地望到了。以这样的背景来阅读《杜甫在长安》，虽然意识到龙瑛宗的中文不顺畅，仍然会被其中贯注的热情所感动。

三

龙瑛宗的后半生是令人惊叹的。在日据时代，他因《植有木瓜树的小镇》而成名后，因其文学风格与西川满相近，而被西川满所赏识，成为西川满周围最重要的小说家，并因此而引起与西川满对抗的张文环、吕赫若等台湾作家的疑虑，以为他丧失立场，后来才发现是误会。[2] 80年代，龙瑛宗的旧作被翻译出版以后，一般论者也只注意到他作品中的感伤、颓废色彩，因此没有得到应有的重视，论者寥寥。这些都妨碍了人们真正去理解龙瑛宗。

战后龙瑛宗的第一个引人注意之处是，他在光复初期，因复归于本民族而产生兴奋之情，一直努力要摆脱以前那种小知识分子的感伤气息，企图向民众文学靠拢。他迅速地认识到，台湾必须和全中国同命运，并殷切盼望终止内战。他的行动能力远比不上吕赫若和杨逵，但他对大局的了解跟他们不分上下。这一切都证明，日据时代那种感伤文学主要是时代使然。在殖民统治下，他心灵所受的

---

[1] 龙瑛宗：《杜甫在长安》，第138页。
[2] 参见罗成纯：《龙瑛宗研究》，《龙瑛宗集》，台北：前卫出版社，1991年，第256—258、236—244页。

创伤不下于当时任何反抗型的作家。

其次,在国民党高压统治时代,他完全不被"反共"宣传所惑。为了不被利用,他选择停笔,同时,还留心大陆的发展。这证明,虽然在两岸隔绝的状态下,他仍然从全民族的立场来思考、来观察。

因此,在时势改变之后(70年代以后),他积极投入,决定再出发,"希望能为中国文化做点事"(见前引)。他不辞辛苦以68岁高龄学习中文写作,并且无视当时与他亲近的友人钟肇政、张良泽及其他台籍文化人越来越明显的"台独"倾向,明白表示他对中国的认同。

最后,当两岸可以来往,他以最快的速度到大陆旅游,而且一去三次,跑的地方都是中国著名的古都、名胜。他的大陆之行可以说是他临终之前精神上的"落叶归根"之旅。从心灵上来说,这是他长期被殖民统治屈辱、挫伤,被国民党高压统治阻碍、推迟,历尽种种挫折,最后的民族感情的宣泄。我相信,他对自己一生的结局一定相当满意。

2002年,叶石涛被邀请到日本演讲,接受山口守访问时说,"若要从台湾的主体性来思考时,杨逵先生根本是不合格的,那个人根本是大中国主义者,龙瑛宗也是不合格的"。还说,这会影响他们在台湾文学史上的地位。[1]这样的批评其实正是对龙瑛宗的"表扬",同时也阻断了"台独"派学者以己意"诠释"龙瑛宗的道路。其实,龙瑛宗的立场,在本文所举的一些引文中已经说得够明白了,只是"台独"派不愿意正视而已。从台湾历史所走的艰难道路而言,龙瑛宗的一生过得极艰苦、极隐忍,但从未丧失对本民族的热爱和信心。他和许许多多的反抗型作家一样,都值得我们钦佩和尊敬。[2]

---

[1] 见《专访叶石涛》,《叶石涛全集》第12册,台北:台湾文学馆、高雄市文化局联合出版,2008年,第442页。

[2] 本文据未发表的十年前的旧稿修改,修改时我的博士生黄琪椿根据后来出版的《龙瑛宗全集》复核引文,改注引文出处,谨此致谢。

一个台湾青年的心路历程
——从"皇民化"教育的反思开始

现在台湾知识界在论述日据时代台湾历史时,根据的常常是"想象",而不是史料。譬如,日本人如何把台湾"现代化"起来,台湾人如何顺从日本人的统治等。很多人都忘了,日本人统治台湾五十年,前二十五年台湾人从来就没有中断过武装抗日活动。台湾人的桀骜不驯,让日本统治者极为头疼。日本极著名的启蒙思想家福泽谕吉还说过:日本要的是台湾这块土地,而不是住在这里的人。"岛民之有无不可置于眼中……不能堪者迅予驱逐境外,并没收其财产,不必客气。"

关于日本人对台湾现代化的贡献,我想举一个亲历的例子。在一个口试场合,针对一篇有关20世纪50年代台湾文学现代性的论文,我说:我所知道的50年代台湾农村是这样,我小时候还用过井水,用过煤油灯,用过最脏最臭的粪坑,等等。当时在场的另一位口试委员马上反驳说:日据时代台湾社会不是很现代化了吗?他相信现在的流行说法,而不相信我小时候的经验,我还能说什么呢?

日据时代的台湾人,事实上并不具有与日本人相等的国民和公民的身份,他没有服兵役的"权利"。"二战"期间,不论是自动或被迫上战场,都只能算"志愿兵",只能当"军夫",不能拿枪(原住民例外)。一直到太平洋战争末期,由于日本本土人力资源不足,才修改法律,让台湾人服兵役,但刚要实施,日本就投降了。也就是说，台湾人是没有资格当"日本人"的，这只要读读陈火泉写的《道》，就可了解当时台湾人的"悲苦"心境。

太平洋战争末期，当美军以跳岛战术迫近日本本土时，只剩下台湾和冲绳可守，日本最终选择守冲绳，让冲绳人在战役中牺牲惨重（全部死亡人数50万，以冲绳人占最大多数），台湾侥幸逃过一劫。我原以为是美军选择攻冲绳，有一位日本学者告诉我，是日本人选的，因为日本人最后认为，台湾人"不可靠"，可能暗助美军，所以选择守冲绳。

以上这些事例，可以说明，现在台湾知识界流行的台湾史观，距离事实有多遥远。

最具有混淆作用的是台湾的"皇民化"问题，现在的主流看法似乎认为，当时的台湾人都想当"皇民"，事实刚好相反。"皇民化"是一项政策，是日本军国主义为了动员台湾人民"协力"战争而强力推行的同化政策。针对这一政策，台湾知识分子绝大多数消极抗拒。譬如庄垂胜的儿子从母姓姓林，庄垂胜教他儿子跟日本老师说，日本也有姓林的，不必改姓。只要是中国人，除了少数人之外，谁愿意贪图一点小小的利益而辱没祖先，把姓名改掉，这样的政策注定不能成功。而且，日本在台湾所进行的现代教育并不普及，农村地区的日语教育尤其不好。陈明忠先生讲过一个故事：他的同学迟到，老师要他说明理由，他说：我家的猪妈妈发疯，父母要我带她去给猪爸爸打（母猪发春，带它去找公猪），所以迟到了。这是日语教育在农村推行的成果，这又如何让台湾农民"皇民化"？如果"皇民化"真的很成功，又如何解释光复之初台湾人自动自发欢迎国军、自动学习中文的情景？这些情景有大量报道和照片为证，不可能造假。

不过，"皇民化"在台湾知识分子的精神史上仍然具有值得反思的意义。日本殖民者在鼓吹"皇民化"时，应用了这样的宣传策略：日本是世界最文明、最进步的国家，而台湾社会至今仍很落后，所有的习俗都不好。只有台湾人彻底"皇民化"，抛弃台湾原有的一切，台湾社会才可能进入文明之林。这样的理论绝对骗不了像吕赫若、张文环、龙瑛宗这种文化素养深厚的知识分子，但对根基较浅的人仍然会有某种程度的蛊惑：因为他所看到的日本东京的进步和台湾的落后是明摆的事实。谁都希望台湾进步，但台湾要进步，真的只有"皇民化"一条路，以台湾的彻底"洗心革面"、完全抛掉"自我"为代价吗？这就是王昶雄小说《奔流》所要表达的"痛苦"。其实这完全是假问题，吕赫若很容易就可以拆穿。

做了以上的背景介绍以后，我们可以开始谈论这本《双乡记》的价值。它写的是光复前后台湾青年叶盛吉短促的一生。叶盛吉生于1923年，从小生长在"皇民化"的台湾家庭中，但也从小就深刻体认到自己是被殖民者的屈辱身份。他在日本读二高和东京帝大的五年间，一直在日本"大东亚圣战"的所谓"八纮一宇"的"理想"和自己的屈辱身份以及难以去除民族意识的矛盾中挣扎。日本投降后，他回台大医科继续就读，目睹国民党的劣政，勇敢地加入共产党地下组织，于1950年5月被捕，11月被枪决。

叶盛吉殉难后，留下数量庞大的日记、笔记、狱中书信和临死前所写的《自叙》。由于他的遗孀和遗孤不避危险，妥善保存，这些资料竟然完好地保存下来。四十年后，他二高和台大时代的至交杨威理，以自己和叶盛吉交往的经历为基础，充分参考了这些资料，写下了这本感人至深的叶盛吉传记。

我个人认为，《双乡记》最大的价值在于，它充分表现了日本的殖民经验在台湾知识分子身上所刻画下来的严重的心理伤痕。叶盛吉遗留下来的大量笔记，记载了他复杂的思考过程，生动地反映了他犹如困兽一般左冲右突的挣扎和追寻。由于历史所经历的艰困和苦难，日据时代台湾知识分子的心理纠葛很难留下记录。叶盛吉的笔记弥补了这一空白,是非常珍贵的史料。

日本的统治,对叶盛吉来说,是爱、恨纠结的原点。叶盛吉回忆他十七岁到日本进行"修学旅行"时,这样说:

> 第一次目睹日本的美丽与繁华,在我心中栽种了对于日本极为强烈的向往之情。
> ……京都、奈良的名胜古迹,东京、大阪的繁华,还有那闪烁炫目的霓虹灯……时时都在我脑海中燃烧,在归途的航船上,每一回想,流连之情,油然而生。

可见日本是叶盛吉认识现代文明的启蒙者。同时,叶盛吉在二高读书时,也和日本教师、同学甚至当地一些民众,结下深厚的情谊。所以,叶盛吉说,他从小就在心中栽种了一个"故乡日本"。

不过,这个日本同时也是痛苦的源头,他在笔记中反省道:

> 日本人嘲笑台湾人爱吃猪肉,特别爱吃那腥膻的猪肉;嘲笑台湾人洗脸时来回在脸上抹,买茶壶时,挑来挑去,里里外外看个没完,直到认为完美无缺时才买。要不就说台湾人贪财如命,特别小气,仿佛说这些就是台湾人共有的性格。这种话也不知听过多少遍,为之悲愤填膺,不知凡几。
> 任何民族,无论这个民族是怎样处在这个落后状态,不懂科学,不讲卫生,而他们的故乡,他们的习惯,对他们来说,都是绝对的东西。即便有一天他们接触到其他更高级的文化、文明,或者会一时地陶醉其中,而不久,随着时光的流逝,他们也还要怀念自己的故乡,怀念过去的生活和习惯。
> 我痛切地认识到,在观察不同事物时,必须用不同的尺度、不同的概念去衡量才是。

叶盛吉所批评的正是日本人在明治维新成功以后，对亚洲人所表现的非常严重的歧视现象。在他们的"皇民化"论述里，日本的一切都是好的，支那、朝鲜以及其他亚洲国家的习俗都是应该鄙视的。然而，他们还大言不惭地谈论"八纮一宇"的理想！叶盛吉终于了解到：

> 而孩提时代，那灰暗陈旧的房子，亲戚家的婚丧嫁娶，接触这些生活，接触这些习俗，还有乡下庙会的风情，人山人海，小贩的叫卖声，唱戏的喧闹声，以及化装游行和花车等等往昔的印象，在我心里又塑造出了另外一个故乡。

当他在二高读书感到孤独时，也只有回忆这一个"源于血统和传统"的故乡，可以抚慰他的心灵。

叶盛吉在二高时代的挣扎，就在于：源于教育的"故乡日本"和源于传统的"故乡台湾"的不可妥协的冲突，而这一冲突的原点，就是日本极端蔑视被殖民者的高高在上的态度。

被不少人误解为屈从于日本殖民统治的龙瑛宗，晚年坚持以稍嫌稚弱的中文创作。他在《月黑风高》中这样说：

> 究竟我是中国鬼，抑是日本鬼？如果，让我自由选择的话，我宁愿不做大日本帝国的三等国民，而甘心做个中国鬼。那个中国人到底怎么样的人种呢？你们还记得吗？有一段时期，中国人被帝国主义者，看作狗类而不是人类。你们不会忘掉吧。咱们的神圣领土上，公园入口处立着告示牌：支那人及狗不准进来。一段时期的日本人，指汉民族是支那人，而不肯承认中国人的过去有辉煌文化历史。所以，我再说一次，我不愿做帝国主义者的奴隶，甘愿做自己历史的主人翁。

叶盛吉在长期挣扎之后，就像龙瑛宗所说的，最终选择"做自己历史的主人翁"，投身于中国革命的洪流，为中国的未来而奋斗，并为此而牺牲性命。

现在的我们，不但不能理解他们那几代人的心灵悲剧，还要放肆地说，他们如何感谢日本人、如何想要当日本人。我们如何对得起他们？

如果我们想认真了解我们的先辈、了解他们为了台湾前途，不惜冒险犯难，甚至牺牲性命也在所不惜，这就是一本绝对不可错过的好书。

2009年8月2日

补记：文中所引述福泽谕吉的话，见《福泽谕吉的台湾论说起（三）》(《台湾风物》42卷1期，1992年3月，第133页)。庄垂胜抗拒"皇民化"的事，见林庄生《怀树又怀人》(自立晚报社，1992年)。关于王昶雄《奔流》以及吕赫若小说对"皇民化"问题的反应，较仔细的分析，请参看吕正惠《殖民地的伤痕》(人间出版社，2002年)。

(杨威理著，陈映真译：《双乡记：叶盛吉传》，台北：
人间出版社，1995年3月初版，2009年8月再版)

陈明忠访谈后记

整理完陈先生的访谈后，我自己非常高兴。我相信，这是20世纪50年代反国民党的左派的一次非常完整的观点表达。国民党来台接收大失民心之后，台湾的反国民党力量主要是向左转，支持内战中的共产党。50年代白色恐怖统治的目标，就是要清除岛内这一反抗力量。这些左派，大约三分之一被枪杀，三分之二被关押，主要的精英很少幸存。

被关押的左派，出狱以后成为被遗忘的一群，生活在茫茫黑夜之中，大部分人的生活都成了问题。1987年陈先生第二次出狱之后，他们组织了"台湾政治受难者互助会"，然而其时"台独"势力业已成形，他们没有影响力。后来，他们组织了"中国统一联盟"（联合一些非左翼的民族主义者，如胡秋原）及"劳动党"，也很少产生作用。

这批老左派的难题之一是，他们很难流畅地表达他们的看法。除了必须了解他们在狱中时外面所发生的变化之外，他们的语言表达也大有困难。他们大半接受日语教育，在年富力强可以全力学习中文时，他们关在狱中至少十年，丧失了最好的学习机会。他们最有名的代表，林书扬先生和陈先生，是可以讲"国语"、写中文，但他们的"国语"发音跟中文风格都和一般人有差距。长期以来，很少有人了解他们的想法，他们也有强烈的无力感。这一次，通过访谈的方式，能够让陈先生畅所欲言("国语"、闽南语并用),并且把这些谈话整理出一个很清楚的系统,实在是一件令人高兴的事。初稿完成以后,所有看过的人都很满意,认为涉及台湾、现代中国、社会主义的许多重要议题,充分表达了像陈先生这种老一辈左统派的观点,可以让其他人来参照、思考、讨论,应该说是做了一件有价值的事。

我个人和陈先生交往比较多,对他的思考方式比较了解,但在整理之后,仍然感觉到,一次系统性的表达远胜过随意性的闲聊。钱永祥希望我能写一篇后记,我稍加迟疑之后也感到义不容辞。因此,不揣冒昧,提出一些想法供大家参考。

一

首先,陈先生明确地表示,"二二八"之后,他是转向"新民主主义革命"之路的,而且,他还举出好几个例子(钟浩东、郭琇琮、许强、吴思汉),说明这是当时台湾精英一致选择的路。这就证明,"二二八"不是省籍矛盾,"二二八"不是"台独"的根源,"二二八"是台湾精英唾弃国民党、转向共产党的根本原因。以前,蓝博洲的一些报道作品,如《幌马车之歌》等,早已说了同样的内容。但有一些人半信半疑,另有一些人则说,蓝博洲的报道不客观。陈先生作为当事人,做这么明确的证言,可以说明它的真实性。

现在台湾的知识分子,经过国民党和美国半个世纪的教育,恐怕很难理解,为什么陈先生那一代人会支持"新民主主义革命"?我们首先要知道,陈先生那一代人是在日本殖民统治之下长大的,长期备受日本人的歧视(陈先生有清楚的说明),他们的中国民族意识和民族尊严是在切身痛苦之中培养起来的。因此,当他们发现,国民党政府不行时,他们立刻想要另外寻找中国的出路,也是很自然的。他们不可能有另一种想法,"台湾独立"这样的思想根本就不可能出现在他们的脑海中。

当他们为中国的前途感到彷徨时，他们当然会注意大陆局势。这时他们就发现，抗战胜利后，中国内部的政治、经济状况都非常糟，国民党跟共产党濒临内战边缘，中间力量想要调解而无能为力。共产党更得民心，并且提出了"新民主主义"的理论，而国民党的统治现实，他们已领教过了。在这种情形下，站在彻底解决中国问题的立场上，他们选择共产党可以说是很自然的。

当然，另一个难题是，现在台湾的知识分子，根本不知道什么叫"新民主主义"，因此可以简单说明一下。在抗战期间，中国这个落后的国家，经受现代化日本的侵略长达十四年。这十四年，把中国搞得民穷财尽，连知识分子的生活都非常艰难，而领导抗战的国民党政府，完全不能体察民情，以为抗战胜利全是他们的功劳，以胜利者的姿态，在接收沦陷区的时候恶形恶状（就像他们接收台湾一样）。共产党的统战策略是这样：联合绝大部分受苦受难的中国人，孤立国民党最高统治集团及其附和者。对于前者，他们提出四个阶级，即工人、农民、小知识分子、民族资本家，这些人的利益全都受到国民党统治集团的忽视。而国民党统治集团的核心，则包括国民党党内各派系、国民党的军事和情报系统，这些力量现在基本上已经完全倒向美国，成为美国势力的代理人。简单地讲，共产党认为，绝大部分的中国人，应该联合起来，打倒这个贪污腐败、与美国势力勾结的统治集团，重建新中国，中国才有希望。[1]这样的论述，当然能够吸引在接收过程中充分领教国民党统治风格的台湾青年精英。

---

[1] "旧民主主义革命"，是指孙中山领导的"资产阶级革命"，"新民主主义革命"则指无产阶级和共产党领导的革命，毛泽东认为这是中国革命的两个不同时期。毛泽东的"新民主主义"从抗战时开始形成，逐渐发展，在内战前夕发挥了很大的影响。台湾的精英在"二二八"之后，大约只能略知其大要。

总之，这些向左转的台湾精英，都是热血沸腾的民族主义者，他们受够了日本人的欺压，一心一意希望中国人"站起来"，因此，他们也像当时大陆绝大部分的知识分子（连最温和稳重的朱自清都是如此[1]），倒过去支持共产党。在国民党教育下长大的台湾知识分子，完全不了解这一段历史，当然也不了解陈先生那一代人在1947年前后的选择。

二

陈先生谈话第二个重要的地方，是有关"台独"运动的。在我看来，有两点都是言人之所未言。第一，"台独"运动是被剥夺了土地的台湾地主阶级的运动（这一点有人写过文章，其观点也是来自陈先生，只是未明言而已）。第二，国民党只杀"红帽子"，不杀"台独分子"，因为"台独"派受到美国的保护。在谈到"转型正义"时，陈先生强调，如果要算国民党旧账，首先就要追溯国民党的背后支持者美国，根据这些话，可以说，国民党政权是在美国保护之下生存下来的，而"台独"派则是在美国保护下成长起来的。美国的目标很明显，即看住台湾，让它成为围堵新中国的重要基地。美国长期不承认新中国，想在外交和经济上孤立新中国、困死新中国；又借台湾这一块基地，建立一个"反共"堡垒。陈先生所表达的，是一个非常明确的中国立场的观点。这样的观点长期不为台湾知识分子所了解，证明美国（和国民党）把台湾建设成"反共堡垒"，做得非常成功。

---

[1] 朱自清在抗战后期思想开始转变，闻一多被国民党暗杀后，就不再掩饰自己的立场。他死在北平解放前夕，没有看到新中国的成立，因此台湾的国文课本继续选他的《背影》，使得台湾知识分子不知"真相"。毛泽东在《别了，司徒雷登》一文中，公开表彰过闻一多和朱自清。

三

陈先生谈话的第三个要点，我认为，是对中国革命道路的理解。1947年，陈先生只有十八岁，他接受新民主主义时，感情的成分可能要大过于理智。1960年他第一次出狱时是三十一岁，此后十五年，他想尽办法偷读日文资料，以求了解新中国的局势。1976年第二次被捕，不久后"文革"结束，这时，他也许才开始真正的"探索"。他说，"文革"结束之后，他不得不为自己牺牲一辈子所追求的事业寻求一个合理的解释，不然他会觉得自己白活了。

陈先生的知识语言是日语，1987年出狱后，他阅读了大量日本左派书籍，我看过他所写的大量笔记（或者说文章的初胚）。陈先生不是学者，他读这些书，写这些文章，是为了寻求答案，所以不是像学者一样，凡事必注明出处，因此很遗憾，我无法知道他重整思想的主要来源。

陈先生探索的结论我大约可以掌握。他认为，中国革命的第一步是"新民主主义"，集合全民（或者说四个阶级）的力量与意志，全力现代化。这一阶段还不是社会主义，而是朝向社会主义的第一步。又说，刘少奇是了解列宁的新经济政策的，"新民主主义"和新经济政策有类似之处，"新民主主义"的形成，刘少奇贡献很大，陈先生最后肯定了自己年轻时选择的"新民主主义"，而且，把这一主义思考得更加清晰。

我是一个"后生"的观察者，不像陈先生具有"参与者"的身份。我也像陈先生一样，认为"后进"的中国的所谓"革命"，第一个任务就是以"集体"的力量全力搞现代化，以达到"脱贫"和"抵抗帝国主义"这双重任务。但是，我比较相信毛泽东思想具有"复杂性"。

不论我跟陈先生在这方面的想法有什么不同，但我们都了解到，革命的道路是非常艰难的、前无所承的。在50年代，主管经济的陈云和主管农业的邓子恢常和毛泽东"吵架"，新中国成立以后，路子应该怎么走，党内外有许多不同看法。应该说，中国的情势太复杂，内部问题很难理得清。经过"文革"的惨痛教训，邓小平才能抓稳方向。我推想，邓是正反合的"合"，而不是纯粹的刘少奇代表的路线。但这只是"推论"，目前还无法证实。

中国共产党和毛泽东都犯过错误，而且一些错误还不小，应该批评。但如果说，这一切错误都是可以避免的，因此共产党的所作所为主要的应该加以否定，那未免把中国这个庞大而古老的国家的"重建"之路看得太简单了。邓小平主导以后，还不到三十年，大家都觉得好像走对了，不免松一口大气。我认为，这也是把问题看简单了，邓是毛、刘、周的继承人，他不可能不从他们身上学到一点东西，因此，邓也不是纯粹的邓个人。对于历史，我觉得应该这样理解。

四

陈先生谈话的第四个要点，是他对台湾各种"新左派"的批评。他常感叹，"那些年轻的左派""那些美国回来的左派"。对于这些人，他基本上并没有进一步再加以区分。他说，"他们"反对大陆改革开放，认为是"走资"，难道他们希望看到中国永远贫困、落后吗？

陈先生接触较多的，我推想，大概是指林孝信、蔡建仁、郑村祺等人，因为他们都曾经跟劳动党有来往；他也多少认识陈光兴、陈宜中（我不知道宜中是否可以算左派）。陈先生应该不认识"台独左派"（我自己都无法理解这是什么意思）。我想，最主要的关键在于：作为左派，居然不了解中国革命在"反西方资本主义帝国主义"或者"反资本主义全球体系"的意义，这是非常奇怪的。我认为，根本关键就在于，他们心目中完全没有中国，他们的"左派"视野也没有中国。所以，我的解释更简单、也许更令人"厌恶"，我认为这种"左派"也是长期"反共"的产物。我只想说一点，在中国崛起之前，西欧、北美、日本这些"列强"，都曾经侵略外国，强占殖民地，而中国从来就没有过。到目前为止，中国是唯一靠自己的力量站起来的现代化经济国家（印度很有可能成为第二个）。不加区别地把中国称为"霸权"，我认为，这是一种明显的"西方观点"的论述。

陈先生说，真正的社会主义，是"自由人的自由联合"，而不是生产工具的公有化，我是可以赞成的。但我想谈的，却是现实的世界经济体系的问题。

先说中国经济确实已被认为崛起之后的状况。现在大家说，"中国是世界的工厂"，俄罗斯的一份周刊说，"世界超过一半的照相机，30%的空调和电视，25%的洗衣机，20%的冰箱都是由中国生产的"。前一阵子大陆南方闹雪灾，交通瘫痪，物资不能输出，据说美国的日常用品因此涨了一两成。我说这话，不是在夸耀中国的成就，而是想说，中国的经济改变了"全球体系"。

在中国的经济还不能对"全球体系"造成影响时，西方、日本都忧心忡忡，担心中国的崛起会"为祸世界"。即使到了现在，如果美国不是陷入一连串的泥淖（现在陷在伊拉克）之中，你能想象美国愿意坐视中国崛起吗？美国不是不想做，而是没有能力去做。

如果中国因素的加入，使得"全球体系"陷入不平衡状况，如"一战"前，德国的崛起让英、法寝食难安，那"全球体系"就只有靠"先进国家"为了"遏阻"新因素的"侵入"而发起战争来解决了。事实上，20世纪90年代美国并不是不想"教训"中国，只是它没有能力罢了。美国和日本搞军事联盟，说如果"周边有事"，日本要如何如何，意思不是够明显了吗？

如果中国（还有印度）经济的崛起，能够让"全球体系"产生良性的调整，从而对"全人类"的发展有利，那就是全人类的大幸。如果因中国的崛起，而让全世界经济产生不平衡，从而引发另一波的"列强大战"，那人类大概就要完蛋了。现在美国经济不景气，情况似乎颇为严重；如果美国经济一下子崩溃，你能想象这个"全球体系"能不"暂时"瓦解吗？这样岂不也要"天下大乱"？应该说，中国一再宣称"不称霸"，宣称要"和谐"，就是希望避免这样一次大震荡。我觉得，这个时候重新来思考马克思对于资本主义逻辑的分析，就更有意义了。我是一个中国民族主义者，但我从来就希望，中国崛起只是一种"自救"，而不是产生另一个"美国"或"英国"或"日本"或"德国"，或一种难以形容的"怪物"。我觉得这样的思考也可以算是一种让"全球体系""走向社会主义"的思考。老实说，我很难理解台湾一些"左派"的思考模式。

从马克思的原始立场来解释社会主义，这个社会主义只可能是资本主义生产方式在全球范围全面展开时，才可能实现。因为，只有全人类有丰裕的物质生产，才可能想象马克思所构想的那个人人富足、人人自由（陈先生所说的"自由人的自由联合"）的物质与心灵双方面得到完满实现的社会。"一战"以后，西方资本主义体制第一次碰到全面危机时，许许多多的左派革命志士认为，全球革命的时代已经来临，最终证明是一种幻觉。

这一次"不合乎"马克思原始构想的"社会主义体制"，以苏共的革命开其端，以中共的革命达到高潮，以"二战"后许多"后进国"的共产革命延续下去。现在已经可以了解，这还不是"社会主义革命"，而是以集体的力量来实现现代化工程，这一工程可以把"后进国"绝大部分受苦受难的人从西方资本主义帝国主义的侵略与剥削之下解救出来。这一革命的牺牲相当惨重，但相对而言，"二战"后那些走"西方现代化"路线的"后进"国家，牺牲也一样惨重。姑且不论这两条路谁是谁非，"后进国"都被迫走进资本主义国家逼它们非走不可的道路。走第一条道路而唯一获得成功的是中国，走第二条道路很可能将要成功的，大家都看好印度。中国的成功对世界资本主义体系具有双重意义。第一，它的崛起好像还不至于导致德国、日本崛起以后的那种资本"帝国大战"。第二，到现在为止，中国经济还保留了相当比例的公有制，也没有全面市场化，因此可以希望它对其他"后进国"产生启导作用，让它们不必完全照"西方道路"走。

中国的崛起距离全球的资本主义化还很遥远。拉丁美洲、非洲、阿拉伯国家、东南亚，这些地区目前都还在发展。我们不知道西方（尤其是美国）和伊斯兰世界的冲突如何解决，也不知道拉丁美洲最终是否可以从美国资本主义的桎梏之下解放出来。但是，无疑的，现在可以用更清醒的眼光，用马克思的方法，好好地审视全球资本主义体系的未来。只是，我们很难期待，21世纪会出现另一个马克思。

在这种情形下，每个地区、每个民族都只能以自救、自保为先。达到第一步以后，如果能对周边地区产生影响，促使它们良性发展，而且不对周边地区产生明显的经济"剥削"，我相信，这样的国家就要比以前的英、法，"二战"后的美、日好太多了。并且，第三，如果它还能进一步制衡愈来愈黩武化的美国，让美国不敢太嚣张，那它对世界和平无疑是有贡献的。我认为，中国是现在世界上唯一有力量完成这三重任务的国家。

据说，大陆著名的社会主义理论家、历史学家胡绳晚年曾说，社会主义理想在三百年后可以实现，他说的是22世纪。人家告诉他，这太乐观了，他改口说，他说的三百年是指23世纪。其实，23世纪还是太乐观。老实讲，我不知道全球资本主义体系会在一百年间发生什么大事。但是，中国一百年的发展，竟然基本上解决十三亿人口（全球人口的五分之一）的生活温饱问题，又可以良性引导东南亚好几个国家的发展，又能让其他先进国，尤其是美国，知所收敛，这个"贡献"，是应该加以肯定的。

五

以上各节是在"大选"之前写的，"大选"之后，由于民进党经历了短时期之内第二次的大败，看来"台独"运动会逐步退潮。不过，我一直认为，蓝营群众在台湾前途问题上，尤其在大方向上（亲美、日，不与大陆合作），和绿营并没有实质的区别。因此，不能乐观地相信，马英九执政一定会带来完全不同的前景。

从最根本上看，一向被台湾依附的美、日经济体已经不可靠，除了靠向大陆之外，已经别无出路。现在向东南亚投资，其实也是加入中国经济体，因为现在东南亚的经济和韩国、中国香港一样，也是顺着中国经济的风向发展的。总之，如果不能抛开几十年来两岸政治对立的偏见，全面考虑在中国架构下整体上重建台湾经济，台湾的前途仍然是安危未卜的。

我们可以从假设的立场来看台湾前途问题。如果第二次世界大战，日本帝国主义在东亚和太平洋地区打败中国和美、英，台湾最终大概会成为第二个琉球。如果美、日经济现在仍像六七十年代那样强势，而大陆经济一直维持在七八十年代的那种水平，那么，中国也就只能空谈"统一"，因为台湾会一直跟着美、日走。然而，现在的现实是，中国已经崛起，而且会维持一段相当长的时间。就算台湾是个"靠大边"的现实主义者，如果到现在还不肯承认、还看不清亚洲经济格局的"现实"，还在计较大陆、台湾"谁大谁小"，那只好自己继续"受罪"了。我所奇怪的是，台湾从来就承认美、日是"老大""老二"，反倒不愿意相信对岸的同胞已经"打拼"到让自己的民族"站起来"了。二十年前没有这种"远见",这是可以谅解的,现在还"不甘心"承认,那就谁也没有办法,只好让台湾人自己关起门来,一面自我满足,一面自我受苦(包括内斗不已)了。再过二十年,我们一定会笑自己,当年我们怎么那么蠢?所以,与其二十年后后悔,不如趁现在赶快全面调整过来,这样台湾才可能有光明的前景。

补记:陈明忠先生访谈录《一个台湾人的"左统"之路》刊载于《思想》第9期(台北:联经出版事业公司,2008年5月),本文为此一访谈录的整理后记。又,陈先生此文已收入《无悔:陈明忠回忆录》中。

林书扬的信念[1]

　　林书扬是20世纪50年代存留下来的左翼政治犯中，少数与日据时代的抗日左翼传统有传承关系的人。他出生的麻豆林家和板桥林家、雾峰林家并称"三林"，麻豆林家虽然没有公开反抗日本统治，却自始至终拒绝跟日本人合作。林书扬说，"父亲给我的最大影响是汉民族主义，等我念到公学校二年级，父亲特地央请一位族人从厦门带回来数册小学国文教科书。我每天从学校放学回家，就得读它一个小时（他自己教）……那年代还有汉文报纸，父亲每天必读。往往还花很多时间和来访的客人讨论时局。他对日本人的批判是严厉的，终其一生没有和日本人打过交道"。汉民族主义是林书扬思想的第一个基础。

　　林书扬生长在曾文溪畔的麻豆地区，这一地区的农地非常肥沃，稻农和蔗农的人口密度相当高。然而，"农民没有选择种植项目的自由，没有自由贩卖生产品的权利"，经济利益受到日本统治者的严酷剥削。20世纪20年代后期，台湾全岛的农民涌起一股反抗的热潮时，麻豆地区就成为农民组合运动的中心，农民组合的本部就设置在麻豆。"有不少极富才华、热情洋溢的男女青年穿梭奔驰在这一块平原上。"在林书扬上公学校时，农民组合运动已经受到全面压制，但从大人们的谈话中，林书扬仍然可以听到这些人物的逸事，在他幼小

---

[1]　本文原载于《台湾社会研究季刊》90期，2013年3月。

的心灵上留下极深刻的印象。可以说，基于民族主义立场而对殖民者所采取的政治与经济斗争，从小就植根于林书扬的思想中。

把这些思想用身教、言教的方式，具体地灌注到林书扬身上的，是他的大表哥（大姨的儿子）庄孟侯。庄家也和林家一样，都是清代官吏的后裔，但庄家的人更具有反抗意识。当台湾文化协会在林献堂领导下，进行温和的"议会设置运动"时，庄孟侯不屑于参加，后来文协在连温卿领导下转向激进路线时，他积极投入，被选为中央常务委员和教育部长。1928年日本总督府想把台南具有传统意义的南门墓地迁移到别处，好在当地建立一个大型的综合运动场时，庄孟侯领导台南市民起来游行抗议，迫使总督府暂时中止计划。林书扬曾经对庄孟侯说，在台南市建综合体育场应该是都市发展的正常现象，为什么要反对呢？庄孟侯回答，日本人说建体育场是献给天皇即位的最佳贡品，冲着这一点，我们就要反对，我们要借这个机会让台湾人民增加反抗的信心，同时也让日本人了解到，台湾人不是予取予求的。庄孟侯这种坚定的反抗殖民者的态度，深深地影响了林书扬。林书扬后来说，没有行动的思想就是唯心论，可以说就是受到庄孟侯的影响。

庄孟侯光复后积极投身政治，担任台南市"三民主义青年团"干事长，但他对国民党越来越不满，批评越来越尖锐。"二二八事件"后，他被选入台南市处理委员会，以便在社会脱序情况下暂时维持秩序。国民党增援部队入台后，他和处理委员会的主席汤德章被捕，被判死刑，汤德章立即被枪毙，庄孟侯因过去的抗日事迹威名在外，又深得民心，改判无期徒刑，关了一年多，因病保外就医，1949年9月去世。按林书扬的回忆，庄孟侯的思想越来越激进，出狱后尤其如此。就在他临终的那一天，军法局对他发下了新的逮捕令，罪名是"判匪谢雪红的同党"。庄孟侯生病期间，林书扬还看到他和麻豆的谢瑞仁交谈，而谢瑞仁后来就是中共地下党（台湾省工作委员会）麻豆地区的负责人，被捕后作为案首被判死刑，而林书扬则因同案而被判无期徒刑。我们虽然不知道林书扬通过什么途径加入地下党，但可以推测，庄孟侯对他的影响是非常大的。

庄孟侯最小的弟弟庄孟伦在抗战前跑到大陆去，日本投降后回到台湾，成为国民党在南台湾的重要人物，但他真正的身份却是国民党情报局的工作人员。让林书扬更想不到的是，庄孟伦同时还兼具共产党秘密党员的身份。最后他因身份暴露而被国民党逮捕，处死前备受酷刑。

从以上所述，可以了解林书扬自日据末期至"二二八事件"后的思想历程。他成长于麻豆地区抗日的民族主义的传统下，又受到农民组合运动的影响，又亲炙了庄孟侯的教导。有这种经历做基础，在"二二八事件"前后，有感于国民党的腐败，为了重建新中国，毅然加入共产党地下组织，一点也不令人意外。

林书扬于1950年5月被捕，其时他只有二十四岁，此后一直被关押了三十四年七个月，1984年底才出狱。被捕时，他对马克思主义的认识到底到什么程度，我们现在已不可能知道。在三十多年的关押期间，他没有自由阅读的机会，思想只能随着有限的客观条件而成长。出狱以后，再过三年台湾随即解除"戒严"令，在思想和行动上比较自由。但作为假释的政治犯，他也不可能像一般人那样随意行动。我个人对于林书扬的理解，大半来自于偶然的接触和对他文章的阅读。据我有限的体会，我觉得有几点值得谈一下。

林书扬在《迟来的春天——谈谈〈资本论〉的解禁》（1991）的末尾，全文引述了马克思十七岁时的高中毕业作文，然后评述道：

> 这是马克思十七岁时的高中毕业作文。我们不是说这篇稚气未脱的文章也是天才作品。但每当我们读它的时候，总觉得有件事深深打动着我们的心。马克思的一生正如这篇作文所述，早在少年时代他已经思考着这样严肃的问题：唯有追求社会完

善的个人实践,才是个人的完善过程。以十七岁少年的领悟,那是何等的纯真的。而更可贵的是,护着这份童真,他走到了生命的尽头,沿路把它珠玉般地镶嵌在他的作品中。

在林书扬刚过世时,我的一个朋友跟我指出这一段,特别是"十七岁少年的领悟"是"何等纯真""护着这份童真,他走到了生命的尽头"这几句。我的朋友说,其实这是林书扬夫子自道,他年轻的时候接受了一种理想,然后一辈子就"护着"它,一直走完他的一生。我听了非常感动,而且知道他说对了。凡是曾经长期接触过林书扬的年轻人,都非常信服他,不是因为他有什么丰功伟绩,而是信服他的人格。他有一种无形的气质,让你由衷地尊敬。

他从马克思主义学习到,"唯有追求社会完善的个人实践,才是个人的完善过程"。在现代的世界上,他用自己的生命史证明了,民族主义和社会主义是达到社会完善的、最重要的思想。他说:

> 前者(民族主义)代表着一个血缘和文化的历史共同体处在外来强权的控制下无法自主决定本身的发展方向,因而必须以整体团结的力量争回主体性,这样的自然要求。而后者则首先代表着共同体中占有最大的人口比例,承担着最基本的社会生存手段的生产责任的勤劳大众对更公正更合理更进步的社会正义的当然要求。

对于处在这一世界现实中的台湾人应该如何做人,他是这样说的:

> 我们的族群所背负的历史问题,也不是用摔开、割断的方式能够解决的。正面面对着它、苦撑下去,这样的态度才是时

代良心。承受而不是逃避时代的痛——不论是病痛还是产痛,一心祈望终能超脱它,这就是一时代的良知良心。

从民族主义的立场来讲,企图把台湾和中国割裂开来,逃避民族责任;从社会主义的立场来讲,因为自己已生活在小康社会中,因而忘掉世界上还有很多劳动者生活在最低劣的条件下,这都是不应该的,不是一个有良知的人应有的态度。这就是林书扬一生的信仰。

当然,林书扬生活在具体的历史条件下,他的理想几乎没有实践的机会,被关在监狱中的一生最精华的那三十多年,只能在默默中忍受过去。然而,为了让他的生命具有意义,他却有他自己的"修炼"之道。陈映真曾经谈到,他在绿岛时和林书扬某次在散步时的谈话。监狱管理者规定,政治犯必须写"自省自勉录",一般人都会写一些鸡毛蒜皮的琐事交差了事,但林书扬却认真地写下他的所思所感。陈映真对他说,这样恐怕会惹来无谓的麻烦,他沉默了一会儿,独语似的说:

> 如果对自己最起码的真实勇气都丧失了,我要到哪里去得到力量,支持我度过这漫长的二十五年,支持我度过前头漫无终点的囚人的岁月?

即使知道自己的理想没有实践的机会,他仍然坚持他所相信的。我的一个朋友还跟我说,林书扬出狱后,每当中国统一联盟或劳动党有集会或游行时,他一定参加,而且确实执行分配给他的任务。有些老政治犯,会因为这些活动几乎毫无社会影响力,而渐渐懈怠下来,但林书扬从未如此,他总是以最积极、最热心的态度参与。他相信他的想法是对的,他相信这些活动是应该举办的,他就认真去做。他是为自己的理想而行动，他不是为实际效果而行动，他要为自己的想法而负责。因此，表面上看，林书扬的一生似乎没有做出什么事情，但实际上，他一直在行动。我的朋友的理解是非常正确的，一个人不能改变历史条件，却可以按自己的想法度过自己的一生，起码这是对自己有意义。这就是思想者和行动者合一的林书扬。

林书扬自1984年底出狱，至2012年10月11日深夜病逝，总共又度过近二十八年的岁月。其间他参加了许多活动，写了无数文章（他的文集超过1500页），但他在台湾社会几乎是默默无名。不过，他仍然存活在跟他接触过、跟他学习过的当年的一些青年心中。其中两个人曾给我寄来了他们个人的怀念文章，下面就引述一些。

有一个这样说，他刚到绿岛时，

> 第一次见到从青春坐牢到白头的老同学，便肃然起敬。他们之中有部分人或多或少染上抑郁症，但更有一部分人，像林书扬一样，大有要把黑牢坐穿的气概，冷静淡然，虽忧无惧。看到他们，我们也吃了定心丸，不久，我们有些新来的年轻人，逐渐变得跟他们一样，在崇高的信仰中得到力量。林书扬给我们上的第一课就是超越，超越渺小的自我，担当起历史的使命。

他又说，经过长期的学习，他从林书扬身上掌握了四个原则：第一，要有强烈的社会主义祖国意识，台湾绝不可与祖国分离；第二，凡事要有全局观点；第三，要经常注重思想学习，要有策略观念；第四，自觉担负使命，要有崇高的献身热忱。他所说的这些，可以印证我们前面对林书扬的评述。

另外一个谈到，林书扬独特的教导方式。有一次他问林书扬，

"何谓国家？"林书扬回答，"国家是阶级的统御及反统御行为"。问他"何谓法律？"林书扬回答，"法律是阶级关系的界定"。林书扬的说法和他所学习的任何政治学教科书迥然相异，让他突然"洞晓"了一切社会现象背后的真相。林书扬曾谈到，庄孟侯要他翻阅一位日本著名的马克思主义教授编的社会科学辞典。从林书扬对这位年轻人的回答中，林书扬终于通过辞典中的社会学名词的定义，同时也通过他一生的经历，深深地了解到"国家是阶级压迫的工具"这一著名论断。

由于从小聪明过人，又勤于学习，喜爱思考，林书扬对他极其艰苦的一生是了然于胸的。有一次，我跟他有比较长的交谈机会，就想探问他如何涉案，如何被捕。没想到他跟我上起历史课来，从日据时代的农民组合运动，讲到麻豆如何成为这一运动的中心；又从国共内战讲到朝鲜战争后东、西两大阵营如何形成冷战格局，台湾又如何被美国划入它的势力范围。我可以体会他的意思：他的一生只不过是这一历史过程的小小的棋子，要谈就要谈大历史，不要太在意个人的命运。

跟林书扬聊过天的人都有这样的印象，他从不发牢骚，也从不诉说自己受过的苦难，但也绝对不是默默地承受历史命运的播弄的人。他勇敢地跃入他所认识到的历史的洪流中，尽力去做自己认为该做的事，正如他自己说的，护着少年时代理想的童真，走过了他的一生。

补记：此文为林书扬先生逝世而作。

难忘的老同学
——龙绍瑞《绿岛老同学档案》序

"老同学"是20世纪50年代台湾左翼老政治犯彼此之间的称呼。不论他们在绿岛被关押多久,他们认为,绿岛是他们一生学习的最重要的地方。他们仿佛在那边上了大学,从五年、十年,到二十年、三十年,时间长短不等,但学习到许多知识以及做人做事的道理,最重要的是,学习到人生需要有理想与坚持,这一点大家都是一样的。

我于1992年加入中国统一联盟,有机会见到许多老同学。那时候,常参加活动的至少还有两三百人,但因相处的时间不长,留在我记忆里的人并不多。常常要时过境迁,听别人谈起某某人的事,我才能对上号,可惜他已经走了。我很希望将来能够将别人对他们的记忆与记录搜集成书,一本一本地出版,他们实在令人难以忘怀。

1995年我代表统联,南下高雄,参加统联高屏分会的年度大会。分会长到小港机场接我,我们从机场大厅走到停车场,他开的是小发财车,原本放货的地方坐着一个蓬头散发的农妇,完全是乡下装扮。他跟我介绍,说是他太太。分会长穿着西装,虽然老旧,但看起来还是有一种气派,完全没办法把两个人连在一起。我内心有点震动,但还是很自然地跟他谈起他的家庭。他说,他在绿岛的时候,太太很想念他,每逢可以会面的日子,她一定不辞辛苦赶去。后来她实在承受不了压力,精神有点不正常。他出狱后,她无论如何也不肯离开他，出门一定要带着她。我内心非常感动，下车走到会场的途中，我就一直跟她用闽南话聊天。几个月后，我们在台北举办游行，他们夫妻都来了，他太太看到我非常高兴，还跟我打招呼，她显然记得我。

第二年我又去，分会长换成谢秋波，他也去接我，途中我跟他谈起他的案情。他说，他爸爸是日据时代农民组合运动的地方领袖，讲义气，好交朋友。50年代大逮捕时，很多人躲到他家，他爸爸一律收容，因此也被捕了，而且还被判了死刑。他认为他爸爸并没有参加组织，即使是窝藏"匪谍"，也罪不至死。特务认为，他不可能不受他爸爸影响，也把他抓了，把他打个半死，要他承认。他紧闭着嘴，一声不吭，只用仇恨的眼光瞪视着他们。他被判十年，那一年他只有十六岁。讲完这些，他紧抿着嘴唇，两眼闪闪发光。有短短的几秒，我竟不知如何接上话。

在某次分会大会上，我看到一个人推着轮椅进来，轮椅上坐着一个上身挺直，两眼炯炯有神，头已全秃的老人。他一到报到处，就从口袋里掏出一叠厚厚的钞票，交了出去。我非常惊讶，找个空当问别人，别人告诉我，这是在屏东卖咸鸭蛋的辜金良。以后我逢人就问这个人，最后终于认识他太太许金玉。许金玉告诉我，老辜很顽固，明明已经不能走路，还要赶到台北参加游行。别人只好把他抬上飞机，再把他抬上游行的指挥车。老辜和许金玉当年开始做咸鸭蛋时，真是备尝艰辛。这个咸鸭蛋行后来全省知名，他们要退休时，想找个年轻的统派继续经营，但没有人受得了苦，只好顶让给别人。他们夫妻辛苦一辈子，但大部分的钱都捐出来赞助统派的活动。老辜已经去世多年，但我一直记得第一次见到他的情景。

在这本书的几篇短文里，龙绍瑞也记下了他对一些老同学的回忆，这些我多半不知道。我也听过别人谈起一些老同学，这些龙绍瑞也没有记录到。如果能够尽力地加以搜集，我相信可以重构一个时代的历史，而这个历史却是全部被遗忘的，即使有少数人知道，也是被极度扭曲的。我记得有一次我们到机场迎接唐树备，被民进党的群众包围，出来时他们向我们丢鸡蛋，年纪最大的老先生吴金地因为走得比较慢，有三个鸡蛋丢到他身上，一身衣服有黄有白，旁边几位老先生用卫生纸帮他擦拭。这情景真是让人既生气又悲哀，可悲的不是老先生，而是那些既不讲理又不懂事的群众。当他们以为是在侮辱这些可敬的老先生时，他们其实是在侮辱自己。他们完全不了解这些老先生的历史，不了解他们为了台湾的前途无私地奉献的一生，还认为他们"出卖台湾"，我不知道对这些无知之徒还能说些什么。

"台独"派常常说，台湾的精英都在"二二八事件"中消失了，这种说法其实并不准确。在"二二八"之后被整肃的台湾人，都是在地方有地位、有声望的士绅，主要是因为他们参加了各地的处理委员会，人数并不多。在这之后的白色恐怖中，大批的台湾年轻人被捕、被枪杀、被关押。被判死刑的如许强、郭琇琮、吴思汉、钟浩东等等，都是其中最杰出的代表。关到绿岛去的，虽然没有他们的学识与见识，但都富有正义感，能吃苦，肯牺牲。如果这整批人都能保留下来，台湾的社会发展一定会完全不一样。应该说，是国民党"宁可错杀一百，也不可放过一个"的整肃政策扭曲了台湾的发展方向，造成今天台湾这种自我封闭、既自大又短视、完全看不清前途的局面。

台湾是在甲午战争中国战败后，被迫割让给日本的。没有近代日本帝国主义的发展，台湾就不会被迫和祖国分离，也不会有后来长达五十年被日本压迫和歧视的历史。抗战胜利后，台湾虽然光复了，但中国随即发生内战。在内战中得到人民拥护的共产党虽然打赢了内战，基本上统一了全国，但美国为了围堵新中国，完全罔顾国际法，凭借着强大的国力悍然介入中国内战，再度把台湾同祖国割裂出来。50年代国民党把具有强烈民族主义倾向的左翼分子在岛内加以肃清后，由于它和美国长期进行的反共、亲美的教育，现在的台湾人都已经不了解这一段历史了。一般人还反过来把自己和自己的祖国对立起来，认为自己是文明进步的，而中国是专制落后的，统一就是对自己最大的戕害。这种历史观目前已面临最大的挑战，而台湾的一般人仿佛一点感觉也没有，还生活在过去错误的观念中。

台湾一般人总认为，美国和日本永远是世界上最进步、最文明的国家，而中国永远只能沉沦于野蛮和落后之中。他们和西方人一样，不相信中国人可以靠着自己的奋斗和努力，重新在世界中站立起来，并且还能继承过去悠久光辉的文化，重新焕发出中国文化的新纪元。然而，20世纪50年代被清洗的台湾年轻一代却都怀抱着这个理想，为重建这样的新中国奋不顾身地参加革命。他们牺牲了，他们长期被忘记了，或者现在还有人把他们看成不可理解的怪物，但历史终究是往前发展的，现在几乎已经证明了，他们的努力方向是正确的，他们虽然牺牲了（有人丧失了性命，更多的人历尽艰辛地生活在底层，很少有人关怀），但他们的牺牲是有价值的。新中国的成立与强大，就是靠着许许多多中国人的牺牲与奋斗才最终达到目标的，其中，就包括50年代整个被整肃掉的台湾的爱国左翼青年。

本书记录的这些老同学中，赖丁旺讲的一段话最有意思。赖丁旺出生于贫农家庭，只读了日本时代的公学校，就必须自立谋生。凭着他的积极向上、刻苦努力和善于交朋友，光复初期已被地方的有力人士推荐为代理乡长。然而就在这个时候，在白色恐怖的气氛下，他却被诬告参加"匪党"，在找不到任何证据的情况下判刑十年。要是别人，可能会呼天抢地，怨天尤人。但他在绿岛的十年中，却诚心诚意地跟他所佩服的左翼政治犯悉心学习，终于了解了中国革命的意义。出狱以后，虽然必须在最艰难的条件下谋生，但还是把握机会学习，随时掌握国际资讯，并且注意中国的发展。他在自传的开头就说：

> 我这一生很幸运。在我出生时，台湾被日本占领，祖国非常衰弱，看不到希望在哪里。现在我已是老年人。中国在共产党领导之下，度过了革命最艰苦的阶段，今天祖国的实力，已经可以说是世界的强国。目前中国所面临的各种问题，一定能够克服，国家统一也是早晚的事。尽管我是付出了代价，但回忆起来，还是很欣慰的。

自己被冤枉关了十年，完全丧失了一般人观念下的"前途"，可以说一生都毁了，却认为"我这一生很幸运"，就是因为这十年在绿岛的学习，让他张开了眼睛，了解了世界大势，知道自己跟祖国同其命运，自己的小我已经汇入祖国的大我之中，一生没有虚度，所以他是幸福的。他又从反方向检讨自己的一生，说：

> 有时候我想，如果当时没被逮捕，而是继续留在楠西，很可能我再做了乡长，就去参加地方上的派系，跟别人争夺利益，然后一直堕落下去。

他所谓的堕落，其实就是一般人心目中的成就；他所谓的幸福，在别人看来是大大的不幸。这就是老同学，虽然他们一辈子充满了苦难，但他们认为他们过得很有意义。

现在我们也许都觉得，台湾是在没落之中，而我们一向仰慕的美国和日本也在没落，似乎世界已经没有什么希望了。但如果我们向着老同学的思想方向去改变，说不定我们就会跟老同学一样，感到未来的希望是我们的。老同学之所以值得佩服，不只是他们的人格，还有他们对历史的把握，和对思想、理想的坚持。

2012 年 12 月 17 日

（龙绍瑞：《绿岛老同学档案》，台北：人间出版社，2013 年 1 月）

历史的重负
——《白色档案》序

我从小就喜欢读历史,从最枯燥无聊的中、小学教科书到有趣而不大可信的杂史、逸事,都读得津津有味。高中时代尤其喜欢读现代史,常到牯岭街旧书摊搜购过期的《传记文学》杂志,也尽可能地到图书馆借阅有关书籍。那时候年纪小,"纯洁而富正义感",读到历史的一些不幸的变化,常"扼腕叹息"。譬如民初讨袁的失败、北伐前的国共合作,以及抗战胜利后"剿匪戡乱"的失利,都是民国史上令人痛心疾首的事,让身为年轻学子的我一再地"掩卷长叹"。

以后,我虽然没有考上历史系,但仍不时地读一些现代史,好像要重温初恋的余情一般。但是,很不幸地,随着阅读范围的增加,我逐渐意识到一些矛盾。这些矛盾逐渐累积,终于在我读到伊罗生的《中国革命之悲剧》时从"量变"转为"质变"。

你很难想象,一个在各级教科书都被描写为"民族英雄"的人,突然在另一本出人意表的历史书中以"杀人魔王"的形象出现。然而,这都是千真万确的,在我后来陆续读到的一些现代人的文章中,我找不出坚强有力的证据来否定伊罗生所描写的"清党"真相。

经过"修正"后的中国现代史,按我个人的理解,是这样的,五四新文化运动以后,许许多多的青年学生,对于北洋军阀的统治彻底失望,于是转而投奔屈居广东一隅的国民党。这些青年学生,部分加入国民党，但更多一部分如果不是加入成立不久的共产党，就是同情共产党的人。不过，不管是国民党还是共产党，他们都以打倒军阀为目标，于是互相合作，形成历史上所谓的第一次"国共合作"。

台湾的标准本现代史都把北伐的成功归之于：以黄埔军校学生为主体的国民党军的英勇善战。但，历史表明，没有左翼青年学生所发动的学运、工运和农运做基础，所谓的国民党军是不可能在极短的时间内获得那么"辉煌而伟大"的胜利的。当右翼的国民党政客和军人完全意识到左翼社会运动可能超过他们而成为革命的主体时，他们就运用手中逐渐壮大的军队来残杀原先帮他们成长的青年学生、工人以及农人，这就是台湾版的现代史大书特书的所谓"清党""清共"。

关于"清共"的资料如果有心搜集的话，一定可以得到不少。即使在我偶然读到的感叹性的散文中，也可以看到这样的记载：有些军人觉得枪决比较没有趣味，而恢复砍头，有些地方，凡参加读书会而不太了解政治真相的十几岁的学生（包括女生），也被拖出去枪毙。作为结论，我可以引用周作人在一篇文章中的一些"感慨系之"的话：

> 我觉得中国人特别有一种杀乱党的嗜好，无论是满清的杀革命党，洪宪的杀民党，现在的杀共党，不管是非曲直，总之都是杀得很起劲，仿佛中国人不以杀人这件事当作除害的一种消极的手段（倘若这是有效），却就把杀人当做目的，借了这个时候尽量地满足他的残酷贪淫的本性。（《谈虎集·怎么说才好》）

从这一段话就可以想见"清共"时杀人的牵连之广以及手段之残酷。

从此以后，国民党就靠着它庞大的特务组织，到处捕杀共产党人，以维系它的政权；而共产党除了在农村打游击外，也开始转入地下活动，准备以长期斗争的手段来推翻国民党的统治。这种形势一直维持到全面内战爆发，国民党彻底失败，而不得不逃到台湾为止。

全面失败的国民党，按照它一向的习惯，当然不会虚心地自我检讨，只会把失败后的愤恨加倍地转移到"万恶的共匪"身上。于是，就在美军"协防台湾"，国民党暂时感到安全无虞的时候，一方面基于泄恨，一方面基于自保，而在50年代初发动了所谓的"肃清共党分子"的"运动"。

国民党50年代在台湾所厉行的白色恐怖行动，跟1927年的"清共"相比，如果只就人数而言，大概还算是"小巫"（据说，被杀的人在2000到4000之间，判各种徒刑的也在4000人左右。按，写此文时，我认识不足，这个数字太低太低了）。不过，基于"困兽"的特殊心理，这一次"宁可错杀，也不可放过"的原则贯彻的程度，比起二十多年前的"清共"来，当然有过之而无不及。同时，也就是基于这一次非常彻底的"清洗"，国民党终于可以安心而高压地统治台湾达三十多年之久。

读历史有时候是一件很痛苦的事，读现代史尤其如此。国民党在20年代的"清共"、在50年代的"肃清"，似乎有一种历史的必然性。然而，"历史"难道就可以在这样的"解读"下释然于怀吗？因为，对于被牺牲的每一个人及其家属来说，你无法用历史的必然性来抚平他们的创痛。

对于白色恐怖的受害人，也许我们可以把他们分成两种类型。第一种是意图改变国体，而且着手行动并有明显证据的。这种"叛乱犯"，从另一个角度，其实就是"革命志士"，类似清朝末年为推翻满族政权而牺牲的人。这种人，在"叛乱"之初，早已下定必死的决心,"处罚"对他们来讲正"求仁而得仁"。另外一种则是:基于对国事的关怀,"不小心"读了某些书、发了某些议论,参加了某些读书会,甚至只是基于交友,莫名其妙地被牵扯进去。对这些人来说,死刑、无期徒刑,甚至各种年限的有期徒刑,都是过重的处罚,因此可以算是"冤屈"而该在"平反"之列。

对第一种受害者,即使他们默默地死去,永远不为人所知,我想,他们也会含笑九泉的,因为他们已勇敢地为理想而献身。但如果能有一些"历史"来记录他们的生平,报道他们牺牲的经过,表达后人对他们的敬意,也许可以算是"历史"对他们的一种公正的报偿吧。对于第二类的受害人,有同性质的历史性的报道,至少也可以让受害人及其家属得到某种"平反"的安慰,并且让后代知道,历史上曾经有过这种"残酷报复"的时代,也可以算是对历史真相的一种"正义"的揭露吧。

我一张张地翻阅着何经泰先生为50年代白色恐怖的幸存者所拍摄的照片,那种特殊的黑色背景仿佛要努力呈现我们这个时代的历史的重负。我又一篇篇地读着这些残余者的访问录,那些质朴的语言里面包含了背后难以言传的血泪。读着这样的书,我们会觉得,我们需要更多的真正的历史。这也许是我们面对过去痛苦的历史,力所能及的工作之一吧。

(何经泰):《白色档案:何经泰摄影集》,台北:时报文化,1991年)

补记:《白色档案》(1991年出版)访问20世纪50年代被捕的左翼政治犯四十余人,每人一幅照片,由何经泰摄影,访问稿由林丽云、陈素香整理。何经泰的摄影后来常被人采用,陈明忠《无悔》的封面照片即采自此一摄影集。每人的采访稿虽然短小,也颇有特色。此书从未再版,因此下面将其中一篇略作删节,附在这里。

(翁水竹,台南县大内乡人,1931年生。1950年被捕,判刑15年,1965年出狱。)

15年,还好啦!当时有很多人被枪毙,被关在军法处的那一段时间,每日都有人给带出去就没再回来,一日好几十个。光是我们大内案就有24人被抓,5人被枪毙,17人被判15年。

说起来没人相信,我是因为到镇上一家照相馆拍身份证照片被抓的。我本身种田,家庭非常单纯,有一日透早,大内派出所有三四个警察来我家抓人,随后,马上将我送去麻豆分局。

分局内有人问我:你有没有参加共产党呢?我回答:我不知道什么共产党。他又问:杨辛丑你认识吗?我说:认识,他家开照相馆,他是照相馆的老板。他继续问:你有没有去过他家呢?我说:有啊!办身份证要相片啊!他继续追问:去几次?我觉得奇怪地回答他:三次啊!照相时去一次、拿相片再去一次,后来加洗,总共去了三次。没等我说完,他们竟马上接口说:这样就对了,开会三次,可以定罪了。一定就是15年,也不知道为什么照个相,要判那么重的罪。

我老爸不认字,老母不认字,自小就帮人家种田,日子平平常常过,没什么特别重大事情的印象,我被抓算是我家比较重大的事。我被抓,家人都很害怕,以为我做了什么见不得人的事,15年中间,没人去探望我,乡下人一辈子没走出过庄头,绿岛太远了,就像我,因为被抓才有机会去那么远的地方。

出狱那天,我一个人从绿岛搭船到台东,台东变化很多,特别是汽车,和我被抓时差很多,我在台东停了一个晚上,然后从台东搭车到高雄,再转巴士回大内。

走在大内街上,没怎么认得,有一个一直看我,我也觉得他很面熟，可是日子实在太久了，我已不认得他是我"阿叔"，我们两个在街上看来看去，不敢相认。后来回到家，父母都在田里，没人认识我。有个小孩问我，你是谁，到这里做什么？我说：这是我家，我住这里。

第二天，和15年前一样，天一亮就跟着阿爸一起到田地做事。

送高信疆先生，一个纯真、善良的爱国者

高信疆先生走了，只有六十五岁，他原本可以活得更久的。这几天我一直在想着他，为了他，有一次我在酒后大发脾气，把我家里的大陆客人和台湾客人吓得目瞪口呆。酒醒后我深自懊悔，一直在想，我为什么为高信疆的死难过成这个样子——我终于想通了。

高信疆是被二十年来弥漫于全台湾的"反中国"气氛给逼死的。一个善良而爱国的中国人，无法忍受这种毫无人性的对于中国的蔑视（难道他们不是中国人？），被逼困居于一个死角，终于下决心逃离台湾，到北京生活，但终始郁郁寡欢，就这样死了。

我虽然只见过他三次，但前后两次都留下极其深刻的印象。我必须把它写出来，不然，我还会再难过一段更长的时间。

我们第一次见面是在20世纪90年代的后期，当时台湾的"反中国"势力极其嚣张。高信疆仍如既往，西装笔挺，领带颜色鲜明，头发梳得一丝不乱，始终面带微笑，声音柔和而缓慢。唯一的不同是，二十年前笼罩在他头上的强大光环只剩下一点点极其微薄的光晕。二十多年前我还在读硕、博士，每天必读《中国时报·人间副刊》，就像所有渴望追求民主的青年知识分子一般。《人间副刊》的许多文章震醒了我们长期麻痹的脑筋，我们开始慢慢睁开眼睛看着自己从小生长的环境，我们向往新的生活，心中充满热血，渴望行动。作为一个媒体人，高信疆因为主编这一份副刊，成为台湾文化、

思想界的领航人，70年代，是高信疆的年代，就像60年代是李敖的年代一般。

90年代后期，我们第一次握手的时候，在一般人心目中，他只是一个稍具知名度的文化人。我当然深知他的过去，对他心存感激。他温和而亲切地跟我讲话，那时候我刚以强悍而不妥协的文学评论而获得一点微不足道的名声。我不太能理解，他为什么对我这么亲切。

活动结束，他邀请我到他家聊天，我更感意外，极力推辞。我知道他经济条件好，家里一定宽敞、舒适，我这个不修边幅的老烟枪不会在那样的环境里感到舒服。他解释说，我另有一个小套房，一人独居，不会打扰任何人。我跟着他走了。

他买了一大袋啤酒。他的房间大约有三十平方米，到处散放着书籍和CD，只能坐在他的书桌边聊天。看到这种环境，我立刻安然就座，放开所有顾忌。

我有一肚子困惑。他跟我说，他太太看到他不愿跟人见面，特地为他准备这个套房，让他可以独处一室。他一面喝啤酒一面抽烟，不停地讲话。他说，他受不了外面的政治气氛。大家都在骂中国，"台独"派骂，不是"台独"派的也骂，大家都疯了一样，他受不了。我一下子了解，他为什么在初次见面时就特地邀我这个小他五六岁的后辈聊天，他知道我们是同类。

我的情绪一下高涨起来，长期郁积心中的愤懑随着喷涌而出。我不知道我们谈了多久。大概是因为明天我还要上课，必须从台北赶回新竹，才不得不告辞。我们是在下午三四点走进小套房的，离开时台北满城灯火，我心中充满了凄凉之感。

他看过我谈古典音乐的文章，他也喜欢古典音乐，话题在这里绕了很久。他问我，听不听中国人演奏的古典乐。我说，听过一次傅聪的现场，很失望，此后再也没试过。他说，应该听大陆某某人、某某人。一面讲，一面拿出一片片 CD 给我看，告诉我某某的可以在这一张听到，某某的可以在另一张听到。我说，高先生，你就这么一张张地去搜集？他说，当然，当然，这是我们中国人的演奏，不可不听。我简直呆住了，不知道该说什么。

我完全认识到他的孤独。我看到了一个比我更孤独的人。

第二次见面在北京，我们一团人到北京，陈映真先生带队，他来看我们，主要来看老朋友陈映真。他已在北京定居，一点也不想回台湾。

第三次也在北京，我一个人来开会，会后一如既往，到万圣书店买书，买完书到咖啡部喝咖啡休息。我一面翻看书，一面抽烟，突然就看见高先生走进来。我非常高兴，马上站起来迎过去。我们彼此问询近况。不久，一位大陆文化人走进来，走到高先生坐处，握手，彼此交换名片。我看出他们经人介绍，约定在这里见面，我就告辞回座。我听得到他们聊天，大陆朋友询问 70 年代的台湾文化界，高先生开始谈。我看出，大陆朋友逐渐丧失兴趣，因为跟他想听的颇有差距。大陆朋友开始谈大陆思想界，主要就是他个人的思想，我立刻明白他的"倾向"，心里想，糟了。果然，他越骂越凶，高先生开始为大陆辩护。这种过程我太熟悉了，当时的我已经知道，碰到这种状况，马上打哈哈，不用再谈了。高先生显然比我纯真、善良，先是委婉地讲，但语气显然越来越急切。我稍经迟疑，就走了过去。谈话被我打断。他帮我们介绍，我们互换名片。谈话继续下去，但我努力把它掌握在我的"设计"之下，最后在"良善"的气氛底下三人分手。高先生临走前一再说，下次到北京一定要找他，我说，一定，一定。当然，下次我没找他，到北京就是要找谈得来的大陆朋友交换资讯，两个在台湾"失意"的人彼此在北京互诉苦衷没什么意思。不过，我很庆幸，那一次我有机会为高先生"服务"。高先生爱国热诚感人，但他当时恐怕还不太理解，有些大陆同胞会把我们这种人看成"怪物"。这一点陈映真先生的感受更深。我学聪明了，专找比较愿意听我讲话的大陆朋友谈。

我由此知道，高先生在北京不会很痛苦，但也未必很快乐。

去年年底，风闻高先生得癌症，我有一点担心，但认为，他一向风度翩翩，看起来年轻得很，病症应该是早期发现，何况他这么好的人，不会有问题。我很忙，又与他的交游圈毫无交集，也无从探听，我久已拒看台湾报纸、电视，要不然我就会知道他已回台湾治病，非常不乐观。

我再听到他的消息时，他已去世十多天。我拿着朋友送给我的《亚洲周刊》，看完了两页的专门报道，呆呆坐着，表情木然，把我太太吓了一跳。

在这篇报道里，有人说，"当一个世代过去以后，再多的力挽狂澜也于事无补，很多人不了解晚年的高信疆……"似乎是高信疆自己落后于时代。根本不是！是台湾社会突然刮起一阵怪异的狂风，把高信疆、陈映真、颜元叔（退休的台大外文系教授，已移居大陆）、郭冠英（被马英九点名批判，因此被免职的新闻局小官员），还有我，还有一些我们彼此不知道的人，被刮得东倒西歪，一个个如风中芦苇，却莫名其所以。这些人都是坚定的中国人，在惊诧、挣扎之余，都成为大海中被海浪不断冲刷的一个个小孤礁。其中就数高信疆最善良、最脆弱，他永远无法理解，怎么有那么多"中国人"（包括"台湾人""外省人"，还有一些大陆人）会那么藐视自己的祖国。在我心目中，高信疆是这一群互不相识的人中最值得同情的。

这篇报道有一半篇幅专访李敖，我才知道他们从小就是朋友。从李敖的谈话看起来，李敖也可能不太了解高先生因"过度爱国"而产生的郁结心情。不过，谈到高先生的临终状态，李敖说："最后我想他有一点觉悟吧，我到医院、到他家里不止一次看他，我发现他还好，很洒脱，很了不起。"我认为，李敖这一段话应该基本合乎实情。

为什么呢？据报道，一直到 4 月 20 日医院才放弃治疗，也就是说，此前高先生是清醒的。所以，他一定知道 2008 年奥运会的巨大成功，也知道金融大海啸，知道中国挺住了。他不可能不知道这些对中国的意义。

大约在 2005 年以后，我感觉到，身边无形的压力逐渐减少，因为中国的强大已经非常明显，台湾知识界的熟人不知不觉在改变对待我的态度，我的眉头逐渐开朗，酗酒的情况明显有所改善。由我推想高先生，他回台治疗时，当然比离台远走时心境好得多。自己的国家站稳了，台湾的歧视大大减缓了，这是很好的。要是我知道，我一两年内会死，虽然会有点不甘心，但现在死，要比 1999 或 2004 年死好太多了。我会死而无憾。高先生的爱国真情，不知要超过我多少，当然可以走得"很洒脱"。

我要在心中默默地说：高先生，安息吧，祖国再也不需要你为她担忧。

2009 年 5 月 18 日凌晨 3 点半一气写完，下午 3 点修改

补记：初闻高信疆先生去世，有感而作。

怀念颜元叔教授[1]

上周的一次朋友聚会中，我偶然听到颜元叔去世的消息，内心受到很大的震动。自从知道他移居大陆以后，一有机会我就问别人是否知道他在大陆的地址，但没有人能够回答。我心里也想，这事也不是很急，总会探听到。潜意识里似乎觉得，颜元叔身体很好，说不定我们哪一天还会在大陆再见。总之，几年来我常常想起颜元叔，也一直在寻找他，但不能说很积极。现在好啦，他走了，还有什么好说的。

我个人对颜元叔的感情是很难用言语来表达的，说了别人也不能体会。我感到奇怪的是，每当我偶然在别人面前提起颜元叔时，别人都会认为，我提了一个不值得一提的话题。我感觉到，颜元叔好像彻底被台湾文化界遗忘了，或者说，台湾文化界根本就从未存在过颜元叔这个人。

两三年前，《文讯》杂志想要为台湾文学的研究者建立一个资料库，初步计划是先选五十个人。我和其他两位比我年轻的著名的教授受命拟订名单，再汇总讨论。在见面讨论时，我发现他们两人的名单中都没有颜元叔，我只能说我感到震惊。这不是说，他们两人认为颜元叔没有资格列入五十名之中，而是，他们连颜元叔这个名字都没有想起来。然而，也不过在四十多年前，颜元叔却是台湾文

---

[1] 本文原载于《文讯》第238期，2013年2月。

坛大红特红的评论家，连续十年之间做了很多事情，引起很多争论，俨然台湾文坛旋涡的中心。而现在，一切了无痕迹，好像水面上从来就没有产生过这样的波澜。

颜元叔1967年得到美国威斯康星大学英美文学博士学位，随即回到台大外文系任教，那一年我进入台大中文系就读。1969年颜元叔担任外文系主任，我进入大三。那时候，中文系有一批学生团结在柯庆明周围，想要为研究中国古典文学寻找一种新方法，而颜元叔也就在那几年不断地写文章，评论台湾现代文学和中国古典诗，他的文章常会引起我们的注意，引发我们的讨论。我的学长和同学的情况我并不很清楚，但颜元叔的每一篇新文章，只要我知道，都是必读的。颜元叔的批评文集，从《文学的玄思》（1969）到《社会写实文学及其他》（1978），十年之间出了七本，只要一出版我就买。我在台大七年，除了中文系少数两三位老师，还有学长柯庆明，就数颜元叔对我的影响最大。

就我的记忆所及，颜元叔在台湾最红的那几年，他做了好几件事。第一，他想要有系统地评论台湾的当代作家，曾经为五个诗人（余光中、洛夫、罗门、叶维廉、梅新），三个小说家（白先勇、於梨华、王文兴）写过专论。我认为，他企图为战后台湾文学做个总评。遗憾的是，由于他的诗学观点和创世记诗社南辕北辙，他和洛夫等人彻底闹翻，这个工作并没有继续下去。他这些文章，连同夏济安、夏志清的评论，是我早期学写批评文章的范文。三个人之中我比较偏爱颜元叔，他的论点鲜明，文笔清晰，跟我的个性比较相合。我后来在《小说与社会》中评论了我认为当时最重要的六位台湾小说家，实际上是延续了颜元叔的工作。我之所以没有写诗人评论，也是因为看到颜元叔做这种工作所惹出来的麻烦。

颜元叔对台湾现代文学的一些看法，现在已经很少有人记得。但有两点我觉得应该提起。首先，他曾经以重炮攻击台湾现代诗某些重大缺陷，并以嘲笑的口吻说，所谓新诗，就是稿纸写一半。现在大家都还记得，唐文标和关杰明所引发的现代诗论战，但很少有人知道，颜元叔其实是先驱。其次，他是捧红王文兴的《家变》的人。《家变》在《中外文学》连载时，可以说骂声不绝。《家变》连载结束，颜元叔立刻发表长篇评论《苦读细品谈〈家变〉》，彻底改变了大家对这本小说的看法。王文兴自己就说过，没有颜元叔，《家变》不会这么轰动。我认为，颜元叔的这篇文章是他最好的评论。这篇文章对我影响很大，有了它我才能写出《小说与社会》中的那一篇王文兴论，我自己觉得，这是我最好的小说批评。

  颜元叔的第二个工作和第三个工作是和台大外文系的同事创办《中外文学》杂志和比较文学博士班。这两个工作是彼此关联的。颜元叔认为，外文系的学者不应该只是研究外国文学，应该关心本国的文学；运用西方的理论和方法来论述自己的文学，才是外文系学者应做的工作。同时他也认为，没有一本优良的文学杂志，本国的文学就不可能得到健康的发展。由此可见，颜元叔是具有使命感的人。我们不应忘记，一直到70年代前期，《中外文学》始终是台湾文坛最重要的刊物之一，当时对文学有兴趣的人，很少不看这本杂志的。

  颜元叔的第三个工作是，努力译介西洋理论，他花了两年多的时间译出了卫姆塞特（William K. Wimsatt, Jr.）和布鲁克斯（Cleanth Brooks）合写的《西洋文学批评史》（1971年出版）。此书中译稿达五十五万余字，而且非常难译。颜元叔说，他的父亲将全稿修改了两次，以便让译文更接近可读的中文，他自己也修改了两次。六七十年代，很多人谈论西方理论，但很少有人愿意像颜元叔这样下苦功夫搞翻译工作。我曾经花了整整两个月的时间，对着英文原著将全书细读一遍。从此以后，我才敢读西洋理论。而且在对读的过程中，我还发现，译错的地方并不多。书之所以难读，是因为理论实在很不好译。颜元叔的这个工作，我到现在还深深感念。此外，他还在1973年主持翻译了一套"西洋文学批评术语丛书",共二十本。这套书主要是由外文系的年轻老师和研究生翻译的,水准参差不齐,但对我还是很有用。我有许多西洋文学知识是从这套书学来的。(这套书的英文版第一批出二十本,接着又陆续出了一些,台湾并没有继续译下去。后来大陆好像全套翻译了,只是我无法买全。)

1974年7月,在学习七年之后我离开了台大,那时候颜元叔还是很红。我常听到关于他的一些耳语,知道有人私底下叫他"屠夫",大概因为他为人有霸气,文章也写得凶悍。还有人更不客气地称他"市侩",这是批评他贪财好利。我只关注他的工作和文章,不怎么在意这些流言是否属实。现在我已经了解了,一个人在最红的时候,是不可能没有诽谤和流言的,何况颜元叔一向我行我素,根本不在意别人的批评。

据我后来的体会,颜元叔的没落和两件事有关。1971年的台大哲学系事件,他没有表态支持官方,有人不高兴,因此没当上文学院院长。同时就在那一段时间,他开始提倡社会写实文学,再加上以前他对现代诗的攻击,实际上,他和后来兴起的乡土文学精神上多少有相通之处。我还记得,他曾在1973年的《中外文学》发表《台湾小说里的日本经验》,这篇文章比林载爵那一篇著名的《台湾文学的两种精神》还要早几个月出现。因为以上种种,当乡土文学进入全盛期后,他的处境就变得非常尴尬,反对乡土文学的人仍然有人暗示说,他为乡土文学当了开路先锋;而乡土文学阵营的人,也不可能接受他那种温和的立场。在两边不是人的情况下,70年代中期以后,他就逐渐离开文坛的风暴圈,主要改写杂文,成为名噪一时的散文家。

但颜元叔并不想以散文家的身份终结他辉煌的事业。他说,人一进入五十,就应该写一本大作。他最先的想法是,分析中国古典诗中的一些名作,把他的所学奉献给中国文化。在这之前,他这方面的文章由于喜欢谈论诗中的性意象而备受攻击,现在他又犯了一个更严重的错误。1977年12月他发表了一篇《析杜甫的咏明妃》的文章,居然把这首耳熟能详的名作误记了两个字,而且还洋洋洒洒地据此分析了数千言。这一下就造成了群起而攻的局面,他虽然公开道歉,有人还是不依不饶,而且还有监察委员想提案弹劾。当时我为颜元叔感到惋惜,但我认为,他只是太过自信,相信自己的背诵能力,不肯再查一遍书,而犯了大错,这根本无损于他的学识和能力。但不少人认为,颜元叔完了,没有人会再重视他了。

1983年,我买到颜元叔刚出版的厚厚的一本巨著《英国文学:中古时期》,70万字。我读了他的后记,才知道,他现在全心全力想要为中国人写一大套英国文学史,共分七大部,每部70万到80万字,预计五年完成。看了这样的后记,我真是既感动又感慨,这个顽强的颜元叔是不可能被击垮的,他还想做事。这之后,我等他的后面几部等了好几年,一直没等到,就没有再注意了。现在为了写这篇文章,翻查他的著作目录,才发现他在1995到2002年之间出版了四大部《莎士比亚通论》,分别评述莎士比亚的历史剧、悲剧、喜剧和传奇剧,最少的676页,最多的967页。由此可见,他虽然没有按原计划完成全书,但总字数和他原定的设想也已相差不远。我完全没有料到,在最孤立的八九十年代,他还能写这么多,真是了不起。

90年代以后,颜元叔开始在《海峡评论》倾泻他那激情澎湃的民族情怀,我没想到我们最后会以这种方式产生了感情上的共鸣。我也在《海峡评论》写过几篇文章,他曾写过一封短信给我,赞许其中的一篇。有一次我们同时参加大陆的活动,但分乘不同的车子,我远远地看到他,特别跑过去跟他打招呼,这是我最后一次见到他,估计应该是十三四年前的事了。

颜元叔哪一年把他的生活重心移转到大陆,我现在还不清楚,但我能理解他的心情。有一件事我想在文章的最后提一下。1980年

10月24日，在乡土文学论战结束、"美丽岛事件"发生一年多以后，颜元叔在《中国时报·人间副刊》发表了一篇《也是乡土，更是乡土》，其中有一段是这样说的：

> 在台湾谈台湾的乡土，应该包括一切真正爱台湾的人。泥土本无情，有情是人的脚跟踩进去的，指头按捺进去的，膝盖跪压进去的。当你在这个地方，当你为这个地方，流了汗，流了血；这汗与血的灌注是亘古以来的自然祭礼；那淌流血汗的人与这承受血汗的土地，其间建立的盟契。没有行灌注礼的人，不算乡土之民；行过灌注礼的人，是过客亦变成了乡民。乡土是一种爱；爱这块泥土，这块泥土就变成乡土；作践乡土的人，虽然营厝三代，永远只是闯入者。乡土不是专利，于是岂可垄断——台湾的乡土属于一切爱台湾的人。

我的学生蔡明谚跟我说，这一段话讲得真好，真感人，到现在还有警示作用。是啊，颜元叔是无愧于台湾这块土地的，他曾在这里流了汗、流了血，做了很多别人没有做过的工作，他是值得我们怀念的。

2013年1月12日

补记：在写这篇文章时，刚好收到蔡明谚寄来的新作《燃烧的年代——70年代台湾文学论争史略》（台南：台湾文学馆）。这本书有许多篇幅谈论颜元叔，帮助我确定一些日期，提供给我一些资料，对颜元叔有兴趣的人可以找来参考。

颜元叔的现实关怀与民族情感[1]

颜元叔是一个很容易遭到误解的人,这大半要归因于他的为人风格与行文方式。2008年4月他为大陆版的散文选集《烟火人间》写了一篇短短的后记,其中有一段是这样:"我写稿子,着眼于一个'钱'字,所得虽薄,亦有助于家计。职是之故,文章以娱众为本,故多为杂文,娱人亦娱己也。偶有动感情处,发泄后即云消雾散矣。"[2]根据这些话,我们是否可以说,颜元叔为了钱才写作,他写杂文也只是想让人高兴。如果就这样解释,那真是差之毫厘、谬以千里了。又如,他跟他的学生孙万国写过这样的信:"在台湾这一群之间,我总算还像个样子……我其实没有什么大志向,就是走我的路,吃我的饭;朋友之间能了解就了解,不能了解就打打哈哈……"[3]这段文字的前半和后半本身就有矛盾,然而,我觉得两句话都是真的。在台湾当时的知识分子中,他确实"还像个样子";然而,在台湾社会的条件下,他能干什么呢?于是只好声称自己"其实没有什么大志向"。这是抒情文,是不能死读的。颜元叔骂孙万国

---

[1] 本文原载于《中外文学》42卷1期,2013年3月。
[2] 颜元叔:《烟火人间》,"台湾学人散文丛书",上海:上海人民出版社,2008年,第259页。
[3] 孙万国:《追念"一个不平衡的人":颜元叔》,见《INK印刻文学生活志》9.7(2013年3月),第110页。

说"你读了四年文学,居然不会看文章"[1],这是有感而发,并不纯粹针对孙万国。

孙万国在上一期的《印刻》杂志上发表了《追念"一个不平衡的人"》,真是把颜元叔的个性写活了。据我所知,颜元叔照顾过一些学生辈,但到目前为止,好像就只有孙万国写了这么一篇真诚的怀念文章,确实担当得起颜元叔所称赞的"义气"[2]。不过,我虽然佩服孙万国的直言直语,也深深了解他对他的老师的情意,但我仍然觉得,他未必能体会颜元叔最后二十年的心情。"人岂易知哉!"我把孙万国的文章仔细读了两遍,不由得发出这样的感慨。

颜元叔喜欢赚钱,也知道如何赚钱;颜元叔喜欢骂人、讽刺人,甚至不给人留余地,这都是真的。但他绝对不是"市侩",也绝对不是"屠夫",他是台湾极少数真正具有热情的人。他敢于骂、敢于恨,因为他有极明确的是非观念。请看这一段文章:

> 由于"交征利",由于牟利高于一切,由于野蛮的资本主义潜伏在每一个人的内心;上焉者便告贷、冒贷、呆账、来会、倒会;中焉者,便贪污、回扣、红包、插花;下焉者便偷工减料、农药乱洒、上大下小(请看装箱水果)、面光里烂(请看各店各摊的水果篮)。总归处处要占人便宜,以欺骗,以巧取,以豪夺,莫不是想多赚你几文。用吊白块把你毒死——管你是同胞还是非同胞;用氧化铅速成皮蛋教你铅中毒——"那关我什么鸟事!"于是乎,钢筋用小一号小二号,浇水泥多和便宜沙,屋子大概会倒,那是以后的事,现在只管捞他一票:老板捞大

---

[1] 孙万国:《追念"一个不平衡的人":颜元叔》,见《INK 印刻文学生活志》9.7(2013年3月),第109页。
[2] 同上书,第107页。

票，监工捞中票，工人捞小票。上中下一齐捞，危楼怎不倒！（《倒塌的根由》）[1]

没有真感情的人能写出这种文章吗？——这不只是会写文章、文章有霸气而已。上面这一篇文章写于80年代中期，那时候的颜元叔对台湾社会的现状显然非常焦虑，这从他最后一本散文集《台北狂想曲》（1986）可以清楚地看出来。可是，他关怀台湾的社会现实，并不是从这个时候才开始。他回台湾从事文学评论之初，除了强调"文学是哲学的戏剧化"之外，还说，"文学批评人生"，那就是说，文学是要介入具体生命的。1973年6月，他在《中外文学》2卷1期发表《期待一种文学》，其中一长段是这样批评台湾的文学现状："为什么报纸副刊会以如许篇幅登载历史小说，再不然就是连篇累牍于大漠南北的绿林豪杰！一些自命高超的青年作家则孜孜于发掘内在空间，在河边，在海傍，做一些人生真谛的幽冥沉思！否则，便是展示一颗淌血的私心，为个人的一声哀叹，淋漓着数千字的篇幅！"[2]对于这两种"古远的"与"内在的"文学，颜元叔深致不满，在文章的结尾处他高声呼吁："让我们的双目注视着时下，近五年，近十年，近二十年；也必须使文学与当代产生相关性。是的，相关性是我们的要求，是我们的盼望。所以，我们期待的文学，应是写在熙攘的人行道上，写在竹林深处的农舍里。"[3]这一篇文章让我深感意外，因为，这好像和只关心文学内在本质的"新批评家"颜元叔合不拢。直到这个时候，我才知道，他以前所说的"文学批

---

[1] 颜元叔：《倒塌的根由》，见颜元叔《台北狂想曲》，台北：九歌出版社，1986年，第16页。

[2] 颜元叔：《期待一种文学》，见颜元叔《谈民族文学》，台北：学生书局，1973年，第14页。

[3] 同上书，第17页。

评人生"并不是空话。这跟几年以后才出现的"乡土文学",除了阶级色彩不那么鲜明(但其实还是关怀一般民众)之外,已经差别不大了。以颜元叔当时的地位与名气,他说这种话,是需要勇气的。因此,当"乡土文学"兴起之后,为了区别于前者,他特别把自己的理论标明为"社会写实主义文学"。

在70年代的后半期,台湾文学左右两派严重对立,导致乡土文学论战,这个时候的颜元叔真是处境艰难。我们且看当时的洛夫如何说:"在所谓'乡土文学'及'社会写实主义文学'双重掩护之下,三十年代'普罗文学'意识形态的借尸还魂……"再看朱西宁的说法:"便是颜元叔自认是他的新发现,一再为文来阐扬的'社会写实主义文学',也一样的(被共产党)拿来利用……"颜元叔难道不知道,他的"社会写实主义文学"和共产党的"社会主义现实主义文学"在当时台湾的语境下,永远不可能被区分开来。他企图把自己和"乡土文学"的阶级色彩加以切割,却不避讳他的口号和中共的官方术语的近似,从而授人以柄,这一点当时我也大惑不解。那时候颜元叔的反共立场是无可怀疑的,这一点反对乡土文学的人都知道,但是,还是要拖他下水。的确,他关怀现实的强烈精神,毕竟是让他们不安的。[1]

孙万国虽然是颜元叔非常照顾的学生,但在乡土文学发轫之初就跟唐文标和尉天骢密切来往,思想上逐渐偏向乡土文学。我也宁愿跟着乡土文学走。但我一直记得,颜元叔在整个乡土文学论战期间,当他意识到可能导致逮捕乡土派的代表人物时,就没有再充当打手;就像他在台大哲学系事件时,也没有落井下石,反而站出来讲公道话,他毕竟是值得尊敬的。不过,尊敬归尊敬,我还是逐渐远离了他,最后几乎把他忘了。

---

[1] 关于这一段时间颜元叔处境的详细分析,请参看蔡明谚《燃烧的年代:70年代台湾文学论争史略》,台南:台湾文学馆,2012年,第263—278页。

后来,"台独"派篡夺了乡土文学的领导权,把它改造成"台独"倾向的台湾文学,我在痛苦挣扎之后,决定加入陈映真领导下的中国统一联盟。90年代初期,统盟的朋友告诉我,颜元叔也变成统派了,我才开始去读他在《海峡评论》上的文章。我也知道,他的文章不但被大陆的刊物《中流》转载,甚至还登到《内部参考资料》上。这样,就开始了我对颜元叔的第二次认识过程。这个过程,直到颜元叔去世后,在翻阅他的一些旧文、在阅读了以前没有读过的一些文章以后,才逐渐清晰起来。现在我可以肯定地说,文学评论家颜元叔始终不变的两个原则是,文学要反映社会现实,而且,文学要有民族立场。我们不要忘记,早在1973年,他就把一本文集命名为《谈民族文学》;而在乡土文学论战的高潮,他竟然把另一本新出的文集叫作《社会写实文学及其他》(1978)。颜元叔是有变化与发展的,但这两个原则是不变的。也许我们会怪罪于颜元叔的变化太曲折复杂,有时候也太突然,以至于不可理解。但反过来说,正是因为我们没有理解颜元叔的个性和信念,我们才没有掌握到他的两个基本原则,因此也就没有看到真正的颜元叔。

　　我们且来看看早期的颜元叔如何谈论文学中的民族因素。他说,电影《秋决》是三十年来最佳的本土电影,因为《秋决》非常深刻地把握了中国人普遍的民族意识,即传宗接代的观念和自我牺牲的精神,这样的道德情操西方人不可能理解,所以在联邦德国的国际影展未能入围一点也不用讶异(见《〈秋决〉:民族艺术》)。他又说,中国现代诗必须找到自己的形式,一方面可以完成自己的生长,另一方面要承续中国诗歌的传统,"我们的诗人若完全缺乏追求形式之意愿,完全缺乏一种文学的历史意识,完全缺乏一种承先启后的责任感,则诗的形式也许永无出现之日"[1]。也就是说,没有民族文化

---

[1]　颜元叔:《对中国现代诗的几点浅见》,见颜元叔《谈民族文学》,第150页。

的历史责任感,现代诗不可能成熟。他又认为,"当今的中国作家可能需要以意志力去发掘中国的民族意识,认识这种意识,力求了解这种民族意识如何不同于他国的民族意识",而不要"懒惰依附在外国主义的影响下"[1]。以上这些例子是要说明,即使在颜元叔最热衷于新批评的时候,他也从来没有忘记文学中的民族感情。他是一以贯之的民族主义者,对他来讲,民族主义高于一切(除了极抽象的人道主义)。不理解颜元叔的人,其实是因为不理解中国苦难的现代史,不理解绝大多数中国人在长期备受欺凌与侵略之下所自然形成的强烈的爱国心。请看颜元叔如何悼念他的父母:"爸爸妈妈都生于、活于、死于中国史上大变乱的时代,千万人饱尝妻离子散的悲剧,他们俩能在儿子的怀抱中去世,我也终于如愿以偿,抓住了最后一刻,抱住了临终的双亲,我何其幸运,这是要感激上苍的。"[2]这是颜元叔把中国现代史归结在他们一家的遭遇中的真心感受,也以同样的感情来表达他对十几亿大陆同胞的感谢,因为没有大陆同胞近几十年的吃苦与奋斗甚至奉献与牺牲,中国根本就不可能达到今天基本太平、基本丰足的成就,并让他以身为中国人为荣。这种感情明确地表现在《海峡评论》的文章上。这不是无的放矢,也不是在台湾这块土地上对着大陆同胞数十年所受的苦说风凉话。他的文章并不只有《中流》才欢迎,实际上还感动了海内外许许多多有共同逃难经验和共同受辱经验的中国人,因为这是植根于一百多年历史的深厚民族感情的表现。

颜元叔什么时候才从一个国民党立场的民族主义者,变成一个超越党派立场的民族主义者,我到现在还不太清楚,但肯定要经过一段思想的转换过程。遗憾的是,从1986年他在台湾出版最后一本

---

[1] 颜元叔:《谈民族文学》,第6页。
[2] 颜元叔:《烟火人间》,第258页。

散文集《台北狂想曲》，到他1991年2月在《海峡评论》上发表第一篇文章《向建设中国的亿万同胞致敬》的五年时间内，他没有再出过任何一本书，至于有没有在报刊上发表什么文章，现在一时也没时间查考（我不会上网搜寻）；不过可以肯定，他大多数时间保持沉默，因为在80年代中期，他已表示对写杂文感到厌倦。我只能推测，80年代后半期他对台湾政局越来越失望，因为我自己也正是在那一段时间，随着"台独"势力的兴起而越来越焦躁，最后在1992年决定加入中国统一联盟。我们两人公开自己的统派立场，时间只相差一年，表面上是巧合，其实是有深刻的时间背景的。在那一段"台独"势力急遽坐大的过程中，"中国"竟然成为台湾社会共同藐视的标靶，这是任何有中国民族感情的人所无法忍受的。从此以后，我就变得非常情绪化，动不动就酗酒，酗酒后就跟人吵架。我就是用这种心情来阅读颜元叔的文章，来理解他文章中的"暴戾"风格，并且非常"同情"，因为我在他的表面粗暴的文字中看到我一幕幕酗酒骂人的景象。当然，大家可以批评说，我们都发疯了，但现在有谁反省，我们是以自己已有的一点点财富而"骄其国人"并把这些国人视为异类？有谁反省过这种势利眼、这种挟外（美国）以自骄，并认为自己已足以跟白种人比肩，不但瞧不起"中国人"，甚至瞧不起任何有色人种？这是怎么样的一群人啊！我有时候都会感叹，他们竟然是我的同胞，而我们的心竟离得那么远，我为此不能不感到痛心。我相信颜元叔也是这样子，因此他才会把他的、从美国回来的高中老同学斥为"狗华人""老汉奸"，还把他赶出家门。[1] 我也曾一言不合就把一位极尊敬我的学生骂哭，并且把他赶出去。这都是不堪回首的往事。

孙万国告诉我们，2010年5月颜元叔生前最后一次接受采访，

---

［1］ 孙万国：《追念"一个不平衡的人"：颜元叔》，第103页。

在电视上说:"中国强大了,我的生命就完美了,就可以打一个 full stop(句号)。"[1] 我一直在想象,颜元叔死的时候一定了无遗憾,现在得到证实,我很高兴,也很欣慰。

2013 年 3 月 6 日

---

[1] 孙万国:《追念"一个不平衡的人":颜元叔》,第 108 页,注 65。

叶嘉莹先生的两首诗[1]

2013年11月,台湾有个文教基金会邀请叶嘉莹先生回台,帮她做九十大寿。叶先生生于1924年,按传统算法,2013年确实是九十岁。做寿的场面非常浩大,很多叶先生在台湾的老学生都来了,真是盛会。前一天还是前两天,基金会安排叶先生在台湾"国家图书馆"办一个演讲,演讲厅很大,但还是座无虚席。演讲时间我在淡江大学本来是要上课的,但我一想叶先生九十岁,我也六十六了(虚岁),什么时候还有机会听叶先生演讲?所以我就向淡江大学申请调课,专程去听她演讲。叶先生演讲两小时,始终站着,从头到尾声音都没有减弱,让我们这些老学生非常佩服,又非常高兴,知道叶先生的身体还是很好的。

在叶先生回台之前,我的一位朋友就已买到叶先生的口述自传《红蕖留梦》,他要求我把这本书拿去给叶先生签名,我很高兴在生日宴会时找到机会让叶先生签了名。这本书现在还留在我手边,还没有还给我的朋友。

我有空就翻阅《红蕖留梦》。叶先生过往的事我多少知道一些,所以就采取跳读的方式,专找我不熟悉的先读。叶先生的一生有很坎坷的部分,但也很幸运,常常有师长、学生、朋友以及海外汉学

---

[1] 本文原载于《读书》2016年2期,原题"他年若遂还乡愿,骥老犹存万里心"。

家帮她的忙，让她能在困境中找到出路。这本自传是在她晚年生命力最旺盛的时候口述的，讲话的语气没有她中年时候的那种孤愤的激情，现在的读者如果不知道叶先生以前的事迹，可能会觉得叶先生一生都是很幸福的。其实远远不是如此。叶先生是在1978年回国教书以后，才逐渐达到她生命的高峰的。她的灿烂的晚年是她有意的选择所促成的。现在叶先生誉满全国，她所做的任何演讲都有录音，都有人帮她整理成书，都能畅销，而这些是她一生坎坷的经历的累积，再加上她为追求自己生命的安顿，在艰难的条件下，下定决心选择自己所要走的道路，所导致的结果。看到叶先生这样的生命追求，真是让我无限向往，让我对她产生深厚的感情。

关键是1978年。两年前叶先生的长女和女婿结婚才三年，就出了车祸同时过世，叶先生非常痛苦。叶先生说，"事后我把自己关在屋里，很多天不肯见人。我不愿意让外人看见我哭哭啼啼的，听别人说一些同情的话，在接连数十天闭门不出的哀痛中，我写下了哭女诗十首"。她的长女是和她同甘苦共患难的，她的先生被关在政治牢中的时候，她必须独立抚养女儿。她在中学上课时，没有人照顾女儿，她必须把婴儿车推到教室后面，然后她才上台讲课。这个女儿从小就知道她生活的苦难以及她的寂寞，应该说，女儿的去世，把她平生最不为人知的隐痛都带走了，从此以后，再也找不到像女儿那样了解她的人，悼女诗的最后一首是这样写的：

  从来天壤有深悲，满腹酸辛说向谁。
  痛哭吾儿躬自悼，一生劳瘁竟何为。

叶先生坦言，她的婚姻是不幸福的，她的先生嫉妒她的才华，"我希望尽量把事情做好，可是他就是要把所有美好的东西丢掉"，对于这样的男人她可以养他一辈子，"我吃苦耐劳的什么都做，忍受着精神上的痛苦,承担着经济上的压力。当然我是为了我们的家,也为了两个孩子"。她的先生被关了将近四年,她带着长女相依为命地度过那几年。现在她的长女突然过世,让她悲从中来。家已破碎,这就是她一辈子辛劳的成果吗?女儿的猝然离世,引发她对婚姻失败的悲苦,让叶先生有"生何以堪"的感慨,这可以说是她一生最大的精神危机。

就在这个精神危机的时刻,刚好中国和西方的关系已经逐渐改善,她就想到要回国教书。1978年春天,她给国家教委写了申请书。"当我写好了信就要到邮筒投寄。我在温哥华的家门前,是一大片茂密的树林。那一天我是傍晚黄昏的时候出去的,我要走过这一片树林,才能够到马路边的邮筒去投信。当时落日的余晖正在树梢上闪动着金黄色亮丽的光影,春天的温哥华到处都是花,马路两边的樱花树下飘浮着缤纷的落英,这些景色唤起了我对自己年华老去的警惕,也更使我感到了要想回国教书,就应争取早日实现的重要性……当时满林的归鸟更增加了我的思乡之情,于是我就随口吟写了两首绝句",其中第一首说:

> 向晚幽林独自寻,枝头落日隐余金。
> 渐看飞鸟归巢尽,谁与安排去住心。

这里不说"独自行"而说"独自寻",是因为你在行走之中有一种寻思,一种思索。"枝头落日隐余金",是说树枝被落日染上了金色已经渐渐褪去,太阳就要落下去了。这是写实的,同时里边也有象征生命的意思。1978年"我"已经54岁了(以上是叶先生自己的解说)。所以说"渐看",是说慢慢地看着归鸟回巢,看着它们都有归宿,再想到自己,"我"要怎么办?这样才能转入下一句"谁与安排去住心","我"在海外漂泊数十年,谁能够让"我"的"去住心"有了最后的归宿,不是应该回祖国教书吗?因为这样的思索、这样的选择，叶先生终于能够得到最光辉灿烂的晚年。

在写了前面所提到的《向晚二首》之后不久，叶先生又写了《再吟二绝》，其中第二首说：

> 海外空能怀故国，人间何处有知音。
> 他年若遂还乡愿，骥老犹存万里心。

第一句的"空能怀故国"，是说在海外只能怀念祖国，而不能实际报效祖国。第二句的"人间何处有知音"，是说不能畅所欲言地给学生们讲"我"所热爱的古典诗词。这是叶先生自己的解释，实际上我对这两句，还有另外一层的解释。你在海外甚至台湾，如果过度表达中国情怀，人家甚至会不高兴，你的感情甚至会遭致嘲讽，有时还会遭到辱骂。第三、四句当然不需解释，大家都能理解，我读这首诗时，已经年满六十五岁，按规定是可以退休了，虽然我可以再延长五年，但我不想延了。我不想再在台湾教书了，我决定接受重庆大学的聘书，到大陆客座半年。叶先生说，"骥老犹存万里心"，她写诗时五十四岁，而我读诗时已六十五岁。我深受感动，觉得六十五岁再到大陆教书，未为晚也。后来，我在重庆的客座又延了一年，要不是我母亲年纪已大，我还想继续教下去。

上面这两首诗，我一读再读，决心背下来。如果我还是二十岁，这一点都不难。但是现在年龄老大，刚背下来，过两天就忘了，在两个月内我隔几天就复诵一次，现在我大概可以随口背出来了。读叶先生的《红蕖留梦》，这两首诗最让我感动。

最后，我讲一件至今难以忘记的事。1999年庆祝建国五十周年，并举行阅兵，我们中国统一联盟有十多人受邀参加庆典，住在北京饭店。"十一"前一晚，接待人员告诉我们，明天早上一大早就要出发，绕小巷子步行至少四十分钟，才能走到指定要我们坐的位置。

接待人员希望我们早一点睡觉，以免第二天体力无法应付。第二天一大早我们就走出饭店，其中有年过七十的陈明忠和林书扬，还有跟他们年龄相仿的一些台湾老政治犯，还有六十二岁的陈映真，以及五十一岁的我（我算是较年轻的）。我们都精神奕奕的，非常兴奋，准备迎接马上到来的庆典。走着走着，从一条小巷子绕到另一条小巷子时，从第三条小巷子也走出一群人，我跟陈映真马上看到叶先生。陈映真虽然大我十一岁，但也是叶先生的学生，他在淡江大学读书时，上过叶先生的大一国文。他交给叶先生的第一篇作文，后来发表后就成为他的第一篇小说。我们两人急着跟叶先生打招呼，叶先生很高兴，一面走一面聊天，一直走向天安门、走到阅兵台才分手。这是我们三人的一次奇遇，我一直没有忘记。

  2004 年南开大学为叶先生办八十大寿，2014 年南开大学又为叶先生办九十大寿，我本来都准备去的，后来都没去成。现在只能写这篇小文，为先生寿。

2015 年 12 月 1 日下午

莫那能《一个台湾原住民的经历》序

有一次跟阿能聊天,在场人比较少,又不喝酒,我们就问他种种问题。他谈到,他们年轻时,女孩子十三四岁多一点就常卖给老兵当老婆,男孩子娶不到太太,男孩子到平地工作,根本交不上汉族女朋友。他们每到一个地方,很自然就会聚在一起,会把某一个面摊当聚会的地方,有空大家都到那里喝酒聊天。那附近已嫁人或当妓女的部落女孩子,也会到那里见面。每年丰年祭回部落,男女一起跳舞,男的会对女的开玩笑说,我们是暂时的情人。女孩子死了丈夫,或者跟丈夫离婚,把小孩带回部落,再嫁给部落的人。大家又开玩笑说,这是"妈妈乐",又说,这是"买一送二"。

这一段话让我们印象极其深刻。我们从小就知道,国民党大量退伍军人要娶老婆,很多从山上部落买,造成不少社会问题。但是,我们很少想到,这样一来,部落里男人就找不到老婆了。对于台湾原住民问题,我们顶多只想一些空洞的大题目,像这样的细节,我们很难理解。

因此,我们决定找人来跟阿能录音,阿能已经全盲,要靠按摩工作生活,没有时间点字写文章,他又擅长讲话,把他的话录下来再整理,是比较可行的。这事就交由原住民工作部的刘孟宜负责。孟宜到阿能那里十四次,每次录音三四小时。回来后,先整理成逐字稿,再顺稿,删掉一些讲话时难以避免的重复的字句,再把稿子交给我整理。

我的整理工作主要有两部分，首先，再一次顺稿。阿能从小讲排湾族语，但他和闽南人接触得早，十几岁就到平地工作，接触的主要也是闽南人。他的闽南话"很溜"，他跟我完全可以用闽南话聊天。他的"国语"和我一样，是"台湾国语"，用的口头禅也一样，譬如，那个、结果、以后、有、就、我想说，等等，用词也类似。我整理时，把口头禅大部分删掉，但只要会影响句子的完整和语气的流畅的就不删。我不改变语法和用词，让它尽可能保留"台湾国语"的味道。这一点请读者务必记住，我们读的是稍微精练的阿能的口述，而不是"字正腔圆"的普通话。

其次，我把阿能的口述先分成一小段一小段，再把几个小段合成一章。这样做的时候，我基本上跟随着阿能口述的先后次序来做，很少更动。在每次口述的最后和下一次的前面，也许会有重复，或者后面补充前面，我把相关的加以汇整。在同个时段，譬如盲人重建院两年，他讲了很多事，我把重建院内外之事稍加区分，稍微重新安排，免得太零散。我做的基本上是很少做大调整的剪辑工作。当然，章跟节的区分和标题的拟定都是我做的，是我仔细体会阿能的叙述重点及其转移而做的。

本书叙述的重点是1970年到1990年之间，那时正是台湾社会的大变动时期，是党外政治运动和乡土文学运动的高峰期。我们那时还彼此不认识，但都支持这两大运动，基本政治倾向相同。后来"台独"派势力大盛以后，我们两人都不认同，不约而同地都是统派。因此，对于他所叙述的大背景，以及他所叙述的某些事件，我比较容易领会，不太可能产生误解。

虽然如此，我在整理的时候，还是很受感动。阿能不到三十岁就全盲了，也许因为这样，记忆力惊人。他重述的事件，细节之生动完全出乎我的意料。同时，通过这些细节，我又进一步了解到七八十年代台湾原住民处境之恶劣。譬如，"初入社会"里"被骗到职业介绍所"和"在砂石场工作"那两节，我们看到当时汉族人如何欺压、剥削原住民劳工。又如"妹妹被卖到私娼寮"和"救出妹妹了"那两节，又可以看到黑社会人口贩子之猖狂。只要看过这四节，就可以知道，这只有亲身经历而又具有丰富感情和敏锐感受的阿能才能"写"得出来，我是绝对写不出这种文章的。

我花了五六天整理出这一本小书，几乎天天睡不着，天快亮了才能入睡。你要不信，请读一下"妹妹是个天使"那一节里阿能所重述的妹妹写给他的那一封信。那一封信，我一字未改。一个身陷火坑的弱女子，是哥哥冒着生命危险把她救了出来，现在哥哥全盲了，暂时无法赚钱，她为了救爸爸和祖母，只好自愿再跳火坑。那种文字，也只有阿能才能重述出来。

我希望大家都能读到这本书。

2010 年 4 月 19 日凌晨 3 点

（莫那能：《一个台湾原住民的经历》，
台北：人间出版社，2010 年 5 月）

莫那能《美丽的稻穗》重版序

阿能（任何人都这样叫他，包括初次见面的）的诗集《美丽的稻穗》1989年8月由晨星出版公司首次印行。我有一本较早的版本，一时找不到，从朋友那里借了一本来印，发现是2001年11月四刷，后来有没有再印，就不清楚了。市面上早已买不到书，现在经过阿能同意，我们重新校订、排版印行。

关于阿能的诗，晨星版附录了陈映真、李疾、杨渡的三篇文章，已经谈论很多，不需要再说什么。最近，我们请阿能口述他的经历，录音加以整理，里面有些内容，可以让我们了解阿能写诗的经过，现在简单摘录，也许对读者有些帮助。

根据阿能回忆，1982年9月他进了盲人重建院，那时候他快全盲了，必须重新训练，以适应将来的生活。第二年端午节，他到杨渡家，一群朋友正在讨论创办诗刊的事。然后大家就吃晚餐、喝酒，接着就发生这样的事：

"喝到一半我就开始唱歌了，他们也跟着唱，刚开始我是唱一些大家都知道的歌，像《美丽岛》或《少年中国》，很热闹。后来不知道什么时候开始，我就很即兴地乱唱，完全是唱出自己心里的感受，他们听了突然就跳起来说，这就是诗啦！里面就有一首是这样的：'我感觉到这世界这样黑暗／不是太阳已经下山／也不是眼睛已经失明／而是我看见我看见我看见／那面具底下狰狞的脸儿，狰狞的脸……'我那时已经醉得差不多了，就唱得很大声，他们都吓一跳，好像很好玩。可是一开始他们没有很注意听歌词，直到后来我越唱越大声，他们仔细听才发现歌词很好玩，就说：'阿能，你唱的歌，你用念的念念看。'我一时念不出来。他们说不然你用唱的，我突然就唱不出来了。后来大家还是继续喝继续唱，可能部分他们抄了下来。第二天醒来时已经快中午了，那时是连续假期，就被李疾带到山上去，一面聊一面谈，有时唱唱歌，他也做笔记。后来我回学校去，隔一段时间李疾跑来找我，拿了一本诗集说，阿能你是诗人了喔！我以为他在开我的玩笑，没想到他真的翻给我看。那时我还剩一点视力，真的有几篇就打上我的名字，是李疾整理我唱的那些歌。"

李疾指给阿能看的，应该就是刊登在《春风诗刊》第一集（1984年3月）阿能的专辑"山地人诗抄"，《春风诗刊》第二集又登了阿能的专辑"美丽的稻穗"，阿能就这样成了诗人。

90年代末我认识阿能不久，一群朋友一起喝酒，阿能又唱起歌来。我们当然知道他是怎么样成为诗人的，几个人手忙脚乱地把他即兴唱的两首歌词记录下来，很可惜大家都喝醉了，我不知道把记录稿丢到什么地方去了。我只想证明，阿能的诗大部分是这样写出来的。

我在整理阿能口述经历的时候，又发现了阿能不只能唱歌，他还有极佳的说故事和描述的才能。譬如，他在砂石场工作，就在淡水河边，他无意地在河中发现了一具尸体：

"记得在砂石场的那几个月，也经常会看到浮尸。那时河面上有时会漂着布袋莲，不小心就会卡在管子里，因为那些抽砂管是跨在空的汽油桶上，汽油桶用三个铁条锁成一组，一根管子就有一组浮桶撑住，布袋莲便会卡在浮桶间，有时还是一大块，每到退潮时就会把桶子撑到折断了。遇到布袋莲很多的时候，就要拿竹子站在浮桶上把它们拨开。有一次我拨一拨，发现一只脚伸了出来，无意识地还以为是模特儿，抓起来就想把他甩出去，因为没人会想到那是尸体嘛。谁知道一抓整只就滑掉了，定睛一看发现是一层皮，原来是人不是塑胶。我赶快跑到岸上拿一个塑胶绳把它绑住，直接系在抽砂管上，然后叫老板去报案。不久后，正义北路派出所的警察就来了，他站在岸边看不到，因为那个脚只伸出来一点点，便叫我去拉上来。我循着管子走在上面，把被绑住的脚拉拉拉，拉到岸边。因为已经退潮了，所以离岸边还有一段距离，但如果是涨潮的话他又有可能会漂走。想来真是'哭爸'啊，警察竟然还叫我把他抱来到岸边，我当然不愿意抱啊。他就说这有工钱啦，会付我钱，我想说如果他漂走不但麻烦，也很可怜，因为照我们排湾族的传统，尸体曝在外面是不好的，发现的人如果不处理，神明也会不高兴。最后我只好把手整个伸进泥沼中，将他抱起来……"

阿能口述的经历，很多段落就像这样地生动，有的甚至更生动。他叙述他妹妹的事，难以形容的感人，没有办法转述，最好你自己去看。其实，阿能的创造力是多方面的，譬如他在重建院时，大专学校社团常去重建院，学生就只会帮盲人念报纸，带盲人唱歌，做简单的游戏。阿能觉得太呆板了，对盲人没有什么帮助。他创造了一些游戏，分组比赛，每一组一个学生加上一个盲人，这样学生就可以知道怎么帮忙盲胞。我看得津津有味，觉得有趣极了。阿能要不是眼睛瞎了，对台湾的社会运动，特别是对原住民运动，一定会有极大的推进作用，真是太可惜了。

本版有几处改动，稍加说明。卷一《流浪》一诗有个副标题"致死去的好友撒即有"，这个副标题摆错位置了，这应该是同卷《来，干一杯》的副标题，而《来，干一杯》里面的"卡拉白"都要改成"撒即有"。不知道当初为什么发生这种错误，阿能特别交代，一定要改过来。

阿能在杨渡家所唱的那一首歌，是他的第一首诗。我整理他的口述经历时，因为有些歌词记录不清，我拿诗集来核对，找不到这首诗。最后终于发现，这首诗的某些句子竟然出现在《亲爱的，告诉我——给汤英伸》一诗里。我打电话问阿能，他随口就可以把这首诗背出来。我问他，诗集怎么没有收？他说，"汤英伸事件"发生时，朋友请他把原诗改写，所以只收改写稿，没收原稿。我认为原稿显然好得多，我把汤英伸那首诗念给他听，他也认为原稿较好。可是改稿有特殊意义，不能删，最后决定两稿都收，因为原稿是他的第一首诗，也有特殊意义。原稿阿能决定取名《全新的感觉》，表示他第一次完全清楚原住民的处境。

第三个变动是，拿掉了《这一切，只是开始》。阿能在70年代结交了很多支持民主运动的朋友，包括王津平、王拓、苏庆黎、陈映真、阿草、李疾、杨渡、陈素香、刘以德、李文忠、张富忠、范巽绿等。当时的民主阵营什么人都有，统"独"意识没那么清楚。我知道阿能对70年代的党外运动和其他运动，很有感情。民进党成立以后，他心情很矛盾，后来就逐渐疏远了。我的历程几乎和他一样，很了解他的心情。我们讨论以后，决定把这首诗拿掉，但在口述经历那一本书会加以保留，以留下历史记录。

因为有以上的例子，我觉得阿能的诗可能要重新加以整理。我知道，他还可以背好多首，到底多少首我不知道。将来我想请他背出来，再跟诗集核对，同时收集他原来在各处（包括《春风诗刊》）发表的诗作，出一本较严谨的集子，尽可能按照发表先后排列，如果有改动，也列出各种异文。这样，对阿能的诗作也许会有比较深入的理解。不过，这当然还要等一段时间。

2010年4月20日

（莫那能：《美丽的稻穗》，台北：人间出版社，2010年5月）

写在人间

第四辑

为人类的苦难作见证
——阿赫玛托娃《安魂曲》序

阿赫玛托娃（1889—1966）和她的朋友帕斯捷尔纳克（台湾译作巴斯特纳克，1890—1960）、曼德尔施塔姆（1891—1938），一起被西方视为苏联时期代表性的诗人。西方评论界在谈论他们时，往往强调他们在苏联体制下如何受到迫害、他们的艺术如何不见容于苏联，似乎他们诗歌的主要价值就在这里。西方的评论未必错，但只强调这一点，实际上严重歪曲了他们的真面目。在读了乌兰汗先生所译的阿赫玛托娃诗选（除了本书所收的长诗，还包括她许许多多的短篇抒情诗）之后，我尤其深切地感受到这一点。我相信，阿赫玛托娃是20世纪最伟大的诗人之一，她的成就比起同时期的西方著名诗人，如叶芝、瓦雷里、里尔克、艾略特等人，恐怕只有过之，而无不及。

阿赫玛托娃很早就以她的深具贵族气质的情诗，建立起她在俄罗斯诗坛的地位，在很长的时间里，西方评论家也以此作为评价的重点。一直要到20世纪60年代以后，大家才赫然发现，她后期的诗作才是她艺术的高峰。我初读她的《安魂曲》时，完全不能相信，诗可以写得这么简朴但又这么感人（有一个罪犯写信给阿赫玛托娃说，"我被那种能刺伤人的纯朴所震撼"）。试看第二、三两节：

静静的顿河静静地流，

黄色的月亮跨进门楼。

月亮歪戴着帽子一顶,
走进屋来看见一个人影。
这是个女人,身患疾病,
这是个女人,孤苦伶仃。

丈夫在坟里,儿子坐监牢,
请你们都为我祈祷。(第二节)

不,这不是我,是另外一人在悲哀。
我做不到这样,至于已经发生的事,
请用黑布把它覆盖,
再有,把灯盏拿开……
夜已到来。(第三节)

　　第二节以民谣式的曲调表现了深沉的忧伤,第三节却用"黑布覆盖"和"把灯拿开"展现了全然黑暗的世界。在这个黑暗的世界里,探监的人成了号码(第三百号,见第四节),而"犯人"

……一张张脸是怎样在消瘦,
恐惧是怎样从眼睑下窥视,
苦难是怎样在脸颊上刻出
一篇篇无情的楔形文字。(尾声)

　　因此,表面朴实的文字呈现了极为复杂的内涵,从而使人间成为炼狱,这就把人类的某一特殊事件提升为一种人类的象征,使曾经受苦难的人在读到这些诗作时，都会深受感动。阿赫玛托娃还未定稿时，曾把其中两节读给一个丈夫被逮捕的妇女听，那妇女说，她既觉得自己很幸福，又觉得自己很不幸，并且知道她已得到某种解脱。整组诗就这样的口耳相传，不知为多少人所背诵，用以自我抚慰，就这样一直传播开去，终于在1963年，在德国出现了印刷版。阿赫玛托娃在题词中说，"我和我的人民共命运，和我的不幸的人民在一处"。《安魂曲》使阿赫玛托娃从一个倾诉自我爱情的诗人，完全蜕变成一个"民众的诗人"，成为一个所有受苦受难的人可以在她那里找到抚慰的诗人。

这种诗人角色的转变，是她自我选择的结果。苏维埃革命发生后，她选择留在国内，而不像她的许多朋友（其中还包括她当时热恋的情人）那样，流亡到西方。为此，她写过好几首诗，其中最早的一首是这样的：

> 我听到一个声音。他宽慰地把我召唤：
> "到这边来吧，"他说，
> "放弃你那多灾多难的穷乡僻壤，
> 永远地离开你的俄国。
> 我会洗掉你手上的血迹，
> 清除你心中黑色的耻辱，
> 我要用新的东西抵消你的委屈
> 和遭受打击的痛楚。"
>
> 可是我淡然地冷漠地
> 用双手把耳朵堵住，
> 免得那卑劣的谰言
> 将我忧伤的心灵玷污。（1917）

1965年英国牛津大学授予她名誉博士,她到英国参加颁赠典礼,见到她非常喜欢的以赛亚·伯林,她对伯林说:无论有什么在俄国等着她,她都会回去。苏联政体只不过是她的祖国的现行体制。她曾生活于此,也愿长眠于此,作为一个俄国人就应如此。阿赫玛托娃一点也不想离开生于斯、长于斯的祖国,不管祖国现在处于什么状况。作为一个俄罗斯人,她只能面对所有俄罗斯人必须面对的命运。她还在另一首诗中说:

> 我永远怜悯沦落他乡的游子,
> 他像囚徒,像病夫。
> 旅人啊,你的路途黑暗茫茫,
> 异乡的粮食含着艾蒿的苦楚。(1922)

将近四十年后(1960),一个流亡海外的朋友(也可能曾经是她的情人)给她写了一封信,说"这里不需要我们任何人做任何事,道路对外国人来说是封闭的。所有这一切你早在四十年前就已经预见到了:'别人的面包发出蒿草的味道'"。第二年,阿赫玛托娃写了《故乡的土》这一首诗:

> 我们不把它珍藏在香囊里佩戴在胸前,
> 我们也不声嘶力竭地为它编写诗篇,
> 它不扰乱我们心酸的梦境,
> 我们也不把它看成天国一般。
> 我们的心里不把它变成
> 可买可卖的物件,
> 我们在它身上患病、吃苦、受难,
> 也从来不把它挂念。

> 是啊，对于我们来说，它是套鞋上的土，
> 是啊，对于我们来说，它是牙齿间的沙，
> 我们踩它、嚼它、践踏它，
> 什么东西也不能把它混杂。
> 可是，当我们躺在它的怀抱里，我们就变成了它，
> 因此，我们才如此自然地把它称为自己的家。

因为她生活在故乡的泥土中，所以她不但与俄罗斯人民一起在大清洗中共同受苦，还和俄罗斯人民在抵抗纳粹侵略的卫国战争中共同奋斗。在列宁格勒的围城战中，她通过录音，向列宁格勒的民众广播，要大家坚定地保卫列宁格勒。她和普通妇女一样，手上提着防毒面具，身背小挎包，站在住处的大门口值勤。她写了许多爱国诗歌，包括当年传诵一时的四行《宣誓》：

> 今天和恋人告别的少女，——
> 也愿把痛苦化为力量。
> 我们面对儿女，面对祖坟宣誓。
> 谁也不能迫使我们投降。

她的这种爱国热情，在本书所选的三组战争诗中很容易看得出来，这里就不再多举例子了。

经历了30年代末的弥漫全国的大清洗，经历了40年代初的全民热血参与的卫国战争，始终和她的祖国站在一起的阿赫玛托娃，终于把她深邃的历史眼光锻炼成熟了，于是开始写作她的抒情史诗《没有英雄人物的叙事诗》。这部耗去她最后二十多年光阴、不断修改的长篇诗歌，就成为她一生苦难和创作的桂冠。

我已经把《没有英雄人物的叙事诗》仔细读了三遍，坦白讲，

并没有完全读懂。乌兰汗先生在译诗中加了不少注解，又在译后记中对此诗提供了相当详细的解说，对我帮助不少。我又参考了其他资料，才算勉强掌握了全诗的结构和用意之所在。一般认为阿赫玛托娃是个杰出的抒情诗人，但苏联著名评论家楚科夫斯基却说，她是一个历史画的大师。从《没有英雄人物的叙事诗》来看，确实如此。阿赫玛托娃选取了三个时间点：1913年旧俄罗斯帝国即将崩溃的前夕、斯大林掌权的高峰期、苏联卫国战争从最艰苦的阶段即将转入反攻的关键时刻。她用这三个重要的历史关头，写出了一首20世纪的俄罗斯史诗，并把自己的一生织入其中，形成历史剧变和个人命运紧密结合的大叙事诗。这么宏大的企图，在20世纪重视个人内心世界的诗歌创作中是难得一见的。

我们可以说，因为阿赫玛托娃始终坚持站在祖国的大地，和祖国人民同其命运，她才能时时刻刻站在历史的洪流中。当然，被这个洪流冲着走，她的一生也就充满了苦难，但也因此，她才真正地认识到、体会到20世纪的人类命运到底是怎么一回事，才能写出这么了不起的作品。如果不怕女性主义者责骂，我们还可以说，这样的作品由一个女性来完成，只能令人更加尊敬和赞叹。

但是，这样说，也还只是涉及阿赫玛托娃叙事的大架构是如何完成的，还不足以呈现她的诗歌的感人的气质。这种气质，主要还是来自她独特的抒情性。试看《野蔷薇花开了》组诗的第三节"梦中"：

> 我和你一样承担着
> 黑色的永世别离。
> 哭泣有何益？还是把手伸给我，
> 答应我，你还会来到梦里。
> 我和你，如同山峦和山峦……

在人世间不会再团聚。
但愿子夜时分，你能够穿过星群
把问候向我传递。

　　独立来看这一节，这是暗含了某种情节、某种戏剧性的抒情诗。也许，诗人和她的情人因为政治理念不得不分手，一个留在国内，一个流亡国外，从此天涯海角，永不相见——或者，只能在梦中相见。作者的语调极富悲剧性：你和我"一样承担着""黑色的永世别离"，我们都是历史造化的牺牲者，然而，我们不得不如此。这就是历史的悲剧，这许许多多的历史造成的个人小悲剧，合起来就是一个历史的大悲剧。它写的既是个人，又是集体；既是俄罗斯，又是20世纪的所有人类，因为这正是20世纪历史的主流——人类大冲突、大断裂的时代。因为这样，这个历史是没有"英雄人物"的，它涉及每个人，同时，也可以说，每个平凡人都是"英雄人物"，都是"主人公"（主角）。所以，我们可以说，阿赫玛托娃不只是20世纪俄罗斯的史诗作者，因为她的诗涉及了20世纪的全人类。从这个意义上讲，她才是最具代表性的20世纪的伟大诗人。请看《没有英雄人物的叙事诗》的最后一节：

卡马河就在我的面前
上了冻，结了冰，
有人问一句"你去何方？"
不待我动一下嘴唇，
疯狂的乌拉尔就震动了
条条隧道，座座桥梁。
一条道路为我展现，
多少人沿着它走去未返，

儿子也是顺着这条大道被带走,
在西伯利亚大地上
在威严而又水晶般的寂静中
这条殉葬的路途遥远。
俄罗斯为死亡的恐怖所袭击,
知道复仇的时期,
她垂下干枯的眼睛,
将双唇紧闭,她从我的面前,
向东方走去。

乌兰汗在译后记中说,诗人以交叉的手法既写了未来,又回忆了过去。疏散,去乌拉尔,去塔什干,去西伯利亚。面对着西伯利亚历尽沧桑的茫茫大路,诗人发出无限的感慨。她说:"多少人沿着它走去未返。"短短的一句话中包含着说不尽的内容,但诗人没有讲具体历史事件,如十二月党人被流放,俄国革命者服刑,红军到前线打击外国武装干涉者,30年代肃反扩大化时被冤枉的忠诚干部被押往集中营,包括她儿子被流放,都走过这条道路。现在她还走这条路,但历史却完全不同,旧的俄罗斯已经死亡,祖国在血与火的考验中即将获得新生,她也在长期的苦难之后,看到未来的希望。这一节诗可以说是历史命运与个人命运完全交融的最佳例证,充分显现了阿赫玛托娃深刻的历史感受。

因此,我建议,阅读本书,可以先读《安魂曲》、战争组诗,再读其他组诗,最后读《没有英雄人物的叙事诗》。这样,最终就可了解,《没有英雄人物的叙事诗》为什么被视为阿赫玛托娃一生的最高杰作。

20世纪90年代初期,我从各种资料知道阿赫玛托娃的代表作是《安魂曲》和《没有英雄人物的叙事诗》。我买了不少苏联诗歌的译本，却难得看到《安魂曲》的全译本，而且完全看不到任何《没有英雄人物的叙事诗》的片段译文。2007年，我买到乌兰汗两卷本的《俄罗斯文学肖像》（桂林：广西师范大学出版社，2007年），惊喜地发现，其中的诗歌卷就包含了《安魂曲》的全译本，和阿赫玛托娃的许多短篇抒情诗。

  正如前文所说，我读了这个译本，才知道阿赫玛托娃是个伟大的诗人。遗憾的是，乌兰汗在阿赫玛托娃的简介中说，他已译了《没有英雄人物的叙事诗》，但一时找不到译稿，只好"俟之他日"了，真是让我大失所望。2009年春天，我意外地认识了大陆俄罗斯诗歌翻译家谷羽先生，他从大陆来台北，在中国文化大学任客座教授。通过谷羽先生的介绍，竟然能够和乌兰汗先生联络，并承他同意，把《安魂曲》《没有英雄人物的叙事诗》及阿赫玛托娃其他长诗，合编在一起出版，真是感到无上的光荣。乌兰汗先生的译文，从前面所引诸例，就可看出其水平，不需要我来赞美。在这里，谨向他致上崇高的敬意，与诚挚的谢意。

2011年4月27日

（阿赫玛托娃著，乌兰汗译：《安魂曲》，
台北：人间出版社，2011年5月）

难以战胜的女皇
——《我会爱：阿赫玛托娃抒情诗选》序

  从最浅显的表面看，诗人阿赫玛托娃有两种面貌，一个是以爱情诗出名的早期的阿赫玛托娃，另一个是写《安魂曲》《没有英雄人物的叙事诗》等抒情史诗的后期的阿赫玛托娃。这两种面貌的差别，粗粗一看，相当令人惊诧，不知如何统一起来。这应该是阿赫玛托娃最吸引我兴趣的原因。我把手边已有的关于阿赫玛托娃的书，都翻阅了一遍，幸运的是，我发现阿·帕甫洛夫斯基的《安·阿赫玛托娃传》（守魁、辛冰译，成都：四川人民出版社，2000年）对这一谜题有极深入的分析，我受到很大的启发。如果我们追溯阿赫玛托娃情诗的发展，比较她各个时期的情诗，也可以从一个侧面解开这个谜题。

  阿赫玛托娃最早的情诗是极为迷人的，深受当时读者欢迎。譬如：

> 我的脚步仍然轻盈，
> 可心儿在绝望中变得冰凉，
> 我竟把左手的手套
> 戴在右手上。

> 台阶好像走不完了，

我明知——它只有三级！

短短的六行，初尝恋爱滋味的少女的焦虑与慌张跃然纸上，文字的轻倩与戏剧张力令人叹赏。再看另一个例子：

深色披肩下紧抱着双臂……
"你的脸色今天为何憔悴？"
——因为我用苦涩的悲哀
把他灌得酩酊大醉。

我怎能忘掉？他踉跄地走了，
痛苦得嘴角已经斜歪……

在这里，女孩既折磨情人，其实也是自我折磨，那种恋爱心理的奥妙表达得淋漓尽致。阿赫玛托娃所崇拜的勃洛克跟当时的许多诗人一样，非常欣赏她的才华。不过，他曾批评说，阿赫玛托娃这种情诗是在男人面前写的，而不是在上帝面前写的，这是很有道理的。因为这种情诗每个男人都喜欢读，当女性为爱情所苦时，男性没有不高兴的。

不过，随着阿赫玛托娃诗艺的成长，她情诗中的女主人公的语气好像也逐渐转变了，譬如：

我有一个浅笑：
就这样，嘴唇微微翕动，
我为你保留着它——
要知道，这是爱的表征。
即使你卑鄙狠毒，即使你

> 拈花惹草，我也绝不踌躇。
> 我眼前是闪着金光的诵经台，
> 我身旁是灰眼睛的未婚夫。

明明已经要跟未婚夫在诵经台前完成神圣的婚礼了，却还把浅笑保留给那个"卑鄙狠毒"的你，这样的女性绝不是循规蹈矩的。再看另一个例子：

> 我送友人到门口，
> 在金色尘埃中稍事伫立。
> 从邻村小小的钟楼
> 传来了重要的信息。
>
> 被人抛弃！这是编造的语句——
> 难道我是一朵花，一封信？
> 不过我的眼睛变得冷峻，
> 目光在昏暗的立镜中窥寻。

这个刚刚被人抛弃的女性，"眼睛变得冷峻"，显然也是非同寻常的女子。在阿赫玛托娃刚出版两本诗集以后，年轻的评论家尼·涅多布罗沃就看出了她的抒情女主人公的特性了。他说，阿赫玛托娃的"抒情心灵与其说是过分柔顺的，不如说是坚强的；与其说是泪眼纵横的，不如说是残酷的，而且这种心灵明显地是占支配地位，而不是被压制的"。这也就是说，阿赫玛托娃在她的情诗中表现了一种女性意志的非凡力量。

阿赫玛托娃在 1910 年二十一岁的时候，与诗人古米廖夫结婚。他们很早就认识，古米廖夫在还没有成名前已开始追她，一直追了七年，因为阿赫玛托娃完全不予理会而几次企图自杀。因为古米廖夫的执着，他们两人终于结婚。其实两人的个性相差太大，亲友都不看好这个婚姻。阿赫玛托娃婚后也很少享受到爱情的喜悦，这是她早期的情诗往往表现出一种莫名的悲哀与痛苦的原因，而他们夫妻也都知道，这个婚姻不可能维持太久。

1914 年阿赫玛托娃认识了正在军中服役的鲍·安列坡，对他很有好感。1916 年初，安列坡休假，他们二度见面，阿赫玛托娃主动把一枚黑戒指送给安列坡作为定情之物。1916 年末到 1917 年初，他们在短期相聚的时间内处于热恋中。但这个时候，俄国国内政治态势已经非常不好，革命一触即发，安列坡希望移居英国，并企图说服阿赫玛托娃跟他一起走，但阿赫玛托娃坚决拒绝。二月革命爆发后，安列坡离开俄国，从此再也没回来，他和阿赫玛托娃的恋情就此中断。

安列坡是阿赫玛托娃真正倾心的男人，在 1916 年他们定情前后，阿赫玛托娃写了这样一首诗：

> 我知道，你对于我就是一种奖赏，
> 奖赏我多年的劳动和忧伤，
> 奖赏我从未尝试过
> 人世间的喜悦欢畅，
> 奖赏我从未对情人说：
> "你真可爱。"
> 奖赏我宽恕所有人的一切，
> 而你——将成为我的天使。

诗中洋溢着一种欣慰与幸福之感。可是，面对混乱的俄国形势，他们对个人前途的选择却南辕北辙。安列坡对俄国的未来并不看好，宁愿流亡到他曾居住多年的英国。阿赫玛托娃虽然不了解二月革命，更不了解其后发生的十月革命，但她不愿意离开她所喜爱的俄罗斯大地和俄罗斯传统文化。不论俄国的现实可能产生什么变化，不论将来她可能在俄国碰到什么苦难，她都不愿意离开。安列坡还在俄国时，他们为此争论过好多次，最后两人终于因此分手。在这件事情上，阿赫玛托娃即使面对自己最喜欢的男人，也一点不愿妥协。在安列坡尚未离开俄国前，阿赫玛托娃写了这样一首诗责备他：

狂妄使你的灵魂蒙上阴影，
使你的眼睛看不见光明。
你说，我们的信仰——是梦，
而海市蜃楼——那是我们的京城。

你说——我的王国罪孽深重，
我说——你的王国并无神灵。

一个生活已经完全西化的艺术家和一个植根于乡土和民族传统的诗人，显然无法解决他们的矛盾，虽然他们彼此深深相爱。安列坡离开后，阿赫玛托娃还写了好几首诗，其中一首是这样的：

这件事很简单，很清楚，
每个人都很了然，
你根本不爱我。
从来没有把我放在心坎。
……
为什么我要抛弃友人，

抛弃鬈发的孩郎，
为什么我要离开心爱的城市，
离开我亲爱的家乡，
像个黑色的女丐
在他国的首府流浪？
啊，只要一想到我会见到你，
心中就无限欢畅！

这是一首爱恨交织的诗，最后两句充分表现出阿赫玛托娃对安列坡无法忘情，但即使这样，她仍不愿为了心爱的情人而像乞丐似的流浪异国他乡。为了她热爱的祖国，她宁可不要这个难以忘怀的情人。

安列坡和她分手了，而她和古米廖夫的婚姻关系也在1918年结束了。不久，她就嫁给亚述学专家希列依科，希列依科懂得四十种左右的语言，阿赫玛托娃可能因为钦佩他而与他结婚。没想到希列依科虽然是个杰出的学者，却完全不尊重阿赫玛托娃的诗才，只希望她成为忠实的秘书。他们的婚姻只维持了三年，然后就分居了。阿赫玛托娃把这一次的婚姻经验写成一组诗，题为《黑色的梦》，显然，这是一次噩梦。其中一首诗是这样写的：

勉勉强强地分了手，
也熄灭了令人厌恶的火焰。
我的永恒的对手，您该去
学学对人的认真的爱。
……
我接受了分手这一礼物，
还有忘却，把它们当作天赐。

> 可是，告诉我，你敢不敢
> 让别人承受十字架的苦难？（守魁、辛冰译）

在这首诗里，男女之间的关系似乎形成了一种命中注定的决斗状态。从此以后，阿赫玛托娃已不可能成为温顺的妻子，所以她又说：

> 要我百依百顺？你简直失去了理智！
> 我只服从上帝的旨意。
> 我不想战战兢兢，也不愿苦恼不已，
> 对我来说丈夫等于刽子手，家是监狱。（王守仁、黎华译）

这个女人的意志力显然不是任何男性所能控制得了的。

就在阿赫玛托娃和希列依科的关系陷于僵局时，她和作曲家卢里耶的交往逐渐密切。卢里耶曾把她的许多诗谱成曲子，现在又邀请她把勃洛克的名诗《白雪假面》写成芭蕾舞脚本，由他谱曲，准备在巴黎上演。卢里耶显然钟情于阿赫玛托娃，希望她能一起到巴黎去，但她如同拒绝安列坡一样断然拒绝了卢里耶。就在这个时候，阿赫玛托娃写下了那一首极为著名的诗：

> 抛弃国土，任敌人蹂躏，
> 我不能和那种人在一起。
> 我厌恶他们粗俗的奉承，
> 我不会为他们献出歌曲。

阿赫玛托娃虽然没有离开俄罗斯，但流亡海外的侨民一直念念不忘她过去的作品，一再地加以翻印。她这首诗不一定只是为卢里耶而写，她也会因为卢里耶的邀请而想起安列坡，也可能想起一切在海外的朋友。"我不会为他们献出歌曲"等于正式宣告她跟流亡者断绝关系，不再为他们写作。

> 我永远怜悯沦落他乡的游子，
> 他像囚徒，像病夫。
> 旅人啊，你的路途黑暗茫茫，
> 异乡的粮食含着艾蒿的苦楚。

三十八年后，卢里耶从海外写信给阿赫玛托娃，说"这里不需要我们任何人做任何事，道路对外国人来说是封闭的。所有这一切你早在四十年前就已经预见到了：别人的面包发出蒿草的味道……你所有的相片整日地望着我……"事实上，俄国革命后，知识分子要么选择在国内面对苦难的祖国，要么选择在国外过着漂泊无根的、没有灵魂的日子。这些，阿赫玛托娃早就知道了，她宁愿住下来，所以她接着说：

> 我剩余的青春在这儿，
> 在大火的烟雾中耗去，
> 我们从来没有回避过
> 对自己的任何一次打击。

1917年，安列坡刚离开俄国的时候，阿赫玛托娃还写了另一首名作：

> 我听到一个声音。他宽慰地把我召唤：
> "到这边来吧，"他说，

"放弃你那多灾多难的穷乡僻壤,
永远地离开你的俄国。
……
可是我淡然地冷漠地
用双手把耳朵堵住,
免得那卑劣的谰言
将我忧伤的心灵玷污。

勃洛克有一次在晚会中特别朗诵了这首诗,朗诵完还对听众说,"阿赫玛托娃是对的,这的确是卑劣的谰言,逃避俄国的革命是一个莫大的耻辱"。阿赫玛托娃和她的偶像勃洛克不一样,勃洛克支持革命,他留下来了;阿赫玛托娃并不了解革命,但她也选择留下来,抛弃她喜欢的情人,也抛弃喜欢她的人,她宁愿留下来面对祖国的一切困难。这个问题对她来讲,已经超乎爱情之上,成为至关重要的问题。在内战刚结束之后,她写了这样一首诗:

全被抢光,全都背叛,全被出卖,
死神的翅膀隐约可见,
由于饥饿的烦恼一切都被啃光,
我们怎能有一点儿光亮?

城外那从未有过的森林
白天里飘出樱桃树的芳香。
透明的七月高空深处
夜里新的星座在闪烁光芒。

奇迹正如此地走近

来到塌掉的脏屋子前……
　　不论谁，不论谁也不明白，
　　但这正为我们自古以来的期盼。（守魁、辛冰译）

　　虽然内战后的俄罗斯一片残破景象，但她仍然看到新星座的光芒在闪烁，她仍然坚信奇迹正在走近。应该说，大革命后俄罗斯的命运已成为她最关怀的问题，个人的情爱反而变成次要了。这个时候的阿赫玛托娃，已经是一个准备承受任何苦难、坚定不屈的人了。

　　阿赫玛托娃和她的第三个丈夫尼古拉·普宁相处了十五年（1923—1938），两人分手后，普宁对人说，"她像个女皇"。这话讲得真好，她已经不属于任何人，她敢于在斯大林肃反时期默默地写下《安魂曲》，为俄罗斯所有苦难同胞哀悼，也因此，在艰苦的卫国战争胜利后，她才能够完成《没有英雄人物的叙事诗》，把她整个生活的时代记录下来。只有看到她终于走出了个人情爱的小天地，进入到一个充满历史感的苦难时代，我们才能充分体会，不论在人格上，还是在文学成就上，阿赫玛托娃都是伟大的。楚科夫斯基在《安娜·阿赫玛托娃》一文中说，只要看到她，就不由得想起涅克拉索夫的诗句：

　　俄罗斯农村有这样的妇女
　　表情庄重安详
　　动作潇洒有力，
　　走路、看物如同女皇。

　　阿赫玛托娃是俄罗斯千千万万伟大女性的代表与体现，这可以说是楚科夫斯基对她的最高礼赞。

最后，我想简单谈一下乌兰汗的译文。我不懂俄文，但在校读《安魂曲》和本书时，却深为他所译的阿赫玛托娃而感动。像本书所收的《静静的顿河静静地流》和《夜访》，译文几乎是完美无瑕的。我在校对《没有英雄人物的叙事诗》时，虽然不能完全掌握诗的内容，却可以领会乌兰汗花了不少力气企图再现原诗的韵律感。我还想举两个例子，说明他在翻译时的精细考量。

你不可能活下来，
你不可能再从雪地上爬起。
二十八处刀伤，
五颗子弹射进躯体。

这四句诗乌兰汗译得长短不齐，而且每行的音节数显然比原作还要少。我还看过其他三种译文，它们保持了原诗的音节数，却显得有一点拖沓，因此就缺少力量。乌兰汗为了更简洁有力，译文便不再遵守原作的格律。另一个例子刚好相反：

眼睛不由自主地乞求宽饶。
当着我的面，别人把你的名字提到，
名字那么短，声音那么脆，
你说这时我的眼睛，应该如何是好？

第一行的"宽饶"，原来译为"宽恕"，改成"宽饶"后，就跟第二、第四行押韵，再仔细看这首诗的后面两节，也都是每四行押三个韵，像这种地方，乌兰汗并没有轻轻放过。我最惊叹的是《夜访》一诗的译文，全诗译得格律精严，简直无懈可击。我跟谷羽先生谈了我的感想，谷羽先生回信说，乌兰汗从小读哈尔滨俄侨学校，他的俄语口语在中国很少有人比得上，因为他的俄语语感极好，所以转换成汉语时就能收放自如。

乌兰汗在20世纪80年代终于发现阿赫玛托娃，而且把她的诗译了那么多，对我们来讲真是幸运。我相信他在这方面的译品会成为中译外国诗的重要遗产，并且对中国的现代诗创作也会有启迪作用。

2012年9月25日
2012年10月1日修改

（阿赫玛托娃著，乌兰汗译：《我会爱：阿赫玛托娃抒情诗选》，台北：人间出版社，2012年10月）

阿赫玛托娃《回忆与随笔》校读后记

人间出版社曾为高莽先生（笔名乌兰汗）所译的阿赫玛托娃诗歌出过两本书，2011年5月的《安魂曲》（长诗及组诗），2012年10月的《我会爱》（短篇抒情诗）。第二本出版以后，我趁着到北京办事的余暇，特别去看望了高莽先生。高莽先生非常高兴，他跟我说，《安魂曲》又让他获得了俄罗斯的一项翻译奖。我跟他开玩笑说，阿赫玛托娃作品的版权时间未到，我们没有购买版权，算是侵权，而俄罗斯竟然"不察"，还授给您翻译奖，不是有点可笑吗？不过，凭良心讲，这本书把阿赫玛托娃最重要的两首长诗，《安魂曲》和《没有英雄人物的叙事诗》都翻译了出来，确实很难得，尤其是后者，在高莽先生翻译之前，还没有人敢译，因为实在太困难了，高莽先生因此而得奖，可以说实至名归。

我跟他说，还有一件喜事，《安魂曲》初印五百本，目前存书不多，是人间出版社所印行的书中销路最好的，他更加高兴，谈兴更浓。谈着谈着，他突然说，他以前译过阿赫玛托娃的散文，他很想再补译一些，凑成一本书，作为他一辈子搞翻译的收尾。我听了当然很兴奋，因为这样，人间出版社将有一套三册的《阿赫玛托娃译文集》。不过，高莽先生年事已高，我怕他太劳累，一再跟他说，有空就译一点，慢慢来，不要急。

我想我应该是在2012年底或2013年初去看他的，没想到只经过一年多，2014年2月26日他就传来第一次的译稿，我真是喜出望外，立刻付排，并且开始校读他新译的"阿赫玛托娃散谈自己"，这是阿赫玛托娃想要写作回忆录而留下来的一些片段。在校读这些片段时，我逐渐被阿赫玛托娃独特的散文风格所吸引，不知不觉就把这一部分读完了。然后，我暂时停顿了下来，想过一阵子再校"日记的散页"。"日记的散页"包含了回忆朋友的八篇文章，其中三篇是高莽先生的旧译，但有所增改，五篇是新译的，这让我感到很满足。我把这两部分和高莽先生以前的译文加以比较，发现他漏掉了旧译中的三篇，其中两篇论普希金，另一篇论莱蒙托夫，同时也漏掉了阿赫玛托娃早期的十封信，我准备把这些都补进去。

就在我这样想的时候，2014年7月1日高莽先生又给我发来三篇新的译文，《普希金殉难记》《亚历山德林娜》《但丁》，让我感到意外的惊喜，因为这三篇都是我慕名已久的。我急不可待地先读《普希金殉难记》。天啊！真的比天书还难，文章又长、人名又多，他们的关系又极复杂，我不知道八十八岁的高莽先生是怎么译完的。他在信中跟我说，这一篇和《亚历山德林娜》"前前后后改了十几遍（绝非夸张），有些地方还是没弄明白"。他的认真的工作态度，真让我佩服极了。但是，他还是忘记了还有几篇旧译尚未编进去。

没想到，再过三周，7月22日他传来一个全新的文档，已经编辑得很完整，前面漏掉的两篇普希金和一篇莱蒙托夫都在里面了，高莽先生终于想起他的全部旧译（除了早期的十封信）。而且，第一部分"阿赫玛托娃散谈自己"还增补了不少。整个回顾起来，这本译著的"序"写于2013年10月25日，"后记"写于"2014年春节"，2014年2月26日传给我第一个文档，这是高莽先生对他的新译的原始构想。然后，他两次补充，两次传新档给我，从这个过程，我们就可以看到这一位八十八岁的老翻译家如何重视他的最后一本译作。

看到全译稿和目录后，我跟高莽先生建议，第一部分"阿赫玛托娃散谈自己"改题为"回忆的散页"，高莽先生原来列在中间的四篇普希金评论，还有关于莱蒙托夫和但丁的两篇短评，归为"评论"，列为第三部分，原来作为第三部分的"日记的散页"，改题为"回忆同时代人"，放在第二部分，再把早期的十封信列为附录，这样全书的架构就很清楚，高莽先生欣然同意。在这之前，马海甸先生已经根据他当时所能搜集到的资料，编译了一本《回忆与诗——阿赫玛托娃散文选》（广州：花城出版社，2001年），非常有参考价值。我相信这一本《回忆与随笔》的出版，对我们了解阿赫玛托娃的诗歌与人格一定可以提供更多的帮助。我在校读这本书的过程中，突然发现这本书对于理解《没有英雄人物的叙事诗》有极重要的辅助作用。

我很想为这本书写一篇长序，就像前两本诗集一样，但我更想赶着在今年出书，因为2016年是阿赫玛托娃逝世五十周年，又是高莽先生的九十大寿，希望这本书的出版可以作为我们对一位伟大的诗人，还有一位长年不懈努力的翻译家的最高献礼。

2016年11月8日

补记：汪剑钊《阿赫玛托娃传》（北京：新世界出版社，2006年）是了解阿赫玛托娃非常好的入门书，可以和本书参照着读。另外，伊莱因·范斯坦的《俄罗斯的安娜：安娜·阿赫玛托娃传》（马海甸译，上海译文出版社，2013年）也可以进一步参考。

（阿赫玛托娃著，乌兰汗译：《回忆与随笔》，
台北：人间出版社，2016年12月）

并非偶然，查良铮选择了丘特切夫
——《海浪与思想：丘特切夫诗选》序

一

这本书排好版，经过三校，只等我的序文，就可以出版了，但我却迟迟无法动笔。我犹豫再三，不知道用哪种方式来写较为恰当。这是因为，本书的作者，俄罗斯诗人丘特切夫（1803—1873）恐怕台湾没有几个人知道；而本书的译者查良铮（笔名穆旦，1918—1977）虽然在大陆已成为最受人瞩目的现代派诗人和著名的翻译家，在台湾目前仍然很少有人谈论，这让我不知如何下手才好。

这么说好了：如果要在中国（包括台湾、香港地区）学习西方现代主义诗歌的许许多多现代诗人中，选出一个我最欣赏的，那么，这个人就非穆旦莫属了。如果要我选出十位最有成就的中国现代诗人，我也一定会把穆旦列入。中国现代诗人为了探索新诗的创作道路，常常兼任翻译家，把无数的外国名作介绍到中国来。这些诗人在翻译上贡献最大的，可能要数戴望舒、卞之琳和穆旦三人，其中，我还是最喜欢穆旦。穆旦译过普希金、拜伦、雪莱、济慈、艾略特、奥登等，凡是别人也曾翻译的，我大半偏爱穆旦的译作。（按照习惯，穆旦的翻译署本名查良铮，诗创作署笔名穆旦，以下行文一律用查良铮。）

查良铮译拜伦的长诗《唐璜》，初稿花了三年时间，最后一次修订用了一年多，出版后受到一致肯定，《唐璜》的译本就足以使查良铮不朽。查良铮本人的诗风偏于干硬、喜爱嘲讽，也可以抒情，这种特质，译拜伦是不二人选。他晚年修订、增补的《拜伦诗选》，我也认为难以超越。此外，我最喜欢的是他的《丘特切夫诗选》。我曾和谷羽先生（他也是俄罗斯诗歌的翻译名家）聊天，他也认为，穆旦译丘特切夫，是中国现代翻译的"奇缘"，值得大书特书。

丘特切夫是和普希金（1799—1837）、莱蒙托夫（1814—1841）并称的俄国浪漫主义时期三大诗人，不过，丘特切夫大半的作品写于1850年以后，在世时名声不大，19世纪90年代象征派对他大为推崇，确立了大诗人的地位，此后一直备受俄罗斯人喜爱。

自清朝末年开始译介外国文学以来，中国从来就没有遗漏过俄罗斯文学。如果从整体的历史累积来看，俄罗斯文学的翻译，论质量、数量，论文学史的覆盖面，在外国文学中可能是首屈一指的（当然，这也因为俄罗斯文学史较西欧诸大国要短得多）。这些翻译，主要以小说为主，诗歌相对来讲要少得多。不过，像普希金、莱蒙托夫这两个深具革命激情的诗人，其译作量之大，实在令人叹为观止。譬如，我买到的莱蒙托夫诗歌全集的译本就有五种，普希金的代表作《欧根·奥涅金》，我知道至少有七种以上的译本。

相对来讲，丘特切夫可以说完全受到冷落。除了像《俄国诗选》这类选集偶然可以读到他的诗外，好像没有任何一个俄国文学翻译家特别关注过他。当我看到1985年外国文学出版社的《丘特切夫诗选》时，我简直不敢相信自己的眼睛，再一看译者是查良铮时，只能说好像看到了奇迹。20世纪90年代我辛辛苦苦买到了当时所有重印或新印的查良铮译作，其中以偶然发现的《丘特切夫诗选》最为难忘。

关于这本译诗集的出版，查良铮的儿女们曾有生动的回忆：

1985年金秋，即父亲离世八年后，我们突然收到出版社的一封通知，说《丘特切夫诗选》已经出版，让我们去领取稿酬。这个突然的通知使全家人迷惑不解，母亲也不记得父亲曾译过这样一部书。结果大家都认为是出版社弄错了，母亲马上去信，请出版社再核对一下是否搞错。几天后出版社回信说，译者无误。是父亲在二十多年前即1963年寄给出版社的，但那时他的译著不能出版。多亏出版社的妥善保护，使这部"冻结"二十余年的译著，在今天能够与读者见面。（见《丘特切夫诗选》附录三）

这样看来，查良铮译《丘特切夫诗选》时，好像是一个孤独者独自面对这个以沉思见长的俄罗斯诗人，他好像要借由这些耐人咀嚼而又引人回顾过去的诗歌来澄清自己无法言传的苦闷。这一本诗集对当时的我来讲，具有特殊的意义。我也有一种无法言说的痛苦，某些诗作对我产生强烈的冲击，于是我就猜测，是否也因为类似的心境，查良铮才会去译这个在中国还几乎是默默无名的诗人。由此我想到了徐志摩《偶然》的第二节：

　　你我相逢在黑夜的海上，
　　你有你的，我有我的，方向；
　　　你记得也好，
　　　最好你忘掉，
　　在这交会时互放的光亮！

查良铮的一生和丘特切夫截然不同，然而，他们毕竟在1963年面对面"交会"了，这不是"偶然"，而是查良铮主动的选择。这是我在90年代读这本译诗集的感受，而且，我还揣测了他们"交会时互放的光亮"。当然，我必须承认，这只是一种揣测，可能离事实很远，也许还大谬不然。然而我至今喜欢这种揣测，这让这本诗集对我而言具有一种无可取代的意义。

二

下面我想用一种取巧的方式，吸引大家阅读这本诗集。

1850年，丘特切夫认识了斯莫尔学院院长的侄女叶连娜·杰尼西耶娃，丘特切夫的两个女儿就在这所学院就读。这一年，丘特切夫47岁，杰尼西耶娃才24岁，只比丘特切夫的大女儿大几岁。没想到两人竟然一见钟情，终于不顾舆论，觅地同居。这种"不法"的爱情引起俄国贵族社会的不满，所有的污蔑和诽谤全落在杰尼西耶娃身上。这是绝望的爱情，带给两人无限的痛苦。杰尼西耶娃为丘特切夫生了两个儿子、一个女儿，于1864年因肺病去世。丘特切夫为此痛彻心扉，愧悔不已。丘特切夫为杰尼西耶娃写了许多诗作，一般习称"杰尼西耶娃组诗"，这是他后期诗作中最为感人的作品。下面介绍其中四首：

> 你不止一次听我承认：
> "我不配承受你的爱情。"
> 即使她已变成了我的，
> 但我比她是多么贫穷……
>
> 面对你的丰富的爱情
> 我痛楚地想到自己——
> 我默默地站着，只有
> 一面崇拜，一面祝福你……

> 正像有时你如此情深,
> 充满着信心和祝愿,
> 不自觉地屈下一膝
> 对着那珍贵的摇篮;
>
> 那儿睡着你亲生的
> 她,你的无名的天使,——
> 对着你的挚爱的心灵,
> 请看我也正是如此。

情人对着爱情的结晶"屈下一膝",充满了深情,而丘特切夫却对自己不配享有这爱情深感惭愧,他知道情人承受了多少耻辱,不觉也对情人"屈下一膝"。你"不自觉地屈下一膝"和"我也正是如此",这两者的对比,形成了一种抒情式的悲剧张力。

> 一整天她昏迷无知地躺着,
> 夜的暗影已把她整个隐蔽。
> 夏日温暖的雨下个不停,
> 雨打树叶的声音是那么欢愉。
>
> 以后她在床上缓缓地醒来,
> 开始听着淅淅沥沥的雨声,
> 她凝神听着,听了很久,
> 似已浸沉在清醒的思索中……
>
> 好像她在和自己谈话,
> 不自觉地脱口说了出来:

　　　　（我伴着她，虽僵木，但清醒）
　　　　"啊，这一切我多么喜爱！"
　　　　…………
　　　　你在爱着，像你这种爱啊，
　　　　不，还没有人能爱得这么深！
　　　　天哪……受过这一切，而还活着……
　　　　这颗心怎么还没有碎成粉……

　　这首诗描写杰尼西耶娃临终前的情景。经过长久的昏迷，经过长达十四年的折磨，她最后一句话是，"这一切我多么喜爱"。这个柔弱女人的爱情蕴藏了多么大的力量啊，"受过这一切"，"这颗心怎么还没有碎成粉"。能够这样感受女人命运的丘特切夫，就人格来讲，我觉得比写《安娜·卡列尼娜》的托尔斯泰更胜一筹。就像查良铮在"译后记"所说的，"杰尼西耶娃组诗"表现的是深具社会内涵的爱情悲剧，合起来就像读了一部托尔斯泰式的小说。

　　　　在涅瓦河的轻波间
　　　　夜晚的星又把自己投落，
　　　　爱情又把它神秘的小舟
　　　　寄托给任性的浪波。

　　　　在夜星和波浪之间
　　　　它漂流着，像在梦中，
　　　　载着两个影子，朝向
　　　　缥缈的远方开始航程。

　　　　这可是两个安逸之子

> 在这儿享受夜的悠闲?
> 还是两个天国的灵魂
> 从此要永远离开人间?
>
> 涅瓦河啊,你的波涛
> 广阔无垠,柔和而美丽,
> 请以你的自由的空间
> 荫护这小舟的秘密!(《在涅瓦河上》)

这是这部小说的序曲。爱情的小舟只能把自己托付给任性的波浪,诗人不得不祈求涅瓦河"荫护这小舟的秘密"。不久,你就会看到,"我们的爱情是多么毁人","两颗心的双双比翼",就和"致命的决斗差不多",它让我羞愧,让我绝望,最后一切结束了,我"好像一只残破的小船,被波浪抛到了荒芜的、无名的岸沿",它"消失了——就像你赖以生活、赖以呼吸的东西,整个隐没"。最后,

> 我又站在涅瓦河上了,
> 而且又像多年前那样,
> 还像活着似的,凝视着
> 河水的梦寐般的荡漾。
>
> 蓝天上没有一星火花,
> 城市在朦胧中倍增妩媚;
> 一切静悄悄,只有在水上
> 才能看到月光的流辉。
>
> 我是否在做梦?还是真的

> 看见了这月下的景色?
> 啊,在这月下,我们岂不曾
> 一起活着眺望这水波?

把前一首和这一首加以对比,就可以发现前者是序曲,这一首是尾声。"又像多年前那样,还像活着似的,凝视着……",说明现在的诗人是"心如死灰"了,而"心死"的人却仿佛望见了从前"一起活着眺望这水波"的"我们",这确实可以视为一首安魂曲。

当然,丘特切夫绝对不只是一个描写绝望的爱情的诗人,这一点,请大家务必记住。

附记:根据朱宪生译《丘特切夫诗全集》(桂林:漓江出版社,1998年)的译注(第258页),"杰尼西耶娃组诗"共有22首(据《丘特切夫选集》,莫斯科1986年版)。这只是选集编注者的一种推测,因为丘特切夫本人并没有将此一一标出。也许因为这种缘故,查良铮在译本中也并未将每一首"杰尼西耶娃组诗"标注出来。为了读者的方便,现将各首按本书顺序标列如下:《尽管炎热的正午》、《你不止一次听我承认》、《我们的爱情是多么毁人》、《命数》、《别再让我羞愧吧》、《你怀着爱情向它祈祷》、《我见过一双眼睛》、《孪生子》、《哦,我的大海的波浪呀》、《午日当空》、《最后的爱情》、《北风息了》、《哦,尼斯》、《一整天她昏迷无知地躺着》、《在我的痛苦淤积的岁月中》、《在那潮湿的蔚蓝的天穹》、《我的心没有一天不痛苦》、《我又站在涅瓦河上了》——查良铮只译了其中的18首,4首未译。

朱宪生的译注和查良铮的"译后记"都说,《尽管炎热的正午》是组诗的第一首,但我很怀疑在此之前的《在涅瓦河上》也应该列入,我在本文的第二节末尾已加以指出。我不懂俄文,无法参考更多的资料，只能提出这种揣测，供大家参考。

又，查良铮的"译后记"，是一篇非常杰出的评论文章，请大家务必参考，才能了解丘特切夫诗艺的全貌。

2011 年 9 月 18 日

补记：1953 年，查良铮不顾朋友的劝导，毅然决然地与太太周与良从美国回到新中国。从 1953 到 1958 年，他夜以继日地工作，翻译了普希金、拜伦、雪莱、济慈、布莱克等人的诗，又翻译了季摩菲耶夫和别林斯基的文学理论著作，数量之大，令人难以想象，他急切地想以翻译工作参与新中国的建设。然而，1958 年，他却被天津人民法院判为"历史反革命"，"接受机关管制"三年，逐出讲堂，到南开大学图书馆监督劳动。此后，一直到 1977 年 59 岁时猝死，很少有舒心的时候。即使在这样的日子里，他仍然把握极为零碎的时间，翻译《丘特切夫诗选》和拜伦的《唐璜》，又修订了普希金的《抒情诗选》《欧根·奥涅金》和《拜伦诗选》，还新译了《英国现代诗选》。在生活上，他自奉甚俭，但朋友有难，却又慷慨解囊。他的一生，既让人感到无奈与叹息，却又令人肃然起敬。为了让读者了解他的生平，我们在书后附了四篇文章，供读者参考。

人民文学出版社于 2005—2006 年出版《穆旦译文集》8 册、《穆旦诗文集》2 册，是目前搜集穆旦创作与译作最完整的版本。

（丘特切夫著，查良铮译：《海浪与思想：丘特切夫诗选》，
台北：人间出版社，2011 年 10 月）

《在星空之间：费特诗选》序

费特和屠格涅夫、托尔斯泰同样出身于贵族家庭。费特比屠格涅夫小两岁，比托尔斯泰大八岁。屠格涅夫和托尔斯泰长期不和，却都和费特要好，两人之间有时还要通过费特互通讯息。屠格涅夫和托尔斯泰都喜欢费特的为人，也都欣赏费特的诗才。

费特只写诗，很少写小说；屠格涅夫写诗，又写小说；托尔斯泰只写小说，不写诗。其实三个人都富有诗才，屠格涅夫和托尔斯泰的小说常常具有强烈的诗意。1860年以后，平民知识分子兴起，他们不喜欢贵族出身的文化人，他们倾向于激进改革和革命，强调文学、艺术的社会功能，讲究实用，不喜欢贵族孤芳自赏。他们称赞屠格涅夫和托尔斯泰的小说，厌恶费特只会歌咏大自然和爱情，不知民间疾苦。在很长的时间里，费特诗名不盛，只有一小圈人知道他，其中，屠格涅夫和托尔斯泰是主要的称颂者。

1890年以后，象征派兴起，诗歌在俄罗斯文学中重获主流地位，费特的价值才真正得到承认，从此以后，他成为和普希金、莱蒙托夫、丘特切夫、涅克拉索夫并列的大诗人。

我从文学史上知道以上的事情，却从未读过费特的诗。在疯狂买大陆书的时期，我曾经买到一本薄薄的费特诗选，却因为买书太多，连翻都没翻过，如今也不知道放到哪里，无法寻找了。2008年我认识了谷羽先生，他谈到，他也译了一本费特诗选，至今尚未出版。我还想读费特，他印了一份给我，我约略读了二三十首，觉得费特的诗很有魅力，决心出这本译诗集。

读了费特的诗，才最终了解，为什么屠格涅夫和托尔斯泰会喜欢他的诗。他们三人都喜欢大自然，对大自然的美都具有一种超人一等的掌握能力。我们看费特这一首《夜晚宁静》：

　　夜晚宁静，闪烁星光，
　　天空中的圆月忽明忽暗；
　　美丽的双唇甘甜芳香，
　　在星光闪烁的安谧夜晚。

　　我的美人，月色皎洁，
　　我怎样才能够一扫忧烦？
　　你满怀爱心光彩四射，
　　在星光闪烁的安谧夜晚。

在这里，迷人的月色和对爱情的怀想紧密联结起来，而所谓的爱情，并不只限于男女两人的男欢女爱，是对于美好未来的向往，是对于希望与梦想的追求。大自然的美，蕴含了爱情、希望和梦想，蕴含了人所希冀的美好的一切。大自然的美，引发了人对一切美的追寻，大自然的美，是真、善、美的总源头。这是费特、屠格涅夫、托尔斯泰共同的美学原则。再看《我等待》：

　　我等待……河水银光熠熠，
　　传送来夜莺鸣啭的回声，
　　月下的草叶缀满了钻石，
　　艾蒿上有亮晶晶的萤火虫。

>我等待……蓝幽幽的夜空，
>撒满了大大小小的星，
>我听见心儿怦怦直跳，
>只觉得浑身上下簌簌颤动。
>
>我等待……忽然南风吹来，
>心里温暖，我走走停停；
>一颗明亮的星坠落天外……
>再见吧，再见，金色的星！

大自然的美让我们等待，让我们希冀，让我们追求。没有这种追求，人生就没有什么色彩和光明。像这样的感受，我常常在屠格涅夫和托尔斯泰的小说片段中读到。

大自然的美除了引发我们对于美好的追寻外，还引发我们沉思，沉思人生的真谛。费特有一首诗我很喜欢，题目叫《我久久伫立》：

>我久久伫立一动不动，
>目不转睛凝视遥远的星——
>于是在星斗和我之间，
>冥冥中产生了某种关联。
>
>当时的遐想已无印象，
>我只顾聆听曼妙的合唱，
>空中的星星微微颤动，
>从那时我热爱天上的星……

我们和大自然"冥冥中"有某种关联，我们说不清这是一种什么关联，但由于意识到这种关联，我们觉得自我已溢出了"我"之外，和一个更大的、不可说的东西冥合为一，为此我们得到一种安慰。我推测，是费特这种泛神论色彩，引发了象征派诗人的赞许（书中的第36首是这首诗的重译，我没有删掉，两者可以互相比较；又，第118首也可参看）。

费特还有一首《躺在牧场的草垛上》，我也很喜欢：

　　南方之夜。仰面朝天，
　　我躺在牧场的草垛上，
　　四面八方有音流抖颤，
　　那是天体生动的合唱。

　　大地如同浑浊的哑梦，
　　失去了分量不断下沉，
　　一个人独自面对夜空，
　　我恰似天堂首位居民。

　　是星斗成群向我飞翔，
　　还是我坠落午夜深渊？
　　恍惚觉得有一只巨掌
　　把我抓住，凌空倒悬。

我曾经半夜躺在山顶上，满天星斗的夜空笼罩着我，那种感觉真是难以形容。费特说，"一个人独自面对夜空，我恰似天堂首位居民"，我也有那种"至福"之感。

所谓现代文明，其实就是城市文明，城市文明不但让我们远离大自然，还不断地破坏大自然。从小在城市中长大的小孩，或者遗忘了小时候接触大自然的成年人,是否保留了对自然美的欣赏能力,不能不使人怀疑。不能欣赏大自然的美,还能够想象一切的美吗?这也使人怀疑。

因此,费特是值得一读的。

2011 年 9 月 8 日

(费特著,谷羽译:《在星空之间:费特诗选》,台北:人间出版社,2011 年 10 月)

终于找到柯罗连科了

很可能是在高三上学期时，我和两位同班同学迷上了屠格涅夫。我们把当时市面上买得到的屠格涅夫四部长篇《罗亭》《贵族之家》《父与子》《处女地》都读完了。我最喜欢《贵族之家》，到现在还记得那个令人难以忘怀的结尾。这是我对西洋文学的初恋，从此我迷上了俄罗斯文学。

大约在大学三四年级时，屠格涅夫这个偶像被托尔斯泰所取代。托尔斯泰的抒情魅力绝不下于屠格涅夫，而他对生命意义的执迷追索则更让我心有戚戚焉。其后，我逐渐了解托尔斯泰刻画人物的非同凡响，正像许许多多的读者一样，我完全被安娜·卡列尼娜和玛丝洛娃（《复活》的女主角）这两个女性迷住了。我到现在还认为，托尔斯泰是西方小说之王，无人可以取代。

在大学和硕士班阶段，我还做了一件傻事。我查遍了台大图书馆的书目，只能借到一本英文本的俄国文学史，是俄国革命后流亡于英国的米尔斯基公爵所写的。那时候我的英文极差，但这本书我连续借了不下六七次。我记得，借书卡最前面签着"郭松棻"这个名字，接下去全部是我的名字，至少我离开台大时还是如此。

这本书的内容我至今还记得一些，譬如米尔斯基认为契诃夫不足以代表俄罗斯精神，他认为列斯科夫是一个更好的说故事的人。很久以后，本雅明的《说故事的人》成为现代西方文学批评必读的名文，但台湾几乎所有读这篇论文的人，一直到看到这篇文章，才知道列斯科夫这个名字，而我却很早很早就"知道"列斯科夫了，为此还私心窃喜了一番。

我把这本俄国文学史讲到的普希金之后的所有重要作家都记住了，还记住了他们不少代表作的书名。很遗憾的是，在当时的台湾，我只能看到一部分的屠格涅夫、托尔斯泰、陀思妥耶夫斯基和契诃夫，能买到极少数的普希金和莱蒙托夫，此外，什么也没有。当时，台湾出了什么俄罗斯文学的新书，我一定知道，而且一定买。旧书摊都让我摸遍了，但所得仍然极为有限。

20 世纪 90 年代，开始开放买大陆图书，我简直买疯了。凡是有关俄罗斯文学的翻译（包括传记和回忆录），我一律都买，买重了也要买。我可以毫不夸张地说，凡是我看到的（包括到大陆旧书摊上找）我都买了。20 世纪最后二十年大陆出版的有关书籍，我相信，在台湾，应该是我买的最多，很难想象有谁可以超过我。

当时买书的艰苦和乐趣现在还历历在目。人民文学出版社的十七卷《托尔斯泰文集》一卷一卷出，我生怕买漏了，不得不几个地方订书，以至于好几册都买重。当收到人民文学出版社三卷本屠格涅夫《中短篇小说选》时，好几个小时内都非常激动，这套书我"摸"了好几天。有一次我跑到人民文学门市部找书，他们告诉我，我要的一些书脱销了，不妨到书库问问看。我搭计程车，好不容易在小巷中找到书库，管书库的两位大娘跟我说，我要的书都没了。我看室内有一个书架，架上许多书，仔细一看，好几本我已找了许久，我问两位大娘，这书卖吗？她们说，哪能卖啊，这是样书，卖了就没了。后来她不忍心看我空手而回，就说，你就挑几本吧，不要拿太多。我挑了三四本，其中就有《列斯科夫小说选》，喜滋滋地走了。

这样买了好几年，始终没有买到柯罗连科（1853—1921）的任何一本小说集，最终也只找到一本薄薄的《盲音乐家》，臧传真译，让我感到很不满足。柯罗连科和契诃夫、高尔基同时，名气没有契诃夫、高尔基大，在两个巨人的阴影下几乎被遗忘了。但鲁迅曾称赞柯罗连科的人品，又说他的小说"做得很好"，"是可以介绍的"，我也知道周作人很早就译过他的《马卡尔之梦》，找不到实在不甘心。一直到 2002 年，我才看到傅文宝译的《盲音乐家》(共收四篇小说，一篇散文，浙江文艺出版社)，还是没有《马卡尔之梦》，真是无可奈何。

2009 年春天，经朋友介绍，我认识了俄罗斯诗歌翻译家谷羽先生，他正在文化大学客座。我们见了两次面，每次都谈好几个小时，我问他一些俄国文学翻译家的状况，他讲了不少他们的趣事。他谈到李霁野是他们的系主任，李先生是我的老师台静农和郑骞的老朋友，听起来备感亲切。他又谈到，他在南开大学读俄语专业时，还有一位臧传真先生也是他的老师，现在已八十多岁。我说，是译柯罗连科那个臧传真吗？他说，是啊，臧先生是资深翻译家，译笔极谨严，退休后仍在翻译文学作品，他译的柯罗连科还有一些新稿，可惜没人出。我经过一点迟疑，终于决定接受谷羽先生的建议，在台湾出版臧先生所翻译的柯罗连科的小说。我还跟谷羽先生说，无论如何要有《马卡尔之梦》这一篇，如果臧先生没译，请说服他补译。

臧先生的译稿，排校完毕以后，发现竟然有 450 页左右，只好分两本出。人间出版社也许会亏一些，但想到臧先生一生奉献于翻译事业，又想到两岸第一次有这么多的柯罗连科的小说译文，因此决定，无论如何也要出。

柯罗连科的小说非常吸引人，只要读一下《盲音乐家》，你就会知道，我不是乱说的。他具有一种正直的、坦然的人道主义胸怀，任何人读了都可以感受到他高尚的人格。他曾被放逐到西伯利亚四年，备尝艰辛。他是第一个描写西伯利亚生活的俄罗斯重要作家，

《马卡尔之梦》和《西伯利亚驿站见闻录》都以此作为背景,写得生动异常。

关于柯罗连科的人格,我可以讲一个我看到的故事。他写小说成了名,收入增加,又当选皇家科学院院士。他不怕得罪沙皇,看到不满就批评。当沙皇取消高尔基的院士资格时,他和契诃夫一起退出科学院。任何革命党,包括布尔什维克、孟什维克、社会革命党,只要有求于他,他都会出钱,还会掩护他们。十月革命以后,布尔什维克开始对孟什维克和社会革命党还比较客气,没想到社会革命党和孟什维克有些人搞暗杀和破坏,布尔什维克反过来报复,逮捕了不少人,也枪毙了一些人。柯罗连科很不高兴,在报纸写文章激烈批评布尔什维克,列宁只好把他抓了起来。高尔基知道了以后,找列宁理论。柯罗连科是一个大好人,还好只活到1921年,不然以后还会更痛苦。

关于柯罗连科的一生及其代表作,臧传真先生已有介绍,除了《盲音乐家》,两本书所收的小说,我都是初次阅读,而且读得很粗,因此不敢随意评说。

为了让大家欣赏柯罗连科小说的魅力,下面引《盲音乐家》第一章第七节一小段文字,稍作解释。

> 春天的骚乱的声音沉寂了。在和暖的阳光普照下,自然界的劳作渐渐纳入常轨;生活似乎紧张起来,像奔驰的火车一样,前进的行程变得更快了。草地上的嫩草发绿了,空气中充满白桦树嫩芽的气息。
>
> 他们决定带孩子到附近河畔的田野上去玩玩。
>
> 母亲牵着他的手,马克沁舅舅拄着拐杖并排地向河边的小山岗走去。经过风吹日晒,小山岗已经十分干爽,上面长满绿茸茸的小草,从这里可以展望辽阔的远方。

晴朗的白昼使母亲和马克沁感到晃眼。阳光照暖他们的脸庞,仿佛抖动着无形翅膀的春风却用清新的凉爽赶走了暖意。空气中荡漾着令人心旷神怡的懒洋洋的醉意。

母亲觉得孩子的手在她手里攥得很紧,但是她被这令人陶醉的春意所吸引,就没大注意孩子的惊惶表情。她挺起胸脯深深呼吸,连头也不回地一直向前走;如果她回头看看,准会发现孩子脸上的表情有些异样。孩子怀着沉默的惊讶转身面向太阳呆望着。他咧开嘴唇,好像水里捞出来的鱼儿似的急忙一口一口地吞咽着空气。不自然的喜悦不时在他张皇失措的小脸上流露出来,好像是神经受了什么刺激似的突然在脸上闪现,霎时又换上一种接近恐惧和疑惑的惊讶表情。只有那两只眼睛没有视力,依然在痴呆呆地张望着。

…………

各种声音还太繁多,太嘹亮,一个接着一个地飞升、坠落……包围着孩子的声浪越发紧张地翻腾起来,从周围轰隆隆震响的黑暗中袭来,又回到黑暗中去,接着又换一些新的声浪,一些新的音响……声浪更快,更高,更折磨人了,使孩子觉得悬空无靠,并且摇晃他,催他入睡……又一次传来漫长而凄厉的一声吆喝,压倒了令人迷惘的嘈杂声,于是一切马上都沉寂了。

孩子低声呻吟起来,往后栽倒在草地上。母亲连忙转过身来,跟着惊叫一声:孩子面色苍白,躺在草地上晕过去了。

我第一次读到这一段文字,既感动又震惊。柯罗连科怎能想象一个从小眼盲的小孩,当他初次面对美好的春光和春天的种种声音时的这种强烈感受呢?可见柯罗连科是一个心地极其善良又时时刻刻注意着别人内心感受的人。他的小说细节,就如上面一段一般,常常带给人强烈的冲击。譬如,在《没有舌头——旅美历险奇遇记》

里，他让一个初到美国、只懂乌克兰方言的农夫，迷失在美国城市，让他感受到不为人所理解、自己也无法表达的痛苦。这一段经历是如此扣人心弦，以至最后他终于碰到一个可以沟通的乌克兰同胞时，我们不禁松一口大气，并为他感到喜悦。

柯罗连科就是这样一个善体人意的小说家，他所描写的痛苦与快乐，都会让我们感到如此亲切，并不自觉将他视为知心的朋友。这是一个提供温暖的小说家，值得我们去阅读——你不妨试试看。

2011 年 5 月 12 日

（柯罗连科著，臧传真译：《盲音乐家》《没有舌头》，台北：人间出版社，2011 年 6 月）

小森阳一《村上春树论》序

有一阵子常常听到村上春树这个名字,我这个从来不看畅销书的人竟然也问我儿子,"村上春树哪一本书最有名?"我儿子说,"好像是《海边的卡夫卡》"。于是我就买了大陆林少华的译本,但一直摆在书架上,从来没有翻过。

去年清华大学的王中忱教授来台湾客座,在随便乱聊中,他提到了日本的左翼评论家小森阳一教授,说他写过一本《村上春树论——精读〈海边的卡夫卡〉》,我有一点意外,没想到这本书会引起这么著名的评论家的注意。不久我到北京,王教授介绍我认识本书的中译者秦刚先生,承他送我一本。我抽出时间来看,原本想大致翻一下,没想到欲罢不能,竟然一口气读完,一本文学评论的书籍具有这么大的吸引力,真是太神奇了。

小森阳一教授告诉我们,日本右派的政治宣传技术如何与商业媒体结合,运作出惊人的畅销纪录,并以此麻痹社会人心,让他们在充满问题与焦虑的情境下可以心安理得地生活下去。这种做法,我以前在台湾也不是没有感觉到,但看到小森教授的精细分析,我才恍然了解,现在的政治操作原来可以如此地精密,真是令人叹为观止。

对于这样严密设计的作品,要把它的每一点布置一一拆解,让它大白于天下,并让许多人看得懂,这实在是非同小可的工作。这需要极大的耐性、丰厚的学识,还有极清晰的文笔。要是我,我才

不愿意浪费我的时间,去仔细梳理这样一本没有什么价值的书。然而,小森阳一却为它花了两年的工夫。他在中文版的序里说:

> 然而,精神创伤绝不能用消除记忆的方式去疗治,而是必须对过去的事实与历史全貌进行充分的语言化,并对这种语言化的记忆展开深入反思,明确其原因所在。只有在查明责任所在,并且令责任者承担了责任之后,才能得到不会令同样事态再次发生的确信。小说这一文艺形式在人类近代社会中,难道不正担当了如此的职责么?因此,我要对《海边的卡夫卡》进行批判。

这一段话让我深为感动。一个关怀人类前途的评论家,不只要推荐好书,还要指出蓄意欺骗的作者如何罔顾人类正义而玩弄读者。小森阳一这么义正词严地强调小说的道德性,真如空谷足音,让我低回不已。在文学已经成为某一形式的游戏与玩乐的时代,连我都不再敢于严肃地宣告文学的正面价值了。他的道德的诚挚性始终贯注在我的阅读过程中,让我不敢掉以轻心。

除了这种道德性之外,作为一个左翼评论家,小森阳一还有一个极大的优点。任何艰涩的知识和复杂的小说,在他笔下都可以成为井然有序、易于阅读的文字,让我们好像在享受获得知识的欣喜。譬如在第一章里他对弗洛伊德理论的分析,第二章里他对伯顿译本《一千零一夜》里所蕴含的强烈东方主义色彩的揭露,第三章里对夏目漱石小说《矿工》与《虞美人草》的解说,都非常吸引人。在第五章里,他把《海边的卡夫卡》和战后日本社会联系起来,对一直企图逃避战争责任的右派进行了强烈地抨击,让我这个对历史不是毫无所知的人,都有突然憬悟之感。我第一次感觉到,小说评论是可以和知识传达完美地结合在一起的。

关于《海边的卡夫卡》的意识形态倾向,秦刚的译者序和小森阳一的两篇序都做了简要的说明，这里就不再重复。我想以小说中的一两个情节为例，以最简明的方式呈现小说想要把读者引导到哪个方向和哪些心态上。

小说的主角田村卡夫卡，四岁时母亲带着姐姐（养女）离家出走，父亲不理他，像个孤儿似的成长到十五岁，这时候他决定离家出走，独立生活。他从小被父亲诅咒，说他会"杀死父亲，同母亲和姐姐交合"，他一直深怀恐惧，但内心中却又受到诱惑。离家后他到了高松市，找到了甲村图书馆，每天在那里看书。图书馆的负责人佐伯虽然已年过五十，但仍然容貌美丽，身材苗条，身上还可以觅出十五岁少女的姿影。田村少年既把佐伯看成他的母亲，又每天迷恋她的身影。终于有一天晚上，佐伯以沉睡状态来到田村的房间（也是以前佐伯和她的情人幽会的地方）和他发生了关系。后来，在田村的恳求下，佐伯以清醒的意识又和他同床两次。这样，田村就拟似"同母亲交合"了。

这件事发生后，佐伯就不再有生命意志，她在死前跟别人忏悔说：

> 不，坦率地说，我甚至认为自己所做的几乎都是错事。也曾和不少男人睡过，有时甚至结了婚。可是，一切都毫无意义，一切都稍纵即逝，什么也没留下，留下的唯有我所贬损的事物的几处伤痕。

这样，这一桩拟似"母子交合"的责任就由佐伯承担下来（因为她贬损了事物，败坏了世界），她必须死，她也就死了。而那个从头到尾对佐伯充满性幻想的、又一直把她假设是母亲的田村少年却一点责任也没有。

另一个例子是田村少年和樱花的关系。樱花是田村在到达高松的旅途中认识的、比他年长的女孩子，像姐姐一样地照顾他。田村

也一直对她充满了幻想,有一天在梦中强奸了樱花。在小说结尾时,田村打电话跟樱花告别,这个情景以这一句话结束:

"再见。"我说。"姐姐!"我加上一句。

最后加上去的"姐姐"这个称呼就是有意要坐实他"奸污"了姐姐。所以田村根本不只被诅咒要"同母亲和姐姐交合",他根本就是有意要犯这个错。他认为,只有践行这个诅咒,他才能从命定的重担下解脱出来,获得自我与自由。很难形容这是怎么样的逻辑。

这样的田村却被称为是"现实世界上最顽强的十五岁少年",并被劝告要"看画""听风的声音",就是顺着感觉走。这样就是活着的意义,不然,你会被"有比重的时间如多义的古梦压在你身上",怎么逃也逃不掉。这是劝告人要这样地成长:既然有历史和现实的种种重担压在你身上,你就只能左闪右躲,就只能听着、看着、幻想着(特别是性),可以这样悠游自在,而你没有任何责任,因为这些都是别人"诅咒"到你身上的。这样的人生观,只能令人浩叹,怪不得小森阳一教授决定加以批判。

最后,感谢王中忱教授让我接触这本书,感谢本书的译者秦刚先生,他为了台湾的繁体字版又把译文修订了一次,同时他的译文还修正了林少华的误译、漏译之处。当然要感谢小森阳一教授,不论对大陆的简体版,还是对台湾的繁体版,他都无偿地提供了版权。

2012 年 5 月 23 日

(小森阳一著,秦刚译:《村上春树论:精读〈海边的卡夫卡〉》,台北:人间出版社,2012 年 5 月)

苏敏逸《"社会整体性"观念与中国现代长篇小说的发生和形成》序

中文系的硕、博士生，颇有人以为，现代文学论文好作，其实大谬。我想借敏逸博士论文出书之便，稍论此事。

敏逸读硕士时，找我指导。我问她，对中国现代文学有何基础。她说，几近白纸，只读过鲁迅少数小说。我说，读现代文学，须知中国近现代史，台湾所讲授的近现代史颇多谬误，至少需读《剑桥中华民国史》《剑桥中华人民共和国史》，两书四巨册，数千页。同时，需将五四到1949年之间代表作家的名作大略浏览一遍，建立基础，才能讨论论文题目，因此，我开列了一个相当长的书目。在我年轻时国民党书禁甚严，现代文学作品几乎读不到。"解严"后年龄已大，诸事烦心，已没耐性读。但我以为要做现代文学，只有痛下决心打好基础，才是长远之计。敏逸听了我的话，一年之内把诸书都读完，让我甚感惊讶。以后我收的学生，没有人不服她的，因为所开的条件，只有她一人贯彻到底。

我又跟敏逸讲，现代文学深受西方文学影响，至少需读有关西方作品，才可能对中国现代文学的得失、成败有中肯的评论。她因此读了不少翻译小说。我知道很多人研究中国现代诗，却不读19世纪以降的西洋诗，实在很难理解，他们如何点评中国现代诗。现代文学之所以难于研究，就因为，先天上这必须是一种比较文学的研究,而台湾的中文系多倾向于保守,不读西洋书。这就如跛足走路,实际上是不良于行。

再进一层而言,中国本身具有深厚的历史、文化传统,五四作家虽号称反传统,实际上他们自小就读古书,古典涵养极深,这不可能不影响其创作。五四以降的新文学,是近代中国文化接受西方文化强大冲击、不断调适、寻找出路的产物。从中国现代文学曲折复杂的发展道路,可以看见中国文化再生的艰难历程。这是文化史上的大事,没有这种历史眼光,研究不可能深邃。我曾告诉敏逸,此事极难,只能假以时日。在中文系教书,有机会开古典文学也不要推辞。每隔几年准备一门课,积少成多,日久总会见功效的,她也总是努力以赴。

现在我觉得,所有知识都是人类行为累积的结果。即使是科学,也源于人类的需要。中国人发明火药,但中国人不爱打仗,炮械长期不发达。火药传到西方,日新月异,终于有了原子弹,由此可见西方近代战争之惨烈。科学如此,人文学更不用说了。知识、学问都源于人类的生存所需,文学虽然似极高邈,远离实际生活,其实也不例外。近二十年来台湾社会千奇百怪,至今人人彷徨无主,文学所表现的种种异状,莫不与此合拍。文学是人类行为在精神上的遗迹,不了解这一点,文学研究也会变成纯形式、纯规范的刻板文书工作,读之令人极厌烦,而研究者亦如日日坐书桌前写公文程式,恐怕自己也不会有兴趣,为了饭碗不得不如此。

我所期望于敏逸及我的学生的,就是希望,他们终有一天体会到,一时代的文学是一时代的人类精神遗迹。我们读欧阳修、王安石、苏轼、黄庭坚,最终可以想象北宋盛世的精神世界;我们读鲁迅、周作人、茅盾、老舍,也可以想象20世纪的中国人如何挣扎于亡国的危机之中。借文学而想象一个时代,即可把我们从此时此地提升出来,以纵观古今的眼光来回看自己的时代。这样,即不会为一时一地所限,而陷于悲观彷徨。读书而能明史知人,自己就能有所立足，而不汲汲营营、栖栖惶惶于一时之得失了。

敏逸的硕士论文写的是老舍，由于准备工夫充分，写得非常流畅。老舍是中国现代长篇小说的主要奠基者，因此，到了博士阶段，我希望她就"中国现代长篇小说如何形成"这个问题加以讨论。这是一个艰难的题目，不但要细读三四十年代所有的（至少是主要的）长篇小说，而且还要熟悉西方近代长篇小说及相关的理论论述。敏逸勇敢地接受了挑战。就其结果而论，我也是相当满意的。不过，后来我逐渐感到，我跟敏逸是把这个问题看得比较轻易了些。中国现代的长篇小说，虽然主要渊源于西方近代长篇小说，但两者的文学传统明显大异其趣，中国的小说家不自觉地受制于自己的文化传统，所写出的小说到底还是中国小说。这一问题，到底要如何讨论才算恰当而深入，连我自己都觉得有些困惑。不过，现代的学术研究是以"出成品"为第一优先，不能考虑"十年磨一剑"。就现在的论文面貌而言，出书当然是没有问题的，而且还可以称得上是极优秀的博士论文。

近几年来，我逐渐感觉到年龄老大。我知道自己生活的时、地严重地限制了我，虽然让我幸而未受大苦难，诚是不幸中而有大幸，因此该知所满足；但我知道，我的学问大概仅止于此。我相信，中国下一两代将出现大学问家。我的学生辈的人也许将遭逢盛世，希望他们能有更好的机缘。即使他们未必有大成就，但能生活于治世，这本身就是一大幸福。我祝福他们，并且特别希望敏逸不要心急，做学问但求问心无愧，只要尽力就好。学问毕竟是代代累积的成果，我们自己知道，其中有自己一份微薄的心血，也就可以了。

2007年11月23日

（苏敏逸：《"社会整体性"观念与中国现代长篇小说的发生和形成》，台北：秀威资讯科技公司，2007年12月）

徐秀慧《战后初期（1945—1949）台湾的文化场域与文学思潮》序

秀慧的博士论文，经过修改以后，就要出版了。她希望我写一篇序，我当然不能推辞。施淑教授的序里，已把秀慧论文处理问题的特殊方向——它和流行看法之间的差异——讲得扼要而明白，因此我想谈一谈秀慧论文写作过程中的一些问题，以供大家参考。

秀慧的硕士论文研究黄春明的小说。她以本雅明的"说书人"理论做参照，说明黄春明前、后期小说的变化，而不是把小说资料全部纳入理论架构之中。我认为，她的硕士论文还算相当活泼而有一些创意。

就在她进入台湾清华大学研读博士期间，我的朋友曾健民医生跟我说，他搜集了一大批光复初期的资料，是否可以找到一个博士生就此写一篇论文。我想到秀慧，就找她来谈。她原来已有题目，而且开始准备了。如果改变题目，她就必须面对一些非常庞杂的历史资料，而且还要面对一个她几乎完全陌生的年代。她当然心生畏惧，不愿意接受，这完全可以理解。经过我几度说服（或强迫），她勉强同意了。

秀慧刚开始阅读这一批资料时，即感到茫然不知所措，不知从何整理起。她跟我说，她想按年、月、日先编一个大事记，以便自我厘清。过了一段时间以后，她又跑来说，编不下去，事情太多了，不知如何选择。我告诉她，当我们还没有把资料全盘加以理解、当我们对全局还完全模糊不清时,你是完全无法做选择的。我们只能先大体阅读资料,得到一个非常粗糙的整体观,然后每对资料再熟悉一步,整体观就会清楚一些。我们必须在资料与整体观之间不断往返,"辩证发展",最后才会得到一个过得去的时代图像,这个时候才有资格谈到拟定论文大纲。

据我了解,现在很多人写论文,才刚开始看资料,大纲已经先拟好了。因为她以某一"史观"或理论做引导,大纲据此而定,并按此大纲找资料。实际上,这等于还没看完资料,结论就已差不多得到了。不少研究生跟我说,没有理论,就无法写论文,实际上却是,他以理论所预设的架构来看问题。秀慧对那一大批资料、对资料所涉及的时代都不熟悉。她被迫从资料入手,反复阅读、思索,由此反而读出自己的看法,可谓因祸得福。

当秀慧已经比较熟悉资料,对当时的一些事件比较可以掌握以后,她又产生了另一个问题。按当时台湾文学研究界的流行看法,她自然"先天"具有省籍对立与两岸对立的模糊观念(她不是"台独"派,但无法不受台湾风气影响)。这种先入的看法和她的资料常常"打架",无法完全协调。每当她要解释一些事件时,先入观念即不时出现,让她左右为难,不知如何处理。这时候我只好明白点出,她必须抛弃先入观念,不然她的论文会写不下去,但我完全不帮她厘清。我认为,我无法帮她"清除"她的先入观念,如果她自己都无法"清除",这些观念会不知不觉地渗透到她的论述中,神仙也帮不了忙。事后据其他学生说,秀慧跟他们发牢骚,抱怨我一点也不"指导"。事实上,"思想"无法在别人的"指导"下改造,只能在别人的帮助下,"自我改造"。从我的立场来看,秀慧的"自我改造"并不彻底,但目前已达到的地步,我认为已非常不简单了。

现在的研究者侈谈"历史语境",其实大半没有意识到资料所呈现的"历史语境"和自己的先入观念往往会产生矛盾。应该说,没有一个"历史语境"和自己的先入观念是完全相同的,但一般研究者却只以自己的先入观念去诠释资料,完全没有意识到,有一个他需面对的、陌生的"历史语境"。我们天天在"以今律古",却又天天在谈"语境"。秀慧比较幸运,她的资料所呈现的"历史语境"是一面陌生的高墙,她不得不面对。当然也要说,因为她认真阅读资料,因此那一面高墙自然出现在她眼前。如果是以先入观念去读资料,高墙也就不会出现了。

秀慧论文的完成,不少人帮过她的忙,如曾健民、日本的横地刚、跟我联合指导的施淑教授,以及她的一些同学。以上我只是就我个人的经验,提出一些值得思索的问题。秀慧在做学问上如果还可求进步,就应该记住这一次的过程,而不只是满足于这一篇颇受赞许的论文。这是我对秀慧的期望。

2007年8月4日

(徐秀慧:《战后初期(1945—1949)台湾的文化场域与文学思潮》,台北:稻乡出版社,2007年11月)

黄文倩《在巨流中摆渡》序

文倩的博士论文经过修改，即将出版，问我要不要写篇序。这篇论文的主要研究对象，是当代大陆作家陆文夫和高晓声，都是我很喜欢的小说家。我跟他们两人有一面之缘，虽然两人都已过世，至今有时还会想起他们。为了表示怀念，我还是拨出时间来写比较好。

20世纪80年代后期，由于阿城《棋王·树王·孩子王》引起的轰动效应，当代大陆小说开始输入台湾，新地出版社的老板郭枫先生是主要的推动者之一。我很幸运地认识了他，从他那里看到一些尚未在台湾出版的作品。后来这些作品也陆续出版了，我还为其中一个系列写了一篇短序，这个系列包括汪曾祺、从维熙、高晓声、陆文夫等作家。我在序里说，这一批人，可能是从五四运动以后开始兴起的现实主义文学的最后一代。那时候我已经感觉到，大陆文坛正在求新求变，过去的现实主义已经不再被下一代的知青作家所喜爱了，后来的发展证实了我的看法，但是我没想到，除了王蒙之外，到90年代他们几乎完全被遗忘了。

1989年7月，我随着郭枫先生，还有几位朋友，到大陆去绕了一趟。这是我第一次到大陆，走了北京、成都、重庆、三峡、武汉、上海、苏州、杭州，真是走了不少地方。我在苏州见到陆文夫和高晓声，吃完晚饭、喝完酒后，别人都休息了，我到高晓声的房间聊天。高晓声的常州话，我只能听懂三成，但我们竟然聊到天亮。天亮后，高晓声拎着简单的行李就走了，1999年他去世，只有七十一岁。这是我唯一一次见到高晓声。可能在本世纪之初，我跟陈映真先生到苏州去，当时身为江苏作协主席的陆文夫出面跟我们照团体照，我很高兴又再度见到他，他还记得我，我问他，出不出高晓声的文集，他说，会的。又隔了一两年，我在北京，全国作协开大会，我参加了闭幕式。闭幕式上特别介绍几位即将退休的全国作协副主席，其中就有陆文夫。散会后，我很想走向前去跟他打招呼，但他很落寞地走着，跟谁都不讲话，我也不知道要跟他说什么，就跟别人走了。没想到过不了多久，就听到他去世的消息，那是在2005年，也只有七十八岁。经过几年的等待，我既没有买到《高晓声文集》，也没有买到《陆文夫文集》。以他们两个在大陆文坛的地位，即使已经到了被遗忘的边缘，也不能不出他们的文集。我一直不甘心，还是痴痴地等下去。

我这个多年的心愿，没想到是文倩帮我完成的。文倩硕士论文写的是莫言，后来她考上淡江博士班，上我的课，突然喜欢起陆文夫和高晓声，真是令人意外。她决定以"探求者"集团为研究对象。1957年，高晓声、陆文夫和几个朋友，为了打破当时千人一面的文坛现象，准备办同人刊物《探求者》，想要为中国文坛创造一个流派。不久，"反右"之风刮起，他们全部被打成了"反党集团"，全部成了"右派"分子，从此落难二十年。文倩想要从50年代以来中国文坛的气候变化，来研究"探求者"集团的命运变迁；其中主要分析，高晓声、陆文夫在50年代突然崛起又迅速被打压下去的过程及其原因；还要探讨他们两人在80年代初期再度蹿红，经过几年红得发紫，在90年代又逐渐被遗忘的历程。我认为文倩的野心太大，这样的题目超过她的掌握能力，并不加以鼓励。但她充满自信，跃跃欲试，我也不好阻拦。

我跟她说，按我对大陆体制的了解，不可能不出两个人的文集，看她能不能找找看。没想到她神通广大，居然把两套文集都挖出来了。她说，《高晓声文集》印出来后，就堆在江苏作协的仓库里，根本没上市。《陆文夫文集》是怎么找到的，我已忘记了。总之，两人去世后已全被遗忘，文集没人有兴趣，居然摆不到书店里。我没想到，大陆变化的速度有这么快，十年前还名满天下的大作家，如今居然已无人问津了。

其后，文倩把两人的年表，以及两人的作品目录都编出来了，到这个时候，我才对她的论文有信心。以我的经验，台湾的研究生要做当代大陆文学，第一个困难的就是资料。我认为，文倩应付起来毫无困难。我跟她说，下一步的工作是要熟悉大陆社会，这只有多跑大陆，多跟大陆专家接触才能解决。文倩的勤快完全出乎我的意料，后来我碰到大陆当代文学专家，他们往往跟我提起文倩。不管怎么说，我不可能再对文倩提出任何要求了。

高晓声和陆文夫的命运，其实是和新中国六十年的历史密不可分的。台湾学者要研究大陆当代文学，如果对这段历史不能深入其中，所有的研究只能流于浮面。现在文倩已经了解了这个道理，但我不能说，她这本论文的分析都一定到位。每个人对历史的理解，都需要一个过程。以我个人来说，从1989年7月第一次到大陆，到现在已经不知道跑了多少地方，我绝对不敢说，我已经完全了解新中国的变化过程。我们比较不幸，跟大陆隔绝了快四十年，又被台湾和西方的宣传洗脑了四十年，如果还选择研究当代中国，那只能靠不断地努力，不断地自我提升，不然就是浪费时间与生命。至少我觉得，文倩已经走到正确的道路与方向上，这是相当可喜的。

文倩这几年的努力，还有她已成形的论文，让我回忆起我接触当代大陆文学的过程，特别让我能够重温旧梦，想起我对陆文夫和高晓声的喜爱,而且因此也得到他们几乎所有的作品,对我来讲,也是很有纪念意义的。

2011 年 9 月 30 日

(黄文倩:《在巨流中摆渡:"探求者"的文学道路与创作困境》,
台北:台湾师范大学出版中心,2012 年 1 月)

为何要出版这一套选集
——2015年台湾小说、散文选序

20世纪90年代,我年富力强,但家庭经济有些困窘(我必须为父亲还债,而我太太并未就业),所以只要有赚外快的机会,我很少推辞。其中一项,就是参加文学奖的评审。当时的评审费还不算少,两大报尤其高。由于这个原因,我阅读了不少年轻作家的作品。又因为当时很多大学都举办校园文学奖,我在台湾清华大学,长期负责这项工作,大学生的作品也看过一些。

根据我当时的印象,这些刚开始走上作家之路的年轻人,一般可以分为两大类。第一类比较有写作经验,甚至跟某些著名作家私下学习过,他们比较熟悉当时文坛的流行模式,大都按照这些模式来写作。模拟当然是学习写作的必经过程,本来无可厚非。但如果一味地赶流行,变成千篇一律,读起来也真是痛苦。这一类作品,除了明显很杰出的之外,我通常都不会给高分。

我比较喜欢的作品是第二类。这一类大都来源于自己的生活,作者不很熟悉既有的文学套路,但他很想把自己在现实中的经历与感受经过转化书写出来。这种作品也有很拙劣的,甚至文字都不好,当然要淘汰。另外一些,情真意切,虽然在文字和结构上略有缺点,我还是很喜欢。我往往把这种作品选入前几名,希望他们最后能够得奖。

决审会议的时候,我常发现我的看法和我打的分数跟别的评审差异极大，我喜欢的作品很少进入前三名，特别是难于获得首奖。而首奖作品，虽然就写作形式来讲比较完美，但我一点也不喜欢，还好我不是一个逞强争胜的人，我的看法虽然很少反映在最后的结果上，我也不很在乎，反正评审费照拿。也因为如此，比较常在评审会见面的文坛朋友，都认为我是个怪人，至于他们是否觉得我的文学鉴赏力有问题，我就不知道了。

因为这样的经验，我就认为，台湾文坛无形中逼迫有志于写作的年轻人都要往模仿的路上走，而且模仿的道路只有少数几条，譬如90年代中期的所谓后现代小说，90年代末期至本世纪初的同性恋小说和酷儿小说。我觉得这是把初入文学之路的年轻人带到死胡同，未来的发展很有限，按照他们选择的路往前走，只会越走越窄，最后不断地重复，只好停笔。我个人认为，写作应该从自己的生活出发，有感觉才写，在写作过程中逐渐掌握遣词造句和谋篇的技巧，这些技巧当然要植根于长期文学阅读的累积。如果没有这种累积，有再大的写作欲望，也不可能成为一个好作家。所以我认为学习写作的程序很简单：从生活经验出发，多读，多写；从中找出适合自己的写作方式。最要避免的是按照流行模式一直写下去，流行什么就写什么，那一定会完蛋。我觉得台湾文坛一直鼓励年轻人走后面这一条路，因此台湾文学的发展才会越来越艰难，最后很少有人想读。

四年多前，我在北京跟一位大陆朋友聊天。朋友阅读兴趣广泛，刚读过一批台湾新乡土小说，他听过别人谈过这一种小说，想要知道"新乡土"是什么意思。他说，读了这一批作品，他可以了解这些作家的心态，但从里面看不到当代台湾的生活气息。他认为新乡土小说是按作家对台湾这块土地的特定看法，去构建一个历史世界，有相当的"人为"的成分。我觉得他的感觉很敏锐，但我反驳说，大陆的莫言、阎连科甚至某种程度上的余华，虽然内容更广泛一点，但他们的构思方式，不也是用一种历史观，去描述大陆过去几十年的历史吗？他大致同意我的看法，不过他又说，大陆作家人数多，还有更多的人不按莫言等人的方式来写作，他们作品中当代生活气息相当强，读者并不比莫言等人少（当时莫言尚未得到诺贝尔奖），你们台湾专门出版莫言这一类作家的作品，对大陆文坛的理解相当地片面——他这种看法我是同意的。

他问我，为什么台湾的小说会这么缺乏当代生活气息？我就把我过去参与文学奖评审的经验讲给他听，我说，台湾评论界会特别偏爱某几种创作模式，这对新进作家形成无形的压力，让他们不知不觉地往这种方向走，以至于他们的创作常常不是从自己的生活经验出发，只有这样，他们的作品才有可能获得青睐，因此，才会有你提出来的那种现象。

朋友突然说，虽然你的文学观点在台湾不受重视，你还是可以想办法编一些选集，经由这些选集，来让台湾的创作者和读者了解到，这也是一种文学作品，而且可能是更好的文学作品的起点。我说，你简直在说风凉话，你知道这要花多少工夫，花多少钱，而效果却微乎其微，我为什么要做这种事情，我还有很多事情要做。我的朋友反唇相讥，你不是很有使命感吗？难道再为台湾文坛做一点事你都不情愿吗？如果这样，"台独"派不是更可以说，你一点都不关心台湾。我当然理解，他讲这种话是要逼迫我去做这件事。我以前那么关心台湾，老是提出一些"诤言"，没人理我，还有人骂，我只好走开，有谁要我再用这种方式去关心台湾呢？朋友看我气得不想讲话了，就转换口气说，你自己估量一下，有没有可能按你的观点来编年度文学选，就算你为台湾再尽一份心意吧。

这一次谈话给我留下深刻的印象，我一直没有忘记，一直在想有没有可能做这件事，要如何做，又不会太花我的时间，毕竟我还要做其他的事。我终于想起我以前指导的博士、现在在静宜大学任教的蓝建春，我约他谈这件事。建春在静宜大学一直教授台湾文学，他的文学观点和我并不完全一样，但也和台湾的主流观点有相当差异，至少他对于作品好坏的判断是相当具有独立性的，很少受到别人的影响，如果他愿意承担编选工作，这一套选集一定会有特色，这样就值得一做。

我们见了面，我谈了我的构想，以及选录作品的最基本原则（从生活经验出发，要有当代生活气息，不要太重视技巧与创新）。我问他，如果他同意我这些大原则，他愿不愿意承担这项工作；如果他愿意，我会尽可能地尊重他的选择，尽量不予更动，我相信他的眼光。建春同意了，而且说，他一个人负责选小说，另找一位他信任的学生一起选散文，我非常高兴，这件事终于可以进行了。

建春原计划在今年 2 月底前把选目和作品交过来，但因为是第一次做这种工作，还是拖了一段时间，等到他交出全稿时，九歌的"年度文学选"刚出版不久。我立即买来九歌的两本选集，和建春的选目核对，发现除了一篇小说外，其他选目竟然完全不同。我非常高兴，这就证明两边各有各的选择标准，这样，对文学有兴趣的读者，至少可以读到两种选集，怎么说都是一件好事。我再花了几天时间，把建春所选的作品粗略地读了一下，发现这些起码都是不错的小说或散文，建春显然是很有眼光的。也许他可能会一时眼花，遗漏了某些更好的作品，但至少我们可以说，选进来的都没选错。我要特别感谢建春和他的合作者。

最后要说明的是，有极少数的小说，因为没收到作者的同意函，只好割爱。让我们困惑不解的是，约有三分之一的散文，作者一直没有回信，不知道是我们联络的方式出了问题，还是其他原因，总之是不能再等了。过去两年内，我浏览所及，记得有两篇好文章，征得建春同意，也收了进来，放在散文卷最后面。其中一篇 2014 年发表，另一篇写于 2014 到 2015 年，收入 2016 年作者自费出版的书中，与本选集的体例略有不合，但两篇都写得很好，可以弥补散文选篇幅的不足，希望读者能理解。

我们第一次尝试这种工作，一定有很多不足之处，希望读者多多指教。

2016 年 7 月 22 日

(《听说台湾：台湾小说 2015》《十字路口：台湾散文 2015》，台北：人间出版社，2016 年 9 月)

写 在 人 间

第五辑

新民主主义革命在台湾
——蓝博洲《幌马车之歌续曲》序

一

我读过蓝博洲许多书,很多地方印象极其深刻,不管别人如何定位蓝博洲这个"作家",我一直以为他是个三十年来始终不改其志的、极其勤勉的历史纪实作家。经过长期坚持不懈的努力,他为我们描绘了一幅光复初期台湾历史的整体面貌。他开始时是一个人物、一个人物的纪实报道,这些人物都有他们鲜明的个性和令人扼腕唏嘘的命运,然后我们看到,这些具体的生命终于汇聚成广阔的历史。这个历史就是:台湾人在日本人的黑暗统治中期待光明;光明终于来临时(光复),随即又陷入黑暗(碰到了国民党);只能在黑暗中寻找另一种光明;终于马上要见到真正的光明时(两岸统一,解放台湾),最后竟然又跌进更深的黑暗中(美国封断台湾海峡)。

蓝博洲所描绘的人物都不是"寻常老百姓",只能在历史的大潮中接受命运的播弄。我愿意说,蓝博洲所描绘的人物都是"英雄"。不管在实际历史中他们是多么渺小,但他们在关键时刻,毅然决然地加入中国共产党的地下组织,决定为台湾的"再解放",同时也为新中国的建立奉献自己的青春。他们无法阻挡的是,一股历史的大逆流(美国帝国主义)突然横亘其中,而这些勇敢的青年也就一个又一个地仆倒在马场町的刑场上,或者一个又一个地被关押在一座荒岛上，度过了十年、二十年甚至三十年以上的光阴。后来的历史发展让他们完全被世人所遗忘，"不惜以锦绣青春纵身飞跃，投入锻造新中国的熊熊猛火的一代人"（陈映真语）好像不曾存在过。是蓝博洲重新赋予他们生命——一个一个在历史中彷徨、痛苦、寻求、拼搏、逃亡，以至于枪决的，有血有肉的生命。我不认为蓝博洲只是一个"作家"，他是一个写历史的人，他为已经不为人知的台湾史留下了不可磨灭的证言。

二

本书之所以取名为《幌马车之歌续曲》，是因为书中所写的三个人物、李苍降、蓝明谷、邱连球，都跟蓝博洲的成名作《幌马车之歌》的主角钟浩东有关系。李苍降、蓝明谷和钟浩东三人是中共在台地下组织"台省工作委员会"所属"基隆市工作委员会"的成员，是基隆市地下党的领导；而邱连球则是钟浩东的同年表兄弟，从小受到钟浩东的影响，是帮钟浩东在他的家乡南部六堆客家地区做地下工作的主要人物。有这三个人在侧面映衬，钟浩东的历史形象就更加完整，因此，本书可以作为《幌马车之歌》的"续曲"来阅读。当然本书的三位人物及其遭遇，仍然有其各自的独立性，并且分别反映了光复前后台湾历史的某一侧面，值得我们注意。以下就综合地加以分析。

李苍降那一篇的第二、三两节叙述了太平洋战争末期以台北二中为中心的台湾学生抗日活动。先是有四个二中学生平日常把红毛巾系在腰间，一有机会就找日本人吵架动武。到了1944年初，留日归来不久的女外科医生谢娥告诉台北的学生，《开罗宣言》已经决定，日本战败后，台湾、东北都要归还中国。这些学生非常兴奋，常常互通消息，互借书刊，其中还有两人迫不及待地想赴大陆参加抗日战争。就在这两人动身前夕，日本宪兵队把整批人（包括谢娥）先后逮捕，宪兵队本部人满为患。四十多天后罪刑较轻的陆续释放，只继续关押几个主犯。主犯之中雷灿南（台北高等商业学校）被刑求至发疯而死，蔡忠恕（台北帝大医学部）被美军轰炸机炸死。

"二二八事件"后，这一批抗日学生对国民党深感失望，他们分别从不同的途径接触了中共在台的地下党员，马上被吸引，纷纷加入，包括郭琇琮、李苍降、陈炳基、刘英昌、唐志堂等。其中李苍降、陈炳基，再加上他们二中时期的同学林如堉，台大化工系助教李薰山，以及当时在台大农学院读书的李登辉，组成了"新民主同志会"（李登辉后来申请退出），郭琇琮曾经在短时间内担任这个小组的领导（后来升任台北市委书记）。"新民主同志会"在学生与群众中非常活跃，不久就引起国民党情治系统的注意，他们逮捕了李薰山和林如堉，比较机警的陈炳基逃脱了，而身份尚未暴露的李苍降则转往基隆，在钟浩东领导下工作。

基隆的地下党组织被侦破后，李苍降开始逃亡，但不久就被捕，最后和钟浩东、唐志堂一起被枪决。李苍降的一生是始终和台北地区的抗日活动及"二二八事件"后反抗国民党的活动密切联系在一起的。

李苍降笃于友情，在二中时和许训亭情如兄弟，许训亭的母亲待李苍降如己出，但李苍降突然和许训亭不再来往，让许训亭非常生气。李苍降蒙难后，许训亭终于了解李苍降不想连累他们一家，内心非常感动；李苍降曾短期在杭州高中读书，杭高的同学韩佐梁来台找他帮忙安插工作。李苍降说服韩佐梁入党，安排他为地下党效力。由于李苍降和韩佐梁是单线联系，李苍降开始逃亡时先搭火车去找韩佐梁，要他马上离开，随后在受讯时，始终没有供出韩佐梁，所以韩佐梁暂时逃过一劫。1970年韩佐梁在中油炼油厂任职期间，才因公务出国的身家调查而被捕，判刑十年。

从这些叙述中可以发现，李苍降在就读台北二中时，就已被校内浓厚的抗日气氛所感染，由此决定了他一生的道路，最后坦然就义。蓝博洲描写每一个人物时，都会呈现出广阔的历史场景，说明这些人物既诞生于历史的具体情境中，又积极主动地在历史中寻找行动的机会——他们被欺压太久，想掌握自己的命运。

李苍降生于1924年，1950年殉难时只有二十六岁。

三

僻处高雄冈山的蓝明谷不像李苍降一样，能在台北找到抗日同志，所以走的是另一条路。由于受到父亲的影响，蓝明谷从小就具有强烈的汉民族意识，他所喜欢的文学和历史更加强了这一倾向。他在公学校读书时，成绩一直非常优秀，但因家境不是很富裕，如果念了中学，家里无力供他读大学，可能找不到工作，因此只好去读公费的台南师范。师范毕业后到公学校教书，他当然极不情愿去教导台湾小孩成为一个忠君爱国的日本人，不久就放弃教职，到东京求学。

蓝明谷的心愿就是要从东京跑到大陆参加抗日，却找不到门路。最后他决定报考日本在北京所设的东亚经济学院，无论如何先到大陆再说。当时北京是沦陷区，看着一般中国老百姓的生活非常困苦，他感到非常苦闷而且压抑，只好借着文学创作来抒发，同时也可以得到微薄的稿费以补生活之不足。就在这时，他认识了钟浩东的同父异母兄弟钟理和，因为同样爱好文学，同样身为台湾人而处于被日本占领的祖国，都深感祖国的落后与贫困，因心情极其类似而成为好朋友。

不久之后，蓝明谷的弟弟蔡川燕（从母姓）也从东京来到北京。抗战胜利，蔡川燕决定投身解放区，蓝明谷非常支持，但因为自己是长子，只能选择回台湾。这可以证明，兄弟两人已认识到，祖国的前途只可能系于共产党。蓝明谷回台湾后，经由钟理和介绍，到钟浩东当校长的基隆中学任教，这样蓝明谷就和钟浩东走在一起了，他们两人和从台北躲到基隆的李苍降组成了"基隆市工委会"。

钟浩东所领导的基隆地下组织因"光明报"案而被侦破，包括钟浩东在内的一大批老师、职员、学生被逮捕，蓝明谷开始逃亡。逃亡一年三个月后，因父亲、妻子等亲友被拘为人质，他只好出来投案，最后被判枪决。

蓝明谷这个南部出身的优秀青年，一生过得动荡不安，贫穷困苦，是因为他在殖民统治下的台湾饱受日本人歧视，一心向往祖国，从此千回百折地寻找祖国，并积极寻求祖国复兴之路，最后为此而牺牲。

蓝明谷生于1919年，1951年被枪决，时三十二岁。

蓝明谷的故事和钟浩东极其类似，都是一开始就想赴大陆参加抗战，不同的是，钟浩东（1915年生）和萧道应（1916年生）一起行动，他们两对夫妻，还有钟浩东的表弟李南锋一行五人，从香港偷渡进入广东。他们马上被当地国民党驻军逮捕，被认为是日本间谍而判死刑，幸好丘念台（丘逢甲之子）解救了他们。他们参加了丘念台的东区服务队，因而和共产党的东江纵队多有来往。钟浩东和萧道应都有意转入东江纵队，但因东江纵队撤往北方而不能如愿。抗战胜利后他们回到台湾，先后加入地下党。1950年10月钟浩东被枪决，三十五岁。萧道应1952年4月才被捕，其时国民党政权在美国保护下已稳如泰山，因此强迫萧道应等最后一批地下党重要干部投降，让萧道应在羞愤抑郁中度过后半生。

但潜赴大陆参加抗战最著名的人物，既不是蓝明谷，也不是钟浩东和萧道应，而是吴思汉。吴思汉本名吴调和，改名"思汉"正是要表明自己寻找祖国的决心。他从东京偷渡到朝鲜，再进入大陆，然后从中国北方到达重庆，可以说间关万里，到重庆后他把这一经历写成文章发表，题为《寻找祖国三千里》，轰动一时。"二二八事件"后，他也加入地下党，和郭琇琮、许强（两人都是台大医院的医师）一起领导台北市委，他们在1950年11月28日同一天被枪决（同时受刑的多达十四人，七名是医师，是当时最大的"匪谍案"，据说引起国际瞩目，认为国民党用刑太过）。吴思汉（1924年生）二十六岁，郭琇琮（1918年生）三十二岁，许强（1913年生）三十七岁。

四

蓝博洲最近出了一本新书《春天》，写一对出狱后结婚的政治犯夫妇。其中的女性许金玉身世最为平凡，因此她的证言更具典型性，最能真实地反映光复后台湾历史的巨变。

许金玉的生父是在台北艋舺（现在的万华区）拉黄包车的，生母生了四男四女，生活非常艰苦。许金玉总是吃一些市场捡来的菜，常常拉肚子，养父看到非常同情，把她领养过来，很是疼爱。许金玉上了公学校以后很喜欢读书，毕业后很想考中学，但养父民族意识强烈，不让她继续读日本书，只好去当女工。许金玉聪明，肯学习，最后考入邮政局当职员。

许金玉进邮局的第二年，台湾光复了。对于光复，许金玉是这样说的：

> 日据时代，我们本省人处处被日本人欺压，却又无可奈何。所以，到了日本投降，大家都欣喜若狂。我因为受到养父的影响，从小民族意识就很强烈。后来我听到国民党军来了的消息，我就自动到台北车站去欢迎。我那时候对祖国抱了一份好大的期望，心想，这下我们可以翻身啦。我们不必再过过去那种被

欺压的生活了。因此，当我看到那些士兵穿着肮脏、破烂的衣服，背着脸盆，手拿雨伞，从前面走过的时候，并不因此而感到失望。我心里只觉得他们为了抗战竟然过着那么辛苦的生活，因此我打从心里就对他们尊敬、疼惜。

许金玉跟一般台湾民众不一样，并没有因为祖国军队的"军容不整"而瞧不起"国军"，说明她是有脑筋的。她又说：

当我头一次听到陈仪在广播的时候说了一句"亲爱的台湾同胞"的时候，我的眼泪就忍不住地掉了下来。那个时候，我可以说是喜极而泣啊！只因为终于听到自己的父母官来叫这么亲热的一声"同胞"。那时候我终于知道自己原来是那么深爱着自己的祖国。可是，后来的发展并不是这样。他们带来的却是一个非常非常大的失望。

由"欣喜若狂"演变为"非常非常大的失望"，是由她在邮局的亲身体会而得来的：

在台北邮局，大家对祖国的这份热情也没几个月就冷却下来了。为什么呢？头一个，生活习惯不一样。他们外省人跟我们本省人的生活习惯不一样。在邮局工作的本省人都是受日本教育的，待人有礼，而且讲话也客气、轻声。但是，外省人的态度却很傲慢，他们都自以为他们是统治者，地位比我们高。他们讲话都很大声，小小一件事，他们讲起来就像是和人吵架一般地大声嚷嚷……尽管这样，起初我们对这些从大陆来的外省同事还是当作自己人，对他们有所期待。但是到后来，对他们的傲慢及种种恶言恶行，就感到不满了。尤其是一些接收官员，只要是能够变卖的，对他们有利的东西，他们就想尽办法要接收。

其次，就是外省人与本省人差别待遇的问题。接收三年以后，台湾籍员工的待遇还是和日据时期一样，始终没有改善。可是做同样的工作，他们外省人的待遇就比我们好很多。他们外省员工在台湾领的是出差费，真正薪水却在大陆发。而他们所领的出差费也比我们本省员工所领的薪水还要多。尽管他们怕让我们知道，可是因为会计室也有本省员工，这种差别待遇终究是藏不住的。这还不打紧，最令我们感到不平的是，他们大陆来的人，不管他过去的职位是信差还是什么，一概都当主管。而我们台湾人就只能担任下层工作，忙碌的，都是我们。

这就让许金玉觉得，光复只是换个统治者而已，被欺压、歧视的还是台湾人，何况，这个新来的统治者比起原来的还要差得多。许金玉和台籍员工一样，心里非常不满，但他们已习惯于在日本统治下逆来顺受，也只能无可奈何地过日子。这可以很好地说明，1947年2月28日查缉私烟的一个偶发事件，怎么会引发一场扩及全岛的大反抗，因为台湾人的怒气已经积压了很长的时间了（一年四个月）。

邮电总工会也知道，台籍员工由于不会讲"国语"（普通话），和外省籍职工难以沟通，造成很大的隔阂，特别从大陆请了两位老师计梅真和钱静芝来教"国语"。谁也没想到这两位都是秘密的共产党员。她们的到来让台籍员工大感意外，因为她们为人亲和，课又讲得好，完全不同于邮、电部门的外省籍员工。于是大家奔走相告，去上课的台籍员工越来越多，但许金玉仍然不为所动。最后计梅真主动来找许金玉，请她帮忙刻讲义，称赞她生性善良，乐于助人，许金玉就此成为计梅真最得力的学生。在计梅真的培养下，在人前从不敢发言的羞怯少女，竟然成了邮、电工会最有能力的工会干部。

1950年1月"省工委"领导人蔡孝乾被捕，计梅真和钱静芝随后也被捕，并判枪决。许金玉判刑十五年。1965年刑满出狱的许金玉经政治犯陈明忠、冯守娥介绍，与三年前出狱的辜金良结婚，其时辜金良五十岁，许金玉四十四岁，已过了生育期。两人以经营咸鸭蛋为生，刚开始非常辛苦，其后由于所制咸鸭蛋品质优良，为人极守信誉，又非常照顾员工，赚了很多钱。但他们从未享受，所赚的钱几乎全捐了出去。许金玉在一次演讲时说：

> 我以为，我们过去所受的一切的苦，都没有关系，只要大家能够得到真正的幸福就好了。而我认为，我们要能真正得到自由，还是要等到祖国统一的那一天。我在年轻的时候，因为受到计老师的影响，从一个养女而走上工运这条路，现在我虽然年纪大了，可只要我能够做到多少，我还会尽量去做的。毕竟，路，还是要继续走下去的。

许金玉的光复经历可以归结为四个阶段：

1. 非常欣喜（光复）
2. 全然失望（认识到国民党的腐败）
3. 重寻光明之路（遇见了地下共产党人）
4. 关押或枪决

这就是"二二八事件"后加入地下党的台湾人的四部曲，在第四阶段被枪杀的大部分都只有二三十岁，就这样结束了短促的一生，而被关押十年到三十余年的，都要以极大的勇气与耐力去面对漫长的下半生。幸运的是，活下来的人绝大部分始终无悔，1988年以后

（1987年台湾解除"戒严"令）又重新出发，一直努力撑着"统左派"的大旗。至少有将近十年时间，如果没有他们的存在，岛内就没有人敢撑起统一的大旗，这实际上已经算是不小的贡献了。因为在那段最困难的时期，有统派的存在（统左派联合胡秋原等外省籍人士组织了"中国统一联盟"，在当时非常轰动），西方人才不能说，所有台湾人都主张独立。

蓝博洲在《幌马车之歌》的第三篇"寻找六堆客家庄农运斗士邱连球"里，通过邱连球与叶纪东的交往，非常具体地告诉我们，叶纪东如何开导"二二八事件"后陷入迷惘的邱连球，让他振作精神从事农运工作，这也可以和许金玉的经历相互印证。

叶纪东虽然是高雄人，但1946年春天考进台北延平学院，"二二八事件"时深度涉入学生武装行动。事件之后不敢待在台北，原拟到基隆中学教书，后来在屏东中学找到教职后就回南部了，临行前钟浩东托叶纪东就近照顾同年表兄弟邱连球。叶纪东说，"以后我大概一个月去找他一次，每次都聊到下半夜，就在他家睡，第二天一早又回屏东。开始的时候，我只和邱连球一个人见面，后来他的堂兄邱连和与李清增也来参加。每次我都带一些学习材料去，除了和他们谈心事，也讨论台湾前途和大陆形势。后来，我们还计划配合当局三七五减租的政策，在农村搞农民运动"。

叶纪东的回忆中有一段话讲得非常有情感：

> 邱连球住的地方叫什么名字？我已经记不得了。但我还记得，每次去都是骑自行车，从屏东一直往东走，过一条河，再顺着河堤走到他家。他总是在约定的时间到河边来接我。在天色就要暗下来的时候，我们并肩走在堤防上。渐渐地，月亮出来了。在月光下，一边是田，一边是河水，我只看到一条白白的路前行着。

从叶纪东的回忆，可以看出，热情的邱连球多么关心台湾的前途，急着为自己找到一条出路。

邱连球和钟浩东同生于1915年，晚浩东两年被枪决，三十七岁。但当年也和叶纪东长谈过的李清增幸存下来，他回忆了叶纪东谈话的主要内容：

> 当天，我们三人谈了一整个晚上还不过瘾，于是又躺在床上继续谈到天亮。通过叶纪东对历史与时局的分析，我和连球初步理解了"二二八事件"必然会发生的历史因素。更重要的是，我们也厘清了事件的本质：它是中国阶级内战的延长，是一个阶级对一个阶级的压迫；外省人与本省人的冲突，不过是阶级矛盾表现的地域上的表象而已。这样，通过叶纪东的教诲，我们开始有了比较圆满而恢宏的世界观，并且在现实生活上为实现劳动人民的民主而努力。

打倒腐败不堪的国民党只有一条路，在国共内战中支持共产党，让共产党来重新解放台湾；也只有在共产党建立的新中国中，台湾才有真正的未来。有这种觉悟而加入地下党的台湾人都清楚地知道，他们是跟着共产党搞革命。台湾有些老政治犯常常说，我们对白色祖国失望，因此转而支持红色祖国。但台湾关押最久（三十四年七个月）的政治犯林书扬却比较喜欢说，"我参加的是新民主主义革命"，他的讲法更直接，也更有力。

国民党当然也清楚地知道这一点，所以当美国第七舰队开进台湾海峡后，它就痛下杀手。到了1952年，政权更稳固以后，它才改为采用宽大政策，对最后一批地下党人以劝降为主，但要他们公开发表忏悔声明，并一一刊登在报纸上，借此向台湾民众宣示，参加"朱毛匪帮"绝对是误入歧途。

肃清岛内地下共产党人的高潮是在1950到1952年，被枪决的人有数千之众，关押的人达数万（这里面当然包含许多冤枉的人，因为国民党采取的是"宁可错杀一千，也不放过一个"的政策），至今无法完整统计。肃清距离1947年的"二二八"只有三年，时间一久，一般就忘了这是前后相连，但性质完全不同的两个事件（事实上"二二八"的死亡人数远远不能和肃清相比）。民进党对此进行歪曲，到处散播说，国民党治台初期，屠杀了无数的台湾人，因此台湾人才想要独立，并把"二二八"图腾化。这样，支持共产革命的一场运动就完全被消音乃至易帜了。

肃清对台湾社会的发展，产生了非常严重的后果。被枪杀和关押的人绝大部分都只有二三十岁，而且，大部分是高校毕业的，或者正在就读高校、高中，是当时台湾最优秀、最勇敢的年轻人。可以说，20世纪10年代及20年代出生的那一代最杰出的台湾青年，基本上就此消失。以前"台独"派曾经出过一本《"二二八"消失的台湾精英》，影响很大。这些旧精英在社会上都极有名望，当然容易引起注意。而被肃清的年轻精英正在冒出头，像郭琇琮、许强、吴思汉、钟浩东这样已有某种社会地位的人还不太多，容易被遗忘。这就可以了解蓝博洲长期不懈地挖掘，真是贡献巨大。我认为我们应该进一步从社会发展的角度，来论述这一代年轻人被迫退出历史舞台，对台湾到底影响有多大。

有一点是很明显的，由于肃清，从日据时代累积下来的左翼传统，从此被斩草除根，以至于到今天为止，台湾知识界一直缺乏"左眼"（陈映真语）。现在，许多人都自称是"左派"，但他们根本就缺乏真正的人民的立场（最近台湾劳工对民进党的强烈抗争，最清楚地说明了民进党实际上一点也不关心人民的利益）。他们都敢自称为"左派"，也就表明，左"派"在台湾尚未真正复活。台湾真正当道的是资产阶级及小资产阶级思想，因此陈映真的政治立场长期无法被人理解。

最后，我想把我读过的蓝博洲有关地下党人的书罗列于下：

《幌马车之歌》（第1版），时报出版公司，1991年

《消失的台湾医界良心》，印刻出版公司，2005年

《寻找祖国三千里》，台湾人民出版社，2010年

《红色客家人》，晨星出版公司，2003年

《台共党人的悲歌》，中信出版社，2014年

《幌马车之歌》（第3版），时报出版公司，2016年

《幌马车之歌续曲》，印刻出版公司，2016年

《春天》，台湾人民出版社，2017年

看到这一书目，我们才能具体了解蓝博洲长期的努力。我知道蓝博洲还有许多采访尚未整理出来，他还跟我说，因为新资料的出土，已经写过的还要继续增改。无论如何，蓝博洲有关台湾地下党人历史报道的大河系列一本接着一本出现，台湾人参与新民主主义革命的真相已经逐渐大白于世。虽然这一运动在台湾横遭摧折，但革命志士留下的斑斑血迹永远让人难以忘怀。套用《血染的风采》中的一句话：

> 共和国的旗帜上
> 也有台湾人的风采

这一段历史将会永远彪炳史册，而那些丧尽天良、满口谰言的"台独"言论，最终只能沦为一时的笑柄。

2018年1月15日

补记：因为美国封断台湾海峡，国民党政权得以残存下来，台

湾的新民主主义革命横遭摧折，台湾从此朝反动的方向发展。在五六十年代之交，二十出头的陈映真已经完全了解台湾的历史命运，所以他在60年代写的小说才会那么绝望和虚无，而且充满了乌托邦式的幻想。因此，本文和《20世纪60年代陈映真统左思想的形成》互有关联，本文有助于对后一篇文章的深入理解。

本文为推荐蓝博洲《幌马车之歌续曲》简体字版（北京：生活·读书·新知三联书店，2018年3月）而作

20世纪60年代陈映真统左思想的形成[1]

一

国民党迁台到现在,已经过了六十七年多,可以肯定地说,在这段时间里,陈映真是台湾知识界最独特的一位。将来的历史家会说,陈映真立足台湾,远望祖国大陆,从世界史的角度思考问题,可能是这个时代台湾知识界唯一可以永垂青史的人物。

1959年陈映真发表第一篇小说,1960年又发表了六篇小说,从这个时候开始,有四代知识分子将陈映真视为偶像。第一代是他的同时代人,常能在当时前卫青年艺术家出入的明星咖啡屋见到他,能够逐期地在《笔汇》和《现代文学》看到他的新作,他们将陈映真视为正在诞生的台湾现代文学最闪亮的一颗明星。第二代是20世纪60年代后半期进入大学的青年,他们读到陈映真的小说时,陈映真已经被捕,成为文坛的禁忌,他们只能在旧书摊寻找《笔汇》《现代文学》和《文学季刊》,在小圈子中轻声地谈论他,他们在最严苛的政治禁忌下思想极其苦闷的时候找到了陈映真,读陈映真的小说是他们最大的安慰。[2] 1975年陈映真出狱,远景出版社

---

[1] 本文原载于《台湾社会研究季刊》106期,2017年4月。
[2] 我跟郑鸿生都属于这个世代,陈映真对我们这个世代的意义,郑鸿生在(转下页)

随即把他的早期小说编成两个集子《第一件差事》和《将军族》出版。当时乡土文学已经非常盛行，陈映真理所当然地成为引领风骚的人物，从这时开始阅读陈映真的第三代，人数上最为众多，陈映真成为大众人物就是在这个时候奠定的。1985年陈映真创办《人间》杂志，有很多人是因为这本杂志才知道陈映真，这算第四代。陈映真去世后，有不少人写文章悼念，就反映了五十多年积累起来的陈映真迷实在无法计数。

在我读过的纪念文章中，印象最深刻的有两篇。一篇是曾经在《人间》杂志工作了将近四年，"直接领受他温暖、宽宏的身教和言教"的曾淑美写的。在她看来陈映真对人间充满了人道主义的关怀，对他身边的人极其关爱、友善，在人格上简直就是完人。但她根本不能理解陈映真的中国情怀，她不知道陈映真为什么会认同那个令人困惑、失望的"祖国"；她还认为陈映真只可能产生于台湾这块土地[1]。另一篇是蔡诗萍写的，他说，陈映真所写的每一篇小说都让他很感动，但他无法理解，小说写得这么好的陈映真，为什么会在举世都不以为然的情况下坚持他那无法实现的、堂吉诃德式的梦想[2]。一篇讲陈映真的为人，一篇讲陈映真的小说成就，这些都令人崇仰，回想起来让人低回不已，但无奈的是，陈映真是铁杆到底的、最为坚定的"统左派"。从这里就可以看出陈映真的独特性，许许多多人崇拜他，在他死后这么怀念他，但就是无法理解他这个人——这么好的一个人，这么优秀的一位小说家，怎么会有那种无法理喻的政治立场呢？

问题的关键很清楚：如果不是陈映真的政治信念出了问题，就

（接上页）《陈映真与台湾的六十年代》一文中有深入的分析，可以参考。文章见《台湾社会研究季刊》78期（2010年6月），第9—46页。

[1] 曾淑美：《看图说话》，《INK印刻文学生活志》第162期（2017年2月），第62—67页。
[2] 蔡诗萍：《我摊开〈陈映真小说集〉，冷雨绵绵的台北向你致敬》，《联合报》，2016年11月27日。此文由淡江大学林金源教授提供，谨此致谢。

是台湾的文化气候长期染上了严重的弱视症，一般人长期置身于其中而不自觉，反而认为陈映真是一个无法理解的人。陈映真从一开始写作时对这一点就看得很清楚，他是在跟一个庞大的政治体系作战，这种战斗非常漫长，他这一生未必有胜利的机会。但他非常笃定地相信他的政治信念，他愿意为此而长期奋斗。如果他不是在六十九岁的时候因中风而卧病，他就会看到他的理想正在逐步实现。在生命中的最后十年，他不再能感知这个世界，可以说是他一生最大的遗憾。

陈映真跟台湾一般知识分子最大的不同就是，从一开始他就不承认国民党政权在台湾统治的合法性。表面上看起来，这种不承认有一点类似于"台独"派，但本质上却完全不同。陈映真把美国视为邪恶的资本主义帝国主义的代表，而国民党政权正是在这一邪恶的帝国主义的保护之下才幸存下来的，国民党为了自己的一党之私，心甘情愿地作为美国的马前卒，不顾全中国人民的利益，也丝毫不考虑世界上所有贫困国家的人民的痛苦。如果说，以美国为代表的资本主义是当代世界的"桀纣"，那么国民党就是助纣为虐（"台独"派只想取代国民党，其助美国为恶的本质是完全一样的）。如果你认为美国是好的，你怎么可能认同陈映真？问题的关键在于，你认同的是美国的富强，而没有意识到美国邪恶，你怎么可能了解陈映真？因为陈映真首先看到的是美国的邪恶，是美国在全世界的贫困、落后地区所造成的无数的灾祸，而这些你都没有看到，你怎么会认同陈映真？陈映真对全世界充满了大仁大义，他看到邪恶的本源，你只看到陈映真的仁厚，你的仁厚只是一般的慈善之心，而陈映真的仁义是扩及全人类的仁义，这就是你们和陈映真的区别。你们无法理解你们所崇拜的陈映真，是一个比你们想象的更伟大的人，你们完全不知道他的深邃的历史眼光和他祈求全人类和平幸福的愿望。

二

　　60年代后半期我们开始阅读陈映真时，虽然很被吸引，其实并不真正了解陈映真。我是从《文学季刊》前四期的四篇小说读起的，我很喜欢前面两篇，《最后的夏日》和《唐倩的喜剧》。我所感觉到的是，小说中男性知识分子的挫败与无能，以及年轻女性的浅薄与追赶潮流。当时文艺圈被认为是台湾思想最进步的一群，一些年轻女性以能进入这一圈子并和当时颇有名气的文化人交往为荣。《唐倩的喜剧》借着唐倩与当时知识圈两位代表人物的交往，以嘲讽的笔调把这些现象描写得淋漓尽致，真是令人叹赏。我至今还认为，这是陈映真最好的小说之一。

　　读过这四篇小说不久，我就听说陈映真因为思想问题被捕了，这是我第一次意识到台湾的政治禁忌。其后，我开始从旧书摊寻找《现代文学》，将刊载陈映真小说的每一期都买到了，而且都读了。说实在的，我当时只能欣赏《一绿色之候鸟》，其他各篇，包括后来很有名气的《将军族》，我不是看不懂，就是不喜欢，认为小说的设计有一点僵硬而不自然。所以，对于更往前的《笔汇》时期的作品，我就没有很积极地去寻找。我已经不记得当时读过哪些篇，但肯定读过《我的弟弟康雄》，据说这一篇流传甚广，但我读后却非常失望，认为写得太简单，故事完全不能让人信服。

　　回想起来，60年代后半期我对陈映真的兴趣，完全集中在他对知识分子苦闷心境的描写上，而这种苦闷其实也很复杂，还包括了青春期对"性"的朦胧的想望。我一直把陈映真作为当时知识分子的一般典型来看，从来没有留意他的殊异性。[1] 我相信我这种阅读

---

[1] 陈映真自己就曾经提到台湾现代主义文学和青春期的台湾青年的性苦闷的关系。我受到这篇文章影响写过一篇论文《青春期的压抑与自我的挫伤——1960年代（转下页）

在我们这一代的陈映真迷中相当具有典型性,这种误读是时代的必然,因为陈映真所想表达的、全盘否定国民党体制的"愤懑"之情,和我们青春的苦闷实在相差太远了。

70年代中期,陈映真复出文坛,在他的领导下,原本已经开始流行的乡土文学更加如虎添翼。我是完全支持乡土文学的,在思想上对他完全信服,只是对他新写的小说常常有所不满。80年代中期,"台独"思想开始盛行,我跟陈映真一样,非常反对这种偏颇的政治意识形态。因此我当然变成统派,最后加入中国统一联盟,和陈映真走在一起了。坦白讲,70年代中期以后我的思想的变化过程,虽然不能说没有受到陈映真影响,但主要还是随着台湾政治形势的变化,随着自己的出身(农家子弟)、个性和教育背景(读中文系,深爱中国文史)而形成的。对我来讲,陈映真只是非常重要的思想界的人物,我很幸运,居然在他后面成为统派。因此,我没有迫切地想要去追溯陈映真的过去,想探问他为什么会成为统派,因为本来就应当如此,他一定就是统派,就正如有了"台独"派以后,我也一定成为统派一样。应该说,一直到最近几年,我才开始认真思索,为什么在那么早的1960年,陈映真的思想就已经是那个样子?

我之所以描述我认识陈映真的过程,是要说明为什么各种陈映真迷都没有真正了解陈映真,因为他们和我一样,都没有真正深入地探究早期的陈映真,而这正是陈映真思想根底之所在。台湾的各种陈映真迷,或者喜欢他的小说,或者敬佩他的随和温厚的个性(很少大名人有这样的性格),或者景仰他同情所有弱势者的那种人道主义的情怀。这些陈映真迷,都是在国民党的体制下成长起来的,

---

(接上页)台湾现代主义文学的反思》,载淡江大学《中文学报》19期,2008年12月。我的错误在于:完全把陈映真视为其中的一员,而没有想到提出这一批评的陈映真是置身于其中而又能够独立于其外的人。

有些人对国民党虽然有所不满，但还是相信国民党可以改革，有些人非常反对国民党，据此而主张"台独"。当国民党的那个"中华民国"在联合国不再成为中国的代表时，他们（不论他们对国民党的态度如何）根本没有想到要两岸统一，毕竟他们都是吃了国民党的奶水长大的。所以，虽然他们不一定接受民进党的"台独"立场，他们也不可能赞成统一，对他们来讲，这是非常不可思议的。不论是坚决主张独立的民进党及其群众，还是继续拥抱"中华民国"国号的人，都无法相信，这个时候的陈映真，竟然不顾他的崇高的地位与众人的尊仰，和一些人合作，成立了中国统一联盟，树起统派的大旗，而且自己还担任创盟主席。如果这样回顾，我们就可以理解，广泛分散在台湾文化界的各种陈映真迷为什么会那么困惑，甚至为什么会那么愤怒。虽然他们的立场和我截然相反，但他们和我一样，从来没有想要探究陈映真这个人是如何形成的。这样，陈映真这个无法绕过的巨大的身影，就成为当今台湾社会最难以理解的问题。陈映真去世后的各种悼念文章，普遍地表达了这一问题。

三

因此可以说，陈映真早期小说一直没有人真正读懂过，一直到最近几年赵刚的陈映真研究陆续发表，情况才有所改变。赵刚发现这些小说隐藏着"秘密"，他对陈映真几篇小说的精细解读，完全改变了我对早期陈映真的印象。在他的启发下，我仔细重读了陈映真三篇非常重要的散文《鞭子与提灯》《后街》《父亲》，就有了更深的体会。基本上我们可以断定，陈映真一生思想的根底在1960年就已成形了，以后只是不断发展、不断深化而已。

陈映真的第七篇小说（1960年发表的六篇小说中的最后一篇）《祖父和伞》是最具关键性的一篇。这篇小说表面看起来非常简单，但从来没有人了解其深层的意义,是赵刚首先提出了正确的解释[1]。那个躲到深山里默默地做着矿工养活孙子的老祖父,其实就是逃亡到深山中的中国共产党地下党员,在白色恐怖的高潮,他因为过度伤心而去世。那个孙子,小说的叙述者,其实影射的就是陈映真本人。老人的去世代表台湾岛内为了新中国的成立而参加革命的人,已经全部被肃清了,而他们却留下了一个孙子。这实际上是暗示,当时才二十三岁的陈映真完全知道这一批人的存在,也完全理解白色恐怖的意义——台湾残存的国民党政权,在美国的保护之下终于存活下来,而台湾民众从此就和革命中建立起来的新中国断绝了任何联系,其中存活下来的、还对新中国充满了期盼的人可能永远生活在黑暗与绝望之中,再也见不到光明。[2]

这样讲绝对不是捕风捉影。陈映真曾经提到,小学五年级时有一位吴老师,从南洋和中国战场复员回到台湾,因肺结核而老是青苍着脸,有一天为了班上一个佃农的儿子摔过他一记耳光。1950年秋天的某一天半夜,这个吴老师被军用吉普车带走了[3],陈映真从来没有忘记过他,在早期的《乡村的教师》和晚期的《铃铛花》里都有他的影子。陈映真还提到,他们家附近曾经迁来一家姓陆的外省人,陆家小姑"直而短的女学生头,总是一袭蓝色的阴丹士林旗袍。丰腴得很的脸庞上,配着一对清澈的、老是漾着一抹笑意的眼睛"。这个陆

---

[1] 见赵刚:《求索:陈映真的文学之路》,台北:联经出版事业公司,2011年9月,第76—82页。

[2] 2009年11月21—22日台湾交通大学举办"陈映真思想与文学学术会议",当时我提交的论文是《历史的废墟、乌托邦与虚无感——早期陈映真的世界》。那个时候我还不能精确地掌握到真正的关键:早年陈映真的绝望感主要是来自于他和新中国完全断绝了联系,他几乎只能在黑暗中想望着正在走向光明的那个新中国。那时候我只读了赵刚最早的两篇文章,问题看得不够清楚。又,我的文章后来收入陈光兴等主编《陈映真:思想与文学》,《台湾社会研究季刊》杂志社,2011年11月。

[3] 见陈映真《后街》一文,《陈映真散文集1:父亲》,台北:洪范书店,2004年9月,第52页。

家小姑几乎每天都陪着小学生陈映真做功课,还教他大陆儿歌,陈映真放学后的第一件事,就是放下书包去找陆家大姐。这一年冬天,这个陆家大姐也被两个陌生的、高大的男人带走了。[1] 这一年陈映真考上成功中学初中部,每天从莺歌坐火车到台北上课(成功中学离火车站不远),"每天早晨走出台北火车站的检票口,常常会碰到一辆军用卡车在站前停住。车上跳下来两个宪兵,在车站的柱子上贴上大张告示。告示上首先是一排人名,人名上一律用猩红的朱墨打着令人胆寒的大勾,他清晰地记得,正文总有这样的一段:'……加入朱毛匪帮……验明正身,发交宪兵第四团,明典正法'"[2]。我们可以想象,陈映真看到这些告示时,一定会想起他所敬爱的吴老师和他所仰慕的陆大姐,而他们都是他幼稚的心灵中的大好人,那么,把他们"明典正法"的那个政府又会是怎么样的政府呢?

1957年5月,还在成功中学高中部读书的陈映真,自己打造了一个抗议牌,参加"五二四"反美事件。"不数日,他被叫去刑警总队,问了口供,无事释回。"据陈映真自己说,他这一举动"纯粹出于顽皮"[3],但一个毫无政治觉悟的高中生再怎么顽皮,也不会做出这种事。进入大学不久,创办《笔汇》的尉天骢向他邀稿,因此在1959—1960年间他写了七篇小说。对于这个创作机缘,陈映真这样回顾:

> 感谢这偶然的机缘,让他因创作而得到了重大的解放。在反共侦探和恐怖的天罗地网中,思想、知识和情感上日增的激进化,使他年轻的心中充满着激愤、焦虑和孤独。但创作却给

---

[1] 见陈映真《鞭子与提灯》一文,《陈映真散文集1:父亲》,第10—11页。根据《后街》所述,陆大姐的哥哥也在台南糖厂同时被捕。
[2] 见陈映真《后街》一文,《陈映真散文集1:父亲》,第52页。
[3] 同上书,第54页。

他打开了一道充满创造和审美的抒泄窗口。[1]

这实际上是说，在反共的恐怖气氛中，他的思想早已激进化，他年轻的心中充满了激愤、焦虑和孤独，因为写小说，才有了宣泄的窗口。所以这段话说明了陈映真政治上的觉悟是非常早的。

从五四运动到1949年，中国一直循着激进的、社会革命的道路往前推进，其顶点就是新中国的成立。台湾，作为被割让出去的领土，它的最进步的知识分子不但了解这一进程，而且还有不少人从各种途径投身于革命的洪流之中。

这样的历史发展，在1950年以后的台湾，完全被切断了。首先是美国第七舰队强力介入台湾海峡，断绝了台湾和革命后的大陆的联系，其次是国民党政权在岛内大举肃清左翼分子，完全清除了革命的种子。这样，台湾的历史从空白开始，随美国和国民党爱怎么说就怎么说。台湾的社会，尤其台湾的青年知识分子，在那两只彼此有矛盾又有共同点的手的联合塑造下，完全和中国现代革命史的主流切断了关系。

陈映真的大幸，或者陈映真的不幸，在于：他竟然成了那一场大革命在台湾仅存的"遗腹子"。他不是革命家的嫡系子孙，他的家里没人在白色恐怖中受害。他凭着机缘，凭着早熟的心智，凭着意外的知识来源，竟然了解到当时台湾知识青年几乎没有人能够理解的历史的真相。从白色恐怖到高中阶段（1950—1957），他模模糊糊意识到这一切；他开始写小说时，对这一切已完全明白，这时他也不过是个大学二、三年级的学生，只有二十一二岁（1958—1959）。作为对比，我可以这样说，这个时候我十岁左右，还是一个一无所知的乡下小孩，而我终于完全理解陈映真所认识的历史真相时，差不多是四十二岁，也就是1990年左右，那时候我已被朋友视

---

[1] 见陈映真《后街》一文，《陈映真散文集1：父亲》，第56页。

为"不可理解",而陈映真的无法被人理解,到那时已超过了三十年。他是一个极端敏感的、具有极佳的才华的年轻人,你能想象他是怎么"熬"过这极端孤独的三十年的。我觉得,陈映真的艺术和思想——包括他的优点和缺陷——都应该追溯到这个基本点。

了解了这个关键,我们就可以读懂陈映真早期另外三篇小说。在第一篇小说《面摊》(1959年9月发表)中,首善之区的西门町,在亮着长长的两排兴奋的灯光的夜市里,却徘徊着一小群随时在防备警察的小摊车。这是游走在都市中心、每天为生活所苦的边缘人物,在这一群人物中,陈映真设计了一个患着肺痨病、经常抱在妈妈怀中的小孩。这小孩在一串长长的呛咳、吐出一口温温的血块之后,

> 黄昏正在下降。他的眼光,吃力而愉快地爬过巷子两边高高的墙。左边的屋顶上,有人养着一大笼的鸽子。妈妈再次把他的嘴揩干净,就要走出去了。他只能看见鸽子笼的黑暗的骨架,衬在靛蓝色的天空里。虽然今天没有逢着人家放鸽子,却意外地发现了鸽笼上面的天空,镶着一颗橙红橙红的早星。
> "……星星。"他说。盯着星星的眼睛,似乎要比天上的星星还要晶亮,还要尖锐。(一,2)[1]

这里的"橙红橙红的早星"其后又出现了三次,我以前完全没有留意到,而赵刚却敏锐地发现了。前后出现四次的"橙红橙红的早星"绝对不是毫无意义的意象,赵刚说它暗示了不久前在海峡对岸升起了五星红旗[2],我是完全赞成的。

---

[1] 本文引用的陈映真小说,均为《陈映真小说集》六卷本(台北:洪范书店,2001年),并随文注出处,中文数字表示册数,阿拉伯数字表示页数。
[2] 赵刚对《面摊》的诠释,见赵刚《橙红的早星》,台北:人间出版社,2013年4月,第33—52页。

在隔了几段之后，陈映真描写小孩坐在摊车后面，怀着亢奋的心情，倾听着喧哗的市声，观察着在摊车前吃着点心的人们，

> 他默默地倾听着各样不同的喇叭声，三轮车的铜铃声和各种不同的足音。他也从热汤的轻烟里看着台子上不同的脸，看见他们都一样用心地吃着他们的点心。孩子凝神地望着，大约他已然遗忘了他说不上离此有多远的故乡，以及故乡的棕榈树；故乡的田陌；故乡的流水和用棺板搭成的小桥了。
>
> （唉！如果孩子不是太小些，他应该记得故乡初夏的傍晚，也有一颗橙红橙红的早星的。）（一，4）

把前后两段文字加以对比是很值得玩味的。小孩因为年纪还小，不曾看过乡下的晚夏"也有一颗橙红橙红的早星"，而他只注意到城市天边的那一颗，这是什么意思呢？也许陈映真要说的是，五星红旗所代表的希望曾经在台湾乡下闪烁过，后来（在恐怖的肃清后）熄灭了，现在只有这个患着重病的小孩，还能在闹市中注意到满怀人类希望的这一颗星。这个患着肺病的小孩，很明显暗中呼应着鲁迅著名小说《药》里的华小栓。[1] 这样，他就成为病弱的中国的象征。现在革命成功，但台湾只能隔着海峡遥望天边的这一颗橙红的早星；但它既存在于对岸，就永远寄托着一种希望。陈映真的第一篇小说，就以如此隐晦的方式怀想着革命成功后的新中国，以前有谁能够以这种方式阅读这篇小说？赵刚的发现和解读真是令人赞叹。

---

[1] 陈映真熟读鲁迅的《呐喊》，他曾对友人简永松说，《阿Q正传》他读了四十九遍，见简永松《缅怀和陈映真搞革命的那段岁月》，批判与再造杂志社等《左翼的追思——悼念陈映真文集》，2017年1月7日。关于陈映真在意象的使用上如何受到鲁迅影响，请参看吕正惠《陈映真与鲁迅》，见吕正惠《战后台湾文学经验》，北京：生活·读书·新知三联书店，2010年，第222—230页。

接着我们再来分析陈映真的第四篇小说《乡村的教师》（1960年8月发表）。青年吴锦翔，出生于日据时代贫苦的佃农之家，由于读书，思想受到启蒙，他秘密参加抗日活动，因此日本官宪特意把他征召到婆罗洲去。万幸的是，他没有战死、饿死，终于在光复近一年时回到台湾，并被指派为家乡一个极小的山村小学的教师。

由于台湾回到祖国怀抱、由于战争的结束和自己能够活着回来，吴锦翔以最大的热情投身于教育之中。陈映真这样描写吴锦翔的思绪：

> 四月的风，糅合着初夏的热，忽忽地从窗子吹进来，又从背后的窗子吹了出去。一切都会好转的[1]，他无声地说：这是我们自己的国家，自己的同胞。至少官宪的压迫将永远不可能的了。改革是有希望的，一切都将好转。（一，36）

这个吴锦翔是日据时代左翼知识分子的嫡传，既关怀贫困的农民，又热爱祖国，陈映真写出了这一类人在光复初期热血的献身精神。

然而，国民党政权令人彻底失望，激发了"二二八事件"，不久，中国内战又全面爆发，战后重建中国的理想化为泡影。吴锦翔终于堕落了，绝望了，最后割破两手的静脉而自杀。

当然陈映真只能写到内战爆发，他不能提及国民党在内战中全面溃退、新中国成立、国民党在美国保护下肃清岛内异己分子，等等。现在的读者可以推测，吴锦翔的自杀绝不是由于内战爆发，因为吴锦翔的形象来自于陈映真的小学老师吴老师，而吴老师是在1950年秋天被捕的。小说中的吴锦翔如果要自杀，绝不是因为内战爆发，而是由于美国保护国民党，国民党在台湾进行彻底地反共肃清，他已被活生生地切断了与中国革命的联系。由于冷战体制的形

---

[1]"一切都会好转的"一句，洪范版漏了"会"字，此处据《笔汇》初刊本补入。

成,台湾的命运在相当长的一段时间内不可能会有改变。这样,生活在新的帝国主义卵翼下的台湾,跟祖国的发展切断了所有的关系,这样的生命又有何意义呢?但是陈映真不可能这样写,只好说吴锦翔因为中国内战而绝望自杀。从这篇小说的情节设计方式可以看出,陈映真如何以曲折、隐晦的方式来表达他思想上的苦闷。

比《乡村的教师》只晚一个月发表的第五篇小说《故乡》,把类似的主题重写了一遍,但采取了另一种情节设计。小说叙述者的哥哥,是一个充满了基督教博爱精神的人,从日本学医回来以后,完全没想到要赚钱,"白天在焦炭工厂工作得像炼焦的工人,晚上洗掉煤烟又在教堂里做事,他的祈祷像一首大卫王的诗歌"(一,50),是一个十足的理想主义者。他的家庭原本尚属小康,但由于父亲突然过世,一下子沦为赤贫,哥哥由于受到这样的打击,堕落成一个赌徒。作为小说叙述者的弟弟,曾经非常崇拜他的哥哥,由于哥哥的堕落,他在外地读完大学以后,一想到又要回到这个家,非常痛苦。他心里一再呐喊着:

我不要回家,我没有家呀!(一,57)

这一篇小说无疑部分表现了陈映真养父突然去世时,家中惨淡的景象。但对照着《乡村的教师》来看,我们可以合理推测,造成哥哥堕落的真正原因不是家庭的破产,而是白色恐怖之后理想主义者的被消灭。哥哥和吴锦翔其实是同一类人,国民党的肃清把他们抛掷在历史的荒谬处境中,让他们的精神陷于绝望,最后终于堕落了。哥哥和弟弟其实是同一个人的两个分身,他们在50年代那种恐怖的气氛中,思想上毫无出路,所以最后弟弟才会痛心地呐喊,"我没有家啊!"这是一个青年知识分子无助的呐喊。

分析了《故乡》和《乡村的教师》,我们再来回顾陈映真的第二篇小说《我的弟弟康雄》(1960年1月发表),就会有另外一种体会。

康雄是一个安那其主义者,因为失身于一位妇人,感到自己丧失道德的纯洁性而自杀。康雄和吴锦翔以及《故乡》中的哥哥一样,其实都因为新中国革命理想在台湾的断绝而感到灰心丧气。这样,陈映真早期七篇小说中的五篇,其人物和主题始终环绕着这种特殊历史时代的幻灭感而展开。

陈映真思想上的绝望,只能借助于他构建的情节,以幻想式的抒情笔法加以表现。只有这样,他知识上的早熟和青春期的热情与孤独才能找到宣泄之道。我想,跟他同一世代的小说家,没有人经历过这种"表达"的痛苦——他不能忍住不"表达",但又不能让人看出他真正的想法,不然,他至少得去坐政治牢。

四

思想上极度苦闷的陈映真,在1964年

> 结识了一位年轻的日本知识分子。经由这异国友人诚挚而无私的协助,他得以在知识封禁严密的台北,读到关于中国和世界的新而彻底(radical)的知识,扩大了仅仅能从十几年前的旧书去寻求启发和信息的来源。

就这样,他的思想由苦闷而变得激进。他和一些朋友"憧憬着同一个梦想,走到了一起",组织了读书会。"六六年底到六七年初,他和他亲密的朋友们,受到思想渴求实践的压力,幼稚地走上了幼稚形式的组织的道路。"[1] 1968年5月他们就被捕了。从这简单的描

---

[1] 以上所述见陈映真《后街》一文,《陈映真散文集1:父亲》,第58—59页(引文均在此二页中)。

述，可以看出青年陈映真已经走到了某种极端，这种极端表现在这时所写的三篇小说（《永恒的大地》《某一个日午》和《累累》）中。这些小说虽然采取非常隐晦的寓言形式，当时还是不敢发表，后来都是在陈映真入狱之后，经由尉天骢之手，在不同的刊物和时间，以各种化名发表的，所以一向没有引起关注。[1]

七八十年代之交我在远景出版社的《夜行货车》（1979）这个集子里第一次读到这些作品，马上意识到其中有强烈的政治影射，但并没有细想，最后还是赵刚把谜底揭穿了。赵刚认为这三篇小说的共同之处，都是针对国民党政权的直接批判。"青年陈映真对国民党政权的恚愤，应已到了满水位的临界状态，从而必须以写作来'抒愤懑'。"[2]

在《某一个日午》里，房处长的儿子莫名其妙地自杀了，房处长终于接到儿子的遗书，遗书提到他读过父亲秘藏了四五十年的书籍、杂志和笔记，他说：

> 读完了它们，我才认识了：我的生活和我二十几年的生涯，都不过是那种你们那时代所恶骂的腐臭的虫豸。我极向往着您们年少时所宣告的新人类的诞生以及他们的世界。然而长年以来，正是您这一时曾极言着人的最高底进化的，却铸造了这种使我和我这一代人萎缩成为一具腐尸的境遇和生活；并且在日复一日的摧残中，使我们被阉割成为无能的宦官。您使我开眼，

---

[1] 据洪范版《陈映真小说集》，陈映真在这三篇小说的篇末说，《永恒的大地》和《某一个日午》约为1966年之作，《累累》约为1967年之作。《永恒的大地》发表于1970年2月的《文学季刊》10期，署名"秋彬"；《某一个日午》发表于1973年8月《文季》季刊1期，署名"史济民"；《累累》1972年11月先发表于香港《四季》杂志第1期，署名"陈南村"，1979年11月又刊于台湾的《现代文学》复刊9期。

[2] 见赵刚《求索：陈映真的文学之路》，第85页。

但也使我明白我们一切所恃以生活的，莫非巨大的组织性的欺罔。开眼之后所见的极处，无处不是腐臭和破败。（三，60—61）

这与其说是房处长的儿子对他父亲的谴责，不如说是陈映真借着他的嘴巴，全盘否定了台湾的国民党政权，认为这个政权"无处不是腐臭和破败"。

比《某一个日午》还要激烈的是《永恒的大地》。这篇小说我第一次阅读时就隐约感觉到，好像是在影射蒋介石、蒋经国父子，但是因为小说把台湾比喻为娼妓，我当时（七八十年代之交）非常痛恨这种外省政权为男性、台湾为堕落的（或遇人不淑的）女性这种流行的说法，所以不肯细读这篇小说[1]，并未考虑到这是陈映真尚未入狱之前的作品。赵刚的详细解读非常精彩，可以看出入狱前的陈映真对国民党政权已经到达了深恶痛绝、势不两立的地步[2]。

小说的背景是海港边的一个雕刻匠的房间，房间有一个小阁楼，小阁楼上躺着重病的老头子，是雕刻匠的父亲，而雕刻匠则和一个娼妓出身的肥胖而俗丽的台湾女子同居。老头子念念不忘他过去大陆的家业，天天辱骂他的儿子，说家业是他败光的，他有责任把家业复兴起来；而他儿子对父亲逆来顺受，极尽卑躬屈膝之能事。儿子反过来对那位台湾女性常常暴力相向、拳打脚踢，而另一方面又在她的身上寻求欲望上的满足，还告诉她是他把她从下等娼寮中救出来，要她感恩图报，好好跟自己过日子，将来他们会有美好的前途的。从这个简单的情节叙述就可以推测，老头子代表的是国民党迁台的第一代，所以我一直以为那个老头子就是影射蒋介石。国

---

[1] 1986年我写第一篇陈映真小说评论《从山村小镇到华盛顿》时，曾对陈映真以男女关系来比喻国民党与台湾人的关系表示不满，见《小说与社会》，台北：联经出版事业公司，1988年5月，第61—63页。
[2] 赵刚对《永恒的大地》的解读，见《求索》，第85—92页。

民党政权老是认为是他们的抗战拯救了台湾人,所以台湾应该感恩戴德,好好回报,配合国民党反攻大陆,将来大功告成之日,大家都有好日子过。

以上只是简略解释这篇小说的寓言结构,最好能把这篇小说找出来自己读一遍,再看看赵刚的诠释,就可以看出当时的陈映真如何痛恨国民党,而赵刚又如何把这一切都解释得清清楚楚。两个人的用字都非常恶毒,配合起来看,可谓人间一绝。在这里我只想引述其中一个小细节:

> ……汽笛又响了起来。但声音却远了。
> "天气好了,我同爹也回去。"他说。然而他的心却偷偷地沉落着,回到那里呢?到那一片阴恒的苍茫吗?
> "回到海上去,阳光灿烂,碧波万顷。"伊说,"那些死鬼水兵告诉我:在海外太阳是五色,路上的石头都会轻轻地唱歌!"
> 他没作声,用手在板壁上捻熄香烟。但他忽然忿怒起来,用力将熄了的烟蒂掷到伊的脸上,正击中伊的短小的鼻子。伊的脸便以鼻子为中心而骤然地收缩起来。
> "谁不知道你原是个又臭又贱的婊子!"他吼着说,愤怒便顿地燃了起来,"尽诌些红毛水手的鬼话!"
> "红毛水手,也是你去做皮条客拉了来的!"伊忿怒地说。
> (三,39—40)

卧病在阁楼上的老爹,老是跟他儿子说,他们在大陆有一份大得无比的产业,"朱漆的大门,高高的旗杆,跑两天的马都圈不完的高粱田"(三,38),要他复兴家业,再回到大陆去。然而,儿子清楚地知道他们是永远回不去了,而且自己也不想回去。为了让自己在台湾能够存活下去,他也只能"做皮条客"去拉来"红毛水手",

就像他一面暴力相向,而又一直赖以为生的台湾女人反唇相讥时所说的。让他想不到的是,他的台湾女人更向往红毛鬼子所说的海外更自由、更美丽的世界。当然,小说中的台湾女人就是未来的"台独"派,而那个色厉内荏的儿子就是未来的国民党,将在美国所蓄意培养的"台独"派的一击之下溃不成军。赵刚说,"此时的陈映真已经预见了大约十年后渐次兴起的越来越反中亲美的政治力量,以及国民党精英在这个挑战下的荒腔走板、左支右绌、失语失据的窘相,应是有可能的"[1]。我认为完全说对了。

这就是1966年陈映真被捕之前的思想状况。1950年他从莺歌小学毕业,这一年他十三岁。就在这一年的秋天和冬天,他亲眼见到吴老师和陆大姐先后被捕,不久就在台北火车站亲眼见到铺天盖地的枪决政治犯的布告。随着年龄的增长,知识的增加,小时候在他心中已经生根的那棵嫩芽,自然而然地生长为1960年的小说家陈映真,以及1966年把国民党批判得体无完肤的反叛者陈映真。这一过程,在赵刚的梳理之下,现在已经非常清楚地呈现出来了。

1950年国民党获得美国的保护,开始痛下杀手清除岛内支持共产革命的人。他们为此不惜伤及大量无辜,宁可错杀一千,也不肯放过一个。在这么庞大规模的整肃之下,他们万万想不到,革命党人竟然会在无意中培育了一颗种子,最后发展成一个让大家感到惊异的大作家陈映真。陈映真是新中国革命者在台湾的"遗腹子",我觉得只有从这个角度来看,我们才能理解陈映真一生的作为。

近七十年来,中国共产党的革命和新中国的成立,在美国和国民党政权联合打造的反共体制下遭到长期的诽谤。一直到现在,台湾绝大部分的人不但没有认识到这个革命是20世纪历史最重大的事件,其意义非比寻常,反而把恶归之于新中国成立后所建立的政权。

---

[1] 见赵刚《求索:陈映真的文学之路》,第92页。

改革开放后，连大陆知识分子都受到影响，完全不能理解新中国成立的历史重要性。在这种情况之下，作为这一革命运动在台湾的"遗腹子"的陈映真，当然不会有人真正理解他的重要性。不过，历史总是往前发展的，现在的中国已成为推动落后地区经济发展、维护世界和平最主要的力量来源。在未来的十年之内，这一趋势会更加明显，明显到台湾对大陆抱持偏见的人都不得不看到。那个时候，中国革命的意义就会完全彰显出来，而陈映真的独特性也就会让人看得更清楚。蔡诗萍说：

> 然则，陈映真的特别，在于他无论是在台湾，在中国（大陆），在国民党统治的年代，在民进党崛起的世纪，在改革开放以后的中国（大陆），他都是十足的"不符主流价值"的"异乡人"！[1]

历史马上就会证明谁是对的，谁是错的。

2017 年 2 月 18 日初稿
2017 年 3 月 3 日增订

补记：本文第一节提到陈映真有四代读者，这一说法并不完整，因为第五代读者正在形成。2008 年陈光兴准备在上海筹办陈映真研讨会，可惜未能实现，一年后会议终于在台湾交通大学举办。在这期间，陈光兴、赵刚和郑鸿生都写了长篇的论文。赵刚尤其认真，竟然出了两本书。陈光兴和赵刚在他们各自任教的学校开始讲授陈

---

[1] 蔡诗萍：《我摊开〈陈映真小说集〉，冷雨绵绵的台北向你致敬》，《联合报》，2016 年 11 月 27 日。

映真，上海的朋友如薛毅、罗岗、倪文尖等也纷纷跟进，因此两岸都有一些研究生投入陈映真研究，目前虽然人数还不是很多，但已逐渐形成风潮。陈映真的去世，还会带动更多的人投入陈映真研究，陈映真研究会在第五代读者逐渐累积后达到高潮，而且在不久的将来就会出现。这时候，陈映真在中国现代文学史上的意义与地位就会得到大家的承认。

2017 年 3 月 21 日

出版《陈映真全集》的意义

上 篇
重新思考20世纪七八十年代的陈映真

一

《陈映真全集》的编辑工作已经完成，全部二十三卷将在2017年底出齐。我把二十三卷的排印稿从头到尾翻阅了一遍，因此，可以初步谈一下出版《陈映真全集》的意义。

在编辑之前，我和编辑团队就编辑原则相互沟通。大家都同意，《陈映真全集》应打破文类界限，完全采取编年形式，把所有的作品、文章、访谈等按写作时间或发表时间加以排列，如此才能看出陈映真的整个创作与思考活动是多么与时代密切相关。反过来说，陈映真的每一篇作品或文章，也只有摆在时代背景及陈映真自己的写作脉络中才能比较精确地掌握其意义。任何有意扭曲陈映真的写作意图的人，也将在这一编年体全集中显示出其不妥之处。我初步了解了陈映真全部作品的写作篇目，某些著名小说、文章的写作时间及彼此的先后顺序之后，更加确信，我们采取的编辑体例是完全正确的。

其次，在编辑过程中，我们发现，陈映真著作数量之大也超出我们的意料。1988年四五月间，人间出版社分两批出版十五卷《陈映真作品集》，其中收入陈映真的小说、文章、访谈等共179篇。同一时段（1959年5月至1988年5月）全集共搜集到300篇，比《作品集》多出121篇。从1988年5月《作品集》出版，到2006年9月陈映真中风不再执笔，中间共十七年多，陈映真又写了516篇，其数量远远超过1988年5月之前。这516篇，除了三篇小说及少数几篇散文外，都没有编成集子出版。这个时期的陈映真，在台湾发表文章愈来愈困难，文章散见于台湾、大陆、香港各处，有些很不容易见到。可以说，只有在《全集》出版后，我们才能看到后期陈映真完整的面目。无视于《全集》的存在，研究陈映真无异于闭门造车。

全集总共收了815篇，而其中小说只有36篇，可以比较严格地归类在"文学批评"项内的文章，按我估计，也不过七八十篇，两者相加，最多也不过一百多篇。陈映真当然是杰出的小说家，他的文学评论也有极其独到的见解，他作为台湾近六十年来最重要作家的地位是无可置疑的。然而，在这之外，他还写了七百篇左右的文章（包括演讲和访谈）。按现在一般的说法，这些文章有报道、影评、画评、摄影评论、文化评论、社会评论，还有许多干脆就是政论。那么，我们到底要把陈映真归为什么"家"呢？显然，"小说家""作家"这样的名号，都把陈映真这个人限制在现代社会"职业"栏的某一栏内。我们必须放弃这种贴标签的方式，才能看清陈映真一辈子写作行为的特质，才能认识到陈映真这个"知识分子"对台湾、对全中国，以至于对现今世界的独特价值之所在。

陈映真自从"懂事"（高中即将进入大学阶段）以来，就已确认，他一辈子可能永远生活在"黑暗"之中。因为他对当时在台湾被追捕、被枪杀的地下党人充满同情，对革命胜利后刚建立的新中国充满憧憬；反过来，他认为美国是个"邪恶帝国"，而那个受"邪恶帝国"保护才得以残存下来的，兼有半封建半殖民性格的国民党政权，不过是"腐臭的虫豸"。台湾"一切所恃以生活的，莫非巨大的组织性的欺罔。开眼之后所见的极处，无处不是腐臭和破败"（两处引文均见于1966年左右所写的小说《某一个日午》，《全集》卷2，第72页）。

青春期的陈映真对自己所生活的社会既有这样的认定，再加上养父突然去世，家庭顿时陷入贫困，生活异常艰难，他怎么能够不充满悲观、愤激与不平呢？这时候，自小就表现了"说话"天才的他，写小说就成了最重要的救赎之道。对于《笔汇》的主编尉天骢适时的邀稿，陈映真后来在回顾时，曾表达他的感激：

> 感谢这偶然的机缘，让他因创作而得到了重大的解放。在反共侦探和恐怖的天罗地网中，思想、知识和情感上日增的激进化，使他年轻的心中充满着激愤、焦虑和孤独。但创作却给他打开了一道充满创造和审美的抒泄窗口。（《后街》，《全集》卷14，第154页）

小说家陈映真就这样诞生了。自以为落入历史的黑暗与虚无中的陈映真，兼怀着愤懑（历史对他太不公平了）与恐惧（怕被国民党发现而被逮捕）的心情，只能借着小说的幻异色彩来排解他生错时代、生错地方的愤怒与哀伤。从表面上看，陈映真早期小说和当时台湾最具现代主义色彩的作品非常类似，因此一般都把他早期的小说列入台湾最早的现代主义作品中，并提出"陈映真的现代主义时期"这一貌似合理的说法。我以前也是人云亦云地如此论述，我现在完全承认我的错误。但更重要的，我们要认清，在60年代台湾现代主义最初发轫时期，陈映真根本就是个"怪胎"——一个台湾地下革命党人的"遗腹子"、一个对海峡对面的祖国怀着无穷梦想的青年,怎么会是一个"典型"的现代主义艺术家?一个二十出头的青年,在60年代已经既"左"又"统",这是陈映真生命、艺术、思想、写作的"原点",陈映真要用一辈子的时间,从这个"原点"出发,去探索"此生此世"如何活着才有意义,如何才能对得起自己的良心。这就是陈映真所有思索与写作行为的基础。

从1959年5月发表第一篇小说《面摊》,到1968年5月被捕,现在所能找到的陈映真作品共42篇(新发现的最重要的两篇是:他和刘大任等友人合编的剧本《杜水龙》,以及他反驳叶珊的《七月志》的未发表的手稿),其中32篇为小说,另10篇都是有关文艺、电影、剧场的随笔。我们或许可以说,这是纯粹的艺术家时期的陈映真。但如果陈映真是一个"纯艺术家",他就不会在1965年12月和1967年11月先后发表《现代主义底再开发》(卷1)和《期待一个丰收的季节》(卷2)那种批判现代主义的文章。毋宁说,60年代的陈映真,被天罗地网般的"动员戡乱时期叛乱条例"所捆绑,不得不作为一个小说家和艺术评论家而出现在世人面前。真正了解他的姚一苇,就天天为陈映真思想日趋激进而担忧,即使想劝诫也不知如何说出口。

二

1975年7月,关押七年之久的陈映真终于因蒋介石去世而得以特赦提前出狱,又可以执笔了。由此开始,到2006年9月他因中风而不得中止写作,又经过了三十一年,比他入狱前创作时间(1959—1968)多出二十多年,但两者在小说的产量上却形成截然的对比:前九年多达25篇,而后三十一年却只有11篇(必须提到，11篇中有4篇是非常长的，可以算中篇小说了）。这是怎么一回事呢？

陈映真出狱的70年代中期，台湾社会的动荡局面已为有识者所熟知。60年代末发生于美国的保钓运动影响扩及台湾，台湾知识界开始"左倾"，而且开始关心大陆的发展，民族主义的情怀逐渐从国民党走向共产党。其次，1971年，中华人民共和国终于取代台湾，恢复联合国合法席位，"中华民国"的合法性已经不存在了。再其次，经过二十年的经济成长，台湾省籍的企业家及中产阶级羽翼渐丰，他们不愿意再在政治上附从于国民党，他们暗中支持党外民主运动，企图掌握台湾政治的主导权。在这种情形下，国民党再也不能以高压的形势钳制言论，民间的发言空间愈来愈大。

陈映真出狱以后，当然了解台湾社会正处于巨变前夕，他不甘于把内心深处的想法永远埋藏着，他要"发声"，他要"介入"，他不愿意自己"只是"一名小说家。只要有机会，他对于什么问题都愿意发言。而当时的陈映真也的确"望重士林"，是主导70年代文学主流的乡土文学的领航人，又是坐过牢的最知名的左翼知识分子，各种媒体也都给了他许许多多的机会。于是，他成了文化评论家、社会评论家、政论家……当然，也仍然保留了小说家及文学评论家这两块旧招牌。虽然是社会形势给了他这样的机会，但如果不是内心隐藏了一个深层的愿望，他大概也不会想成为什么"家"都是、什么"家"都不是的、那样无以名之的"杂家"。

从陈映真如何诠释"乡土文学"，就可以看出他在出狱之后所有论述的主要意图，他说：

> 乡土文学在一开始的时候，就提出了反对西方文化和文学支配性的影响；提出了文学的中国归属；提出文学的社会关怀，更提出了在民族文学的基础上促进团结的主张，事证历历，不

容湮灭。(《在民族文学的旗帜下团结起来》,《全集》卷3,第245—246页)

陈映真在《美国统治下的台湾》(《全集》卷7)中说,战后由美国支配的台湾,事实上已经"殖民地化",文化上唯美国马首是瞻,文学上以学习西方为尚。所以,乡土文学要"反对西方文化与文学支配性的影响"。但是,在国民党不得不依附美国以图自存的情况下,这又如何可能呢?至于说"文学的中国归属""在民族文学的基础上促进团结"这样的话,在台湾被从中国大陆硬生生地割裂开来的情况下,不就等于是一些空话吗?然而,就是这些表面上看来难以实现的主张,国民党也不能容忍。因为它戳破了国民党假借"中国"立场以发言的一切谎话,同时暗示了台湾应该重新思考"如何复归中国"的问题。

国民党在1977、1978年间,发动它所能动员的一切媒体,围剿陈映真领导下具有左翼色彩、具有强烈中国倾向的乡土文学,并企图逮捕陈映真等人。但终究迫于强大的舆论压力,不敢施行,一场轰轰烈烈的"乡土文学论战"也就草草收尾。

国民党的围剿失败了,但陈映真内心的意图也只有极少数的人才能体会。我以自己做例子来说明问题的关键。1971年"中华民国"在联合国丧失中国代表权,消息立即传遍台湾。当晚我做了一个梦,梦见满山遍野都插着红旗。半夜惊醒,心怦怦地跳。长期的反共宣传仍然在我内心积存了阴影,这种情况在70年代末仍然没有改变。因此,陈映真所说的"文学上的中国归属",这里的"中国"意味着什么呢?"在民族文学的基础上促进团结",是"两岸团结",还是台湾内部各族群的团结?所以乡土文学时期的陈映真表面上备受各方推崇,但真正的主张从未触动台湾的人心。

1979年的"高雄事件"使岛内的矛盾急遽恶化。国民党借着此一事件，大肆逮捕党外政治运动的领袖，而这些人都是本省人，由此激化了省籍矛盾。本省人长期以来对国民党这一外省政权假借全中国之名漠视本省人的政治权利，一直愤恨不平，"高雄事件"引发的大逮捕，只能解释为国民党又将再一次镇压本省人的反抗（如三十多年前的"二二八事件"）。这种对国民党极度不满的心理，再进一步发酵，其后公开化的"台独"主张影响巨大，其原因即在于此。

所以，到了80年代中期，乡土文学真正的精神已经荡然无存了。对于正在形成的"台独"派来说，"乡土"就是台湾，是那个几十年来备受国民党践踏的台湾。你要争辩说，那个"乡土"是指百年来被西方帝国主义侵凌、侮辱的"乡土中国"，你就要被责备为"不爱台湾"的"统派"。

1985年，陈映真创办《人间》杂志，以报道、摄影的方式关怀台湾社会内部的少数族群问题、环境保护问题等。里面当然会有一些专题涉及统、"独"问题（如挖掘"二二八事件"或50年代白色恐怖的真相），但一般社会大众主要还是把陈映真看作"充满人道精神的左翼知识分子"，而不是一个追求国家再统一、民族再团结的"志士"。《人间》杂志时期的陈映真，光环仍在，可惜焦点所照，实在距离他奋斗的目标太远了。

三

1975年陈映真出狱以后，台湾经济即将进入最繁荣的时期，陈映真供职于美国药商公司，因此有机会接触台湾的跨国企业，并观察到这些公司中、高级主管的生活。除了少数一两位最高阶洋人之外，这些主管都是台湾人。他们的英语非常流畅，办事很有效率，深得洋主管的赏识。他们讲话夹杂着中文，互称英文名字，开着高级轿车，出入高级餐厅与大饭店，喝着昂贵的洋酒。总而言之，他们的生活非常洋化，享受着台湾经济在国际贸易体系中所能得到的最丰裕的物质生活，当然，其中最为人"称羡"的是，他们可以轻易地在家庭之外供养着"情妇"。

当然，陈映真不只注意台湾经济中最尖端、最洋化的跨国公司高级主管的物质生活条件问题，对于经济愈来愈繁荣的台湾社会中一般人的消费问题，他也不可能不留心。70年代初期台湾经济突然兴旺的原因之一是，大量越战的美军到台湾度假、发了财的日本中产者借着观光的名义来台湾"买春"，这种现象黄春明和王祯和的小说早就有所描写。所以，在1982年7月陈映真就已发表了《色情企业的政治经济学基盘》（卷5）这样重要的文章，讨论资本主义经济和色情行业的特殊关系。随着台湾社会消费倾向的日益明显，陈映真又注意到台湾的青少年"孤独、强烈的自我中心，对人和生活不关心，对人类、国家彻底冷漠，心灵空虚……奔向逸乐化、流行化和官能化的洪流中，浮沉而去，直至没顶"（《新种族》，《全集》卷8，第375页）。

陈映真七八十年代所写的八篇小说，除了最早的一篇《贺大哥》具有过渡性质外，其余，不论是《华盛顿大楼》系列的四篇，还是《白色恐怖》系列的三篇，全都跟资本主义的消费行为有关。我以前不能了解这两个系列的内在联系，不知道陈映真为什么会突然想创作前一系列，然后又莫名其妙地转向后一系列。现在我终于想通了。

前一系列最长的一篇是《万商帝君》（1982）。在这篇小说里，作为美国跨国行销公司在台湾的最优秀的执行者，一个是本省籍青年刘福金，充满了省籍情结，具有"台独"倾向；另一个是外省青年陈家齐，苦干务实，不太理会台湾社会内部的裂痕。然而，他们都同时拜伏于美国式的企业，甘心把美国产品推向全世界，并认为这是人的生存的唯一价值。这篇小说其实暗示了：国民党也罢、倾向"台独"的党外也罢，都只是泡沫而已，主导台湾社会的真正力量还是美国资本主义。如果不能战胜这独霸一切的、诉诸人的消费及生理、心理欲望的资本主义的商品逻辑，那么，一切理想都只能流于空想。

《白色恐怖》系列三篇小说初发表时，分别感动了不少人，《山路》尤其轰动，在当时的政治条件下，竟然得到《中国时报》的小说推荐奖！每一个喜爱这些小说的人，大概都会记得其中的一些"名句"，我印象最深的是《赵南栋》里的这句话："这样朗澈地赴死的一代，会只是那冷淡、长寿的历史里的，一个微末的波澜吗？"（《全集》卷9，第311页）但是，我一直想不通，那个一辈子自我牺牲的蔡千惠为什么会认为自己的一生是失败的，因而丧失了再活下去的意志？尤其难以想象的是，宋大姊在狱中所产下的、给狱中等待死刑判决的女性囚犯带来唯一欢乐的小芭乐（赵南栋）长大以后却完全失去了灵魂，只是被发达的官能带着过日子！难道需要这样悲观吗？我还记得蔡千惠在致黄贞柏的遗书中这些痛切自责的忏悔：

> 如今，您的出狱，惊醒了我，被资本主义商品驯化、饲养了的、家畜般的我自己，突然因为您的出狱，而惊恐地回想那艰苦、却充满着生命的森林。（《全集》卷6，第259页）

"驯化""饲养了的""家畜般的"，对千惠用了这么重的话，真是不可思议！

我现在觉得，陈映真无非是要让蔡千惠这个人物来表现人性的脆弱。即使是在少女时代对革命充满纯情的蔡千惠，以至于她肯为她所仰慕的革命志士的家庭牺牲一辈子的幸福，但在不知不觉中，在台湾日愈繁荣的物质生活中，还是把久远以前的革命热情遗忘了，证据是，她根本不记得被关押在荒陬小岛上已达三十年以上的黄贞柏的存在。"五十年代心怀一面赤旗，奔走于暗夜的台湾……不惜以锦绣青春纵身飞跃，投入锻造新中国的熊熊炉火的一代人"（《后街》，《全集》卷14，第159页），在日益资本主义化的台湾，不是被遗忘，就是没有人想要再提起。所以，与其说陈映真是在批评蔡千惠，不如说陈映真真正的目的是要痛斥：现在的台湾人不过是被美国驯化的、饲养的类家畜般的存在，是赵南栋之亚流，虽然没有沦为赵南栋的纯生物性，其实距离赵南栋也不会太远了。

《华盛顿大楼》系列和《白色恐怖》系列的故事性质，表面差异极大，但其基本思考逻辑本身是一贯的：四十年来台湾已被美国式的资本主义和消费方式豢养成了只顾享受的类家畜，已经丧失了民族的尊严，忘记了民族分裂的伤痛，当然更不会考虑到广大第三世界的人民挣扎在内战与饥饿的边缘。而且台湾人为此还得意不已，以为这一切全是自己努力挣来的。

以前我讨论这两个系列的小说时，使用卢卡奇的小说批评方法，因此看到的全是其中令人感到不满足之处。半年多前读到赵刚新完成的论文《战斗与导引：〈夜行货车〉论》，受到很大的启发。我终于理解，不考虑陈映真对七八十年代台湾社会的全部观察和感受，而只讨论他的小说，仍然是一种形式主义——虽然我并未应用西方的形式批评方法，但我援用卢卡奇的方式过于机械化，最后还是掉入某种形式主义。这次在编辑《陈映真全集》的过程中，终于发现，不管你想要研究陈映真的哪一个方面，都一定要整体性地了解陈映真，才不会产生以偏概全的弊病。

下 篇
陈映真如何面对中国大陆的改革开放

一 陈映真与"保钓"左派

最难理解的是陈映真对大陆改革开放的态度,以及他对中国发展前途的看法。在这方面,人们都有强烈而鲜明的立场,并以自己的立场去诠释或曲解陈映真,以便利用陈映真或谴责陈映真。至今为止,还没有人全面整理陈映真自己在许多文章中所发表的议论,给后期陈映真梳理出一个完整的思想面貌。这一次在翻阅《陈映真全集》的过程中,我特别留意这方面的问题。现在我先说说我自己初步的看法,这些看法肯定还不成熟,但考虑到可以作为将来继续讨论的出发点,我也就不嫌其浅陋了。为了取信于读者,以下的讨论会大段引述陈映真的原文。这种行文方式比较特殊,希望大家能理解。

前面已说过,早在五六十年代之交,陈映真已对革命后所成立的新中国充满憧憬,而且否定国民党政权在台湾继续存在的合法性。四十年后,在新中国成立五十周年之际,陈映真做了更清楚的表述:

> 中国共产党领导并取得胜利的中国革命,是中国人民在古老的中华帝国崩溃、军阀割据、帝国主义侵略、民族经济破产的总危机中爆发出来的救亡图强的巨大能量的一个结果。这个革命打倒了帝国主义、打倒了封建主义,消灭了官僚资本主义。没有打倒这三座大山,今天的中国会怎样,看看印度就明白了……有人批评中共不应该选择社会主义道路。但这是在百年

国耻，被帝国主义豆剖瓜分的命运中崛起的中共，从国民党手中接下残破贫困的中国，奔向富强时必然的选择。(《中国知识界失去了人民的视野》,《全集》卷18，第113—114页。着重号为本文作者所加，下同)

这是陈映真最基本的历史认识，是他一生行为的基础。为此，在1990年2月他毅然决然地率领中国统一联盟的主要盟员访问北京；他参加新中国成立五十年的庆典；在最后无以为生时，他选择定居北京，担任中国人民大学的客座教授。这是他一辈子信仰的历史信念，不管你如何批评他，他始终不改其志。

从这个地方，就可以解释陈映真和海外"左"派的差异。海外"左"派从小接受亲美教育，钓鱼岛的主权问题引发了他们内在强烈的民族情怀，把他们的眼光从台湾引向大陆的中华人民共和国。这时候大陆正在进行"文化大革命"，激起了他们的热情。陈映真这样说他们：

> 然而，来自白色的港台、在保钓运动前基本上对中国革命一无所知，甚或保持偏见的保钓左派留学生，却在短短几年保钓运动中辛勤而激动地补了大量的课，不少人经历了触及灵魂深处的转变。他们从一个丢失祖国的人变成一个重新认识而且重新寻着了祖国的人。他们更换了全套关于人、关于人生、关于生活和历史的价值和观点。有不少人为此付出了工作、学位甚至家庭的代价，却至今无悔。祖国的分断使历史脱臼，运动则使历史初初愈合。(《我在台湾所体验的"文革"》,《全集》卷15，第395—396页)

虽然如此，海外左派还是缺乏陈映真的历史认识，他们并未从中国现代史中深切地了解中国为什么会走上社会主义革命的道路，他们不知道新中国建国道路之艰难。所以，当他们怀着理想踏上大陆，大陆的"贫困与落后"首先就让他们大失所望，一大批人因此幻灭。等到"文革"结束，大陆进行改革开放，剩下的人也就抛开现实的中国，并且对两岸的统一问题毫无兴趣。

陈映真曾经谈到一批海外"左"派回到台湾以后，跟台湾统左派之间的"不协调"关系，他说：

> 90年代中，这些"毛派"朋友陆续回台，首先找台湾在地左翼统一派——主要是50年代肃清中幸活下来的前政治犯和70年代在地保钓左翼，即《夏潮》杂志周围的年轻世代——寻求同盟。但后者对于民族统一的近于"党性"的坚持，使他们至今无法走到一起。(《没有"幽灵"，只有心中之鬼》，2001年，《全集》卷19，第259页)

这些海外"毛派"（上文所说的海外"保钓"左派）从此以后只讲"左"，绝口不提"统"，他们要求台湾统左派"暂时"放弃统一运动，而专注于岛内的社会主义运动。统左派当然不会同意。在相当长的时间内（至少到2000年民进党执政之前），他们在台湾岛内的"左"派光环其实远远超过统左派。我们当然不能把岛内统一运动难以展开的责任归之于他们，但他们对于统左派有时候甚至是从瞧不起上升到藐视的地步的，这一点我个人深有体会。

陈映真与许多海外"保钓"左派有交情，甚至对他们还有一些同情，但陈映真绝对坚持统一运动刻不容缓，这是毫无疑问的。他最长的一篇自传性质的文章《后街》(1993)中有一段非常重要的话：

从政治上论，他认为大陆与台湾的分裂，在日帝下是帝国主义的侵夺，在朝鲜战争后是美帝国主义干涉的结果。台湾的左翼应该以克服帝国主义干预下的民族分断，实现民族自主下和平的统一为首要的顾念。对于大陆开放改革后的官僚主义、腐败现象和阶级再分解，他有越来越深切的不满。但他认为这是民族内部和人民内部的矛盾和课题，它来和反对外力干预、实现民族团结与统一不产生矛盾。(《全集》卷14，第168页）

克服帝国主义的干预，实现民族的和平统一是"首要"的，改革开放后大陆内部的问题是民族内部的矛盾，"台湾的左翼"应该加以分辨。这一段话明显是有针对性的，和前一段引文相比较，就可以看得出来。

主张先"左"而不"统"的台湾左翼常以陈映真为同道，并引陈映真对大陆改革开放后一些令人不满的现象的批评，企图混淆视听。相反的，有些人又过度爱护陈映真，以为陈映真某些情绪之言不宜"编入"文集或全集中，就这更增加了人们对陈映真思想坚定性的怀疑。其实，根本就没有这样的问题，所以上面的分析与论辩绝对是必要的。

"保钓"左派除了受到"文革"影响外，还接受了60年代后半期在西方兴起的"新左派"的一些想法。新左派，特别在法国，也受到毛泽东的影响。我曾经略微读过一些西方新左派的书，觉得那只能算是发达资本主义社会的左派，事实上后来一些论新左派特质的著作也都这样批评。新左派不久就"过时"了，被更为"激进"的法国"解构派"所取代。法国解构派对西方影响最大的人物就是福柯，到现在福柯还是非常地红火。他的思想的主旨就是要把一切的"社会建构"解构掉，认为这一切都是后天人为形成的，目的是要压制社会中的"异类";或者说,是借制造异类、压制异类以形成"社会建构"。福柯的思想最能代表西方"激进"知识分子既不满社会现实又无力改变现实的困境。他们最重要的武器就是"批判""解构",知识分子由此而得到满足。解构派和新左派其实是一脉相承的,把他们的思想逻辑发展到最极端的就是福柯,福柯的声名长期不坠,就可以看出西方激进知识分子精神之所在。

当年我之所以很快就放弃新左派和解构派,是因为我发现他们根本没有意识到第三世界的存在。没有第三世界视野的人,怎么可能是"左派"呢?陈映真和这些左派根本的差异就在于:他始终关注第三世界。

早在1984年1月,陈映真就发表了《中国文学和第三世界文学之比较》(《全集》卷7),把当时台湾盛行的乡土文学摆在第三世界文学的视野下加以论述。从这样的视角谈论台湾的乡土文学,在当时的台湾,可谓绝无仅有。1983年3月,陈映真有关跨国企业的小说集《云》出版后,渔父写了一篇书评《愤怒的云》,批评陈映真的小说是为"依赖理论"张目。因为渔父的主要目的是要批判"依赖理论"的错误,而为当时流行的、美国自由主义的发展理论辩护。这就给了陈映真一个机会,让他能够详尽地批判自由主义的社会发展观,同时也谈论"依赖理论"的要旨。这篇文章《"鬼影子知识分子"和"转向症候群"——评渔父的发展理论》(1984年,《全集》卷7)非常地长,是陈映真80年代有数的理论文章。"依赖理论"在台湾从来没有被充分地介绍,理由很简单,台湾学界完全是自由主义的天下,任何超出自由主义的社会发展论述,都很难在台湾立足,所以陈映真这一篇长文在当时很受瞩目。

陈映真的第三世界论,是和他对当代资本主义性质的认识、他对中国必须走社会主义道路的坚持这两者紧密相连的。当我们了解了当代资本主义的性质和第三世界发展道路的艰难之后,我们才能深切认识到社会主义中国在当今世界所应负起的责任、所应尽到的历史使命。对这一切，陈映真都有非常清楚的论述，这才是"左"的陈映真的真面貌，很遗憾的是，至今还很少有人认识到。

二　陈映真论资本主义

前面已经谈到，80年代陈映真小说最重要的主题，就是资本主义消费文化对于人的心灵的腐蚀作用。现在从理论层面再简单谈论一下。陈映真在中篇小说《万商帝君》中，借着刘福金这一人物，对资本主义消费文化做了清楚的剖析：

> 把企业的产品迅速、广泛地普及于社会大众，必须通过企业有计划、有组织、有行动地"开发"人对商品的欲望——这就是刘福金花了四十多分钟时间神采飞扬地说明的一个着重点，他的美腔美调的英语，似乎越来越流利起来了。他说：
>
> "这就是所谓'创造欲望'，"刘福金用英语说……
>
> 刘福金以一种精巧阴谋的设计者那种快乐的声调说，要使每一个消费者成为今日的国王。要动员一切资讯科学、心理学、行为科学和社会学……借着现代大众传播的各种技术知识，去开发人的七情六欲。"要解放人们的欲望，通过设计良好的企业行动，去开发人对于商品的无穷嗜欲。"刘福金说，"挑起欲望，驱使他们采取满足欲望的行动——购买我们的产品。而且要在满足了一个欲望的同时，又引起一个新的欲望……"（《全集》卷5，第341—342页）

生产本来是为了满足人们生活上的基本需求，但资本主义的逻辑却是：为了追求更大的利润，可以借着现代大众传播的技术，开发人的欲望，挑起人们的购买欲，创造人们的需要。这实际上是消费的"异化"、消费的"非人性化"，把人降低为"消费的动物"。而这种无限开发型的消费形态，同时又会耗去地球上不知多少资源，直至耗尽而后已，这不是人应该追求的生活。这是陈映真反对当代资本主义的一个非常重要的理由。

陈映真坚决反对当今资本主义体系的最重要理由是：资本主义是制造当今世界两极分裂——富裕的资本主义世界和广大、贫穷的第三世界——的罪魁祸首。为了让读者对陈映真富有感情的论辩方式有一个深刻的印象，以下将引述陈映真论述亚洲国家的悲惨处境的一个长段：

> 整个亚洲之中，各民族各国有它们不同的历史和文化。然而，今日亚洲各族人民所面对的各种严重的问题，却有高度的共同性，那就是被外国独占资本和与之相结合的国内支配阶级的掠夺所产生的贫困和不发展。从19世纪的旧殖民地时代以降，贫困在古老的亚洲大地上一贯地再生产着。几百年来，贫富的差距、穷人的数量，在广阔而古老的亚洲只有愈加恶化的倾向。
>
> 二次大战后亚洲前殖民地的"独立"，其中绝大部分并不真实。因为今日的亚洲"国家"，许许多多都是过去西方殖民主义直接的产物。如果亚洲不曾被殖民主义和帝国主义侵入过，亚洲人民所建造的国家，肯定和今天的国家在性质和形式上完全不同。亚洲的贫困之再生产，基本上是这历史上新旧殖民主义本身所再生产的。新旧殖民主义，对于亚洲前资本主义的社会构造往往不是加以现代资本主义的改造，而是依据殖民主义的利益，时而和传统的社会构造体相温存，巧加利用；或时而竟加以固定化。今日广泛存在于亚洲的半封建甚至封建的殖民时

代大庄园制度和其他的落后而残酷的生产关系,便是显著的例子。……

急于透过资本主义改造而追求发展的亚洲,由于殖民主义掠夺机制残存,不但没有创造出均质的、主动积极的工人和农民,反而从工人和农民的分离解体中产生更多的贫民。统治者利用亚洲复杂的文化、人种、宗教和语言的矛盾,使这些穷困的人民互相对立,互相敌视。穷人歧视穷人。穷人敌视穷人。亚洲新殖民主义的资本主义累积过程所大量产生的贫困,因贫困人民间的矛盾而掩蔽了贫困本身的剧烈痛苦。

许多亚洲自觉的政治经济学家认识到:这亚洲贫困的再生产进程,同时也是富有的先进资本主义国家繁荣富裕的再生产进程。北方的先进国家固然也有贫富阶级的分化,但透过霸权主义、新殖民主义从广泛第三世界吸收的财富,使先进国家内部的阶级矛盾镇静化和缓和化,是不争的事实。(《寻找一个失去的视野》,1991年,《全集》卷12,第372—374页)

陈映真的分析是有宏大的历史视野的:资本主义的帝国主义掠夺,如何从"二战"前的旧殖民地时代过渡到"二战"后的新殖民时代;殖民地虽然表面上独立但仍然深深依附在资本主义体制之下,即使再怎么努力,也无法获得政治、经济、文化各方面的"真正独立"。在亚洲之外,还有广大的非洲和拉丁美洲,只要粗略读一下阿明的《世界规模的积累——欠发达理论批判》和多斯桑托斯的《帝国主义与依附》,就可以看出,陈映真的分析是和他们若合符契的。再说到中东伊斯兰世界。"二战"之后,美国为了独占中东的石油,蓄意制造了一个"以色列国家",让中东地区几十年来战祸不断,让美国可以从容自在地"神游"于其间。可以说,"二战"后的世界,一直是由美国为首的资本主义所宰制的,只有苏联能够稍加制衡。

苏联垮台之后，美国几乎为所欲为，然后才在新世纪之初碰到一个可能的对手——正在崛起的中国。

陈映真把富裕的资本主义国家和贫穷的第三世界对立起来的世界史架构，是如何逐渐发展起来的，还有待我们仔细梳理。不过，可以肯定地说，如果陈映真青年时期没有对社会主义中国革命的强烈感情，他就不可能有第三世界民族解放运动这一历史视野。归根到底，中国共产党的革命经历，以及毛泽东赋予这一革命经历的理论诠释，肯定是陈映真第三世界论及资本主义帝国主义批判的原始出发点。我们必须记住这一点，才能了解，陈映真对中国在改革开放后是否继续走社会主义道路的深切关怀。

1997年亚洲的金融危机让陈映真进一步认识到当今资本主义体系难以克服的内部危机。"二战"后是资本主义的黄金时期，但到了70年代，景气明显衰退，于是出现了一种新形势。陈映真说：

> 70年代和80年代的生产过剩，结束了世界资本主义在战后二十年的持续景气而逐步走向衰退。利润率下降，迫使跨国公司增加新科技、新产品的投入，无如广泛的生产者无力消费，世界市场积压过多的产品，导致信用和政府支出的扩大。而为世界大资产阶级高奢侈品的生产和消费，又带来环境生态的破坏，进一步扩大了危机，又进一步削弱了利润率。于是过剩的资本从实物生产和贸易领域中向世界性金融投机市场流出，投向第三产业和股票、货币、期货等金融商品的买卖，使世界金融经济部门快速膨胀。依照统计，世界金融工具买卖的总金额与实物生产及实物贸易总额之比，1983年是十比一；到1995年，上升到六十与一之比。今天，每日在世界金融市场买卖循环的金额，高达1.3万亿美元，是每天实物生产和贸易总额的八十倍！据估计，投入全球金融投机的资本，1980

年是 5 万亿美元，1996 年上升到 35 万亿美元，至 2000 年还会上升到 83 万亿美元。一个全球范围的巨大泡沫经济正在形成。(《帝国主义全球化和金融危机》，1999 年，《全集》卷 18，第 10—11 页)

然而，亚洲国家却未能及时预见到这些危机：

> 为了维持和贪求向来的高度成长，这些国家有的没有分析、没有批判的全盘导入新自由主义的"金融自由化"政策，洞开金融内户；有的不切实际地和美元维持名实不符的固定汇率；有的从国外导入或借取高额、短期、高利息资金，在世界泡沫经济浪潮下投入金融投机部门，终于引来国际金融寡头残酷的金融攻击，几乎使国家金融破产。(同上书，第 11—12 页)

如果不是先进资本主义实物生产（制造业）的下降、金融投机的无限膨胀，就不可能有亚洲金融危机的爆发。亚洲国家过度迷信高速度成长、过度相信新自由主义的金融自由化政策，才让国际金融寡头乘虚而入，席卷而去。其根源是在西方，而不在亚洲，而当时西方的舆论却一再归罪于亚洲国家先天体质的种种不良。很可惜 2008 年美国次贷危机导致全球金融大海啸时，陈映真已经病倒，不然，他可能不知道要为自己的先见之明"额手称庆"，还是要为金融投机的"愚行"感到悲哀的好？

亚洲金融危机时，中国挺住了，而且立即宣布人民币不贬值（日本刚好相反），从而赢得亚洲国家的尊敬。全球金融大海啸时，中国也挺住了，随后成为世界各国请求协助的"金主"，中国作为一个经济大国，已经毋庸置疑了。我们不能否认中国劳动者的勤劳和中国人处理全球经济的智慧，但如果不是资本主义体系内部出现了大问题，中国经济的上升势头也不至于这么"猛"。这些后见之明，足以证明陈映真在亚洲金融危机发生时，多么准确地看到了资本主义体系的内在"病根"。

我个人曾经在90年代看到台湾的炒股热，几乎所有的中产阶级都在玩股票，人人都说他今天又赚了多少钱，教师甚至在课堂上放置收音机，随时收听消息，一下课就开车冲向股票市场。大家都说，台湾经济形势大好，股票天天涨！我心想，台湾大概快完蛋了，天下哪有这种经济"发展"模式。果然，台湾经济从那时起一直往下滑，直到今天尚未看到前景。陈映真这篇文章发表在台湾劳动党的内部刊物，几乎不为人知，我这次在翻阅《陈映真全集》二校稿时才发现，一读之下，真是叹服不已。

综上所述，陈映真对资本主义的否定是全面性的。他体会到，资本主义为了赚取最大的利润，不断开发人的欲望，终将把人降为"消费的动物"；他批判富裕的资本主义国家让广大的第三世界人民越来越贫困，让他们难以温饱，毫无尊严；他认识到资本主义终将因生产过剩，利润率下降，从而靠着强大的金融资本在世界各地进行金融投机，从中套取巨额利润。

这样的体制如果任其发展下去，终将导致全球经济总崩溃，世界各国或者闭关自守，纷纷筑起贸易壁垒；强者也许还会四处劫掠，回到"战国"时代。幸好中国在这个时候已经完全站稳脚跟，可以挽救世界经济的危局了。

三　陈映真论改革开放前十年

中国社会主义革命必然论、第三世界论，以及资本主义性质论，这三者是相互勾连、缺一不可的。然而，这样的历史观和世界观却在改革开放后普遍被忽视、被淡忘了。更有甚者，当代中国史也被分成两个阶段：

> 普遍流行的看法，总是把大陆当代史一分为二，即建国到1979年改革开放前看作一个阶段，1979年到现在是另一个阶段，而一般地否定或负面评价第一个阶段，肯定或正面评价后一阶段。
> 这种看法是一般论，有偏见，不见得公平。（《中国知识界失去了人民的视野》，《全集》卷18，第113页）

陈映真对改革开放的大方向基本上是赞同的，他所不满的是，改革开放后大陆知识界的视野变得既狭窄又自我中心。他最为不满的是，他们对新中国前三十年历史的否定。对此，他一再慨乎言之。就在写作上述文字的那一年（1999）元旦，有媒体以《新年三愿》向他邀稿，他在其中说：

> 因此，新年第二个祝愿，是祈愿大陆在开放和发展时，不妄自菲薄中国革命和建国前三十年的巨大成就，并科学地总结清理其负债和遗产，寻求以人的自由与发展、环境的永续与完整以及中国的主体性为终极关怀的发展思想与实践。（《新年三愿》，《全集》卷17，第262页）

否定了前三十年，当然也就否定中国社会主义革命的必然性，接着就出现"告别革命"论，这完全不足为奇。

认为中国当代史从改革开放才走上正轨，大陆经济发展的一切成就都要归功于改革开放，这种看法可谓极其肤浅。陈映真在《寻找一个失去的视野》（1991）一文里，对大陆在1979年之前的经济成就，做了相当详细的描述，最后他说：

> 这些快速累积和生活改善,尤其在帝国主义重兵包围与市场隔绝中,在独立自主条件下取得的成长,毫无疑问,是在一个对广泛翻身贫民有高度道德威信(至少在1976年以前)的党、魅力领袖和社会主义理想的条件下以"动员性的集体主义",以赤裸裸的人海劳动所完成,在广泛第三世界发展道路的绝望性背景下,自有悲壮、宏伟的评价,是不容抹杀的。(《全集》卷12,第382页)

如果没有这三十年所奠定的经济基础,也就没有进行改革的条件。把历史一切为二,从负面迅速掉转过头,立刻循着正面往前冲刺,在短短几年内就取得了惊人的成就,竟然有那么多人会相信这种"奇迹"式的历史发展观,真是令人啧啧称奇。

在80年代初,如果和美国相比,中国当然还非常"贫穷落后",但如果和亚、非、拉世界比,那就好太多了。《寻找一个失去的视野》是陈映真全面检讨改革开放的、非常著名的一篇文章,经常被两岸的各种"左派"加以引用,借以暗示陈映真对改革开放的不同态度。因为这篇文章比较长,对涉及的问题都有详尽的讨论,比较容易在阅读中迷失了文章的主脉,因此,作为对照,我想引述另一篇短文《中国知识界失去了人民的视野》(1999)来厘清问题——这篇文章可以说是《寻找一个失去的视野》的缩小版。

这篇文章是为庆贺新中国成立五十周年而写的,在谈及改革开放时,陈映真这样说:

> 1979年以后巨大的发展,十分振奋人心。我个人年复一年看见大陆社会经济的快速发展,尤为激动。从发展社会的观点看,中国在七九年后的跃升,看来尚未有理论上的解说。但我深知这么大、人口众多、底子单薄的中国的崛起,是十分不容

易的奇迹。中国人民力争复兴、独立和富强的历史悲愿，没有比现在更贴近其实现的目标。(《全集》卷18，第116—117页)

这哪里是否定改革开放？接着他又说：

> 当然，这快速、巨大的发展，就像一切国家的经济发展一样，可能内包着复杂的问题。但我只举两个隐忧……(同上书，第117页)

这两个隐忧，一个是工、农阶级的利益受到忽视，另一个是知识界自我精英意识相对高涨。这两个问题在《寻找一个失去的视野》中都有详尽的论述。

在这里，我想先着重地谈第二个问题。关于这个问题，《寻找一个失去的视野》中有这样一个长段：

> 1980年以后，大陆上越来越多的人到美国、欧洲和日本留学；越来越多的大陆知识分子组织到各种国际性"基金会"和"人员交流计划"，以高额之汇率差距，西方正以低廉的费用，吸引大量的大陆知识分子，进行高效率的、精密的洗脑。和60年代、70年代以来的台湾一样，大陆知识分子到西方加工，塑造成一批又一批买办精英资产阶级知识分子，对西方资本主义、"民主"、"自由"缺少深度理解却满心向往和推崇；对资本主义发展前的和新的殖民主义，对第三世界进行经济的、政治的、文化的和意识形态的支配的事实，斥为政治宣传；对1949年中国革命以来的一切全盘否定，甚至对自己民族四千年来的文化一概给予负面的评价。在他们的思维中，完全缺乏在"发展—落后"问题上的全球的观点。对于他们而言，中国大

陆的"落后",缘于民族的素质,缘于中国文化的这样和那样的缺陷,当然尤其缘于"锁国政策"。一样是中国人,中国台湾、中国香港和新加坡能取得令人艳羡的高度成长,而中国大陆之所以不能者,就成了这种逻辑的证明。(《全集》卷12,第375—376页)

即使到了现在,仍然有很多人认为,80年代是大陆知识界的"黄金时代",至今令人怀念,查建英主编、2006年出版的《八十年代访谈录》(生活·读书·新知三联书店)就是最好的证明。80年代被视为思想解放的年代,是第二个五四,知识分子终于挣脱了各种教条的束缚,思想空前活跃,人人活在幸福之中。

对我们台湾统左派而言,大陆80年代知识界所形成的思想氛围,让我们在八九十年代之交进入大陆时,常常感到极为痛苦。前述引文提到的、把台湾和大陆加以对比的"论述",我也遇到好多次。大陆知识分子的逻辑很简单:台湾经济比大陆好太多了,可见资本主义比社会主义行。当你企图说明台湾经济为什么是这样发展、问题在哪里,大陆原本的体制如何,现在已经很不简单,将来……你话还没说完,大陆知识分子已经完全失去兴趣,转而谈其他问题去了。

最让我们瞠目结舌的,是对中国文化的彻底否定。构成80年代大陆知识界主体的主要是,正在(或尚未)脱离困境的"文革"知青,外加一部分长期受苦的"右派",我们虽然对他们非常同情,但对于他们那种完全缺乏历史视野、无比激烈然而又十分简单化的黑、白二分法,却只能在内心里叹息。我们在大陆所感受到的孤独感,完全不下于在台湾的时候。查建英《八十年代访谈录》里阿城和张贤亮对于陈映真的耻笑——一个远远落后于时代的左派"怪物",这样的批评我们都曾经遭遇过。

在这里我不能不提一下，我的朋友赵稀方最近发表的一篇论文《今天我们为什么纪念陈映真？》，论文的主旨是，当年大陆知识界之所以不了解陈映真，是因为陈映真生长的台湾曾经被日本殖民统治，后又沦为类似美国的殖民地，他强烈的反殖民倾向使他的思想特别敏锐，而80年代的知识界却没有殖民地经验，因此他们一时无法理解陈映真。这一篇文章相当受到瞩目，因此我不得在这里提出不同的看法。实际上，两岸真正的差异并不是殖民地经验，而是资本主义经验。我另一位朋友朱双一，在我之前，已经对此提出异议，他说，"当代台湾经历了比较全面、快速的资本主义发展阶段，而在大陆，除了局部地区外，资本主义从没有真正、全面地发展过"。这才是关键。（见朱双一今年11月5日在台北举办的"陈映真思想研讨会"所发表的论文《"中国问题"中的"台湾问题"之外因和内因——也谈"今天我们为什么要纪念陈映真"》。）改革开放之初，许多人看到美国的富裕、台湾地区的繁荣，一时目眩神迷，完全倒向了美国和资本主义，他们在大陆所受到的社会主义教育，一夕之间荡然无存。真正的关键是：他们迅速认同资本主义的世界观与价值观。"寻找一个失去的视野"！是哪一个视野？陈映真在另一篇文章的题目中给出了答案："中国知识界失去了人民的视野。"

赵稀方的论述方式会产生一种误导作用：因为大陆知识界没有殖民经验，所以他们一时不能理解陈映真是情有可原的。实情绝非如此。陈映真在《中国知识界失去了人民的视野》中说：

> 知识界的思想意识形态也发生巨大变化。过去"臭老九"论固然不对，今天知识界的自我精英意识看来相对高涨，谈自己的"体系"，谈自己的前途的人多，但把眼光抛向广泛直接生产者的处境与命运者少。如前文所说，中国知识界忽然失去了

人民的、马克思主义（更遑论社会主义）的视野。(《全集》卷18，第117页)

这才是真相所在。因为这种世界观还普遍存在于现今大陆的知识界，所以必须郑重予以指出。

在这种世界观下，改革开放初期工、农阶级的利益受到忽视，第三世界广泛存在的贫穷问题受到漠视，当然就不足为奇了。"二战"前后全世界风起云涌的民族解放运动是现代世界史的大事，但在大陆知识界的视野中，这一切却仿佛不曾存在过。

最后，还必须提到《寻找一个失去的视野》发表的时机。1989年之后，全世界对中国实施经济制裁，想要困死中国，何新是少数敢讲话的人，台湾统左派都读过他的文章。在 1990 年 12 月 11 日，《人民日报》"以显著而巨大的版面"刊登何新的《世界经济形式与中国经济问题》，当然立刻引起陈映真的注意，不久就写了回应，即《寻找一个失去的视野》。

陈映真显然"嗅出"了何新文章的政治性。陈映真在这一时机发表这一篇长文，实际上是借批判过去，以期望于未来。把这篇文章看作陈映真对改革开放的总批判，只能说是某些"左派"的别有用心之论，何新后来所出的两本书《世纪之交的中国与世界》（成都：四川人民出版社，1991 年）、《为中国声辩》（济南：山东友谊出版社，1996 年）都收入了陈映真的文章，这也证明，这篇文章一点也不犯忌讳。

四　陈映真的最后见解

2000 年 10 月，陈映真到北京参加"经济全球化与中华文化走向"国际研讨会，那时候中国已经通过"世界贸易组织"（WTO）

的入会谈判，即将于次年正式入会。面对资本主义经济全球化所形成的难以挑战的世界秩序，中国是否能保持经济与文化的自主性，是当时陈映真最为关心的问题。因此，陈映真所提交的论文《经济全球化和文化的自主防御》表现出前所未有的忧心。

这篇论文所谈论的当今资本主义全球化的特质，以及改革开放后大陆社会所存在的问题，和本文前两节所分析的陈映真的看法，基本上是一致的。陈映真在此文中所特别着重的三个方面，也许正是他为中国忧心之所在。第一，全球化的资本主义独占了高新科技，霸权国家在经济、政治、文化、军事上的超强地位难以挑战（《全集》卷19，第126页）。第二，资本主义经济的全球化，挟凶猛的资本、技术、商品、广告行销，向全世界泛滥，冲刷各国、各民族百千年累积的传统文化、价值和生活方式（同上书，第127页）。

最重要的是第三点。"二战"后，美国中央情报局局长艾伦·杜勒斯在他的《战后国际关系原则》中提出一套美国对苏联进行"和平演变"的战略。苏联解体后，美国把这一战略修订加工，拿来对付中国。陈映真从网站上翻译了中央情报局《行事手册》中针对中国的文化战略。这一段文字看了真是让人胆战心惊，大陆至今还对美国抱有"天真"想法的知识分子应该好好读一下。陈映真因此呼吁，中国应提防以美国为中心的、西方资本主义意识形态的战略攻击，应该"坚决捍卫1949年到1979年建设起来的积极、进步的东西，弘扬中国文化中比较健康的部分，采取必要的步骤，抵御和防范敌人恶毒的攻击"（《全集》卷19，第132—135页）。

然而，在2000年如此忧心忡忡的陈映真，五年之后却有意想不到的大变化。2004年西方著名的新左派刊物 *Monthly Review* 发表了两位作者合写的一篇长文《中国与社会主义》，台湾左翼的网络刊物《批判与再造》立即翻译连载,并邀请多位学者加以评论,陈映真应邀写了一篇《"中国人民不能因怕犯错而裹足不前"——读〈中国与社会主义〉》,刊载在2005年6月《批判与再造》第二十期上。

《中国与社会主义》这一长文,对中国的改革开放持负面评价,两位作者认为,改革开放使中国"越来越坠向资本主义道路,也日益深受外国的支配",这种完全负面的评价,反而刺激了陈映真,让他在读完之后,有一些"出乎自己意外的感想"(《全集》卷22,第215页)。所谓"出乎意外",其实就是和两位作者相反,完全肯定改革开放的价值,五年前在《经济全球化和文化的自主防御》一文中所表现的忧心一扫而空。

陈映真一开始就把文章所要讨论的两个重点提了出来:

> 读了《中国与社会主义》,一方面感到关心中国的知识分子应该自觉地……扩大世界发展社会学的视野,另一方面也要从中国人民寻求自我解放的历史,和当前美日新保守主义极端敌视中国发展,中国和日美军事同盟对峙甚至交战的可能态势,去看待问题。(《全集》卷22,第215—216页)

文章的前半从"世界发展社会学"的视野,论说近代四波资本主义工业化。第一波英国,第二波美、法、德,第三波俄、日,第四波中国。在前三波的对比下,中国的"大面积、大体积"的"类资本主义"工业化完全没有"以殖民掠夺、不正义贸易秩序进行积累",而是"清醒而有原则地援引外资",并"以正常的国际贸易输入石油、矿物、农畜产品,输出轻工业品,甚至在第三世界投资,逐渐成了推动世界经济的富有潜力的增长点与火车头"(《全集》卷22,第219页)。中国近三十年的改革开放的成就是有目共睹的。

当然,这种快速的"类资本主义发展"必然有其社会后果:阶级分化;地区经济格差,强力滋生的资产阶级思维、价值和生活方式;蛀蚀官僚体系的贪腐痼疾,如此等等。但陈映真很高兴地发现了中国共产党在克服这些问题上的种种努力:

> 拥有九亿农民的中国,在改革开放的过程中,也形成了复杂、难解甚至是惨痛的"三农问题"。近年来中国政府推行了多项针对"三农问题"的改革政策,包括取消农业税、加大国家预算对农业的投入、乡镇机构调整、农民工权益保护等,以目前中国的经济发展水准,如此坚决推动诸多大手笔的改革措施,是其他资本主义国家发展史中不曾有过的事情。(《全集》卷22,第222—223页)

我个人第一次知道共产党所推出的解决"三农"问题的具体方法时,真是吃了一惊,没想到力度会那么大。很可惜,接着推行大力肃贪,大力提升工、农大众的收入时,陈映真已经病倒,无法得知了。不过,陈映真至少由此了解,他最为担心的改革开放后大陆内部的阶级分化问题,到了适当的时机,党和国家显然有解决的决心与魄力。

陈映真文章更重要的论点放在第二个方面,即美、日对日渐强大的中国的极端敌视。这是因为:

> 中国正清醒明智地利用她猛爆性的产业化经济发展,将不断巨大化的综合国力,翻转成世界上举足轻重的政治、外交、经济和文化力量……(《全集》卷22,第223页)

中国逐渐在欧洲、中南美洲——甚至在非洲和东南亚各国结成交易伙伴和战略伙伴关系。其结果就是：中国隐约中推动了一个多样的、以和平与发展为核心价值的新世界秩序，足以对抗美国单极独霸的政治经济秩序。接着，陈映真就说：

> 这一切发展与成就，离开中国"开放改革"的独立自主的类资本主义的工业化发展所增大的生产力，是难以想象的。（《全集》卷22，第223页）

陈映真终于在当今世界秩序的重建中，发现了改革开放最重要的价值之所在。

陈映真之所以会有这种强烈的感受，和苏联解体前后，独霸世界的美国所进行的一连串侵略战争有关。从科索沃到阿富汗，再到伊拉克，美国无不以无人飞机和最先进的武器，对弱小国家进行残酷的攻击，完全无视于无辜平民的大量伤亡。陈映真还看到美国无处不在的金融投机，让亚洲几十年的发展几乎毁于一旦；然后再假惺惺地通过世界银行的贷款，企图掌控亚洲国家的经济命脉。再没比这更恶劣的、军事侵略与金融掠夺同时并行的单极霸权了。现在他突然发现，日渐强大的中国，竟然可能和第二世界、第三世界的许多国家合作，建立一个以和平与发展为核心价值的新秩序，他怎能不为之欣喜不已呢？对此，陈映真做出了理论性的总结：

> 如果中国的工业化逐渐显示对世界外交、经济、政治的旧有秩序的挑战，也许提醒人们不能习于来自右派和左派对中国发展的，不免受到意识形态左右的过低评价。对中国发展的批评和低度评价由来已久，但至今十几二十年来这些批判与负面

预测，没有一条成真。科学、富有创见的评估和认识中国的工业化之发展社会学的意义，成为急迫的理论课题了。(《全集》卷22，第226页）

陈映真更为关切的是美国和日本在中国周边的行动：

> 20世纪末苏联瓦解后，2001年美国和日本的极右保守派执政，美国把原先瞄准苏联的核武器改而瞄准新中国。美国悍然违反三个公报，公然恢复美台高阶军事商谈和讨论关于"防卫"台湾时的军事补给政策。美国在东亚扩充军事人员的配备，重新布置美国在日军事基地，更重要的是，美国大力推动大胆的日本再武装计划。
>
> 2001年4月美国间谍飞机悍然在中国领海挑衅，造成中国一架飞机和一位机员的毁殇，双方一时剑拔弩张，至"9·11"事件后才缓和。(同上书，第226—227页）

陈映真如果知道美国后来"重返亚洲"的一连串行动，当会更加气愤不已。陈映真读了美国日本研究所主任查默尔·詹森（他一直反对美国的军国主义）的一篇论文，不免忧心忡忡地写下这样一段话：

> 中国的经济发展——我不想套用"中国的崛起"的说法，在美国极端右翼保守势力当朝下，能否和平地容纳中国的和平、低调的发展，是个很大的疑问。如果不能，像美国这空前巨大、傲慢、贪婪的战争机器，会不会为中国和世界带来战祸，查默尔·詹森教授是悲观的。(《全集》卷22，第228页）

在这篇文章的最后，陈映真极为少见地向全中国的左派（包括台湾）做了公开的呼吁：

> 在这样的态势下，中国左派要怎样正确地看待祖国的"类资本主义"及其发展，除了人云亦云，是不是有可能寻求科学的、独自的理论上的探索？
>
> 马克思曾对波兰和爱尔兰的同志们说，共产主义者应该义无反顾地先投身于重建饱受到列强分解侵凌的祖国的强盛统一，则无产阶级才能在一个统一强大的祖国社会中成长为一个强而有力的阶级，为自己的解放斗争。台湾的左派又怎能将强权下民族分裂，追求祖国的强大与统一的问题束诸高阁，视如无睹？……
>
> 贝特霍尔德（按，民主德国驻华大使）说，中国当前的道路不免引来恶意和善意的批评。"但看来建设社会主义没有现成的答案。也许有些政策在日后看来是错误的——而也有些是正确的，但中国人民却不能因为担心犯错而裹足不前……"
>
> 历史正召唤着全中国的左派，从自己自求解放的伟大历史中反思，看清眼下的道路，总结经验，探索一条被压迫民族寻求独立自主的发展的理论体系。（同上书，第228—229页）

以前的陈映真还担心改革开放可能会出现一些问题，现在他已经不再有所顾虑了，做总比不做好，实际上是他对改革开放越来越有信心了。认为陈映真始终对改革开放存在重大疑虑，时时想要加以"引述"的各种左派，至此可以无言了吧！——当然，你也可以选择全力批判他，这样，你就和他断绝了关系。

陈映真这篇文章很少有人知道，我从来没有听人谈论过，人间出版社2016年出版贺照田的《当社会主义遭遇危机》时，我认为他所谈的主要是过去的事，现在形势已经大有转变。因为我看到美国重返亚洲以后，美、日急于结成新的军事同盟，我理解他们的焦虑。我又看到亚投行和"一带一路"计划的提出及付之实现，终于领悟到，中国终于可以提出中国特色的社会主义基本蓝图了。于是我写了一篇序言，《中国社会主义的危机？还是中国特色的社会主义？》。我对这篇文章比较满意，朋友中也有多人表示赞许。今年3月我到厦门参加一场陈映真研讨会，在马雪提交的论文中看到她引述陈映真这篇文章。回台北后，我立刻将文章找出来读。可以说，我苦思多年才得到的看法，陈映真早在十一年前就表述得很清楚了。这篇文章发表一年三个月之后，陈映真就病倒了，所以可视为陈映真一生思考中国发展前途及社会主义实现的可能性的最后定论，必须浓墨重彩加以表彰。

从2000年到2005年，短短的五年之内，陈映真对改革开放的态度为什么会有这么大的变化呢？从《"中国人民不能因怕犯错而裹足不前"》的内容中就可以得看出来。首先，中国加入"世界贸易组织"之后，功效竟出奇地好。英国《金融时报》评论，中国在2001年进入世贸，其影响"不只是重要的，甚至是关键的"。在中国生产、组装的电脑、DVD机、电视机洪水一般流入美国量贩店售出。（《全集》卷22，第221页），这让许多担心中国将被资本主义吸入，丧失其主体性的人（包括陈映真）大大松了一口气。

其次，2002年开始重视社会的不公正现象，特别是"三农"问题，花了很大的力气去解决，这在前文已经提到。这对陈映真产生很大的鼓舞作用，证明党和国家不是不知道问题所在，而是他们有解决一系列问题的步骤，这也让陈映真印象非常深刻。

最后，陈映真也提到，美国意识到中国的强大已经无法忽视之后，开始鼓动日本重新武装，并且进行新的美日军事联盟，对中国极尽威胁恫吓之能事，陈映真因此产生紧迫的焦虑感，所以才在文章末尾呼吁中国所有的左派,希望他们"从自己自求解放的伟大历史中反思,看清眼下的道路,总结经验,探索一条被压迫民族寻求独立自主的发展的理论体系"。在陈映真卧病的十年间,以上所提到的三项因素并没有改变,而且发展得更清楚,陈映真的结论仍然是适用的。我们可以肯定地说,这就是陈映真最后的见解。

最后,顺便提一下 2006 年陈映真反驳龙应台的一篇文章。2006 年开春,1 月 26 日,龙应台在中国台湾、北美、中国香港、马来西亚四地,同时发表《请用文明来说服我》。此外,龙应台还批评大陆的经济发展,表面上看起来好像越来越繁荣,其实造成"贫富不均""多少人物欲横流,多少人辗转沟壑"。在大陆改革开放成果日渐显著,赞美之声越来越多的时候,龙应台的"行动"明显是个"预谋行为",企图在"自由世界"挑起新一轮的舆论围剿。

2 月 19、20 日两天,陈映真的回应文章《文明和野蛮的辩证——龙应台女士〈请用文明来说服我〉的商榷》刊登在《联合报》副刊上,强力驳斥龙应台。读到这篇文章的人都发现,陈映真在文章中对改革开放持完全肯定的态度,譬如他认为,在国家政策的干涉下,中国完成了没有殖民主义扩张和侵略的积累,减轻和避免了西方资本主义发展过程中的残酷和痛苦。又说,"它的经济发展,早已发展成世界和平、多极、平等、互惠发展模式与秩序的推动者,努力团结爱好和平与可持续发展的中小民族与国家,制衡力主自己单极独霸的大国,而卓有成效"(《全集》卷 22,第 345 页)。这等于说,中国的改革开放制衡了美国单极独霸的局面,将使世界史的进程往乐观的方向发展。

熟悉陈映真著作的人都知道,陈映真对改革开放后大陆一些不合理的现象有时也不免忧心。他们看到陈映真反驳龙应台的文章之后,不免略有惊讶之感——是不是陈映真为了反驳龙应台,把改革开放的成就说过头了。

不是的。因为陈映真在驳斥龙应台的文章中所说的，早在2005年6月发表的《"中国人民不能因怕犯错而裹足不前"》中都论述过了。因为很少有人读到这篇文章，所以就对陈映真反驳龙应台文章的写作动机产生误解，因此在这里不能不加以澄清。

五

陈映真说过这样的话："我从来没有忘记，我是生长在台湾的中国作家。民族离散、分裂带来的耻辱、愤怒与悲哀，直到祖国完全统一之日，将是我生活、思想与创作最强大的鞭策与力量。"（《民族分裂的悲哀》，《全集》卷23）又说，"对于一个在1937年台湾出生的知识分子，对社会主义理想的向往，和对于在冷战与内战叠合构造下被分断的祖国的向往，是相互血肉相连地相结合的，也从而使我度过了饱受各种压抑和坎坷的半生。因此，我的思想和感情不免随社会主义祖国的道路之起伏而起伏。1990年以后，我一次又一次在亲眼看见中国社会经济的巨大变化而为之欣庆之余，心中也不免留着一个急待回答的问题：怎样理解中国的发展和'社会主义'原则理想的距离？"（《"中国人民不能因怕犯错而裹足不前"》，《全集》卷22，第215页）。

对陈映真而言，台湾保持现状，就是中国还没有完全统一，这也就意味着，中国还没有完全战胜近代帝国主义，因为最后的帝国主义美国还在为中国的统一设置各种障碍，而且完全无视中国的抗议与警告。战胜近代以来各种帝国主义的力量，把中国建设成一个现代化的强国，实现中华民族的伟大复兴，是陈映真一生的梦想。

近代以来，当中国备受侵略与欺凌时，受害最大的是全中国的老百姓，他们曾经在外战与内战的磨难中，饱受颠沛流离与饥饿之苦，连基本的生活需求都难以满足。但也正是这些广大的中国民众，支持中国共产党的革命，使得中国革命得以成功。在新中国成立之后，他们又在共产党的领导之下，心甘情愿地牺牲一时的物质享受，全心全力地支持新中国的建设。没有他们的"赤裸裸的人海劳动"，中国不可能有今天的成就。因此，中华民族的伟大复兴必须以一般人民能够过上"美好生活"为第一目标。就这点而言，"爱国家"和"爱人民"是密不可分的。这也就是说，强大的中国必须是一个"社会主义的中国"，它是以"人"为本的、以"人民"为本的，以"广大的人民"为中心的。绝对不能忘记这一点，这是陈映真思想的核心之一。

建成小康社会、实现社会主义现代化、建成社会主义强国，这还不是陈映真最后的理想。陈映真认为，中国在经济、政治、军事各方面都强大以后，还必须和广大的落后国家合作，对抗美国的单极霸权，这样才能让全世界落后国家广大的困苦贫穷的人民大众有希望过上好日子。陈映真认为，只有让全世界广大的贫穷国家一起富裕起来，才是真正在世界上实现社会主义。近代资本主义掠夺性的帝国主义，把世界撕裂成富裕和贫穷的两个世界，战胜这种贪婪的资本主义帝国主义，让全世界在和平中过上幸福的生活，这就是陈映真最大的梦想。

在大陆实行改革开放以后，陈映真一则以喜，一则以忧。他看到中国经济的巨大成长，但他也看到大陆知识分子盲目地推崇美国的生活方式，他生怕中国会因此走上西方资本主义的道路，抛弃了原先的社会主义理想。但陈映真和一些认为大陆已经"走资"的所谓左翼知识分子最大的不同是，他始终关注改革开放的实际发展，经过长期的观察和阅读，他终于在2005年左右看到了他的这些梦想有了实现的可能，他终于认识到改革开放的全部意义。

我最近几年看习近平的讲话，看大陆所提出的亚投行和"一带一路"的构想，常常想起陈映真，当我最后看到《"中国人民不能因怕犯错而裹足不前"》这篇文章时，我感到一切都清朗了。陈映真的梦想与最后的认识，与党和国家2000年以后的一切作为，竟如此相似，这真是太奇妙了。

陈映真不只是一个梦想家，他还具有长期追寻探索的那一种极为认真执着的精神。他既坚持社会主义的理想，又深深了解到实现社会主义是一个漫长的过程，在这一过程之中，要始终实事求是地面对现实的困难。作为一个爱国主义者，陈映真对新中国从革命到建国，从建国到改革开放，从改革开放到本世纪的前十年，始终密切关注，中间曾经犹豫而苦闷，终于能够拨云雾而见天日。这种长期关爱祖国之心，这种长期注意中国现实中的发展，始终不改其志，这种精神，让人由衷地起敬佩之心。他一生探索、思考和写作的历程，现在就按着年代顺序，呈现在他的全集中。在翻阅这一套全集时，我突然想起《论语》的一段话：

　　士不可不弘毅，任重而道远。仁以为己任，不亦重乎？死而后已，不亦远乎？

这是一个伟大的知识分子的一生，就其尽心尽力，无愧于人，无愧于己而言，我认为是非常完满的，令人心向往之。

陈映真历经国民党"戒严"体制下的高压统治，看到"台独"派的叫嚣吵嚷，不以分裂国家、仇视同胞为耻，看到改革开放初期的一些令人忧心的现象，也看到大陆一些知识分子不遗余力地藐视自己的民族文化。但他终于亲眼看见祖国的壮大繁荣，理解了中国可以形成一个新秩序，足以平衡恶质的资本主义的持续发展。就此而言，他应该感到欣慰，而我们也应该为他高兴。

近代中国，民族长期蒙受屈辱，人民长期生活在贫困穷饿之中，现在终于站起来了，圆了复兴之梦，并为世界和平带来希望，这是人类历史上极少见到的大事件。在这一过程中，多少仁人志士牺牲了，多少民众无辜受难了，但中国毕竟走过来了。这段历史如果不被忘记，人们也就会记得，其中有一个生长在台湾、终生未在名分上回归祖国、一辈子系念祖国的作家，叫陈映真。

2017 年 10—11 月

（《陈映真全集》，全二十三卷，台北：人间出版社，2017 年 11 月）

附录一

中华文化的再生与全球化

一

八十年前,中国最优秀的知识分子曾经以最激烈的态度批评过中国文化,像"把线装书丢到茅坑里""最好不要读中国书""废除汉字"一类的言论随处可见。[1] 即使在二十多年前,也还有人批评中国社会是"超稳定结构",数千年不变,并认为这种"大陆型"文化无法与丰富多变的"海洋型"文化相比。[2]

这一类型的对中国文化的批评,其实都来源于同一的疑惑,即中国为什么不能像西方文化那样,发展出资本主义的生产方式,为什么不能发展出西方的科学与民主、个人主义与自由主义?

自鸦片战争以后,一百年间,中国无法抵挡任何外国的入侵,甚至连跟中国同时"西化"的日本都可以打败中国。就国内而言,自太平天国开始,动乱从来就没有中断过。甚至在六七十年代,还发生了长达十年的"文化大革命"。这一切,使得中国人丧失了民族自信心,怀疑自己的文化大有问题。

---

[1] 参看周策纵:《五四运动》第十二章,南京:江苏人民出版社,2005年7月,第303—316页。
[2] "超稳定结构"的说法为金观涛所提出,见其所著《兴盛与危机》。

然而，也不过二十年的时间，中国的经济发展突飞猛进，中国的崛起全世界瞩目，可以预期，21世纪即将成为中国人的世纪。这一切变化实在太过惊人，恐怕连中国人自己都有点半信半疑。

现在已可以确信，不论这种奇迹是如何发生的，中国从豆剖瓜分、混沌无序的危机中浴火重生、再度崛起，是毫无可疑的。在惊魂甫定，欣喜之情油然而生的时候，我们不得不对自己文化坚韧的再生能力感到十分地惊讶，现在也许已到了对中国文化重新评价、重新"翻案"的时候了。

二

其实，很早以前，中、外历史学家就已发现，中国文化自形成以后，经历了数千年之久，从来就没有间断过，是世界文明史上唯一的例子。中国文化的再生能力早经历史证明过，现在只不过再一次证明而已。

但是，正如前一节所说，一百年来"西方中心观"的历史研究却一再地漠视中国文化这一特性。这一类的学者一向热衷于找出中国的病根，但事实是，他们对中国文化的特殊性、中国历史的复杂性并未有所理解。法国著名汉学家谢和耐说得好：

> 一直到中世纪研究发展起来之前，我们的中世纪始终被认定是一个愚昧和停滞不前的时代，而史学家们的著作却揭示了一种丰富的和复杂的发展，赋予了似乎是死亡的东西一种生命、色彩和运动。中国的历史就如同我们那未经探讨过的中世纪一样，被反复指责为停滞不前、同期性循环先前的状态、相同社会结构和相同的政治意识形态的持久性，这都是对于一种仍不为人所熟悉的历史价值的判断。毫无疑问，自本世纪初以来，

在中国、日本和西方国家为中国历史所写的大量著作都使我们的知识获得了巨大发展。但尚谈不上如同人们可以对西方历史所做的那样深入探讨非常细枝末节的问题，人们远未达到足以使人想到把中国社会的发展与欧洲的发展相比较的那种研究分析水平。[1]

中国文化最大的特色在于，她的强大、广博的吸纳能力。她以中原地区为核心，不断地往四方发展，吸收了许许多多的民族，融汇成统一中有多元因素的文化体系。对外而言，通过"丝绸之路"，她也从不间断地吸纳"西方"（伊朗、印度、阿拉伯、罗马等）的各种事物，以增广自己文化的内涵。

从东汉末年到唐代，中国对印度佛教文化的学习是最突出的例子。中国人花了几百年的时间把佛教经典几乎都译成中文，为此，还有不少人跋涉几千里到印度取经。宋朝以后整个佛教文化已和原有的中国文化融为一体，中国文化的体质有些改变了，但仍然还是中国文化。

佛教的例子可以看到，中国吸纳不同文化的过程是极缓慢的，跟日本的短时间内几乎全盘照搬（唐代学中国，近代学西洋都是）截然相反。因为缓慢，就有如老牛反刍，最后全消化在原有的体质中。从基本体质的外表看，她似乎没有大改变，然而"新血"确实已经输进来了。因此，我们不能说，这种文化是"停滞"的。一种文化"停滞"了五千年而没有僵硬致死，这实在很奇怪，只能说她从未"停滞"过。

新中国诞生的时候，日本帝国才瓦解不久，这两件截然对比的

---

[1] 谢和耐：《中国社会史》，南京：江苏人民出版社，2005年7月，第18页。又，近年来对于中国历史研究的类似的看法不断出现，请参看王国斌《转变的中国》，南京：江苏人民出版社，2005年7月；柯文：《在中国发现历史》，北京：中华书局，2005年4月。

事件引发一些日本学者的反思。他们认为，中国现代化的过程比日本艰难得多、痛苦得多，但也许中国人走的是正确的道路，而日本快速地、全面地学习也许有问题。他们比较福泽谕吉和鲁迅的思想，发现鲁迅的看法更深刻、更有道理，并称赞鲁迅才是"落后"的亚洲真正具有独立性的思想家。这个例子可以说明，中国独特的吸纳外来文化的方式；也可以说明，她的文化的绵延性为什么那么强大。[1]

中国开始被迫向西方学习，到现在也不过一百六十多年。如果从晚明开始接触西方近代事物算起，就有四百年以上的时间。即使在战乱频仍的民国时期，中国也已翻译了不少西方书籍。新中国曾经花了大力气翻译许多西方经典，"文革"中断十年以后，翻译数量在最近二十年中有了惊人的增长。中国的翻译家到现在还受到尊敬，有不少知识分子以翻译作为一生的志业。这些都证明，中国吸收西方文化的态度是极认真的。

但正如魏晋南北朝隋唐的学习佛教不是全盘"印度化"，近一百六十多年来中国的现代化也不会是照着西方的路子走，这是有中国特色的现代化的道路。中国的历史够悠久，中国的人口也够多，这些都可以保证，中国现代化成功以后，不会是西方国家的翻版。全球化理论认为，资本主义体系将会把整个地球变得一模一样，我想，这种理论很难在中国得到证明。

三

中国的经济目前已在全球体系中占了举足轻重的位置，以至于有一种讲法，认为中国已成为，或者即将成为"世界的工厂"。假如一直沿着现代化的道路往前发展，再过半个世纪，中国的生产力也

---

[1] 参看竹内好：《近代的超克》，北京：生活·读书·新知三联书店，2005年3月。

许可以超过美国,这是很多人已经预期过的事。不管怎么说,中国已经或即将对全球化产生重要影响,这大概是没有人可以否认的。那么,在这个时候,中国文化会在全球化中扮演什么角色呢?

中国崛起对全球化的影响,可以从更深层的文化心理去加以考虑。西方文化基本上是一种海洋文化,也就是说,它们的经济形态是一种以海上交通为主轴的商业文明。古代的希腊、罗马,是以地中海为通道的商业文明,近代的西班牙、荷兰、英国、美国则是以大西洋、太平洋为通道的商业文明。

商业文明的本质有点类似于海盗,我们看早期英国的殖民集团就是海盗集团与英国政府的综合体,即不难窥知一二。因此,西洋的海洋帝国是以掠夺作为商业助力并为其手段的。英国为了打开中国的大门,为了打破与中国贸易不平衡的状态(英国进口中国丝与茶,而中国却可以不买英国商品),于是把鸦片进口到中国市场,并且在中国政府禁烟时,悍然发动战争。当英国议会在争辩是否应该发动这一场战争时,自由党的领袖格兰斯顿说:

> 他(中国政府)警告你们放弃走私贸易,你自己不愿停止,他们便有权把你们从他们的海岸驱逐,因为你固执地坚持这种不道德的残暴的贸易……在我看来,正义在他们(中国人)那边,这些异教徒、半开化的蛮族人,都站在正义的一边,而我们,开明而有教养的基督徒,却在追求与正义和宗教背道而驰的目标……这场战争从根本上就是非正义的,将让这个国家蒙上永久的耻辱,这种耻辱是我不知道,也从来没有听说过的……我们国旗成了海盗的旗帜,她所保护的是可耻的鸦片贸易。[1]

---

[1] 特拉维斯·黑尼斯三世、弗兰克·萨奈罗:《鸦片战争》,北京:生活·读书·新知三联书店,2005年8月,第89—90页。

在还有道德感的英国政治领袖的眼中，发动这一场战争无异于海盗行为，但是，大部分的英国议员还是把商业利益放在第一位，投了赞成票。为了强权与利益，正义可以放置一边，我们只要观察近代西方资本主义帝国主义的发展，就可以理解这种批评不是无的放矢。

我们以此角度重读近代西方资本主义帝国主义的历史，就可以发现，不论英、法、德、美各国，每一个国家都曾以武力占领别人的领土，然后再在武力的保护下掠夺当地的资源，并把当地当作产品的倾销地。这种建立在强占与掠夺之上的经济发展，西方人竟可以夸夸其谈地谈西方的自由与人权而不脸红，实在不能不令人感到惊奇。此无他，从海盗行为出发的商业贸易本来就是以"强权"作为最后的标准。西方文化从希腊时代就是如此，因此西方人竟"习而不察"，完全没有想到，他们的"文明"是建立在对其他国家的血腥屠杀与剥削之上的。（近来美国所发动的伊拉克战争，更赤裸裸地表现了西方文明的海盗本质，在此就不加赘述了。）

日本在明治维新成功以后，学习的就是这种海盗式的资本主义。日本号称要争取"生存空间"，于是为了强占朝鲜而发动甲午战争，为了强占东北而发动"九一八"事变，为了强占整个中国而发动卢沟桥事变，为了夺取太平洋和东南亚而偷袭珍珠港。很多日本人至今还不承认他们这种行为是"侵略"，因为，他们只不过"效法"英、法、德、美各国而已。英、美可以做，为什么他们做不得？先这样做的英、美骂日本"侵略"，无异于先做强盗的责骂后做强盗的，日本怎么会服气？这就是近代资本主义的本质——谁先抢谁赢。

相对于效法西方的日本而言，我们再来看中国人的想法。中国近代革命的先驱孙中山，还在中国革命前途渺茫的时候，曾经讲过这样一段话：

> 中国对于世界究竟要负什么责任呢？现在世界列强所走的路是灭人国家的；如果中国强盛起来，也要去灭人国家，也去学列强的帝国主义，走相同的路，便是蹈他们的覆辙。所以我们要先决定一种政策，要济弱扶倾，才是尽我们民族的天职。

这段话，我高中时代读过，当时觉得，孙中山真是会"吹牛"，中国的前途还不知道在哪里，就讲这些捕风捉影的话。但在日本战败，日本帝国崩溃后，竹内好曾就这段话发表如下的感想：

> 我在战后重读《三民主义》时，被以前忽略了的这一节打动了。中国作为半殖民地国家（孙文认为中国成了多数国家的殖民地，其地位在殖民地之下，故自称次殖民地），在国际政治中，长期没有得到独立国家的待遇，但自己所把握的理想却是这样的高远。这不是真正标志又是什么呢？[1]

相对于日本明治维新还在进行，还未成功的时候，日本的维新志士早就在为了所谓的日本的生存空间而思考"北进"还是"南进"，孙中山的思想确乎是"戛戛乎其难哉"，充分显示了中国文化所孕育出来的胸襟。

从中国文化的发展历程及其所展现的特质来看，孙中山的思想并不是空穴来风的纯个人幻想，可以说是中国文化精神的体现。因为，相对于西方向外扩张的海洋商业文明而言，掠夺不是它的本质，自我保护才是它的文化发展的根本重点。

自秦始皇建立了大一统的集权帝国以后，中国社会的集体任务是在北方的长城线保持守势国防，以防备北方、西北方、东北方游

---

[1] 竹内好：《近代的超克》，第281—282页，孙中山的演讲文自此转引。

牧民族的南下掠夺。反过来说，它的主要任务是在保护长城南方中国本部的农业文明。当然，有时候它也出征"塞外"，但这种攻势基本上也是"以攻代守"，它很少想要据有塞外的土地。凡是攻势超过自保的需要，而具有帝王个人张扬自己威风的成分，在正统历史上即会承受"穷兵黩武"的罪名。因此，不但秦始皇、汉武帝的过度用兵受到批评，连号称一代圣君的唐太宗对于高丽的进攻，即在当时就被许多辅政大臣所反对，认为此举毫无必要。也就是说，中国正统士大夫一向认为，盲目扩张土地一方面劳民伤财，一方面也对中国经济无所助益。（清朝中叶就是基于同一逻辑，拒绝跟西方诸国来往。）

中国现代化的成功，中国经济的崛起，在近现代世界史中树立了一个特例，至今还很少有人提及。此前先进的资本主义大国，不论是英、法、德，还是美、日，谁不曾进行过强占与掠夺，谁不曾让他国沦为殖民地，谁不曾从中得到大量利益（包括中国所支付的巨额战争赔偿），以助于国内的经济发展。而中国，却是在长期被侵略、一穷二白的情况下完全自力更生，从而达到现代化的地步的。中国的崛起是完完全全的"自力"崛起，完全不同于以往的"自力"加"武力侵略"，这就证明，中国人走的是一条现代世界史上仅有的道路。

但是，当中国以其独特的方式崛起的时候，在西方和日本却不断地出现所谓"中国威胁论"，其意以为，中国成为经济强国以后，就会跟着他们以前走过的道路，通过军事或非军事的手段侵略他人、剥削他人。用一句中国古话来说，这就是"以己之心，度他人之腹"，以为他们这样做，中国也一定这样做。如果这样，中国的崛起，不过在现存的经济强国之中增加一个竞争者而已。这样，对全球经济体系不但没有任何好处，反而会因增加了一个竞争者而产生更加不稳定的因素。

从中国过去的历史发展,从中国人的文化心态而言,我以为,中国不会走上这样的道路。首先,中国现代的经济发展集中于沿海地区,面积更广大的西北、西南地区,由于高山众多,降水量少,又有不少沙漠,实际上距离现代化还很遥远。以中国过去历史上的"先内再外"的思考模式来说,与其说中国人急着向外扩张,不如说,中国人更急于解决沿海跟内陆的平衡发展。就像以前,中国人必须在长城线以来巩固自己,才有能力防备游牧民族一样。这一向是中国人的思考逻辑。

其次,对外而言,中国人的自保政策也跟西方文化的向外(甚至向遥远的海外)扩张不一样。在开发内陆的同时,中国同时也要"睦邻",也就是把太平洋地区的小国视为自己的同盟国,这样才能对抗美、日在太平洋的联盟封锁。而这样的"睦邻"当然不是赚东南亚各国的钱,而是帮助他们发展,让他们觉得中国是个朋友而不是敌人。中国人当然再不会"自大"到视自己为"天朝",但传统的"以己利人"的思考模式还是存在的,这样做并不纯是"利他",也是"利己",因为当东南亚成为自己的盟国时,中国的"自保"就会有进一步的保障。对于较远的非洲、阿拉伯国家与中、南美洲,中国也采取同样的政策。中国在外交上,一向与弱势国站在一起,在联合国中有较高的威望,就是来自这种完全不同于西方的外交政策。

针对"中国威胁论",中国人回答说,中国文化强调"和"的精神。"和"者,"和为贵"、只有彼此互利才可能达到"和"的境界。归根到底,这还是以"自保"为出发点所发展出来的国际观。如果处处占人便宜,就会到处树敌,就谈不到"和",当然也不可能自保了。

资本主义的大量生产在西方导致了极端性的向外扩张。中国现代化以后,大量生产的规模可能远甚于西方。如果这种大量生产能够达到与世界各国互利互存的境界,那就会改变近代世界史所走的道路,从而改变全球化的本质。这是中国文化对全球化所能提供的最大的贡献,也就是孙中山理想的现代实践方向。作为一个中国人,我们当然希望中国能够按着这条路走下去。

2004 年初稿　2005 年修改

附录二

中国文化是我的精神家园

题目这一句话是我的由衷之言,丝毫没有夸张的成分,首先我要简略说明一下我所以有这种体悟的经历。从20世纪80年代末期开始,"台独"思想逐渐弥漫于台湾全岛。我大惑不解,曾质问同为中文系毕业的好朋友,为什么不承认自己是中国人,难道你不是读中国书长大的吗?他回答,中国文化那么"落后",中国人那么"野蛮",你为什么还要当中国人?这样的对答,在其后十多年间不知道发生了多少次。我每次喝醉酒,都要逼着人回答:"你是中国人吗?"很少有人干脆地说"是",因此,几乎每次喝酒都以大吵大闹结束。

那十几年我非常地痛苦,我无法理解为什么绝大部分的台湾同胞(包括外省人)都耻于承认自己是中国人,难道中国是那么糟糕的国家吗?我因此想起钱穆在《国史大纲》的扉页上郑重题上的几句话:"凡读本书请先具下列诸信念:一、当信任何一国之国民,尤其是自称知识在水平线以上之国民,对其本国以往历史,应该略有所知。二、所谓对其本国以往历史略有所知者,尤必附随一种对其本国以往历史之温情与敬意。三、所谓对其本国以往历史有一种温情与敬意者,至少不会对其本国以往历史抱一种偏激的虚无主义,亦至少不会感到现在我们站在以往历史最高之顶点,而将我们当身种种罪恶与弱点,一切诿卸于古人……"我突然觉悟,我的台湾同胞都是民族虚无主义者,他们都乐于将自己身上的"罪恶与弱点"归之于"中国人",而他们都是在中国之外高高在上的人。说实在的,跟他们吵了多少次架以后,我反而瞧不起他们。

也就从这个时候,我开始反省自己从小所受的教育,并且开始调整我的知识架构。小时候,国民党政府强迫灌输中国文化,而他们所说的中国文化其实就是中国的封建道德,无非是教忠教孝,要我们服从国民党,效忠国民党,而那个国民党却是既专制又贪污又无能,叫我们如何效忠呢?在我读高中的时候,李敖为了反对这个国民党,曾经主张"全盘西化",我深受其影响,并且由此开始阅读胡适的著作,了解了五四时期反传统的思想。从此以后,五四的"反传统"成为我的知识结构最主要的组成部分,而且深深相信,西方文化优于中国文化。矛盾的是,也就从这个时候,我开始喜爱中国文史。为了坚持自己的喜好,考大学时,我选择了当时人人以为没有前途的中文系。我接受了五四知识分子的看法,认为中国文化必须大力批判,然而,从大学一直读到博士,我却越来越喜欢中国古代的典籍,我从来不觉得两者之间有矛盾。弥漫于台湾全岛的"台独"思想对我产生极大的警惕作用,让我想到,如果你不能对自己的民族文化怀有"温情与敬意",最终你可能不愿意承认自己是中国人,就像我许多的中文系同学和同事一样。这时候我也才渐渐醒悟,"反传统"要有一个结束,五四新文化运动已经完成了它的历史任务,我们要有一个新的开始,中国历史应该进入一个新的时期。后来我看到甘阳的文章,他说,要现代化,但要割弃文化传统,这就像要练葵花宝典必须先自宫一样,即使练成了绝世武功,也丧失了自我。如果是全民族,就会集体犯了精神分裂症,即使国家富强了,全民族也不会感到幸福、快乐。我当时已有这个醒悟,但是还不能像甘阳说得那么一针见血。

甘阳还讲了一个意思,我也很赞成,他说,我们不能有了什么问题都要到西方去抓药方,好像没有西方我们就没救了。实际上,西方文明本身就存在着很重大的问题,要不然他们怎么会在征服了全世界以后,彼此打了起来。从1914年到1945年,他们就打了人类有史以来最残酷的两场大战。我当时还没想得那么清楚,但我心里知道,为了在"台独"气氛极端浓厚的台湾好好当一个中国人,我必须重新认识中国文明和西方文明。应该说,1990年以后,是我一辈子最认真读书的时期。我重新读中国历史,也重新读西洋史,目的是肯定中国文化,以便清除五四以来崇拜西方、贬抑中国的那种不良的影响。这个时候,我觉得自己年年在进步,一年比一年活得充实。著名的古典学者高亨在抗战的时候,蛰居在四川的嘉州(乐山),埋头写作《老子正诂》。他在自序里说:"国丁艰难之运,人存忧患之心。唯有沉浸陈篇,以遣郁怀,而销暇日。"我也是这样,避居斗室,苦读群书,遐想中国文化的过去与未来,在台湾一片"去中国化"的呼声之中,找到自己的安身立命之处。也正如孔子所说,"发愤忘食,乐以忘忧,不知老之将至云尔"。就这样,中国文化成了我的精神家园。

2000年左右,我突然醒悟到,中国已经渡过重重难关,虽然有种种的问题还需要解决(哪一个社会没有问题呢),但基本上已经走上平坦大道了。每次我到大陆,跟朋友聊天,他们总是忧心忡忡,而我总是劝他们要乐观。有一个朋友曾善意地讽刺我,"你爱国爱过头了"。我现在终于逐渐体会,大陆现在的最大问题不在经济,而在"人心"。凭良心讲,现在大陆中产阶级的生活并不比台湾差,但是,人心好像一点也不"笃定"。如果拿80年代的大陆来和现在比,现在的生活难道还不好吗?问题是,为什么大陆知识分子牢骚那么多呢?每次我要讲起中国文化的好处,总有人要反驳,现在我知道,这就是甘阳所说的,国家再富强,他们也不会快乐,因为他们没有归属感,他们总觉得中国问题太多,永远解决不完。他们像以前的我一样，还没有找到精神家园。

我现在突然想起《论语》的两段话，第一段说：

> 子适卫，冉有仆。子曰："庶矣哉！"冉有曰："既庶矣，又何加焉？"曰："富之。"曰："既富矣，又何加焉？"曰："教之。"

翻成现在的话，就是先要人多，再来要富有，再来要文化教养。现在中国的经济问题已经不那么重要，我们要让自己有教养，就要回去肯定自己的文化，要相信我们是文明古国的传人，相信我们在世界文明史上是有贡献的。如果我们有这种自我肯定，如果我们有这种远大抱负，我们对身边的一些不如意的事，就不会那么在乎。《论语》的另一段话是：

> 子贡曰："贫而无谄，富而无骄，何如？"子曰："可也；未若贫而乐（道），富而好礼者也。"

以前我们中国普遍贫困，现在基本上衣食无忧，跟以前比，不能不说"富"了，我们现在要的是"礼"。"礼"是什么呢？不就是文明吗？我们能用别人的文明来肯定自己吗？除非我们重新出生为西洋人，不然我们无论如何也不可能把自己改造为西洋人。我们既然有这么悠久的、伟大的文明，虽然我们曾经几十年反对它，现在我们为什么不能幡然悔悟，重新去肯定它呢？事实上，以前我们在外国的侵略下，深怕亡国，痛恨自己的祖宗不长进，现在我们既然已经站起来了，为何不能跟祖宗道个歉，说我们终于明白了，他们留下来的遗产最终还是我们能够站起来的最重要的根据。自从西方开始侵略全世界以来，有哪一个国家像中国那么大、像中国那么古老、像中国经受过那么多苦难,而却能够在一百多年后重新站了起来?这难道只是我们这几代中国人的功劳吗?这难道不是祖宗给我们留下了一份非常丰厚的遗产,有以致之的吗?我们回到我们古老文化的家园,不过是重新找回自我而已,一点也无须羞愧。

苏东坡被贬谪到海南三年,终于熬到可以回到江南,在渡过琼州海峡时,写了一首诗,前四句是:

> 参横斗转欲三更,苦雨终风也解晴。
> 云散月明谁点缀?天容海色本澄清。

扩大来讲,中国不是度过了一百多年的"苦雨终风(暴风)",最后还是放晴了吗?放晴了之后再来看中国文化,不是"天容海色本澄清"吗?这文化多了不起,当然就是我们的精神家园了。最后再引述钱穆《国史大纲》扉页上最后一句题词:"当信每一国家必待其国民备具上列诸条件者(指对本国历史文化具有温情与敬意者)比数渐多,其国家乃再有向前发展之希望。"我们国家的前途,就看我们能不能回去拥抱民族文化。

2012 年 1 月 12 日

编后记

为"人间"出书,为"人间"写序

1985年,陈映真创办了《人间》杂志,为了印行《人间》杂志,同时成立人间出版社。《人间》杂志发行的四年时间,人间出版社在台湾文化界声名卓著。1988年,因为经济负担沉重,《人间》杂志不得不停刊。人间出版社虽然持续存在,但由于陈映真的统左派立场已经无人不知,他所出版的书籍,除了少数例外,一般销路都不好。渐渐地,人间出版社也为人所淡忘。

到了2006年,陈映真个人的生计已经成为问题,他只得应聘到中国人民大学担任客座教授,准备移居北京。在我们看来,人间出版社当然只好结束营业。但出人意料地,陈映真却找上年长他八岁的陈明忠先生,要求陈老出面继续维持人间出版社。两位陈先生具有深厚的革命情谊,我不知道陈映真是如何说服陈老的,陈老还是扛下了这个重担。

有一天,陈老突然到我家来,告诉我,陈映真跟他讲,出版社由他(陈老)顶着,具体业务交给吕正惠去办,陈老问我:你接不接?这让我完全愣住了,一时不知如何回答。

回顾一下我个人跟陈映真的关系,就可以了解,我为什么会不知所措。1992年我加入中国统一联盟,由于我从大学时代就开始阅读陈映真的小说,对他非常景仰和尊敬,所以在统盟开会见面时,我一直维持后辈的礼数。从1998年起,陈映真开始办两岸文学交流活动，每次我都是他的主要助手，我们逐渐有了私交。陈映真的朋友非常多，即使有人因他鲜明的政治立场而离开，在统左派内部，他还是非常重要的领袖。在他身边做事，我常感受到复杂的人际压力。最后，我选择逐渐疏离，他离开台湾之前的几年里，我们见面的次数并不很多，聚会时我也尽量少发言。

所以，当陈老告诉我，陈映真要我接办人间时，我真是大吃一惊。那一天我跟陈老聊了很多（我跟陈老聊天比跟陈映真聊天轻松多了），发现陈老只是试探性地询问时，我就委婉地拒绝了。

后来他们找了另一个人，这个人也很好，但他是做生意的，不太了解文化，又因为为人作保被牵扯进债务纠纷，为了不影响人间出版社，主动辞职。这个时候陈老再次来到我家，我知道我必须接受，就点头了。我接手的时候，陈映真已经在北京，所以确切时间应该在2006年六七月间。

接人间时我还在淡江大学担任教职，每周七八个课时，还要指导研究生，够忙的。人间出版社离我家有一段距离，每次去出版社都是我太太用摩托车载我去，两边奔波，颇为辛苦。后来，我太太在我家附近找到一间空房，租金便宜，我们把出版社搬过来，我可以随时到出版社，才免去这个麻烦。

接下来是如何出书的问题。陈映真出的书大多很"硬"，而且书名就已表明立场，销路当然不好。书如果卖不出去，就说不上影响。所以，我决定出比较"软"的书，文字清浅，而又能诉诸感情。我每个月买许多大陆书，各种各类都有；而且，我在大陆的朋友越来越多，他们也可以介绍，选书不成问题。

台湾的阅读人口不多，见闻又不广，如何引发他们的兴趣，是个大问题。我就想，何不亲自写序介绍，公布在出版社的网站上，供人参考。就这样，出一本书写一篇序。累积了一段时间之后，学生或朋友见面时常谈到我的序，有的序还传到大陆，登在大陆网站上，我居然变成写序专家了。有一位朋友开玩笑地跟我抗议：人家读了你的序，就不看我的书了。

学生和朋友一直劝我出书，我老是等待着，以为还不够。近两年，整理好陈明忠的回忆录《无悔》，写了一篇长序；又写了一篇相当长的文章，评论日本学者杉山正明的两本书；然后，连续为么书仪、贺照田的书作序，比较完整地表达了我对新中国发展道路的看法；这几篇我都比较满意，终于觉得可以了。恰好就在这个时候，曾诚提出要为我出书，我就爽快地答应了。

正在编这本集子时，我接到一项新任务：出版《陈映真全集》。《陈映真全集》的编辑工作其实早就在进行，由新竹交通大学亚太文化研究室的陈光兴教授主持，得到亚际书院的资助，也得到陈映真夫人陈丽娜女士的全力支持。但搜集资料的工作接近完成时，原本同意出版的一家大出版社突然表示不想出了。

光兴想找另一家出版社，但陈映真一位深得陈丽娜女士信任的友人坚决反对，并且说服大嫂把出版工作交给人间出版社，我当然义不容辞。我找了陈老（陈明忠），他说他会支持，我就开始进行了。没想到，工作才开始启动，突然接到陈映真去世的消息，原本是作为他八十寿辰的献礼，现在变成他逝世一年后的纪念，工作时间非常短，我的压力非常地大。

出版《陈映真全集》真是让我备受煎熬，主要是刚开始时，经费毫无着落，但如果不及时动手，一年内肯定无法完成。我说服太太，把我们微薄的积蓄先投进去。几位朋友和学生也表示，必要时他们会无息借我钱，如果赔了钱也愿意共同承担损失。后来经费终于到位，但他们的友情我还是会永远铭记。《全集》终于如期出版，光兴的亚太研究室、亚际书院、光兴推荐给我的编辑团队负责人宋玉雯，绝对功不可没。我的贡献只有一项：在没有把握时不顾风险蛮干下去。

但是我却有意想不到的收获。

80年代末,"台独"势力日渐坐大。1988年陈映真适时地和一群朋友组织中国统一联盟,率先撑起"统派"的大旗。对我而言,旗手陈映真比起小说家陈映真更让我佩服。四年后我加入统盟,我们成为同志。对于过去的陈映真迷来说,陈映真成为统派的领袖,让他们感到困惑、愤怒,甚至视之如寇仇。小说家陈映真和政治的陈映真中间横陈着一条大鸿沟,他们无法跨越。对我而言,这完全不成问题。

但我从来没有思考过,小说家陈映真如何会成为既左又统的陈映真。我和陈映真比较密切来往以后,我之所以会对他有所"误会",以至于逐渐想要疏离,其中原因之一就是,我对陈映真写作与思想发展的"一致性"并没有真切的认识。在我的内心里,小说的陈映真和政治的陈映真还不是水乳交融的。

近年来赵刚对陈映真的解读,让我意识到我的疏失,我在《20世纪60年代陈映真统左思想的形成》一文中已经比较详细地谈论过。在这一次出版《全集》的过程中,我又进一步了解到,根本不可能把陈映真这个人限制在"小说家"或"作家"这样的头衔中。陈映真是一个无法归类的人,他生长在国共内战的氛围中,很早就意识到台湾再度(第一次是割让给日本)被迫与祖国大陆割离的历史意义:这是缘于"二战"中的战胜国美国悍然介入中国内战,企图分裂中国、企图困死社会主义新中国;又是西方帝国主义在中国抗战胜利之后最近一波的对中国的侵犯。这样,我对陈映真一生的作为,对既写小说又写政论的陈映真"豁然贯通"了。因此,我又写了另一篇文章,《出版〈陈映真全集〉的意义——重新思考陈映真一生的作为》。

这两篇文章都是匆忙完成的,第二篇尤其如此,还不能视为定稿,但我迫切希望把两篇收进《写在人间》这本书中,这样,两篇文章也就成为"为人间出版社写作"的一个暂时的句点，使这个书名变成非常适切。

十一年说长不长，说短也不短，从五十八岁到六十九岁的这段岁月，留下的最主要的痕迹竟然是我办人间出版社这件事，真是令人诧异不已。我不知道当年陈映真通过陈老（陈明忠）"逼迫"（我很难拒绝陈老）我接办人间时是怎么想的，但是，回顾这段历程，我感到很欣慰，这是我一生中"进步"最大的十年——不少朋友对我说，我的文章越写越好，我希望他们说的有一些真实。

最后，特别要谢谢曾诚，他先想好书名，再跟我邀稿，所以我一下子就同意了。再说，这本书的编校工作也不容易，让他辛苦了。

2017 年 11 月 15 日

补记：我手写文章，很在意稿面的整洁、干净，写起来很辛苦。后来我太太学会电脑打字，我对手稿就不那么重视，因为可以在电脑里随时修改。后来我干脆不写了，我一面讲，我太太一面打字，完全没有手稿。这本书全部由我太太打字，而且大半是"口授手打"，再长的文章也都如此。所以这本书可以说是我和我太太共同完成的，因此我把这本书献给我太太。

又，本书最后一校由我的学生徐秀慧、苏敏逸、黄琪椿、黄文倩、曾筠筑共同完成，谨此致谢。